网络文学
名作典藏丛书

JIANG YE

猫腻◎作品

将夜

精修典藏版

叁

荒原之上

作家出版社

《网络文学名作典藏》丛书

总策划

何　弘　张亚丽

主编

肖惊鸿

统筹

袁艺方

主编的话

《网络文学名作典藏》丛书聚焦网络文学，遴选名家名作，工于精修校订，集于精品丛书，力图成为记载中国网络文学成长的历史见证，和致敬中国网络文学发展的一座里程碑。

网络文学名作的实体出版极为重要。这是扩大网络文学影响力、推动网络文学经典化的重要途径，也是展现网络文学成果、引领大众阅读和传播以及拉动文化产业发展的有力手段。

在中国作协的支持下，网络文学中心领导和作家出版社领导担纲总策划，落实主编责任制，确定经过时间验证和社会公认的名家名作，组织精修团队，在作家本人参与下，与责编共同负责精修工作。

回顾网络文学发展历程，这样的一套丛书是前所未有的。精修，意味着与作家的高度共识，意味着对作品的深度把握，完成去粗取精、去伪存真的过程，以实体出版的"固化"形式，朝着网络文学经典化、精品化的目标迈进。精修团队本着为作家负责、为读者负责的态度，重视作品的文学性、思想性，尊重读者的阅读体验，为新时代网络文学高质量发展贡献出集体智慧。

愿更多的读者阅读它、检验它。愿中国网络文学真正成为新时代文学的一座高峰。

肖惊鸿

2021 年 5 月 18 日

《将夜》精修成员

总负责人

肖惊鸿　袁艺方

修订

菜　籽　清　白　茹八一　当代贝克特　王　烨

校订

田偲堂　李伟元　程天翔　王　颖

1

大唐天启十四年，流落极北寒域千年之久的荒族南归，抢占左帐王廷大片草地，直接导致王庭骑兵加剧对更南方的中原骚扰侵袭。为应对十年未遇的危险局面，西陵神殿发出诏令，号召昊天道信徒及正道同仁援助燕国抵抗蛮人入侵。

与此同时，大唐帝国派出东北边军援燕，支援燕军。

因为神殿诏令，左帐王廷部落骑兵扰边显得收敛了很多，尤其是大唐援燕军的先锋部队依着岷山东缘来到燕北荒原后，左帐王廷单于加大了对各部族的约束，寒风呼啸的原野上，再也难以找到蛮人游骑的踪影。

蛮人骑兵背后占有大片宽阔的草原，见势头不对便遁入漫漫长草之中，根本无法追击。所以除非当世各国君王有当年大唐太祖皇帝的雄心野魄，不然根本没有办法把这个威胁完全消除。于是当草原骑兵对燕境的侵扰变得不那么严重，左帐王廷派出和谈使者之后，聚集在燕境北方的中原部队没有就此强势北上，而是选择原地驻扎，把主要心神都放在各处边陲要塞的防守之上，边塞的情势变得平静了很多。

所谓援燕军，正是夏侯大将军统辖的帝国东北边军精锐。这支以铁血冷酷著称的部队在十年前的战争中连克燕国十一城，给燕国人留下极为惨痛的记忆，在燕人看来，这些号称来援的唐国军人要比草原上的蛮人骑兵更加可恶、更加可怕。领受西陵神殿诏令前来的各国年轻修行者自然与燕国军队待在一处，而来自长安城南书院的实修学生们则理所当然留在大唐援燕军的军营之中。

时已秋末，荒原地北先冷，呵气成雾，草色早黄。

如今边塞情势平静，可能马上召开和谈，但在荒原深处，大唐骑兵与草原骑兵的小规模战斗还是偶有发生，隔上数日便会有遗体和伤员被运回来。宁缺坐在草甸上望向西北方向，搁在膝头上的手缓缓摩挲着一块小牌子。

这块牌子材质有些怪异，非金非玉非石非木，很是坚硬，是离开书院启程前余帘师姐塞给他的。当时他并没有注意，后来在旅途中才想起来，时时握在手里摩挲把玩，有些好奇这块牌子的用途，也借此消减一下对长安城的怀念。

西北方向高远苍穹下有道模糊的黑线，看着并不显眼。但他去过那里，他知道那里的起伏山峦何其高大雄壮，所以越发觉得这片苍穹与荒原旷阔难言。那道模糊黑线就是把大陆北方分割成两块的雄伟岷山。他和桑桑幼时主要在岷山东麓生活，十年前他们从西侧山崖走出来时，遇见了家园被毁的卓尔，那段记忆已经很久远，但依然清晰。

因为走过，所以记得再往北一些地方，岷山中间会有一道天然形成的豁口。由南至北连绵数千里的岷山山脉把荒原南部分成两半，也把大唐和燕国分开，如果不想从荒原北部绕行，军队便只能通过那道豁口。像这样重要的军事要地，自然被大唐帝国牢牢地掌握在手中。那里驻扎着帝国北路军最精锐的师团，而帝国北路军最重要的军事使命并不是扼守险地，威胁草原东部的左帐王廷或者是燕国，真正让帝国感到担心的是荒原上实力最强大的金帐王廷，也正是李渔公主曾经出嫁的地方。

宁缺生活了很多年的渭城军塞是七城塞之一。七城塞属于北路军精锐师团最不起眼的一处边塞防线，此时向西北望去，仿佛能够看到雄山那头的渭城，那个真正属于他和桑桑的家乡，心头不禁生出些想念和温暖。

渭城的旧人们不知道现在过得如何，马将军身体如何，春天时托车马行寄过去的银票不知道他们收到没有，他们如果知道自己已经在长安城里混出了人样，会喝多少酒来庆祝？而自己和桑桑又该什么时候回去看看他们？

"已经在这里驻扎了一个多月，总是只派些游骑出去侦察，什么时候才会真正出击？再过些日子便要入冬，到时再入荒原，军卒要比现在付出更多的代价。"一名青年军官坐在宁缺身旁，身上轻甲被擦得锃亮。他看着清旷的荒原和马车上的伤兵，剑眉微皱恼火说道，"真不知道将军府那边在想些什么，听说夏侯将军根本就没有入燕，现在还在土阳城府中，实在是太不像话。"

宁缺看着他笑了笑，说道："杀鸡哪里用得着宰牛刀？对付左帐王廷的骑兵，哪里需要夏侯大将军亲自出马？朝廷派了一半东北边军过来，已经足够给那位左帐单于颜面。夏侯将军留在土阳城，不来边塞亲自指挥，是因为他知道这场仗根本打不起来，既然不用深入荒原，金秋寒冬又有什么区别？"

青年军官是书院学生常征明。这位骑射二科成绩优秀的军部培养生，曾经在羽林军中服役，今番来到援燕军前线，被分配到最北也是最危险的要塞。他对此没有任何意见，反而跃跃欲试想要带着骑兵杀进荒原，像前辈们那般替帝国立下赫赫战功，却没想到一困便是月余，部队根本没有出征的意思。这时听宁缺如此说，他反驳说道："中原诸国闹出这么大动静，神殿发出诏令，帝国派出援军，每天光人马嚼谷子都要耗多少银钱，花了这么大工夫才把部队集结完毕，怎么可能不打？"

宁缺笑着说道："那你看这像是要打的样子吗？"

常征明指着草甸下方那些马车，说道："小规模的战斗一直在发生，我看不是不打，只不过联军两边扯皮，还没办法确认什么时候开始大规模的进攻。"

宁缺摇头说道："小规模战斗肯定会持续，但那是为了在与左帐王廷的谈判中讨价还价。你得弄明白现在荒原南边这加起来十几万人马的最终目的是什么，如果明白这一点就知道为什么这场大战终究是打不起来的。"

"为什么？"常征明皱着眉头问道。

宁缺问道："左帐王廷为什么要扰边？"

常征明想都不想，回答道："因为蛮人生性凶残贪婪。"

宁缺没好气道："废话……人哪有不贪婪的。"

常征明犹豫说道："是因为荒人南迁？"

宁缺看着青年军官说道："左帐王廷单于的真正敌人是背后的荒人部落，西陵神殿发诏令也是警惕荒人南下可能造成的魔宗复兴，至于我大唐帝国……当年荒人是被我们打成残废的，当然要警惕他们强盛之后会不会复仇。所以归根结底，大家警惕担心的是更遥远地方的那些荒人战士。"

荒人远离荒原已逾千年，对中原人来说更是久远到难以记起的传说，在前来边塞的旅途中，书院诸生恶补了一下知识，大致了解了那段久远的历史，但对他们以及中原百姓来说，这个部落依然显得极为神秘。

"可是听说荒人现在只剩下几十万人，就算全民皆兵，也不可能对中原造成任何威胁，相反左帐王廷麾下善战骑士无数，若他们真像蝗虫一般南下……"

"在你眼中不失强大的左帐王廷，被荒人硬生生抢了大片草原，被赶到了南方，被迫越过我大唐给他们画好的那道线。现在这些号称天生战士的荒人只有数十万人便能做到这些，如果给他们时间在北方站稳脚跟，繁衍壮大，难道你不觉得很可怕？西陵神殿和朝廷有什么理由不紧张？"宁缺笑着说道，"不要忘记，只要有足够的粮食，生孩子这种事情总是简单的。"

常征明沉默很长时间后问道："那我们应该怎么办？"

宁缺看着莽莽荒原远处的黑烟，思忖片刻后说道："看现在的局势，我估计西陵神殿和朝廷的念头都一样，就是逼着左帐王廷单于和荒人重新开战，我们负责给他军械装备和粮食，他们负责打仗。"

常征明不解问道："打不赢荒人才被迫南迁，左帐王廷怎么会蠢到回头去打？"

"所以我们现在才会在这里啊……神殿和朝廷现在把姿态摆得很清楚，写了一道选择题让单于做，要不你和我们打上一场，要不你在我们的支援下去和荒人再打一场。前者你肯定是死，后者你可能是死，肯定和可能总有区别。"

常征明愣住了，没想到这事情竟会如此复杂，感慨说道："这道选择题真不好做。"

宁缺拍拍他的肩头，说道："单于也是这么想的。"

就在这时，数十骑最精锐的西路军轻骑出现在草甸侧后方，领首的那名精干校尉看着草甸上方的宁缺面显焦虑，似乎想要靠近却又不敢。常征明看着草甸下如临大敌般紧张的精锐骑兵，辨认出应该是大将军府的直属骑兵，不由微微一惊，下意识看了身旁的宁缺一眼。

草甸下那名唐军校尉抬头望着宁缺愁苦说道："十三先生，这里距离蛮骑太近，实在是不安全，咱们还是退回军营吧？"

"十三先生？"常征明看着宁缺疑惑问道。

宁缺看着草甸下紧张的骑兵们，无可奈何叹了口气，拍拍屁股站了起来，向常征明解释道："他们不知道我是谁，只知道我排行十三。"

走到草甸下，他望着那名跟了自己整整一个月的边军校尉，还有那些警惕望着四周，仿佛随时可能遇到草原骑兵的军人们，无可奈何说道："这里还是我大唐军营，何至于如此紧张？难道你们真要天天这么跟着我？"

那名校尉认真回禀道："上峰严命，属下等人就一定要保证您的安全。"

宁缺想着这月余来逍遥却又无趣的边塞生活，忍不住摇了摇头，说道："我就是个普通实修生，结果现在天天身边跟着几十个精锐骑兵，这算什么事儿？我又不是夏侯大将军，哪里承受得起这等待遇。"

校尉恭敬解释道："十三先生，虽然我们并不知道您的真实身份，但将军府的军令里说得清楚，您的安全比大将军的安全更重要。"

书院数十名学生在前线实修，要凭真刀真枪磨炼出战功与能力，这是大唐惯例，所以从朝中大臣到边塞大将，都只会把这些年轻人当作普通军官看待。然而宁缺并不是普通的书院学生，他是书院二层楼的学生。

这些年从来没有书院二层楼学生入伍参加实修，只有宁缺这个特例。如果让夫子的亲传弟子在前线出了问题，哪怕是掉一根毫毛，都会引发一场轩然大波。夏侯大将军或许能承受陛下的怒火，但想来没有胆量面对夫子的失望。于是从长安来到燕北荒原边塞后，宁缺没有回到熟悉的马上征伐铁血岁月之中，而是被东北边军当祖宗一般供了起来。

军营上下小心翼翼护着他的安危，无论是饮酒还是吃肉，满足他的任何要求，但绝对不让他稍微靠近一些可能的危险。所以除了沿着边塞起起伏伏温柔的曲线去各处军营温柔探望像常征明这样的书院学生，如今的他竟是无一事可做。

宁缺看着恭恭敬敬等着护送自己离开的骑兵们，忍不住叹息了一声，把手指放进口里吹了声口哨。只见草甸后方斜刺里杀出一匹大黑马来，这匹大黑马身上背着如小山般多的行李，却依然蹄走如飞。黑马嘴里不停嚼着东西，也不知道在这叶儿落尽秋草染霜的草甸上，它究竟吃什么能吃得如此开心。

2

夜宿边营纹风不动，柴堆上生出的红艳火舌可以温柔地摇动腰肢。数十名大唐边军精锐散于四周或沉沉睡去或警惕站岗，只有宁缺和那名校尉坐在火堆旁。

白日里这名校尉对着宁缺口口声声称着十三先生，似乎并不知道他的真实身份，然而此时在红暖火光旁，他的称谓早已在轻声细语里变了过来："宁大人，明日真要去东胜寨？那边离燕人太近，可能会有麻烦。"

宁缺拿着根树枝拨弄着火堆里的番薯，听着这话抬头看了他一眼，忍不住摇了摇头。他看着四周没有注意自己的边军精锐，说道："在边塞待了一个多月，结果却一点麻烦都没有惹上身，在我看来这才是真的麻烦。"

他望着校尉那张看似木讷老实的脸，叹息说道："说起来我们的运气是不是太差了些？土阳城里就你这个暗侍卫，结果好死不死你就被派出来跟着我，弄得我想问问土阳城里的情形都不知道该向谁问去。"

校尉苦笑说道："得知是自己贴身保护大人时，属下也觉得无奈。"

"莫非将军府知道了你暗侍卫的身份，又不好意思对你如何，所以干脆把你赶离土阳城，跟着我到处游走……或者说他们连我的身份也发现了？"

校尉摇头说道："大人请放心，属下的身份应该没有泄露，至于大人您，我想无论是军师还是内锋营，都猜不到您这样身份的人居然是陛下的暗侍卫。"

宁缺从火堆里扒拉出两个烤熟的番薯，分了一个给校尉，自己用指尖抓着剩下那个番薯慢慢撕开皮，低头开始啃食冒着热蒸汽的白烫薯肉，含混不清地说道："只要没发现就好，我可不想做什么事情都有人在暗中盯着。"

校尉拿起滚到脚下的熟番薯，看着火光映照下的宁缺的脸，不知道该说什么。

远处隐隐传来声响，负责夜警任务的骑兵站起来向外围走去。

"我此番领命前来边塞不是为了查事情，只是要替陛下看一看。"宁缺把啃掉大半的番薯扔进火堆，用袖口擦掉脸上黏着的渣末，说道："只是按照现在这种情况看，什么都没有办法看到。"

"您身份特殊，将军府担心您出事儿，也不想您来这儿，当然希望您离得越远越好，若您是要看……将军府里某人，不去土阳城终究是没办法看的。"校尉犹豫了片刻，还是直接说到了土阳城。他很清楚，像十三先生这样的大人物，领受陛下暗命前来边塞，所谓替天子巡视勘察，能有资格享受这种待遇的当然只能是那位大将军本人，只不过他还是没敢直接把夏侯大将军的名字说出来。

书院诸生从长安城出境来到燕北边塞，路途中曾经过土阳城，当时将军府负责出面接待的是夏侯将军的副手，所以宁缺还未曾见过夏侯将军本人。此时听到土阳城三字，想着土阳城里那位以暴戾闻名的大将军，他沉默片刻后笑了笑，把手中的番薯皮扔进火堆里，说道："以后总是要去的。"

第二日，宁缺与保护他的数十名唐军精锐再次开拔，顺着燕国北境的简单边塞防线向东面行进。时间刚过正午，他们便抵达了唐军负责的西路战线的最东头，视线越过旱柳，清晰看见一片青色山川还有离山不远处的那座黄色土城。

十余名军官在东胜寨外等着他们的到来。东胜寨将军并不知道这位十三先生是谁，只是从土阳城将军府的文书还有那些下属军官的激动表情上猜到，对方应该是位来自长安城的大人物，甚至可能还与书院有些关系。

宁缺看着城寨外的军官们挥挥手，从大黑马身上跳了下来，先与那位将军寒暄几句，然后向右方走去，走到某人身前笑着说道："在这边待得还曾习惯？"

他身前这名军官是位少女，身着一身箭装，箭装衣领袖口处积着荒原落下的灰尘。她看着宁缺笑着说道："虽然不如你舒服，但也还习惯。"

宁缺笑着说道："不习惯也得习惯。以前我就和你说过，真正的战场和你们这些家伙在长安城里想象的并不一样。"

接着他注意到临川王颖也站在军官之中，这位十五岁的少年被边塞的风沙吹走了很多青涩意味，身姿仿佛也挺拔了不少。书院学生日后的培养目标是成为朝廷官员，并不会与军队系统发生关系，但大唐以武立国，培养计划中前线实修是必不可少的一个环节。宁缺看着这些来到前线不足一月，但气质精神比在长安时改变不少的书院学生们，赞赏说道："看来大家都还是很习惯这里的生活，我就放心了。"

东胜寨处于唐军防线最东头，距离左帐王廷某部落极近，又与燕国军队还有中原诸国来援的青年高手们极近，承受双重的压力，可以说是援燕军中最艰苦的地方。千年来书院的实修原则一直是哪里最艰苦，学生就去哪里，于是这座驻扎着三千兵马的黄色土城里有最多的书院学生，包括游骑在内，碧水营里有十一名学生。

碧蓝色的湖畔，司徒依兰取出手帕打湿，将额头上的灰土擦去，回头看着沉默的宁缺问道："不习惯被前呼后拥？"

宁缺走到湖畔，看着湖底的万年陈木影子，笑着说道："被前呼后拥，被人尊敬本来就是我们这种人的奋斗目标。你自幼在长安城将军府里长大，娘子军威震四方，哪里明白我们这种底层百姓的心态。"

司徒依兰站起身来，把手帕递给他，说道："但我先前看你笑得挺勉强。"

宁缺擦了把脸，说道："这些同窗现在对我说话这般恭敬，反差太大有些适应不了。"

"所以你想一个人和我来湖边走走？"

"是的。"

"军队是最讲究阶层的地方，军令如山，只要是上级，无论他发布的军令有没有道理，无论你是不是认为这是送死，你都必须骑着马向前冲。"司徒依兰望着他说道，"离开书院来到前线，参加几次战斗，被将军们狠狠捶打几番，他们自然就明白这个世界终究还是靠实力说话。"

"说到战斗和实力。"宁缺看着她笑着说道："我最开始认识你的时候，认为你不过是个仗着家世横行长街的恶女，传说中的娘子军我未曾见过，也不以为有多了不起。真没想到你会主动选择来东胜寨，而且在这里干得这么漂亮。"

毕竟是从大唐各郡挑选出来的年轻俊彦，一旦适应了军营的森严规矩和残酷的战斗，参加实修的书院学生们很快便开始展现自己的能力，虽然还只是些低层军官，但在自己负责的那部分都做得有声有色。司徒依兰出身将门世家，敢于任事，表现尤其优异，来东胜寨不过月余，已经率领游骑入荒原侦察六次。其中有两次与王庭游骑相遇，斩首过十，军功已经报到土阳城，就等着马上被嘉奖提拔。

"左帐王廷根本没有胆量全面开战，那些游骑也根本不是王庭精锐，是小部落自己的骑兵，只不过为了军功漂亮，所以才会这么写。"司徒依兰一身飒爽英气，毫无半点骄娇之气，说道："杀些小部落骑兵算不得什么，真要和王庭骑兵对上，我不敢言胜，只能争取多杀。"

宁缺揉了揉有些僵硬的手腕。离开渭城将近两年，他的刀锋上已经有两年未曾染过草原骑兵的鲜血，此时听着司徒平静而极富热血感的话语，不禁有些怀念那些驰马梳碧湖，执刀砍柴的血战时光。

司徒依兰在湖边转过身来，眉梢缓缓挑起，极有兴趣看着宁缺的脸，说道："父亲曾经调阅过你在军部的档案，但只告诉了我一些大概，不肯告诉我太多的细节。被我追问得急了，也只说若日后有机会和你并肩作战，一切听你的便是。我很少见到父亲对人评价如此之高，你究竟在渭城做过些什么？"

"能被云麾将军这样评价，还确实有些自豪。"宁缺的目光越过她的肩头，落在碧蓝的湖面上，想着渭城那些岁月，沉默片刻后说道："在渭城的时候，我主要做一件事情。"

"什么事情？"

"杀马贼。"

"听说荒原上的马贼最凶悍，甚至连金帐王廷的骑兵都不愿意去招惹他们。"

"没有那么夸张。不过马贼的组成很复杂，有真正的马贼，有没饭吃的流民。我就在梳碧湖那里见过燕北过来的流民，隔着这么远，也不知道他们怎么翻过岷山的。而且你肯定想不到我所遇过最厉害的马贼竟是金帐王廷的骑兵伪装的。"

"金帐王廷的骑兵？那是你胜了还是他们胜了？"

"我说过我只做杀马贼这件事情，如果是他们胜了我怎么杀？"

宁缺看着她说道："我想云麾将军之所以对你说那番话，大概是知道我在荒原上有一手杀人活命的好手艺，其实这并不稀奇。"

司徒依兰看着他说道："杀了那么多马贼自己还没死，你很厉害。"

宁缺说道："这一点我不否认。都说世间修行者最强，但以我遇见过的那些修行者来说，若把他们放到荒原上，只要遇到一队百人的马贼，他们绝对活不下来。"

"可你还是想要成为一名修行者。"

"因为我会杀人，如果成为修行者，我就能成为一名能杀人的修行者。"

宁缺停顿片刻后，笑着说道："我一直有个想法，你不要到外面乱说。"

司徒依兰大感兴趣，说道："我保证不会泄密，快说。"

宁缺走到湖畔，看着向北方延伸看不到头的幽蓝湖水，说道："修行者确实拥有足够强大的个人实力，但在我看来，世间的这些修行者并不知道怎么杀人。"

司徒依兰思考很长时间后，蹙着眉头问道："杀人……不就是杀人吗？"

宁缺看着她连续问出几个问题："怎样花最少的力气杀人，怎样在实力远不如敌人的情况下杀死对方，怎样利用环境风势甚至阳光杀人，怎样在重伤将死的情况下榨出最后的力气杀人，怎样杀人而不被人杀？"

司徒依兰摇了摇头，心想自己在荒原上遇着草原骑兵，拿起弓箭便射，拿起朴刀便砍，哪里有这么多说法。

"如果杀人真是这么复杂的事情，你可不可以教我？"

"这种事情没办法教，杀的人多了自然就会了，所以边塞军营是最适合磨炼杀人技法的地方，而修行者们很少会在军营里修行。"

宁缺说道："幸运或者不幸，我在渭城军寨里生活了很多年。我想这就是云麾将军觉得我还不错的地方，也是现在的你暂时还不能理解的地方。"

司徒依兰看着他好奇问道："你是第一个来边塞实修的书院二层楼弟子，难道说你的目的就是想在军营里修行？"

"如果有机会，我当然愿意用修行者的本事在战场上试试。"

宁缺重新抬步，顺着湖边的细圆白石向东边走去，自嘲说道："但现在看起来，无论是土阳城还是朝廷，都不会给我这种机会。"

司徒依兰看着他的背影摇了摇头。

宁缺静静看着幽蓝的湖水，看着远处水面倒影里的树木白云，看着更远处肉眼无法看到的荒原深处，觉得手指越来越痒。不知道有没有修行者专程在战场上修行，他确实对这种设想很感兴趣，然而真正令他手痒的不是这个设想，而是很简单的一些东西。

身在荒原，嗅着风中传来的马粪味道，还有那些微焦的不知何种长草燃烧的气息，他觉得自己身体每一部分和身后负着的三把长刀都兴奋得微微颤抖，难以抑止想要策马冲入草原深处，挥刀砍倒一个又一个的敌人。

只可惜眼前这道幽蓝的湖并不是梳碧湖。

东胜寨周边这片湖不知道在草原蛮人中叫什么名字，细长得像个腰子，从这里一直延伸到极北的荒原深处，根本看不到尽头。因为湖水太深的缘故泛着幽蓝的光泽，就像是被融化复又凝结成丝的蓝宝石。

"这是片咸水湖，湖水不能饮用，所以没有在这里扎营。"司徒依兰看着他静静望向湖面的目光，抬起手臂指向远处湖畔的山林，说道："蛮人的游骑以往侵南时，都是从那片山林里钻出来，很是突然。不过最近这些天早已没有草原人敢靠近这里。"

宁缺看着那处隐约可见的雾中林木，问道："现在能过去吗？"

"越过那片山林，便到了燕军的东线，为了避免麻烦，我们都不怎么过去，当然他们也不怎么过来，双方有默契不理会那里。"

"有见过那些人吗？"

"什么人？"

"因为西陵神殿诏令赶来的各国年轻高手，剑阁白塔什么的。"

司徒依兰摇头说道："没有见过。不过上次遭遇游骑之后，东胜寨遣兵去驱逐那个部落，结果遇到了西陵神殿的护教骑兵。"

听着护教骑兵四字，宁缺转过身来，问道："然后呢？"

司徒依兰想着当日情景，依然有些生气，冷笑说道："明明是我们碧水营的战斗，而且基本上已经全歼敌人，结果一直冷眼旁观的那些神殿骑兵最后冲了上来。"

"他们想抢功？"

"嗯，很多首级都被他们砍走了，王颖和他们吵了起来，结果没吵赢。"

宁缺说道："本以为王颖在战场上成熟了不少，没想到还这么小孩子气。"

司徒依兰恼火说道："难道你认为不该吵？"

"当然不该吵，吵翻天又能吵出什么结果？我们以往在梳碧湖打柴的时候，若遇着七城寨的人过来抢军功，我们从来不跟他们吵。"

宁缺看着平静的湖面，摇头说道："我们直接抽刀子砍。"

3

宁缺军人出身，最厌憎抢战功这种事情。正如他此时所言，在渭城外的荒原上，若遇着七城寨别的部队抢战功，他和他的伙伴们会直接抽刀子砍过去。

谁砍赢战功便归谁，荒原上的道理规矩就是这么简单。

碧水营的唐军竟然眼睁睁看着自己的战功被西陵护教骑军抢走，除了骂上几句竟是没有抽刀子把对方追杀到屁滚尿流？他困惑不解之余难免愤懑，过了会儿心情才平静下来，想着此间远离土阳城，唐军将领低调保守些也不为过。他摇了摇头，看着湖泊远处的荒原说道："若是我带着部队进荒原打柴，西陵那帮神棍打手敢来抢柴火，你看我怎么收拾他们。"

司徒依兰没有回头，笑着说道："听说长安城里很多大臣都想招你当女婿。"

以宁缺现如今在长安城里的名声，且不提夫子亲传弟子这道荣光，单说陛下对他的欣赏喜爱，也足够无数朝臣开始琢磨把自己的女儿孙女推销给他。宁缺笑了笑，说道："云鏖将军想来不会有这种意思。"

司徒依兰回头看了他一眼，说道："父亲知道我与你相熟，还真动过这个念头。"

宁缺觉得脸颊有些微烫，下意识里摸了摸，不知该怎样接话。司徒依兰背着双手，踩着湖畔的白色圆石继续向前，说道："不过我没有答应。"

宁缺看着一身轻甲的少女身后晃动不安的黑色发辫，沉默片刻后终究没能忍住心中的好奇以及那不能宣之于口的某种情绪，问道："为……什么？"

"呵呵，因为我不想嫁人啊。"

少女的回答很简洁有力，清脆的笑声惊醒湖面薄薄的冰膜："这些年来，帝国一直没有女将军。我想成为女将军，所以哪里有时间想嫁人这种事情。"

宁缺听着她吐露心声，不禁有些惭愧，将靴子前面一颗形状有些怪头怪脑的白石踢进湖中，说道："我一心修道，也没时间考虑这些事情。"

司徒依兰转过身来，看着那颗将薄冰砸烂的石头缓缓沉入湖底，沉默片刻后爽朗一笑，看着他问道："如果有时间考虑，你喜欢怎样的女子？"

听着这个问题，宁缺不由想起在书院后山里与陈皮皮的那番对话，思考很长时间后，他揉着下颌认真说道："我喜欢漂亮的女生，皮肤白皙，丹凤眼，一点朱唇，身材丰腴最佳，性情方面最好能聪明一些，别老让我考虑事情。"

司徒依兰看着他摇摇头，感叹说道："你的要求还真不高，和世间绝大多数男子的想法都差不多，怎么看都看不出一些新意。"

生活本来就是一件很没有新意的事情，无论在长安城还是在燕北荒原，天天爬楼和天天闲逛能找出什么本质上的差别？

在东胜寨实修的书院学生们各有各的战斗任务，不可能天天陪着宁缺逛寨子吃饭喝酒聊天，他只好自己一个人去逛寨子吃饭喝酒和自己聊天，单调枯燥到了极点。过了数日他终于再也无法忍受这般无聊的生活，偷偷摸摸牵出大黑马，避开那数十名形影不离的骑兵视线，出了城寨来到碧蓝一片的湖畔散心。

再没有数十名骑兵不远不近缀在身后当第二个太阳，宁缺今天走得更远了一些，顺着碧湖向东跑了两三里地，觅着处幽静的湖畔停下。他堆了个土灶，煮上一锅鲜蔬汤，嗅着渐起的香味，在安静无人的湖畔坐了下来。现在没有桑桑在身边服侍自己，他只好自己服侍自己，好在桑桑小的时候两个人的饭都需要他做，手艺依旧娴熟，从未忘记。

荒原地北，尤其是在中原与大草原中间的这片地域，常年刮着西北风，非常寒冷。他身上穿着厚厚的棉袄，外面还有件黑色的挡风罩衫，就这样坐在湖畔，不知道是那碗温暖的鲜蔬汤起了作用，还是修行有所得，总之并不觉得太冷。

湖水近岸浅处十分透明，能清晰地看到底处的白石和那些倒伏亿万年的树木，往远处望去湖水则变得越来越蓝，被两岸的山林和矮崖一束，细细长长看不到尽头，一直延伸向极北的荒原深处。微微摇晃的湖水像渐要融化的蓝色宝石，将那些被寒冷空气凝结成的薄冰，一片一片推到湖畔。有的渐渐化去，有的则是重叠在一起，相信随着冬意越来越浓，这些薄冰最终会变成厚实坚硬的冰块。

看着随湖波起伏的薄冰，宁缺想起传说中那些站在冰下的人，又想起前些日子和司徒依兰在湖畔漫步时说到的那些事情，脸上不禁流露出自嘲的情绪。

来到燕北荒原已经月余，未曾见到夏侯，自然没有办法代陛下去看看他。土阳城虽然近，但他实在拿不准应不应该去，他也不知道现在遇着夏侯会出现什么问题。而荒原之上虽然零星战斗一直在发生，但援燕军上层知道他的身份，派了几十名精锐贴身保护，他也没办法去尽情杀上几场，时间难道就要这样虚度下去？

作为一个很艰难才活下来并且活得越来越好的年轻人，宁缺很清楚要做到这些依靠的是什么，所以他不会允许自己虚耗太多时光，在湖畔想男女这种无意义的事情。想想夏侯这等有意义却没办法的事情后，他便开始冥想修行。

微寒的风从湖面上吹了过来，吹颤岸旁堆着的薄冰，吹颤他紧闭双眼上的睫毛。他的膝上搁着一把细长的朴刀，随着冥想的深入，无形的天地元气渐渐汇聚到他身旁，再轻轻柔柔覆盖到刀锋之上。刀上刻着的那些简洁符文线条仿佛感应到了什么，天然光线造成的阴影突然变得比前一刻更深了些，然后开始嗡嗡鸣叫，奇异地振动起来。

一片不知被湖风从何处卷来的枯草叶刚刚落到刀面上便被弹震到空中，被那股无形力量瞬间撕扯成数百丝极细的草丝，然后飘飘洒洒落入湖中消失不见。

他膝上横着的朴刀在微微振动，身前湖畔白色圆石间的清水也在微微振动，那些看似脆弱实则绵软有黏力的薄冰渐渐震碎，顺着湖浪漫无目的地散开，映射着天空，仿佛出现数十个一模一样的苍穹。

被粗布裹得紧紧的大黑伞，沉默地躺在他的身旁。

不知道过了多长时间，宁缺结束了冥想，看着身前白色圆石间的碎冰块，知道自己不会再在不惑境界停留太长时间，已经开始接近洞玄境界。

当初他在朱雀大道上悟道，然后迅速击破初境感知二境，直接进入不惑，连他自己都不知道是怎样做到的。所以现在的他对于修行破境根本没有任何认识，此时冥冥中感觉到快要破境，却不知应该怎样去做。他有些无措想道："难道要去土阳城发封符文信件给书院的师兄们求教？"

正这般想着，他忽然注意到身前的薄冰堆得越来越多，往右手前方远处望去，只见有很多片像镜子一样闪光的薄冰正缓缓流了过来。在岷山荒原生活了这么多年，他对野地湖泊非常熟悉，只是看了几眼，便知道湖中肯定有一道隐流，才会把这些薄冰推过来。只是这片如美人腰的碧湖，看着风平浪静，又是从哪里来的隐流呢？

知道这片湖畔山林没有蛮人敢过来，应该没有安全方面的问题，他忽然起了探幽的念头。他站起身来，背上沉重的行囊，顺着那些像小镜子般的薄冰逆流而上。

逆流而上，有没有一位佳人在水那方？

顺着湖畔走了约几里地，隐隐可以看到前方有道水流正在冲击着如宝石般安宁的湖面，撞出无数美丽的小漩涡。只是那处垭口旁密林丛生，虽然枝叶早已落光，却依然遮住了林后的动静，看不到溪水。宁缺知道那里就是自己寻找的世外桃源，闻着空气中传来的淡淡硫黄味道，更猜到那里可能有一眼温泉，不由面露喜色。

忽然间，一抹玉白色映入他的眼帘，然后是一抹碧蓝闪过，就像是这片湖。宁缺眼中忽然生出警惕之色，不是因为那抹深深映入他眼中的碧蓝色，而是别的原因。他闪电般拉弓搭箭，瞄准密林中某处，沉声说道："出来。"

林中一阵簌簌声响，十几个年轻人缓缓走了出来，有人同样用弓箭瞄准宁缺，更多的人警惕地看着他，左手握鞘，右手紧握着鞘外的长剑柄。宁缺根本不理会瞄准自己的锋利羽箭，只是平静瞄准这些年轻人当中年纪最小的那名少女，手中黄杨硬木弓稳定如山，弦绷若月，羽箭静若湖石，然而却给人一种感觉，只要他愿意，弦上那支安静的羽箭下一刻绝对会射穿那名少女的胸膛。

这种感觉是如此的强烈，以至于那几名瞄准宁缺的少女紧张得表情都僵硬起来，那些握着细长剑柄的手更是微微发白，至于被宁缺弓箭瞄准的那名稚龄少女，更是脸色苍白，微微隆起的胸脯剧烈起伏不定。

一名少年勇敢地跳到那名稚龄少女身前，左膝向前微屈，搭了一个前箭马步，左手紧握剑鞘，大拇指隐隐用力顶住乌木剑锷，右手肘部回屈倒提手腕。

宁缺看着少年握剑的姿势，又看了一眼这些少女们身上的衣饰气质，猜到他们来自何处，心情稍放松了些。他看着那位执剑做英勇状的少年笑着说道："斩箭式？对我的箭没用。"

那名少年被敌人轻视，脸上骤露怒容。

"我是唐人。"宁缺说出自己的来历，然后放下手中的黄杨硬木弓，看也不看这些紧张望着自己的年轻人一眼，自行把羽箭收回箭筒之中。

既然猜到这群少男少女的来历，他便知道不会有任何问题，但因为对方明显没有什么战斗经验，所以他先行放下武器，以免对方因为紧张而犯错。

果不其然，听到他是唐人，前一刻还表情警惕的少女们脸上的神情顿时变得放松起来，放下弓箭松开剑柄。

"我们是大河国墨池苑弟子。"

4

因为长安李氏皇族雄瞰天下，因为西陵神殿，中原诸国与大唐帝国之间的关系向来谈不上融洽，虽然慑于唐国兵甲之威不敢稍有轻慢，但在内心深处绝对没有什么好感，只有大河国是一个特例。

地处大陆南方的大河国与大唐帝国之间隔着大泽森林还有南晋广袤的国土，交往极为困难。但不知道是不是因为距离容易产生美的原因，从很多年前开始大河国君民便一直仰慕唐国文化，无视艰难漫长的交通路途，隔一段时间便会遣出使节学生入唐。长安城的风物文化在大河国内极为流行，大河国从朝廷官制到民间日常生活的很多细节上，都能看到唐风的影响。

出现在碧蓝湖畔密林边的这群少男少女身着浅色开裙，腰带宽长华丽，正是大唐开化年间最流行的服饰风格。这些少男少女眉眼平静柔顺，目光却专注坚毅，腰间佩着的乌鞘木剑长而微弯，正是大河国特有的秀剑。

从这些细节中，宁缺很快便断定对方是大河国人。世代交好的两国子民彼此间都有天然的亲近感和信赖感，根本不相信对方会对自己存有恶意，所以他毫不犹豫放下了手中的弓箭。正如他所料，当这群少男少女知道自己唐人的身份后，也很快便释放出了善意，报出自己的师门宗派。

大河国墨池苑是书圣王大人修行居所，这些出现在燕北荒原上的少男少女自然便是书圣门下子弟，其中大部分都是女弟子，只有三四名男弟子。先前那名被宁缺用黄杨硬木弓瞄准的少女走上前来，眨着好奇的大眼睛，像看见某个好玩事物一般看着宁缺，问道："你真是唐人？"

这名穿着藕色长裙的少女大约是惧寒的缘故，脸畔颈上围着一圈毛茸茸的围巾，配着清稚的面容，乌溜溜灵动的大眼睛，显得格外可爱。宁缺笑着回答道："冒充唐人有什么好处？"

少女掩嘴一笑，说道："除了城里的唐人行商，我还没见过长安城来的唐人，所以有些好奇。"

一位约莫二十岁左右的女子走上前来，带着歉意向宁缺行了一礼，从怀中取出一份燕国军部勘发的身份文书，然后请宁缺取出自己的身份证明文书。这里毕竟是荒原，距离战场不远，总不能因为宁缺一句话便解除所有警惕。他很理解对方的小心，解下背后行囊，取出土阳城核发的文书交给对方。

确认宁缺是唐人之后，这些来自大河国墨池苑的弟子顿时变得更加放松，那些少女围在一处远远看着他好奇地议论着，那位女子则是诚恳致歉说道："先前不知公子身份，妄以刀剑相指实在唐突，还请公子见谅。"

他笑着摇了摇头："姑娘实在是太过客气，这眼温泉本来就是你们先发现，我才是那个不速之客，若要道歉，也应该是我道歉才对。"

那双十年华的女子迟疑片刻后说道："果然不愧是上国人物，言语性情温和大度，在下墨池苑三弟子酌之华，若公子欢喜这眼温泉，不若……"

若是一般唐国军人，想来也不会让这位墨池苑的三弟子如此重视温和。只是此地离东胜寨不远，宁缺身上穿着的那件黑色罩衣乃是红袖招简大家的送行礼物，无论材质还是绣工都是世间第一流本事。大河国的女子哪有不了解大唐衣饰的道理，只看了一眼便猜到宁缺定然来历不凡，说不定便是那些听说在东胜寨里实修的书院学生，于是态度越发温和谦恭。

"哪有这等道理。"宁缺笑着说道："我只不过沿湖随意行走，偶尔发现湖流有异，猜到这里可能有山溪，事先也没想到会是一眼温泉，你们不用理我。"

听着这话，那女子表情平静依旧，心中却是松了一口气。以大河国对唐国的尊敬，尤其是猜到宁缺可能来历不凡，若在别的时候，她大概会直接带着师妹师弟们离开，把这眼温泉让给宁缺，只是现在却大有不便……

"如此那便不打扰上国公子清修了。"酌之华见他没有自报名号的意思，自也不便冒昧相询，微笑说了一声，蹲身恭谨行了一礼，便带着那群少男少女向密林中走去。

宁缺看着密林深处，隐隐约约看见热泉蒸腾而出的水雾，还有一抹约一人半高的黄色布围。没想着沿湖漫步，居然能遇着大河国墨池苑的弟子，今天的运气好像也不是太糟糕。他拾起地上的行囊，转身便向来处走去，想着先前经过湖畔一处白石浅池风景也不错，便打算去那里冥想清修。

正在这时，身后忽然响起一道碎碎的脚步声。他好奇转身，先前那名被自己用弓箭瞄准的大河国少女跑了过来，因为跑得太急，嫩嫩的小脸蛋儿上满是红晕，颈间毛茸茸的兽尾早已散开，愈发可爱。

宁缺问道："请问有什么事？"

少女睁着黑漆漆的大眼睛，盯着宁缺满是温和神情的脸颊，想着先前那个平静而冷漠恐怖的箭手，下意识里挠了挠头，问道："您能不能告诉我，先前我们一起从林子里钻出来，那么多师兄师姐，为什么您要用弓箭瞄准我？"

"如果我说擒贼先擒王，你信不信？"宁缺笑着回答道。

少女咯咯一笑，摇头说道："当然不信，墨池苑这么多弟子，我一直是最差劲的那一个。而且那时候我手里什么兵器都没有，师兄们手里有弓箭，师姐们腰畔都佩着秀剑，你这么强，当然不会把我看成最有威胁的那个人。"

宁缺没有想到她从那次瞄准中能想到这么多东西，微微一怔后诚实回答道："之所以瞄准你，确实是因为你是人群中最弱的那个人。"

接着他补充解释道："以寡敌众，若不能锁死敌人当中最重要的那个人，就锁死敌人中最容易被攻击致死的那个人，这样接下来才比较好谈条件。"

少女好奇看着他问道："如果……当时真有什么误会，你真的会射我吗？"

宁缺点了点头。

少女如漆般的眸子里流露出吃惊的情绪，说道："唐人难道也会欺负弱小吗？"

"我们唐人也是普通人，有好人也有坏人。"

少女不解问道："可你不是坏人啊。"

宁缺看着像幼兽般可爱的小姑娘，忍不住伸手揉了揉她脑袋，笑着说道："战场上没有好人和坏人的说法，只有死人和活人。"

停顿片刻后，他看着她微红的白嫩脸蛋儿，不知道是被牵动了哪些回忆，脸上的笑容渐渐敛去，认真说道："在战场上，不是你杀死敌人就是敌人杀死你，小姑娘，如果你不想死在这里，一定要记住这一点。"

少女用力点了点头。

"你追过来就是想问这些事情？"宁缺问道。

"嗯。"少女笑若初荷，微羞面红，"我还想告诉你，我叫天猫女。"

说完这句话，她转身向温泉山溪方向跑去，再也没有回头。

宁缺看着少女的背影忍不住笑了起来，心想只听说大河国人的名字向来极有趣味，但真没想到会有人叫天猫女。这名字实在说不上好听，但和小姑娘好奇漆眸与毛茸茸的可爱感觉还真有几分相衬。

顺着湖畔向回没有走多远，便看到了岸边低处那片从白石里渗出的水形成的水池。清澈池水底部岩层像书页一般清晰，风景不错，他确认距离够远，不会被黄色布围后那些大河国少女误会后，解下行囊坐了下来。

湖畔的空气中依然有淡淡的硫黄味道，想着山溪居然是温泉，没有办法饮用，他才明白为什么无论是荒原上的部落还有燕国联军，都没有选择靠近这些扎营。回头望向远处隐约可见的黄色布围一角，他落在圆石上的右手下意识地轻轻抓了一下，回味先前揉天猫女脑袋时的触觉。回味片刻后，他才明白此时的回味是因为自己已经很久没有揉到桑桑的脑袋。

这处湖岩石池四周风景颇美，清静怡人，更关键是天地元气充沛，既然没有办法跳进山溪与大河国少女们共浴快活，宁缺自然舍不得放弃这么好的修行地。第二日，他又骑着大黑马来到了湖畔。

坐在湖风之中闭目静静冥想，睁开双眼，抬起手指在风中轻轻画着意味难明的线条，只有他自己知道，这些线条组合在一起便是符文。目光随着指尖在空无一物的空中移动，遇着难解的关口，他皱着眉头思考很长时间，挥手把意想中的符文全部抹掉，然后继续用手指画着无形的符文。不知不觉间日头移至中天，微寒的风被照耀得稍暖和了些，他解开身上的罩衣领，站起身来伸了个懒腰，松泛一下僵硬的身体和微酸的手臂。

便是一伸腰的慵懒、一探臂的惬意，他的目光很自然地向右前方飘去，落在远处林溪间若隐若现的黄色布围上，也许这是身体的自然，也许是心理的自然，总之他往那边望了过去，耳中甚至还听到了溪水微溅和银铃般的笑声。温泉汤如羊乳，少女嬉戏若小鹿，这等想象终究不能把肚子变饱。宁缺行离石池，觅了块干燥地开始堆灶煮食，他今天准备炖一锅乳白的羊肉汤。

"你还会做饭吗？"天猫女出现在湖畔，睁着大大的眼睛好奇看着正在点火的宁缺，说道："不是听说唐国的男人都不做饭，只吃现成的？"

宁缺早就知道她过来了，头也未抬，说道："在长安城的时候，我自然不会做饭，但在这种荒郊野岭，除了自己动手还有什么别的法子。"

天猫女拍拍手掌，漆眸一转，蹲到他身旁，勇敢说道："我来帮忙。"宁缺见她满脸希冀，虽说极不信任这位大河国少女的厨艺，但还是笑着让开了位置。出乎他意料的是，天猫女小小年纪，厨艺竟是极为精湛娴熟，只用了一会儿工夫便把所有程序完成，然后洗干净手，只等着最后揭锅。听着锅中咕嘟汤沸声音，嗅着已经开始溢出来的肉香，宁缺讶异看了她一眼。

揭盖盛汤，宁缺递了一碗过去，天猫女嘿嘿一笑，两个人坐在湖畔的寒风中开始饮着微烫的汤，从身体到心灵都变得暖和起来。

"大河国很暖和吧？"

"嗯。"天猫女点点头，看着湖面上的薄冰，打了个寒战说道："真没想到燕国居然会这么冷，路上在西陵采买的棉服，好像完全挡不住风。"

"过些天到了真正的冬天，或者进了真正的荒原深处，你才会知道什么叫刀子样的风。说起来你这么小，怎么就跟着师姐们来前线？"

"我今年十四了。"天猫女睁着大大的眼睛，看着他疑惑问道，"还小吗？"

"十四不小吗？"

天猫女眉尖微蹙，嘟着嘴说道："十四都可以嫁人了，哪里小。"

唐律好像是十六岁才能嫁人？宁缺端着汤碗，看着湖面远处缓缓扬起的热雾，想着桑桑今年刚好也是十四岁，难道在大河国便能嫁人？

喝完羊汤后，天猫女不顾宁缺的反对，极麻利地摘下颈间的茸毛围领，卷起衣袖，把碗筷锅盆刷得干干净净。看着湖畔忙碌的小小身影，宁缺很自然地又一次想起桑桑。离开长安城后的这一个多月时间里，他很少会想起家中的小侍女，然而遇到天猫女后，不知道是相似的年龄和身影还是别的什么缘故，想起桑桑的次数越来越多。

"一点小礼物，聊表谢意。"在天猫女告辞的时候，宁缺从行囊里取出一匣小点心递了过去。天猫女本想推辞，但看着木匣上精美的徽记，大大的眼睛骤然亮了起来，惊喜呼喊道："这是长安城……芙蓉记的桂花糕？"

"好像是吧。"看着小姑娘脸上的笑容，宁缺很高兴，想起来去年从红袖招给桑桑带回糕点时，好像她也是这般笑的，只是怎么又想起她了呢？

当他赠出桂花糕后的第二天，那位叫酉之华的女弟子便端着一大锅炖鱼过来当回礼。炖鱼味道确实香甜滑腻，大河国少女们的态度实在温柔挑不出半点错处，直让人受宠若惊，宁缺总不能吃白食，于是从行囊里又翻出一匣糕点作为回礼。

日子便在各种大河国炖锅与各种长安城糕点的互赠中渐渐流走。燕北荒原的寒意越来越深，冬天算是正式到来。湖畔的薄冰渐聚渐融复凝，变成像镜子般的一整片，只是靠着温泉湖岸的冰面还是一片碧蓝。

虽然并没有说太多话，连见面次数也不太多，宁缺和大河国墨池苑的少女们总之是熟稔了起来。少女们不曾问他的来历师门姓名，他也不曾询问对方为何没有在联军军营中驻扎，而是选择来到这片荒郊野外。

冬意渐隆，寒意渐盛，黄色布围后方温泉沿陡崖落下，成溪汇潭，白色的水蒸气四处弥漫，依旧温暖如春。天猫女坐在溪边的湿石上，踢打着两只小脚，手里握着几块糕点高兴地吃着。她望着温溪下方的那道水潭，大声喊道："最后两块桂花糕了，你真不吃？"

酉之华走到溪畔，看着水潭方向微笑说道："山主，试试吧。"

乳白色的水雾弥漫在水潭上方，只隐隐约约能看到一个人影，忽然一阵寒风从山林深处吹来，穿透布围将潭面上的热雾吹得摇晃不安，视线稍微清晰了些。水潭中有一处探出水面的岩石。一名少女安静坐在岩石上，背对着溪岸，她下身裹着轻薄的白色湿布，上半身未着丝缕，黑发如瀑垂在赤裸如玉的背上，水滴缓缓从发端落下。

"你们吃吧。"

酉之华看着潭中的少女，忧虑说道："山主，联军根本不愿意理会我们，无论后勤还是营地都诸多为难，难道我们就在这里一直待下去？"

天猫女将肩上湿漉漉的头发甩到身后，走到潭边气鼓鼓说道："依我看，我们不如干脆去东胜寨，唐国将军肯定会欢迎我们。"

酌之华揉了揉她的脑袋，无奈说道："虽说大河与唐国世代交好，但我墨池苑弟子毕竟是领受神殿诏令前来，陛下可不敢得罪神殿。而且不要忘记师父他老人家是神殿客卿，我们若离了联军去唐营，会给师父带来麻烦。"

天猫女漆眸一转，说道："师姐，要不然干脆把你身份告诉他们。前些天看花痴陆晨迦跟着天谕院进军营时，那些燕国和月轮国的家伙们那么老实恭敬，如果让他们知道你也在这里，哪里还敢对我们这么坏。"

潭中石上的黑发少女沉默片刻后，轻声说道："何必争这些闲气。"

偶有一日，宁缺来湖畔比平日早了些，他在石池旁放下行囊，心想墨池苑的少女们应该还在休息，随意向那处望了一眼。

然后他看见了一道美丽如画的风景。

他看见一幅美丽如风景般的画。

熹微晨光之中，在伸向冬湖间的斜斜树枝尽头，站着一位少女。那少女身着轻薄的白衣，黑发如瀑随意束在身后，赤裸双足踩着细弱的枝头。随着湖面上拂来的寒风，树枝轻轻上下摇摆，她的身体也随之微微摇摆，显得极为惬意，仿佛迎面来的不是冬日荒原的风，而是温暖的春风。

宁缺静静看着她，没有发出一丝声音，下意识里不想破坏这幅画面。

站在斜斜树枝尽头的白衣少女却仿佛感应到了他的目光，轻拂白袖，身影瞬间消失在黄色的布围后方。只有那根细弱的树枝，还在湖风中轻轻摇摆。

宁缺看着在微颤的树枝，眉梢缓缓挑起。他没有看清楚她的容颜，只记住她如魅离开时白衣腰间系着的那根蓝色缎带。

一抹白衣，若湖上的云。

一抹碧蓝，若湖中的水。

5

那位白衣少女消失在布围后，再也没有出现过。从清晨到傍晚，宁缺时不时转头向山溪方向望去，脖子和眼睛都开始发酸，却依然没能再见到白衣蓝腰的风景。

他暗自猜测着那位少女的身份，却只能确定是大河国墨池苑的女弟子，别的方面便想不出任何所以然，只得悻悻然收拾行囊回到了东胜寨。

冬意开始笼罩荒原的这段时间里，燕北局势悄无声息却又明确地发生着变化。中原联军与左帐王廷之间的零星战斗让荒原上多了数百具骑兵尸体，也阻止了双方之间的任何贸易往来，彼此的决心和筹码都已经看得清清楚楚。于是左帐王廷单于不出意外地遣出使者，向中原人转达了自己议和的想法。

既然要开始谈判，当然要有负责统一思想、主导谈判进程的人。夏侯将军自然不可能离开土阳城去荒原亲自谈判，大唐也不可能允许让西陵神殿一方主持此事，几番争论下来，最后的决定是大家都去人。

荒原里的试探性攻守和宁缺没有关系，马上将要展开的谈判和他也没有关系。虽然援燕军上层知道他背景可怕，但他毕竟没有任何军方身份。其实以他如今的身份地位，代表唐军前去谈判倒也无妨，只是土阳城大将军府里的谋士们哪里敢让他去荒原冒险。

窗外北风呼啸，屋内热气烘烘，宁缺在桌旁借着昏暗灯火专注读书。校尉看了他一眼，说道："三天前，土阳城有人伪装成商队出城，方向应该是荒原。虽说现在和谈将启，但禁商令没有解除，不知道这些人急什么，我总觉得不像是军营里的谍探。"

作为一名帝国暗侍卫，校尉在知道宁缺身份后便唯他马首是瞻。按道理来说暗侍卫只能禀报自己知道的，不要说任何猜测的，然而想着土阳城那支奇怪的商队，他终究还是没有忍住，试探说道："听说……夏侯将军是西陵神殿客卿。"

"不用在这里试探来试探去，陛下想做什么，我不清楚，我奉陛下暗命前来燕北荒原要做什么，你也没有必要清楚。"宁缺放下手中书卷，看着他摇头说道："全天下都知道夏侯将军是西陵神殿客卿，但这又如何？剑圣柳白也是神殿客卿，我师父还是神殿大神官，我大唐子民同样信奉昊天，难道说这样也有罪过？"

看着欲言又止的下属，他笑着摆摆手，继续说道："夏侯大将军想要见西陵神殿的人什么时候不能见？非要在打仗的时候，在燕北荒原里偷偷摸摸见面？他又不是白痴，不要想太多了，继续帮我看着土阳城便好。"

校尉领命出门。

宁缺看着桌上又变得微弱起来的油灯火苗，眉头缓缓皱起。正如他先前所说，唐人敬奉昊天，然而毕竟谁都知道帝国和神殿是两路人，不然怎么会有昊天南门的出现。夏侯身为帝国大将军，却是西陵神殿的客卿……皇帝陛下为什么会如此容忍他？为什么在多年之后陛下忽然开始不信任夏侯？夏侯如果真的暗中与西陵神殿勾结，妄图对帝国不利，他能做些什么，最关键的是神殿能给他什么？

随着冬意真正降临，燕北迎来了第一场雪，东胜寨也迎来了一位阵师。这位阵师拿着中军帐的文书，言道因为天寒地冻的缘故，中军帐担忧各处边塞防线里的防御阵法会受到损害，所以派自己前来检查修复。

世间修行者数量极少，符师阵师更是罕见，无论是在繁华城池还是苦寒边塞，这样的人物总是尊贵不已。尤其在战场上，能够有位优秀的阵师，军事防线便等若天然稳固数分，所以这位阵师的到来，得到了将领及普通士兵们的热烈欢迎。

东胜寨将军殷勤地将这位阵师迎入帐中，正准备宰羊烹牛好生款待一番，却不料这位阵师挥手遣走服侍的兵卒，看着四下无人，表情严肃问道："十三先生可在？"

乌黑色的腰牌仿佛反射不出任何光线，暗哑黑沉却没有脏脏的感觉，更像是一块在大河国墨池里泡了千年的墨玉石。两块腰牌缓缓靠近，待只差一线时，仿佛有某种吸力一般，自动吸附在一起，上面那些看着不起眼、实际上则是巧夺天工的暗符完美地楔在了一处。

宁缺看着合在一处的腰牌，好奇说道："原来还有这等用处。"

"天枢处腰牌都是特制的，就算是西陵神殿也很难伪造，所以只要看见腰牌，便能确认持有人的身份。"那位来自中军帐的阵师向宁缺解释了几句，然后站起身来长揖一礼，恭恭敬敬说道："天枢处阵师曲向歌，见过大人。"

宁缺看着阵师花白的头发，不愿受这一礼，赶紧扶起，说道："我只不过是个天枢处的编外人员，哪里是什么大人。"

阵师看着他手中那块乌黑的腰牌，眼中全是慨叹和笑意，解释说道："大人，您这块腰牌可不是什么编外人员便能拿在手里的，这块腰牌的权限极高，除了国师大人和天枢处主官，即便是南门中的行走也使不动您。"

宁缺把腰牌收了回来，举在空中认真看了半天，也没有看出什么所以然，心想那日进宫，陛下最后给了这么块腰牌时，自己还颇有不满，如果这块腰牌真像此人说的那般厉害，自己好像错怪陛下了。

阵师打趣说道："就算不以天枢处官职论，我乃是昊天南门第三十四代弟子，您是颜瑟大师传人，按辈分算是我师祖，莫非大人您是想要我跪下来给您叩头？"

宁缺笑着摆摆手道："我知道自己辈分高，但真没想到高到这种程度。闲话少叙，你今日专程来找我，想必是有重要事情要说。"

"荒人南下，逼得左帐王廷部族南迁，这件事情怎么看也不是什么大事。所以当神殿发出诏令后，朝廷一直觉得有些奇怪，就算是忌惮魔宗余孽可能因荒人复起，也没有道理摆出如此大的阵仗。护教骑军倒也罢了，可以解释为神殿想要向天下信徒炫耀武力，但除了隆庆皇子，听说神殿还派出了更厉害的强者，裁决司的暗谍有很多已经潜入荒原，不知所终，他们究竟想做什么？"阵师看着宁缺的眼睛，认真说道："朝廷让天枢处查神殿究竟因为什么原因才会如此大动干戈，我们调动了很多人手，甚至动用了神殿里的同门……"

听到这句话，宁缺眉头微挑，问道："我们天枢处居然在神殿里也有人？"

阵师点点头，微笑解释道："南门与神殿终究一脉相承，神殿肯定在南门里藏了人，南门自然也能在神殿里藏人，南门的人自然也就是我们天枢处的人。"

"解释得够清楚，请继续。"

"我们花了一个月的时间，查到这件事情应该和传说中的七卷天书有关，但大人，很抱歉的是，我们没有什么证据，只是拿到了一块布角。"阵师从袖中取出一块布角，从缝线上看这块布角应该是衣衫下摆，然后被人用蛮力撕烂，布角上有两个暗红近墨的字迹："明卷"。

宁缺看着布角上这两个字，眉头皱了起来，伸出手轻轻触摸暗红发乌的字迹，说道："这是血书。"

阵师看着他低声说道："神殿里的同伴想尽一切方法只送出了这块布角，然后便再也没有任何消息，估计应该是被人发现了。"

能够在西陵神殿这种地方发现如此大的秘密，并且还能把这个秘密送出来，可以想见那名天枢处藏在西陵的奸细在神殿里的地位并不低。宁缺皱眉看着布角上的两个血字，沉默很长时间后说道："就凭这两个字……凭什么确认和七卷天书有关？如果不是，那他岂不是死得很可惜？"

阵师说道："看到布角上这两个血字后，天枢处里没有人把这与传说中的七卷天书联系起来，直到国师大人看到，因为他确认明卷便是七卷天书当中的一卷。"

宁缺把布角攥在手中，抬头看着他的眼睛，思忖片刻后问道："那如何能确认神殿遣强者进入荒原，与这件事情有关？"

"因为这卷天书极有可能在荒人部落中。"阵师说道。

宁缺不解问道："魔宗出于荒人部落，为什么昊天教的天书会在荒人那里？"

阵师表情复杂看着他，非常不理解为什么这位夫子的亲传弟子、未来的大唐国师居然会不知道修行世界里最著名的那段历史。

"大人……无数年前，荒人占据中原北部，横跨南北，号称最强的国度，当时昊天神殿遣光明大神官入荒原传道，便是想把荒人纳入昊天神辉之中。然而没有人能够想到，教义精湛、德望高深的光明大神官，在给荒人传道的过程中，竟然思虑恍惚入了歧途，开创了一种与正道完全截然不同的修行法门。"

宁缺揉了揉脑袋，不可置信问道："难道这种修行法门就是魔宗功夫？"

"不错。"阵师接着讲述道，"那位光明大神官妙学精进，教律森严，最擅点化凡人，当年神殿对他入荒原传道寄予极大期望，甚至让他带了一卷天书。而当他开创魔宗，成为神殿不世之敌后，这份天书自然也就留在了荒原上，再也没有在中原出现过。数十年前，魔宗隐藏在中原的宗门被中原正道尽数剿灭，就连神秘的魔宗山门听说都被一位前辈高人单剑斩成废墟，然而依然没有人找到那卷天书。

"既然连魔宗山门里也没有那卷天书，那么只有一种可能，就是早在千年之前便已经被荒人带去了极北寒域。极北寒域苦寒遥远，而且荒人强悍，即便是知命境界的大修行者也不敢随意涉足，所以这个猜想始终留在猜想之中。但现如今荒人既然从极北寒域南迁，神殿当然要把那卷天书找回来。"

听到这时，宁缺终于明白朝廷为什么会对神殿的意图做出这样的判断。他也相信西陵神殿为了夺回流失千年的天书某卷，绝对不惜掀起一场血腥的战争，不惜让千万人为之流血牺牲，不惜让隆庆皇子甚至更重要的人去冒险。

从皇帝国君到贩夫走卒，世间所有人都知道七卷天书是昊天道门最神圣的典籍，但几乎所有人都不知道七卷天书到底是什么，上面记载着什么。

关于七卷天书的传说很多，有人说天书上记载着昊天传递给人间的意志；有人说天书记载着对世事的预言；有人说天书本身就是一个凝天地之威的无上法器；还有传闻说凡人看一眼天书便能修行；修行者看一眼天书便能破境；冥界里的幽魂看一眼天书便能净化重生；圣人看一眼天书便能羽化成仙。

宁缺听说过这些传说，但当时他的生活与七卷天书这种事物距离实在太过遥远，根本没有关心，甚至有些不相信有天书的存在。今日终于知道七卷天书是真的，可他依旧不相信那些传闻，觉得七卷天书更可能是昊天道门的不传之秘籍，某种惊天动地的绝世修行法门。

"天书很重要，大家都想要，但是，这和我有什么关系？"

毕竟是书院二层楼弟子，虽然实力境界现在还弱得有些过分，但多多少少还是沾染上了些后山诸位师兄师姐的痴意与骄傲，宁缺没有被七卷天书这个名号震惊太久，很快便清醒过来，看着阵师问道。

阵师看了一眼窗外，凑到他耳旁轻声说道："国师托我给您带个话：想在荒原里找到天书很难，寻常修行者在神殿面前根本没有任何力量，他和颜瑟大师又毕竟还兼着神殿大神官的身份，不方便出手，而您恰好就在燕北，所以……"

"所以这件事情就落在我的头上了？"宁缺盯着他问道。

"正是如此，即便是这块写着血字的布角，也是国师大人亲自下命令，专程派人从长安城拿过来给您看的。"

宁缺盯着窗外飘着的雪花，沉默了很长时间，忽然他开口问道："天书长什么样？"

阵师恭敬回答道："不知道。"

宁缺目光落在他的脸上，继续问道："大小？"

阵师老实回答道："不知道。"

宁缺的眉梢微微抽动，强行压抑住情绪，再问道："神殿丢的究竟是第几卷？"

阵师摇摇头，说道："还是不知道。"

然后他指了指宁缺掌中攥着的那块布角，说道："应该就是明卷。"

宁缺拿着布角看了两眼，皱眉问道："明卷……是第几卷？"

阵师咳了两声，看着他小心翼翼说道："先前说了，卑职不知道。"

宁缺恼火说道："什么都不知道，让我怎么去找！"

阵师表情无辜看着他，讷讷说道："听闻就连神殿都没有资格供奉七卷天书，天书来自不可知之地，像卑职这样的寻常人怎么可能知道？"

听到不可知之地五字，宁缺的眉头皱得更深了些，他想起陈皮皮已经露出半张胖脸的身世真相，想起在书院里偶尔听到的只言片语，觉得这事情实在是有些麻烦。

"大人您是我大唐未来的国师，又是夫子的亲传弟子，日日在书院后山修行，能接触的事物远比卑职要高上无数层楼，您应该更清楚天书长什么模样。"

宁缺一怔，心想自己在书院后山整日忙着修行射箭，根本没有关心过修行世界的顶级传说，也没有机会向师兄师姐们打听故事，难道这种事情也要告诉你？

阵师走后，宁缺坐在窗边看着荒原方向袭来的风雪，思考了很长时间。直到今日他才发现，进入书院二层楼后还是低估了自己，没有想到连七卷天书这样的传说级物品也开始与自己发生联系。早知如此，他肯定会早早就用蟹黄粥诱陈皮皮说出身世，问出那些不可知之地和七卷天书的秘密。

忽然间，他想起土阳城大将军府派人伪装成商队进入荒原，眉尖缓缓蹙了起来。难道说夏侯也想得到那卷失落千年的天书？如果真是这样，那看来无论有多困难，他都必须好好筹划一番进入荒原后的事宜了。

6

对夏侯强大实力的清醒认识并不意味着他会因此而变得怯懦。他始终在暗中注视着这位战功赫赫的大将军，仔细寻找着对方的漏洞，琢磨着日后决战时的各种细节，甚至极没有节操地想过，怎样才能把二师兄和陈皮皮拖进这摊烂泥中。

按照他的分析，夏侯处于武道巅峰，便等若知命境界，二师兄陈皮皮两大知命加上自己，怎么也能把对方给灭了。他需要研究的问题只是怎样才能把这两位师兄绑到自己的腰带上，随自己一道投入这场轰轰烈烈的复仇事业之中。

然而还没有想明白该怎样利用书院对付夏侯之时，便听到了七卷天书中某卷遗落荒原的消息。想着悄悄伪装溜出土阳城的那个商队，他的心情微感焦虑，若真让夏侯得到那卷天书，如传闻中那般轻松破境，那还有谁能收拾他？

他推开窗户，看着屋外渐大的风雪，想着自己与夏侯之间化不开的仇恨，想着自己肩头承载着的小黑子遗下的仇恨，摇了摇头，说道："不能允许这种事情发生。"

虽说燕北边境上聚集了各国援军十余万人，其中还有来自月轮国白塔、南晋剑阁、大河国墨池苑这些地方的年轻强者，但算来算去，真正有资格与神殿裁决司争夺天书的，便只有这位在边境征伐多年、实力强大的大将军。

当然，这是在帝国朝廷和书院不正式出手的情况下。

宁缺自言自语说道："神殿客卿……陛下猜疑他会与神殿勾结，为了这卷天书，夏侯会不会和神殿产生矛盾？小宁子你又能从中利用什么呢？"

观雪赏景空想心事，不可能想出真正的办法来，但他的决心却是越来越坚定。如今荒原之上想必已经是强者云集，神殿裁决司、隆庆皇子，甚至那位连陈皮皮都感到畏惧的道痴叶红鱼都可能在荒原上，以他如今区区不惑境界，即便去了似乎也起不到任何用处，但他依然要去。

摸着石头过河，踩着冬草入原，看当时情形做出相应的手段，只要夏侯得不到那卷天书，他甚至愿意帮助西陵神殿，甚至一把火把那卷天书给烧了。

左右无事，他合上窗户脱衣上炕钻进暖和的被窝里。侧躺在微温而硬实的炕上，他想着去荒原的事宜和没有人掖被角的恼怒，辗转片刻后便沉沉睡去。

屋外的风雪越来越大，下了整整一夜，等第二日清晨宁缺醒来时，本应还黯淡的天光早已变得明亮无比，轻易地刺透窗户照进屋内，他揉着眼睛走到窗边，推窗望去，只见天地之间一片雪白，干净明亮得令人有些心悸。

湖畔早已结冰，远处的湖水却未完全冻实，漂浮在水面上的冰块承载着昨夜落下的白雪，看着就像一团团茸茸的白草，漂亮而显出几分可爱。湖畔斜斜伸展的树枝也承载着道道细雪，就像是有人替长颈鹿织了条寒酸的白色围巾。

热雾从大黑马鼻腔里喷出来，马蹄在湖畔的积雪踩出一道凌乱的抽象画。宁缺骑在马背上，看着冬雪覆盖的碧蓝湖，心神清旷舒畅。

行至这些日子静修的那处石池旁，他才发现那些由湖中渗至池中的水早已被冻成了一块晶莹剔透的玉石，上面没有落一点雪花，显得非常干净。他伸手到空中感应了一下风势，明白这是因为北风变得猛烈的缘故。

正这般想着，风中忽然传来几声闷响，似乎是金属物与某种硬质木材相交的声音。他双脚一踩马镫，直起身体向声音起处望去，只见那道温泉溪潭处黄色围布依旧，但雪林之间隐隐可以看到劲风溅射，还有正在交手的两道身影。

已然决定深入荒原，今天却依然来湖畔，宁缺自然有自己的道理，这道理和温泉溪潭旁的那些大河国女子有关，只是他也没有确定究竟应该怎样计划，没料到便提前看到了这样一幕画面。

踩在马镫之上，视线自然开阔清楚不少，他把那处的动静看得清清楚楚。

酌之华在师妹的搀扶下艰难站起身来，一道鲜血顺着她的唇角缓缓向下淌，滴在身下满是零乱脚印的雪地上，啪啪作响。

在她身前不远处有一名戴着笠帽的苦修僧人。纵使是如此严寒的天气，这名僧人依旧赤着双足，右手拇指缓缓拨着念珠，左手持着根铁杖，杖头深入雪地。

酌之华是墨池苑的三弟子，在这群少男少女里功力最为深厚，然而却依然不是这名苦修僧人的一合之敌。想着这些日子在燕国遭遇的冷遇和今天的羞辱，她盯着对方厉声说道："军营里最潮湿冰冷的地方，你们让我们住，我们迫不得已离开军营，躲到荒山野岭来，难道你们还不满意？"

那名苦修僧人缓缓抬起头来，笠帽遮住他上半张脸，露在外面的下半张脸冷漠而没有任何情绪："宿营地分配是燕国将军的事情，和我月轮国何干？"

酌之华抬袖擦去唇边鲜血，质问道："那你们还要抢这道温泉。"

"这道温泉你们已经用了这么多天，应该够了。"

"什么事情都要讲道理。"酌之华目光微垂，双手重新握紧腰畔的细长秀剑，沉声说道："先来后到这种事情，就算是三岁小孩子也知道，难道大师不知道？"

苦修僧人冷漠应道："我乃出家人，不知世俗事。"

酌之华调整呼吸，然后抬起头来，明亮的眼眸里闪过一丝坚毅决然。苦修僧人注意到她的出剑准备动作，知道对方可能要动用墨池苑的大招，微微皱眉不悦说道："都是正道中人，难道非要分出个你死我活？实话对你说，这眼温泉是替姑姑和公主觅的，你们还是早些让开吧。"

听到姑姑和公主这两个词，酌之华眼中的坚毅决然骤然消减，下意识里转头向黄色布围看了一眼。她身后的墨池苑少女们也变得更加沉默。一位月轮国白塔寺的僧人口中称的姑姑，自然便是那位境界高深却蛮不讲理的曲妮大师姑姑，他称的公主自然便是那位著名的天下三痴之一：花痴陆晨迦。

"花痴陆晨迦又怎么样？难道就能强抢别人的地方？"天猫女大声喊道，因为天气冷的缘故，她的脸颊微红，头脸上围着的茸茸毛皮更多，显得非常可爱，即便是训斥对方，也只会让人产生想要笑的冲动。然而那位白塔寺僧人笑不起来。听着这位少女言语涉及深受月轮国僧俗喜爱尊敬的公主殿下，笠帽阴影下的那张脸显得更加阴沉。

"这位女施主，当心祸从口出。"

天猫女冷哼一声，走到酌之华身旁说道："师姐，你歇会儿。"

说完这句话，她脱下脚下的鞋，缓缓走上前去，紧握腰间长剑，看着那位苦修僧人清声说道："墨池苑天猫女请大师赐教。"

当双手握住秀剑的乌木细柄后，少女脸上的可爱神情尽数不见，只剩下宁静肃杀。苦修僧人表情微显凝重，右手向前伸出，那串乌黑色的念珠缓缓转动起来。

"杀！"

一声尖声清咤从天猫女的可爱小嘴里迸将出来，只见雪林间闪过一道淡青色的光泽，秀剑瞬间从她腰间鞘中拔出，以一种一往无前之势带动她小小的身躯瞬间掠过二人之间的距离，伴着哧哧剑气斩向僧人的身躯！

苦修僧猝不及防，闷哼一声连连退后，赤裸的微黑双足在积雪上蹬起无数掺杂着草根的雪团，右手那串乌黑色念珠飞至胸前呼啸旋转起来。淡青色光泽一现即敛。苦修僧人探手抓回乌黑色念珠，坚硬的念珠表面出现了一道道刮痕。他身上的棉布僧衣被剑锋划开了一道极深的口子，棉花绽开，隐有血痕。

如果天猫女这一剑送得再深一些，只怕这名僧人当场便会被开膛剖腹而死。

天猫女保持着半蹲持剑的姿势，胸膛微微起伏，小脸微红，轻声喘息，明亮的眼眸里满是兴奋神情。这是她第一次与人正式战斗，没有想到便取得了胜利。

苦修僧人低头看了一眼胸口上的剑痕，如石般的下颌惊怒地微微颤抖起来，冷冷盯着天猫女寒声说道："一个刚入不惑境界的小姑娘，居然就如此心狠手辣。"

天猫女先前迎雪一斩是大河秘传拔剑式，讲究的便是鬼魅却又决然，绝对不给敌人留下任何还手之机，然而在这名僧人看来，如此突然出手却与偷袭没有什么区别。如果不是偷袭，她又怎么可能伤得了自己？

月轮国僧人轻宣佛号，念力疾出，身周的天地元气受到感应开始聚集，雪林里的枯叶碎雪开始簌簌飞舞，他手间那串乌黑色念珠呼啸而飞，砸向天猫女的小脸。

天猫女感受着扑面而来的劲风，看着瞬间逼近的乌黑念珠，反应明显比先前慢了一拍。毕竟是初次厮杀的小姑娘，她本以为先前自己既然已经赢了对方一剑，而且还已经手下留情，那这次战斗便告结束，哪里想到对方竟是又开始了攻击！

在这关键时刻，莫干山下墨池旁日复一日夜复一夜的拔刀练习让她的身体本能做出了最合适的应对。伴着又一声清稚的喊叫，白袜踩着白雪连连后退，双手一翻，半悬在空中腰间的细长秀剑挑起，斩向那串念珠。

然而那串呼啸高速旋转的念珠，仿佛有灵性一般，在空中骤然变形，避开犀利的刀锋，然后再行转回，套到了天猫女手中的剑刃之上。念珠套住雪亮的剑刃，一股强大的力量传递下来，令天猫女根本无法移动秀剑，只能眼睁睁看着苦修僧人左手一直握着的那根铁杖当头砸了下来！

　　"我佛慈悲！"苦修僧人厉声喝道。

　　天猫女不管怎样都无法挑开那串念珠，只能任由杖影覆上她涨得通红的小脸。雪林间，大河国的少女们惊叫出声，却来不及施援。临近温溪旁的黄色布围里，一只握着毛笔的右手微微顿住，似乎准备做些什么。

　　恰在这时，一道呼啸箭鸣骤然惊破湖畔。一道箭影像闪电般自林外疾来，紧依着天猫女平伸向前的细长秀剑飞过，准确地在极小方寸间射中那串乌黑色的念珠！嗡鸣振响声中，羽箭将乌黑色的念珠射离剑身，狠狠射在一棵大树上，箭尾不停颤动，被钉在箭镞上的乌黑念珠颤抖得更加厉害，却根本无法逃脱。

　　突如其来的变化震惊了所有人。天猫女秀剑骤然获得自由，借着最后的剑势强行翻挑，把袭向自己小脸的那根铁杖挑开。沉重的杖尖狠狠砸在她的身旁，溅起无数泥雪。

　　月轮国苦修僧人没有回头也能感应到自己的本命念珠所遭受到的攻击，心中生出极强警意。然而这位惯经厮杀的僧人没有理会那位隐在暗处的敌人，而是暴吼一声双手持杖，再次向着少女的身上砸了过去。

　　林间雪地上暴出无数脚印，每只脚印便踩出一蓬雪花，一个人影飘忽而至，一抹微凉刀光依杖而上，寒意瞬间侵袭僧人手指，似比这荒原冬风还要更冷。

　　僧人毅然弃杖，疾退。

　　那抹刀锋不退，疾进，破其袖，割其肩，最后冰冷地搁在僧人咽喉之上。

　　僧人双手下垂，不敢有任何动作。

　　宁缺握着细长的朴刀，看着刀下的僧人，说道："大师好像不懂慈悲。"

7

僧人脖颈处的肌肤因为刀锋上的寒意而变得微微颤抖，他看着宁缺身上的服饰，面露警惕之色，声音微哑问道："唐人？"

宁缺点点头。

僧人强行镇定心神，隔着细长的刀锋看着另一头的他，说道："你这是偷袭。"

宁缺没有看他，看着缓缓飘落在刀刃上的几粒雪花，说道："你说了算。"

僧人没有想到他的回答竟会是这样，一时间竟不知该如何接话，笠帽下微黑的脸颊因为羞恼而僵硬，沉声说道："不讲道理？"

宁缺看着他笑了笑，说道："刚才也没见你讲过道理。"

僧人语塞。

宁缺看着笠帽阴影下的那张脸，忽然问道："你觉得该怎么收场？"

笠帽下僧人眼眸微亮，看着他说道："贫僧不服，再战一场。"

离二人最近的天猫女听着僧人的话，小脸通红气鼓鼓嘲讽道："你到底要不要脸？刚才明明是你偷袭我，结果却说我们偷袭你，凭什么还跟你打？"

宁缺却像是没有听到她的话，缓缓移开搁在僧人咽喉上的朴刀，反手拖着向后退了几步，与僧人拉开距离。僧人沉默看着他，然后举起右手摘下头顶的笠帽，露出被青布包裹的光头和漠然警惕交杂的眼眸。他不知道这个突然冒出来的青年唐人是谁，看不出对方的境界，那么只有两种可能，青年唐人的境界远比自己高，或者对方不是修行者。

如此年轻便进入洞玄境界？僧人认为这种可能实在太小，而且先前看宁缺箭术如神刀法犀利，却没有施展任何修行者的手段，越发笃定对方是个普通人。如果是普通人，那么在自己这等修行者有准备的情况下怎么可能再次战胜自己？

月轮国僧人盯着不远处的宁缺深吸一口气，赤裸的黝黑双足缓缓陷入积雪之中，脚畔被融化的清水向四周散开，被羽箭钉在大树上的乌黑念珠一阵剧烈颤抖，然后强行挣脱箭镞飞回，在他身前被稳定的右手抓住。

"请。"僧人神情凝重看着宁缺说道。瞬间之后，狰狞之色忽然出现在他脸上，乌黑念珠呼啸破空而至，念珠之后，铁杖轰的一声雷般砸向宁缺的身体！

雪林之间草屑枯叶雪泥乱飞，天地元气一阵震荡不安，仿佛要爆炸一般。宁缺双手握着朴刀的细柄，刀柄的刻纹里密密缠着用来吸汗的草织绳。他的指腹感受着最熟悉的哈绒草触感，盯着挟雪破风而来的铁杖和那串呼啸盘旋的乌黑念珠，脸上没有任何表情。

就在那串念珠速度提升到极致、快要消失在视线中时，他双膝微屈一弹，像习惯在雪原里捕食的雪狐般小跳了起来，沿着一道极低的曲线贴着雪面向前。距离被迅速拉近，他双手一翻，细长朴刀从下方挑起，挑落锋前雪花草屑，锋尖准确地击中呼啸盘旋而至想要套住刀锋的那串念珠！

伴着一道令人牙酸的尖锐摩擦声，锋利的刀尖强行停滞念珠的旋转，紧接着宁缺手腕再转，朴刀一震直接把念珠从身前挑飞！

念珠呜咽斜飞而走，不知坠入何处雪中，僧人黝黑的脸颊骤然苍白，在识海里再也找不到本命念珠的踪影，受了隐伤。宁缺一击奏效，哪里还会手软，脚步向前一错，细长朴刀便自然拖至身后，腰腹骤然发力，双手握着刀柄用尽全身气力向前斩了下去！

刀锋斩破空中缓慢飘落的雪花，斩飞灰影一般遮脸而至的铁杖。

一声雷鸣般的巨响，一声轻嘶，僧人已经裂开的棉袍胸襟骤然又多出了道更深的口子，鲜血染红了绽开的棉花。

他右脚准确蹬到僧人的膝盖上，紧接着手腕一转，细长的朴刀在空中翻转，刀背狠狠砍到僧人的咽喉上，憋回那声将要出口的惨呼。

月轮国僧人啪的一声单膝跪地，鲜血从唇角不停淌下，加上胸口棉袍上的深刻刀痕，外表看上去着实有些恐怖凄惨。实际上宁缺下手极有分寸，他根本没有生命之忧，然而再次感受到颈上的寒意，他黝黑的脸颊早已变得无比煞白。

震惊恐惧和迷惘的神情在僧人的眼眸里不停变换。他不明白、不理解先前那刻究竟发生了什么，为什么对方明明是个普通人却能挑飞自己的本命念珠，能把自己逼进如此绝望凄惨的境地之中。

　　片刻之间胜负再分，看着狼狈跪在雪地里的染血僧人，大河国墨池苑的少女弟子们掩住了自己的嘴唇。她们不是在同情月轮国的这名可恶僧人，而是没有想到这把看上去很普通的细长朴刀能闪电般挑念珠斩雪斩铁杖斩僧袍，直至搁在月轮国僧人咽喉上，竟是根本没有给对方任何还击的机会！

　　最令她们震惊不解的画面，和令僧人此时惘然寒冷的画面是一样的——这个青年唐人的刀锋为什么能挑中那串乌黑色的念珠？

　　这和刀法无关。佛宗修行者的本命念珠就像剑师们的飞剑一样，速度奇快，肉眼根本无法捕捉其飞行轨迹。如果看都看不到，也无法预测它会怎样飞，那么世间最优秀的刀法也无法将其挑落，可这名青年唐人却偏偏做到了这一点。

　　先前林外那支羽箭能够射中念珠，还可以解释为当时天猫女正在与月轮国僧人相抗、念珠在大河秀剑之上被定住了身形的原因，那么这一次又该如何解释？

　　宁缺单手握柄，看着刀锋下半跪着的月轮国僧人，摇头说道："是你非要打第二场的，可不能怪我，大家都是正道中人，何必非要分出个你死我活？"这句话正是先前，月轮国僧人击伤墨池苑三弟子酌之华后说过的话，此时宁缺击倒此僧，然后把这句话再还给他，身后的大河国少女们听得无比解气。

　　僧人抬头看了宁缺一眼，沙哑问道："我认输，请问阁下高姓大名？"

　　宁缺很满意他眼神中只有恐惧困惑没有怨毒仇恨，但不怎么满意这种太富武侠小说味道的问话，眉头微皱说道："想知道我姓名作甚？希望日后找回场子？"

　　"不敢。"僧人咳了两声，抬袖擦去唇边的血水，说道："只是回去之后长辈相问，我总不能说输在一个无名唐人手中。"

　　宁缺沉默，似乎在思考应不应该报上自己的师门姓名。

　　月轮国僧人沉默等待，场间的大河国少女们也好奇地等着答案，即便是黄色布围后方那只少女的手也把毛笔轻轻搁到了砚台上。

宁缺说道："如果白塔寺前辈问起，你就说胜了你的人是书院钟大俊。"

听到书院二字，月轮国僧人本有些僵硬的身体微微一颤，声音也微颤了起来，说道："原来是书院同道，小僧实在唐突。"

"你问我师门，想必是存着用月轮国白塔寺，甚至是神殿来压我的想法。"宁缺看着僧人裹着光头的青布，说道："不过很遗憾，我是书院学生，我想大家都认同，这个世界上还没有出现能压着书院的地方。"

月轮国僧人的身体颤抖得更加厉害，说道："小僧不敢有此想法。"

"有没有都无所谓，我们书院向来是最讲道理规矩的地方，我们上的第一堂课便是礼，所以我们看见不讲道理规矩的事情便会忍不住插手。一个刚入不惑境界的大和尚，居然就敢如此心狠手辣？花痴了不起？就能强抢别人的地方？曲妮大师……是这个名字吧？也得讲规矩啊。"

宁缺对刀下僧人进行教育的同时，想起礼科教授曹知风和二师兄的话。教授说过书院的规矩很简单，谁的拳头大谁定规矩，服从规矩便是礼。二师兄对他荒原之行的要求很简单，不管身处何种情况下，都不准丢了书院的脸，换而言之，就是只许他欺负别人，不允许他被任何人欺负。

这些话其实先前大河国少女们都说过，他只不过是重复了一遍，然而所谓肉在板上，刀在颈上，言语的力量自然完全不同。月轮国僧人不敢有任何质疑，只是老老实实听着，生怕这位书院热血学生手一抖在自己颈上再留下一道血口。

"滚吧，以后不要来了。"宁缺移开朴刀，对僧人说道。

然他在心里对遥远长安城南那座大山里骄傲的师兄师姐们，以及那头骄傲的大白鹅说道：小师弟我可没给书院丢人，现在已经开始欺负人了。

"多谢师兄仗义相助。"

"不客气。"

宁缺没有名门正派行走江湖、花花轿子抬啊抬的习惯与爱好，阻止酌之华下拜，避免寒暄太长时间，直接说道："书院的名号并不能通吃天下，就算白塔寺忌惮，但一样能给你们找麻烦，你们自己当心一些。"

天猫女在旁边蹙着眉尖，有些不高兴说道："师兄你为什么先前要给那个家伙第二次交手的机会？万一你挑不中那串念珠怎么办？"

酌之华心想这位钟师兄好意相助我等，师妹你怎么还妄加指责，担心对方不悦，带着歉意一笑，说道："那僧人应该是月轮国的二代弟子，没有想到竟然在钟师兄手下走不得一回合，想来师兄也应该是书院里的佼佼者。"

宁缺脸上的笑容有些牵强，暗想自己习惯性隐藏真实身份，莫日后在世间反而替钟大俊闯下一个好大的名头，到时候真是哭都来不及。

牵着大黑马离了温溪，沿着湖畔缓慢行走，空中的雪花飘得比先前密集了些，宁缺安静看着湖中雪景，脑海里在不停分析回味今天的战斗。先前之所以给月轮国僧人第二次机会，不是要打到对方心服口服，而是他需要一个对手来试刀，来试验自己这些天琢磨出来的全新战斗方式。

战斗试验，大唐军营里的同胞肯定不行，因为没办法下狠手；像隆庆皇子那样的真正强者肯定不行，因为极有可能遭对方的狠手。而今天遇到的这名白塔寺僧人处于不惑中境，正是最合适的对象，合适到他握住刀柄时双手都开始兴奋地颤抖。

战斗中他出了两刀，速度以及力量的精确掌握比在渭城时都有了极大的提升，但关键点并不在于此，而在于他没有使用任何修行手段——像白塔寺僧人这样层级的对手，不需要使用修行手段他也能应付——这也正是他要尝试的战斗方式的基础。

雨夜春风亭，朝小树盈水一剑不知斩杀了多少长安城黑道好手；北山道口，那名魔宗剑师的晦暗剑影让大唐最精锐的侍卫们死伤惨重。和普通武者比较起来，修行者总是显得无比强大，根本难以战胜。

在宁缺看来最主要的原因，是修行者以念力操控天地元气，本命飞剑或其他兵器的速度较之世间普通武技快上太多，而且运行轨迹须臾东须臾西，根本不可捉摸。

但这对已经进入修行世界的他而言不是问题。虽然只通了十窍，资质极差，能操控的天地元气极少，若以飞剑与人对敌无法在速度与威力上占到上风，但他感知极敏锐，能清晰察觉周遭天地元气最轻微的变化。

天地元气间那丝非自然的变化并非所有修行者都能捕捉。宁缺正在尝试捕捉，只要能够捕捉到那丝，那么他便能知道敌对的修行者何时出手，知道对方的本命物在怎样运行。

今天他成功了，所以月轮国僧人的念珠呼啸而至时，肉眼根本无法看到运行的轨迹，但在他的识海里却是无比清晰，无比缓慢。

掌握敌人的本命物运行轨迹只是第一步。在这种战斗方式中，宁缺需要在最短的时间内拉近与对手修行者之间的距离，把对方拖入近战。

就像那天他与司徒依兰说的那样，在他看来，世间的绝大多数修行者沉浸于冥想飞剑之中，徒有美形，可以做魔术师却不知该如何做刽子手。而且除了武道巅峰强者和魔宗高手，世间所有修行者都有一个致命的问题：他们的肉身与能力比较起来太过脆弱。若没有强悍近侍，被他这等刀法犀利惯见生死的家伙近身，那便只有死路一条。

宁缺会琢磨这种战斗方式，和他本身的修行资质有关。在没有成为神符师秒画不定符护身之前，想要战胜与自己境界相仿甚至高于自己的修行者时，他必须有些不一样的手段，而这也与离开长安城前颜瑟大师说的那句话有关。

当时颜瑟大师看着他平静说道："纵使你能飞剑入云斩杀万里之敌，可若那敌人能护住自己身前一尺，这惊天一剑便没有意义。而就算是柳白这样的家伙，一旦被你二师兄靠近身前，也只能傻眼。所以说经营好身前一尺之地比什么都重要。"

纵剑万里，不及身前一尺之地。

宁缺牵着大黑马静立湖畔积雪中。他眼望万里外天穹，拔刀斩落身前一朵雪花。

8

宁缺走后，山溪黄色布围里的大河国少女们兴奋地议论先前的画面，天猫女把小脚泡在微烫的温泉中，开心说道："钟大哥原来果然是书院弟子，难怪这么厉害。"

酌之华微笑看了她一眼，说道："第一次相遇时便已经猜到了，不然山主为何要我们待他如此客气，若换成别人，早就逐出数里地去。"

接着她叹息说道："幸亏有这位书院师兄出面，想来月轮国和燕营里那些人会老实些，不至于还派人过来强抢。"

天猫女则在想着战斗中的某些细节，小脚掌啪啪拍打着溪面，微仰着头，好奇问道："打赢那个臭和尚，钟师兄没有用任何修行手段，甚至都没有感觉到他身上有念力波动，师姐，那他究竟是不是修行同道啊？"

酌之华怔了怔，说道："听说书院这届没有什么天资惊人人物，术科六人中最强的谢三公子也才入不惑境界，这位钟师兄既然没有进术科，想来是不能修行吧？"

这句话说得有些犹豫，因为她自己都不怎么相信，一个不会修行的普通书院学生，靠着手中羽箭便能如此轻松击败白塔寺的僧人。

黄色布围幽静一角，温泉山溪的热雾时聚时散，冬日的阳光从林梢高处洒下，让所有事物都镀上一层炫目的光晕。那位身着白衫的黑发少女仿佛没有听到少女们的对话，平静地执笔缓书，随着笔尖的移动，秀发在肩头缓慢倾泻而下。

而后，一封来自燕营的书信，打破了山溪畔的愉悦宁静。

如今的宁缺走上了一条与普通修行者截然不同的道路。如果再让他陪朝小树血战春风亭，面对南晋剑客和月轮国僧人时一定会轻松很多，再让他单独去杀长安城湖畔小筑里那位剑师，一定不会受那么重的伤。

当然，如果现在他遇上那些知命境界的大修行者，或者隆庆皇子、王景略这样的强者，无论他的反应有多快、战斗方式有多强悍，依然会在对方一挥手一弹指间屁滚尿流吃灰咽尘狼狈倒地等着被活活打死。不过真在荒原上遇上这样的强者，宁缺自然还有别的手段。无论是还未曾在战斗中使用过的符道本领，还是颜瑟大师赐给他的锦囊，或是凝聚书院后山集体智慧的元十三箭，都将是他用来保命的手段。

对自己的实力有冷静而客观的判断，对于进荒原的危险性便有了一个相对准确的评估。他清楚自己要在各方高手之间强行抢夺那卷天书基本没有可能，但偷偷旁观或是偶尔使些坏做些手脚，给夏侯添些麻烦，问题应该不大。

"大人，您想一个人进荒原？属下誓死不从。"明面上是将军府亲信校尉暗地里是陛下暗侍卫的军官面露激愤坚毅神情，手中雪亮钢刀在身前挽出数个小花，然后毫不犹豫……搁在了自己的脖子上，"如果您想甩开属下自己进荒原，那请踩着我的尸体出这间屋子吧。"

宁缺看着做视死如归状的校尉，无奈地摇了摇头。

大唐帝国各部分野明确严谨，天枢处和暗侍卫由皇宫直属，但彼此之间却没有任何关联，所以校尉根本不清楚他要进荒原的目的。宁缺不怎么在乎校尉紧张的态度，更在意自己应该怎么进荒原。

既要安全还要方便撤离，最好的方法莫过于带着几千名大唐精锐骑兵直闯王庭，逾呼兰海直奔荒人部落。然而数千精骑挟尘而奔去找天书？只怕连根草都找不到。

单骑闯荒原看上去是颇具英雄气概的选择，而且他相信以自己的能力和对荒原的熟悉程度，活下来会很容易。但一骑绝尘太容易变成最明显的靶子，若宁缺就这样像轮日头般升起在草原上，就会在最短的时间内吸引所有人的目光，然后不出意外被查出身份。各方势力知道他代表着大唐朝廷与书院的意志，即便不来杀他，也有无数种方法把他困在某处，令他根本无法接触到想接触的东西。

土阳城大将军府是这样做的，宁缺被数十名唐军精锐护卫着，整日里只能漫游边塞做深度旅游。此时横刀就颈、决然悲壮看着他的校尉也是这样做的，所以宁缺看着他，只能皱着眉头想些别的事情。

"你说，到底该用什么法子进荒原才最合适？"

校尉一愣，脸上流露出悲愤欲绝的神色。自己刀已经搁到脖子上了，大人居然完全不加理会，依然坚持要入荒原，还询问自己方法？难道说非要自己右手一颤刀锋在脖子上拉出一道血口，大人你才肯正眼看自己一眼？

宁缺忽然想起湖畔溪旁的黄色布围，皱着的眉头渐渐舒展开来，抬头望向依然握刀置于颈的校尉，说道："有件事情要你办，书院来边塞实修的学生中有个叫钟大俊的，他如今正在成山营，前些天我与你去过。我要你想办法把他囚禁起来，不让他与外界发生任何联系，而且要做得隐秘，你能不能做到？"

校尉举着刀，觉得自己的脖子有些僵硬，自己的动作有些滑稽，苦恼回答道："应该没有问题，只是大人……"

宁缺摆摆手，不听他的进谏，认真说道："不要试图用这种方法来阻止我，我从来不怕死人，更何况是自己找死的人。"

校尉万念俱灰，心想遇着这么一个铁石心肠的上司，实在是人生之大不幸。

宁缺看着他握刀的姿势，说道："你右手执刀，如果想自刎而死，是不是应该把刀锋横翻，搁在你颈子右边才对？"

校尉这才发现自己握刀的姿势有问题，羞愧取下刀，掩面奔出屋去。

宁缺摇摇头，不再去想这些事情，伸手进衣襟里，掏了半天才把里面揣着的那些腰牌全部掏出来，心想自己什么时候变成机器猫了？

他的底牌不少，腰牌更多。书院的，暗侍卫的，鱼龙帮的，天枢处的，还有三师姐余帘给的，或木或金或石，或非金非木非石，颜色光泽不一，密密麻麻堆在桌子上。

"怎样才能让每个腰牌都发挥最关键的作用？"

他看着桌上的腰牌认真思考，心想暗侍卫的腰牌在草原上应该没有什么用处，但左帐王廷里肯定有朝廷的密谍，到时候可以用天枢处腰牌命令对方。若真逼急了，书院腰牌自然也是要当法宝扔出去的。

月轮国地位崇高的曲妮大师姑姑和天下闻名的花痴公主陆晨迦，

想要一处温泉可以泡泡澡，怎么看都不能算是太非分的要求。然而那处温溪已经被大河国墨池苑女弟子先行占据，于是这个要求便变得非分起来，然后引发了一场争执，又引出更多非分的事情。

都是领西陵神殿诏令前来援燕的修行者，大河国墨池苑来的只是些普通弟子，书圣并未亲至，而月轮国白塔寺则是由曲姑姑亲自带队，更何况花痴陆晨迦与神殿裁决司二号人物隆庆皇子之间还有一段世人皆知的情事？于是无论是神殿还是燕国方面，对这场争执的态度很明确。

宁缺击退那名白塔寺僧人，替大河国少女们暂时保住了温泉溪的所有权，然而事后不久，一个极其艰难的任务便落到了这群少女们的身上。

中原诸国决意与左帐王廷和谈，为显现诚意，昭示仁爱和平之心，由神殿光明司出面，号召诸国募集了一批粮食，送入荒原援助王庭部落民众度冬。养虎为患这种蠢事，哪怕是再光明的白痴也不会做，于是这批粮食的数量不可能太大，只是起个象征意义。既然是象征意义，自然需要在隆冬降临之前运送到王庭，然而天寒地冻，深入荒原，随时可能遇到马贼，不可谓不艰险。尤其是联军帅营以防御为重的理由，只肯派出一支数量极少的骑兵护送，那么这个任务，看上去便显得更加可怕。

领取这个任务的，便是大河国墨池苑的少女们。

大河国少女们跟随那批骑兵护送粮食去往荒原，自然无法再占着湖畔这道风景极美的温溪，无论路途上会遇到什么危险，都会是她们自己的责任。

天猫女气鼓鼓说道："太过分了！我们应该向神殿申诉！"

一名女弟子黯然说道："这份调令背后说不定就有神殿的意思。"

天猫女睁着大大的眼睛，不理解师姐的话。在天下信徒心中崇高神圣光明正义的昊天道神殿，怎么可能做出这样的事情来？

酌之华微涩说道："隆庆皇子是月轮国未来的驸马爷，你说神殿会向着谁？虽说没有证据，但也能猜到这份调令出台的缘由。月轮国那位曲姑姑向来极为记仇，但钟师兄是书院的学生，人又在东胜寨碧水营里，她没有什么办法，当然要找我们撒气，非如此，如何能显现她的气焰？"

山溪畔的大河国少女们想着漫长路途上可能遇到的危险，忧虑无比，齐齐望向黄色布围深处那方小桌旁的黑发少女。

"山主，事到如今，您必须站出来说话了。"

9

"说什么话？"黑发少女没有转身，说话的音调比正常人的起伏似乎要小很多，从而显得情绪异常平静，或者说根本感受不到什么情绪。

酌之华和天猫女互视一眼，看出彼此眼中的无奈。酌之华向前走了几步，低声说道："神殿若知道山主在此，想来不至于如此偏帮月轮国。"

黑发少女重新拾起笔，安静地在案上书写，说道："既然是领受神殿诏令前来援助燕人，领受军令分配任务是很自然的事情，哪里谈得上偏帮？"

酌之华着急说道："王庭深在荒原，就凭我们这些人护送粮草，一旦遇上马贼流兵，甚至是某些不怀好意的人，那我们怎么办？"

黑发少女提笔蘸墨，轻声道："那又如何？"

在山下墨池相伴多年，酌之华知道她便是这样性格，并不是冷漠寡情，而是痴于书墨，对世间大多数事情都不放在心上。然而现如今墨池苑弟子们面临着极危险的局面，她是唯一能挽回这种局面的人，便不能让她再继续这样冷淡下去。

酌之华微微攥紧拳头，神情凝重看着她背后倾泻下来的黑发，说道："如果山主不出面，我们可能会死在荒原上。你或许能活下来，但我肯定会死，天猫女也会死，而那些无耻的阴险小人会因为我们的死讯而感到高兴愉快，一直妄想欺压大河君民的月轮国，甚至说不定会举国欢庆一场。"

案旁的黑发少女缓缓把蘸饱墨汁的毛笔重新搁回砚上，沉默片刻后，将双手收回袖中揣进怀里，平静说道："可我们为什么会死呢？"

酌之华听着她还如往常，更加焦虑，苦笑说道："因为我们不是敌人的对手。"

黑发少女平静说道："如果墨池苑弟子的境界都提升上去，都是洞玄境的高手，或者再出一位像师父一样的知命境大修行者，那么就算深入荒原，又有谁敢对我们如此无礼？谁又敢用这样荒唐的把戏来陷害我们？"

酌之华怔住了，不知道她这时候说这些话是什么意思。

"因为墨池苑弟子不够强，所以要被人欺负，所以面对这种局面会恐惧，恐惧死亡。如果我们够强，我们就不会恐惧，不会被人欺负。"黑发少女的声音就像湖面上的薄冰般平直光滑，没有一丝起伏。

"想要变成强者，就必须有勇气面对历练。为什么世间无人敢轻视长安书院？因为它们的普通学生也都要参加战场实修，要去最危险的地方接受生死的考验。面对艰难局面时，不要总想着让我出面说话。在世人和你们眼中，我或许有几分虚名，但你们根本不清楚，在这个世界上，虚名是最没有力量的东西，力量永远只在于力量本身，就像笔墨永远只在于笔墨本身。"

天猫女站在酌之华身旁看着黑发少女，忍不住皱眉不解问道："可是师姐你的境界已经这么高了，难道还不够强大吗？"

"洞玄上境……听上去似乎确实不错。"黑发少女平静说道，"大唐王景略号称知命以下无敌，隆庆皇子距知命一步之遥，叶红鱼这道痴甚至连隆庆皇子都感到恐惧，那洞玄上境又算得了什么？"

这三人是世间年轻一代中的最强者，她言语间淡然提及，虽是警示同门，却也透露出一种自己理所当然有资格与这三人相提并论的气息。

天猫女听着这番话，吐了吐舌头，说道："师姐这话说得没道理，就算这三人境界高深，也不过与你相仿，如果要说更强大的……那只有知命境的大修行者了。可问题是像这样的大修行者，不是神殿的大神官，就是师伯那样开宗立派的绝世人物，寻常人一辈子都见不到一个，哪有这么容易遇到。"

黑发少女主意既定，大河国少女们虽然心中还有很多想法，也只好保留，开始做出发的准备。然而站在湖畔，看着铅云密布，冬雪飘飘，比前些日子显得更加神秘凶险的远处荒原，酌之华的脸上不由露出忧虑神情。

她们来自大陆南方，从来没有来过荒原，无论饮食气候地理人文，都是一片空白。援燕联军倒是派出了向导，然而那些向导又怎么可靠？在没有援兵同盟又没有师门靠山的情况下进入完全未知的世界，谁会不感到恐惧？

年龄还小的天猫女比较没心没肺，她愤怒于神殿的不公平以及月轮国众人的无耻，却不怎么恐惧进入荒原，她相信只要有师姐在，什么样的危险都不算危险。所以她还有闲情逸致记得长安芙蓉记的桂花糕，以及那天雪花里的刀光，一路沿着湖畔小跑，找到宁缺向他告别。

宁缺听她说了墨池苑弟子们面临的情况，沉默了片刻，然后看着小脸通红的小姑娘笑了笑，温和的笑容里隐藏了很多情绪，比如果然如此我太牛 × 之类的嘚瑟。

天猫女怔怔看着他，忽然说道："师兄，你笑得真可怕。"

宁缺愣住了，问道："难道不是很温和诚恳善良朴实吗？"

天猫女咯咯笑了起来，银铃般响于湖畔，震落几片雪花。

宁缺看着她，让自己的笑容显得再平和随意一些，再平和随意说道："说起来也真是巧，我也要进荒原办事。"

天猫女眼睛一亮，看着他说道："师兄也要去荒原？"

"嗯。"

天猫女带着崇拜意味惊叹道："一个人啊？你真了不起。"

"我对荒原很熟。"用桂花糕诱拐小姑娘成功的宁缺笑了笑，心想去年春天离开荒原时便是做向导，看起来今年冬天重回荒原，还是要当向导。

虽然猜到了大河国少女们可能遇到的打压排挤，但这更多的是运气，而不是分析能力。宁缺不是羽化升天的神仙，所以不可能所有事情都按照他的想法进行。天猫女带着他来到墨池苑宿营地，告诉了酌之华这件事情。酌之华微微皱眉，看着宁缺不解问道："钟师兄您是书院弟子，似乎有些不大方便。"

在小说故事中，如果你要去某处做某事，便在此时忽然遇着一个要与你同行的人，那么那个人不是匪类便可能是找人背黑锅的逃犯。只要有些许阅历，不像天猫女这样天真好骗的人，都会觉得这种巧合里面肯定隐藏着某些问题。

因为宁缺是大河国人愿意亲近的唐人，又是书院学生，而且这些天与大河国少女们互赠食物变得熟稔起来，那天更是刀砍白塔寺僧人替她们解围，所以酌之华不愿意把他与任何不好的方面联系起来，所以婉拒的话还比较客气。

宁缺问道："有什么不方便？担心神殿知道唐人混进来会不高兴？"

酌之华微微低头，表示默认。

宁缺笑了笑，说道："那我就打扮成墨池苑弟子好了。"

他看着不远处正在忙碌收拾行装的墨池苑弟子们，心中感慨那位书圣大人倒也放心，就让这样一群未经世事的少男少女前来边塞历练。

"既是送粮入荒原，想必路上应该没有谁会察看队伍里是不是多了一个我。如果要说我的身份暴露……嗯，我想墨池苑的师弟师妹们，应该是值得信任的。"

酌之华语滞，不知该如何回答，心想若不同意这位看似热心的书院师兄，语气难免生硬，说不定便会得罪对方。

宁缺微笑注视着她，说道："还有什么问题吗？"

便在这时，黄色布围后方传来一道平静又生硬的声音："问题是你为什么要去荒原？"

黄色布围掀起，那位白衣少女缓缓走了出来，白衣黑发，腰间系着根宽宽的碧蓝布带，把整身衣饰衬得越发素净。宁缺认出这便是那日清晨站在枝头静望湖景的少女，没有多说什么，只是微笑揖手行了一礼。

白衣少女的黑发随意披在肩头却一丝不乱，长而略疏的睫毛下，平静的目光不知望着何处，仿佛没有一个准确的焦点，显得有些冷漠，白皙的脸颊微圆，没有任何表情，显得木讷地含着什么东西，薄而红的嘴唇抿着像一道直线。

无论眉眼肤色神情，这少女无一处可称得上绝色，然而搭配在一处却极为好看。形容词匮乏的宁缺静静看着她想了半天，也只能在心底深处赞叹一声好看，而实在觅不到什么更准确的词语。

最引人注意的还是她的目光，不飘不移但就是不知道她究竟在看哪里，所以显得有些呆滞，又有些冷漠。宁缺花了很长时间才把目光从她眼睛上收了回来，然后注意到更多的细节。

少女黑发间别着一块可爱的粉色发夹，因为天气寒冷的缘故，鼻尖微红，这抹无由而生的可爱劲儿，终是把那份呆滞冷漠冲淡了些。

他重复了一遍对方的问题："为什么要去荒原？"

白衣少女看着他，又像是看着他身后的那棵树，沉默等待。

宁缺被她目光中可能潜藏着的某种不屑弄得有些不愉快，说道："为什么要去？因为我在东胜寨待得太无聊，这个理由怎么样？"

这明显是赌气的说话，白衣少女却也并未动怒，依旧直直地盯着他，或者盯着他身后那棵树。

宁缺忽然觉得这个世界上除了桑桑之外好像又出现了一个能击败自己的女人，不由无奈摇了摇头，自嘲笑道："当然这不是一个好借口，我承认这一点，不过我相信你也应该相信我不至于害你们。"

"我熟悉荒原，跟你们一起上路，会给你们带来一定程度上的便利，你们帮着掩饰我的身份，正是我的需要，所以这是一种双赢的选择。"

白衣少女终于说出第二句话，但和第一句本质上没有任何区别。

"为什么？"

宁缺温和说道："我们两国世代修好，书院与墨池苑携手理所当然。"

少女的第三句话应该是相同的那个问题，无论表情还是音调都没有任何变化。

"为什么？"

宁缺看着她沉默了很长时间后，终究真正败下阵来，用目光示意酌之华把天猫女带走。当场间只剩他们二人后，他认真解释道："神殿对荒原和荒人感兴趣，我大唐也对这些感兴趣，在这件事情里书院终究要发出自己的声音。"

少女面无表情问道:"那你为什么要隐瞒身份?"

宁缺无奈解释道:"因为书院只是想去看看,另外……我是朝廷的金牌小密探,小密探嘛,当然做事情要秘密进行。"

后半句话明显是在瞎扯,但不知道为什么,似乎这句瞎扯反而让白衣少女相信了他的说法,细长微疏的睫毛轻眨,她继续问道:"我们有什么好处?"

"我代表书院,无论是神殿还是月轮国,想要欺压你们,多少会有所忌惮。"

少女缓慢地摇了摇头,说道:"你隐藏身份,就不会有忌惮。"

宁缺思忖片刻后,看着她的眼睛说道:"若真陷入死局,我自然不会再继续隐藏身份,我相信以墨池苑的自尊,也只有在那种时候才需要我的帮助。"

少女缓缓移开目光,看着湖畔的树木或是湖面的薄冰,说道:"我凭什么信任你?"

宁缺回答道:"书院,值得信任。"

少女转回头来,静静看着他的胸口,说道:"好。"

"姑娘怎么称呼?"

"莫山山。"

"莫干山的莫山山。"

"书院钟……"不知道为什么,他不想让钟大俊这个名字从白衣少女薄唇间说出来,补充说道:"我排行十三,姑娘你可以叫我十三。"

少女莫山山向前走了一步,与他隔得极近,微眯着眼看着他的脸。

宁缺看着近在咫尺的那张好看的小脸,觉得好生尴尬。

看着对方最细微的神情,确认他真的不知道自己是谁……少女莫山山点点头,像长辈般拍拍他的肩膀,然后转身离去。

也不知道她是满意还是不满意。

10

莫山山满意也不满意。她满意于宁缺不认识自己，那么耳旁会少很多聒噪，可以少很多麻烦。她不满意宁缺不认识自己，那么她原本的某些想法只好被迫推翻。

因为心情有些冲突复杂，所以她不知道该多说些什么，只好学着师父平日的模样，温和地拍拍对方的肩头，便转身离去。

宁缺看着她的背影，心想这位墨池苑的姑娘还真是骄傲冷漠到了极点。

天猫女注意到他的脸色，担心他会误会师姐从而不高兴，然而她想要替师姐解释却又有些不方便，焦虑无奈之下，只好气得哼了声拂袖便走。

"我不怀疑钟师兄书院学生的身份，对方是长安书院，与人方便与己方便，应该没有什么问题。但钟师兄毕竟是唐人，他要进荒原有无数方法，可以随着援燕军走，可以随着唐国朝廷使者一起走，但他偏偏要隐瞒身份跟着我们进荒原……"

夜晚的火堆旁，酌之华看着身旁的莫山山，眉尖微蹙，压低声音说道："不管先前他对山主你怎样解释，但这件事情背后有唐国朝廷和书院的影子，想来肯定不是小事。大河国弱，卷进这种大事里只怕不好脱身。"

天猫女摇了摇头，说道："这怕什么呢？跟着书院一起进荒原肯定是有好处的，就算会给我们带来麻烦，但我们也等于有了一张护身符啊。"

酌之华无奈一笑，揉了揉少女的头，心想虽说两国世代交好，但若真如她想象那般是唐国与神殿间的纷争，护身符只怕会变成索命符。

一直安静倾听的莫山山这时候开口说道："让他跟着我的马车。"

听着这句话，天猫女轻轻拍掌，笑了起来，看着酌之华安慰道："有师姐盯着，那还怕什么？就算钟师兄是书院二层楼的高手，也不会乱来吧？"

莫山山轻声说道："他不是二层楼的学生……说起来还真有些遗憾。"

天猫女惊讶问道："师姐，你是怎么知道的？"

莫山山的目光看着火堆上跳动的火苗，又像是看着更远的地方，说道："如果他是书院二层楼的学生，又怎么会没有听过我的名字？"

那名校尉曾经质疑过宁缺身为二层楼学生，怎么会不知道七卷天书的秘密，如今莫山山也因为他的孤陋寡闻而把他开除出书院二层楼，宁缺如果知道这一点，想来会再次郁闷于在书院后山只知修行，却忘了问这些事情。

第二日宁缺骑着大黑马到来碧蓝湖畔，沉重的行囊搁在马背两侧，压得大黑马不停摆动头颅，喷吐热气，显得极不满意，但看上去倒没有什么力有不逮的迹象。

换了一件寻常墨池苑弟子服，戴上一张笠帽遮住大半张脸，宁缺还不怎么满意，从行囊里翻出桑桑亲手缝的口罩，仔细戴上。

莫山山从黄色布围后走了出来，今天她没有穿那件素净的白衣，腰间也没有那条宽大的碧蓝系带，如别的大河国少女那般穿着素色的宽裙，垂着幔纱的笠帽戴在头顶，把她好看的眉眼全部隐在幔纱之后，看不真切。

二人互视一眼，并未说话，就此擦肩走过。

在那一瞬间，宁缺注意到这少女隐在幔纱后的目光，并未完全落在自己身上，眉头忍不住皱了起来，心想隔着纱居然还要表示一下对自己的不屑？

他在心中切了一声，心想伪装孤独冒充冷漠这种事情，就连隆庆皇子也不是我对手，你这个好好的年轻姑娘，休想用这种目光打击到自己。

墨池苑弟子整队完毕，向东面行进来到联军营侧方，从后勤处领取了中原援助左帐王廷的粮草。中原联军和月轮国的那些人们很清楚真正的困难与危险都会在进入荒原之后出现，所以他们没有遇到任何波折，任何刁难。

两百名燕骑、逾百驾粮车民夫、十几名大河国墨池苑弟子，就这样简简单单地离开了边塞，在冬风与虚假的晨日陪伴下走进寒冷而广阔的荒原。

　　护送粮队的燕骑沉默持缰而行，驾着粮车的民夫脸上写满了不安或者是麻木，墨池苑弟子们驰骑散于四周警戒。除了粮车之外还有三辆属于墨池苑的马车，莫山山便在其中一辆车上，而宁缺骑着大黑马紧紧跟着这辆车。

　　行出十余里地，身后的军营早已消失不见。他摘下头顶的笠帽，看着枯黄草间积着的雪团，听着不知何处传来的啸厉鹰鸣，露在口罩外的眼睛里生出一道喜悦的光泽。这样熟悉的风景好久没有看到了，就连寒冷的空气进入肺叶之后产生的微痛感，都让他有一种回家的感觉。

　　此后数日乏善可陈，在荒原上缓慢前行的队伍也能拖出很大一片干尘，颇有气势，没有遇到不长眼的马贼流兵，也没有遇到什么稀奇古怪的事情。

　　神殿将这样艰难的任务交给墨池苑虽然存着为难之意，但在明面上做得还算到位，把这支送粮队的最高命令权一并交给了墨池苑，两百燕骑和粮车都要听从这些少女的命令。当宁缺提缰来到马车旁隔着窗子与莫山山说了两句话后，原本安排的燕军向导便正式下岗，队伍行进的路线、宿营地的选择、时间安排，全部由他决定。

　　在他的指挥下，队伍严格地依着腰子海外围山丘行走，虽然不见得每天都能找到水源，但至少可以保证有充足的木柴供应。队伍每天起营的时辰极早，而刚刚过午，宁缺便要求寻找宿营地，开始准备休息。

　　燕骑将领曾经提过异议，认为这样每天行进的距离太短。按照现在的速度，等粮队走到王庭时，只怕时间都来不及了，让那些部落牧民饿死事小，若影响了神殿与王庭谈判的大事，才是真正麻烦的问题。

　　大河国少女们根本没有理会这位将领的反对意见。在她们看来，既然山主决定让那位书院师兄负责，那听这位师兄的便是，哪有这么多话说。只要能平平安安进荒原去，开开心心退回来，她们才懒得管神殿会不会生气。

荒原虽已入冬，但这时候还不是过于酷寒，一路的衰草败枝残雪虽然看着枯燥，但对这些南方来的少女们来说依然算是一次新鲜的旅程。宁缺虽然也没有来过岷山东面的这片荒原，但这样的风景这样的旅程对他而言实在谈不上新鲜。指路，搭营，探风向，看兽粪，都是做过无数次的事情。

大多数时间，他骑着大黑马缓慢而自由地行走。大黑马的辔是特殊打造的，可以自由地边走边低头啃食枯草。他从身体到灵魂也是特殊打造的，在这等沉默枯燥的行走中，平静感受着寒冽的天地，寻觅着破境的灵光。

偶尔，他会带着天猫女去射几只黄羊，替众人改善一下生活。

好一片冬日荒原风光。

好一趟荒原观光之旅。

宁缺扮成墨池苑弟子进入荒原前后还有很多来自中原的强者进入这片对他们来说显得有些神秘陌生艰难的疆域。这些强者中有大唐边军的高手，有月轮国白塔寺的僧人，有南晋剑阁的男儿，有神殿裁决司以冷血严肃著称的行刑者。

隆庆皇子自然是这些强者中的佼佼者，但没有多少人知道，神殿裁决司真正的掌权者，那名把隆庆皇子压制得艰于呼吸的至强者，早于数月之前已经领受裁决大神官的命令单身孤影进入荒原。

作为天下三痴中公认修行最为刻苦勤奋战斗力最强大的道痴叶红鱼，这时候正站在左帐王廷白色布围外的某处草甸顶端，面无表情看着更北方的夜空。不知道她这时候在想什么，但想来肯定不屑于思考隆庆皇子和那些属下的去向。

数月前，红裙像朵艳丽的火云般飘出宏伟的道殿。裁决大神官神情漠然坐在整块南海墨玉雕镂而成的神座上，缓缓把目光从珠帘处挪了回来，闭上眼睛，低声问道："光明大神官现在如何？"

恭谨站在神座下方的神官听到"光明大神官"五字，身体骤然一僵，低下头回答道："他老人家一如过往，每日吟诵教义经典，看上去……没有什么异样。"

西陵桃山又名神山，掩映在花树崖层间的道殿越拔越高，显得极其宏伟而庄严。而山的另一面则是陡峭的崖壁，光滑的巨石仿佛被天神劈出来一般，几乎没有任何裂缝和土壤，不要说桃树，就连一根野草都无法在上面生存。

生命力最倔强的野草都无法在岩壁上站稳脚跟，但人却可以。

无数年前，昊天道门最虔诚的信徒在狂热崇拜的鼓舞下，用最原始的工具，用最原始的方法，硬生生靠着自己的双手在岩壁上挖出数十道贯穿其间的陡峭石径。在修建这些石径的过程中，不知道有多少人摔落山崖尸骨难觅，但最终信徒们还是做到了他们想做的事情，这大概便是人类高于世间万物的真实原因吧。

那名中年神官缓慢行走在陡峭的石径上，仿佛像天穹倾倒一般的巨大岩壁就在他的身旁，仿佛给人一种巨大的压力。在裁决大神官神座之前还能稍直几分的腰身，在石径上完全弯了下来，近乎像蚂蚁一般爬行。

顺着陡峭的石径沿着巨大的之字形行走了很长时间，这名中年神官终于走到了桃山后岩壁下方深处。这里已经被终日不散的云雾围绕，终日不见阳光，伸手难见五指，只能感受着身周的湿意和不知何处响起的水声。

雾中深处有一扇门，中年神官站在门前沉默片刻，推门而入。

门后是一片阴森的世界，淡淡的血腥味回荡在干燥的通道间，昏黄的豆点灯光照在铁墙上，让墙上那些繁复华美的符文线条多出了几分诡异沉重意味。

这里是幽阁，是世间千万昊天信徒根本没有听说过的地方。这里负责关押魔宗余孽以及被西陵神殿判定为异端的罪人，而且只有那些罪孽深重、连火刑都无法灼净其污秽的罪人，才有资格被关在这里。

昊天道门于桃山立殿，距今已经不知多少岁月，漫长的时光中，但凡被关入幽阁的罪人，从来没有人能够逃出来。有实力能逃出幽阁的恐怖人物想来也不会被神殿生擒，而逃不出来便是永远逃不出来，只能在阴暗与昊天的隔绝中，痛苦而无奈地度过这漫长的一生。

中年神官在昏暗的通道里低着头沉默行走，他走了很久很久，通道似乎都没有尽头，直到通道似乎要贯穿整座神山时，才出现了一道木栅栏。

这道木栅栏看似普通寻常，不是什么名贵木材，上面也没有什么神符师写下的符文，木条间隔很宽，宽到一个人可以随便走出来。然而就是这样一道木栅栏，把某人囚禁了十四年。

中年神官掀起神袍，跪到木栅栏前，对着栏后那位枯发披肩的老人磕了三个响头，声音微颤激动说道："见过大神官。"

栏后老人手里拿着一卷昊天经典正在诵读，听着声音后转过身来。

老人脸颊极瘦，神情恬静平和，深陷的眼窝里氤氲着圣洁的光辉。那道光辉是那样的平和纯净，没有一点杂质和污垢，仿佛能够看透世间的一切，能够看到世间万物和每个人外表与内心间的黑暗，无比光明。

11

昊天，是这个世界上至高也是唯一的信仰。

天下无数信徒虔诚地以精神和金钱供奉着昊天道门遍布天下的各座道观，位于西陵桃山间的神殿，便是影响甚至控制这些道观及世俗皇权的至高中枢。西陵神殿以掌教大人统领道门，道门事务则由三位大神官具体管理，这三位大神官权柄极重，威严极盛，地位极高，故称神座。

三神座分别是天谕大神官、裁决大神官、光明大神官。

其中裁决大神官主司裁决异端、缉捕魔宗余孽，麾下强者无数，武力最盛，拥有明面上最大的权力。天谕大神官主司领悟昊天意旨，修编典籍，以七分书法遥控世间各座道观，在世俗间拥有极大的影响力。

光明大神官是三神座里最特殊的存在。他没有具体的道门事务分配，却有权力触控所有的道门事务，因为但凡能成为光明大神官的人，必然是神殿内部最精通教义妙旨，信仰最坚定，对世间黑暗阴影最敏感的大成者。

回想千年之前，那位光明大神官携某卷天书入荒原传道，可谓是承载着昊天道门最艰巨也是最重要的历史使命，便可以想见其地位。而那位光明大神官不知为何放弃昊天神眷自创宗门，便在世间造就了一个魔宗，便与昊天道门对抗至今日，纵使被西陵神殿严酷打压扑杀，依然死而不僵，由此可以想见其大能。

西陵神殿历任光明大神官都是这样了不起的绝顶人物，所以事实上在神殿内部虽无排名，但光明大神官隐然为三神座之首，仅在掌教之下。

这些年来，世间偶尔还会出现以西陵三神座之名发出的诰书，然而在桃山之外根本没有人知道，那位地位尊崇的光明大神官竟是被神殿囚禁在桃山后麓阴森终年不见阳光的幽阁之中，而且一囚便是十四年。

跪在木栅栏前的中年神官难以压抑住心中的激动。这些年来，世间只有他能经常见到木栅栏后的老人，但每一次他都像第一次见到老人时那般激动。

如今的他是裁决大神官最信任的下属，即便叶红鱼及隆庆皇子这二位司座大人也不会小看他。然而无论地位变得再高，只要走入昏暗的幽阁，来到木栅栏前，他就觉得自己仿佛还是那个刚刚从东海宋国道观来到桃山的少年，而栅栏后的老人还是当年那位地位崇高，深受教众爱戴的光明大神官。

中年神官信奉昊天，向往光明，他愿意、也只愿意为指引自己走上光明大道的老人投予全部的热爱与崇敬，甚至不惜为之燃烧生命和灵魂。

老人平静看着中年神官，脸上的皱纹像栅栏上的木料纹路一般繁密，脸上的神情极为温和，根本看不到一丝当年光明大神官智慧威严如海的气息。

中年神官以额触地，轻声说道："裁决大神官询问，所以我来看看您。"

老人说道："你不来看我，我也想看你。"

中年神官一惊，声音微颤道："神座，您看到了什么？"

老人缓缓转身，从房间镶着玻璃的极小洞口向外望去。洞外是深雾幽暗，看不到阳光，但他知道那里是北方。

老人深陷眼窝里氤氲的圣洁光浑渐渐散去，黑色眼瞳奇异地放大，占据整个眼球，看上去就像颗不沾一丝尘埃的透明黑玉。

"我看到黑夜的影子出现在长安城中。"

听到这句话，跪在木栅栏外的中年神官身体颤抖起来。

被囚禁了很多年的光明大神官依然是光明大神官，他说的每一句话，都自然有其道理，对于中年神官来说，和昊天的意旨几乎没有任何差别。

光明大神官没有预言世间万物运行的能力，那是天谕神座的天赐能力。但作为道心最纯净坚定，每一根毛发血滴里都盈荡着光明的神官，他可以看到人世间真正的黑暗。很多年前，他曾经看到黑夜的影子从荒原飘向大唐帝国，正是坚信这一点，西陵神殿才不惜一切代价，在北方那个强大的帝国内做了那么多事情。

然而很奇异的是，正是因为那件事情，在神殿内部地位崇高的他被瞬间打落尘埃。面对掌教大人的震怒尤其是那位青衣道人的目光，强大智慧如他也根本做不出任何应对反抗，就此变成了桃山后麓里无人知晓的一个囚徒。

中年神官颤声请示道："这件事情应该禀报裁决神座，不，掌教大人。"

老人微笑看着他摇了摇头，说道："这座殿啊……"

伴着幽幽叹息，栅栏上的灰尘飞舞起来。

"还有殿后的那座观……都已经堕落腐朽了。"

被无缘无故囚禁多年的光明大神官，有资格对神殿甚至是那座道观发出冷漠的指责，然而中年神官虽然崇敬他，却不敢回话相和。他抬起头来，疑惑片刻后难掩兴奋，颤声说道："您……要离开了吗？"

老人静静看着他，深陷的眼窝早已回复如初，圣洁的光辉让眼神多出一股漠然空洞的气息，枯干的双唇微微颤动，毫无情绪说道："你会死，很多人都会死。"

"神殿里有很多人像我一样，愿意献出自己的生命。"中年神官毫不犹豫，坚毅说道："为了光明降临人间。"

沉默被囚十四年，因为眼中看到的那抹夜色，终于决定要逃离神殿幽阁。老人静静看着跪在栅栏外的中年神官，仿佛看到很多年前那个眼神里满是敬畏崇拜神情的少年道士。他脸上的皱纹越来越深，皱纹里充满了慈悲与怜悯的气息。

某夜，老人起身走到那排看似疏松并且低矮的木栅栏前。他静静看着栅栏，看着自己相伴了五千个日夜的它看了很长时间，然后说了一句话。

"我本心无樊笼，樊笼如何拦我？我道心光明，光明如何拦我？"

说完这句话，老人伸手推向木栅栏，动作寻常随意，仿佛不是脱经年之困，而只是想要离开家，推开家中那扇会发出吱呀声响的木门。苍老的手指触到木栅栏上，木栅栏无声碎为齑粉，化作无数粒耀着光辉的尘埃到处飘散，然后像萤火虫群一般钻出那方细小的石洞。

以手撑颔静静坐在南海墨玉神座上的裁决大神官忽然身体僵硬起来，他威严深重如海的双眸里忽然出现两粒极微小的光点。

噗的一声！浓稠的鲜血从他唇中喷出，淋在深红色的神袍上。

萤火虫钻出细小的石洞，进入夜雾之中，仿佛像油泼入火堆一般，点燃了身周所有的一切，尤其是那些雾霾里微小的粒子。永世不见光明的幽暗山谷骤然间燃烧起来。这种燃烧没有温度没有毁灭的力量，只有亮度。

燃烧的山雾瞬间向上蔓延，一直蔓延到桃山南麓，蔓延到重重道殿之间。深沉黑夜里，整座桃山都燃烧起来。

尤其是那座光明神殿，里面道唱回荡，悲悯庄严，大放光明。

桃山最高处有一座座洁白无垢的神殿，神殿内响起一道雷鸣般的怒吼。

伴着雷鸣怒吼，桃山间的无形火焰渐渐熄灭。

最高神殿里的吼声渐渐变低。尾音悠悠，尾音幽幽。

极遥远东南方有座海岛，这片海洋的风暴比风暴海更加可怕，从来没有渔船或商船来过，海岛上以前从来没有出现过人类的脚印。

一名瘦小的青衣道人站在高高的礁石上，恐怖的巨浪不停拍打着礁石的底部，声若雷鸣，岛岩震颤，他却像是一无所觉。

青衣道人静静看着海洋深处，看着那里被海底火山熔浆蒸发而出的冲天热雾。忽然间，他仿佛感应到了什么，回头望向遥远不可见的陆地。

很长时间后，青衣道人叹息了一声，摇了摇头。

那一夜，桃山有十四名神官在光明中化为灰烬。

那一夜，光明神殿共计三百人被处死。

那一夜，被囚禁十四年的光明大神官，成功逃离西陵神殿。

他是历史上第一个能活着离开桃山后麓幽阁的囚犯。

冬天的荒原，暮时是最暖的时候。斜斜垂在长草远方的红色落日散发着一天中最后的光明，虽然无法融化积雪，但却能给旅人们的脸颊添一些红润。荒原里响起箭啸声、重物坠地声。宿营地里的人们听着远处传来天猫女惊喜的呼喊："师兄你的箭法真好！"

自有人去收拾猎物，宁缺喂好大黑马，准备休息一会儿，路过马车时，发现莫山山正在车窗旁，借着最后的余晖专心写字。

"当心坏了眼睛。"他站在车窗旁好意说道。

莫山山抬头看了他一眼，目光冷淡，仿佛他就是空气。

入荒原已有些日子，宁缺发现这少女竟是骄傲得从来不肯用正眼看自己，难免有些不爽，心想自己连大唐公主的骄傲都不在乎，又哪里会被你击败？于是他也懒得用正眼看她，靠着窗边斜乜着眼看她写字，目光没有落在纸面上，而是落在她的脸上，发现微圆的小脸上写满了专注与忘情。

认真时最美丽，宁缺认同这个说法。而他一旦拾起笔来也经常会忘了身周诸事，所以看着少女专注写书法，观感不免有些好转。"看不出来你还是个痴于书法的家伙，写起字来颇有我的几分风采。"

大河国少男们在做体力活，负责搭帐篷钉木桩，酌之华等女弟子则在堆柴生火煮饭，听着宁缺这番点评，不知道为什么竟是笑了起来。

她们掩嘴而笑，望着宁缺，却不说为什么而笑。宁缺有些尴尬。为了掩饰这种尴尬，他抬头望天，发现几颗米粒般的星星出现在荒原边缘，与落日隔天相望，下意识感慨道："还是没有月亮啊。"

车窗内，莫山山搁笔于砚，顺着他的目光望去，木讷问道："说什么胡话？"

宁缺微微一怔，想起了一些事情，笑意渐渐浮上脸颊。

莫山山隔着车窗看着他的侧脸，荒原上的微风吹动他的发丝，发丝间隐隐现出一个可爱的小酒窝，她忽然发现这个家伙此时的笑容竟是这样地诚恳真挚。

忽然间宁缺手掌搭上车窗，身体一掠而上，就这样消失。

马车顶端响起一声轻响，莫山山抬头望去，不解何意。

荒原风中，宁缺站在马车顶端，看着远处浑圆落日下渐起的烟尘，眉头渐渐皱起，把手伸入唇间吹出一道尖利的啸声。

宿营地里骤然一片安静，战马开始骚动起来。

在落日的陪伴下，桑桑一个人有滋有味地吃着煎蛋面。

面里一颗葱花都没有，因为她不喜欢吃葱，以前之所以放葱，那是因为某人喜欢。

她一个人对着镜子尽情地涂陈锦记的脂粉，不会再有某人总在旁边嘲笑。

她一个人睡，从左边滚到右边从右边滚到左边，床显得大了很多。

在床上，她想蹬腿就蹬腿，想伸胳膊就伸胳膊，再也不担心踢着谁打着谁硌着谁。

一个人在长安城的生活很舒服，很不舒服。

桑桑躺在床上，看着窗外那棵树，看着树叶里的繁星，心里想着怎么还是没有月亮呢？少爷说的月亮究竟是什么呢？少爷这时候又在哪里呢？

可能是因为床忽然变大，所以有些不习惯的缘故，桑桑像前些天一样整整一夜都没有睡好，一直折腾到了天亮。她打着呵欠揉着小脸起床，推门去巷口买了碗酸辣面片汤，然后坐到老笔斋的门槛上。

在清晨来临的明亮光线里，她一个人没滋没味地吃着。

大唐帝国最南方的阳关，嘈杂一片，无数商队等着入境。

有一辆普通的马车规矩地排着队。

车厢里有位枯发深眸的老人正在闭目养神。

他睁开眼睛向北方遥远的长安城望去，眼中充满了温柔而威严的光明。

12

皇城脚下的南门观一片安静，甚至让人感觉有些寂清。道人们敛声静气行走，偶尔抬头看一眼站在殿外那名年轻道人，又迅速低下头去。年轻道人腋下夹着一把黄油纸伞，脸上神情平静温和，正是大唐国师首徒何明池。南门观里所有人都知道何明池是一个温厚纯良的人，然而能让他这等身份的人亲自看门，可以想见殿内的那场谈话何其重要，谁也不敢出声打扰。

道殿深处，乌黑色的木板上有两个锦绣棉垫。国师李青山看着对面的颜瑟大师缓声说道："师兄，那人应该是往长安城来了。"

在皇帝陛下和尊敬的师兄面前，李青山经常会习惯性地回到当年愈懒调笑的模样，然而今天他的神情异常严肃，脸上还挂着几分认真的探询意味。颜瑟大师深深看了他一眼，深陷的眼窝里也没有惯常的猥琐意味，只是淡然加上几抹隐藏极深的伤感："神座好不容易从那个不见天日的地方逃出来，来长安城做什么？他想找谁还是想找死？"

李青山微涩一笑说道："神殿光明大神官，桃山第二人，这样的人物……就算是来长安城找死，想必死之前也会让整个天下震动不安一场。"

颜瑟大师沉默片刻后说道:"原因?我要知道他为什么要来。"

李青山从怀中取出一封极薄的书信,放在乌黑色的地板上,说道:"按照掌教大人的推测,应该还是与十四年前那件事情有关。"

颜瑟大师花眉微蹙,没有继续这个话题。看来十四年前那件事情,即便是他们这对师兄弟,也不想多加谈论。

"这封信是怎么说的?"

"他逃出神殿时不知用了什么手段,竟是轻松推倒了樊笼。裁决大神官道心牵丝在樊笼之上,受到反噬受了不轻的伤,别的神官道人更是死伤无数。神殿方面推断他会来帝国,所以希望我们能不惜一切代价抓住或者是杀死他。"

李青山注意到师兄听到这句话后,眼窝似乎比先前陷得更深了一些,稍一停顿后继续沉声道:"信中还说,天谕大神官带着天谕院书阁高手,已经提前赶赴边境,只要朝廷同意,他们愿意前来长安城协助我们的行动。"

"如果不是裁决大神官伤了,裁决司绝大部分力量都投入在荒原上,这件事情怎么也轮不到天谕院出面。不过我真没有想到,那位老友被禁多年,居然没有油尽灯枯,反而似乎愈发有光明大盛之迹。若不是现在这等局面,以他之能若亲赴荒原,说不定还真有希望替神殿把天书明字卷找出来。"颜瑟大师的表情也不知道是赞叹还是唏嘘。

李青山听着天书二字,眉梢微挑说道:"荒原之上已然风起云涌,然则明卷失落已久,或许根本不在荒人部落中,所以各方都只派出年轻一代去尝试找找。而师兄你那位老友若重现人世,分量比那边可是要重多了。"

颜瑟大师摇摇头,没有继续讨论这个问题,问道:"陛下又怎么说?"

"当年那人趁着陛下登基之初,朝廷旧新交接之时政令不畅,硬是在长安城里做出那等事来,陛下早就想让他死了。但陛下的态度很明确,就算是要杀,也只能由帝国方面自己杀,绝对不允许神殿的人入境插手。"

李青山看着颜瑟大师沉默片刻后说道:"师兄,当年你与他相交莫逆情谊极深，这件事情，还是交给我来处理吧。"

颜瑟大师摇了摇头，面无表情说道："既然是道门之事，自然也没有请书院帮助的道理，但单凭南门和天枢处的力量，根本不可能杀死他。"

李青山说道："世间的事情总不能单凭印象去判断，没有什么事情是不可能的。"

颜瑟大师看着他直接说道："他以前就比你强，我相信现在的他比以前的他更强。"

李青山微笑说道："南门华阳集里曾经记录过几个很有趣的故事，曾经有一名南晋的知命大修行者，游历大河国，结果被一名小流氓见财起意，一闷棍打死。"

颜瑟大师忍不住皱了皱眉。李青山替师兄把面前的茶杯斟满，笑着说道："师弟我虽然不才，但多年前也入了知命，身为大唐国师，总要比那个小流氓强上不少。"

"神座之上，天穹之下。"颜瑟大师看着李青山，缓声说道："师弟，你要记住这句话。但凡能坐上桃山那三方神座的人，都是有资格屹立天穹之下俯瞰俗世的人物。道门之中掌教位阶最尊最贵，但单以道心修行论，掌教并不见得会比那三位神座强大多少，何况你绝意扑杀的那人是以智慧明道心著称的光明大神官。"

李青山笑了笑，没有再说什么。颜瑟知道他没有把这番话真的听进去，不由在心底深处轻叹一声，想着那位老友的性情，摇头说道："尽力而为，不好做便不要管，一切命运，自有昊天安排。"

李青山走后，颜瑟大人坐在乌黑木地板上发了很长时间的呆，苍老干瘦的身躯在清冷殿柱与地板的映衬下显得愈发孤单。良久他拾起身前的冷茶，以手指蘸茶水，在地板上写下一个字，然后把手伸到满是油污的肮脏道袍上擦拭干净，起身飘然离去。

乌黑色的木地板上的茶水痕迹渐渐散去，只剩下一些很淡的水渍，若仔细去看，隐约还可以看清楚，应该是个乱字。

老人叫卫光明。

并不是因为老人是光明大神官才叫这个名字。事实上，八十余年前他刚呱呱坠地后不久，还是个婴儿时便得了这么一个名字。在拥有这个名字又几十年后，他才成为光明大神官，享受世间亿万信徒尊崇爱戴敬畏。

那时他才明白，原来不止一饮一啄，便是名字也自隐天意。若不是昊天在自己出生前就做出了选择，在宋国世代务农的父母，又怎么会取出这样一个名字？

作为昊天道门最德高望重的光明大神官，老人虽然被囚禁十余年，神殿里依然有无数愿意为他牺牲一切的神官及强者，天下各处道观里忠诚于他的下属更是数不胜数。如今脱桃山后麓樊牢而出，自有人帮助他悄无声息来到长安。

在雄城外下了马车，顺着幽深厚实的南门洞走了进去，老人耷拉着眼帘，佝偻着身子，缓步踏着石板路向前行走。忽然间他仿佛感受到了什么，右脚在踏上朱雀大街前的那一瞬间，微微僵硬，然后收了回来，转身向东方走去。

在周遭行人眼中，老人只是腿脚有些不便，并没有觉察到有什么怪异之处，更不知道，就在老人右脚脚掌即将踏上街面的那一刻，朱雀大街远处那幅深刻在石质地面上的朱雀绘像，缓缓睁开了眼睛。

不知道过了多长时间，朱雀绘像的眼帘又缓缓阖上。

"好大一座阵。"老人背着双手，佝偻着身子在东城的街巷里缓慢行走，微笑暗自想道。

片刻后，老人缓慢的脚步在某道巷口的某处井边停下，漠然浑浊的目光落在井边一片枯黄的树叶上，眉头渐渐蹙起。

树叶枯黄，脉络犹存，看似寻常，但在老人眼中，却极不寻常。他那双能够看到世间一切黑暗的眼眸里，所有的风景街景市井生活，都仿佛披了一层极淡的纱，未曾遮蔽真相，却掩住了天地间流传的命机。

老人背着双手，佝偻着身子向巷尾那家不起眼的客栈走去，摇头感慨想道：

"好一座大阵。"

长安城的大阵未曾发动便掩了天机，让老人无法看到他已经苦苦追索了十四年的黑夜影子。不过这座令他赞叹警惕的大阵，也没能发现他是一位自西陵而来的绝世强者，没有发出任何警兆。

　　因为现在的他不是光明大神官，敛了所有气息与能力，甚至把那颗道心全然忘却的他，如今只是一个极普通极为寻常的干瘦老人。

　　他挑了一家普通客栈住下，后面这些日子在长安城里背着双手，佝偻着身子，逛些普通名胜，去些普通坊市，点些普通小菜，喝些普通花茶，听些普通唱本小曲，打发些普通冬日时光，就像长安城里最普通的闲耍老头儿。

　　直至冬意渐隆，寒意愈盛，他又去买了件普通的厚棉袄。

　　普通老头的睡眠向来不需要太多。某日清晨，天刚擦亮的时候他就起了床，随意逛着，碰着一家卖酸辣面片汤的摊子。嗅着香味，他买了一碗，退出来时却被人撞洒在棉袄前襟之上。

　　一个小姑娘提着食盒走了过来，面无表情看了狼狈的老头一眼，像变戏法般从袖里抽出一块大毛巾替他擦掉污渍，又替他重新买了碗酸辣面片汤。老人向她道谢，她摇了摇头，示意不用，提着食盒便离开。

　　老人愣了愣，把手中那碗酸辣面片汤递给摊旁一个比自己还要瘦的燕国流民老乞丐，然后远远跟着那个小姑娘走。

　　老人跟着小姑娘到了一条叫临四十七巷的巷子，看见了一家叫老笔斋的小铺子，看着那个小姑娘在铺子里勤劳忙碌了整整一天。

　　老人越看越觉得这个小姑娘清新可喜，说不出的可人，从外貌到气质干净到了极点，仿佛是一颗绝对透明的琉璃珠，只要有一点阳光，便定然会大放光明。

　　小姑娘的肤色有些黑，但黑也黑得如此干净，如此光明。

　　所以这位来自西陵的光明大神官，痴痴站在临四十七巷里，不禁欢喜赞叹。

13

化身为长安城一普通老头的光明大神官如常出入客栈、吃饭睡觉，寻幽访胜，煨炉饮茶，听曲打盹儿，每天必逛临四十七巷，然后看桑桑。

他吃饭睡觉看桑桑，煨炉饮茶看桑桑，听曲打盹儿看桑桑，每天都去看桑桑，打听到老笔斋里黑瘦小侍女的名字后，看桑桑便成了他生活中最重要的那部分。

某日，老人提着两提芙蓉记的桂花糕再次来到临四十七巷，看着小侍女被一辆华贵的皇家马车接走。他不禁有些好奇疑惑，却也没有多想什么，只是看着大门紧闭的老笔斋，看不到桑桑忙碌的小身子，老人觉得若有所缺，若有所憾，惘然呆立半晌后，忽然想起来自己竟是忘记了来长安城的真实目的。

老人的眼中早已没有那抹黑夜的影子，他不知道那个人藏身在长安城何处，是不是还在长安城里，这些天他甚至完全忘记了这件事情。在临四十七巷灰墙边惘然而立，他想起了这件事情，摇了摇头，把手里提着的两提桂花糕放到老笔斋铺门前，紧了紧身上变得有些脏的厚棉袄，穿过东城密若蛛网的街巷，来到南城一处幽静府邸间。

巷口安静地伫立着两棵大槐树，树叶在冬风里有气无力打着卷，与街巷两侧宅院里探出来的傲然松柏森森绿意相比，实在是显得有些寒碜。街巷中段有两座府门相对，老人理都没有理右手方那座隐有人声传出的府邸，直接向左手方望去。脱落的封条早已被经年的风撕扯干净，只剩下一些残纸飞屑夹杂在木门脱落翘起的漆皮间，看着无比衰败。

老人静静站在这道凄破的府门前，负着双手，佝偻着身子，看着残存的那座石狮，看着石狮底座后方积着的若经年稠血的老泥，深陷的眼眸里浮出一抹莫名情绪。

老人站了很长时间，直到一场冬风自巷口袭来，从厚棉袄的领口里钻了进去，激得他咳嗽了几声，身子佝偻得更低了些。

随着冬风席卷而来的还有一道声音。

"今年长安城的冬天要比以前冷很多。"

老人依旧佝偻着身子，回答道："我已经有很多年没有来过长安城，所以不知道长安城以前的冬天是什么样子。"

然后他转身望向巷口。一人自巷口缓缓行来，眉直若尺，眼亮若泉，棉布道袍，简单道髻，身后背着一柄长剑，脚下踩着一双草鞋，每一步踏下，皆成龙虎。身前落叶泥砾似乎畏惧他的威势，无风而动簌簌避至街巷两旁。

正是大唐国师李青山。

"以后这些年，你可以一直住在长安城，或许会对这里的冬天有更深的认识。"李青山停下脚步，看着老人说出这样一句话，表达了留客的意思。

老人静静看着他，缓缓直起身躯。佝偻瘦小的身躯，随着一个简单的挺腰动作，竟骤然变得高大威猛起来，一股庄严智慧强大的感觉喷薄而出。

面对大唐国师，老人自然不再是那个喝茶吃饭看桑桑的普通老人。

他是光明大神官。

昊天道南门领袖、大唐国师，世间百姓几乎所有的对权力的想象，都可以赋予在李青山的身上。这些年来从没有人见过他施展神妙境界，因为以他如今超然的身份地位，实在是没有什么事情需要他亲自出手。

但就连长安城街头巷尾玩耍的顽童都知道，国师理所当然很强大，不然他为什么能当上国师？而对于修行世界里面的人来说，大唐国师李青山身为知命境界的大高手，不出手则矣，一朝出手定然会惊风落雨。

不过在衰破的将军府门前的那位老人也不是普通人。西陵神殿最尊最贵的光明大神官，被囚禁十四年，依然拥有无数忠诚部属，便是掌教也不敢妄言诛杀，一朝发力便引发神殿惊天混乱，有史以来第一个成功逃离幽阁。

大唐国师正面对光明大神官，不知道胜负如何。

"西陵来信，说你很强大，师兄也说你很强大，甚至说你有可能比掌教更强大。"李青山看着光明大神官，忽然笑了笑，说道，"我知道自己因为心系俗务，道心无法保持清静，所以在境界上一直有所缺憾。所以如果你真比我强大，我并不以为这是很难接受的事情，更不会认为这是一种耻辱。"

光明大神官说道："修道多年，如果连这点还看不透，不免有些愚钝。"

"所以我看不透你。"李青山敛了笑意，说道，"你和裁决天谕二位神座是不一样的人，当年师兄和我从未在你身上看到一丝对权力的野心，甚至你对昊天光辉在人间的播洒似乎都没有太大兴趣。你苦研教典，你救苦救难，你慈悲但不以慈悲为怀，你冷漠却不以冷漠为趣，你是一个近乎完全透明或者说光明的人。"

李青山的声音渐渐冷冽起来："所以我不明白，为什么当年你会忽然变成那样一个人，你会做那样一件事情，成为神殿第一个被囚禁的光明大神官。我更不明白你为什么脱困之后还要来长安城，你究竟想做什么？"

"世间一切事与法，皆由昊天注定，我们在世间的位置也早已注定。我的位置在光明神座之上，我的使命便是看到黑暗，仅此而已。"略一停顿，光明大神官抬头望向院墙上方乱树枝后方凌乱的天空，脸上浮现出一丝慈悲的笑容，继续说道，"如果每个人都清楚自己的位置和使命，那么世间所有事情都会简单很多。当年我看到黑暗，本应由裁决去净化黑暗，然而没有人愿意去完成自己的使命，我只好多做一些。"

他收回目光，望着李青山说道："无论你看或不看，黑暗总在那里，但既然看到了，我实在没有办法当作自己没有看到。"

李青山摇头说道："如果世间一切事与法皆由昊天注定，那我们何必还要修行求索？黑暗在那里，自有昊天净化，你在自己的位置上完成自己的使命便好，何必还要做这些事情？如果你真能清楚自己的位置和使命，现在的你还应该是坐在神座之上受万民崇拜的光明大神官，又怎么会变成所有人都想杀死的丧家犬？"

光明大神官沉默不语。

李青山看着他苍老的面容，想起多年前在神殿偏居里苦心孤诣研习教典的那位慈爱老者，心中生出同情与厌憎交织的惘然复杂情绪，感慨说道："历任光明大神官均为道门内精研教义聪慧无双之人，但不知道为什么，光明大神官反而是最容易出问题的人，越优秀越是如此。千余年前入荒原传道那位如此，六百年前在南海失踪那位如此，你也如此，为什么会这样？我时常在想，是不是你们这些有大智慧大毅力的人物有大自信，所以才会坚持认为自己看的才是真实的，而且是唯一的真实，从而与真正真实的世界越走越远？"

听着这番情真意切的话，光明大神官沉默了很长时间，似乎也生出了些许感慨，但片刻后他的表情便变得平静淡漠起来，说道："看到便是看到，光明眼中之所见便是世间客观之所在，虚妄亦是真实。"

听他如此说法，李青山不由微怒，沉声斥道："但除了你，没有人会这样认为！十四年前你假传掌教谕令，让李沛言和夏侯做了这件事情，陛下震怒，掌教同样震怒，若不是你要与整个世界为敌，这个世界又怎么会与你为敌？陛下和掌教又怎么同时认为你该死？你如此德高望重又怎么会被关了这么多年！"

光明大神官说道："我没有假传过首座的谕令。"

李青山眉梢微挑，说道："你是说掌教拿你当替罪羊？"

光明大神官语气越发平静，说道："谁有胆量拿我当替罪羊呢？"

李青山沉默片刻后说道："但这件事情终究是你做出来的。"

"不错。"

"你就没有考虑过陛下和掌教的想法？"

"唐帝和首座的想法，和我又有什么关系呢？"光明大神官的声音平静得就像是冬天被冻凝的湖面，平滑无波无痕，仿佛当年他一手造成的那场震惊大唐帝国与西陵神殿的祸事，只不过是些普通小事。

李青山眼神微寒看着他，问道："脱困之后便来长安，莫非你还没有放下那事？"

光明大神官沉默。

李青山转首望向残破的将军府，慨叹道："就因为你当年一句话，长安城里死了这么多无辜的人，这座将军府拜你所赐也已经衰败如此，莫非你还不满意？"

光明大神官面无表情说道："不满意。"

李青山指着将军府，厉声斥道："将军府的人都死光了，你还有什么不满意的！"

光明大神官摇头说道："不，还有一个没有死。"

李青山眼瞳微缩，震惊异常。

"当年无论是神殿还是你们唐国的亲王大将都同意配合我的目光，因为没有人愿意看到冥王之子降临世间。然而事后不知为何，所有人都认为我看到的是假的。你们的亲王认为是受到了我的蛊惑，你们的皇帝震怒异常，所以明明有些人知道这座将军府里还有一个人活着，却也不愿意再查下去，甚至严禁谈论此事。

"为什么我会被囚禁十四年？因为我知道冥王之子还在这个世界上，并且变得越来越强大，我要继续寻找他。而那些人根本不相信有冥王之子，也不相信他的存在，如果让我继续查下去，西陵和唐国之间会出大问题。

"那么某些人只好把我关起来。"

他带着悲悯的情绪缓声说道："桃山，唐国，整个世界都腐朽了。

"不是我要与整个世界为敌，而是整个世界都在与黑夜为伴，与光明为敌。

"我是光明大神官。我叫卫光明。

"那么这整个世界都是我的敌人。"

14

某些人是哪些人？谁不相信冥王之子的传说？谁能令神殿态度急转？谁能令唐国致怒静待？谁能一言便把光明大神官打落尘埃？

李青山脑海中浮现出一座静山旧观的画面，身体骤然僵硬。多年前，西陵神殿授他大神官虚秩时，他曾经去过那处旧观，此生仅此一次，却是终生难忘。一念生处，他仿佛又看到悬崖边那个青衣飘飘的瘦小身影，通体微寒。

光明大神官说道："我不知道当年观主究竟在想些什么，我发自内心地尊敬他，但我还是会坚持自己的想法。"

李青山沉默看着他苍老的脸颊，这才知道原来当年他以光明大神官之尊被囚禁，竟是青衣道人亲自出手。旋即他又想到光明大神官，在青衣道人身前居然还能坚持自己的想法，不禁又生出极大的敬佩之意。

"因为坚持，所以不会放弃。"光明大神官眼眸里的光泽宁静而深邃，悠悠说道："被囚禁在桃山后麓的这些年里，我一直没有停止用这双眼睛看这世界，某一年，还曾经做过一次尝试。"

李青山皱眉说道："燕境血案？"

光明大神官没有正面回答，淡漠说道："只可惜依然没能杀死那个人。我清楚地看到，那抹黑夜的影子还在世间飘浮，时浓时淡，时而消失时而出现。但这两年间，这抹影子变得越来越凝固，代表着那个人越来越强大。"

李青山神情凝重问道："你双眼看到的那人究竟是谁？他在长安城里？"

光明大神官说了一句很艰深晦涩的回答："眼睛只能看见他存在，不能看见他的存在，某日我看到他出现在长安城里，所以我很焦虑，所以我要来长安。"

虽然说的是焦虑，但老人脸上的神情依旧平静，没有半分焦虑感。

李青山沉默了很长时间，似乎在内心深处不停思忖判断这番话，最终他缓慢却坚定地摇了摇头，说道："传说只是传说，由古至今从来没有人发现过冥界。夫子周游天下多年，听闻观主也在南方一带飘行，想必他们也是在寻找冥界，这么多年连他们二位都没能发现冥界，那么冥界必然不可能是真实的存在。如果没有冥界，自然没有冥王，如果没有冥王，自然不会有冥王之子。"

光明大神官说道："当然有冥界，自然便有冥王。"

李青山隔着巷中的冬风盯着他的眼睛，问道："那冥界在哪里？"

光明大神官神态宁静说道："我不知道。"

李青山说道："那你凭什么断定有冥界？"

光明大神官回答道："因为有，所以有。"

李青山忽然觉得自己像是回到很多年前的香坊外，碰见那个比自己还赖皮无耻的太子殿下，除了把对方痛揍一顿，根本没有办法进行正常一点的对话。

光明大神官看他神情，笑了笑，说道："关于冥界入侵和不动冥王的存在，在明字卷里都有记载。只是千年之前明字卷被那位先人带入荒原，就此失去下落，再也没有人看过，所以也就渐渐被人淡忘，甚至变成了一种虚无的传说。"

李青山皱眉说道："然而你也未曾看过明字卷。"

"我确实没有机缘一睹明字卷真迹，但你不要忘记，那位先人和我都是光明大神官，对于某些记述的传承，总会以一种难以言喻的方式存续下来。"

李青山看着他摇了摇头，叹息说道："神座，你有没有想过，你只是因为自己的幻觉和一个虚无的传说就放弃了所有，与整个世界为敌？"

光明大神官摇头说道："道心通明，你看的便是你所相信的，那么你自然要相信你所看到的，只要你相信，那么幻觉往往便是真实的。"

李青山沉默片刻后向前踏了一步，草鞋落处，一道极淡的气流喷溅而起，如石子落入静湖，荡起圈圈涟漪。"一眼能见世间所有，一眼能见所有真实，只有昊天才能做到。你虽然坐在神座之上，天穹之下，但你是人而不是神，更不是天。"

光明大神官的目光落在他向前踏出的右脚之上，声音里没有一丝情绪波动，淡然道："因为我不是神不是昊天，所以你不信我？"

"不错。"李青山露在袖外的右手非常秀气，中空而握微微颤抖，仿佛正扼着一条正在不停挣扎动弹的龙身，而他身后鞘中的长剑嗡然而鸣，如龙身将出。"就算你是神，长安城还有一座惊神阵。"

光明大神官摇头说道："惊神大阵想来不会对我这个老头感兴趣。"

李青山向前再踏一步，鞘中长剑龙鸣越厉，右手扼龙之势越坚。他看着光明大神官苍老的面容，沉声说道："我知道你一定会来这里看看，所以我让南门在四周布了一个天罗阵，我想试试能不能留下你。"

"不能。"光明大神官说道："裁决的樊笼都困不住我，更何况是天罗阵。"

李青山道："天罗阵乃昊天所授神阵，难道还比不上裁决神座一人的樊笼？"

光明大神官应道："樊笼困的是心，天罗困的是身，心脱困自然要难过身脱困。"

李青山稍一沉默，对这个判断表示认同，转而说道："惊神阵不会因你而起，但你要脱困，势必要释出全数境界气息，到那时大阵自有办法镇伏你。"

光明大神官平静说道："我在长安城里只是一个普通老头。"

李青山说道："因为有我，你不可能一直伪装成一个普通老头。"

光明大神官看着缓步靠近自己的大唐国师微微一笑，说道："青山，你是一个有大机缘的人，幼年结识唐帝于微时，在俗世内备受尊崇，又被观中游方长辈道人看中根骨，轻轻松松便入了知命，备受宠位。然而也正是因为你机缘太好，所以你这一生从未经历过生死之间的大恐惧，如此的你又怎能威胁到我？"

李青山被如此轻视，脸上却是毫无愠意，微笑说道："先前就说过，如果我不是你的对手，那也是理所当然之事，所以我从未指望靠自己一人便把你留下来。"

光明大神官深陷的眼窝里眸子颜色越来越深，渐要变成一双纯然漆黑的宝石。他看着街巷里天地元气最细微的变化，感知着四周越来越密集的呼吸声，漠然说道：

"我先前也说过，你机缘太好，权势太盛，经历太少。当年你初登国师之位时，柳白决意挑战你，却被颜瑟拦了下来，你这一生竟是从未与世间的至高强者对战过。所以你无法理解，对于你我这样的人来说，敌人的数量其实没有太大意义，除非那个数量巨大到可以让尘世地面下陷的地步。"

话音落处，街巷上空的枯叶再次飘舞，数十名弩手出现在街头巷尾，他们手中锋利的弩箭锋芒反射着噬人的寒意，紧绷的弩机清晰地传出暗含的强大劲道。身着赭色官服的天枢处修行强者们，也渐渐围了过来，在更远的坊市某些房间里，负责天罗阵发动的大唐阵师正在向阵眼里不停灌注念力。

蹄声如雷响起，大唐帝国横行天下的重甲玄骑开始高速向这边集结，巨大的重量让长街地面剧烈颤动起来，仿佛随时都可能下陷。

李青山把目光从斑驳的将军府院墙上收回，看着光明神官面无表情说道："虽是神座，但肉身依然是凡人，脆弱不堪一击。今日就在将军府前让你死去，也算是替当年将军府内那些无辜的冤死者寻回一些迟到的光明。"

光明大神官说道："我就是光明。"

李青山微讽说道："没想到被囚十四年，谨守教律的你居然变得如此自负。"

光明大神官平静应道："你说得有道理，骄傲有违教律。我表述得更准确一些，应该说，既然夫子不在长安，那我就是光明。"

李青山沉默无语。

以龙虎之势踏入街巷，他这位大唐国师和光明大神官之间言语互问，过往对印，内容惊人却语气平和，仿佛就像是斗茶一般将那些杀伐争执之意全数隐在拈腕挑匙间，勘看的是道心，较量的还是道心。这一番交谈下来，看似没有胜负，却也可以说光明大神官全胜，所以那便无须再谈。

强劲的机簧声响起，锋利的弩箭像密集的暴雨般射出，箭矢撕破空气的声音尖锐得令人耳痛，从四面八方笼向光明大神官的身躯，没有留下任何的空隙。

几乎同时，隐藏在远处坊市里的大唐阵师启动了天罗阵。将军府外的街巷上，天地元气一阵急剧地变幻，无数的元气湍流化作了一道道无解的元气锁，强行锁死了光明大神官身周的所有空间。

一声清亮龙吟，李青山身后负着的长剑嗡鸣震荡剑鞘若闪电一般飞出，在空中化作一道青龙须臾间横渡半条街巷，龙嘶阵阵撞向光明大神官的苍老脸颊。

这是大唐帝国筹划已久的一次狙杀，因为目标是恐怖的光明大神官，所以他们的准备很充分，除了街巷间这些强大的攻击，还有很多后续的布置。

而对方的应对非常简单。

面对漫天弩雨、锁住天地的天罗阵，还有那道化作青龙的飞剑，老人幽深的眼眸里散出一道笔直的光线，然后是第二道，第三道，千道万道，无数道。

光明大神官，大放光明。

15

长安城上空厚厚的冬云，将日头遮在后方，南城将军府外的街巷间，却陡然生出一轮太阳。炽烈的光线迸发于光明大神官的双眸，瞬间将周遭阴暗的天地照耀成比白昼还要白昼的白昼，枯叶斑墙残石狮旧台阶都蒙上了一层刺眼的光晕，完全失去了最初的模样，变得圣洁无比。

数十名以精神坚毅著称的精锐弩手扔掉手中的劲弩，捂着自己的眼睛惨呼着向地面倒去。凄厉飞舞的弩箭鸣叫得更加凄惨，在炽光之中早已失去了方向，隐约可以见到树上墙上到处都是微颤的弩尾。

大街上集结的大唐玄甲重甲一片混乱，那些训练有素的负甲战马似乎感应到了巷中那蓬炽白光幕里蕴藏着的无上神威，嘶鸣着恭顺地屈下了前蹄，惊惧地跪到地面，不知掀落了多少骑士。

隐藏在远处坊市里的昊天道南门阵师更是脸色苍白。有数人身前衣襟被鲜血涂满，他们并没有受到什么天地元气的反噬，只是因为识海里的极大惘然震动和惊惧，精神冲击直接伤到腑脏——传承自西陵神殿的精妙神阵天罗阵，竟是根本没有办法定位目标。

他们修的是昊天道，向天罗阵里灌注的是光明力量，而光明大神官从身到心皆是光明，没有一丝杂质，等若要用晶莹剔透的湖水去锁死一团清水，根本无法做到！

更远处朱雀大街上无由刮起一阵清风，深刻在石板里的朱雀绘像上的碎石砾被这阵风卷得到处都是。来自帝国各郡的游客被风沙迷了眼、被碎砾扑了面，下意识里低头避开，或是以手揉眼。

即便他们没有低头没有遮眼，大约也看不到一道极清极淡近乎肉眼不可见的朱雀魅影自石刻地面间招摇而起，双翅一挥，卷起落叶碎石，以难以想象的恐怖速度刹那之间在长安城上空疾掠了一周。

可惜朱雀未能在长安城里发现任何敌人，九霄冬云之上隐隐传来一道怒鸣。

李青山沉默站在将军府外的街巷前端，听着云上那道隐怒燥鸣，缓缓睁开紧闭的双眼，看着已经空无一人的街巷，表情变得越发凝重。游走于巷间的那道青龙发出一声不甘心的低吟，缓缓敛了气息，化剑归鞘。

朱雀没能发现那个人的踪迹，散布在长安城里的所有眼线也没能发现那个人的踪迹，大唐帝国布置的无数后手，竟就这样被迫戛然而止。

长安城上方的厚厚冬云忽然渐渐散开，露出久违的日头，并不炽烈的阳光轻轻柔柔地洒了下来，洒向人间千万府邸寒宅，到处都是。那个人没有出手，没有展露丝毫敌意与战意，只是将自身的光明意散发出来，便像太阳洒下的光线一般悄然逝去，难觅其踪。

人间到处都是光明，你如何能够寻找到光明？

李青山抬头望向冬云间漏下的光线，喃喃说道："神座之上，天穹之下……"

"师兄，我终于明白你说的这句话是什么意思了。"

穿着一件满是污垢的厚棉袄的老人负手于佝偻的身子后，慢条斯理地走在东城的街巷中，棉袄上还散发着极淡的酸辣面片汤味道。

正如先前在将军府外与李青山的对话里所说，只要夫子不在长安，他就是光明，唯一所忌便是长安城这座大阵。但他不是邪祟，他心存善念，他道心纯净光明，纵使所行所施在全世界看来都十恶不赦，但他依然坚信自己光明。只要长安城这座大阵没有全面发动，起于光明的朱雀神符又如何能发现他？

然而修行到他们这种境界的人，即便不能明悟世间天地元气流动的最深规律，却已经开始有某种天人之间的感应，能够隐隐明晰时间河流的前方会出现什么。老人感觉到自己会死在长安城，而且这种感觉越来越强烈，他仿佛已经看到冥界的使者开始在长安城里替自己挖掘坟茔，只是不知道墓碑上会写些什么。

生命结束并不见得都是悲哀的事情，但正像颜瑟对人世间有所留恋，他对人世间也有所遗憾——当年他曾经一只脚跨过门槛，看到那边神妙的世界，却被某些存在无情地收了回去。他不甘心，所以他想在离开这个世界之前收一个传人，留下自己的衣钵，让自己的传人日后代替自己去清楚地看看这个世界。

神符师拥有真正传人很难，光明大神官想有个真正传人也很难。颜瑟现在有了宁缺，所以他没有遗憾，而他还没有。他甚至以为直到生命结束的那一刻，也不会有，直到他来到长安城，来到临四十七巷，看到桑桑。

老人站在老笔斋门槛外，看着铺内忙碌的小侍女，心中不禁赞叹喜悦满足，甚至感动得快要流下泪来，觉得自己此生虽然屡次违背昊天意旨，但至少在人生的最后阶段，昊天还是仁慈地赐予了自己最珍贵的礼物。

世间再没有比这个小姑娘更适合做光明大神官传人的对象了，因为这个世界上不可能存在第二个比她更干净、没有一丝杂质的人。

老人跨过门槛，走进老笔斋，对着忙碌的小姑娘躬身一礼，说道："你好。"

桑桑转过身来，把手中的大抹布放到桌上，回答道："你好。"

这些天她早就注意到这个看着很可怜的孤苦老头儿时常出现在巷子里，齐三爷那边的手下甚至曾经问过她要不要把这个老头儿赶走。但她以为对方只是一个普通的怪老头儿，所以拒绝了这个提议，甚至懒得再加以更多的注意。

老人问道："你知道人和禽兽最大的区别是什么吗？"

桑桑没有思考，直接摇头答道："不知道。"然后她抓起抹布，准备继续抹桌子。

老人诚恳说道："能不能试着想想？"

桑桑这次想了会儿，说道："人比禽兽更禽兽，所以我们比禽兽更强大，所以我们可以吃禽兽。"

听到这个回答，老人明显没有任何心理准备，讶异问道："为什么你会这样认为？"

桑桑摇头说道："我说过我不知道，这是小时候少爷告诉我的。"

老人感慨说道："你家少爷想来也是个妙人，不是大恶人便是大善人。"

桑桑想了会儿，说道："少爷就是少爷。"

话没有说完，她也没有把话说完的习惯，对方能理解便理解，不能理解也不关她的事情。老人沉默片刻后说道："在我看来人与禽兽之间最大的区别在于传承，禽兽不惜生死也要传承的是自己的精血，而人类想要传承的是精神。相同点在于这种传承都蕴含着极强烈的渴望，都是想让自己留在人世间的痕迹更久远一些。"

稍一停顿后，老人看着小姑娘微黑的脸颊，神情凝重说道："如果传承里的承载代表是世家的根骨或是道统，那么这种强烈渴望甚至会变成某种沉重的责任。"

最后老人总结道："这就是所谓后事。"

桑桑睁着明亮的柳叶眼，看着身前这个古怪的老头儿，想了很长时间以为自己想明白了，认真问道："你是不是想找个老婆生孩子？"

她上下打量了一番老人的模样，判断对方的年龄，说道："如果你确认自己还能生的话，东城人牙子那里有卖燕女的，价钱不贵，而且好生养。"

老人一阵恍惚，说道："我不是这个意思。"

桑桑愣了会儿，微羞摇头说道："我不行，我不能……给别人生孩子。"

16

过了会儿，桑桑看着老人认真说道："如果你只喜欢本国女子，不喜欢燕女，我也认识一些青楼姑娘，但想要她们替你生孩子，花费估计是个大数目。"

老人又是一阵恍惚，沉默很长时间才艰难地清醒过来，神情严肃说道："我不是想找老婆生孩子，我是想找一个徒弟继承我的衣钵。"

这下轮到桑桑恍惚了,她心想找徒弟这种事情和我能有什么关系?我的骨骼并不清奇,身世也绝不离奇,而且虽然您身上的棉袄确实挺脏,但这些天似乎也未曾乞讨过,怎么看也不像是小时候听宁缺讲过的那些故事里的世外高人模样。

"你想收我作徒弟,还是想请我帮你找个徒弟?"她认真问道。

老人认真回答道:"我想收你作徒弟。"

桑桑决定不再理他,蹲下身子开始擦拭桌腿。

老人看着光亮可鉴,绝对找不到一处污渍的桌腿,沉默不语。

老人没有离开老笔斋,而是沉默地跟着桑桑,看桑桑。他看桑桑擦拭桌椅,打扫不存在的浮尘,重新修理早就修好了的铺门,看桑桑关铺门,看桑桑汲井水,看桑桑淘米择菜煮饭切蒜,看桑桑坐到桌旁开始一个人吃饭。

桑桑没有请他一起吃饭的意思,很奇妙的是,也没有请他离开的意思。

隔着窗户,老人看着沉默吃饭的她,同情说道:"你是不是很无聊?"

桑桑捧着饭碗的手微微一僵,她看着白米饭上的三根青菜,点了点头,然后继续用力咀嚼口中的菜根,微黑的小脸腮处微微鼓起。

吃完晚饭,桑桑洗碗,洗脸,洗脚,准备睡觉。临睡前,她抱出一床被褥,递给一直守在天井小院里的老人,说道:"如果没有地方睡觉,你在前面把桌子拼一拼,将就一夜。"

老人感受到被褥的重量,心意越发坚定,看着小姑娘认真问道:"你信机缘吗?"

桑桑摇了摇头,然后她想到很多年前的相遇,以及这些年来和某人相依为命的生活,柳叶眼明亮些许,又点了点头。

"我相信机缘。"老人说道,"我相信每个人注定遇到一些人,做一些事情,这些由昊天安排好的事情,就是机缘。"

老人浑浊的眼眸里明亮渐盛,他望向小院外的长安夜景,沉默片刻后说道:"很多年前,我看到黑夜的影子落在这座城中,一朝看到,便是遇见。既然遇见,那便再也无法分离。只是看到的并不真切,遇见的并不具体,我只知道他存在,却不知道他究竟存在在哪里。

"然后我在长安城里看到一个生而知之的人，我觉得这是不对的事情，因为世上不应该有生而知之的人，所以我与他的机缘就此开始。

　　"我与他之间机缘便是看到他，然后杀死他。

　　"在看到他的九个月之后，我开始试图杀死他。但我知道我并没有杀死他，因为他还活着，我是这个世界上唯一能够清晰感觉到他还活着的人。只是自那之后，机缘淡了，除了偶尔一次之外，我再也未能看到他在哪里。直至最近，我再次看到他，所以我过来找他，重续机缘。"

　　老人像坐在高高门槛上的虔诚愚妇那般碎碎念着过往的事情，桑桑沉默听了很长时间，柳叶眼偶有明亮然后敛没，然后她问道："找到他……你会做什么？"

　　老人说道："杀死他。"

　　桑桑问道："如果你是一个很了不起的人，为什么当年你没能杀死他？"

　　"因为我们之间的机缘没有绝对相厚……不是谁都能轻易进这座城来杀人的，尤其是我，所以当年只能由这座城里的人来做。更关键的原因在于，整个世界对我眼睛所看到的画面都将信将疑，他们根本并不相信我。"

　　老人继续说道："我并不清楚找到他之后会发生什么，昊天的安排永远不可能是我们这样的凡人所能忖度的。但我始终坚信一点，他是与我有大机缘的人，我以为自己来到长安，便是要了结这段机缘，直到……遇见了你。"

　　老人看着桑桑微黑的脸颊，明亮的柳叶眼，沉默了很长时间，默然想到，那么多忠诚于自己的部属牺牲、令整座桃山和唐国感到不安、冥冥之中吸引自己前来长安城的真实原因，究竟是那抹黑夜的影子，还是身前的你？

　　桑桑睫毛微垂，声音平静问道："我跟着你能学到什么？"

　　老人看着她微眨的眼睫毛，平常无奇的容颜，说道："神术。"

　　桑桑问道："神术很厉害吗？"

　　老人点点头，说道："很厉害。"

　　桑桑把头压得更低了些，从而显得睫毛更长了些，低声说道："我家少爷很厉害，我学会神术之后，能帮着他去打人吗？"

老人微微一笑，说道："肯定能。"

桑桑抬起头，仰着微黑的小脸专注看着老人，勇敢问道："能……打赢你吗？"

老人看着小姑娘的小脸蛋儿，看着那微黑如山石间那两汪清泉般的眸子，直似要看到清透泉水的最深处，还是没有看到一丝杂质，只是透明绝对的透明，忍不住在内心深处发出一声叹息，以一种预言般的庄严口吻说道："一定能。"

桑桑问道："神术是什么术？"

老人应道："修行讲究是感知然后操控天地之间的气息，神术便是感知了解操控昊天的神辉。所谓神辉，你自生时便见过，清晨醒来时你见过，暮时闭门时你见过，夏日时你见过，冬雪飘时你同样见过，无时无刻你不曾见过。"

桑桑微微蹙眉，问道："那是什么？"

长安城的深夜一片幽静，天穹之上繁星似锦，但终究不及白昼清明。老人站在逼仄的庭院之间，缓缓摊开双臂，似要承受世间所有的光芒。

"昊天神辉，就是阳光。"

话音落处，老人探出肮脏棉袄袖口的右手最前端，也就是中指尖处骤然变得明亮一片。不知从何处来的荧光汇聚于此，由内而外缓缓释放绽发，便似一朵光明之花，掩去指腹上的所有纹路，圣洁乳白，令人心生敬意。

老人看着身前的小姑娘，平静说道："要感知昊天神辉，便是用上十年时间也不嫌多，所以最开始需要的便是绝对的隐忍和耐心。"

听着这话，桑桑若有所思。她抬起右手竖起食指，把纤细的指头伸进黑暗的冬夜之中。微暗的指头在风中轻轻摇晃，然后生出一抹黯淡微弱的光线，就仿佛是风中的一盏残烛，随时可能熄灭，然而终究是亮着的，终究未曾熄灭。

老人痴痴看着她纤细食指前端的光明，沉醉得仿佛酣醉，不愿醒来。

天启十四年冬，逃离西陵神殿的光明大神官，因为冥冥中的感应来到长安城，他没有找到那抹黑夜的影子，却寻找到了自己的传人，这大概也是某种天启。

大唐帝国西北边陲，距离渭城不远的草原某处。在某棵将要尽衰的冬树之下，一个穿着棉袄的书生正在做饭。

他平静而专注地看看左手握着的那卷书，忽然想起某事，取下腰畔的水瓢盛一瓢水，注入已经尽数化为乳白色的汤锅之中，把锅中的沸意稍压。趁着争取来的时间，他开始慢条斯理地切肉，冻至完美的羊肉在锋利的刀下片片飞舞，仿佛下起一场雪花，然而他的动作太慢，肉未切完，汤锅又沸。

又一瓢清水注入汤锅之中，书生继续切肉。身材高大的夫子端着早已调好料的碗筷，眼巴巴地站在汤锅旁等着，不时发出一声恼火焦虑的叹息。

"要说命运机缘这种事情……谁都不知道自己会看到什么，遇到什么，谁也不知道看到遇到的对于自己又意味着什么。想法和现实常常是相反的两个世界，比如前些天我们在渭城里看到的将军和那位大婶，也许他们会永生不老，也许明年他们就会撤回中原，但无论怎样发展，他们都不见得如表面那般欢喜。"

夫子用筷子轻敲空空的碗，摇头叹息说道："不欢喜，并不代表便会一定黯淡，我不认为这是一种悲伤，反而觉得充满一种戏剧喜感。就比如明明汤在这里，羊肉也在这里，但已经过去了半个时辰，我还没能吃上。这并不代表我会一直这样失落悲伤下去，也许稍后的第一口羊肉将是我这一生所吃过最好吃的东西。"

作为学生一定要学会从老师冠冕堂皇的言语中听出最真实的意愿，书生作为书院大师兄，当然是最能明白夫子所喜所厌的人。所以他把那卷书插回腰间，开始加快切肉的速度，避免老师稍后真的开始发飙。

但正如陈皮皮曾经告诉过宁缺的那样，大师兄做事很认真，非常认真，所以他做事很慢，非常慢。于是虽然夫子拿着碗筷像乞丐一般在汤锅旁等着，给予了他前所未有的压力，切肉的速度依然没能增进太多。

为了让老师分神，稍微缓解当下的精神压力，大师兄一边切肉，一边问道："老师，难道您也看不到未来？"

听着这个问题，夫子大怒，指着头顶灰蒙蒙的冬日天空呵斥道："我连这道天都看不明白，哪里能看得到什么未来！"

17

夫子放下手指，看着再次沸腾的汤锅，以及砧板上依然只如一场小雪的肉片，悻悻然道："如果我什么都知道，哪里还用得着像个丧家之犬般惶惶不可终日？"

大师兄切着鲜美微韧的羊肉，笑着暗想，老师你这一生哪里惶惶了？

夫子把碗筷搁到砧板上，卷起袖子，轻而易举从他手里抢过锋利的菜刀，只闻得唰唰唰数声，羊肉片片飞舞，转瞬间便堆成雪花山峰。

羊肉入沸汤一荡便熟，夫子美滋滋持箸抢食，吃得淋漓痛快，汤汁顺着胡须淋漓，根本没想着让一让自己最疼的大徒弟。在草甸上低首啃草的老黄牛抬头白了他一眼，不满地哞了两声。

看着老师开心模样，大师兄笑着摇了摇头，擦净双手，缓步走到那棵将衰的冬树下，看着草甸下方不远处那汪碧蓝的野湖，还有湖对岸远处那些若隐若现的马贼，缓缓挑起眉梢，若有所思问道："老师，这湖就是小师弟的梳碧湖？"

时间渐渐流淌，有些不知道的事情自然会通过某些方式知道，比如最终进入书院后山的并不是隆庆皇子，而是一个叫宁缺的小家伙。

夫子盛了碗羊汤缓缓饮着，细长的眉尾似乎惬意地要在冬风间飘舞起来，他看着近处的碧湖和更远处某地，说道："他在渭城成长，在梳碧湖成人。"

大师兄点了点头，回首望着老师问道："老师，我们为什么要来渭城？"

夫子端着汤碗，看着梳碧湖畔那些忙于生计的马贼们，说道："毕竟是自己的学生，虽说还没有见过面，但既然顺路，就算是做次家访吧。"

大师兄想着去年春天离开长安书院前的那幕画面，想起当时夫子的交代，想起那少年身后背着的那把大黑伞，问道："老师，您早就知道小师弟会成为小师弟？"

夫子放下汤碗，摸着微鼓的腹部发出一声满足的叹息，摇头说道："世上从来就没有命中注定这种事情，既然如此，又何谈预知？昊天也不能安排一切。"夫子抬头望向冬日草原高清的天穹，仿佛看到十几年前柴房里那个手持柴刀、浑身发抖的小男童，感慨说道："很多年前，我见过你小师弟一眼，当时我只是觉得他很像一位故人，却没有想到他居然真的能活下来，而且到了我的身边。"

大师兄看着草原微虑说道："也不知道小师弟一个人进荒原，能不能应付得来。"

夫子说道："那是个很不容易的孩子，荒原是他的家，想来不至于太过狼狈。若真有太狼狈的那时，难道你不是他的师兄？"

大师兄微笑低头，和若春风。

凄厉的羽箭破空声，就像是尖锐的笛鸣，瞬间撕破营地上空的暮色。因为距离太远的缘故，箭支飞至营地外时早已歪斜缓慢得不成模样，但营地里的人都清楚对方的响箭用意在于警告或者说炫耀，所以心情并没有变得轻松起来。

草原远方那蓬烟尘渐渐散开，露出逾百骑真容。隐约能见马背上那些裹着兽皮棉甲的蛮子威武雄壮，他们单手持缰，癫狂怪叫，兴奋得仿佛看到了大量猎物。

营地里的燕国骑兵分出一支迎了上去。相隔数箭之地时，那些草原蛮子呼哨着散开，围着营地四周的平川浅水打转，不肯靠近，却也没有离开的意思。

宁缺第一个发现马贼的踪迹，抢先示警之后便跳下马车，沉默牵着大黑马，时刻准备上鞍。只是看着这群呼哨游走四方的草原蛮子，他的眉头渐渐皱起——在冬日草原上，能够集结起逾百精骑，已经是很大的马贼群，不知道对方什么时候开始盯上了送粮队，他下意识里向身旁看了一眼。

墨池苑的少男少女们久居遥远南方的大河国，只在传说中听闻过北方马贼的凶残恐怖，这还是他们人生第一次与这些草原马贼正面对上。但包括天猫女在内，所有墨池苑弟子沉默的眉眼间偶现紧张，却决然没有慌张神色，各自手握细刀长柄，警惕地等待着稍后的战斗。

便在此时，营地北方有三骑挟尘飞驰而出，借着最后的红火暮光高速分散。

宁缺看着漠漠原野上那些游走的草原马贼，看着像三支羽箭般飞驰而出的燕骑，说道："若在南方燕境边塞，遣使报信还有成功的可能，但如今已经深入草原，这三名骑兵不可能跑出去。"

当初在碧腰湖畔击败那名月轮国僧人，加上这些天共同生活的经历，大河国的少女们越来越信任宁缺，下意识里相信他的判断。天猫女惊得跳上马车，向越来越远的三名燕骑望去，脸上满是担忧神色。

燕国将军的反应速度不可谓不快，但也正是因为快，所以宁缺已经无法再改变那三名燕骑的命运，更何况他现在只是一名大河国墨池苑的普通弟子。

日头坠得越来越低，草原上的光线越来越黯淡，暮色越来越浓，那三名燕骑渐成血红画布前的微小剪影。只见三骑不知是被箭射中，还是被套马索拦下，惨然坠下，便再也没了任何动静。

过了些时间，又有数十骑草原马贼自那处驰来，先前那三名报信燕骑的尸体被绳索拖在马后，不时与地面上的土堆低洼撞击，血肉模糊，画面惨不忍睹。

两批草原马贼会合在一处，发出一阵嚣张的笑声，所谓叫嚣不过如此。

草原上这等画面宁缺看得极多，当年他也曾把马贼首领的尸首在梳碧湖畔拖行一周示威，所以并未动容。但对于少女们和运粮队里的民夫而言，这等惨烈画面，想必会让他们夜夜噩梦，隐隐能听到周遭的呼吸声都变得急促慌乱起来。

至于那两百名燕国骑兵，见到同袍惨死还遭凌辱的画面，则是一片哗然骚动，在长官强力压制下才勉强平静下来——在草原上游动作战，没有谁是这些蛮人的对手，至少在荒人南迁之前如此，先前的画面便是明证。所以明明燕军人数居优，又有墨池苑弟子为主战力，众人也只能压抑住愤怒与恐惧，以运粮车队布下简陋车阵，用最快的速度布置防御工事，等着这群草原马贼来攻。

出乎意料的是，这群草原马贼并没有借着最后的天光和营地人心涣散的大好时机发起进攻，而是持缰驻马于数箭之地外冷眼旁观营地众人忙碌，其中三名首领模样的马贼在最前方挥动马鞭指指点点，模样显得极为嚣张。

时渐入夜，营地燃起火堆，燕军将领亲自布置监控哨岗，兵卒们紧张地看着漆黑的草原外围，面临着近在咫尺的危险。想着一旦入睡便极有可能再醒不过来，担心被马贼夜袭摸营，几乎没有人能够安安稳稳地睡着。

宁缺很了解马贼的行为方式，无论是真的马贼还是王庭骑兵伪装的马贼，一旦上马为贼，便会坚定地按照马贼的行为方式做事——马贼群不可能选择暮时进攻——他在马车旁搭好自己的小帐篷，准备好好睡一觉，以迎接明晨的血战。

一阵夜风拂来，掀起帐布，也掀起了那辆马车的窗帘。他的眼瞳微缩，因为他发现车内已经空空无人，那位白衣少女莫山山不知去了何处。他悄无声息爬上马车顶部，借着极黯淡的星光向营地车队外围望去，外围有一圈正在蓬勃燃烧的火堆，在火舌的另一头，隐约可以看到一道单薄的身影。这片冬原之上，除了拥有极敏锐目光的他，大概没有谁能看到那道单薄身影。

宁缺沉默看着那处，若有所思。

然后他跳下马车，和衣倒头便睡。

夜最深沉时，营地西南方向骤然响起数道凄厉的惨叫，还有马匹狂痛的疯嚎。一直警惕于北方的燕国骑兵悚然惊起，惘然望向那处。

马车旁帐中的宁缺不知何时已经醒来。他附耳于地听了会儿，目光透过帐帘的缝隙看着马车内烛火剪出的少女身影，渐渐变得亮了起来，他笑了笑，然后闭上眼睛，继续安心地睡觉。

在梦中他想着，不知自己什么时候能写出来似这般厉害的火符。

18

夜里无人敢去查探，也有像宁缺这样知道发生了什么事情不想查探的人，第二日清晨营地里的人们才借着天光发现，原本紧紧缀在北方不远处的那群马贼不知什么时候已经消失无踪。然而还来不及高兴，人们便又听到了马蹄和尖厉的呼哨声，那群马贼破晨光再至，只是警惕地拉远了距离，不似昨日那般嚣张。

直到出了营地，人们才瞧见西南方向残着几具焦黑的马尸，心想大概便是昨夜那场混乱的结局。烧焦的马尸被荒原上的野狼啃食过，支离破碎，惨不忍睹。而那处的石砾上留着白灼的痕迹，仿佛被烧了整整一夜。无论是燕国骑兵还是那些普通车夫均感惶然惊恐，没有一个人敢说话。

众人入荒原已久，距离左帐王廷所在已经不远，若精锐骑兵不惜马力狂奔，大约只需要四五天便能抵达。但现如今夹着粮车民夫，队伍行进缓慢，以当前速度计算，至少还需要小半个月才能与王庭接应的骑兵会合。

而且众人觉得这群马贼的来历有些诡异，心中不免生出疑惑，心想即便是与王庭骑兵会合，只怕也不能算是真正安全。

在四周游走紧缀的马贼数量时聚时散，看上去时多时少，总会保证一定数量出现在视野中，以保持对粮队的压力。连续数日过去，双方虽然未曾真的交战，但随时可能被袭击的恐惧和沉默压抑的气氛，让粮队里的人心渐渐涣散起来，尤其是那些脸色苍白的民夫，看上去若天上响一道旱雷，他们大概便会被吓溃。

酌之华来到马车畔，神情忧虑看着远处天际上的那些马贼身影，说道："必须让这些马贼有所忌惮，若再让他们这样跟下去，不用对方来攻，我们这些人说不定便会自行溃营。而且远些，终也有些别的好处。"

所谓远些的好处，自是不便说明，围在马车周遭的墨池苑弟子均心知肚明，若真有溃营的危险，马贼离得远些，他们这些修行者自然能更快脱离，至于那些燕军和民夫会有怎样的遭遇，在这凶险的荒原上，谁也顾不得太多。

宁缺没有参与到讨论当中。

那夜看到火符后，他隐隐猜到马车里的白衣少女身份，想着去年春日从荒原归来时与乔装打扮的大唐公主同行，便是他也不免有些感慨昊天安排的命运以及自己的幸运。能与这样的人物在一起，无论是何等样的危险都会少上几分。

自那日野火焚烧的惨剧之后，连夜袭都未曾发生过一次。马贼没有发动夜袭，粮队每夜驻扎时的警巡则不能放松，甚至一夜紧张过一夜。或许没有人能够看到，但宁缺每每半夜醒来，都能看到身着白衣的莫山山出现在夜色中的营地外围，他知道她是在布符阵。

这般持续了数日，少女莫山山再如何强大，念力急剧消耗，也无法长时间这般支撑下去。

夜半更深，天上没有月半弯，只有星几颗，营地里灯火通明，四周的荒原则是漆黑一片，不知隐藏着多少危险。

马车微微一震，莫山山悄无声息下车，准备去营地外画符布阵，忽然间眼眸微亮，转身冷冷望向车后那顶不起眼的小帐篷。

宁缺掀开帐帘走了出来，看着她说道："如果只有你一个人，外面那些马贼根本没有办法留住你。但你不是一个人，你要照顾这么多同伴和粮车，而且不知道要照顾多少天，像你这样是撑不住的。"

莫山山看着他，就像是看着他身后沉沉的黑夜，目光冷漠而淡然，紧接着她目光微垂，长而略疏的睫毛轻轻眨动，却始终一言不发。宁缺看着她的神情，继续说道："如果你是神符师，大可以一道符把那些马贼全烧死，问题在于至少现在你还不是神符师，所以你必须改变方法。"

莫山山抬起头来，看着他漠然问道："什么方法？"

宁缺说道："无论外面那群马贼是真是假，是左帐王廷还是燕国人养的，想要对付他们，就必须要用马贼的方式。"

极淡的星光落在莫山山美丽而有些木讷的脸上，映得那双漆眉越发清晰，她看着宁缺沉默片刻后问道："什么方式？"

"马贼出动的原因只可能有一种，那就是利益。只要让他们确认付出的代价会超出得到的利益，他们自然会退走。"宁缺说道："很明显这些马贼的情报里漏了你，他们不知道你的存在，所以在被迫变动计划，那么我们就已经占了先手。"

莫山山静静看着他，忽然问道："你知道我是谁？"

宁缺没有回答这个问题。

莫山山重复先前那个问题："用什么方式才能赶走这群马贼？"

宁缺应道："所谓马贼，上马为贼，下马为民。他们不相信道德判断，更不在乎什么天下大势，只在乎谁的刀口比较利。想要震慑或者惊退他们，就像我刚才说的那样，我们必须用马贼的方式。"

莫山山继续重复："什么方式？"

宁缺摇头一笑，答道："我们上马为贼，去杀他们。"

莫山山简洁明了回复道："我不会杀人。"

宁缺简洁明了说道："我可以教你。"

莫山山简洁明了应道："好。"

片刻后，宁缺牵着大黑马，莫山山牵着一匹毛色澄白的骏马，缓缓向营地外漆黑的荒原走去。夜风吹拂着少女鬓畔的细发，她忽然问道："这些马贼是哪里来的？"

大河国少女们监送的粮队承载着中原诸国的善意，还有神殿议和的意图。如今荒原局势紧张，嗅觉灵敏的正宗马贼们早已不知遁去了何处，现在出现的这群马贼明显想要杀人抢粮，目的自然与粮草无关，而是想要破坏议和。有理由利益这样做的势力不多。自极北寒域南迁的荒人部落，应该没有办法在这么短的时间内养出这么大一群马贼；月轮国想要陷害大河国诸人，但想来应该没有人会为了一道温溪而这般无聊险恶；燕国久受左帐王廷苦害，不愿意错过一举平定北方的机会，然而燕皇难道会冒着开罪神殿的危险暗中下手？

想来想去，宁缺也只能想出最简单的几种可能，一旦全数排除之后，他便再也想不出还有谁有能力在草原上养这么大一群马贼。

有云在夜穹上方飘过，遮住残余的最后那寂寥几颗星，远离了营地的灯火，周遭的荒原一片漆黑，只能隐隐听到极微弱的马蹄声。来到距那十余名盯梢马贼约一箭外的草甸上，宁缺轻提缰绳，大黑马有些不耐烦摇了摇头，却还是依言停下了脚步。

马贼自然警醒，再微弱的马蹄声也会让他们从睡梦中醒来。宁缺腰腹微微用力，双脚踩着马镫站起身体，自身后取出黄杨硬木弓。莫山山看了他一眼，心想隔着这么远的距离，箭又有何用？

远处的那些马贼已经醒来，准备迎战。漆黑的夜里，宁缺看不见自己握弓的五指，所以他静静看着那处，然后缓缓闭上眼睛，搭箭拉弓瞄准不知何处，然后松开弓弦。

夜空里弓弦振荡嗡鸣。

远处一名马贼胸部中箭，迸出一飙血花，闷哼倒地。

19

当宁缺再发一箭，射死远处夜色里第二名马贼时，一直面无表情跟在他身后的少女莫山山，眼眸里终于生出些许异彩。

荒野上方尽是冬云，遮星蔽光。漆黑的夜里便是连握弓的手都看不清楚，宁缺却能准确地射中一箭之地外的马贼，实在是很匪夷所思的事情。仿佛夜色根本无法遮住他的目光，仿佛他能够清晰地看到黑暗里的一切。

能够轻而易举看到那些马贼，能够把对方锁死在自己的箭道前端，宁缺凭借的是极端凝练敏感的念力。念力出识海，借夜风触摸天地之间的元气，于是对于他来说，这片荒原等若白昼一般。这种方法过往应该没有什么修行者用过，因为太浪费珍贵的念力。如果念力足够充沛，直接秒杀那些普通马贼便好，何必用念力来当作探测的手段？

当宁缺射出第二箭时，莫山山在旁边静静地盯着他看。身为世间年轻一代最优秀的修行者，她敏锐地察觉到，在这一刻有一丝极凝练的念力波动，自身旁振荡而起，不由微蹙墨眉，暗想难道他真是一个修行者？

远处那些马贼刚从睡梦中醒来便有两名同伴丧身箭下。他们虽然震惊于黑夜里的箭羽为何如此准确，但还是极快地做出了反应，跳上马背，猛夹马腹，向着箭羽来处狂奔，想要在最短的时间内拉近双方之间的距离，从而让敌人恐怖的箭术无法施展，同时也让黑暗不再成为他们眼前的那块布帘，以便反击。

蹄声如雨。

在马贼冲过来的过程里，宁缺拉动弓弦，一支羽箭狠狠射进一匹马的头颅。马惨嚎倒地，把背上的马贼掀翻落地，另一支羽箭擦着一名马贼的脸颊飞走。

草原上的马贼精于骑射，冲锋途中便将身体缩入马腹，宁缺的羽箭再难直接威胁到他们。转瞬间，伴着越来越清晰密集的蹄声，隐隐约约间，那近十名马贼狂风似的席卷而来，甚至可以看到锋利兵刃反射的亮光。

大黑马没有经历过真正的野战，但看着那些越冲越近的同类，它并不畏惧，眼眸里反而流露出兴奋的光芒，不停激动地蹬着前蹄，不待宁缺提缰，便想往前冲去。看着越来越近的马贼，听着马贼们凄厉暴怒的吼叫，莫山山不知道宁缺准备怎样应对，笼在白色袖中的手指轻轻拈起一样东西。

大黑马的兴奋并没有让宁缺觉得欣慰，他很恼火地在它脑袋上重重拍了一记，示意它安静一些，然后跃下马背，双足甫一落地，没有任何犹豫，便向那些席卷尘砾狂暴而来的马贼们冲去。双方的距离已经拉得极近，接触只是瞬息间的事，无论是谁都来不及挽弓射箭。那些马贼终于看清楚敌人的模样，最前方左右两骑一提缰绳直接撞向宁缺，跟在后面的数骑则是怪叫着坐正，抽出腰间的弯刀，不停挥舞。

喤啷一声。

宁缺拔出身后背着的朴刀，双脚一错，避开挟劲风而来的两匹骏马，右手一转，刀锋划出两道雪白的光线，然后鲜血乍现。

两匹骏马哀嚎一声，猛然向前仆倒，重重摔在原野上，发出两声闷响，而被朴刀砍断的前蹄，则还依着惯性在空中飞舞，带出两道凄惨的血线。

刀锋袭来，循着弯曲而致命的阴冷轨迹。如果换成一般人，或许根本无法避开如此诡异的劈斩，但宁缺对马贼、对马贼们使用的弯刀太熟悉，熟悉到纵然是闭着眼睛也能轻而易举地不被对方沾自己一抹衣角。

此时夜正深沉，睁着眼睛和闭着眼睛没太大区别。所以他轻而易举地低头转身斜掠，便避开了几名马贼自上袭下的数道弯刀锋芒，然后双手一紧。细长的朴刀在夜空里撕裂开几道恐怖的缝隙，斩落数根马蹄，劈开马贼的胸腹，带落几丝细细的马鬃，然后重重插入微硬的原野泥地间。

眨眼之间，他已冲到了马贼群的那头，刀下死了两名马贼，倒下五匹马，而马贼们手中的弯刀没能在他身上留下任何痕迹。此时天上冬云偶散，漏下些许星光，虽然依旧看不清楚面容，却能清晰地看到身形。马贼们提缰回头，望向持刀站在原野间的宁缺，身体僵硬，紧握着弯刀的手不停颤抖，却依然觉得寒冷无比。

马贼们用最快的速度救起地面上还有气息的同伴，合骑向外围奔了一段距离，紧张警惕望向宁缺，却没有勇气挽弓瞄准他。

宁缺走了过来，听着四周原野里断蹄马儿们的惨嚎，手中提着的朴刀破空划出，缓慢而稳定地割破马儿们的咽喉，让它们以最快的速度死去。

"为什么不把这些马贼全部杀死？"莫山山看着夜色中向远处逃逸的那些马贼们，不解问道。

"马贼是杀不光的。"宁缺说道："至少缀着我们的这群马贼，我一个人杀不光。"

莫山山回头看着他，神情很专注，目光却依然有些飘移不定，显得很不专注。宁缺看着她漂亮的小圆脸，沉默片刻后说道："今天夜里之所以会动手杀人，是希望他们能带回一个准确的信息。"

"什么信息？"

"我要告诉他们，送粮队里除了你这位符师之外，还有一个擅长杀马贼的人。如果这群马贼想吃掉我们，必须付出更大的代价，如果收割的利益与要冒的风险不成比例，或许他们会自行撤走。"

莫山山说道："我虽然没有遇见过马贼，但听过不少草原马贼的传说。他们以冷酷嗜血残忍著称，怎么可能因为一些小挫折就退走？"

"越冷酷好杀的人越怕死……关于马贼，我了解得可能比你更多些。"他继续说道："今夜来杀马贼，除了让他们带一个明确的信息回去，还有就是想教你一些东西。"

莫山山那双似墨一般凝结却又清爽的眉儿蹙了起来："教我杀人？"

"杀人，或者说怎样不被人杀。"

宁缺看着她认真说道："你是这个队伍里实力最强的人，马贼来袭，我可以保命，但那些普通士兵和民夫的命，最终还是要靠你出手。但前些天你虚耗念力在营地外布置符阵，在我看来是很浪费的一种做法。"

他说道："你是我们的大杀器，那么你就不应该用来防守，而应用来进攻。"

莫山山听着这句话后沉默了很长一段时间，然后她说道："我自幼修行符道，在我的认知里，只有神符师才能主动进攻。"

宁缺想起师父颜瑟在长安城里对自己的教导，忍不住笑了起来。他看着她那张没有什么表情，却总有几分天生喜意的馒头脸，说道："谁说不到知命境界符师就不能进攻？只要运用得当，就算馒头冻硬了，也是可以砸死人的。"

虽然对于草原马贼有足够清晰的认识，打了很多年的交道，但事态的走向并不完全如宁缺所预料的那样。第二日那些马贼离送粮队远了一些，但并没有就此散去，而是重新并作一队，依然不舍不攻地缀着他们。

距离产生美也能产生安全感，马贼群与送粮队之间的距离拉远，虽然对安全没有任何实质方面的意义，但可以明显感觉到队伍里的燕军和民夫们精神压力小了很多，即便是大河国的少女们脸上也偶尔能够看到笑容。

天猫女看着东北方向与送粮队几乎并行的那群马贼，蹙着细细的眉尖问道："师兄，这些马贼是从哪里来的？这里距离王庭应该不远，难道就没有人管？"

"前几天我好像回答过这个问题。"宁缺把笠帽压得更低了些，说道："草原上最强大的那些马贼，有很多都有主子，现在跟着我们的这群马贼，明显也有主子。"

天猫女好奇问道："你是怎么看出来的？"

宁缺看着远处的马贼群，沉默片刻后说道："因为这些马贼太有纪律。"

"那他们的主子是谁？"

"不知道。"

宁缺摇了摇头，心想在草原上能够养得起这么大一群马贼的势力不多，然而正如前些日子分析的那样，那些势力都没道理唆使马贼来抢这支送粮队。

想到这点，他下意识里用余光看了身旁的车窗一眼。有冬风吹来，拂起窗帘一角，露出莫山山那张不嗔不喜平静淡漠的脸。

在他看来，送粮队里有资格引来这么多马贼的目标，只能是马车里的这位白衣少女。当然，在思考这个问题的时候，他提前剔除了自己，因为他相信没有谁知道自己乔装成一名墨池苑男弟子混在送粮队中。

事态如宁缺思忖的那般逐渐恶化，送粮队里的气氛仅仅轻松了一天，便迅速变得更加紧张，甚至恐慌起来。因为在接下来的两三天里，缀着送粮队的马贼非但没有离开，而且还不断有新的小股马贼出现，汇入远处的马贼群中。此地距离王庭不算太远，纵使精锐骑兵来援，大约只需要两天半时间便能到达，送粮队不可能轻装突围，便只好寄望于援兵。当夜营地里便有两束烟花升上夜空，将深沉的夜色耀得明亮一片，同时也耀出了远处那些像山一般的马贼骑群。

一路烟花绽放，一路马贼汇入，缀着粮队的马贼数量越来越多，渐要变成黑压压的人海马海，粮队里的人纵使看上一眼，便觉得心惊胆战。

宁缺变得越来越沉默。他看着远处已经超过六百骑的马贼群，心底深处的疑惑越来越浓郁：这些马贼究竟想做什么？

20

当沉默缀着粮队的马贼人数超过六百骑后，马贼背后势力的嫌疑对象迅速浮出水面——不是燕国便是王庭。因为在这片荒原上，只有燕国和左帐王廷才养得起这么多马贼。但宁缺始终无法理解这群马贼的目的，因为无论是燕国还是左帐王廷，现在都应该很欢迎议和一事才对。

宁缺变得沉默起来，说明他也开始紧张起来。

送粮队里有两百燕骑，逾百民夫，还有十几名来自大河国墨池苑的修行少女。在最开始的时候，双方表面上的实力相差不大，他本以为震慑一下对方，按照马贼的惯常行事方式，对方或许会撤走。然而看着会集在荒原上的马贼越来越多，他终于确认对方的目的并不是单纯的抢劫，而有别的意图。

现在出现在送粮队四周的马贼已经超过六百骑，实力完全占据优势。就算他带着莫山山驰马而去冲杀对方十余骑，对于整个大势也没有任何作用。

没有新的马贼汇入队伍，六百骑马贼就这样沉默跟随着送粮队缓慢北行，不知道因为什么，马贼始终没有展开攻击，显得有些犹豫，似乎在等待什么命令。但不管攻或不攻，这些马贼就在那里，就在四周的原野间游荡呼哨。送粮队里的人们承受着巨大的心理压力，感觉头顶有片乌云始终无法被风吹走，反而压得越来越低，气氛压抑恐慌甚至绝望起来，如果不是身处寒冷荒原之上，说不定那些面色苍白的燕军早就一哄而散溃营。

一根无形的绳索在送粮队与马贼群之间绷得越来越紧。虽说眼下还没有露出狰狞的面容，但宁缺清楚，随着与王庭间的距离越来越近，马贼再不攻击便会失去所有机会，所以这根绳索总有绷断的那一刻。

荒原之中并不全然是霜草黑土，也有废弃的土城和起伏的小丘。

在一处叶凋杨林周遭，送粮队暂时停驻休息，燕军将领惶然看着外围的马贼，还是派出了斥候游哨，虽说没有任何意义，但总能让人心安一些。

"如果没有援兵，粮队没有办法守住。现在我们距离王庭并不远，无论是单于的精骑还是神殿的骑兵，都有可能碰上我们，我的问题在于，就算他们看不到烟花，但你既然是如此厉害的符师，总应该有办法通知他们才对。"

宁缺的目光从地图上移开，看着身旁的莫山山问道，语气显得有些凝重严肃。一段时间的沉默后，莫山山看着宁缺，疏且长的睫毛微眨说道："神殿要护送几个重要人物去王庭，应该有一队护教骑兵，按行程路线计算，应该距离我们不远，昨天夜里的烟花他们应该看到了。"

宁缺盯着她那双显得有些木讷惘然的眼睛追问道："如果……他们没有看到烟花，能知道我们在这里吗？"

莫山山轻轻点头，黑直的秀发像瀑布般泻下肩头。

宁缺心情略定，拿出水囊喝了口水，沉默片刻后说道："如果没有援军，撑不住的时候我会先撤，你们要不要跟我一起来。"

这句话里的你们，自然指的是大河国墨池苑的弟子们，并不包括那些燕军骑兵和那些来自燕国的民夫百姓。天猫女过来送食物，恰好听着宁缺的这句话，俏脸微红，凄凄说道："师兄……师兄你……怎么能这样？"

宁缺没有解释什么，宠溺地揉了揉小姑娘脑袋，看着微低着头的莫山山继续说道："你应该知道我是一个很冷血的家伙，首要考虑的是自己活着。如果没有援军，马贼发起攻击后，粮队根本无法顶住。到那时你还想让所有人都活下来，等于是把你的师妹师弟们送入绝境，所以我希望到时候你做决定能坚决一些。"

因为六百马贼窥伺在外，运粮队每次驻歇时都格外警惕小心，除了放出去游哨，粮车也会密集排列成圆形车队，以防止对方冲营。虽然这样会带来很多麻烦，但和死亡相比，没有任何人会嫌这么做太麻烦。

一棵快要老死的杨树下忽然传来一阵吵闹声，宁缺站起向那边望了两眼，摇了摇头，戴好口罩走了过去，天猫女好奇地跟在他的身后。

燕军将领阴沉着脸，盯着身前的酉之华，恨恨说道："如果不是你们这些南方人，我怎么会被派这么个要命的差事？这种情况你还要我坚守待援？我只有两百个人，马贼至少有七八百，怎么守？这仗怎么打？我的态度很明确，我要带着我的人马上突围，至于这些粮草留给那些马贼又算什么？只要人还活着比什么都强，如果你要陪这些粮草送死，那是你的事情。"

酉之华强忍着心中怒意，指着四周惶恐不安的民夫说道："那这些人怎么办？他们是燕国的百姓子民，难道你作为将军可以不管他们的死活？"

"谁来管我的死活？"燕军将领愤怒挥手，示意身旁的亲信去召集骑兵，准备借着那群马贼相距还远的机会，争取能够快速突围。

冬日杨林周遭，有些燕国民夫听到了这番对话，知道自己的将军准备弃自己而去，顿时陷入更大的惶恐之中。议论哭泣声四起，甚至有些民夫望向那些骑兵的目光中开始燃烧起一种叫作仇恨的燃料。

酉之华和两名大河国少女手握秀剑乌木柄，拦在燕军将领身前。

酉之华压低声音不停劝说，却得不到任何回应。那名燕军将领看着外围的马贼隐有躁动不安之势，情绪更是焦虑不安，噔的一声拔出佩刀，瞪着身前的大河国少女们，寒声呵斥道："你们如果想拦我，首先得问我的刀答不答应！"

宁缺站在酉之华身后看着这幕画面，眉头皱了起来。直至今日他也不知道那位燕军将领的名字，他也并不关心对方的名字，他相信如果这位将军敢动手，绝对会瞬间死在酉之华的剑下。但此时局势紧张，如果一旦引起内部纷争甚至是内讧火并，那么不需要外围的马贼来攻，粮队这几百号人都会死得干干净净。

怎样才能在不引起内讧的情况下，留下这支约二百人的燕军骑兵？

那就让内讧刚刚开始便结束。火星一点便熄灭，乱势自然无法燎原。

宁缺从酉之华身后闪了出来，站在燕军将领身前。燕军将领看着这个戴着笠帽，黑色口罩遮脸的年轻人，微微一怔，一路行来，他只以为宁缺是墨池苑的普通男弟子，不知道此人此时站出来为何。

宁缺看了一眼燕军将领手中的佩刀，没有问这把刀答不答应，直接从身后抽出朴刀，迎着冬日杨林间的寒风斩了下去。

刀起头落，燕军将领身首异处，喷着鲜血倒下。因为事发突然，而且宁缺的刀势太猛太快，他竟是连举刀抵挡的机会都没有。场间一片大哗，那几名燕军将领的亲信红了眼睛，正准备抽刀反击，便被宁缺简洁利落地一一制住。

酌之华和天猫女等大河国少女目瞪口呆地看着这幕画面，看着地上还在不停喷涌鲜血的燕军将领尸体，根本说不出话来，不明白宁缺为什么要这样做。

宁缺示意她们用绳索把那几名燕军上层军官缚紧。他站在人群正中央，看着那些面露惊惧之色的民夫，看着那些目光复杂，愤怒与恐惧交杂的燕军骑兵，沉默片刻后，指着外围荒原间的那些马贼说道："那些是马贼，他们的凶残，你们应该很清楚。"

他看了眼被缚倒在脚下不远处的燕军军官，然后抬头望向众人说道："值此危局，想抛弃大家，贪生怕死求独活的人，必须死。不听从命令指挥的人，也会死。就算我不杀死你们，外面的马贼也不会让你们活下去。

"我不想解释太多。想活下去？那就拼命吧。"

冬日杨林里鸦雀无声，无论是燕军骑兵还是燕国的民夫，看着这个身形普通的墨池苑男弟子，看着他黑色口罩外那双平静的眼眸，都感觉到一股最深的寒意迅速占据自己的身体。因为寒冷所以冷静，因为冷静所以他们明白他说的话是对的。

看着向林间那辆马车走去的宁缺背影，天猫女疑惑地睁着大而明亮的双眼，挠了挠头，发现自己根本看不明白这位书院的师兄。先前他还在劝山主提前撤离，为什么当燕军将领准备撤离的时候，他的反应却如此强烈？

车帘掀起一角，莫山山看着他说道："我所知反复无常者，多小人。"

"我不是燕人，这些燕骑和燕国民夫和我没有关系，他们的死活和我也没有关系，但他身为燕将，便没有资格弃民而走。我之所以杀他，倒与这些道理无关，纯粹是因为他死了，更有利于剩下的人活下去。"

"至于反复无常……"宁缺开始检查弓箭，低头说道："如果真顶不住，我依然建议你们跟我一起撤离，所以我的态度并没有反复。我和那名燕将一样都是贪生怕死之人，区别只在于我有能力让他死，他没有能力让我死。"

21

失去了平日里作威作福、高高在上的将军和那些只知道拍马屁抢军功首级的军官，二百燕骑其实并不怎么悲伤，只是有些愤怒。而也正是因为失去了这些首领，他们的愤怒如宁缺所料，很快便变成了惘然无措，最后便是安静地服从。

一支能征善战的军队必然拥有自己独特的气质，很可惜的是燕军明显没有什么样气质。如果换成任意一支唐军，想来绝对不会在将军被人杀死之后，还会如此乖巧老实地服从对方的指挥。

宁缺很满意燕军没有气质的独特气质。

他并没有出现在幕前亲自指挥，而是通过莫山山所在的马车将一道道命令传递下去。酌之华等四名墨池苑弟子暂时替代了那几名燕军军官的位置，整肃营地秩序，收回哨骑，加强防御。所有的命令都得到了最快速的执行，包括燕骑在内的所有人没有任何怨言，秩序和气氛甚至比前些日子还要更好一些。

粮队重新踏上向北的征程，逾六百名马贼依旧跟随。根据马车处传来的命令，整个送粮队的速度被精确地控制在某个范围之内，而且不停做着变化，时快时慢。虽然对燕骑和驾粮车的民夫来说这种速度变化无疑是一种折磨，但他们终究还是坚持了下来，并且对那些马贼或多或少也造成了些困扰。

最危险的暮色时分，就在沉默的前行追缴之间度过。粮队拖成一条长龙，疲惫地进入荒原间一处罕见的低洼地带。此时天色已暗，光线模糊，左右两方隆起延绵的草甸在昏暗的视线中竟看不到尽头，就仿佛是南方的山地峡谷一般，只是地势稍缓，没有那么陡峭罢了。

前面带路的数十燕骑在听到后方传来的哨声后，不禁觉得有些讶异，因为哨声表示粮队决定在此地驻扎结营。但凡有些军事常识的人都不会选择在这种低处结营驻扎。低地两侧都是草甸，若那数百马贼借地势疾冲而下，被拉成一道长线的粮队，脆弱的防御在极短的时间内便会被冲破，十分危险。

紧接着，马车处传来最新的命令，让粮车集结成阵，折下车厢板以作大盾，却没有让民夫去挖陷坑，也没有在两侧黑暗区域里设置绊马索。给人的感觉仿佛是马车里的人已经放弃了防御，徒劳等待着马贼们的进攻。

最后的暮色从天边袭来，映出垂死挣扎的血红，粮队结营的低洼地里已然是昏暗一片，模糊可见人们匆忙拆卸着车厢板，还有道道炊烟升起。忽然间，那些刚刚升腾没有多高的炊烟骤然一紧，仿佛被寒冷的空气冻住，正在忙碌的人们抬头向左方草甸上望去，身体骤然僵硬，一片沉默。

数百骑马贼出现在百余丈外的草甸上，这是这些日子来马贼与粮队距离最近的一次。黑压压的马贼控缰漠然立于上方，在夕阳的映照下，仿佛是一层密密麻麻的山林，正在凶猛地燃烧，给人一种极为剧烈的威压感。

宁缺将笠帽掀起几分，看着草甸上阵列森严的马贼群，眉头缓缓蹙起。他注意到今日的马贼变得更有纪律，更加沉默，没有一个马贼纵马挑衅呼哨恐吓。

他注意到马贼群最前方多了十余骑。

他确认这些天里这十余骑蒙着脸的马贼，从来没有出现在自己的视野中，也就是说这十余骑马贼今天刚刚赶到。而马贼队伍令人警惕的变化，也正是因为这些马贼的到来。

"就算不是背后势力的代表，这十余骑也应该是主事之人。"宁缺看着那些手执马鞭看着营地指指点点的马贼，看着他们脸上蒙着的布片，低声说道："如果有机会，想办法把这十余骑干掉，或许能够解围。"

莫山山站在他的身旁，漠然看着那处，说道："你曾经说过，这些马贼的目标并不是粮草，杀人震慑起不了任何作用。"

"马贼就是马贼，被人养的马贼还是马贼，他们比谁都怕死。而且我相信，无论是王庭还是燕王，在荒原上想养这么多马贼也必须分开养。"宁缺看了她一眼，说道，"也就是说这些马贼互不统属，他们只是听今天刚到的这十余骑马贼首领的话，把这些人干掉，马贼战意必退。"

紧接着，他看着她很认真地补充说道："还是那句话，你是整个队伍里最强的人，所以不到最后关头，你绝对不能出手，不然就是浪费。"

莫山山眼帘微垂，疏疏的长睫毛搭在白皙的肌肤上，映着最后的暮光，很漂亮，微鼓的双颊很可爱，但不说话的沉默劲儿，很让人受不了。宁缺不再理她，把沉重的包裹从大黑马的背上卸了下来，塞进身后的马车里，认真说道："包裹里的东西对我来说很重要，帮我保管好。"

莫山山抬起头来，看着他说道："你的秘密？"

宁缺说道："不错。"

"你好像有很多秘密。"

"你也有不少。"宁缺说道。

莫山山眼睛微眯，问道："为什么一路来你都不担心马贼夜袭？"

宁缺看着她微眯的眼睛，看着她眼角好看的小皱，不禁想起某种植物的叶片，好像是柳树？

"原因很朴素，因为夜里难以发现商队匿藏起来的财物，等到白天再来搜拣，又怕边军看到示警后来搜捕。而且夜袭会让他们的骑射本领打折扣，最犀利的手段打折扣，是马贼难以承受的事情，像他们这般跟了这么多天，亦属罕见。"

莫山山眉梢微挑，说道："既然罕见，那他们为什么不能罕见地发动夜袭？"

宁缺发现自己确实很容易败给这个白衣少女，稍一沉默后说道："这些都是马贼先辈们用鲜血死亡总结出来的道理，他们不会背离。或者说他们想不到要背离，因为这已经是深入他们骨髓的本能意识。"宁缺看着她说道，"就像你写符一样，你根本不需要想怎么写那道符，你手中执的墨笔会在你的思维之前提前做出选择，自行游走。"

莫山山静静看着他，问道："你也懂符？"

宁缺温和一笑，回答道："略懂。"

这个夜晚，宁缺和那些队伍后方的燕军骑兵一起度过。他命令那些燕骑与自己的坐骑一道睡觉，不准卸甲，自己也穿上了一件燕军的轻甲。

"援军已经在路上，只要撑到中天，我们就赢了。"火堆旁，他看着那些表情惘然甚至有些麻木的燕国骑兵认真说道。

燕骑们的神情终于有了变化，眼神里开始出现一种叫作希冀的东西。

宁缺并不知道会不会有援兵，他只知道明天清晨，那些马贼绝对会发起进攻，到时候如果情形不对，他会毫不犹豫地骑着大黑马逃走。只是不能忘记带上包裹，嗯，还应该带上天猫女，还有酌之华……莫山山也应该带着……好像要带的东西和人太多了一些。

22

凌晨的某一个时刻，跟随粮队十来天的马贼终于发动了进攻，率先响起惊破黎明前黑暗的不是号角声，而是尖锐凄厉的箭鸣。

数百支羽箭划着一道道弧线自草甸上方抛射而至，撕裂寒冷的空气和营地里的残存的睡意，呼啸着扎了下来。粮队众人虽说对袭击早有心理和物质上的准备，但依然陷入了混乱。在箭雨中，人们惊恐地大声呼喊，慌张地四处躲藏，拼命向车队周边的厢板里钻去。

锋利而冰冷的箭镞刺破结实的厢板，再也无法深入。但还有些羽箭则是轻而易举地穿透民夫和兵卒的躯干四肢，迸出一道道血花，掀起一声惨过一声的痛号，转瞬之间便造成了极大的杀伤。

低洼地最南处的燕军骑兵并没有在营地之中。他们几乎同时受到了箭袭，只是由于宁缺昨夜的叮嘱，他们的反应相对要更快一些，纷纷拿起简易的圆盾挡在身前，或是趴到了低地石块的后方，紧张地看着头顶的箭矢飞掠。

燕骑的马匹在低洼地里嘶鸣乱跑，有好几匹马承不住身躯上的箭伤，重重摔倒在地。宁缺命令所有燕骑不去理会已经变稀的箭雨，用最快速度收拢坐骑。

"全体上马，准备冲刺！"宁缺翻身跃上大黑马，抬头望向东北方那道隆起草甸边缘。

他很熟悉马贼的作战方式。这些没有后勤补给的流寇没有随身携带大量箭矢的习惯，即便是筹谋已久的这次追击，马贼依然没有办法单凭远距离攻击便给粮队带来致命打击，最终马贼还是需要冲营。

东北方那道隆起草甸的边缘像是陡然之间长出一片黑森林，穿着皮甲裹着厚布的数百骑马贼沉默控缰出现在那处，手中的弯刀在天边第一抹晨光的映照下显得格外寒冷，冷到低洼地里所有人的呼吸都变得凝重了很多。

草甸缓坡上方，最前面一名蒙面马贼缓缓举起手中的刀，发出了进攻的命令。宁缺注意到这名马贼首领拿的不是弯刀，而是一把直刀。

数百骑马贼顺着那柄直刀所指的延长线向草甸下方狂奔。最开始还有些杂乱缓慢的蹄声随着速度的提升开始变得越来越密集、越来越整齐，逾千只强健有力的马蹄，重重踩踏在微硬的草甸表面，令整个大地开始震动起来。

凌晨的荒原大地仿佛是一张没有边际的鼓，整齐的马蹄声就像是重重落在鼓面上的重槌，每一次落下，大地便会震动一分，鼓声若雷，蹄声若雷。刚刚经历一场箭雨洗礼的营地刚从混乱中平静一些，那些手持兵刃甚至是木棍守在车阵后方的军卒和民夫们感受着脚下传来的大地震动，听着震耳欲聋的如雷蹄声，看着从草甸上方像黑压压洪水般淹来的马贼群，不由面露绝望之色。

就在这时，十余名大河国墨池苑弟子握紧了腰畔的乌黑木柄，抽出细长的秀剑，站起身来，大声呼喊着身旁的军卒和民夫抬起手中的武器，走到车厢板后。

这些墨池苑弟子只不过是些十几岁的少男少女，今番领受神殿诏令，奉师命前来荒原试炼，在此之前他们也未曾见过如此凶险血腥的战场。然而深受大唐气质影响的大河国人同样坚韧而不知何为惧意。看着越来越近的马贼群、看着那些马贼狰狞的面孔、看着马贼手中挥舞的雪亮弯刀、听着马贼们嚣张的呼哨，墨池苑弟子们年轻犹有稚气的脸庞上竟是没有一丝紧张，更没有绝望，因为平静从容更显坚毅决然。

大河国的少男少女们的平静坚毅感染了营地里的燕军士卒和民夫。他们下意识里举起了手中粗陋的长矛，虽然握着矛的双手还是不受控制地颤抖，但至少他们终于有勇气直面惨淡的局面和那些凶残的敌人了。

蹄声越来越响，马贼越来越近，黎明草甸坡间的烟尘越来越浓，空气越来越寒冷，气氛越来越紧张。营地里所有人眼眸里带着恐慌，带着仅存的那丝侥幸希望，呼吸越来越急促，等待着马贼冲到车阵前的那个时刻。

宁缺也在等，只不过他等的时间相对要短一些。

他望了一眼西北方草甸上隐隐出现的一百余骑马贼。这些马贼昨夜不知何时潜来，此时出现在草甸上方，却没有向燕骑发起冲锋，很明显意图是想借势压着这批燕骑，以保证那边近五百骑马贼能够集结全部力量，一次冲营成功。

宁缺不会和这一百余骑马贼缠斗。他转头看着北面草甸缓坡间的烟尘越来越大，看着那数百骑马贼已经快要冲下缓坡，进入低洼地带。他把头顶的笠帽向下压了压，从背后抽出朴刀，示意跟着自己的二百名燕骑准备发起冲锋。

"不要问怎么冲，跟着我的马冲。"他看着身旁那些面露紧张之色的燕骑，没有做什么战前动员，直接说了这句话。然后他手腕一翻，挟朴刀直指右手方的草甸缓坡，双腿重重一夹马腹。

大黑马低啸两声，蹄足猛蹬，如一道离弦之箭般猛地奔了出去！

黑压压若潮水般的五百骑马贼凭借着草甸缓坡带来的地势不停加速，在呼吸之间便已经冲下草甸，来到两道草甸之间的低洼地带。

这片低洼地带覆着黑土粗砾，看上去颇为坚实，宽约数十丈，粮队营地驻营在正中央的位置。以马贼群现在的速度，从踏上低洼地到冲到营地前，根本不需要花太多时间。更可怕的是，若是没有绊马索陷坑之类的东西减缓马贼群的速度，数百骑马贼完全可以凭借速度就轻而易举地把粮队营地给冲垮。

没有绊马索，也没有陷坑，平坦坚实的低洼地面上没有任何障碍，车队后面的军卒民夫看着那些无比清晰的马贼面孔，身体一片寒冷，紧紧握着长矛的手抖得比先前更加厉害。如果不是知道投降是死，向后溃逃也是死，只怕这时候只需要有人发一声喊，所有人便会丢掉手中的兵器向四周溃散。

眼前马贼如黑云般涌来，千蹄掀起千处黑砾乱尘。

一声沉重闷响。

冲在最前面的一骑马贼，忽然不知道因为什么原因重重摔倒在坚硬的黑砾地面上，溅起一道烟尘。战马哀嚎两声再也无法站起，前蹄竟似是折断了。

紧接着一声又一声沉重闷响连绵响起，疯狂冲锋的马贼群最前方的数十骑，竟像最前那骑马贼一样，极为凄惨地接连摔落在地，斜谷之间一片混乱！

紧握着秀剑的酌之华不知道发生了什么，眼中流露出疑惑不解的神情，紧接着，眼眸里的疑惑不解转化为狂喜——越来越多的马贼摔落在看似坚硬的黑砾地上。

马贼群自草甸缓坡狂冲而下，待冲至草甸间的低洼地时速度已经被提至最高。若是正常情况下的冲锋，这种马速毫无疑问是最完美的，然而问题在于这不是正常情况下的冲锋，因为这片低洼地并不是正常的地面。

荒冷原野间，两道斜长草甸间夹着的低洼地并不多见，而这处原本是一处极古的河道，不知几千几万年前便已干涸消失，只剩下河床的遗骸。随着风沙的侵袭堆积，渐渐再也看不到河道的模样，两岸化作春日青冬日霜白的草甸，河床也已经变成看似坚实的黑砾土地。

即便是这些横行于荒原间的马贼，也不知道这片低洼地是古河道，宁缺也不知道。但昨夜带着粮队来此，扎营之时他就发现了这片低洼地的问题，薄薄的泥沙之下，全部都是依旧光滑的圆形卵石。

古河道中间较深，千万年来积着的泥土也最厚，再覆上植被青草的尸体，马行其间没有太多问题。然而靠着古河岸，也就是如今两道草甸的边缘地带，却只覆着极浅的一层黑土石砾，若用力稍微大一些，甚至只需要风刮得大一些，就有可能触到或者看到下面的圆形卵石，还有那些不规则的天然坑洞。

这并不是陷阱，不是昊天给这些马贼布下的陷阱。因为如果速度不是太快，即便是最沉重的南山马，载着两个人也不会陷进经年累积的泥砾之间，然而马贼借草甸缓坡之势冲下，速度提升得太快，马蹄与地面之间相对的冲击力量太大。

于是草甸缓坡下的低洼地边缘，便成为昊天给马贼布下的陷阱。

快速掠动、几乎要带出残影的马蹄重重踏到低洼地上，强劲有力的马蹄深深陷进泥砾之间。欲待奋起，却是滑了开去，因为速度太快，战马自己根本无法保持平衡，带着身上的马贼重重摔倒。

有马蹄踢飞黑砾，却恰巧卡进地面下的圆石之间。如此高的速度之下，战马止不住下冲之势，沉重的马身横压过去，咔嚓一声，马蹄惨生生折断，露出血色的肌腱和白色的骨膜，惨不忍睹。

冲在最前面的数十骑马贼倒下，后面的马贼大部队已经察觉到了问题，然而还是因为那个该死的原因——速度太快——根本无法拉缰停止冲锋，一匹又一匹的马就这样冲进低洼地的边缘地带，然后不停重重坠地，不时发出沉重的闷响。

如果说先前从草甸缓坡上冲下来的数百骑马贼，就像是黑压压的潮水，那么粮队营地外围这片看似平常无奇的黑砾地面，就像是西陵神国附属宋国海岸边著名的防浪堤，出现了无数隐形的圆形石柱，坚硬无情地把这些潮水尽数拍碎。

潮水一波一波地涌过来，再一波一波地碎成泡沫，前浪先仆，后浪再继，一浪高过一浪，一浪压着一浪，一浪惨过一浪。

斜谷之间的画面极为血腥残忍，无数骏马腿折颅歪倒在地面，无数马贼被摔落，被沉重的马身压断了腿，他们惊恐疯狂地推动着马身，却只是徒劳。幸运的马匹和马贼直接摔晕或是死去，不幸的马和马贼则在痛苦地嘶号。尤其是最后方的马贼高速冲锋却又惨然坠落，竟是密密麻麻地挤压在了一起，鲜血像果浆般压渗出来，涂抹在晨光下的土地上。

马贼的战斗力比粮队营地强大太多，虽然在先前的冲锋中至少有一百多骑马贼伤亡惨重，但只要给他们时间整肃队列，哪怕是弃马步行冲锋，也会给营地带来极大的压力和危险。

如果粮队营地里现在的几百人是能征善战的唐军精锐士卒，哪怕是普通军卒，此时拿着武器冲出车阵，来一次近身反击，随意一捅便能杀死一个马贼，或许马贼的第一波冲锋可能会就此被打退。

可惜的是营地里绝大多数人都是民夫。在车阵木厢板大盾的保护下，他们或许有勇气拿着木棍陋矛防守，却没有勇气冲出营地去杀敌。更关键的是，后面三百余骑马贼终究还是险之又险地避开了低洼地里的天然陷阱，这时候正手执弓箭警惕地观察着营地的动静。

于是，能不能打退马贼的第一次攻击，所有的希望都必须全部寄托在南面的那两百名燕骑的身上。此时营地里的人们已经明白，两百燕骑舍弃谷底选择登上草甸，不是想要逃跑，而是想要避开那些昊天藏在古河道里的陷阱。

踩镫。

直身。

挽弓。

错指。

拧索。

放。

箭支离开弓弦，就像露水自叶面滴落，缓慢，然后微微变形。箭身中央向外隆起，伴着旋转，隆起在空中画着圆弧，箭头摇摆不定，羽尾摇摆不定，沿着一道复杂的曲线，却最终变成一条笔直的线条，撕破空气飞向远方。

箭头轻触被烈日野风折磨成黝黑色的粗糙肌肤，就像撕破空气一般，轻而易举撕裂肌肤如纸，扯开血肉丝缕如絮，带出稠血碎骨如渣，直至深深扎进喉骨深处，才不再摇摆不定。而那尾箭羽依然摇摆，只是速度变得更快，轻颤发出嗡声。

接连三名马贼喉间中箭，飘出一道血花，喊都没有喊一声，便坠下马去。

笠帽被绳索系得极紧，荒原上的冬风再劲也没有吹落。宁缺露在口罩外的双眼里没有一丝情绪，只是专注地盯着越来越近的马贼群。

近两百名马贼困在低洼地边缘的圆石间，狼狈不堪，三百名马贼拖在后方，强行收缰，阵形却是无比混乱，尤其是侧方的防御更是薄弱。如果这时候有一把大刀强行从马贼群的侧方砍下去，相信马贼群定然会溃败。

他带领二百燕骑从草甸上斜冲而至，就是要做这样一把大刀。

23

快慢皆有好处和弊端，马贼从草甸上冲锋而下，太快所以陷入乱石之中狼狈凄凉不堪，而大黑马速度太快，以宁缺的箭法也只来得及发出三箭，便冲到了马贼群的边缘。

他把黄杨硬木弓反背到肩上，双手前伸平握住鞍头横着的朴刀，抬臂横肘一切，刀锋破空而出，便砍掉一名马贼半个肩头，紧接着腰身一挺，手臂陡直，锋利的刀尖抢在弯刀袭至之前，挑破另一名马贼的眼珠。

三骑闪电般交错时，马贼断肩处血水和眼窝里迸出的浆液才迸出来，喷得他一脸一身都是，血腥味和别的异味混在一处，十分怪异。

都说血是热的，风是冷的，但宁缺觉得吹到脸上的风是热的，洒在脸上的血却是冷的。因为他很冷静，直到此时依然清明地记得自己秉持了很多年的作战原则。

杀马贼，永远不如伤马贼。一名马贼死便死了，若受了一时不得便死的重伤，则还要拖累更多的马贼同伴，这种小心思固然残忍，却非常有用。

看着迎面冲来的十余骑马贼，宁缺深吸一口气，夹紧身下的大黑马，横提朴刀，化作一道刀锋杀将过去。在他身后，那二百燕骑终于赶了过来，凝作一道，狠狠袭向犹自散乱的马贼群侧方。

荒原冬风再起，却吹不动额前的发丝，因为发丝已经被马贼的鲜血浸透，此时黏冷稠糊纠结在一起，恰似宁缺此时纠结的心情。

营地里一片狼藉，车阵已经出现了几个缺口。马贼暂时退去，但在退去之前的那波弃马步攻，依然给营地带来了极大的伤害。营地里到处都是浑身浴血眼神麻木垂死的民夫兵卒，如果不是大河国少男少女们的秀剑坚狠，只怕早就给马贼攻破了。

马贼的情况也好不到哪里去，营地外不远处的低洼地边缘处，很多蹄断伤重的马匹倒卧在冰冷的地面垂死挣扎，不时摇摆下沉重的头颅，在马匹的身下或身旁，还躺着很多已经没有温度的马贼尸首。

但所有马贼伤兵都被同伴带了回去，从这一点也能够看出，马贼虽然受创惨烈，但依然没有溃乱，还有再次发起进攻的能力与精神。

宁缺抬臂擦去眉间缓慢淌着的血水，回头看了一眼营地西北方向，燕骑正在那处与一部马贼相缀厮杀着逐渐远离，他忍不住摇了摇头。

宁缺自以为熟知马贼的秉性，昨夜选择营地，暗中藏了地利，时机的选择也没有问题，本以为凭借二百燕骑向马贼侧方发起一次强势冲锋，便可以把这五百余骑马贼直接冲溃。然而他却忘记了与他一道向马贼发起冲锋的，并不是渭城的那些老伙计，也不是南方碧水营里的西路军唐骑，而是战斗力极其低下的燕军骑兵。

燕军骑兵的战斗力竟比宁缺最糟糕的设想还要差劲一些。两百燕骑，占据地利时机向马贼发起冲锋，竟没有把马贼群冲散，甚至都无法完成一次骑兵贯穿，直接被匆忙应战的马贼拖进了缠斗之中。几番冲杀之后，便有数十燕骑被马贼砍翻在地，若不是当时马贼本身阵形也极为混乱，说不定这次酝酿已久的侧袭，反而会导致燕骑全军覆没。

燕骑与马贼缠斗片刻，双方都承受不住，暂且分开。趁着这个机会，宁缺骑着大黑马回到营地之中，一方面因为他对剩下的一百余燕骑无法寄予更多希望，还有个原因是因为他心中生出一股警惕，莫名的警惕。

寒冷的空气中陡然响起一道尖啸，宁缺反应奇快一侧身，一支羽箭擦着他的衣襟飞了过去，狠狠地射在一辆粮车车轮上，箭尾剧烈颤抖。

顾不得黑色口罩上浸满了马贼的血，有些腥臭难闻，他重新挂好口罩，摘下身后的黄杨硬木弓，指控硬弦，一箭射死冲到营地前的一名马贼。然后他感觉到肩部深处隐隐传来一道酸涩意。他知道今天拉弓的次数太多，如果再这样持续硬撑下去，右臂可能被拉废。

马贼明显不肯给粮队营地里的人们太多喘息的机会，稍一休整便再次凶猛攻来，竟是浑然不顾自己的伤亡。这种不计代价，无关利益风险的举动，已经超出了宁缺对马贼的认识，心中的疑惑越发浓郁。

两百多名马贼从四面八方涌了过来。

已经对生死变得有些麻木的民夫，在最后的生死关头激出了前所未有的勇气，他们端着粗陋的长矛，穿过车阵里刻意留下的缝隙，狠狠向外捅去。一根长矛捅穿了一名马贼的胸腹，鲜血哗哗向下流着。紧接着三名马贼爬过车阵，挥舞弯刀，把手持长矛的那几名民夫砍得浑身是血。

一道雪亮的剑光闪过。细长的秀剑带着嗤嗤剑气，斩向那三名马贼。一名马贼当场身首异处，另两名马贼断腿断肢，狼狈向后倒退。

浑身是血的民夫们像野兽般涌了过来，拿着木棍和不知从哪里拣来的石头，围住那两名马贼劈头盖脸地砸了下去。他们麻木地重复着动作，不知道砸了多少下，直到最后里面已经没有任何声音，才有些僵硬地停了下来。

车阵被破，营地里的所有人都会死，基于这个简单的认识，无论是民夫还是燕国的军卒，在此时都变得极为悍勇。他们拿着能拿到捡到的任何武器，拼命地攻击着那些从车厢板上爬过来的马贼。

但真正让营地坚守到现在，拖了这么长时间的还是来自大河国的墨池苑弟子们。这些并没有太多战场经验的少女少男们，凭借着宗派赋予的骄傲坚韧和绝妙的剑术，在荒原草甸间划出一道道剑气，把那些棘手的马贼纷纷斩落。

然而马贼的人数太多,墨池苑弟子太少,民夫军卒虽然拼命,依然改变不了大局。营地四处险象环生,随时可能被攻破,看似已经走入了绝境。

就在这时,营地正中央那辆马车里响起一道清袅的笛声。听着这道笛声,酌之华、天猫女等墨池苑弟子们精神一振,毫不顾惜念力,剑气迭出,硬生生把身前的马贼逼退,然后走到粮袋之前。

听到笛声,观察到这些画面,宁缺的心情却有些凝重,露在黑色口罩外的眼睛里,甚至隐隐现出一丝怒意。

这是往左帐王廷运送粮草的队伍,有燕骑护送,还需骡马运粮。所以除了好些车粮食之外,还带着很多干草供骡马食用。听到笛声,墨池苑弟子们来到这些草袋之前,用剑将其挑至车阵外的空中,此时恰好一波最密集的马贼再次攻来。

不知道是墨池苑弟子们秀剑剑气内蕴的关系,还是别的什么原因,十余袋干草飞至空中,布袋忽然迸裂开来,嘶嘶响声中四分五裂,袋子里的干草更像是被人狠狠击了一拳,以极快的速度向四周散开,仿佛一场草雨。

就在干草袋迸裂四散的同时,一股极端干燥的味道笼罩了整个营地。每袋干草形成的一片草雨间,隐见一道火星幽幽亮起,然后瞬间……整个天空都燃烧起来。

草雨变成了火雨,自天空飘落,掩去了东方朝阳的光芒,把整个营地外围都变成了一片火海。被诡异一幕弄得失魂落魄的马贼们根本来不及反应,便被火海吞没,变成将要溺毙,将要烧死的可怜人。

营地里的民夫军卒们也被这一幕震惊得目瞪口呆。他们拿着各式各样的兵器,看着近在咫尺,却没有一片飞进车阵里的火海,仿佛看到了昊天显示的神迹。只有宁缺注意到干草袋迸裂燃烧时天地间的元气骤然间发生的变化。他感受到了每袋干草里的隐隐符力,甚至看到了符纸燃烧时的细微画面。

符火借草而起,迅速燃烧蔓延,落在马贼身上极难扑熄。冲到车阵前的马贼浑身着火，悲惨地号叫着四处乱跑，有的在地上打滚，却依然是在火苗里滚动，有的四处寻找清水，但冬日的荒原上想找水并不是件容易的事。有几名身上着火的马贼号叫着冲进车阵，连弯刀都来不及举起，便痛苦地倒在了地上。

马贼群终于再次退了下去，营地外留下了数十具焦黑的尸体。有好些尸体竟是紧紧抱在一起，大概是临死前的恐慌，让这群马贼根本分不清楚谁是敌人谁是同伴。

空气中飘荡着一股焦臭的味道。

营地里回响起一阵胜利的欢呼。

宁缺盯着马车里的白衣少女，说道："我提醒过你，你是我们最强的人，你的念力是我们最珍贵的武器，应该用在最适合的时候，而不应该随便用出去。"

莫山山抬起头来看了他一眼，不知道是因为见了太多血腥画面的缘故，还是别的什么原因，她此时的脸非常苍白，比身上那件白裙更白。"已经死了很多人，我再不出手，刚才会有更多的人死去。"

宁缺看着她说道："你这是妇人之仁。"

莫山山睫毛微颤，回答道："我本来就是妇人。"

宁缺压抑着怒意，嘲笑说道："你还没有嫁人。"

莫山山平静回答道："嫁人也不会嫁你。"

宁缺沉默片刻后说道："如果你还有念力，那你最后的念力必须留给我。"

他是修符之人，很清楚符道对念力的消耗程度。少女苍白憔悴的脸颊，说明她这些天的念力已经消耗太多，所以面对这种情况，难免有些愤怒。

马贼在这道惊天火符之下死伤惨重，但草甸上方至少还有两百名马贼犹有再战之力。莫山山念力枯竭，而他真实境界只是不惑，根本无法抵挡。宁缺当然还有些压箱底的保命本事，但像元十三箭和师父给他的锦囊这些事物，如果用在这些马贼身上，实在是一种天大的浪费。在生命遇到真正危险之前，各啬只比桑桑差一丝的他绝对不会使用。

关键是援军，粮队营地已经撑了这么长时间，想象中的援军却始终没有出现。要知道如果一开始就确定没有援军，他早就骑着大黑马跑了。

　　"到底有没有援军？"他盯着莫山山的眼睛问道。

　　莫山山冷漠回望着他，说道："那只有援军自己知道。"

　　宁缺不再试图和她交流，直接说道："准备突围，我的马只能带一个人走，我要带天猫女，你的人由你负责。"

　　莫山山问道："那这些和你一起战斗这么长时间的燕军和民夫怎么办？"

　　宁缺回答道："我和他们只是偶遇，并没有战友关系。"

　　莫山山轻轻摇了摇头，说道："我不会走。"

　　宁缺看着她，忽然说道："你难道还没有发现，草甸上的这些马贼的目标就是杀你？除了你之外，这个破粮队里还有什么值得他们付出这么大的代价？"

　　莫山山看着他平静说道："如果这些马贼的目标是我，那么这些人都是因为我而死去，我就更不应该离他们而去。"

　　宁缺眉头微挑，说道："白痴，如果你走了，可以吸引走马贼，这些马贼又怎么会对这些没有威胁的燕军民夫下手？"

　　莫山山微微一笑，说道："你不用骗我，我现在也明白马贼有多么凶残了。"

　　宁缺忽然发现她那双时常显得有些无神散漫的眸子，此时竟变得格外清亮肯定，似乎能轻而易举看穿自己所有心思，他看了她很长时间，然后转身就走。

　　草甸上的马贼正在集结，也许下一刻便会有另一波攻势。

　　他用手掌胡乱抹去脸上将凝的稠血，换了一张新的口罩，行走在满是尸体残兵的营地中。无论燕军还是民夫，看到浑身是血的他，都会自行向两边避开，即便是酌之华等大河国少女，望向他的目光里除了敬佩，也多了几分畏意。

　　与马贼相战至今，除了那道焚天的火符，粮队营地之所以还能保住，最主要的功劳便在于宁缺，他的朴刀之下不知倒下了多少马贼。

很多人都看到了他是怎样杀马贼的，那真是杀人如草不闻声，最令人感到寒冷敬畏的，是他杀马贼时的平静，这种平静似乎包含着某种对生命的冷漠味道。

感受到四周投来的异样目光，尤其是天猫女怯生生的模样，宁缺没有解释什么，低声吩咐众人修补车阵，同时用余光观察草甸斜谷四周，思考着逃离路线。

马贼怕死，他也怕死，只不过他比绝大多数马贼都清楚一个事实，面对死亡时你越勇敢无畏，你越不容易死去。这是自幼无数次经历生死考验所得出的珍贵经验。

至于对生命冷漠……他对马贼的生命向来都极冷漠。

梳碧湖畔的那些马贼之所以被他杀得闻风丧胆，便是因为他在渭城时只是一个普通兵卒，一旦离开渭城进入荒原，上马便是贼。

宁缺和他在渭城的同袍们，自身就是马贼，马贼中最凶悍的那一种。那些年，他曾经杀过无数马贼。如果是那时候，身后还有一位天下闻名的符师，他或许会留下来和这些马贼再周旋一段时间。

但今天不行。

因为他有些警惕不安。不是因为马贼数量太多，不是因为当下残酷被动的局面，而是因为他总觉得有人在看着自己，并且那个人已经看了自己很长时间。

不是一天，不是两天，是很多天。

东面草甸最高处，静静立着十余骑马贼，居高临下俯视着混乱的战场。十余骑马贼里大部分昨夜才赶至此地，正是引起宁缺注意的那些人。和普通马贼不同，他们都用布巾蒙着脸，似乎不愿意被人看到自己的容颜。

很明显这十余骑便是六百骑马贼的首领，但不知道因为什么原因，马贼们不断死在斜谷里，无论是被燕骑杀死，还是惨被坠马压死，他们始终保持着平静。

当粮队营地里那道焚天火符燃起时，十余骑里大多数人的眼眸里终于流露出了震惊情绪，但最前面那骑首领却依然保持着绝对的平静。

这名马贼首领目光沧桑，明显已入中年。"粮队里果然有位很厉害的符师，说不定真的便是那位少女符师，墨池苑的这些弟子们不愧是书圣门下，剑气流也着实厉害。"马贼首领冷漠说道："不过耗了这么多天，即便是传说中的书痴，想必念力也快要榨干了，让下面人准备继续发起攻击。"

连续数日数夜紧缀，便是要让隐藏在粮队里的那位少女符师虚耗念力。这名首领的计划显得极有耐心，而现在不惜让下属用生命去榨干少女符师最后的念力，又显现出他的冷血无情。

首领看着营地中某处，说道："继续攻击，如果先前骑着黑马的那人试图逃离营地，就该我们亲自出手了，记住，这次行动必须保证杀死那个人。"

众骑只知道首领说的那人是墨池苑的一名男弟子，先前展露出极强悍的实力，但却不知道那人真实身份，于是听着此言大惑不解，心想若要在荒原上造成足够震惊，首要目标应该是杀死马车里的那位少女符师才是。

首领身后一名马贼犹豫片刻后，鼓足勇气说道："大人，部属死伤太过惨重，实在是无力再战，再行逼催，只怕这些家伙会溃散。"

这个称呼很奇怪，不像是马贼之间的称呼，而更像是某种官方称谓。马贼首领淡淡看了他一眼，说道："如果你们在荒原上带了这群马贼近十年时间，还不能统领他们，那你们活着还有什么用？"

那名马贼被他的目光看得浑身一寒，不敢再多说一个字。

马贼首领看着下方的营地，面无表情说道："这些马贼不知道自己的身份，一直以为自己是真正的马贼，但你们不能忘记自己的身份。上马为贼，下马为兵，而你们，是将军大人的兵。"

听着这句话，草甸上一片安静，很长时间后，才有人开口发问："大人，车队里那名符师怎么对付？"

"书痴再强，未入知命也是徒然。念力一空，又与普通人有何区别？而且就算她犹有再战之力，难道还能阻止我们杀死那个年轻人？"

就在马贼即将展开又一次攻击，宁缺准备驰马逃离，马贼首领准备借势斩杀他的时候，荒原草甸远处又响起了一阵密集的马蹄声。草甸下营地里警惕备战的墨池苑弟子和燕国民夫们，草甸缓坡间准备冲锋的马贼们，不约而同地暂缓了各自的动作，向蹄声起处望去。

西边的草甸间驰来一队骑兵。

这队骑兵人数不多，约有百骑，然而无论是骑兵本身还是身下骏马，都佩着华丽的金边黑甲，庄严壮肃，气势惊人，竟仿佛万骑同至一般。

正是号称天下最强骑兵的神殿护教骑兵团。

草甸下方响起一阵热烈的欢呼，马贼们迅速回收列队，准备撤离。然而接下来发生的事情，谁都没有想到。

神殿骑兵队伍中央一辆马车里伸出一只苍老的手，百骑神殿骑兵缓缓停下步伐，隔着数百丈的距离，冷漠地注视着这边，并没有马上对马贼发起攻击。

粮队营地里的人们愕然看着那边，欢呼声渐渐敛去，变得鸦雀无声，有人猜到这群神殿骑兵的意图，脸上流露出不可置信和悲愤的神情。

24

此时朝阳早已爬上天空，给荒原带来一丝难得的温暖。草甸上那百名神殿骑兵沉默肃立，黑色的盔甲上绘着繁复的金色花纹，含意难明的甲纹在阳光下闪烁着圣洁的光辉，队列前的旗帜迎风猎猎作响，显得无比庄严圣洁。

这群骑兵便是声震天下的西陵神殿骑兵，又称护教神军。于数月前离开西陵，经由燕都成京抵达荒原边塞，今次乃是奉神殿上层命令，护送一些尊贵大人物赴王庭参加谈判，也正是莫山山对宁缺说的那支队伍。

前夜他们便已经看到了粮队营地射出来的示警烟花，也通过别的方式收到了求援的符文传书。但或许是因为荒原地僻陌生危险，这支神殿骑兵并没有马上驰援，而是按照原定路线平稳前行，直至此时在这条古河道演变成的草甸斜谷间相遇。

神殿骑兵中间有十余骑月轮国僧人及天谕院学生，还有一辆马车。车门开启，一双穿着青色布鞋的小脚踩着车厢板走了下来。那是一位满脸皱纹的老妇人，身上穿着一件很奇怪的袍子，似乎是由无数种不同的布料组成，看着极为单薄，也不知道如何能够抵挡荒原上的寒风。

神殿骑兵护送天谕院学生及月轮国白塔寺弟子前往王庭，也算是某种试炼，而这位妇人，便是这支队伍里的主事者，因为她就是月轮国德高望重的姑姑曲妮大师。

曲妮大师看着不远处斜谷下方狼藉一片的营地，脸上没有任何情绪，每道皱纹里都充斥着阴冷诡异的味道，而她的声音沙哑尖锐，听上去十分不舒服。

"能够符文传书……粮队营地里的那位符师不知是谁，但想来实力不容小视，哪里会对付不了区区马贼，自保之力总是有的。我们远道而来，盲目去救援容易造成损伤不说，只怕还会影响他们的防御部署，看看情况再说。"

神殿骑兵护在正中央那辆马车四周，始终十分安静。一位容颜绝美的少女平静坐在软榻之上，正在专注地替面前一盆兰花挑蕊，也不知道她是怎样呵护，竟让这盆娇弱的兰花在寒冷的荒原上如此生机勃发。只可惜因为少女本身便像兰花般清幽纯净，竟是把这盆兰花的所有颜色尽数夺了去。

粮队营地与马贼从清晨血战到此时，早已疲惫不堪，逾百名伤员的呻吟声逐渐低落，无数尸体被排放在营地中间，车阵厢板破损严重，有的焦黑一片，看上去已然摇晃不安，哪里还禁得起马贼的再次攻击。

营地里的人们早已陷入绝望，便在此时忽然看到草甸上行来一支神殿骑兵，以为看到了希望，哪里能不狂喜甚至涕泪直下，始终沉默坐在马车里的少女莫山山，确认援军抵达后，也放下了手中的墨笔，终于放松了下来。

然而等了片刻，草甸上的神殿骑兵分列缓进，却迟迟不见来援或有冲锋的动作，营地里的欢呼声不由自主地渐渐平息，人们心中生出极大的疑惑与不安。有燕卒看明白神殿骑兵阵形应该是用来压阵，并不是出击，这个猜测以极快的速度传到营地每个人身边，顿时引来新一轮的绝望与痛苦。

于绝望中看见希望，紧接着却再次坠入绝望，而且是眼睁睁看着不远处的希望坠入绝望，无论是意志再如何坚强的人，无论是对昊天道再如何虔诚，对神殿如何尊敬的人，都忍不住哭泣然后愤怒起来。

营地里响起无数哭声和怒骂声，嘈乱一片，人们用自己能够想到的所有污言秽语，问候草甸上方那群冷血无情的神殿骑兵，宣泄着自己的绝望与愤怒。酌之华紧紧抿着嘴唇，看着草甸上方的神殿骑兵，以及骑兵前方那名穿着布袍的老妇人，虽然没有说话，眼眸里却燃烧起仇恨的火焰。她右肩被马贼弯刀削开一道血口，经过简单包扎之后，这时候还在向外渗血。

墨池苑弟子被神殿派到荒原，执行如此艰难的任务，便是拜这位月轮国老妇所赐。而今日面临绝境，对方居然也全然不顾正道情谊，冷眼旁观，实在是令人不齿。

天猫女气鼓鼓地说道："那个老太婆本来就是个混账东西，但神殿骑兵怎么能见死不救？难道他们不知道不遵教义，要被裁决司惩罚？"

酌之华面露不屑之色，向脚下狠狠吐了口唾沫，心想神殿骑兵本来就归裁决司统辖，谁又敢说他们违背教义，行为无耻？

宁缺掀起笠帽，向草甸上方望去。这还是他第一次看见西陵神殿护教军的真容，想着这支骑兵在传说中的光明威严，看着对方此时的动作，心中不由生出几分复杂的情绪。

"无论如何，这些大河国墨池苑的弟子们，是领受神殿诏令前来援助燕国的人，这些神殿骑兵居然这样都不愿意伸出援手？"宁缺摸了摸自己满是血污的脸，感慨想道，原来这个世界上还真有脸皮比自己更厚的人，自己终究还是低估了这个世界的无耻程度啊。

神殿骑兵的到来对马贼也造成了极大的影响。虽然他们明显没有援助草甸下方营地的意图，但护教神军威名远播，纵只百骑，依然震慑得数百名马贼不敢轻举妄动，阵势回缩，几名首领驰马奔回草甸请命。

面对着神殿骑兵的压力，马贼的心情骤然紧张，其中一人声音微颤请示道："大人，神殿来人不可力敌，我们还是撤吧。就算能杀死营地里那些人，可事后若让神殿查出我们与此事有涉，只怕会对将军不利。"

马贼首领漠然看着远处的神殿骑兵，情绪复杂的笑声从蒙面的布片下透了出来："想等着两边全部打残再出手？神殿骑兵过了这么多年，还是只会这些小家子气的精打细算，也真不知道他们凭什么得到这么大的名头。"

接着他望向身旁的下属，平静说道："就算我们全死光了，神殿又凭什么查到我们是谁？死之前难道你不会把自己的脸全部划花？"

马贼首领此次带兵围袭粮队，其中一个重要目的便是要把这些马贼全部耗死，自然不会珍惜下属们的生命。至于远处草甸上的神殿骑兵，他根本不畏惧。世人皆称神殿护教神军乃天下最精锐的骑兵，但他身为帝国边军的重要人物，哪里会把对方放在眼中。就算对方当中隐有修行强者，但看眼下态势，对方也应该不会有决心付出极大代价来阻止自己。

"一起下去。"

马贼首领轻提缰绳，靴跟轻踢马腹，缓缓向草甸下行去。

前一刻，宁缺准备逃跑，中一刻，宁缺看到神殿骑兵到来，以为自己不再需要逃跑，下一刻，宁缺看到神殿骑兵光明盔甲下的胆怯，决定不再逃跑。

草甸上的神殿骑兵，恰好挡住了他先前计划逃离的最佳路线，但这并不是让他决定留下来与大河国少男少女们一同战斗的主要原因。

神殿骑兵若此时纵马来援，已经疲惫不堪、伤亡不轻的马贼绝对会被击溃，神殿骑兵当然会有伤亡，但营地里还活着的两百多人，则会少死很多。对方之所以压势不前，除了他此时暂时还不知道的理由，很明确的理由显然是这些神殿骑兵和那些不知身份的贵人们把自己的生命，看得比这些民夫燕卒的生命重要太多。

神殿以光明普世，行事却如此无耻下作，他虽然有时候也会无耻下作，但还是耻于事后被归到对方一类当中。更何况他很清楚，这些神殿骑兵都是隆庆皇子的部属，而他和隆庆皇子，无论何时，无论何地都只能站在河的两边。

而且来自马贼处的警惕不安依然存在，他依然觉得有人在漠然地注视着自己。在神殿目光之前，他无法摆脱这种警惕不安，那只好抹掉这种情绪。

走到马车旁看着车板上安静搁着的大包裹，宁缺蹙了蹙眉，想着草甸上方神殿众人正看着这里，决定还是不动用元十三箭。因为按照二师兄的说法，在荒原上值得他动用元十三箭的人，当以隆庆皇子为下限标准。

他抽出一根用粗布紧紧裹住、看着像棍子的东西，在这种时候，保命的东西当然要随身带在身上。

"还能不能施符？"宁缺看着莫山山苍白的脸，问道。

莫山山抬起头来，看着他又像是看着对面正在重新集结的马贼，没有回答他，只是缓缓抬起右手，细细的两根手指间拈着一张微黄的纸。

宁缺的目光落在她细指间的黄纸上，接着说道："这次要配合好，要够猛。"

莫山山收回目光，睫毛安静搭在白皙肌肤上，点了点头。

宁缺跳下马车，伸手唤来天猫女，说道："这时候留食水没有意义，你去准备一大桶清水给我。"

天猫女不解何意，依言去准备清水。

他牵着大黑马向营地外围走去。开始脚步很平缓，逐渐加快，变成小跑。他翻身而上，一夹马腹，催动大黑马如一道黑色闪电般奔出，就如一道箭矢直冲刚刚从草甸上下来的马贼首领处。

黄杨硬木弓弦丝轻震。

一支羽箭抢先而去。

25

宁缺的箭术是世上最好的，无论精于骑射的草原蛮人还是靠弓箭吃饭的马贼都不是他的对手，除了精准度和控弓手法之外，他的箭速更是惊人。此刻他借前奔之势陡然震弓发箭，羽箭更是快若闪电。黄杨硬木弓的弦还在风中微颤，箭镞已经飞到了马贼首领的面门之前，眼看便要冷射成功。

便在这个关头，一面圆形小盾从马贼首领身旁探来，险之又险地挡住这一箭，沉闷响声若击鼓一般，持盾的马贼闷哼一声，身下坐骑向后退了两步。而盾后那名马贼首领非但没有躲避的动作，脸上表情都没有变化一丝，不是因为宁缺的箭快到他来不及反应，而是他知道这箭伤不到自己。

先前那刻，马贼首领和身旁那几名亲信下属从草甸上下来，进入已经布好冲锋阵势的马贼群中，引起一些小小混乱。宁缺看准时机，以为能够伤到对方，却没料到对方如此轻易便挡了下来，明显早有准备，心头不禁骤然生出一道凉意。

羽箭深深扎进圆盾发出的闷响就仿佛是冲锋的信号。在重赏的刺激和严惩的威逼之下，尚能上马野战的两百余骑马贼疯狂呼喊着，挥舞着手中的弯刀，随着最前端那十余骑首领猛地向粮队营地冲来。

因为提前拉近距离的缘故，草甸下方边缘的砾石地带已经无法阻止马贼的冲锋。粮队营地外围车阵已经残破不堪，幸存下来的近两百名燕卒民夫站在重伤的同伴和同伴尸体前面，紧握武器的血手微微颤抖，眼神绝望无比。

守在溃口处的墨池苑弟子们，经过这段时间的休息依然没能完成体力恢复，念力更是消耗殆尽，便是连手中的秀剑都快握不住了，哪里还能抵挡？

后方那辆马车里，少女莫山山微低着头，几缕黑发无力地垂在额前，苍白的脸颊显得格外憔悴，握着墨笔发白的手指暗暗用力，却显得那般虚弱。

马贼冲向营地，似乎已经无人可以阻止一场屠杀的到来，只有宁缺骑着大黑马，向着潮水般的马贼群冲去，看似壮勇，然而他只有一个人，又能做什么？

隔着车阵厢板的破损处，宁缺看到了马贼群最前方那名蒙面首领。

两个人的目光在寒冷的荒原空气中终于接触，不知为何，宁缺觉得自己的心跳忽然变快了很多，先前困扰他很长时间的那股警惕不安变得越来越强烈。

然而这个时候已经容不得他再去想什么，再去思考什么，再去犹豫什么。他已经坐在了马上，那便必须拿出上马为贼的精神，挽弓挥刀杀死所有。

大黑马气息沉重，速度不减，瞬息之间已经冲至车阵之前。便在这时，宁缺弃弓探手握住身后刀柄，大喊了一声。他没有喊出什么具体的字，只是一个很简单的爆破音，就像是山野里某些野兽的嘶喊，但他相信马车里的少女应该能听懂自己想表达的意思。虽然事先没有商量过，可他就觉得她应该懂，就像桑桑那样。

马车里的莫山山听懂了。她额前垂落的黑色发丝目光微凝，两根细细的手指轻轻一拼，就像是两颗石头重重一击，指间拈着的那张微黄符纸竟在瞬间碎成无数小块，细微有若黄沙，然后消失不见。

营地车阵前方的野地里，天地元气忽然剧烈地波动起来，一股极端干燥的味道突兀而生。先前已经受过一次重创的马贼感受到这股恐怖的味道，下意识里拼命拉拢缰绳，想要向两旁避开。

没有火星没有干草，就在破损车阵的正前方，熊熊烈火凭空而生，凶猛的火舌随着原野间的风一呼一吸之间便蹿了起来，招摇之间再涨数分，成了一道火墙。

营地外的火墙徒有其势，事实上对马贼群的伤害并不大，而且恰好拦在大黑马之前，看上去仿佛要吞噬掉大黑马以及马上的宁缺。就在大黑马快要冲进火墙之前，宁缺翻身上马，双脚在鞍上重重一顿，腰腹与腿部的肌肉骤紧骤放，猛地跳了起来。

大黑马咆哮一声，蹄尖深深挫进泥地，强行刹住沉重的马身，在将要触到火墙之时，险之又险改变了奔行的轨迹，擦着火墙向右避开。此时宁缺已经跳到了火墙之上，靴底擦着恐怖的火舌，向那边跃了过去，提握着背上刀柄的双手，借势向前一抽，噔唥两声，朴刀出鞘。

火墙遮住了马贼们的视线，他们没有看到宁缺从马背上跳起，当他们看到宁缺跃过火墙时，宁缺已经到了马贼首领身前的空中。

战前他就对莫山山说过，杀死这名昨夜才至的首领，马贼必乱，而此时若马贼大乱，神殿骑兵绝对不会错过这种大好机会——他确认这些神殿中人像自己一样无耻，那么他就能猜到对方会怎样选择——所以他不惜让已经虚弱不堪的少女符师榨干最后的念力，也要营造当前这个机会。

　　跃火墙而突杀，这种事情他很擅长，在北山道口外杀死夏侯的三人组时，他就曾经这样做过，所以他很自信。他盯着那名马贼首领的目光专注而平静，双手握着的朴刀，化作两道雪亮的刀芒，执着而肯定地斩了下去。

　　然而他跃出火墙在空中与那名马贼首领的目光再次接触，发现对方的目光竟似乎比自己还要专注平静，先前骑马冲刺时心头生出的那抹凉意不禁又增一分。两把朴刀斩破荒原冬风，劈向马贼首领的颈部。然而明明马贼还在向前疾冲，左右两骑上的马贼，却似乎早就知道宁缺的刀锋所向，提前作出预判，伸出两道厚实的木盾挡在了刀锋之前！

　　两记沉重闷声荡起，木盾上骤然生出无数蛛网般的裂痕，而在空中无处借力的宁缺，也被反震的力量震得向斜后方的空中掠起，两把朴刀竟是被揳在木盾间，没有办法抽回来。

　　因为马贼坐骑还在向前，所以宁缺从空中第二次落下来时，恰好依然直冲那名马贼首领，人在半空，他右手闪电般探至身后，抽出了第三把刀！

　　而且几乎同时，一蓬火花在那名马贼首领面前绽开，虽不旺盛，却足以将他的脸面烧焦，正是宁缺一直隐而未用的符道本事！

　　一股无形的力量出现在空中，将那道符纸化作的火团紧紧包裹在其间，火花骤然微弱，仿佛是被透明的玻璃球密封了一般，颓然无力擦着马贼首领的肩头落下。马贼首领右手一翻，一面坚硬的金属盾妙到毫巅地迎至半空，恰好挡住宁缺蕴着全身气力的第三刀，刀盾相交发出一声巨大的噪声，震得空气一阵动荡。

　　三把刀都被提前预判封住，暗中出手的符道也被破解，这名马贼首领似乎知道自己的所有手段，早有针对自己的计划！电光石火间，他终于想明白了一件事情，这些马贼跟缀粮队的目标不是劫粮，也不是马车里的少女符师，而从始至终都是自己！

原野寒冷的冬风里，宁缺的身体和心情都寒冷到了极点。

寒冷不代表绝望，他的脑子里更从来没有"放弃"这种东西。人在半空，一声闷哼，识海里的念力全力逼出，手中朴刀上那些细致的符纹骤然明亮，同时间，另两柄搉在木盾里的朴刀上的符纹也同时亮了起来。

咔嚓几声脆响，木盾尽数破裂，两把朴刀向地面落去，而他手中的第三把朴刀迎风而斩，挟起一道明亮的刀芒，卷着天地之间的气息，再斩马贼首领！

满地黑沙飞舞，地面出现一道极深刻的刀痕，马贼首领却是安然无恙，宁缺这记蕴着天地元气的一刀，竟斩空在地！他的视线一片模糊，骤然觉得不妙，却来不及做任何反应，身体猛地向空中再次飞起，鲜血猛地从口鼻中喷了出来。

马贼首领微微抬头，冷漠地看着在空中喷血的宁缺，一直垂在鞍旁快速轻触计算的左手停了下来，暗自想道冒险靠近，终于锁死了你。

宁缺在空中飞舞，口鼻处的鲜血像喷泉般溅出，一股极为雄浑强横的念力，依循着无形的轨迹，从地面生起穿透空气，刺破他的眉心直钻识海。

仿佛有数万根针在他的脑中快速搅动，一股难以言喻的绝对痛苦，让他的身体剧烈颤抖。他是善于忍受痛楚的人，即便是书院后山那条艰难山道上的念力攻击，也不曾让他倒下，但来自地面的这股念力实在是太过强横，便是连他也禁受不住，意识瞬间变得模糊起来。

在陷入昏迷或者死亡之前，过往十数年生死间养成的本能惯性，让他的手下意识里伸向身后，想要握住那把熟悉的伞柄，然而在那股强大念力的攻击下，他的手勉强触到伞柄，竟是没有办法抽出伞来。

他的身体开始下坠，艰难睁开眼用模糊的目光望向地面，看着那名正抬头冷漠看着自己的马贼首领，终于确认此人居然是一位洞玄上境的大念师！

洞玄上境大念师，身份何等样尊贵，实力何等样强大，入营必为将军，入朝定为供奉，行走世间必受尊崇。像这样的一个人，为什么会冒充马贼来杀自己？

宁缺知道自己轻敌了。如果早知道敌人的目标是自己，早知道对手是一位实力恐怖的大念师，他绝对会一开始就动用元十三箭。虽然二师兄曾经那样说过，但这名马贼首领的实力，绝不会比隆庆皇子弱多少！

马贼首领，或者说大唐东北边军大念师林零，微仰着头，微眯着眼，看着在空中喷血的宁缺，目光里充满了极复杂的情绪，有些得意有些畏惧又有些骄傲。

军方要调查一个人，绝对会挖出他所有的老底。宁缺在北山道口展现出来的实力和战斗习惯，他跟随颜瑟大师学习符道的事实，全部都在他的计划之中。一名洞玄上境大念师对上一名不惑境界的初学者，做了如此细致缜密的准备，如果这样还杀不死对方，那只能说明昊天太不讲理。

不过看着宁缺马上便要死去，林零依然觉得有些骄傲。因为他虽然是东北边军里最强大的念师，但今天杀死的这个人是书院二层楼的学生，是夫子的亲传弟子。

所以他骄傲却又畏怯。所以他决定当确认宁缺死亡后，自己必须马上杀死身旁的亲信……以及自己，不让这件事情给将军带去任何麻烦。

营地间那辆安静了很长时间的马车忽然动了起来，一动便是惊天动地。

整个车厢解体散开，帘布木块金属佩件像箭矢般向四处喷射。车厢迸裂，白衣少女飘到了空中，瀑布般的黑色秀发随风飞舞。她看着那面火墙，散漫的目光骤然凝结，苍白的脸颊上出现两抹极不正常的红晕，伸出了一根手指。

纤细的手指在寒冷荒原冬风间画了几根线条。指尖破空破风破天地，一股无形的力量随着线条的绘涂而生成。

只有晋入知命境界的神符师才能画出来的不定符！

白衣少女手指剧烈颤抖起来，似乎在承受极大的痛楚。最终，她没能画完这道符，只完成了一半。她漠然看了一眼火墙那边，隐约能够看到宁缺的身影正在高速下坠。

她闭上眼睛，身体向后一倾，也向地面坠下。

冬风间那半道未完成的符骤然坍缩，带动着周遭的空间一道坍缩，在极短的时间内，凝结成一团透明的气团。无形而透明的符力仿佛是天神全力挥出的拳头，隔着数十丈的距离狂暴而出，在那面火墙上破开一个极大的空洞！

十余名马贼鲜血狂喷，纷纷坠落马下。马贼首领眼瞳剧缩，纵使他是洞玄上境的大念师，也感到了这股力量的恐怖。

这道符纵然是未完成，但依然是只有神符师才能参悟的不定符。

神符。

26

神殿骑兵统领看着草甸下方，脸上没有任何表情，他并不关心粮队营地里众人的生死，只是想看看混乱的局势里，会不会出现适合自己出兵的时机。草甸下方忽然传来一道剧烈的天地元气震动，那股强大而境界高妙的符道气息，直接清晰地映入他的识海，令他表情剧变。

曲妮大师这位老妇人心硬如石，看着马贼群挥动弯刀砍杀来不及躲避的燕国民夫时，脸上的皱纹都没有颤抖一丝。但当那辆马车散成碎片，白衣少女飘至空中画出那道符时，她脸上的皱纹忽然间从石头刻着的线条变成风中的乱絮，全部堆在了一起，显得震惊无比。

"营地里那名符师居然是她！她居然能写出不定符？难道她已经进入了知命？"曲妮大师表情阴沉，回头看了一眼骑兵队列中间的那辆马车，暗自想到若让被自己宠若珍宝的侄女知晓了这个事实，不知道会有怎样的反应。

马车窗帘紧闭，里面那位若兰花殷清幽纯净的少女，感受到草甸下方传来的恐怖符力，缓缓抬起头来，脸上流露出一丝明悟的情绪，轻声自言自语道:"原来是莫姐姐。"

隔着窗帘仅凭符力波动,便猜出了符师是谁,这位如花一般的少女,看来先前并不是对马车外草甸下发生的一切都不知情。

半道神符化作无形的高速气团,如同天神全力挥出的巨拳,瞬间撕破营地上方的空气,生生把那堵火墙击出一个巨大的空洞,活活震死十余骑马贼,然后来到那名马贼首领身前,随冬风骤凝。

马贼首领知道到了命悬一刻的关键点,闷哼一声,悬在鞍畔的手指剧烈颤抖,拇指在中食二指的纹路上高速轻点,将识海内的念力毫不珍惜地尽数逼出。

冥想数十年积蓄的浑厚念力离体而出,与扑面而至的神符之力猛地相撞。奇异的力量冲撞,让马贼首领身周的空气里多出了无数根怪异的白色线条。这些白色线条是空气中极细微的湍流,因为与周遭空气流动速度不等,让光线折射发生了极大的偏颇,所以才会显现出白色。

能让空似无物的空气都撕扯得如此不堪,在极细微处呼啸,可以想见,半道神符与大念师数十年功力产生的冲撞,是怎样恐怖的一件事情。

似柳絮狂舞的无数道空气湍流里,马贼首领眼角溅出几滴血珠,身下坐骑更是哀鸣连连,蹄步错乱向后退去。因为这道未完成的神符太过强大,马贼首领不得不凝聚全部的念力对抗,对空中正在喷血坠落的宁缺的念力攻击,自然而然出现了极短暂的一段空白。

宁缺识海里的数万根钢针骤然消失,那些留在意识里的痛楚依然残留,但他终于从模糊浑噩的状态中醒过来片刻。

只需要片刻时间的清醒便已经足够。他抽出身后背着的大黑伞,手腕一抖,粗布片丝丝碎裂,裹在重重布里已经数月未见天日的大黑伞呼的一声重见光明,就像一朵黑色的莲花般,绽开在他的头顶。

大黑伞让他减缓了向下坠落的速度,不至于活生生摔死,更关键的地方在于,大黑伞看上去无比油腻脏脏的伞面,竟把来自下方的恐怖念力攻击吸收了大部分。

身体还在空中飘落,宁缺握着刀的手已经挥了过去。

此时他与下方的马贼首领相隔还有一段距离，朴刀砍不到对方，但一根银针从手腕间嗤的一声破空而出，如书院后山每天发生的那些画面一样，沿循着诡异而难以捉摸的暗线，直刺马贼首领的眼睛！

马贼首领是洞玄上境的大念师，自身修为境界与白衣少女莫山山相仿，但要应付那道未完成的神符依然吃力，整个身体被空气中的那些凶险元气湍流束缚。

他更没有想到，明明已经重伤将死的宁缺居然还隐着如此阴险的后着。眼看那道极黯淡几乎快要看不见的银丝便要刺进他的眼珠，他竟是避无可避，只能极冒险地不顾身前湍流，强行低了低头。

噗的一声，银针瞬间刺进他的眉骨！

银针深不见尾，一滴若红痣般的血乍现其间。马贼首领只觉脑袋一阵剧痛，眼前不由一黑。眼前一黑并不完全是痛楚引发的伤势，而是真的黑了。

因为大黑伞飘落而至。

大黑伞下，宁缺手中的朴刀直直劈出，刀势简洁明了。刀锋入肉，然后破骨，只是刹那间事。

唰的一声，一条胳膊飞向天空。

马贼首领右肩出现一道极恐怖的血口，鲜血像喷泉一般涌出。刀势未竭，他痛号一声，向马臀后方跌落，重重摔在地面。

便在落地之前，他枯瘦的右手指向快要落到背上的宁缺，猛然一张。

宁缺再受重创，胸腹一窒，再喷鲜血，身体跌下，刚好落在那匹原本属于马贼首领的马上。他浑然不觉唇舌间的甜腥之意，在意识陷入模糊前，手中朴刀破风再斩，斩的却不是已经震飞的马贼首领，而是马臀。

马臀上骤然出现一道极深的血口。马儿负痛受惊，疯狂一般向前冲去，一头撞进了那面还在熊熊燃烧的火墙！

营地前那堵火墙被神符击穿的透明空洞下方，又多出了一道空洞。

一匹燃烧的奔马带着重伤虚弱的宁缺，呼啸着从那个洞里狂奔而出，鬃毛马尾早已开始烧成灰烬，奔马身躯上火舌狂吐。焚天火符形成的火势极其可怕，这匹骏马强行冲过，瞬间便被烧死，重重摔落在地，马背上的宁缺砰的一声同时摔落在地，连续翻了几滚才停下来。

虽然有大黑伞的保护，但他身上的衣襟边角依然在喷吐着火苗，随时有可能大燃，他狼狈跌坐在地面，扭头望向一处，声音沙哑大喊道："水！"

依照他先前的吩咐，天猫女准备了一大桶清水在旁边等候，一直没有参与防御。看着师姐们与马贼浴血作战，她焦急到不行，恨不得把这桶水踢翻，根本没有想到战局的变化竟如此迅速，直至此时才明白宁缺先前的用意。

哗的一声，整整一桶清水尽数倾倒在宁缺的身上，衣衫上燃烧着的火苗瞬间被浇熄，他虚弱不堪的身体也被这桶从头淋下的清水直接击倒在地。大黑马从营地一侧狂奔而至，跑到他的身前，低下头颅不停拱动着他的身体，显得十分焦急不安，似乎担心他倒下后，便再也无法站起。

宁缺倒在湿漉漉的地上，确实已经没有力气站起来，好在没有昏迷。他睁着眼睛，看着离自己脸极近的那张马脸，牵起一丝极艰难的笑容。

从开战至今，尤其是最后刺杀马贼首领时，他遇到了无数极其危险情况和无数痛苦，按照人类的本能要求，面对身体和精神无法承受的痛苦时，便会自动昏迷，但他似乎具有某种与身体本能作对的天赋，硬撑着保持着最后一丝清明。

他艰难抬起右臂，把比先前显得更脏了几分的大黑伞搁到胸膛上，然后把中指上一直系着的锦囊塞进怀中。

做完这两件事情，他才真正松了口气，却依然坚狠地没有因为精神松懈而昏倒，用刀尖刺进身旁的湿地，闷哼一声站了起来，看着营地四周传来的厮杀声，想要前去帮忙，却发现被念力重伤的身躯，竟有些不听使唤。

该做的事情都已经做完了，应该不会死吧？至于车阵四周那些正在浴血厮杀的人们，他此时已经无法再去改变什么。

不知想到什么，宁缺向身后望去。狼藉一片的营地间，那辆已经崩散成碎片的马车只剩下了最下方的一块厢板。莫山山这时候便坐在那块厢板上，身上的白色衣衫不知涂染了多少灰泥。

　　少女符师先前强行越过自己境界能力施出了神符师才能使用的神符，受到了极严重的反噬，加上识海内的念力被压榨得不剩一丝，所以直接在空中昏迷坠下。

　　或许是受到震动的关系，莫山山此时已经醒来。她微低着头，额前的黑发凌乱不堪，身侧按着地面扶住身体的右手和发丝间隐约可见的细长睫毛不停颤抖，苍白的脸颊上写满了虚弱，似乎随时可能再次昏倒。

　　远处忽然隐隐传来如雷蹄声，看着草甸上方惊起的阵阵烟尘，宁缺知道那队神殿骑兵如自己所料那般动心了，对身旁的天猫女说道："稍后打扫战场时，替我去把我的两把刀抢回来。"

　　营地前方的火墙主要是为了给宁缺营造刺杀马贼首领的机会，覆盖的面积并不大，远不足以拦住那些马贼。就在先前那阵混战的时间里，马贼们呼啸着挥动弯刀冲了进来。此时由厢板粮草袋组成的车阵早已破损不堪，墨池苑弟子们刀光如雪，坚毅迎战一步不退，那些燕卒民夫则在极短的时间内死伤惨重。

　　马贼首领此时已经不知所终，不知道是受了重伤被亲信下属带走，还是已经死亡，尸体被马蹄踩成了烂泥。这个事实给马贼群带来了极大的冲击，马贼的冲锋队列已经糟乱得不成模样，但营地里的防御力量更是已经濒临绝境。

　　如果草甸上方的神殿骑兵这时候还不出动，那么没有谁能够预判出，究竟是营地先被血洗，还是马贼群承受不住压力，率先崩溃。

　　草甸上的大人物们，都被莫山山先前那道惊世骇俗的半道神符所震惊，反而没有注意如何跃过火墙，最终砍杀马贼首领的宁缺。神殿骑兵统领有所感应，敏锐的目光注意到了熊熊火墙那头隐约出现的一抹黑影，却也没有看到当时具体的情况。不过……他看到了马贼首领重伤，然后被数骑强行带走，也看到了马贼群此时的混乱和溃散的前兆。

　　先前不冲下草甸援救营地里的人们，是因为那两三百骑凶悍的马贼戒备森严，犹有善战之力，统领大人不愿意拿神殿骑士尊贵的生命去冒险。而眼下马贼首领已逃，溃势已成，正是神殿骑兵昭显武力，大肆收集战功的好时机，身为善战领军之人，他当然不会错过这种机会。

"马贼正在屠杀昊天的信徒，身为神殿护教军，你们知道应该怎么做。"神殿骑兵统领抽出腰畔的佩剑，指着草甸下方混乱无比，鲜血横流的粮队营地，沉声说道。阳光照在他严肃正义的面容上，显得无比圣洁。

"为了光明，前进！"

一百骑神殿骑兵依命而动，手中紧握着刻着符文的武器，提缰鞭马，从草甸上方向着营地处高速冲去，踢起无数砾土。黑色的盔甲上绘着繁复的金色花纹，在阳光下就像是无数朵盛开的向日葵，闪烁着光芒，神殿骑兵们带着正义与无畏的精神，开始了自己的救援行动。

面对着世间最精锐骑兵的护教军，已经厮杀半日疲惫不堪的马贼又因为首领重伤遁走而陷入恐慌混乱情绪中，根本没有任何抵抗的能力，连连败退。哪怕是最凶悍强大的马贼，也不是普通神殿骑兵的对手，更何况他们手中的弯刀在神殿骑兵的符兵之前，就像是树枝木棍一般不堪一击。

没有花多长时间，神殿骑兵便将营地四周的马贼尽数击溃，只付出了极小的代价，统领大人的想法和计划得到了完美的实现。

光明，再次获得了胜利。

六百骑马贼死伤惨重，残余的马贼四散溃走，神殿骑兵要打扫战场，要收割首级，还要护卫草甸上方那些贵人，只对马贼进行了象征意义上的追逐，于是先前与两百燕骑缠杀远离战场的马贼也得以借机逃遁。

草甸间的厮杀惨烈，两百燕骑和马贼的战斗也极惨烈，此时还能骑马回到营地的只剩下四十余骑，而且每个人的身上都带着伤。从晨时开始的战斗一直不断有人死去，但依仗着车阵和墨池苑弟子的英勇作战，死的人并不是太多。最惨重的伤亡反而出现在最后，破损的车阵和念力枯竭的莫山山再也无法保护更多的人，数不清的燕卒民夫惨死在马贼的弯刀下。

有一名墨池苑年轻的男弟子被数名杀红了眼的马贼围攻，惨烈死去。酌之华等大河国少女表情木然站在这名师弟的遗体前，眼眸里满是悲伤和愤怒的情绪，最小的天猫女更是早就忍不住哭了起来，眼睛哭得通红。

营地里一片悲伤的气氛，营地外响起密集的蹄声。神殿骑兵完成了对溃散马贼的短程追逐，重新集结列队，黑色纹金花的盔甲在阳光下闪烁着耀眼的光泽，整齐的队列看上去秩序森严，光明威压感十足。

如果放在平时，营地里那些信奉昊天道的燕国军民，出于对西陵神殿的绝对敬畏想必会投以羡慕狂热的目光，甚至可能会跪到地面上虔诚地叩首。然而此时此刻，笼罩在悲伤里的人们没有人理会营地外的神殿骑兵，偶尔有人望过去，目光显得那样的麻木冰冷，甚至还隐隐带着仇恨的意味。

如果这些神殿骑兵先前不是在草甸上按兵不动，而在第一时间选择冲锋援营，与墨池苑弟子尤其是那位强大符师配合，绝对可以击败马贼。然而他们没有这样做，直接导致营地在最后时刻死伤惨重。

此时躺在荒原地面上的很多冰冷身躯，本来应该还是热的，很多死去的人本来可以继续活下来，回到燕国后可以看到自己的亲人，然而就因为这些神殿骑兵的自私冷酷，所有的可能都不复存在了。

在这种情况下，营地里没有人会欢迎这群神殿骑兵的到来。

人永远看不到自己的后脑勺，光明永远看不到自己的黑暗，尤其是当你认为自己很高的时候，当你认为自己绝对光明的时候。有的神殿骑兵漠然严肃的脸颊上不自禁流露出一丝鄙夷愤怒的神情。如果不是统领大人没有发话，他们甚至可能冲进营地，把那几个敢于对自己投来仇恨目光的平民拖出来，狠狠地鞭打一顿。

看着营地外那些神殿骑兵冷漠的脸颊，想着对方先前的冷血无耻和现在这种令人厌恶的神情，天猫女愤怒地涨红了脸，抬臂抹掉眼泪便要冲出去骂对方。

酌之华把她拉到身后，强行压抑住心中的悲伤愤怒情绪，对着那位高坐在骏马之上的神殿骑兵统领施了一礼，什么都没有说，带着师弟师妹们开始处理营地里的后事。

所谓后事皆是悲伤事。身上满是伤口的燕卒和民夫们互相搀扶着，看着四处横竖倒着的同伴遗体，看着那些断肢血泊，根本无法感受到劫后余生的侥幸愉悦，很多人开始放声恸号，营地里哭声震天。

27

听着营地里连绵不绝的哭声，神殿骑兵统领眉头微蹙。他能够明白大河国墨池苑弟子的冷漠，却并不在意对方的冷漠，反而有些不屑微讽，不再理会对方，举起右手示意下属开始打扫战场。

冰冷华美的剑锋刺进马贼的脖颈，一转一割便把头颅割了下来，也不管那名死去马贼的眼睛是睁着还是闭着，便扔进大袋之中。

神殿骑兵开始收割马贼的首级。虽然营地外围有很多马贼是死于清晨第一次反击，死于那道符火，死于粮队众人的拼死抵抗，但此时此刻没有谁会和这些神殿骑兵抢军功。营地里的人们忙着救治重伤员，忙着搬运遗体，忙着清理损失，忙着挽救残留不多的粮草，忙着消解心中的悲伤与愤怒。

以残破焦黑的车阵为分界线，营地内外自然分成了两个世界。神殿骑兵统领看着废墟一般的营地，看着那些明显的战斗痕迹，想象着援兵到来之前营地经受的马贼冲锋和惨烈战斗，不免也觉得有几分敬佩。

他的目光落在营地中央那片马车残骸上，瞳孔微缩，没有发现那名少女符师的身影，也没有看到那抹黑色的影子。沉默片刻后，他轻踢马腹，催马行过车阵的一处豁口，来到正忙着救治伤员的墨池苑弟子们身后，问道："你们这里由谁主事？"

酌之华用力把一块布系在一名民夫断臂的血口处，轻轻掀起额前被血凝在一处的发丝，转身望向马上的统领，却没有回答他。有名墨池苑弟子听着问话，下意识里回头望向营地里一辆马车。

天猫女忽然想到宁缺先前交代的事情，把手里的伤药递给旁边一名师姐，向营地外小跑而去。

送粮队除了骡马还有三辆马车，其中少女符师所在的那辆马车先前已经被那半道神符的起始之威震成了碎片，另两辆马车则是完好无损。

大黑马这时候正在其中一辆马车外无聊地踢蹄等待，马车内光线昏暗，只有当荒原冬风掀起车帘一角时，里面才变得明亮少许。车厢板上安静搁着一个包裹，看板面下陷的程度，这个包裹明显拥有和体积不相称的重量。

宁缺伸手抹掉口鼻中渗出的血水，伸手进身旁的盆中用清水洗干净，然后拿过一个小铜盒打开，看着盒中有些寒酸的东西，忍不住摇了摇头。"一个姑娘家，怎么就只有这点脂粉？"

莫山山静静看着他，黑丽如墨笔绘就的双眉缓缓蹙起，问道："为什么要妆容？"

宁缺抬起头来，"因为我们现在需要你很精神。虽然你是天下皆知的书痴，却足以震慑那群神殿骑兵，但如果你太虚弱，反而容易激发某些神经病的疯狂，一旦对方癫狂起来，可不会管你是什么天下三痴，是书圣王大人的关门弟子……我明白这种心理因素是很难解释的事情，你只需要清楚世间很多你死我活的厮杀，往往只是因为某人看了某人一眼就好。"

从碧蓝如腰的冬湖畔看到那抹腰间的碧蓝，入荒原同行直至今日浴血并肩战斗，宁缺猜出了莫山山的真实身份，这也是他第一次在话里挑明。

能画出半道神符的少女符师，整个天下只有一个。

因为天下只有一个书痴。

营地里的人们正在搬运死难者的遗体，收集木料，看情形大约是要进行火葬。而在营地外围，神殿骑兵收割马贼首级的工作也已经快要完毕，黑色纹金的光明盔甲上染着血污，麻袋里不知装了多少首级，显得鼓鼓囊囊的。

中原联军奉西陵神殿诏令进入荒原援燕，除了西路战线上的唐军，东路战线均以首级议功，今日神殿骑兵至少收获了超过三百个首级，自然是大功一件。

这份战功按道理来说主要应该归墨池苑弟子和燕国军民，神殿骑兵却是肆无忌惮地抢功。莫山山虽然并不在意此事，但能清晰地感觉到，营地里正在沉默准备火葬的人们心中悲愤郁结的情绪变得越来越浓。

神殿骑兵统领看着掀起车帘的少女符师，注意到她精神不错，不由暗中一凛，心想此女刚刚冒着极大风险强行越境施展神符，没想到只过了这么短的时间，便能恢复如初，果然不愧是与司座大人齐名的天下三痴之一。

"原来竟是山主在此主事，先前不知，故救援来迟，还请山主体谅。"神殿骑兵统领神情平静，一句话便把先前按兵不动、冷眼旁观营地遇袭一事带过，揖手一礼，向书痴莫山山表示难得的尊敬，然后说道："小姐此时在草甸上的马车之中，她嘱我邀请山主前去相会。"

西教护教军由裁决司直接管理，他所说的小姐，如果不是道痴叶红鱼，自然便是那位花痴，莫山山很清楚这一点，而且她知道花痴便在草甸上方。

"墨池苑奉神殿令护送粮草入王庭，职司所在，不敢轻离。"莫山山看着马上的神殿骑兵统领说道。

统领微微一笑，说道："小姐与山主数年不见，盼望相见之情甚深。"

莫山山面无表情看着他说道："若真盼相见，先前她可以从草甸上方下来见我，既然先前不见，那么此时更不必再见。"

神殿骑兵统领面色微沉，沉默看着坐在马车前端的她，也不知道心里在想些什么事情，最终一言不发提缰转身离开。

行至营地外，一名神殿骑兵捧着两把刀走到他的马前。统领看着这两把朴刀上面刻着的繁复纹路，虽然一时间内无法看明其中含义，但身为洞玄境的强者，本能里感到其间隐藏着的美感与境界，眼睛一亮。

就在他要接过这两把刀当成战利品，待日后好生研究一番时，不远处响起一道清脆而充满怒意的声音。

"那是我们的！"天猫女愤怒地瞪着马上的统领，脸上满是细密的汗珠，身上满是灰尘血渍，脏得厉害，看模样已经在营地外找这两把刀找了很长时间。

统领淡淡一笑，轻提马缰准备离开，根本懒得理会。天猫女小步快纵，像阵风般冲到他的马头前，手握秀剑乌木细柄，盯着他不肯让开去路，毫不掩饰清亮眼眸里的恨意。

几名神殿骑兵毫不客气地走上前去，试图要将她推开。一声清吟，天猫女秀剑出鞘，看着比自己高大很多的几名神殿骑兵，毫无惧色，声音微颤愤恨说道："马贼的脑袋让你们割了，难道你们还要抢我们的兵器？"

神殿骑兵统领冷冷看着她，说道："墨池苑弟子非符即剑，你们何时开始用刀了？"

酌之华等墨池苑弟子看着这边起了冲突，都赶了过来，发现小师妹竟被这些无耻的神殿骑兵围住，压抑了很久的愤怒情绪终于再也忍不住爆发了出来，剑身磨鞘之声密集响起，与神殿骑兵对峙了起来。

场间气氛骤然变得无比紧张，虽然神殿骑兵百骑精锐当先，墨池苑弟子人数极少，而且各自疲惫不堪，但凭着那股坚韧铁血气息，竟是半步不退。草甸间一阵冬风拂起，莫山山缓步走了过来，身上那件白色的衣裙被风吹得飘起，表情冷漠目光淡然，她看着那些面露不耐之色的神殿骑兵和马上的那名统领，淡然说道："我墨池苑弟子想用刀便用刀，难道这种事情也需要向神殿交代？"

神殿骑兵统领沉默看着她，忽然说道："山主这话似乎有些不讲道理。"

莫山山说道："难道说现在的神殿会认为小偷也有道理？"

神殿骑兵统领面色微变，感到羞辱，看着她和那些手持秀剑拦在马前的墨池苑弟子，寒声说道："竟然把神殿和小偷相提并论，如此不敬！莫非要裁决司去问问书圣大人，他究竟是怎么教的徒弟！"

莫山山平静应道："我代家师等着裁决神座的训话。"

神殿骑兵统领明明猜到这位书痴此时应该是在强作精神，却也不敢随意冒犯。他盯着少女符师的眼睛，忽然开口说道："山主奉神殿令运送粮草入王庭，此事干系双方和议大事，如今粮草尽毁，不知山主如何向神殿和联军交代，若双方和议因此事而破裂，也不知山主你能不能承担得起。"

"如何向神殿和联军交代是我的事情，与你并没有关系。"莫山山睫毛微眨，轻声说道，"即便我不交代，你也不可能在这里杀死我……"她抬起头来，静静看着神殿骑兵统领的眼睛，说道，"或者杀死这里所有的人。"

神殿骑兵统领微微蹙眉。

莫山山轻轻将被风吹至颊畔的发丝捋到肩后，平静说道："既然你不会把我们全杀光，那么你还留在这里做什么？放下刀，走。"

神殿骑兵统领沉默了很长时间，把鞍上那两把朴刀随意扔到地上，看着她微微一笑，说道："希望能在王庭与山主再相见。"

天猫女收剑入鞘，推开身前的神殿骑兵，冲到统领马旁捡起那两把朴刀，像宝贝一般紧紧抱在怀里，警惕地盯着对方。

莫山山没有回答神殿骑兵统领的邀请或者说威胁，直接转身走回营地。

深冬的荒原，太阳沿着南方的低矮天空出现不久便会消失，战斗在清晨开始，待战场打扫完毕时，天已近暮，光线变得昏暗起来。草甸上方密集的马蹄声如雷响起，然后渐低。神殿骑兵护送着月轮国曲妮大师姑姑，马车中的少女及天谕院、白塔寺等人，伴着道道烟尘远离。

血一般的暮色笼罩着营地，把地面和车厢板上那些血渍耀得更加刺眼。破损的车厢板和马车碎片还有干草被堆积在一处，在夕阳下仿佛要燃烧起来。片刻后，这些物事真的被点燃，火势借着原野上的风瞬间变大，逐渐吞噬掉其上堆放着的遇难者遗体。

噼噼啪啪的响声中，隐约可以看到熔化焦黑变形之类令人心情极度惘然复杂的画面，空气中开始弥漫出一股令人感到恐惧恶心的焦臭味。围拢在火葬地四周的幸存者们低着头，开始齐声吟诵昊天道教曲里的往生令，单调的音节不断重复，祈祷火苗中的灵魂能够顺利回归昊天的怀抱。最开始有些嘈乱的声音后来变得越来越整齐，低沉而充满了悲悯的气氛。

宁缺因为受伤严重没有走下马车，他掀起车帘，沉默看着远处的火苗，听着人们的吟诵祈祷声，忽然抬起头来望向头顶高而远的天穹。荒原的天空就像他熟悉的那样干净，但此时在夕阳的照耀下，自然分成了两片截然不同的世界，近夜的那面幽蓝似海，近日的那面燃烧似火。

降临到这个世界，他无法解释，童年在长安城里接触的都是对昊天的信仰，他的师父颜瑟大师是昊天南门供奉，是西陵神殿上有座位的大神官。所以他理所当然地像世上绝大多数人一样信奉昊天。

然而此时此刻，就在火苗里的无数灵魂之前，在海洋与火焰般的天穹下，他对这个世界的看法，难以自抑地渐渐地在发生变化。

人们在草甸间再次结营，度过了漫长而寒冷的一个夜晚。第二日清晨，幸存下来的数十骑燕国骑兵带着伤员南归。他们是崇明太子的嫡系，很清楚昨日遇袭时为何神殿骑兵会有那样的态度，也知道就算去了王庭，也根本讨不到任何公道，甚至还有极大的危险会被神殿惩处，所以自然选择归国。

大河国墨池苑的弟子们，没有随燕骑一道南归，而是乘坐着两辆马车和几匹马，再次启程，向着东北方向的左帐王廷驶去。看着车窗外荒芜的景致和疏草间的残雪，宁缺咳了两声，从怀中取出桑桑准备好的手绢，将唇角的鲜血拭去，转头望着对面的白衣少女问道："为什么要去王庭？"

"粮队的事情总需要一个交代，而且……"

莫山山眼帘微垂，睫毛轻颤，沉默很长时间后说道："我很生气。"

宁缺看着她笑了起来，说道："我发现自己有点喜欢你了。"

28

听到这句话，少女符师低下头去，看着自己膝上的白色衣裙，似乎那处的花边非常漂亮，但事实上白裙素净，上面什么也没有。

马车还在行进，原野上的风掀起车帘，清晨的阳光洒了进来。晨光映在车厢内黑白两色素净的装饰上，落在她黑色的发与白皙的脸上，析离出几缕光影，平静而肯定的声音，从她唇间缓缓道出："我想，我已经有喜欢的人了。"

清晨的阳光同样也落在宁缺的身上。他没有想到自己习惯性的说话方式，会让对方产生误会，有些尴尬地笑了笑，笑容在晨光里显得无比温和："我有很多喜欢的人，喜欢是我表达善意的常用词句，希望不会让你觉得太过唐突。"

荒原的土地被寒风吹得干硬，车轮在上面行走不时被震起，马车不大，二人相对而坐，距离不可能太远，随着车厢的起伏，膝头快要触到一起。宁缺向后挪了挪，靠在窗畔的棉垫上，酸痛的身躯终于找到了支撑点，不由发出一声舒服的叹息，看着少女那张近在咫尺的美丽脸蛋，说道："这个世界便是这种模样，不需要为了那些恶心的事情不高兴。"

她很认真地请教道："欢喜厌憎都是情绪，如何能够压抑？"

宁缺靠着窗畔，眼睛被帘角里洒进来的晨光刺得微微眯起，沉默片刻后说道："我不是说要压抑这种情绪，而是说不要被这种情绪影响到自己。生气这种事情啊，就是用他人的错误来惩罚自己，很不划算。"

莫山山两道浓秀如墨的眉缓缓蹙起，执着追问道："可是生气便是生气。"

宁缺看着她的眉毛，忽然生出用手指去摸摸的冲动，把手收回袖中，说道："既然生气当然要用最快的速度把气发泄出去，所以我支持你去王庭。不过你有没有想清楚，一旦在王庭遇见那队神殿骑兵或是那些贵人，应该怎样做？"

莫山山面无表情摇了摇头。她只是直觉里认为自己应该去王庭，去找到那队神殿骑兵和草甸上那些人，替死去的同门和那些燕国军民讨个公道。

似乎猜到她心中是怎样想的，宁缺看着她认真说道："公道这种事情从来都没有存在过，就算你的实力身份足够强大，有时候也不见得能讨回来，所以出气这种事情和公道无关，只和公平有关。什么是公平？别人打我们，我们就打他们，别人骂我们，我们也打他们，别人想杀我们，我们就先把他给杀了。"

莫山山睁着眼睛看着他，似乎没有想到很多事情从他嘴里说出来，就变得如此简单而放肆，眉头微皱问道："你们……唐人，都是这样看事情的？"

"差不多。"宁缺笑着说道，"从生下来开始我们就在接受这样的教育。"

莫山山伸手掀起身旁车窗上的帘布，看着逐渐后退的荒原苍凉野景，看着远处空中那几只孤单的鸟儿，想着昨日草甸上那辆马车里的人，沉默片刻后说道："如果到了王庭，我没有办法杀死那些人怎么办？"

神殿骑兵和他们保护的贵人自然不能随便被杀死，哪怕她是天下皆知的书痴。宁缺看她惘然神情，隐约猜到草甸上那些人的身份恐怕极高。

"昨天留在草甸上的那些人是谁？"

莫山山转过头来，看着他轻声说道："天谕院学生和白塔寺的僧人，如果你要问马车里的那个人，她是月轮国的公主，也是天谕院的宠儿。"

宁缺皱着的眉头渐渐舒展，神情的变化并不代表他心情的放松，反而表示他有些吃惊，说道："花痴陆晨迦？传说中的妙人儿来荒原做什么？"

莫山山看着他忽然笑了起来，本来有些木讷的表情因为这难得的笑容骤然变得生动起来，尤其是眼眸里散漫冷淡的目光，竟瞬间变得可爱了几分。"你不知道莫山山是书痴，却知道花痴的名字。"

宁缺笑了笑，心想若是那位花痴，自己这些人去王庭想要求公道着实有些痴心妄想。笑容渐敛后，他看着莫山山说道："不能杀人，又想出气，我或者可以给你些主意。花痴陆晨迦她最喜欢什么或者说看重什么？"

"她叫花痴，最喜欢最疼惜的自然是花。"莫山山像看白痴一样木然看着宁缺的脸，说道，"除此之外，世人皆知她痴恋隆庆皇子，事实上她是一个很清高的人。"

宁缺思忖片刻后说道："出气无外乎便是欺负人，如果此去王庭想出气，那么便直接从花和清高这两件事情入手便好。"

然后他开始认真地替莫山山筹划，一旦在王庭遇见陆晨迦，应该采取怎样的方式，才能一泄墨池苑弟子们的怨怒之意，并且如何能够不惹出太大的震动。听着这些近乎儿戏，但细细思量却着实有些阴险的主意，莫山山的眉头微微蹙了起来。她看着晨光下宁缺的笑脸，看着他那个清新的小酒窝，忽然觉得他的笑容是那样地可恶，又是那样地可爱。

欺负人是宁缺最爱做的事情，以弱小欺负强大更是比爱做更爱做的事情。他暗自想着自己已经提前欺负了隆庆皇子一次，不知道那位花痴知道后会对自己是如何看法，正想得兴奋，余光里忽然发现莫山山正极为专注地看着自己，才发现自己有些得意忘形，不由尴尬地笑了笑。

宁缺问道："你和花痴很熟吗？"

莫山山这时候正在磨墨铺纸，回答道："前些年她曾经去过莫干山，我与她处过数十日。"

宁缺靠着车厢板，抬头看着车内素净的装饰，眉头微挑，问道："花痴是个什么样的人，长得很漂亮，真像传说中那样爱花如痴？"

莫山山握着笔杆的右手微微一滞，回过头看了他一眼，说道："你对她很感兴趣？"

宁缺笑着说道："我确实很好奇隆庆皇子的未婚妻长什么模样。因为我一直很奇怪，难道这个世界有女人面对隆庆皇子那张完美的脸不会感到自卑？"

莫山山轻轻把笔搁到架上，以手扶地转过身来，微微偏头看着他，问道："你见过隆庆皇子？"

"就算没见过也听说过，谁都知道那位皇子殿下是世间最漂亮的男子。"说完这句话，宁缺发现少女符师依然盯着自己，知道她不相信这个说法，只好投降般举起双手，笑着说道，"好吧，我承认确实见过他。"

莫山山静静看着他，不知道想到什么事情，静若秋湖荡漾不定的目光，忽然变得明亮了一霎，嘴唇微动想要问什么，却最终没有问出口，显得有些慌张。

或许是为了掩饰先前那一霎的慌张，她微微低头，睫毛微眨，双手扶在膝上重新坐下，说起另一桩事情："你曾分析过，那群马贼的目标不是粮草，而应该是我，但事实上他们的目标应该是你。"

她抬起头来，看着宁缺又像是看着宁缺身后窗外的荒原景致，认真说道："火墙后方的画面，我看得很清楚，他们有备而来，就是要杀你。"

没有问出口的那句话始终还是没有问出口，宁缺知道她对自己的身份早已起疑，却没有直接发问，这让他有些感激，只是此时他还在犹豫何时告诉大河国少女们自己的真实身份，也不知该如何接话。

提到昨日战斗中那面火墙，他想起那半道神符在火墙上击出的恐怖空洞，说道："当时我以为那是你能施展出来的最后一道焚天火符，之后念力枯竭，便是最简单的符道也已经施展不出来，没有想到你竟然还藏了这么一手。"

莫山山忽然身体前倾，极认真地行了一礼，轻声说道："这还要感谢师兄你前日指教如何战斗，山山在此谢过。"

宁缺怔了怔，想起前些天自己曾经极为严厉地训斥过她，说她妇人之仁，说她完全不懂战斗，不知道把最强大的力量留到最关键的时刻。那时候的他并没有完全猜到她的身份，此时想来自己竟然是在教书痴如何战斗，不免情绪有些荡漾。

"无论如何，全靠你那半道神符，我们才能活下来。"

当时局势危急，他对那道惊天动地的神符并没有太清晰的感受，但昨夜细细思考一番，越发觉得对面这位少女符师了不起。

境界便是境界，莫山山明明还停留在洞玄境内，当时却能越境施展出只有神符师才能施展的不定符，这个事实让宁缺深受震撼，而且极为不解。颜瑟大师断定他是世间难觅的符道天才，然而看着身前安静扶膝跪坐的白衣少女，看着她那张不嗔不喜的美丽脸颊，宁缺难得生出了不自信的心态。

"师父，你是不是因为早就知道世间最天才的符道传人被书圣抢走，才会退而求其次选择我，只是这样一来，徒弟我很没面子啊。"

莫山山当然猜不到宁缺此时的心理活动，更不知道他正在腹诽一位备受尊敬的神符大家以及自怨自艾，合手鞠躬，认真请教道："钟师兄……"

宁缺醒了过来，认真纠正道："我说过，你可以称呼我为十三。"

莫山山怔了怔，觉得这称呼有些别扭，迟疑片刻后微涩说道："十三……师兄，我想向你请教一些事情。"

见她凝重认真，宁缺不知何事，敛了心神揖手还礼，说道："请讲。"

莫山山说道："我自幼入山随家师修行符道，星移斗转十余年，所接触的便是书符二物，我想请师兄教我如何与人战斗，如何获胜。"

宁缺看着她认真的神情，心里明白应该是昨日的战斗，让这位少历世事，却早已名动天下的少女符师对这个世界的看法受到了某种冲击，才会有此请求。

论修行境界，他自知碌碌而已，无论是和后山里的师兄师姐，还是和隆庆皇子，对面的少女符师相较，都完全不值一提。但要说到战斗，自幼便在生死间挣扎在刀锋上跳舞的他，整个人生便是在不停地战斗，无比自信。

"战斗是一个很简单的事情，就是怎样在保护自己的前提下让对方丧失伤害自己的能力，所以我们首先要清楚自己拥有怎样的实力，以及敌人拥有怎样的实力。"宁缺指着二人头顶的马车顶棚，说道，"我们首先要知道车顶到地板有多高，然后知道自己有多高，才知道站起来后会不会撞痛头。当然也有可能是把车棚顶穿，但我想应该没有多少人愿意用自己的脑袋去衡量车顶的坚硬程度。"

很简单的语言，很浅显的比喻，却能把战斗之前的准备工作描述得极为清楚。莫山山思考的时候，目光更为散漫漠然，完全不知道她在看着哪里。她喃喃轻声说道："怎样才能判断出对方已经丧失了伤害自己的能力？"

宁缺最喜欢回答这种看似愚拙，实则非常重要的问题，他靠着车窗畔的棉垫，举手在空中一挥，回答道："断胳膊断腿，这是最常用的重伤手段，但如果需要确定让对方丧失所有战斗力，记住一句话：只有死人才安全。"

听着这句话，莫山山的眼神显得有些惘然，似乎不是很理解为什么一旦说到战斗，宁缺总是很直接地把死亡搬到最前面。她自幼在墨池老师处接受的教育中，修行者之间的较量，胜败并不见得都要分出生死。

宁缺看她神情，才知道这位书痴少女，果真是墨池里生出的一朵洁白莲花，在来到荒原之前，竟是完全不知世间疾苦，不由语重心长说道："若在墨池清修，当然不需要思考这些问题，就如同我一样，如果我这时候躲在书院里读书，那天天只需要下下棋打打铁听听歌，生活不知道有多幸福。但小楼之外的天地，每多风霜雪雨如剑，你既然已经踏足其间，便要明白险恶二字如何写法。"

莫山山听他说得诚挚用心，点头表示受教，同时感激看了他一眼，只可惜她的目光还是那么散漫，便是感激也没能让宁缺清晰感受到。

"十三师兄，如果对手的实力境界远超于你，如何击败对手？"

"山主……"

"十三师兄，你可以直呼我的姓名。"

"这若让世间俗人知晓，不免会觉得我太不恭敬。"

"那请称呼我为山山师妹。"

"山山师妹，你刚才问的这个问题……基本无解。如果谁能完美地回答这个问题，那么他就是这个世上最强大的人，因为比他强大的人他都有办法击败。"

莫山山眉头微蹙，沉默很长时间后，认真问道："师兄，你这句话……是讽刺？"

宁缺怔怔看着她，从碧蓝如腰的海子畔，他就发现了一个令自己感到有些不适应的事实，世间除了桑桑外，终于出现了一个能够无数次击败自己的人。

"师妹，你可以认为这是讽刺，不过请不要多想。我言语习惯里的讽刺，往往只是为了加深听者的印象，因为这件事情很重要。"

莫山山点了点头，继续问道："那怎样才能击败远比自己强大的敌人？"

宁缺认真回答道："遇到远比自己强大的敌人，我坚持认为我们只有一个选择。"

莫山山小脸微仰，带着期待问道："什么选择？"

宁缺说道："逃。"

"……"

"不用无言，逃跑也是一种战斗，因为面对远强于自己的对手，你就算想逃，也不见得能成功逃掉。如果你愿意，我可以从逃亡开始教你。"

"师兄，不言胜先虑败，确实是一种很优秀的品德，但我还是想先学习胜利。"莫山山坐在窗畔小台上，手执墨笔，准备认真记录。

宁缺看着这幕画面，不由感到有些骄傲，又难以自禁地想起去年春天在从荒原回来的马车上，自己也曾经像她一样，拿着墨笔在纸上认真记下吕老先生的每一言每一语，生出很多复杂的感慨，稍定心神后认真说道：

"你的想法也对，世间年轻一辈，能在修行境界上超过你的人也不多。我相信大部分情况下，你所面临的对手，就像昨天的马贼一样，要远弱于你。"他认真说道，"面对弱于自己的对手，不能有同情怜悯之心，不能有骄傲自大之心，不能把对方看成弱者，而是要把对方当成最强大的敌人来看待。但你必须记住，在战意上不可藐视对方，在战术上应该有所选择。己强敌弱应如猛虎扑兔，一动而出全力，一头猛虎的全力并不是真的把全部力量都运至双掌，然后击杀弱兔，而是专注心神，不给弱兔任何逃脱之机。一扑而杀兔，免去追逐纠缠撕扯之惫，反而能够惜力。虎势若现，便是数百只兔子也不敢异动。"

莫山山记下这段话，抬起头来，看着他问道："若两虎相遇又如何？"

宁缺说道："佯装受伤悲苦乞怜说我已经默默爱你一万年，想尽一切办法以弱其心志，打他妈妈杀他全家抽他崽子耳光，想尽一切办法激怒对方乱其心神。若你穿着鞋便去荆棘地，若你衣裳厚便择苦寒地，想尽一切办法营造适合你的战斗背景，对方力大你爪尖那便游走而战，划破其皮让其不断流血，对方爪尖你力大那便静守而待，任由其予以小伤择机一举而入绝境，想尽一切办法藏拙抢先。"

莫山山听着他滔滔不绝讲着各种情况，目光变得越来越涣散，下意识里喃喃自语说道："听上去好像很麻烦的样子，哪里去找这么多的方法。"

"若什么方法都不管用，那么你只需要记住最后一条。"宁缺看着她，认真说道，"两虎相遇，勇者胜。"

莫山山睁着眼睛，认真地看着他，沉默很长时间，才把这段话里的意味完全明悟，轻声感慨说道："师兄，你懂的东西真的很多。"

宁缺总觉得她专注的目光，似乎专注在别的地方，听着这赞扬，不免觉得有些怪异，说道："师妹，你在世间有无数仰慕者，经常被你这么称赞，我有些顶不住。"

莫山山如墨般的秀眉蹙起，不解问道："师兄，你为什么会懂这么多东西？"

宁缺调整了一下坐姿，笑道："书院先生曾经教过我们一句话，实践之际方出真知。师妹，你如果像我一样从小到大都在打架，那么你也自然会懂这么多东西。"

莫山山脸上的神情越发木讷："师兄打过这么多架……难道你小时候很调皮？"

宁缺身体微僵，觉得和这朵墨池苑的白莲花对话真是辛苦。

莫山山问道："师兄？"

宁缺疲惫无力地挥挥手，说道："师妹，我也有问题想要问你。"

莫山山问道："什么问题？"

宁缺看着她的眼睛，问道："为什么你从来不拿正眼看我？"

莫山山看着他，不解问道："何时有过？"

宁缺感觉她正看着窗外的荒原，叹息道："随时随地，比如此时。"

莫山山忽然想到一件事情，表情微微一僵，沉默片刻后轻声解释道："我自幼喜爱书法，临摹书帖太多，所以眼睛不是太好。"

宁缺嘴唇微张，不知该说些什么，这才知道原来名闻天下的书痴竟然是个近视眼，而且看她的眼神，莫非还有些散光？

29

在碧腰海子畔挽弓拔剑相助，入荒原一路打猎同行，宁缺和大河国墨池苑的弟子们，早已熟稔无比，经过草甸下的并肩浴血作战，双方更是亲热亲密无间。此后数日时间，宁缺一直留在马车上养伤，同时对少女符师进行世界观人生观战斗观的再次改造，很少下车，便是进食小歇也都在车上。

这些落在墨池苑弟子眼中，不免便有些异样。他们很清楚山主的性情看似冷漠，实则清淡温和，但从未与年轻男子这般亲近过。酌之华也觉得这非常不合适，只是想着宁缺受了重伤，也不好意思让他下来。

事实上宁缺的伤势恢复得很快，第二天夜里便不再咳血，受到剧烈震荡的识海也逐渐平息下来，偶尔发作的眩晕再也没有出现过。

酌之华等墨池苑弟子对他的身体状况不是太清楚，但莫山山却是将他的康复过程全部看在眼中，不免觉得有些不解。

那夜宁缺夜挽弓狙杀数名马贼之时，莫山山便在一旁感觉到了念力波动，那时她就猜到宁缺应该是名修行者，对于这一点，她并不怎么意外，似书院那等高妙之地挑选学生单独入荒原执行任务，那学生自然不凡。只是那名马贼首领是已经入了洞玄上境的大念师，她若不是春天时在莫干山悟了半道神符，也没有办法伤到对方。如此强大的念师集全力攻击宁缺，按照常理来讲，宁缺就算能活下来，识海受损严重也极有可能变成痴傻之人，哪里还能像他现在这般侃侃而谈，眉飞色舞，难道宁缺的念力竟比自己还强大？

书痴并不擅长和人交谈，尤其是不愿意窥探旁人的隐私，所以对宁缺的疑惑一桩接着一桩，但她始终没有发问，只是安安静静坐在车窗畔，用娟秀的小楷记着宁缺的指点，然后认真择其能学处用心体悟。

宁缺看到她的字后赞叹不已，因为莫山山的书法确实极佳。墨笔落纸圆而不媚，柔而有骨，笔锋隐现而清晰，浓匀合宜，清新喜人。

这时他才明白，前些日子在营地里他赞叹少女符师痴于写字颇有自己几分风采时，为什么墨池苑的女弟子们会笑得那般开心——书痴痴于书，这里的书是书法书帖书天下的书，而不是读书写书千卷书的书。在墨池苑弟子看来，他一个寻常人竟然说天下书痴有自己风采，确实是极可笑的事情。

墨池苑弟子乘车骑马，在某冰塞处转道，由东北而向西北，直向王庭而去，一路少见人烟，多见耐寒绒羊与荒土，道路依旧难行。

车厢不停起伏震动，宁缺看着她在窗畔悬笔手腕纹丝不动，纸上字迹也是分毫不乱，不由生出几分感慨。自己这个符道天才的名头在少女面前已经有些不怎么实在，莫非连书法大家这个名头也要被抢走？

把棉垫搁到厢板后方，他舒服地躺了下去，随意伸手抽出小几上那叠纸张里的一张，目光落下不由微微一怔。

那张纸上写着些很眼熟的字。

"桑桑少爷我今天喝醉了就不……"

先前看着少女符师在窗畔静静写字时，宁缺想起了旧书楼东窗畔的三师姐，开始想念长安城南的书院，想念后山里的日子和那些可爱的同门。这时忽然在千里之外的荒原上看到自己的鸡汤帖拓本，他开始想念长安东城的那条巷子，想念老笔斋里的日子和那个黑黑瘦瘦的家伙。

莫山山余光里注意到他神情有异，以手扶地转过身体，发现他在看自己重金购买的鸡汤帖，不由微怔问道："十三师兄，你也懂书法？"

宁缺早就习惯了她的言语间时不时会冒出一根类似二师兄古冠那样的东西，不以为意，耸耸肩回答道："略懂。"

莫山山曾经问过他也懂符道，当时他的回答便是略懂，此时谈及书法之道，他的回答还是略懂。当着别人的面他大概会有底气信心说自己是符道天才是书法大家，但当着天下书痴的面，他觉得还是低调一些比较不容易丢脸。

莫山山看着他，忽然问道："你觉得这书帖如何？"

她的神情很专注，似乎很重视宁缺会怎样回答。

宁缺没有想到她会问自己的意见，诧异道："你是说鸡汤帖？"

莫山山看着他神情认真说道:"师兄是长安书院学生,当然听说过鸡汤帖,听说这张书帖便是书院中人的大作,所以想听听你的看法。"

宁缺向墨池苑弟子们隐瞒了自己的真实身份,虽没有存什么恶意,但现在双方关系如此亲厚,一旦被揭穿难免会有些尴尬,可是在没有合适机会之前便只好暂时先继续瞒下去,此时面对这种局面却是更加尴尬。

而且他并不知道少女符师对鸡汤帖以及写出鸡汤帖的那个自己是什么看法。若喜欢欣赏倒也罢了,若她极为厌憎自己的书法,岂不是很麻烦?这种可能性并不小,虽说常有文无第一的说法,可事实上遍览长安城内诗家书家聚会时曾经发生的冲突,便可知道像莫山山这样长于书道的人对别的书家总会有些不以为然。

文人相轻,书者之间何尝不是如此?

"这帖笔锋尽露而不知敛,形散神亡而无骨,看似别有新意,实际上不过是些鸡贼手段,邪路着墨法,失了中正大雅之风,不值一提。"他毫不犹豫把鸡汤帖好生贬损了一番,表情从容镇定,把尴尬和苦涩的黄连尽数藏在身体里,不敢流露丝毫,这或许便是所谓代价。

莫山山静静看着他,似乎想要分辨出他说的是真话,还是随意贬损,过了很长一段时间后,她再次认真请教道:"那师兄认为花开帖如何?"

宁缺看着她微惊说道:"师妹连花开帖也看过?"

莫山山摇了摇头,说道:"书院那位书家的临摹本我搜集到了一些,但花开帖藏于深宫,便是摹本也都被长安城诸王公府邸珍藏,所以我只闻其名未见其迹。"

宁缺心情微感轻松,笑着应道:"我也未曾看过,所以无法点评。"

莫山山目光微垂,落在他手上那张鸡汤帖拓本之上,不知心里在想着什么,只听她轻轻叹息一声,转身继续去描自己的簪花小楷。

深入荒原,由东北再折西北,行不多时便可见天穹远处那抹淡淡山影。

岷山乃是世间最雄奇最长的山脉,由荒原深处一直向南延展,直至大唐河北郡之南近长安城的所在，延绵不知多少公里，仿佛是昊天在世间北地留下的一把宝剑。在荒原中段岷山有一段中断，形成天然的峡谷，峡谷的西向筑有城池，由大唐北路边军精锐镇防，戒备森严，而岷山也由于这段中断被分成南北两麓。

宁缺当年生活的茫茫岷山便是南麓，岷山北麓深在荒原，被蛮人们称作扎什山，就是天弃山的意思，表示如果走出这道山脉，便等若被昊天遗弃。天弃山东面有一片肥沃的草场，左帐单于的部族，便在这片草场上世代生活，王庭便在那处。

隔着车窗看着远处天穹旁的那道山影，宁缺很自然地想到南方的岷山，想起山那头的北路军镇堡，想起渭城的老伙计们。他离开碧水营进入粮队，入荒原已经走了很多天，但那道山脉始终还在那处，竟似没有变过模样一般。

看山跑死马，更何况是这样一道雄奇险峻的连绵山脉，王庭已近，但要抵达还需要一些时间。随着距离的拉近，宁缺变得越来越沉默，更多时间藏在马车里不肯下来，便是连天猫女喊他去看湿地里的白鹤，也喊不动他。

因为他需要时间思考，思考两个很重要的问题。

在草甸袭击他们的马贼跟踪了他们很多天，后来已经确定这群马贼的目标就是自己，那么等于说自己离开碧水营混进粮队开始，马贼身后的势力便已经知道。

那群马贼或者说那几群马贼究竟是谁的爪牙？是谁想杀死自己？那个马贼首领又是谁？洞玄境界的大念师肯定不可能是个单纯的马贼头子，在战斗中宁缺感受到的那股军人气息，更是让他的心情变得沉重起来。

马贼首领的右臂被他砍断，被下属救走后如果没有死在荒原上肯定需要地方医治。如此沉重的伤势，不是一般马贼的土窝子便能治好，那人需要医生药物，需要抓紧时间，而离那片草甸最近，又能治好断臂伤势的地方，恰好便是左帐王廷。

粮草尽毁，莫山山坚持带着墨池苑弟子前来王庭，宁缺没有表示反对，除了战斗中结下的情谊，还有一个原因便是这一点。无论那群马贼背后的人是王庭那位单于或是别的什么人，他坚信那名马贼首领只要还活着，那么此时至少有九成几率藏在王庭中。

他要找到对方，问一些问题，然后杀死对方。

除此之外，他还在反省自己离开书院来到荒原后所做的事情。

从很小的时候开始，每次艰难的生死战斗之后，他都会进行分析和总结，正因为如此他才带着桑桑活了下来。反省已经变成他的某种本能，然而这一次在马车里进行的反省比过往那些年里的每次反省都要深入一些，甚至向前追溯到离开渭城进入长安之后的所有行为。

沉默思考很长时间，他确认自己离开渭城后，尤其是进入书院之后，有很多行事或者说选择都不是最为妥当的那一种，因为自己陷入了某种思维误区。

在渭城时他习惯了单骑入原，替将军打探敌情，和同袍们一道追逐马贼，所以这次带着书院诸生来荒原实修，肩上担着陛下和国师交付的两项重要任务，依然习惯于如此行事，乔装打扮混入粮队，只想着暗中行事。

然而他忘记了现在的自己已经不是渭城的小军卒、不是斥候、不是梳碧湖的砍柴人，而是夫子的亲传弟子，是书院后山的学生，是皇帝陛下的金牌小密探，是昊天道南门及天枢处的客卿身份。暗中行事，便等于他这些令无数世人羡慕敬畏的背景靠山全部变得没有任何意义，那名神殿骑兵统领知道莫山山是书痴，便不敢再妄行妄言，若他把书院后山弟子的身份亮出来，那些马贼又哪里敢聚而攻之？

还有极其重要的一点：离开书院之前，二师兄在后山里专门提醒过自己，书院出去的人只能欺负人，不能被人欺负，说得何其壮阔嚣张，而自己眼下没有书院后山弟子的身份，即便嚣张了谁又知道这是书院的人在嚣张？

时已隆冬，天寒地冻，天弃山下的草场不知是不是因为山间地热的关系，竟然东一片西一片还生着些茵茵青草，帐篷如白云一般在草场间盛放。

两辆马车，几匹疲马载着大河国墨池苑弟子们来到草场外，身后没有粮队，更没有什么护卫骑兵，看上去显得有些凄凉。

草原蛮人左帐王廷与中原联军的和议已经正式开始，各方势力带着骑兵齐聚于此，远远便听着嘈杂热闹的声音，不知有多少人正在饮酒叙事。王庭一支骑兵把墨池苑弟子们迎入营间。很明显草甸遇袭以及那半道神符的事情已经流传开来，有人知晓书痴便在马车之中，所以骑兵表现得还算尊重，相反是营间那些来自中原的使者护卫看着墨池苑弟子们的眼神有些冷淡。他们不理解既然粮草尽毁，为什么这些人不退回燕北，而是赶来王庭。难道这些墨池苑弟子们不知道，神殿和联军里有些大人物对他们的表现极为不满？

雄山畔的草场漫无边际，隆冬时节虽然有上万人聚集此地，帐篷朵朵盛开，但依然有足够多的地方可以用来安置人员。为了表示诚意，王庭方面同意中原联军自行选择地方扎营调配人马，负责此事的人是西陵神殿的一位主事，他神情淡漠与酌之华见过礼后，直接把墨池苑弟子们带到了一个地方。

两个帐篷离联军中帐的距离并不远，就在中帐后方，却显得有些偏僻，地势略高，墨池苑弟子们走进帐中，看着那些事先准备好的用具，发现还算不错，心里清楚大概是联军因为山主的关系，终究还是给了些颜面。

只是从被王庭骑兵接来此间，直到此时此刻，除了那位神殿主事之外，竟没有一个联军上层或是神殿的大人物出面。加上一路所见那些中原诸国来人的冷漠眼光，墨池苑弟子们知道自己刻意被人排挤遗忘，情绪不免有些低落不平。

天猫女年纪太小，自然想不到那么多，她看着帐内厚厚的羊毛褥子，想着今天晚上终于可以好好睡一觉，不用在狭窄的车厢里和山主挤在一处，倒显得有些高兴。

被排挤被刻意遗忘的遭遇，宁缺并不怎么在乎，只是觉得这处宿营地的位置似乎有些不妥。他走到帐外，向远方望去。

时间尚早，但由于苦寒北地冬日短暂，天穹上的日头隐隐然已经有了近暮的味道，缓慢向地面垂落，光线渐渐变得昏红起来。缓坡后方袭来一阵寒风，宁缺不知从何处拿了一条棉围巾，塞进领口处，对身旁的酌之华说道："这里是风口，夜里会冷。"

酌之华在墨池苑弟子中年龄最大，性情温婉平和，听着宁缺提醒，知道先前那名神殿主事，把自己这些人带到这里驻营，竟还存着这样无聊的刻薄小意思，即便是她也觉得有些恼怒，却不知该如何处理。

宁缺拉住身旁走过的一名草原男子，表情温和诚恳说了一长段话。

莫山山一直没有下车，直到听到宁缺这串难懂的话，才掀起车帘走了下来，待那名草原男子离开后，她走到他身旁，蹙着墨眉说道："师兄你连蛮话都懂？"

因为唐国强大，以及神殿不停传教的缘故，中原语言在草原上已经极为普及，但还是有很多蛮人习惯说他们的旧语言，也就是所谓蛮话。

宁缺说道："西蛮话我说得比较好。"

酌之华问道："钟师兄你先前和那人说了些什么？"

"我问他可不可以自行在草原上立帐。"宁缺笑了笑，继续说道："那蛮人说我们是单于最尊贵的客人，那么只要是单于的草场，我们可以任意挑选地方居住。"

听到这句话，帐篷外的墨池苑弟子都明白了他的意思，纷纷笑了起来，心想另择宿营地也不错，既然神殿如此对待自己，那又何必与他们靠得太近。

"我们应该往哪里搬？"

宁缺望向草原之上。奉神殿诏令，中原诸国都派人援燕参战，在燕北边塞两道战线上，至少聚集了数十万人，但眼下深入荒原进行和谈，诸国自然不可能把所有人都拉过来，只不过护卫贵人们的骑兵会聚在一起，至少也有千骑之众。夕阳下的草场上帐篷处处，旌旗招展，西边一片草场上帐篷数量不多，排列得却极有秩序，而那些在寒风中猎猎飘舞的旗帜，也显得格外有精神，至于隐约可见的骑兵队列，更是比这边的中原联军骑兵显得整齐肃然太多。

世人通常认为天下最精锐的骑兵便是西陵神殿护教军，但神殿骑兵数量太少，依教典严格控制在千骑以下，所以真正强大无比敢言席卷天下的骑兵是另外两支。

天弃山那边荒原上，金帐单于麾下的王庭骑兵，以及唐骑。

宁缺指着草场西面那片秩序井然的帐篷，和那些熟悉的军旗，说道："我们靠着那边驻营。"

墨池苑弟子们认出那边是唐军的营地，微微一怔，片刻后都同意了他的建议。大河国与唐国世代交好，而且现在都是奉神殿诏令前来，驻营于那处，相信无论是谁都说不出什么刻薄的言语。

可惜少经世事的大河国少女们依旧没有想到，她们舍弃神殿指定的营地不用，而选择与唐营相邻而居，依然吸引了很多人的目光，惹来了不少非议。看着暮色下走向唐营地的疲马尘车十余人，来自南晋的剑客神情冷漠，月轮国僧人眼露嘲讽，神殿的主事表情阴沉说道："想抱唐人大腿，那便抱去。"

30

冬日的荒原即便有山脉在旁遮风又有热泉流淌，依然寒冷；王庭与中原诸国的谈判，已进行了好些天，步入了最火热的阶段。

那队神殿骑兵护送诸位贵人前来，是因为单于王妃非常喜欢花草，迫于荒原气候总是无法培植得法，所以言辞恳切修书请求神殿让花痴陆晨迦来王庭一会，以便当面请教。此事与谈判无关，但起始时正好是谈判陷入僵局的时候，如同大河国少女们送的粮草一样，属于附属的感情交流。

无论是蛮人左帐王廷还是中原诸国都不想把战争继续下去。前面数月的侵边劫掠以及后来的冲突厮杀起因都是因为荒人南归，前者是资源问题，后者则是态度问题，所谓谈判，不过是双方在出兵规模和粮草辎重供给方面讨价还价不休。

面对着千年之后重现人世的数十万荒人，双方合力抵抗当是正理。只是应该是由谁主导此事，又应该由谁派出更多的兵力？

荒人是天生的战士，在春初那场北地血战中，死伤惨重的草原骑兵再次证明了这个快要被人遗忘的论断。想要阻止荒人南下甚至把他们赶回极寒北地，必然要付出极大极惨痛的代价，谁又愿意让自己的军队冲在最前面？

关于此事，神殿和大唐帝国都表现出了极强硬的态度，大军压在燕北漫漫边塞之上，更有各宗派年轻一代修行者尽出。草原左帐王廷的实力本就在与荒人的战争中受创严重，面对这种态势，单于便是也想表现一下强硬也没有多少底气。

谈判便是看谁的颈椎更硬，看谁的底气更足，一旦有一方底气不足低下头来，谈判的进行便自然会顺利很多。就在宁缺和墨池苑弟子们抵达王庭的第二天，谈判双方终于达成了共识。

在明年春夏之交第二波肥草长出来之前，左帐王廷尽遣主力北上向荒人部落发起进攻，至于中原方面只同意派出约六千人的骑兵队伍，但承诺给予左帐王廷经济上最慷慨的援助，并且同意提供左帐王廷所需要的大部分粮草和军械。

谈判成功的消息被冬风吹拂着，以最快的速度传遍整片草场。如云般的帐篷里响起热烈的欢呼或低沉的咒骂，王庭部落开始准备烈酒和美食，除此之外还决定临时召开一场格慕慕大会。

格慕慕是蛮话，欢聚大会的意思，在草原上每逢最盛大的节日时才会召开，王庭临时决定召开格慕慕大会，一是对和谈成功表示庆祝，二来也是借此机会，让王庭部落子民与中原诸国人士多加交流，以便融洽感情淡化仇恨。至于这种用意最终能不能实现，那就没有人知道了。

琴声铮铮，号角奏响，各式彩幡在风中飞扬，草场上聚集着来自各处的人们，显得热闹无比，尤其是比试骑射的开阔地外围，更是被围得密密麻麻。

一名王庭射手凭借精湛的箭法成功地战胜了对手，箭靶红心里仿佛要重叠在一起的箭支，让人群里喝彩之声大作。

宁缺和大河少女们驻足人群中观看。格慕慕大会除了各种竞赛娱乐，王庭部落也为来自参加大会的人们提供了很多美食。天猫女的心神被油香扑鼻的烤羊腿吸引了过去，酌之华等大河国少女也被奶茶之类从未见过的异乡美食诱得渐渐散入人群。

和议即成便是狂欢时节，这时候的王庭草场，毫无疑问是天下最安全的地方，宁缺看了一眼在各式食摊前面露好奇之色、跃跃欲试的大河国少女，笑了笑，并不怎么担心。

远处一片草场忽然变得更加热闹起来，嘈杂的喝彩声加油声此起彼伏，天穹上的冬云似乎都快要被那股热浪震散。天猫女拿着那根大大的烤羊腿，明亮的眼睛睁得圆圆的，好奇地看着那处，却因为人群的遮蔽看不到里面发生了什么。

"应该是赛马开始了。"宁缺把她小手快要提不住的烤羊腿接了过来，掏出怀里的手绢递给她，示意她把唇角的油渍擦掉，继续说道，"荒原上的人们以游牧为生，最擅骑射，马匹对于他们来说极为重要，所以赛马是格慕慕大会上最重要的节目。"

天猫女兴奋说道："师兄，我要去看。"

宁缺一手提着根油淋淋的羊腿，一手牵着天猫女的小手向人群外围走去。他并没有带她走向赛马草场边缘，而是走到营帐外的一片缓坡上。坡间青草早黄，疏疏躺在地上等着明年春日，风虽大些，视野却是极好，能把草场上的赛马画面看得清清楚楚。

今次格慕慕大会因为有中原人的参与，所以王庭格外重视，尤其是他们最擅长的赛马。部落竟是专门为此腾空了数百顶帐篷，在草场间圈出了极大一片土地。赛马以竞速取胜，简单直接而刺激。此时比赛已经开始，十余骑雄壮骏马正奔跑在草场之上，马蹄纷乱如雨，踢得砾土飞扬，尘烟四起。若眼力好的人，应该能看到骏马油亮皮下肌肉用力时的颤动。

激烈的赛马进行到中途，十余匹骏马挟着烟尘跑完了三分之一左右的路程，王庭骑士骑的黄骠马和一名唐军骑的玉花斑身前，便是稳稳占据头名的雪白骏马。从那匹雪马平缓的点头频率和稳定不错的步伐来看，它应该还有余力，看来如果比赛就这样继续下去，毫无疑问将是它第一个冲过终点线。

然而就在这个时候，一阵充满诧异震惊情绪的呼喊，从赛道起始处响了起来，无数人惊呼连连，不知道看到了什么事情。宁缺和天猫女闻声向那处望去，只见一匹通体纯黑的骏马冲上了赛道，如一支离弦之箭，以恐怖的速度向前面的马群追去。

那匹大黑马不知道是不是受了草原间这些同类竞速的刺激，冲上赛道后，没有骑师挥鞭踢腹却也跑得越来越快，强劲有力的四蹄在微硬的地面上快速蹬动，踢起一朵一朵黑色的花朵，身躯竟渐渐要拖出一道黑色的影子！

围观的人们看着这匹速度恐怖的大黑马，不由瞠目结舌，大感震惊，心想世间原来竟有跑得如此之快的马，密密麻麻黑压压的人群随着大黑马的蹄声过处似海浪般掀起惊呼。

参加格慕慕大会的人多少都懂些骑驭之术。马背上没有骑士重量虽然会轻些，但少了骑士的指挥，马匹自己根本不懂如何分配体力，最后的冲刺时又缺少痛觉刺激。所以人们虽然震惊于大黑马的速度，但依然不认为它有可能追上前面的马群，更何况前面那些马，已经跑完了很长一段路程。

正是基于这种想法，沿途的人们虽然还在惊叹赞叹忽然杀出的大黑马速度惊人，但关心赛马胜负的人，已经把目光重新投回前方。

王庭为本次赛马准备的场地极大，因为实力的差异，赛马之间的距离也拉得越来越开，王庭与唐军的两匹骏马还在艰难地追赶前面的白马，但已经明显看出，根本没有可能追上。

入荒原与左帐王廷单于和谈干系重大，为了此事，大唐帝国专程从军部派出舒成大将军负责此事。此时这位远道而来的将军站在王帐前方，看着原野间赛马的局势，听着身旁神殿天谕司司座大人和单于的对话，表情显得有些阴沉。

"铁骑精锐横扫天下，靠的是战场本事，又不是谁跑得快便算谁厉害。"舒大将军在心中这般想着，但眼睁睁看着唐军出战的马匹获胜无望，甚至被那匹白马甩得越来越远，想着那匹白马是王庭赠与神殿的礼物，哪里能够甘心。

当王帐前这些大人物的精神全部集中在最前面那三匹骏马身上时，原野之上，惊叹欢呼声像真的海浪一般从远处传来，一波接着一波越来越近。

正在热烈交谈的单于与神殿天谕司大司座微微一怔，举目向远处望去，心想那边究竟发生了什么，舒将军也不例外，眉头渐渐蹙了起来。先前他们已经听到了惊叹欢呼声，却没有想到与这场赛马有关。

如海浪般的惊叹欢呼声自然和大黑马有关。当它像阵风一般暴烈卷过人们面前时，人们才来得及发出惊叹，浪般的惊叹欢呼传播速度越来越快，那就表示它现在跑得越来越快，而且已经快要接近前面的马群！

荒原阳光下，大黑马的皮肤黝黑无比，散发着迷人的光泽，随着它疯狂般地冲刺奔跑，肌肉高速绷紧放松，竟似在颤抖一般。恐怖的速度让它身下的蹄影已经快到肉眼几乎无法看见，就这样轻而易举地超越了落在最后的那匹马。

要知道前面的马已经提前跑了三分之一，大黑马才从起始栏处偷偷溜上了赛道，结果现在未到终点，它居然便赶了上来，这种速度实在是让所有人都不敢相信自己的眼睛！

大黑马继续疯狂地冲刺，超越了第二匹马，第三匹马，没有任何停滞，没有任何犹豫，它微红的眼睛里根本看不到这些同类，只知道不停地超越，然后向前！

原野上参加格慕慕大会的人们，被眼前这幕画面震撼得无法言语，只能下意识里伸出双手抱住自己的脑袋，发出刺激过度的惊呼声。有些牧民甚至开始怀疑这头大黑马是不是传说中的天马，不然怎么可能跑得这么快！

没有人知道这头大黑马来自哪里，属于谁，但都被它此时所展现出来的力量和速度深深震撼，尤其是看着它用一往无前的气势连连超越时，所有人的血液都被这抹黑色影子燃烧起来，开始疯狂地替它加油鼓劲！

大黑马超过了唐军的玉花斑。

大黑马超过了王庭的黄骠马。

就在场间所有人，甚至包括王帐之前的那些大人物都震撼无语时，大黑马继续不停地震撼这片原野，它不可阻挡地追到了神殿雪白骏马的身后！白马速度惊人，有如一道银龙，而大黑马就像是阵暴烈的黑沙风，想要把前面这条银龙给湮没掉！

王帐一角，单于王妃难掩震惊之色，伸手掩住自己的嘴唇，为了挑选给花痴陆晨迦的礼物，王庭部落挑了很长时间，才挑出这样一匹没有丝毫杂色，而且神骏异常的雪白异马，没有想到这时居然遭到了挑战。

一直安安静静坐在原地，看着身旁那盆雪莲花的月轮国公主陆晨迦，被外间的躁动和王妃的神情吸引了注意力，转头望向原野间，细眉轻轻挑起。

白马背上的神殿骑士听着身后的蹄声越来越清晰，凭借多年的经验知道被对手迫近，他回头向后望去，被那个硕大的黑色马头吓了一跳。因为这头陌生大黑马的眼睛实在是太奇异，明亮的眼眸里满是疯狂暴躁的情绪，还带着几抹血丝，看上去仿佛恨不得把自己咬死一般。事实上……大黑马这时候真的咧开嘴，露出满口白牙，疯癫一般对着空气狠狠地咬了一口！

毕竟速度太快，大黑马没能咬中白马在空中摆荡的尾巴，它恨恨地盯着白马的臀部，四蹄蹬地的速度竟是又快了一丝，瞬间超过白马的马臀。

原野间围观的人们发出一声震天的喝彩声。

白马身上的神殿骑士神情震惊，身体向前弓起，握着马鞭的右手握得越来越紧。他知道身下的白马是王庭送给那位贵女的礼物，自己能够代骑已经是莫大的荣幸，如果今天输了下场一定十分悲惨。从开赛至今，这名神殿骑士手中握着的马鞭只是在空中虚挥了两下，没有一次落在白马的身上，因为他可没有胆量在贵女的坐骑身上留下血痕。然而眼下局势如此紧张，这头不知道从哪里冒出来的大黑马竟似乎真的有超过自己的能力，他把心一横，便准备挥鞭向马臀上重重抽下。

便在这时，谁也想不到那头大白马发现身旁的大黑马后竟仿佛是受到了某种极大的刺激，根本不用身上的骑士挥鞭，猛地开始提速！

直到这时，原野间的人们才知道原来这头雪白的骏马竟是一直没有发挥全部速度，所以先前才会显得那般雍容淡定。此时它受到黑马的刺激，终于开始施展出浑身本领，再不复先前的雍容，竟也奔跑得极为疯狂起来！

白色的暴风雪正式刮起！

而黑色的影子紧追其后，不肯落后半分！

原野间的喝彩声鼓劲声惊呼声，在这个时刻达到极点，天穹上飘着的那些冬云丝丝缕缕散开，天地之间清光一片，视线十分清楚。大白马与大黑马近乎并驾齐驱，但白马还领先半个马身，此时双方都在拼命冲刺，疯狂地蹬蹄摆颅，哪里还顾得上什么跑姿优不优美，都在疯狂地奔跑着，二者之间的相对速度看上去极为缓慢，甚至已经快要停止。

终点线就在不远处的前方。

原野间观战的人们心中渐渐生出一种感觉，那头大黑马怎样也超不过去了，有好些人都觉得极为遗憾，在心中发出一声叹息。

大黑马没有时间叹息。它自出生以来，在大唐北路边军营里待过，在长安城外的马场里待过，这辈子欺负过无数同类无数人类只被一个人类欺负过，却还是第一次像今天这般拼命奔跑，第一次这样沉重地喘息。所有人都认为它已经无法超过前面的白马，但它却偏生不服气，不甘心，不认命。它压榨着身躯内所有的力量，燃烧所有的欲望，于不可能间依然在加快步伐，蹄尖踏着黑土，像黑夜阴影侵袭大地般一寸一寸地追上去！

马蹄踏破黑土，夜影吞噬风雪。

就在终点线之前，它终于成功地超过了白马，第一个冲了过去！

原野间一片沉默，然后是震耳欲聋的欢呼声。王帐前方的大人物们一片沉默，然后是无数声惊叹。

甚至有些目光敏锐的强者注意到，就在冲过终点线之前，那匹大黑马竟还有余力回头嘲弄地看了白马一眼，同时高速翻动着厚实的唇皮儿，显得极为轻蔑！

大唐舒将军怔怔看着那匹大黑马，喃喃说道："这马好似在哪里见过一般。"

缓坡与草场之间相隔有些距离，但宁缺哪有认不出来自家憨货的道理，尤其是最后冲过终点线之前大黑马那销魂的回头一瞥，以及狂翻厚唇皮儿的贱劲，更是独此一家别无分号。他无语想着，这家伙今天究竟发了什么疯，居然想着去跟别人赛跑，这可与它平日里的懒劲儿完全不符。

半途时天猫女便确认那如箭般的大黑马便是身旁师兄的坐骑，此时看着大黑马取得了最终不可思议的胜利，她在缓坡上兴奋地连连跳跃击掌，抓着宁缺的衣袖不停摇摆，激动说道："师兄你看你看，大黑赢了！"

紧张激烈的赛马，让参加格慕慕大会的所有人都心跳加速，忘了周遭所有事情，知道大黑马来历的天猫女更是紧张万分，先前从宁缺手中接过来的羊腿也不知道掉到了哪里，手间空余渐凝羊油与香味。

她用手绢细细擦完手掌，想了想对宁缺说道："师兄，手帕脏了，我洗完再还给你好不好？"

宁缺笑了笑，直接把手帕接了过来，说道："这种事情我会做。"

他身上和包裹里的所有东西都是桑桑在临行前准备好的，所以他一直很小心，如果手帕弄丢在荒原上，他担心回长安家中不好交代。

天猫女看着原野上的大黑马，高兴地挥手示意，开心笑着说道："师兄，别看你不给大黑吃饱饭，还天天那般奴役它，但它该发光的时候还是会发光，如果你不对它好点，当心以后被人看中抢走了它不想你，到时候你可别后悔心疼。"

听着这句话，宁缺眼中不期然浮现出一个忙碌的瘦削背影，还有那张黑黑的脸蛋儿。

31

顾不得原野上的热闹，宁缺带着天猫女回到宿营地，掀帘走进帐内，看了一眼角落里堆放着的行囊，望向正在专心致志描楷的莫山山，问道："我那匹黑马先前不是拴在帐外的吗，怎么让它溜了出去？"

莫山山放下手中的毛笔，回头看着他，面无表情解释道："晨间它回来后你就把它拴住了，你们走后帐里就剩下我一个人，它就在那里不停地叫唤踢蹄，看模样是想出去玩耍，所以我便把绳子解开，让它自行去玩耍。"

宁缺看着她完全不知该如何言语，挠着头说道："它想出去你就把它放出去，这个听上去怎么总觉得有些不对，它是一匹马可不是人。"

"大黑马很有灵性，我能看懂它想表达什么。"莫山山说完这句话后，不想就此事再做更多解释，转身拾起砚上的毛笔，准备继续临摹书帖。

天猫女兴奋地跑到她身边，说道："师姐你说得真对，大黑就何止有灵性，简直太厉害了，你知不知道，现在外面好多人都在追它。"

莫山山墨眉微挑，问道："发生了什么事？"

天猫女把大黑马横空出世，赢了赛马大会的过程，仔仔细细地讲了一遍。

莫山山望向宁缺。

宁缺装作没有看见莫山山的目光，自行走出帐外。站在微硬的冬日荒原上，看着西方不远处招展的唐军旗帜，和戒备森严的营地，他开始思考别的问题：应该从哪里着手去找那名马贼头子？

作为此次谈判的唐国代表，舒成将军带着两名亲信下属，从长安城千里迢迢赶来此地，安全由三百名东北边军的精锐铁骑负责。旌旗招展，偶有马嘶响起，营帐秩序井然，密集排列处便是唐营。

唐营中心位置的营帐内，舒成将军摘下头盔，随意抚了抚花白的头发，坐在案后示意部属去弄些吃食来。在王帐外饮酒不少，吃饭却是没有办法吃饱。

舒将军执箸夹菜吃饭，沉默不语。

旁边的亲信部属注意到将军若有所思的神情，以为是今日赛马大会一事，让将军在王帐中听到些闲话后心情有些不愉快，稍一思忖后，和声劝解道："将军，我军骑兵擅长作战，对于这种纯竞速的玩意儿确实不怎么擅长。输便输了，那位老姑姑要说闲话谁也没办法拦住她。"

"那种老太婆懂个屁。"舒将军嘲讽说道。他身为唐将，在王帐中敬曲妮大师是月轮国主亲姐姐，还要注意些言语，在这私下己军营帐之中，哪里还有心情给那位姑姑丝毫颜面。

部属见将军大人确实不是心烦此事，便联想到另一事，看了一眼帐外巡逻的士兵，压低声音试探询问道："将军您可是在忧心土阳城？"

舒成将军微微一笑，放下手中的筷子，接过毛巾随意擦了把脸，说道："不用瞎猜什么，我确实在想事情，但和你猜的这两件事情都无关。"

那名部属微微皱眉，心想双方和议已成，接下来的事情便是中原联军商讨明年北伐，以及援助左帐王廷的具体事务。一应都是水到渠成之事，如果将军不是心烦赛马失利又不是忧心土阳城的怒火，那他究竟在想什么？

"我在想那匹大黑马。"舒成将军笑着说道。

部属恍然大悟，以为终于明白了将军的心意，稍一思忖后说道："单于似乎对那匹骏马也极有意思，不过既然将军喜爱，稍后我想些法子，把您的意思通报给王帐那边的管事，相信单于绝对不吝惜赠马表示对帝国的亲近。"

舒成将军看着属下无可奈何地叹了口气，骂道："不知道脑子里面究竟在想什么，我哪里想夺那匹大黑马，那位单于如果想要夺马，最后也只能惹来一身麻烦。"

看着下属脸上神情惘然，将军摇了摇头，看着帐帘外的湛蓝天空，微微皱眉说道："今日看见那匹大黑马时，我便觉得有些眼熟，总觉得在哪里见过一般。"

舒成将军把毛巾扔到案面上，带着回忆神情感慨说道："先前那刻我才想起来，去年春天我代表军部巡视书院入院试时，曾经在御科考场上见过这匹大黑马。

"先前你也看到那匹大黑马脾气有多暴烈。去年春天书院入院试上，所有被选中骑大黑马的考生都被摔了下来，云麾将军家那位千金也不例外。那时我在草甸上方巡视观看，本以为无人可以降服此马，然后我看到了一个少年走进了马场。"

舒成将军微微眯眼，回忆着当时的画面，悠悠说道："大黑马在那个少年身前顿时变得无比老实。当时我还觉着有些奇怪，但当那少年声动长安城后，才知道原来战马多通灵性，竟是比所有人都提前知道了那少年的厉害。"

下属好奇问道："那少年是谁？"

将军收回目光，看着他说道："宁缺。"

"宁缺……"那名下属喃喃复述道，忽然间神情一震，吃惊说道，"难道您是说那位一帖动长安的宁大家？"

"我不喜欢舞文弄墨。"舒将军感叹说道，"我只知道宁缺去年考入书院，今年便进了二层楼，成为夫子的亲传弟子。我还知道宁缺离开长安城的时候，郊野马场专门把这匹大黑马给他送了过去。"

下属问道："那……为何这匹大黑马会出现在王庭？"

话一出口，他便知道自己问了个极蠢的问题，如此神骏无匹之马，自然不可能离它的主人太远，马在王庭自然人也在王庭。

"寻常人不知道宁缺在书院二层楼里排行十三，但军部当然知道他化名十三先生在燕北边塞停留，只是连我都没有想到他会亲自来王庭。"舒将军微微皱眉，低声自言自语说道，"连书院都如此重视此次和议，难道北面那些荒人真的如此麻烦，还是说此事别有隐秘？"

那名下属思忖片刻后，不解问道："将军，既然宁缺来到王庭，为何他没有现身，也没有来营中与将军相见？"

舒将军沉默片刻后，微笑说道："夫子的亲传弟子，那是何等样人物，他不现身自然有他不现身的道理，我大概没有那么大的面子，我只是觉得这件事情似乎越来越有趣了。"

暮色降临，火堆点燃，全羊倒挂，酒香扑鼻时，夜色也随之降临荒原。

王庭部落里聚集着来自天下四面八方的人，还有很多专程前来参加格慕慕大会的周边部落牧民。在火光映照下，酒香笼罩间，人们兴奋地谈论着白天看到的那些画面，争论着哪里的武士最有力量，又是谁的箭法最为精湛。当然被提到最多的还是那匹狂暴的黑色骏马，无数人在猜测它的主人究竟是谁。

大黑马的主人没有听到人们兴奋的议论，他没有以饮酒吃肉为乐，而是不知从何处偷了一件草原牧民的衣服，借着夜色的掩护，从大河国营地向西面潜去，悄无声息地靠近唐营，然后折向南面在一片高地后方坐下。

不知道过了多长时间，一个人影从唐营方向靠了过来，从移动速度和身体形态上可以看出，这人显得格外警惕和小心。

宁缺把手伸了过去，那名唐军把手伸了过来，两个人看似要握手，只听着啪的一声轻响，两块腰牌轻轻合在了一处，分毫不差。

借着星光，那名唐军看清楚了宁缺所执腰牌的纹路，表情骤然一变，连忙揖手行礼，压低声音敬畏说道："没想到是大人亲自前来。"

"你又不知道我是谁，怎么知道我就是大人。"宁缺笑着问道。

那名唐军老实的脸上露出憨厚的笑容，说道："腰牌上写得清楚，大人乃是处里的客卿，当然是卑职的大人。"

宁缺看了此人一眼，微惊问道："天枢处乃是修行衙门，可我看你身上竟没有一丝念力波动，难道说你已经晋入了洞玄境界？"

"卑职若是洞玄境的强者，哪里还至于如此辛苦跟到荒原里来。"那名唐军呵呵一笑，解释道，"天枢处虽说负责管理修行者，但职员并不全是修行者，像卑职这样的普通人更多。"

宁缺离开碧水营深入荒原，起因便是因为国师李青山通过天枢处传来的那个消息，天枢处要配合他的行动，当然会想办法在王庭附近给他留个线人。他看着对方说道："闲话少叙，说正事儿。"

唐军憨厚笑着应道："大人想说闲话便说闲话，想说正事儿便说正事儿。"

宁缺微微一怔，然后又笑了笑，直接问道："你知道我此行的任务吗？"

唐军老实回答道："不知道。"

宁缺点点头，说道："那就好，因为我要问的事情和任务没有任何关系。"

这一次轮到唐军怔住了，老实憨厚的脸上流露出佩服的神情，心想果然不愧是身份尊贵的天枢处客卿，用朝廷力量办私事这么无耻的要求居然也说得如此自然。

宁缺继续问道："唐营里面一共有多少人？"

"骑兵加辎重兵，还有一些杂役，五百人左右。"

宁缺看着旌旗飘扬帐篷密集的唐营，皱眉说道："看营地不像只有这么少人。"

那名唐军解释道："一骑三马，所以需要的地方比较大。"

"你对营地情况掌握得怎么样？"宁缺这句话只是随口一问，心想数百骑的唐营，对方表面身份只是一个普通骑兵，又哪里能掌握完全。然而他没有料到，这名唐军骑兵既然是天枢处安插在东北边军里的钉子，平日里无时无刻不在做的事情就是观察唐营里的任何动静，所以听着他的问话毫不犹豫地点点头，回答道："能够基本掌握。"

宁缺看了他一眼，心想运气倒着实不错，问道："营地里最近这五天有没有什么特殊情况？比如有没有什么受伤的骑兵……甚至是将军？"

那名唐兵想了想，摇头说道："没有。"

宁缺沉默片刻后说道："食物药口这些后勤供应，有没有什么值得注意的地方？"

唐兵正准备回答没有，忽然间他想到一件事情，拧着眉尖仔细回忆思考了一段时间，说道："确实有些情况，某处帐内的食物消耗似乎比平时多了不少，这倒不足奇，但营内的药品存量也出现了一些问题。"

不待宁缺继续发问，他主动补充说道："随军药物是处里的重点监控范围，所以我觉得有些问题，那些无缘无故消耗掉的药物除了止血生肌的伤药之外，再就是去热定神的一些散剂，可这些天应该用不到这些药物。"

听着这番话，宁缺的眼睛渐渐亮了起来，知道自己的猜测似乎走对了方向。他望着灯火通明的唐营处问道："那处帐在哪里？能不能弄清楚里面有什么人？"

"这次护送舒将军入荒原的三百骑兵，全部来自土阳城，那处帐是东北边军某偏将的军帐，戒备森严，像我这样的普通骑兵根本无法靠近。"

宁缺眉头微微蹙起，目光在连绵营帐里缓慢扫过，似乎想要看到军帐，说道："如此戒备森严，有没有什么方法偷偷溜进去看一眼？"

那名唐兵想都没有想，直接摇头，说道："除非硬闯。"

紧接着他看着宁缺极为认真地补充道："大人，虽然您是尊敬的客卿大人，境界实力当然强大，但若强闯军营只怕也会有些问题。就算您能闯进去，营地里肯定也会死不少人，事后怎么向朝廷交代？"

没有办法偷溜进去，那便只有硬闯。然而他现在虽然已经是书院的学生，但骨子里其实还是把自己视作帝国军队的一分子，要和那些同袍拔剑相向，永远不可能成为他的主动选择，所以只好另想办法。

趁着夜深人静星辰变稀之际，那名天枢处安插在东北边军里的家伙悄悄溜回唐营，草甸后方便只剩下了宁缺一个人。草甸那边燃着无数火堆，仿佛白昼一般的王庭群帐间，人们只做了一件事情，那就是喝酒。

荒原在春天的时候仿佛天堂，在隆冬时节却如同冥界一般凄苦难熬，寒风呼啸，雪片随时飘临，酷寒无比。所以生活在这里的人们都喜欢饮酒暖身，尤爱烈酒。有几顶帐篷孤零零地扎在草场边缘，距离唐营极近，却不在唐营的范围之中，没有受到远处火堆旁的混乱影响，依旧显得格外安静，恰如生活在里面的人。

大河国少女们在格慕慕大会上看到了很多新奇的东西，性情恬静自持的她们，傍晚时便回了营地，莫山山更是安安静静在帐中坐了整整一天，白纸铺于案上，她悬腕于纸上，不停地抄写着什么，竟似是根本不知道厌倦枯燥是什么意思。

就在这时，帐帘被人掀起。酌之华带着一名少女走了进来，她看着莫山山温和说道："山主，有客人前来拜访。"

莫山山缓缓停止书写，把毛笔放入清水瓮中荡了荡，转过身来。

那名少女穿着神殿天谕院的院服，眸子里却带着一股极难掩饰的骄傲意味。她走进帐篷后，便一直在打量四周，尽可能想让自己的表情显得更平静一些，但看着案畔那位白衣少女转过身来，她依然感到了一丝紧张。

因为这是她第一次看到传说中的书痴。

莫山山神情淡漠看着她，说道："你是谁？"

天谕院女学生敬畏行礼，说道："晨迦公主请莫师姐明日相叙。"

莫山山静静看着她，想着那个很长时间没有见面的旧友，想着草甸下方血火交加时上方那辆马车里平静如兰的旧友，沉默片刻后说道：
"我知道了。"

32

天下美人无数，最出名的只有三人。

按照世间好事者的说法，月轮国公主花痴陆晨迦、大河国王书圣淑静贤贞的关门女弟子书痴莫山山，还有西陵裁决司那位道痴叶红鱼，并称为天下三痴。之所以有天下三痴的说法，更多是因为这三名少女痴于某境，修行境界高深，更有深厚背景。

大帐深处那道华丽屏风之后，莫山山面无表情看着对面那位穿着淡黄斜襟衫的美丽少女，说道："当日你在草甸之上。"

陆晨迦此时正在用心修剪一盆异种七瓣花的枝叶，听着这话，她抬起头来微微一笑，说道："这便是王妃爱若珍宝的一盆花，可惜抽芽之初便养殖不得法，根茎无精神，花开自然无魂，淡得令人心痛。"

这位月轮国的公主自幼酷爱花草，在王宫遇着那完美男子之前，花草便是她生命里的全部，甚至比她自己的生命更加重要。

莫山山的脸上没有任何情绪。她看着陆晨迦平静说道："既然你承认当时自己在草甸之上，那么这件事情就没有什么好说的了。"

陆晨迦静静看着她，微笑说道："莫姐姐，你是不是想问我什么？"

"你承认得如此平静，何必再问？但既然你坚持要我问，我便问。"莫山山的表情很平静，眸子里看不出是怒还是喜，就像是在说别人的事情那般说道："你当时既然在草甸上马车中，自然知道下方的营地正在被马贼围攻。你也应该知道营地里有我墨池苑的弟子，你为什么不让神殿骑兵来援？"

陆晨迦微抿双唇，说道："入荒原后，我的身份只是一名普通天谕院学生，又怎么能命令神殿骑兵？"

莫山山淡漠看着她，又像是看着她身前那盆花，说道："你如果只是一名普通天谕院学生，这时候你就应该在外面等候，哪里有资格和我对坐谈话。"

陆晨迦微微蹙眉，觉得对面的白衣少女和回忆里的书痴有了很大的差异。莫山山毫不理会她的心理活动，继续冷淡说道："神殿骑兵归裁决司管，你是隆庆的未婚妻，他们凭什么敢不听你的命令？"

她看着陆晨迦，漠然说道："你若不想说草甸那日的事情，我便不说，你既然要说，那便不要这般胡说。你是花痴，又不是白痴。"

陆晨迦还是没有说话，缓缓放下手中的小剪，专注地看着对面的莫山山，眼眸里浮现出一抹笑意，心想什么事情让书痴居然变化了这么多？

莫山山的这些指责，谈不上如何犀利，因为无论是谁都想弄明白当日草甸上究竟发生了什么，花痴陆晨迦无论当时是沉默还是如何，都应该承担起这样的责任。陆晨迦并不在意这些指责，她更在意的是莫山山此时的表现。

按照她的记忆以及世人的认知，书痴是一个终日跪坐在笔墨纸砚之前，不问世事不知世事，有任何想法都会因为觉得麻烦而不肯说出口，淑静沉默到了极点的人。她本以为今日邀莫山山相会，对方因为马贼一事再如何愤怒，也不会当面指责自己，然而没有想到对方竟然表现得如此直接而强硬。

陆晨迦静静看着她，沉默很长时间后开口说道："莫姐姐，你变了，变得直接了很多，也刻薄了很多，实在是令我感到很意外很吃惊。"

莫山山认真思考片刻后回答道："我不知道直接有时候会有刻薄的效果。"

陆晨迦看着她轻轻叹息一声，微涩笑道："没想到连你也变了。"

莫山山平静回答道："我最近跟着一个人学了很多东西，我在习惯这种变化。"

陆晨迦沉默片刻后，轻声问道："你今天来就是为了指责我？"

莫山山回答得平静而又肯定："如果不是为了指责你，我为什么要来见你。"

陆晨迦叹息一声，说道："我是在你施出那半道神符时，才知晓你在草甸下。"

莫山山看着她美丽如新绽初桃的容颜，稍一停顿后说道："就算我不在草甸下，也有别的人在草甸下，在马贼的刀下。"

陆晨迦平静说道："我与你相识，我欣赏喜欢你，所以你的生死与我有关，你若死了我会悲伤。其他人的生死与我无关，我自然不会理会。"

莫山山说道："我有一师弟死在马贼最后一次冲营。"

陆晨迦的语气依旧平静："我不认识你师弟，所以他的生死与我也无关。"

莫山山静静看着她身旁那盆高洁如雪的不知名的珍贵花树，说道："世上绝大多数人都与你我无关，但这个世界与你我有关，因为悲喜总会相通。"

"人类的悲喜从来都不相通。"陆晨迦轻仰美丽的脸颊，说道，"为何你我这样的人要与那些浊世中的人同悲共喜？世间除了花与寥寥数人外，便再也没有干净的，而你我是干净的。若你我在意这些浊世，总有一日会被他们拖进尘埃之中，世间的悲喜与我又有什么干系？"

莫山山眼帘微垂，看着自己洁白裙摆下方那些在旅途上沾染的泥点，沉默片刻后抬起头来，静静看着她说道："从很小的时候我就说不过你，我不会在人前扮演憨拙可喜却又清幽的大叶兰花，所以我不想和你说了。"

陆晨迦看着她感慨道："你又刻薄了，这样真不好。"

莫山山平静回答道："还不够刻薄，因为你还没有愤怒。"

陆晨迦眉头微蹙，问道："为什么你要让我愤怒。"

莫山山说道："因为这样惘然不知或者说明知道他人愤怒的原因却能全然不系于心上的你让我很愤怒，还因为那天在草甸下面的我很愤怒。"

华丽巨大的帐篷深处一片安静，长时间的沉默让一股莫名的压力开始渐渐缭绕，屏风上那些青蔓细枝似乎都快要被这种压力压得折断四散。不知道过了多长时间，陆晨迦看着她平静说道："我想知道你怎样让我愤怒。"

莫山山说道："从小你就应该知道我不善言辞，我这一生都在纸砚之前挥洒笔墨，所以我还是习惯动手。如果我彻底击败你，不知道你会不会愤怒？"

陆晨迦微微一笑，就像是清晨池塘里的睡莲，忽然被几只鸟儿的鸣叫惊醒，舒缓地开始绽放清美的花瓣，美丽安静得让人生不出任何敌意战意。

花痴便是花痴，痴于花痴于情痴于自己的认知痴于自己的想法。她不想与莫山山动手，所以她不准备出手，只是静静微笑看着对面的莫山山。面对着这样平静微笑看着自己的美丽少女，世间绝大多数人，哪怕是道心再如何坚定的修行者，或许都不知道接下来该怎么办，难道说真的一拳头打过去？

然而莫山山是书痴，她自有她的痴劲，她痴起来时比花痴还要绝。她决定做一件事情的时候，根本不理会那件事情正处于怎样的状态中，纵使陆晨迦是一缕幽幽花香，是一朵玉雕的脆弱雕花，她都没有怜惜的精神，直接出手。

两根纤细而稳定的手指探出广袖，并不为剑却为笔，骤转而起，在空中那张无形的案桌无形的纸张上，开始写出专属于自己的线条。

莫山山出手便是那半道神符。

陆晨迦静静坐在椅中，忽然间手指上多了一朵透明的小花。

那朵小花应该不能说是完全透明，表面隐隐约约有类似露珠一般的元气湍流在缓慢流淌，看上去就像是由雾琉璃雕琢而成，美丽至极。

一道恐怖的威压随着半道神符起笔而笼罩帐内。

一股清新的气息随着一朵小花凝现而溢出帐外。

某座帐内，西陵神殿天谕司司座感受到了不远处传来的这两道气息，从冥想中醒来，隔着帐布望着那处，发出了一声轻微的叹息。这半道神符如此神完气足，书痴比草甸遇贼那时应该要更强大了几分，便是自己也不敢言胜。晨迦这朵花，只怕是要败了。

陆晨迦看着指间片片碎裂，最终融化入空气中再也难觅痕迹的那朵小花，看着对面的白衣少女平静说道："修行境界我不如你，更是不及道痴，但我真的无所谓。败便败了，我喜欢的终究还是种种花剪剪叶。"

莫山山缓缓把右手收回广袖之中，看着她说道："若仅痴于花，自然不是花痴。"

陆晨迦不知想起什么，脸上流露出温柔的笑意，又有一丝淡淡的惆然，说道："花痴花痴……痴于人痴于花，我想应该就足够了吧。"

莫山山站起身，看着她说道："当年的你经常手拿锄头挖泥，双手沾满尘埃，脸上满是汗水，我觉得那时候的你比现在所谓娴静的你更好。"

陆晨迦低头继续剪花，说道："但是他更喜欢现在的我，而且他会保护我。"

莫山山默默看着她，唇角微翘露出一丝笑意，只是她生命里第一次学习展露胜利者的笑容，所以显得有些生涩木讷笨拙。

"有个人昨天夜里告诉我，若你败后表现得再如何娴静无所谓，但只要你主动提及隆庆，那就说明你已经开始愤怒，那么你就真的败了。"

陆晨迦微微一笑没有回答，手中的小剪却不知何时剪落了一片完好的青叶。

33

青叶自枝头飘落，缓缓落在名贵的羊毛毯上，没有发出一丝声音。

陆晨迦静静看着羊毛毯上那些美丽的花纹，看着花纹正中间那片孤单的青叶，不知道在想些什么，沉默了很长时间，然后轻声说道："我与他之间的感情，就像山谷里的兰花一样自然生长，为何要刻意提及，难道我想以此证明什么？"

莫山山简洁直接回答道："他说这叫作秀恩爱，是缺乏自信的表现。我不懂什么叫作秀，不懂为什么他会这样说，也不知道你想要证明什么，但我知道兰花生长在幽谷中是自然之事，当你把花搬到我面前细心裁剪时，自然就不再自然。"

她没有再多说什么，没有告别，直接转身向屏风外走去。陆晨迦站起身来，若秋水般的眼眸里现出一抹极淡的黯淡，看着她的背影说道："你要喝的热茶还没有端上来，就这样急着离开？那是我专门从桃山给你带来的醉人草，记得当年你最喜欢喝这个。"

莫山山脚步微顿，没有回头，平静回答道："比起一盏清茶，我其实更希望当时能在草甸下的营地里看到你，然后你可以请我喝一杯白水。"

陆晨迦握着小剪的手有些发白，低声说道："最开始的时候我并不知道你在营地里，而且我也没有想过那群马贼竟然能威胁到你。若你真的遇到危险，难道你以为我还会安安静静坐在车厢中，毫不理会？"

莫山山伸手扶住屏风一侧，说道："我说过这不是你我的悲喜，是世间的悲喜。你可以做到无视身外喜悲之情，但我做不到也不想成为那样的人。"

屏风滑开，神情淡漠的白衣少女缓缓走了出来，在外间喝茶喝到肚饱，无事可做的墨池苑弟子们集体站起相迎，对面的天谕院学生也站了起来。莫山山看着酌之华轻轻点头，同门们便知道在里间的谈话中，山主对那位花痴并没有怎么客气，顿时觉得胸间充满了快意。

没有理会天谕院诸生的热情挽留，甚至连场面话都懒得交代一句，墨池苑弟子们挺胸扬首，骄傲地走出这间华丽的大帐。

帐外碧空高远，没有一丝残云。白衣少女微微眯眼望向天空，想着先前陆晨迦最终还是低下了头不复清高，真正地败给了自己，不由感到心间一片通畅，才明白原来这才叫欺负人，才明白所谓出气报复原来并不限于笔墨或是拳头。想到此节，她回头看了一眼安静站在少女群里的宁缺，暗自想着，身为唐国书院弟子，本应疏朗壮阔，怎么却偏生有这么多细腻心思？

大河国少女们回到自己的营地里，再也压抑不住好奇，开始询问山主究竟与那位花痴说了些什么，帐内一片叽叽喳喳好不热闹，就连宁缺都望向了她。莫山山沉默片刻后，把先前那场对话复述了一遍。

"世间的悲喜和她没有关系？师兄死在草甸下难道和她也没有半点关系？看来我们这些浊世里的人，在这位公主殿下眼里，竟是连一棵花都比上。"天猫女抱着一个匣子，难抑愤怒大声说道。这个方形的匣子是墨池苑送给天谕院的礼物，不知道为什么她竟是抱了回来。

"那位花痴公主看似宁静温和，实际上心在世外，这件事情原本与她关系也不大。要说真正该死，还是那些神殿骑兵，还有站在草甸上冷眼旁观的那个老妇人。"酌之华摇了摇头，看了一眼天猫女怀里的匣子，蹙眉好奇问道，"这是什么？"

"这是秘密武器，昨天我和钟师兄花了一百两银子才从别人手里买过来。"天猫女紧紧抱着匣子哼一声，满是不忿说道，"可惜山山师姐不肯用。"

莫山山右手轻轻抚平案几上的书纸，几缕发丝从耳畔垂落，说道："晨迦虽然不说，但我既然已经教训了她，何必再行羞辱。"

宁缺听着这话，忍不住摇了摇头。在旅途车厢中，他第一天教这位书痴少女的事情中，便有打人一定要打死的千古真理，讨要公道反欺负人这种事情，和打人的区别也不大，既然要撕开脸，当然要把对方羞辱至死才好。

酌之华对众人说道："午后神殿召集会议，商议援助王庭以及明年对荒人用兵一事，各宗派弟子都要参加，大家早些用饭，不要耽搁了时间。"

在吃饭的同时，宁缺的大脑也在快速运转，想着别的事情。草原上的马贼集体来杀，说明自己的身份肯定已经曝光，只是不知道曝光到了哪种程度，现在王庭上究竟有多少人知道自己的存在。东面唐营里全部都是东北边军的精锐骑兵，那位长安城来的舒将军和夏侯有怎样的关系？按照陛下临行前的密旨分析，一旦自己表明身份，舒将军的屁股应该挨着自己的屁股坐在一边吧？

至此时，他依然没有想到大黑马也是自己身份败露的一大可能。不得不说伟大的皇帝陛下和潇洒的春风亭老朝这二人一生识人无数，却偏偏在宁缺的使用上出了大问题。他若为将必能刀砍四方，可若是去当金牌小密探则是相当失败啊。

吃完午饭，擦干净油乎乎的嘴，宁缺从天猫女处拿过那个微重的方匣子抱在怀里，在冬日阳光温暖的照拂下，向王庭左近处的热闹地带走去。

格慕慕大会会聚了极大人流，有人自然就有买卖，那片热闹草场，便是行商聚集的地方。除了邻近部族卖货之外，还有数支勇敢的中原商队，不知打通了什么环节，竟也跟着神殿的谈判使团一道来了此处。他怀里方匣子里的东西是一位燕国商人专程用来讨单于王妃欢心的货物，昨夜他出了一百两银子高价，甚至还搬出花痴陆晨迦的名义，才极勉强地买到手中。

莫山山既然不想用这个东西，他也没办法带回长安，自然不舍得它就在这寒冷的荒原之上活生生冻死，所以决定去找那个燕国商人退货，哪怕只退八十两也是好的。虽说他现在已经是长安城隐形的大富翁，可一百两银子这么大的数目，别说回去后没办法向桑桑报账，便是他自己也会觉得心疼。

然而还没有走到要去的地方，他便被人拦了下来。听着四周渐渐会集过来的脚步声，看着身前那名表情冷漠骄傲的天谕院学生，宁缺忍不住挑了挑眉头，心想这些人毕竟是昊天的信徒，想来不至于像长安西城混混那样堵街完成便抽刀开扁，于是他没有任何动作。

十几名天谕院学生把宁缺围在了中间，站得看似松散，实际上把他所有可能的逃跑路线全部挡住。不过正如宁缺所料，这些人没有冲上来把他暴揍一顿，他身前那名骄傲的天谕院学生甚至还极有礼貌地行了一礼。

那名天谕院学生说道："这位墨池苑师兄，能不能方便去见一个人？"

宁缺完全相信，如果自己这时候说不方便，那么肯定接下来发生的事情，就非常不方便让小朋友们看到。他并不害怕什么，但猜到能动用这么多天谕院学生来请自己相见的人，应该是那位少女，所以笑了笑很老实地跟了过去。

在营帐外围一片残着星星绿意的草甸上，月轮国公主陆晨迦坐在一匹雪白骏马上，抬手示意诸人回避，草甸上便只剩下两人一马。

她居高临下静静看着宁缺，神情显得有些古怪，过了很长时间才轻声说道："我与山山相识多年，虽说有一段时间没有见面，但依然有书信往来。很奇怪的是，今天在帐内与我说话的书痴，竟仿佛变成了另外一个人。"

　　宁缺没有想到马背上的少女竟会如此直接开始问话，不免觉得有些突然，甚至还来不及仔细观看这位传说中的美人究竟长什么模样。陆晨迦也不等他接话，目光微凝说道："她说是从某人处学到了很多东西，我很好奇那个某人究竟是什么人，所以冒昧请你过来相询。"

　　宁缺微微一怔，诚恳回答道："我不知道殿下您在说什么。"

　　陆晨迦举目望向原野远方，看都没有看他，说道："我也不知道，大河国墨池苑什么时候多了一个你这样的男弟子，你……究竟是谁？"

　　宁缺握紧双拳，在心中苦涩发誓，回长安城后如果陛下还要自己当什么密探，自己绝对不会再次愚蠢答应，哪怕造反也在所不惜，因为那样也许死得还会慢些。

34

　　看着白马上那位绝美少女被冬风吹拂的发丝，宁缺心头微涩，知道现在的自己面临的局面有些棘手，留给自己的选择并不太多，或者把对方从马上击落制服，或者表明自己书院学生的身份，只是该自称钟大俊还是什么？问题在于这位少女乃天下三痴之一，纵使修行境界不如道痴和莫山山，但洞玄上境的修为也足够随便欺负他。至于表明书院弟子的身份，宁缺还有些犹豫。

　　陆晨迦居高临下平静看着他，从她神情看得出来，她根本不在意宁缺的回答，继续说道："刻薄尖酸阴晦，今日我见到的书痴令我很失望。原本的她如我一样，都是这个世间难得通透干净的人，是我在这个混乱不堪令人失望的世界里不多的朋友，所以我很好奇究竟是谁让她发生了这么大的变化。我知道世间很多阴暗丑陋的行径被你们这样人当作智慧，我不理解也不想沾染，我也不想她沾染，我希望你以后离她远一些。"

　　宁缺仰头看着马背上的美丽公主，温和回答道："殿下，我想我与山主之间的关系应该不需要你来指教，而且我不认为这种指教会有效。"

"山山天性纯净，未经世事，最开始接触你这些阴域伎俩大概会一时觉得新鲜有趣，误以为便是道理。但你要记住，你们这些男人终究都是世间的尘埃泥垢，再如何用光鲜言辞和做派掩饰，总有一天会露出内里的肮脏。"陆晨迦目光微冷看着他，毫不掩饰厌恶的情绪，说道："我只是不想她受你蒙骗，不想她非要经过一番失望，所以才来见你说这些话。"

听到这段话，宁缺确定了几件事。这位传说中的花痴公主并不是一个只知道花草之事，躲进小园不知世事的天真少女。相反她很聪慧敏感，能够从莫山山的变化中如此迅速查探到可能的原因，而且她无论在物质还是精神方面都有些洁癖。

宁缺忽然笑了笑，开口问道："那隆庆皇子呢？"

昨夜与莫山山商议时，他便提出过，对花痴陆晨迦这样自幼生活在白塔四周，皇宫园庭里，无论修行感情世界都顺利洁白得像张纸般的人，想要抓住对方心境间的那道缝隙，依然只能从这两个方面着手——世人皆知她与隆庆皇子那段情事，那么所谓感情，便自然要落在那个完美若神子的男人身上。

陆晨迦察觉到马下这个带着可恶笑容的年轻男人此时提到隆庆是何用意，她微讽一笑，平静说道："似你这样似尘埃般的蠢物，自然无法明白一个完美无缺的男子，生活在你永远无法触及的无垢光明世界之中。"

听着这话，尤其是完美无缺四字，宁缺不自禁想起长安酒肆一会后，桑桑对隆庆皇子变丑了的评价，忍不住摇头笑了起来。陆晨迦见他莫名其妙笑了起来，面色微寒，因为对方的笑意明显是因隆庆皇子而生，而这对她而言，甚至比羞辱自己更加严重。

宁缺忽然敛了笑容，看着马背上的绝美少女认真问道："如果这个世界除了光明无垢的西陵神殿以及你所珍爱的无言花草，都肮脏不屑语及，那么我很想知道，殿下你真的认为那天草甸上发生的一切很干净吗？"

陆晨迦看着他的眼睛，平静说道："那与我并没有关系，我只知道你若想以此事离间我与山山之间的情谊，想诱她进入黑暗之途，那么你就该死。"

宁缺回望她的眼睛，温和说道："这话说的，殿下若真想杀我，只怕早就动手了，又何必专程把我喊到这里来私下说话。"

陆晨迦轻轻抚摩身下白马的颈背，轻声说道："我今日只是想来提醒你，无论你有何心思，即便能瞒过山山，也不可能瞒过我与世间所有人。而你只不过是一个似蜉虫般的小人物，世间很多人能让你生不如死。"

宁缺的神情越发温和从容，轻声说道："你此时的行为似乎正是你所厌恶的那些肮脏世界里的尘垢手段。"

陆晨迦看着他说道："昊天见世间疾苦，化身老妪救助点化世人，也会化身圣人诛杀奸邪。我不愿沾染肮脏，不代表修花之手便不会握紧裁决的剑。"

她是天下三痴中的花痴，她本就是云端之上的仙女，不应染尘埃，而宁缺只不过是一个凭些小聪明，意图接近另一痴行为不轨的小人物，俯视理所当然，轻描淡写一句话便要令对方遵守也理所当然，没有任何不自然的感觉。

这是世间常态，宁缺自幼不知见过多少更冷酷的目光，脸皮早已被磨砺得厚若城墙，根本不在乎这位少女的神情，笑着回应道："活着肯定比死了好，我还真想不出来何等样的境遇，才能让人感觉生不如死。"

陆晨迦问道："你真的很好奇？"

宁缺笑了笑，说道："这种事情太危险，还是不要好奇比较安全些。"

陆晨迦静静看着他，忽然微微一笑，说道："小人物就是小人物，永远只会耍嘴皮，耍些小聪明，而对于真正的世界，却永远不敢展现出来丝毫勇敢。"

或许少女是想用这话激怒宁缺，从而有理由把他好生惩治一番，也许她只是真的看到宁缺表现后，有些失望，有所感慨。

然而宁缺听到这句话后，忽然间变得沉默起来。

他抬头望向湛蓝一片的天空，望着天上渐渐要飘到草甸上方的那朵云，眉头微皱，开始思考起某些问题，继旅途之后再次反省离开渭城之后的两年时光。冬风自荒原远处拂来，吹动他的衣衫，吹动马背上陆晨迦的发丝。他没有说话，陆晨迦也没有说话，马上马下各自沉默安静。

"以前在渭城的时候，最大的官就是马将军，那个将军手下就几百号人，实在勉强得厉害。不过我曾经见过一次七连寨的骁骑将军，我很激动，因为当日我因军功受到封赏。然而没想到骁骑将军居然正眼都没有看我一眼，颁完军部封赏令之后便匆匆离开，估计直到现在他都不记得我是谁。"

宁缺收回目光，看着马背上的少女笑着说道："从那天起，我就明白无论自己再立多少军功，都始终还是个小人物。那时候的我不知道修行者都长什么模样，我以为你们都是些能在天上飞来飞去的神仙，我不知道你们的世界是什么样的神界，我以为你们都住在天上的仙境之中。

"至于神殿，隆庆皇子，道痴书痴花痴天下三痴这样的人物，在小人物的我的心中，更是云端之上的存在，这辈子都不敢奢望能够接近。"

他指着飘到草甸上方的那朵云说道。

"但现在似乎很多事情已经发生了变化。比如我可以和书痴同坐一辆马车，比如现在公主殿下你在马上，不在云上，你离我竟是这样地近。"宁缺看着她笑着说道："这种距离近到我伸手就可以触碰到你的脸，我相信殿下你的脸除了月轮国主和隆庆皇子外，应该还没有人摸过……你先不要生气，我只是借此来说明一些事情。刚才说到变化，这种变化过于剧烈快速，快到我只是被动地接受，却来不及总结分析，来不及发现一个事实，所以弄出了很多问题。"

陆晨迦静静看着他，问道："什么事实？"

"事实就是我已经不再是小人物，那么我就不应该按照小人物的风格去做事。"

说完这句话，宁缺笑了起来，酒窝盛满荒原上吹拂的冬风，眼眸映照着天穹上飘拂的白云，清新无比，自信无比。

"昨天我买这份礼物的时候，对那名燕国商人说是送给公主殿下你，对方才同意卖给我，花了一百两银子，价钱着实不便宜。"

宁缺端起怀里一直抱着的那个方匣子，解开上面系着的布。匣子里是一盆用草架固定用纸膜保护的小花树。他撕开上面的纸膜，让陆晨迦看到里面美丽到惊心动魄的蓝色花瓣和微青枝茎，说道："当然这时候就算把这盆异花送给殿下，相信殿下对我的看法也不会有丝毫改观，所以我只是让你看一眼。"

陆晨迦微微一怔，看着他手上那盆蓝色的花树，辨认出乃是极罕见的七瓣蓝莲。这种莲花色作幽蓝，极为美丽，只可惜虽然此花耐旱耐寒，但因为往往伴生着极强大的蚜虫天敌，所以世间数量极为稀少。

"七瓣蓝莲……确实是好花，在荒原上卖一百两银子不贵。"陆晨迦虽然很厌憎宁缺，但她身为花痴自然爱花如痴，点评得极为客观诚实，接着她微蹙着眉头训斥道，"就算七瓣蓝莲耐寒，但终究是燕南植物，荒原上的寒风它怎样禁受得住，你还不赶紧把纸膜覆好收起来！"

宁缺很听话，马背上的少女让他收起来，于是他便收起来，只不过收的不是手中那盆珍稀的花树，而是捧着花盆的双手。

花树自他手间滑落，瞬间落到他脚下。与坚硬的荒原地面一触，花盆像脆弱的玻璃般噼啪四散，草架纸膜全部被摔烂，里面美丽的花树顿时变得不成模样，花瓣零落，青枝茎折断，眼看着便不可能再活过来。陆晨迦面色剧变，提缰纵马上前几步，却已经无法阻止这件事情的发生。幽蓝的美丽花瓣散落在地上，被风吹拂缓缓滚动，沾上了很多尘埃，草架纸膜覆压着瑟瑟的花树，画面显得极为狼藉。

她看着马前地面上的残花败枝，美丽若花的脸颊骤然苍白起来，眼眸里露出痛惜的神情，然后她缓缓转身，静静看着宁缺，说道："你这是在……挑衅我？"

悲剧是把人生的美好撕碎并且展现给人看。每个人眼中人生的美好并不相同，所珍视深爱的事物也并不相同，金钱美女权力知识修行不一而足。在陆晨迦心中，人生的美好并不是那些俗世的幸福，而是与尘世无涉无言的花草。草甸下方营地里人们的死亡不会让她如何痛心难过，即便是神殿骑兵和天谕院的学生们纷纷倒在她眼前，或许她都不会感到伤心。

而当这盆七瓣蓝莲在她面前摔落成泥，她真的感到了一阵心痛。

她知道马前那个年轻人是有意为之，所以心痛之余，她开始愤怒起来。

　　听着花盆坠地摔裂的响声，散落在草甸四周的天谕院学生不知道发生了什么事情，用最快的速度赶了过来。当他们看到地上的残花败枝，看着陆晨迦公主眼眸里无法掩饰的痛心与愤怒，隐约猜到先前发生了什么。

　　天下皆知殿下爱花如痴，这个穿着墨池苑弟子服的年轻人，居然敢当着殿下的面做这种事情，那便是对殿下最大的伤害，是无耻的挑衅。喤啷密集声起，刻着神殿符纹的钢剑出鞘，众人愤怒地把宁缺围了起来。

　　陆晨迦下马，向宁缺方向走来，眉头微蹙问道："我伤心愤怒对你有什么好处？"

　　宁缺看着她微笑解释道："晨间在帐内，你曾经对山山说过，世界的悲喜与你无关，那么我想，我与山山之间的关系，我影响了她什么，与你也应该无关。至于这盆七瓣蓝莲是我买的，那么我摔碎它与你无关，而你会不会因为这件事情伤心难过愤怒，也与我无关，既然如此，我摔着玩你也管不着。"

　　陆晨迦看着他的眼睛说道："花不会言语，只会静静绽放，在你手中却沦为人之间争斗的牺牲品，难道你不觉得这样对它不公平？"

　　宁缺看着她的眼睛说道："草甸下那些死去的人，比如那位墨池苑的师兄，这时候也不会言语，所以这个世界对他们也不公平。当然我也不是一个喜欢替人打抱不平的角色，我在意的是你先前威胁我，那么我就要让你不高兴，这很公平。"

　　陆晨迦忽然问道："你究竟是谁？"

　　一盆蓝莲碎在荒原的草甸上，看似是件小事，实际上却等若在少女的脸上狠狠地扇了一道，而且她并不是普通的少女。她是天下三痴之一，她身后站着月轮国和神殿这两个庞然大物，乃佛道皆宠之人，即便是大唐帝国的皇子，想来也不会如此激怒挑衅她。所以盛怒之下，她依然在猜想宁缺的身份。对方究竟是一个胆大妄为愚蠢到不知死活的家伙，还是有天大的背景靠山竟是完全不惧道佛二宗。

率先揭晓的不是宁缺的身份，而是陆晨迦及天谕院学生们也很想知道的另一个身份——那匹大黑马主人的身份。

宁缺把手指伸入唇间，吹出一道极清亮甚至凄厉的鸣啸，片刻后，营地北方的原野间响起响亮的马蹄声，蹄声凌乱而密集，似乎那匹马情绪非常高昂欢喜。大黑马自远方挟尘而至，冲到草甸上，然后小心翼翼踱至宁缺身旁，轻轻拱了拱他的肩头，神情显得异常温顺。

陆晨迦身后那匹神骏异常的雪马骤然看到大黑马出现在眼前，想起昨天的惨痛经历，根本没有被大黑马这时的温顺嘴脸安慰，吓得连连后退，缰绳从陆晨迦的掌心挣脱。

陆晨迦看着宁缺和他身旁的大黑马还有他脚下的残花败枝，温婉宁静的神情终于消失不见，冷冷盯着他说道："原来……都是你。"

宁缺揖手见礼，温和说道："正是。"

大黑马是这两日格慕慕大会所有人讨论的焦点，王庭单于还有很多大人物都在寻找它的下落，想要把它变成自己的坐骑。此时它的突然出现，吸引了部落里无数人，黑压压的人群追着它，同时来到了这片草甸。

陆晨迦声音微寒说道："你以为有很多人看着，我就不敢杀你？先前我就说过，你们这些尘世里的泥垢，永远只会耍这些小聪明，而不知道实力才是一切。"

"我知道自己很弱，但我更知道实力永远不代表一切。"宁缺从怀里掏出一块腰牌，伸到空中，说道，"有时候背景靠山更重要一些。"

那块腰牌没有缀着宝石金银，更没有什么隐隐散发元气波动的符纹，只是一块很普通的榆木，看木纹竟还是用最不值钱的木节处雕刻而成。

然而这块榆木腰牌，在荒原深处的冬风中，映照着天穹上投射下来的阳光，表面一片光亮，显得那样的温润却骄傲。

天谕院学生们表情微变。

沉默之后，有人声音微颤斥道："就算是书院学生又如何？"

宁缺摇了摇手中那块榆木腰牌，说道："你们应该看得更仔细一些。"

天谕院学生们看得更仔细了一些，于是看清楚了这块腰牌究竟代表着什么，所有人同时陷入震惊沉默之中，握着神殿佩剑的手有些不知该如何安放。

陆晨迦也看清楚了那块榆木腰牌，目光微冷。

"现在还有人想杀我吗？"宁缺看着围在身旁的天谕院学生们，诚恳说道，"如果没有人想杀，那我就先走了。神殿召集的会议应该已经开始，我可没那么多时间耽搁。"

然后他望向陆晨迦微笑说道："有几句话想对你说。一、如果小人物和大人物的区别不在于品德秉性，而在于背景宗门家世的话，那我就不是小人物。二、你没有能力让我生不如死，我想就算是神殿三位神座亲至，也没有资格让我生不如死，所以我希望以后再相遇，殿下你不要再说这么多废话。最后，世上没有完美无缺的人，我当然不是，你的伴侣隆庆皇子也不是，至少在我的面前，他应该没有底气说出这句话来。"

说完这句话，宁缺翻身上了大黑马，一提缰绳向营地里奔去。上马之前，他恰好踩了那盆散落难堪的七瓣蓝莲一脚，也不知有意呢还是有意呢还是有意……

35

中原诸国奉神殿诏令援燕抗蛮，唐燕二国地处北陲，派出大量骑兵，而其余诸国宗派则是遣出自家年轻一代的修行者前来听命。如今联军与王庭和议既成，诸国势力自然要齐聚一处，商议一番日后行事，召集者毫无疑问也是神殿。

左帐王廷耗了大量人力物资，替神殿大人物们搭起了极为阔大的议事大帐，颇显诚意。这座大帐方圆百步，以竹木为骨绷布而起，帐内光线充足，空间清阔，即便是容纳百余人，也不会显得拥挤。

神殿天谕司司座是场间身份最为尊贵之人，自然坐在中间的位置，大唐帝国将军舒成紧靠着他的右手边坐着，左手边的位置却是空着的。

燕国将领、南晋剑阁弟子、月轮国白塔寺僧人还有那些附庸小国宗派弟子，在下方依循所属而坐。天谕院诸生的座位还是空空荡荡，书痴莫山山和大河国墨池苑弟子们则早已在那些空座位对面安坐。

墨池苑弟子们的座位靠近大唐帝国阵营，比南晋月轮等国位次更高。本来大河国弱，本不应有如此礼遇，只是莫山山书痴之名太盛，帐内除了寥寥数人，便没有人有资格坐在她的上首，所以神殿才做此安排。

议事尚未进入正题，一位白发皱皮、穿着一件如乞丐般的百衲衣的老妇人手持拐杖，缓缓走了进来，时不时发出两声咳嗽。

天谕司司座大人微躬行礼，笑着说道："辛苦姑姑。"

包括大唐帝国舒成将军在内，帐内所有人都起身，向那位老妇行礼。这位老妇身为月轮国主之姐，虽然因为出家修行而舍了长公主的封号，但身后隐藏着佛宗诸寺的强大力量，无论神殿还是唐国都不会稍显轻慢。

莫山山没有站起来。她静静看着自己洁白衣裙的下摆，仿佛在那里找到了一点令人不悦的污垢。她没有起身，身后的墨池苑弟子自然也不会起身见礼。少女们知道这位老妇人那日便在草甸之上，目光里难以抑止地流露出几分恨意。

庭间众人一片问安请好之声，波浪般的躬身行礼，把静坐不起的大河国少女们突显出来，帐内的请安声渐渐平静，气氛顿时变得沉默而尴尬起来。

曲妮大师姑姑冷冷看了少女们一眼，拂袖在天谕司司座身旁坐下，根本不等任何人开口说话，自行语调阴沉说道："北荒部族与魔宗有脱不开的干系，谁也不知道究竟有多少魔宗余孽藏在那些荒人里面。诛魔除邪乃是我正道中人必行之事，自然谈不上辛苦，只是要对付荒人，首要便是正道宗派内部要团结，要加强自己的能力。"

老妇看着帐内年轻一代的修行弟子们，寒声说道："这数月缠战，你们这些年轻晚辈表现不错，但也有些人行事乱七八糟，结果弄出难以收拾的局面，险些误了神殿大事。我想且不论惩处与否，你们首先要学会反省反省。"

帐内的人们此时大多都已知道墨池苑弟子押送粮草前来，结果被马贼伏袭一事,心想曲姑姑这番话应该说的便是此事,不知道书痴和墨池苑弟子们该如何解释。

果不其然,曲妮大师深陷的双眼里溢出两道鄙夷微怒的神光,寒声说道:"神殿为修好诸野,决议送粮草援助王庭。如今那批粮草尽毁,单于虽然没有说什么,和议也没有出问题,但昊天佛光在上,总要有人为此负责。"

听这位德高望重的姑姑直接把话挑明,场间不由一片沉默,只隐隐约约听着或长或短的呼吸声,很多人的目光望向一直安静坐着的莫山山。

天谕司司座大人是一位须发皆白、容貌却依然很年轻的男子,他略一思忖后,温和说道:"裁决司护教军统领陈八尺亲自经历此事,让他说与诸位相听。"

这话看似寻常随意,实际上却巧妙至极。神殿护教军由裁决司两位司座统属,与他天谕司没有丝毫关系。他让这位统领前来说明,无论事后争执会得出怎样的结果,天谕司依然可以置身事外,保持着超然而公平的地位。

那名叫陈八尺的神殿骑兵统领一脸肃然望着众人说道:"……那日墨池苑弟子怯懦畏战,竟让马贼破阵入营,燕国军民死伤惨重。本统领见事不对,遂率兵冒险突袭,方解马贼之围……"

墨池苑弟子面面相觑,浑身发寒,握紧成拳的双手微微颤抖。她们自幼在莫干山里生活,哪里知晓世间竟有如此无耻之人。

天猫女小脸通红冲了出来,对那名骑兵统领愤怒喊道:"陈八尺,你无耻!"

天谕司司座面色微沉,曲妮大师姑姑眼眸骤现怒意,瞪着小姑娘寒声说道:"没有尊卑的东西!你师父是怎么教你的?轮得到你出来说话吗?"

酌之华抢前两步,将天猫女拉回自己身后,向上方那几位大人物施了一礼,强行压抑住心头的愤怒,声音微颤说道:"姑姑,这件事情与我墨池苑声誉有关,施师弟更是葬身在草甸之上,难道容不得我们说说话?"

曲妮大师满是皱纹的脸上现出一丝厌恶之色，阴沉说道："堂堂书圣弟子，居然连区区马贼都打不过，技不如人死了也是活该。"

数百年来，月轮国与大河国因为天目森林地域的争执一直势如水火，双方之间大大小小的战争不知道发生了多少次，可以称得上是世代血仇。曲妮大师身为月轮国主亲姐，当然对大河国的人非常仇视，数月来在燕营处的威逼，对那道温泉的抢夺以及此次艰难的运送粮草的任务，身后都有她的影子，所以对这些墨池苑弟子是毫不客气，言语阴厉强横得厉害。

墨池苑弟子们自从离开大河国莫干山来到燕北边塞后，便一直在不停忍受来自月轮国的羞辱与陷害，如今在荒原王庭部落里，在神殿召集的会议上，对方竟然完全没有丝毫羞愧之意，更是对已然死去的同门出言不逊。少女们即便性情再温婉，也无法控制自己心头的愤怒，纷纷站起身来。

清鸣剑荡之声响起，十余把细长的秀剑闪烁着寒意，对准了曲妮大师姑姑，此时此刻，她们早已忘了这位老妇人拥有多么尊贵的身份。

书痴莫山山依旧安静地坐在椅上，似乎没有听到曲妮大师对自己宗派的羞辱，似乎对草甸上那件事情没有任何看法，仿佛什么都感觉不到，目光微垂看着自己纯白的衣裙，似乎要把那抹垢痕看成一朵脱尘的莲花。因为她的沉默，帐内的气氛越发紧张。没有人知道这些大河国少女们会不会在羞恼之余，愤怒出剑，从而导致不可控制的后果。

坐在首位上的神殿天谕司司座大人脸色越来越阴沉，白眉之间仿佛要凝出几滴露水来，只是想着裁决司与月轮之间的关系，他一言不发。

"夫子曾经说过，道理这种东西不辩不明，越辩越明。无论马贼劫掠那件事情的真相到底如何，总要听听双方的意见，你们这些小丫头也是，说话便好好说话，把鞘里的剑抽出来做什么？曲妮大师姑姑性情就这般直接，难道你们不知道？"

这一番话连打带收，还隐着对曲妮大师行事谈吐的淡淡嘲讽，隐约间偏着墨池苑弟子，帐内诸人不由一阵微哗。然而说这话的人乃是大唐帝国的舒成将军，那么无论是神殿司座甚至曲妮大师本人，都不好如何质疑。

曲妮大师冷哼一声，回头看着舒将军寒声说道："我倒要看看她们能说出什么。"

酌之华性情温婉而有执事之能，借着这个机会轻斥师妹们退后，然后向前踏出几步，揖手行礼之后，仔仔细细把那天草甸上下发生的事情讲了一遍。

同样的故事从不同当事者的口里说出来，结局一样，但过程却是截然相反。在神殿骑兵统领陈八尺的言谈中，大河国墨池苑弟子就是一群昏庸无能、怯懦畏战的废物，才导致粮草尽毁、燕国军民死伤惨重。而在酌之华的故事中，草甸上那群神殿骑兵统领则是冷血自私，明明看着正道同人陷入死地，却不肯施以援手，直到最后墨池苑弟子血战将胜，他们才冲下来抢夺军功。

酌之华谨慎地没有点出曲妮大师姑姑，以及当时也在场的花痴陆晨迦及天谕院白塔寺诸人。然而场间众人都清楚那队神殿骑兵因为何事进入荒原，不由面色微变，南晋等国修行者还有唐营诸人下意识里看了曲妮大师一眼，神情有些复杂。

曲妮大师冷冷盯着结束讲述退回去的酌之华，沉默片刻后，忽然极为怪异地沙哑笑了起来，显得格外阴沉："当日我也在草甸之上，依你的说法，神殿骑兵未及时参战，岂不也有老身一份责任？岂不是说我也冷血自私？"

酌之华抬头静静看着她，眼眸里满是坚毅神情，说道："晚辈当时并不知道姑姑也在草甸之上，至于神殿骑兵没有及时救援与姑姑有没有什么关系，晚辈自然也不知道。有没有责任是不是冷血，那都是需要姑姑您自己判断的事情。"

场间一片大哗，没有人想到这位墨池苑女弟子，竟然有勇气当面直指曲妮大师，有些人隐隐敬佩她的勇气。曲妮大师怒极反笑，重新坐回椅中，沉默一言不发，只是等着最后的结果。

天谕司司座沉默无语，他轻抚自己头顶的雪白发丝，在心底深处幽幽叹了口气，对身旁老妇有些不悦，又有些拿她没有办法。

"月轮国与大河国之间的仇恨，竟已然积累得如此之深？"

天谕司司座大人默然思考片刻之后，望向场间众人，平静说道："中原与王庭和议已成，那批粮草虽然被毁，但冷静想来也不算什么大事，本座便罚墨池苑诸弟子抄写三遍光明教典，然而先前争执之时，墨池苑诸弟子指控神殿骑兵不实，更对长辈不敬，尔等应向姑姑诚挚道歉才是。"

说完自己的处理结果，他回头看了一眼坐在右手方的唐军诸人。

舒成将军沉默片刻，觉得这般轻的处罚，已然算是神殿难得的仁慈，点了点头后看着大河国少女们温和安慰说道："墨池苑弟子，想来定是不怕写字的。"

曲妮大师姑姑面色依然阴沉，很明显她对天谕司司座的处理意见非常不满意。但她也清楚神殿三司之间的黑暗争执，知道事涉裁决司骑兵，天谕司肯定不会太过偏帮，于是保持着沉默，抬头漠然等着道歉。

听着天谕司司座大人最终拿出来的处理意见，白塔寺僧人不知心中作何想法，但像南晋剑阁弟子等人，都想着唐人与大河国亲厚，若墨池苑弟子被欺负得太厉害，只怕会引发更多的争端，现在唐营诸人表示满意，他们才松了口气。

没有人关心那些大河国少女们的感受，她们孤零零地站在帐内一角，手中依旧握着秀剑，眼神里却充满了愤怒与迷惘的神情。她们事先就想到神殿不可能秉公处理，因为护教神军本就是神殿的骑兵，但她们没有想到神殿的处理结果会是这个样子。

天谕司司座的处理结果在任何人看来都很温柔，然而这些来自南方的少女们性情温柔而坚毅，在意的根本不是那份温柔，而是温柔背后的黑白颠倒。

所以她们愤怒。

然而面对着光明威严的神殿，面对着整个修行世界，面对着议事帐内所有人都松了一口气的现实，她们又能做些什么？难道真要向那位老妇人低头道歉？

所以她们惘然。

酌之华在内所有墨池苑弟子回过头去，望向静默坐在椅中的莫山山。

莫山山缓缓站起身来，清丽漠然的容颜上没有一丝情绪，红而薄的嘴唇被抿成了一道笔直的线条，显得格外刚强，与柔软的黑发形成了鲜明的对照。衣裙像流水般泻下，她站在流水之中，望着上方那些大人物，摇头平静说道："司座大人，我不接受这个处理结果。"

没有什么情绪激昂的辩论，也没有什么愤怒的指责，从开会伊始，她便一直沉默，沉默到神殿得出了最后的结果，才轻轻开口说道"我不接受"。既然不接受，那么先前的一切便等若没有发生。

天谕司司座神情微变，身体微微前倾看着不远处的莫山山，白若银雪的须发间缓缓释出一道威压。他一直等着这位书痴表明自己的态度，然而她先前始终没有态度，这时候到各方得出结果才来表态，他只能认为这是对神殿尊严的一种挑衅。

"山主，本司座向来尊敬你，我很想知道你的态度是什么。"

莫山山平静看着司座微施一礼，说道："我的态度就是不接受。对于不公平的处理结果，无论是我还是家师都不会接受。"

"何必把书圣大人搬出来，就算他今天在场，老身也会是如此说法。"曲妮大师目光微寒盯着她白皙的脸颊，带着阴恻的口吻问道，"山主有胆量不接受神殿的处理结果，莫非是认为神殿和我这个老妇人处事不公？"

场间众人都知晓书痴清雅木讷的性情，虽然先前她的表现已经让大家吃了一惊，但心想曲妮大师姑姑此时竟把神殿扔到了她的面前，她总该沉默才是。然而今天的书痴再次给了众人一次惊奇。莫山山面无表情看着苍老的妇人，平静说道："你处事本来就不公。"

帐内响起无数倒吸冷气的声音。天谕司司座静静看着她，说道："山主，如果没有什么证据，你不可指责神殿处事不公。本座不想修书至莫干山，还请山主慎重。"

莫山山疏睫微颤，目光散漫，仿佛望着远处，说道："我所不明白的是，为什么我和墨池苑同门们说的话不是证据，那为什么他们说的话就是证据？"

帐内一片安静沉默，曲妮大师忽然笑了起来，笑声沙哑苍老，待笑声渐敛后，她看着不远处的莫山山，带着骄傲轻蔑嘲讽之意说道："世间有谁会相信，我曲妮大师也会说假话？"

天谕司司座沉默片刻后，看着场间诸国弟子问道："有没有人知道那群马贼来自何处？当日有没有什么宗派弟子经过那片草甸？"

没有人回答，因为当日确实没有别的修行者经过那片草甸，至于那群马贼，或许有侥幸逃脱之人，但在莽莽荒原上怎么去找？安静的议事大帐内，莫山山低头看着自己裙摆下方探出来的鞋尖，沉默了很长时间，想着车厢里某人曾经对自己说过的那番话，那番关于虎与兔、虎与虎的话。

"神殿的惩处我可以接受，但先前神殿骑兵统领说我墨池苑弟子昏庸无能，怯懦畏战，连马贼都不敢对抗的说法，我不能接受。我先前一直在想，怎么才能证明自己的勇气和能力。"

她指尖轻掠，从身旁酌之华的腰间抽出一把极小的佩刀，面无表情看着那名叫陈八尺的神殿骑兵统领，说道："虽说你也是洞玄境的修行者，但我不会无趣地向你挑战，因为你没有资格，所以你不用担心。"

莫山山目光微转，落在曲妮大师那张仿似旱后稻田的难看老脸上，平静说道："墨池苑弟子莫山山，请姑姑赐教。"

话音落处，她把那把小佩刀横于掌心，锋口向下，手腕用力，便准备割开。

"且慢！"天谕司司座和唐国舒将军震惊失色，齐齐站起阻止。大河国深受唐风影响，即便是决斗也惯用长安城的规矩，割袖便是邀请决斗，而割掌更是不死不休的生死决斗！

帐内众人反应比那两位大人物稍慢一步，稍后看出她这个动作的用意后，也是震惊地集体站起，一片椅凳倒塌之声。

莫山山向曲妮大师姑姑发出决斗的邀约，而且是死斗！

众所周知，莫山山是年轻一代修行者中声名最盛的天下三痴之一，乃是洞玄上境的高手，然而她今天要挑战的对象，是成名已久的佛宗大强者曲妮大师姑姑！虽然她是书痴，但没有人看好她能够战胜有数十年雄浑修为的前辈。曲妮大师冷冷看着这个晚辈，枯瘦如老树的手扶着椅手，缓缓站起。

天谕司司座看着莫山山，大怒训斥道："你在胡闹什么！还不赶快把刀收了！"

莫山山仿佛根本没有听到他在说什么，握着刀柄的右手微微用力。

议事帐外一片混乱之声传来，嘈杂无比。

帐帘掀起，宁缺牵着大黑马走进来时，看到的便是莫山山横握小刀置于掌心的画面。他大吃一惊，也顾不得帐内有这么多人，生气喊道："你在胡闹什么！还不赶快把刀收了。"

莫山山看着远处的他，缓缓放下手中的刀，轻声说道："除了这个法子，我想不到别的办法替死去的同门洗去冤屈。他已经死了，不会再说话，而我说的话，似乎没有人听。"

她的脸上没有任何表情，平静得像是在说一件家长里短的闲事。

然而落在宁缺眼中，孤零零站在那处的少女，明明是那般脆弱悲伤。

36

天猫女冲了过来，把先前议事帐内发生的事情详细地复述了一遍，尤其是提及曲妮大师的那些言语时，小姑娘更是愤怒难忍。

帐内众人沉默看着宁缺和天猫女对话，因为不知道这个年轻男人的具体身份，所以暂时保持着沉默，很好奇接下来会发生什么事情——现如今天谕司司座大人已经得出处理结论，而且曲妮大师姑姑表情阴沉在旁，难道还能有什么变化？

王庭部落里很多人跟着大黑马来到了帐外，吵吵闹闹好生嘈杂，直到负责维护秩序的神殿管事出去训斥几声，才渐渐安静下来。

宁缺从天猫女的叙述中知道先前究竟发生了什么事，沉默片刻后把大黑马的缰绳搭在帐口处的烟管上，并没有系死。他看着远处的莫山山说道："原来是这么回事，这也值得你把自己手掌心划出一道血口？总还有别的法子可以证明。"

帐内众人依旧沉默，看着他的目光有些好奇，又有些嘲讽，心想虽说不是死无对证的事情，但草甸遇马贼一事，本来讲究的就不是证据，你又能如何证明？这些想法和感慨都被众人隐在心中，天猫女却很直接地问了出来。她想着先前同门师姐们的愤怒和无奈，睁着大大明亮的眼睛，看着宁缺不解问道："怎么证明？"

宁缺神情认真回答道："我可以证明啊，因为我当时也在场。"

他看了一眼帐内表情各异的中原诸国宗派弟子，抬起右手指着远处那位神殿骑兵统领，说道："我可以证明，当时草甸上的神殿骑兵见死不救，冷眼旁观。而且当我们打退马贼后，这位统领大人带领骑兵冲下草甸，割马贼首级，抢夺军功，并且我认为当时他甚至还存在杀人灭口的念头。"

听到这段话，场间众人不由一阵哗然，这个年轻男子不仅直指神殿骑兵行为卑劣冷血，甚至还提出了更严重的指控，杀人灭口！

天谕司司座脸色微沉，如银丝般的头发紧绷如铁，神情不悦。他没有想到在这出闹剧眼看便要落幕的时候书痴竟然会表现得如此强悍，而这个不知道从哪里冒出来的年轻男子竟然还横生枝节，想要把事情变得更加麻烦。正准备出声训斥，他余光里注意到右手边的大唐舒将军神情有些异样，这抹异样来自于将军脸上的笑意，那抹笑意别有深意。

天谕司司座心神微微一凛，暗想莫非唐国将军识得此人？

西陵神殿光照世间，地位崇高，然而对大唐帝国的皇权铁骑依然保持着警惕与不安也就是尊重。此时见舒将军流露出这般神情，司座眉头微蹙，竟没有开口说话。

那名神殿骑兵统领陈八尺被指控冷血自私不援友军，甚至抢夺军功还想杀人灭口，脸色早已阴沉得如同岷山里的湿云。他狠狠盯着帐帘处的宁缺，虽然没有想起此人便是草甸下方火墙后的那抹黑影，却注意到对方身上的衣着，怒声训斥道："看你服饰，应该是墨池苑弟子，既然如此，你哪里有资格在这件事情上指控我？"

宁缺摇了摇头，说道："我不是墨池苑弟子。"

神殿骑兵统领目光微亮，看了曲妮大师姑姑一眼。

自从宁缺出现在议事帐内，曲妮大师一直冷漠沉默，看都没有看他一眼，因为她根本不屑理会这些小角色。直到感受到这位骑兵统领的目光，她才缓缓抬起头来，看着正向此间走来的宁缺，声音寒肃说道："你既然不是墨池苑弟子，为何当日会出现在粮队营地之中，为何会穿着墨池苑弟子的服饰？不知你是何处邪魔外道，竟敢冒充我正道中人，给我拿下好生追问一番！"

听着曲妮大师姑姑的话，帐内其余宗派弟子还有些犹豫，但来自月轮国白塔寺的那些苦行僧早已持杖站起，准备将这年轻男子制服拿下。

莫山山眉尖微蹙，还没有等她发令，她身后的大河国少女们便惊呼出声，手执秀剑，要去拦这些白塔寺僧人，场间局面一片混乱。便在这时，一名白塔寺僧人看清楚了宁缺的面貌，陡然一惊，伸手拦住自己身旁的师兄弟，急步走到曲妮大师身旁，压低声音说了几句话。

这位僧人正是那日奉师命前去索讨温泉归属、伤了酌之华、杖打天猫女，却最终在宁缺刀剑之下惨受重伤的那人。他对那日遭遇印象极为深刻，宁缺那日又没有戴口罩，今日再次相遇，哪有认不出来的道理？

曲妮大师听闻这名年轻男子竟然是书院学生，深陷的眼眸内精光乍现，满脸皱纹仿佛要被风吹平一般，盯着宁缺声音沙哑狠戾说道："原来是书院来实修的学生，居然如此嚣张放肆，莫非你以为老身就不敢教训你？"

宁缺已经走到前方，松手让天猫女回到墨池苑弟子中，他看着这位老妇人皱了皱眉，摇头说道："我只不过是想替墨池苑的同道证明些事情，为什么你就要教训我？莫非你以为你是我老师？还是说你怕我说出真相？你怕什么？"

曲妮大师面无表情冷冷看着宁缺，就像看着一个死人。虽然看似没有因为他的这番话而动怒，但真正了解这位姑姑的人，都清楚她这时候已经暴怒到了极点。"我不知道你老师是书院里哪位教习，但我想，以老身的辈分地位，想教训你一下也未尝不可。至于说到真相，老身倒很想知道你能拿出怎样的证据来。"曲妮大师声音沙哑难听，却带着股刺耳的轻蔑嘲弄意。

宁缺笑了笑，说道："我说的话就是证据。"

神殿骑兵统领大怒，厉声呵斥道："笑话！什么时候一个人说的话就能当证据？"

宁缺不怒，轻声回答道："先前听说这位老太太说的话便被大家当成了证据，那为什么我说的话，就不能被当作证据？"

无论是月轮国主还是神殿三大神官，对她都是客客气气，待之以礼，没想到今天却被一个晚辈如此羞辱。曲妮大师气得浑身发抖，苍老的手紧紧握着椅背，似乎随时可能起身出手。如果她不是知道宁缺是书院学生的话，说不定宁缺这时候已经死了，但即便宁缺是书院学生，她也不打算再给唐国任何面子，一定要把这厮整治一番。

神殿骑兵统领再也无法忍住，勃然大怒，重重一拍身旁桌案，怒斥道："姑姑乃是月轮国主之姐，佛宗大德，你是什么东西，也配和姑姑相提并论！"

宁缺脸上笑意骤然一敛，重重一掌把身旁一条桌案拍成两半，教训道："你又是什么东西，敢用这种语气对我说话！"

寂静无声，此时厚实毛毯上若走过一只猫，想来也能吸引所有人的目光。

此时，宁缺有些犹豫。他在想自己应该用什么样的动作掏出腰牌，又该配合怎样的神情，骄傲还是不屑？

在他想来，如果此时是二师兄掏出腰牌，一定会震倒一大片强者，迷死一大堆姑娘。不，二师兄用不着掏腰牌，二师兄头顶那根棒槌本身就是一张极好的腰牌。

有二师兄珠玉在前，警告在前，宁缺很注重自己代表书院后山第一次登场时的风范气度，本就有些后悔先前在草甸上掏腰牌时的随意，这时更有些拿不定主意。

像举火炬一般举在空中？展示得清楚倒是清楚，只是未免显得有些憨笨；像拔刀一样抽出？帅气倒确实挺帅气，可万一没有让人看清楚腰牌上写什么，误会他要出手怎么办？虽说已经摆脱小人物心态的他，根本不畏惧什么神殿姑姑，可要真打上一场，那老太婆只怕一根手指也能灭了他……

舒成将军自宁缺进入议事帐内便一直注视着他。这位来自长安军部的将军早已猜到了宁缺的身份，这时看他神情，暗想书院后山那是何等地方，要宁缺自报家门感觉确实有些不妥，于是轻轻咳了两声，微笑说道:"十三先生,你既然不是墨池苑弟子,是不是应该坐在我身旁来?"

舒成将军的声音吸引了所有的目光。宁缺微微一怔,没有想到这位将军早就知道自己的身份,旋即又觉得轻松了不少,对身旁的莫山山点了点头,便依言走了过去。

"我向诸位介绍一下。"舒成将军站起身来,轻扶宁缺的肩头,先向天谕司司座点头致意,然后看着议事帐内众人,平静微笑说道:"这位是我大唐天启年来最著名的书法大家,深受皇帝陛下喜爱,同时他也是西陵大神官颜瑟大人的传人。但我更想让大家知道的是,他便是今年在书院二层楼比试中战胜隆庆皇子的宁缺。"

宁缺揖手,神情温和向众人行了一礼。

议事帐内一片安静,所有的情绪还没有来得及发酵喷发,但所有人望向宁缺的目光中,已经充满了无尽的震惊与敬羡。天谕司司座微笑不语,颇有兴致看着宁缺。先前他已经猜到了些许,这时候猜想得到了证实,心中依然震惊,但表面上却没有流露出来什么。

就在这片安静中,宁缺望向神情越发阴沉的曲妮大师姑姑,说道:"先前听说你曾经说过,世间有谁会相信你会说假话?"

稍一停顿,他转向场间众人微笑问道:"那我很想知道,世间有谁会相信一名书院二层楼学生,相信我这个夫子亲传弟子会说假话?"

无论场间庭间帐间,还是这个世间,没有人敢回答。

对世间人而言,西陵神殿是最神圣庄严的地方,而大唐都城长安南郊的那座书院则是最崇高之地。大唐帝国铁骑雄视天下,国内政通人和,有很大原因是因为朝堂及各郡主官大部分都有书院教育背景。普通书院便已然是个庞然大物,更何况是传说中的书院二层楼?

莫山山在碧蓝海畔的温泉处曾经对同门说过,虚名是最没有力量的东西,力量永远只在于力量本身,就像笔墨永远只在于笔墨本身。所以今日议事帐内争论草甸马贼一事,众人心中真实情绪偏向于墨池苑弟子,她亦名闻天下,但站在她对面的是神殿是月轮国,于是便没有人相信,不敢相信。

此时说出相同话语的人是宁缺，他身后站着夫子和大唐帝国这两座高不可攀的山峰，那么此时帐内，说话最有力量的人便是他。

对于各宗派的修行者来说，宁缺绝对不是一个陌生的名字，虽然对方似乎在今年春天才以一种谁都意想不到的姿态，直接闯入了元气横流溢美的修行世界之中。在裁决司大神官授意下，神殿一直在宣扬他的名字。刚进书院二层楼，又成神符师传人，更有资格把自己的名字写在天书上，如此令人心神摇晃之遭遇，怎能不令帐内各宗派的年轻修行者们震惊、敬畏且羡之？

而不知道是不是因为春风亭一夜的旧事，以及旧事中的那些死者，南晋剑阁弟子和月轮国白塔寺僧人们的目光，在敬畏羡慕之余，还隐藏着几分敌意。

最震惊的人其实是墨池苑的弟子。她们本以为宁缺只是一名书院的普通学生，哪里想到竟会是夫子的亲传弟子。联想着温泉相遇，荒原同行并肩浴血杀敌的时光，竟有些不敢相信自己的耳朵。

莫山山听到那个名字后，看着宁缺的目光微微一滞，袖中那双惯持笔杆、稳定如秀山的手颤抖了一丝。她木讷微圆的脸颊上依然没有任何表情，只是眉眼间忽然多出了几分疲惫之色。把手中的那把小佩刀插回酌之华腰间，她沉默坐回椅中，散漫无神的目光显得有些惘然，再也没有看宁缺一眼。

宁缺没有注意到少女此时情绪上的细微变化，在舒成将军身旁坐下后，也没有再多说什么，只是静静看着天谕司司座大人。因为他没有再看曲妮大师，所以那位身份尊贵的姑姑表情越发阴沉难看。

天谕司司座也没有看曲妮大师。他看着眼前飘落的那丝雪白银发，忽然微微一笑，迅速做了决断，看着宁缺说道："十三先生，你看这事如何处理？"

听着十三先生这个称呼，宁缺微微一怔，转念间想起另一件事情。

夫子高，当然不是说他长得高，虽然他长得确实高，也不仅仅是指他的道德文章思想境界高，还指他的辈分高。

根据昊天掌教大人和烂柯寺长老童年时的记忆推算，夫子至少已经活了一百多岁，而按照夫子自嘲的话语说，活的时间长总会占些便宜，比如说辈分什么的。所以在这个世界上，再也找不到与夫子同辈的人了。

即便与夫子弟子同辈的人相信也已经死光了，所以颜瑟大师当日在书院后山与二师兄君陌说话时才会有那一番辈分之争，所以无论神殿还是佛宗里真正的大人物们提及书院后山那些人们时，从来不按照正道宗门辈分称呼。

书院自身也有这种问题，前院后山的辈分差距太大，为了避免那种难以言喻的尴尬，便形成了一种称呼习惯。前院的教习们将后山那几位按照长幼之序称为几先生，比如大先生及二先生。这种习惯渐渐流传到了书院外，只是因为后山里的人们基本上不怎么现世，大概也只有神殿里的大人物们还记得这种规矩。

所以，宁缺便是十三先生。

无论在军营，还是在修行强者的世界里。

身为神殿重要人物，天谕司司座理所当然应该维护神殿中人，但近些年来，裁决司连出道痴和隆庆两大名人，实力迅速扩张，加上光明司因为那桩隐秘事必须低调，所以裁决司从上到下的气焰都极为嚣张。他身为天谕司司座早已有所不满，今日之事宁缺敢拿书院声誉作保，他顺势而行，也算是维护神殿光明公平的名声，不惧被人非议有损神殿尊严，更不在意被道痴等人事后责难。

心意既定，他看着宁缺微笑说道："神殿骑兵统领陈八尺领四十棘杖，报请裁决司神座免去一应职务，所属骑兵归桃山后罚苦役半年，你看如何？"

这番处罚意见里并没有包括曲妮大师，更没有花痴和天谕院诸生。不过也是理所当然，即便是天谕司司座，也不可能做出任何决断。宁缺知道不可能再要求更多，神情温和点头，自然没有忘了把神殿光明正义的一面好生赞扬一番，这种时候他可没有什么夫子弟子的矜持劲儿。

舒成将军轻捋胡须，也表示赞同，于是这件事情便得出了最终的结论，而在商议之时，竟是根本没有一个人去问曲妮大师的意见。坐在天谕司司座身旁的曲妮大师老脸黑沉，紧握着椅手的枯手颤抖不停，她自然不是恐惧什么，只是快要压抑不住心头的愤怒。

听着棘杖四十，神殿骑兵统领陈八尺的脸瞬间变得苍白无比。

棘杖乃是神殿内部的专门司罚用具，乌松木为柱，上面缠着杂钢细刺，据传无数年前首任裁决大神官，便是背负此棘二十年，才明悟昊天真义。他身为裁决司下属，当然清楚这个传说，更清楚这种棘杖会给人带来多大的痛苦。

过去数年，他曾经跟随隆庆皇子四处巡视，缉捕魔宗余孽及叛教邪人，曾经亲手用棘杖把那些恶人抽打得生不如死，看过那些背上绽开的血花，筋络缠绕成的麻藤，哪里想到这种遭遇，竟会有日发生在自己身上。

他是洞玄境的高手，在裁决司地位重要。然而神殿阶层森严，天谕司司座大人既然做出了决定，他非但不敢反抗，就连辩驳抗议之声都不敢发出来，只有紧紧咬着牙，老老实实任由神殿管事把他拖了出去。

洞玄境修行者很强大，但他们的身体和普通人的身体并没有什么区别，当帐外响起沉重的闷击声后不久，神殿骑兵统领陈八尺，终于忍不住发出了凄惨的痛号声。他想咬紧牙关不喊出声，不想让裁决司丢脸，但在裁决司的棘杖之下，即便是咬碎满口牙齿，却无法抵抗那种剧痛。

听着棘杖重重落在肉背上的闷响，听着声声惨号，甚至隐隐能听见棘杖细钢丝钩出肉筋丝的嘶嘶声，议事帐内的人们不由感到有些身体发寒。

听着这些声音，大河国少女们紧紧抿着嘴唇，想起死在草甸下的师弟，觉得郁结多日的胸怀终于算是舒畅了几分，不由望向不远处的宁缺，眼中满是感激。

37

陈八尺被从帐外抬回来后，没有人敢相信他就是先前那个神情严肃光明加持的神殿骑兵统领。看来无论是皇帝还是圣徒，只要被剥光了衣服，再被棘杖在后背上撕下无数道皮肉，写就一幅莫名其妙的血画，都只能是个悲惨的刑徒。

天谕司司座大人看了毯上那个血肉模糊的身体一眼，脸上的表情没有丝毫变化，平静而又严厉地说了一番话，主要意思当然是重申神殿的教律，告诫众人昊天的公平眼眸始终在巡示着世间，胆敢触犯者必受惩罚。

宁缺没有认真听这番话，不是他对这位神殿大人物有什么厌恶感，或是想要对虚伪表示强烈的轻蔑，因为在他看来，有些时候虚伪也是一种美德。之所以没有能够专心听，是因为凄惨躺在地毯上的那个人正死死地盯着他。

血流如河，筋肉成缕的陈八尺艰难仰着头，用灰白的眼眸一眨不眨盯着宁缺的眼睛，眼眸里没有什么情绪，只是漠然。然而正是这份漠然，深刻地显现了他此时心中对宁缺的恨意。

身为神殿护教神军统领，一名洞玄境的强者，他何曾受过这样的羞辱。

他心知肚明自己没有资格去记恨书院，更不可能向对方发起冷酷的复仇，但他同时相信，裁决司里的两位司座大人，尤其是隆庆皇子日后一定会为自己出头。所以哪怕他此时已经疼得神志有些浑噩，目光有些模糊，依然死死地盯着宁缺，因为他想要记清楚这张脸，记清楚这个人。

草甸马贼之事随着统领大人受到神殿严厉的处罚已经宣告结束，所以陈八尺就算盯着宁缺，宁缺也没有什么办法。宁缺总不可能像长安西城里的那些混混一样，就因为对方盯着自己看就再把别人痛揍一顿。

然而宁缺更不会害怕什么，他知道地上那个血人那双冷漠的眼眸里隐藏的意思，所以他缓缓蹲下身体，毫不客气地回瞪了过去，说道："这位统领大人，你瞪着我的模样，很有几分望眼欲穿的感觉，只可惜光凭目光是杀不死人的。要知道当时我们在营地里，对草甸上的你们才是望眼欲穿。"

忽然间，他想起颜瑟大师曾经对自己形容过真正的大修行者，比如像二师兄那样的人，只需要看你一眼你便死了。再联想到自己还要靠腰牌，靠书院和夫子的名声欺人，只会仗势无法起势，不免有些悻悻然。

曲妮大师姑姑再也无法压抑心头的愤怒，重重一拍椅手，厉声呵斥道："够了！"

宁缺站起身来，望向曲妮大师，摇了摇头笑着说道："还不够啊。先前我走进议事帐时，阻止山主向你发出生死斗，插话有些贸然，我之所以这样做，是想着姑姑你年老体衰，若山主一时失手，真伤着你了，不免会落人闲话，但并不是觉得她这样做不对。"

宁缺看着老妇满脸皱纹都夹不住的阴冷神情，看着她眸子里的愤怒鄙夷，想着来到燕北边塞之后自己亲眼看到的那些画面，想着这个老妇仗势欺人、构陷，运用手中权力与威望把大河国少女们逼入险地的卑劣无耻，蹙着眉尖说道："我只是觉得应该先问清楚，当日粮队营地被马贼围攻，神殿骑兵按兵不动冷血旁观，当时姑姑你也在草甸之上，你可知情？若你知情，当时为何不管？"

不等声音传开，他极快继续追问："先前是神殿在处罚下属，姑姑你说够了……难道神殿的事情你也管得？如果管得，那为什么当日在草甸上不管？"

宁缺盯着曲妮大师苍老微浑的双眼，语气极为认真，当然不是在开玩笑。疑惑的神情看似温和，言辞不紧不慢，里面的意味却十分强硬。曲妮大师姑姑气得浑身颤抖，完全没有想到在陈八尺统领付出如此血腥的代价之后，这个书院后山新晋弟子，竟是浑然不顾长幼尊卑，还妄想教训自己！

天谕司司座微微皱眉。在他看来，即便宁缺是夫子的亲传弟子，可能代表书院后山的态度，但神殿已经用一名强者的羞辱和鲜血表示了和谐。如果宁缺真要把战火蔓延到曲妮大师姑姑的身上，那是神殿万万不能允许的事情。

道权与月轮国王权之间的关系，曲妮大师姑姑在修行世界里的辈分地位，以及她身后的佛宗势力，都注定神殿必须维护她的尊严。

所以司座大人向南晋剑阁方向极随意看了一眼。

一名南晋剑师沉声说道:"十三先生,你也不是神殿中人,凭什么管神殿之事?"这句话自然是针对宁缺对曲妮大师姑姑的那句发难。

宁缺看了那名南晋剑师一眼,摇头说道:"你白痴啊?我师父颜瑟大师乃是西陵神殿大神官,与天谕光明裁决三大神座平起平坐。我身为他唯一传人,看见有人败坏神殿名誉,若是不管,岂不是辜负家师殷切教诲,愧对昊天?"

南晋剑师充满勇气和坚毅剑魄的质问被宁缺随意一言便挡了回来,场间再也没有人质疑他对神殿事务有没有关心的资格。虽说整个天下都知道西陵神殿对昊天道南门两位大神官的赐封确认只是基于政治方面的考量,但若这时质疑此事,岂不是当面扇西陵神殿的耳光?

曲妮大师姑姑的脸黑沉到了极点,她盯着宁缺的眼睛,身体微微颤抖,忽然呵呵呵呵声音嘶哑难听地大笑起来,厉声说道:"一女不侍二夫,一个徒弟却拜了两个师父。我也不去问颜瑟,日后若遇着夫子我倒要问问他,他究竟在想什么,难道为了如此顽劣不堪,卑鄙无耻的一个弟子,便要损却百年清誉?"

虽然没有明言,但话里隐着的意思却是直指两位师父,宁缺虽然还没有见过夫子,但未见大山已在大山中生活了这多岁月,哪里能允许有人如此放肆。而且他清楚今日根本无法整治这个无耻的老太婆,心存不满,却拿对方没有办法,没料到对方这时候却送上门来,他哪里有不狠狠踹上一脚的道理?

宁缺笑容缓缓敛去,平静说道:"先前你就问过我老师是谁,说要代我老师教训我,现如今你知道我老师是谁,却似乎还要教训他一般。"

他重重一掌拍到身旁桌案上,案几倾倒,茶杯震飞,茶水溅得满天都是!宁缺指着曲妮大师的鼻子,翻脸如翻书,大怒说道:"按辈分算,你这老太婆还要喊我一声师叔!你居然想教训我?你懂不懂什么叫长幼尊卑!你要去问夫子?夫子是你这种人想见便能见的?你想教训夫子?难道你想欺师灭祖!"

先前神殿骑兵统领木然盯着宁缺时,想着这是自己这辈子受到过的最大羞辱。

此时曲妮大师伸出颤抖的手指指着宁缺,心想这是自己这辈子从未受过的羞辱，然而就如同此时安静的庭间一般，这位老妇只花了很短的时间便知道自己今天根本没有办法把这份羞辱找回来，因为宁缺根本没有和她讲道理。

宁缺蛮不讲理。他只讲辈分。

曲妮大师身为月轮国主之姐，实力强横无比，而且在佛宗之中辈分确实极高，过往数十年间，她遇着实力不如自己的人便以实力压之，遇着实力强悍的人便以辈分压之，加上无论是谁都要给她些颜面，于是竟无往不利。她无论如何也想不到，居然有人会用这种手段来对付自己，而且自己竟是只有老老实实听着，因为按照她平常的言语行事习惯，对方没有任何错处。

她盯着宁缺，垂在袖外的枯瘦老手剧烈颤抖，帐内一阵强烈的天地元气波动。

宁缺仰着脸，居高临下看着她，双手平静负在身后，身上一丝气息波动都没有。

然后宁缺看着她摇了摇头，感叹说道："身为佛宗大能，竟是不知道自己的命纸有几分薄厚，难怪年高德劭，直至今日还未能上知天命。"

曲妮大师虽是王族身份，但修行坚毅强韧，身份尊贵，辈分崇高，实力强横。她这一生最为痛苦遗憾之事，便是无法迈过那个高高的门槛。连番刺激之下，她已然快要出离愤怒，濒临爆发的边缘。但她知道不能在这里对宁缺动手，所以一直在强行压抑，却偏在最后还听到了这样一句话！

曲妮大师姑姑强行咽回快要涌出枯唇的鲜血，用最后的清明让自己眼前一黑，也不知道是真是假，就这样向后倒了下去。

场间一片惊呼。

38

无论真假，总之曲妮大师姑姑身体不适，只好被弟子们扶出帐去，至于是偶感风寒还是急火攻心，看那些月轮国白塔寺僧人们仿佛喷火的目光便能猜到。

因为前面发生的这些事情，会议后续的那些议程变得简洁很多，宁缺也没有怎么认真听，待他反应过来时，神殿会议已经结束，议事帐内人散去不少。天谕司司座微微一笑，自去歇息。舒成将军看着宁缺笑着说道："虽说我也知道和清新少女们待在一处爽利，但我军既然在这里有营地，你又已现了身份，莫非还要去墨池苑的营房？朝廷面子上不大好过。"

"瞧您这话说的，我当然是老老实实跟您走。"宁缺被将军调笑得有些尴尬，心知在很多人看来，自己这个书院二层楼弟子乔装打扮跟随这群大河国少女一路向北进入荒原，怎么看都有些问题。

墨池苑的少女弟子们还处于意外与惊喜之中，想要上前与宁缺说话，却又想着他的真实身份，有些不敢上前。宁缺向少女们笑了笑，正准备说些什么，却不料莫山山沉默站起身来，一言不发就往议事帐帐外走去，不由怔住了。

酌之华在心里叹息了一声，向宁缺歉意一笑，拉住雀跃欲前的天猫女，带着师妹们向唐军诸人行了一礼，便跟着莫山山向外走去。

宁缺不由摸了摸脑袋，心想书痴这又是在犯什么痴气？

唐营一片安静，巡逻士兵神情严肃，在几名亲卫的护送下，宁缺和舒成将军缓步行走其间，没有人敢上前打扰。微寒的冬风吹拂着营地上方的军旗，宁缺抬头看了一眼，不由想起在渭城边塞时的生活，好生怀念，正准备感慨几句，不料舒成将军回头看了他一眼，似笑非笑，带着几许深意说道："书痴是个不错的女子。"

宁缺不知该如何解释。对那个书符成痴，在枝头白衫蓝带俏立的女子，他确实极为欣赏，然而这种事情不管是什么事情终究是自己的事情怎么能变成别人讨论的事情？为了化解尴尬，他转了话题，说道："我本以为那位司座大人无论如何都会维护自家神殿的尊严，没想到处治还算公道。"

"天谕司掌着天谕院，隆庆皇子当年在天谕院里的经历却并不如何愉快。"舒成将军说道，"所以天谕司司座和隆庆皇子的关系一直有些微妙，尤其是裁决司近些年权柄日重，隆庆皇子声名大作，天谕司承受的压力可不小。"

宁缺感慨说道："原来如此。没想到神殿这种地方，也会有这么多世俗倾轧。"

"神殿光耀世间，但能掌握的资源终究不是无限多，三位大神官各领一方，彼此之间当然有竞争。但这三位大神官高居神座之上，自然不可能像世俗流氓般斗殴呛声，真正的较量都出现在三司司座之间。"舒成将军继续解释道，"裁决司二位大人物中，道痴痴心于道，不怎么理会具体事务，所以裁决司神官执事、护教神军以及暗谍，都由隆庆皇子具体管理。天谕司想要打击裁决司的气焰，当然首要针对的目标便是隆庆皇子。"

他望向宁缺微笑说道："春天时你胜了隆庆皇子，在神殿很多人看来都是难以忍受的羞辱，但天谕司上下，大概内心深处都有些感激你的出现。"

宁缺想着那位须发皆银，却面容年轻的天谕司司座，微微皱眉说道："天谕司司座今年多大？他比隆庆强还是弱？"

如果能确切知道这一点，他便能大概推断出神殿年轻一代强者们的真实实力，之所以想要知道这一点，是因为他隐隐中总喜欢把书院和神殿对立起来看待。

"天谕司司座程立雪，今年应该过了三十，至于说到修行境界，"舒成将军摇了摇头，说道，"无论是军部还是天枢处，对神殿中人的修行境界只有一个大概的估计。就如同隆庆皇子，都说他只差一步到知天命，但谁也不知道那一步有多大。"

宁缺不再去想这些问题，看着远处一个安静的营帐，沉默片刻后，说道："将军大人，有件事情我可能需要你的帮助。"

墨池苑弟子们踩着枯黄的冬草向自己营地走去。天猫女看着宁缺和那位唐国将军走入唐营，有些依依不舍地收回目光，皱着眉尖好奇问道："钟师……不对，宁师兄刚才最后对着曲妮大师姑姑的模样，给人感觉很怪，不知道该怎么形容。"

少女们想着先前那幕画面，曲妮大师姑姑气得浑身颤抖，脸色黑沉，似乎随时可能暴走，宁缺却温和微笑站在她身前，不躲不避甚至还仰着脸，也觉得当时他身上所流露出来的气质味道很有些说不清道不明。天猫女咬着指头想了半天，忽然间恍然大悟，兴奋地击了击小手掌，看着师姐们说道："我知道了，师兄当时的样子真的好贱……嘻嘻，不过我喜欢。"

大河国少女们集体一怔，然后发现贱之一字确实是形容宁缺当时神情的最佳选择，忍不住都掩嘴笑了起来，纷纷表示自己也很喜欢他当时的贱。

只有最前方的莫山山没有笑，沉默的脸上没有丝毫表情。酌之华看着她的神情，渐渐敛了笑意，流露出一丝担忧的情绪。

回到营帐之中，莫山山似乎已经完全忘却先前议事帐内的激烈冲突以及那一幕幕的画面，平静地注水研墨润笔，端坐在案几之前开始准备写字。酌之华挥袖示意师妹们暂时离开，走到案几旁半跪坐下，静静看着她白皙脸颊上的神情，过了很长时间后轻声说道："为什么先前就那样离开？"

莫山山握着笔杆的右手微微一僵，沉默片刻后说道："那我应该哪样离开？"

她是书痴，莫干山下墨池苑里地位最高的山主，是书圣王大人最后收的亲传弟子。但她年龄并不大，在酌之华眼中更像是一个痴于书墨，不知世事的妹妹。酌之华静静看着她，温和说道："十三先生一路以来帮助我们不少，今日议事帐内如果不是他最后出面，只怕我墨池苑还会有更多麻烦。即便不提这些日结下的情谊，即便是为了表示感谢，你也应该向他告别一声才对。"

莫山山轻转手腕，墨笔软毫触到黄纸之上，写了一横，淡声说道："以前未曾说过，其实那些马贼便是因为他而来，既然如此，我们没有道理感激他，相反是他拖累了我们。今日在帐内他开口说话，是理所当然的事情。"

酌之华看着案几纸上那歪歪扭扭的一横，忍不住笑了起来，旋即轻声叹息说道:"你明知道我想说的不是这个意思。"

莫山山看着纸上如蚯蚓般难看的字迹,心头微恼,回头看着她说道:"那你究竟想说什么?"

酌之华看着她带着几丝恼意的如漆眼眸,微笑说道:"我想说的是,既然你已经偷偷喜欢这位宁大家这么长时间,如今既然看见了真人,为什么不去说明白?"

莫山山微微一怔,回头继续低头写字,说道:"我不知道你在说些什么胡话。"

酌之华笑了笑,不再多说什么,走出帐篷,留她一个慢慢思考。

莫山山没有思考任何事情,因为她脑子里的思绪已经变成了一团乱麻。她只是下意识里握着墨笔不停写着,薄唇微翕,带着恼意喃喃自语说道:"原来你就是那个家伙,却一直瞒着我,要我去说什么,我岂有这般下贱……"

黄纸之上墨迹淋漓却纠结如麻,便是她三岁时也写不出这般难看的字来。

"我排行十三,姑娘你可以叫我十三。"

"你也懂符?"
"略懂。"

"十三师兄,你也懂书法?"
"略懂。"

"十三师兄,你看这幅鸡汤帖如何?
"这帖笔锋尽露而不知敛,形散神亡而无骨,看似别有新意,实际上不过是些鸡贼手段,邪路着墨法,失了中正大雅之风,不值一提。"

旅途当中的那些对话就像荒原上的寒风钻进帐篷内一样不停钻进莫山山的脑海里,有些呆滞的目光显得越来越惘然,甚至有些失神。

在书院排行十三，不是他又是谁，除了他自己，又会有哪个唐人会对鸡汤帖和花开帖如此贬损轻蔑？而且那天夜里他已经承认自己略懂符道，为什么自己没有想到他就是他？山山，你早就应该猜到的吧？

莫山山看着案几上那张仿佛稚童乱书的字纸，伸手揉作一团，羞怒得不想让任何人看见，却不知道这份羞怒究竟是来自于乱笔还是乱了的心。但无论是哪种乱，她这时候除了羞之外，确实有好些怒意。

春天时从唐国传来那个一帖惊长安的消息，她知道遥远的异国出了位深受唐帝喜爱的年轻书家。她出于习惯很自然地吩咐派中执事收集了一些摹本，虽然没有传说中的花开帖，却看到了这幅鸡汤帖拓本。

传说中那位年轻书家正是因为鸡汤帖入了颜瑟大师的慧眼，被收为神符传人。身为师从神符大师王书圣的书痴少女，她当然知道神符师对传人的要求何等样苛刻，所以对这幅鸡汤帖认真观摩了很长时间。她没有如颜瑟大师那般看出书写者有神符师的潜质，也没有像红袖招里的姑娘们因为颜瑟大师散帖中字意从而感伤流泪，但她自身已经距离神符师不远，所以她能体会到这幅鸡汤帖里隐着的很多意味。

除此之外，她还看了很多摹本，骄傲的她也不得不承认，那个长安城的年轻书家确实写得一手好字，除了书圣师父，在世间竟找不出第二个能与之相提并论的人。而当书院二层楼的登山比试详情传到大河国，她才吃惊地发现，原来这个人居然击败了隆庆皇子，成为夫子的学生。

她和花痴曾经是好友，时常通书信，所以她很清楚隆庆皇子是一个怎样接近完美的人。但隆庆居然输给了他，而且居然连夫子也收他为学生，那么这个人……想必无论道德还是气度人品，都非常不错吧？

此时再看鸡汤帖，她又看出了一些不一样的味道。简单而潦草的一道便笺，言语笔锋虽散漫，却隐隐间透着股大自然大亲切，如此理所当然而光明磊落，就仿佛是昊天神辉在云端汇出一道雷鸣：世界应是如此模样。

她只是看过那个人的字，没有看过那个人，然而书道中人，心意可相映，她看着那个人的字，就仿佛看到那个人，她看字的时候，那个人仿佛就在身边。

从春天到夏天，她一直在莫干山下那方墨池旁，静静看那人的书帖。传说中的墨池是黑的，但实际上清亮透彻，映着满天繁星，也映出少女平静而微笑的脸。那个人就在她的身后，看着她手里的书帖，看着水面倒映着她的脸，没有说话，也不需要说话，只是这样安静地在墨池畔看着。

莫山山看着那幅鸡汤帖拓本，睫毛微眨，脸上的红晕渐渐消退，眼眸里的羞恼早已变作了惘然和不安，看着这幅看了很长时间的墨字，她轻声说道："原来你就是你，那帖里的桑桑又是谁呢？"

"桑桑少爷我今天喝醉了……"

颜瑟大师能从鸡汤帖里读懂宁缺的存形忘意，红袖招姑娘们能从笔意中感受到家中那碗鸡汤的温香，她却从这幅拓本里感受到桑桑这个名字对书者的重要性。

便在这时，酌之华掀帘走了进来，看着书案旁的她正在撑颌发呆，不由微微一笑。今年在墨池旁她经常看着山主发呆，所以别人不知道她对某人那种世俗人无法理解的情愫，她却是清清楚楚。

"先吃完饭再看，再想怎么办吧。"她打趣说道。

正因为与酌之华亲厚，自己心意被她察觉，所以莫山山面对她时才会微羞而恼，因为鸡汤帖最开头的那个名字，莫山山的情绪有些不安惘然，忽然听着酌之华这句话，不禁越发羞恼。她这一生不曾羞，因为不曾悦过谁，而如今心意却被亲厚的师姐揭穿，哪里能不羞？

她用手托着微圆的粉腮，疏睫微眨，红而薄的嘴唇抿成一道直线，看着被细心整理在帐角的那堆行囊，忽然间微恼说道："把这些行囊给他送过去。"

酌之华笑着说道："我可没时间。"

莫山山转过身来，看着跟在她身后走进来的天猫女，沉声说道："猫儿，你和那个家伙熟，待会儿把行囊给他送进唐营。"

天猫女疑惑不解地挠了挠脑袋，问道："为什么呀？师兄说待会儿就回来的。"

莫山山眉头微蹙，说道："哪里有这么多的为什么，他本就是唐人，总不能还住在我们这里，把行李送过去，便算是两清。"

薄薄的鸡汤帖拓本还在案几上，淡淡的身影还在墨池水面上，千里同行并肩战斗的默契还在回忆里，又哪里是送还行李便能两清的事情？

心意不是行李，因为没有重量，所以才难提起，更难放下。

39

这时候的宁缺并不知道墨池苑营帐内那位白衣少女正在羞且恼之并且准备清算自己那些羞恼的情绪和不足为外人道的回忆。正因为不知道这些，所以他这时候在唐营某处帐内饮茶休息，显得格外放松。只可惜他还不能完全放松下来，因为他还有件很重要的事情需要去做。

入暮时分，唐营里出现了一道军令，舒成将军召集各部集中，宣布今日神殿议事的结果，同时为明年春季向荒人部族的进攻，商讨具体的事务。

中军帐的命令有些奇特。负责进攻荒人部族的主力应该由左帐王廷的精锐骑兵完成，即便大唐帝国的东北边军也会参加战斗，但也轮不到这些校尉军官与舒成将军商议战事，因为他们的资格严重不够。

然而大唐帝国军令重如山，虽然驻扎在王庭的这支骑兵隶属于东北边军，但既然中军帐有令，没有任何人胆敢违抗。伴着密集的脚步声，各级校尉军官匆匆赶往中军帐，巡逻的骑兵也被抽调，只留在军营外围的防御力量。

宁缺掀起帐帘，在空无一人的营地里向东面行走，来到距离一处营帐约四十步的地方，他停下脚步，伸手到背后抽出被布紧紧裹住的大黑伞。

那处营帐属于大唐东北边军某偏将，有极淡的药草和血腥味道从那处营帐里传出，如果不是他修行之后五识俱敏，只怕根本闻不到这股味道。

"隔了这么些天，居然还没有完全止住血，真不知道你是怎么活下来的。"宁缺在心里默默想着，手腕一抖，大黑伞唰的一声打开。他撑着大黑伞向那片营帐走了过去。

此时暮色如血，营地上方那朵云却开始落起雪来。

雪势极小极疏，几朵雪花落在油腻肮脏的黑伞面上，有些好看。

细小雪花落在黑色伞面上没有任何声音，结实的皮靴踩在枯黄稗草上也没有任何声音，宁缺撑着黑伞，就这样走进了那位偏将的营帐。一道刀光劈头盖脸斩了下来，刀势圆浑，亮若风雪，正是一把弯刀。

帐内的人知道宁缺来了，所以宁缺无法偷袭。

宁缺知道帐内有人，所以这一记弯刀也不算偷袭。

前襟骤然荡起，宁缺右脚闪电般弹出，狠狠踩在那名偷袭者大腿根处。啪的一声闷响，偷袭者身体像虾米一样地弯曲起来，手中的弯刀砍空，重重落在地面上。嗖唥一声，细长朴刀出鞘，化作一道亮色，在此人咽喉上轻轻抹过，血水就这样狂肆地喷了出来，一直喷到了帐篷的顶部。

右侧有劲风袭来，宁缺头也未回，握着大黑伞的左手两指一并，一道符纸骤然幻化无形，一股莫名燥意便出现在营帐之内。那名偷袭马贼双手紧握着弯刀，借着前冲之势扑来，速度奇快，仿佛要劈开那把大黑伞，再把宁缺从上到下劈成两半。然而当他冲到伞后时，发现自己扑到的并不是那把大黑伞，而是一片炽白色的火海。

营帐空气里的火焰骤燃骤熄，那名马贼头上的火苗却还在燃烧，手中斩下去的弯刀没有斩到伞更没有斩到人，只斩到了空气。

宁缺早已错步扭身静候于侧，看着火焰中马贼开始变形熔化的脸庞，看着他最后惊恐的眼神，看着他张大的嘴唇想要发出一声惊呼，沉身挥刀。刀锋闪过，燃烧的头颅向帐内飞去。马贼身体颈部血腔里喷出的血再次喷到帐顶，和同伴的鲜血汇在了一处。

宁缺左手撑伞，右手握刀，继续沉默向帐内走去，那具无头的尸身在他身后啪的一声倒下。伞下他的脸上没有丝毫情绪。无论从前还是现在或者以后，对于这些马贼或是冒充马贼的人，他没有任何怜悯。

马贼燃烧的头颅在地上骨碌碌地滚着，一直滚到帐篷里间，快要到某处睡席旁才停干，伴着焦煳味的火苗渐渐熄灭。

睡席上躺着一名脸色苍白的中年人，极瘦，极虚弱，一处肩膀被布紧紧缚住，依然有些血水渗出，隐隐还能闻到腐肉的臭味。中年人盯着渐渐走近的宁缺，忽然间眼眸里骤放光芒，身体一阵剧烈的颤抖，显得极为痛苦，却又极为坚毅决绝。

营帐之中天地元气骤然变得紊乱不堪，一阵寒风无由而起，大黑伞上的雪花被瞬间吹至无踪。但那股凝聚了数十年冥想和最后生死存亡关头的决心的雄浑念力，就像这阵寒风一般，被大黑伞油乎乎的伞面尽数挡在外面。

没有一丝能够刺进宁缺的识海。

"你既然奉命前来杀我，想必很清楚我是谁。"宁缺走到那名脸色苍白中年人的身前，居高临下看着他，平静说道，"我承认你的念力确实强大，但即便你完好无缺，在我有准备的情况下，你怎么还敢奢望战胜一个书院二层楼的弟子？更不要说你现在受了这么重的伤。另外你是不是觉得断臂处的伤势恢复得很慢？就算你不停地削去腐肉，依然无法阻止伤口的溃烂？其实那是因为我的刀上有东西。"

宁缺抬起右臂，把朴刀伸到那名中年人的脸前，朴刀寒光四射，除了那些繁复的符纹，看不出有什么特殊的地方。

"指使你来杀我的人以及你自己，知道我是书院二层楼的学生，知道我是颜瑟大师的传人，所以那天在草甸下方，我几记杀招都被你挡了下来。但很可惜你们不知道两件与我有关的事情。"宁缺说道，"我自幼打猎为生，很小的时候就要猎杀很大的猛兽，所以我偶尔也会用毒。我的刀上抹着岷山里的蛇荆木汁液，毒性不强，但比较麻烦。"

席上躺着的中年男人脸色异常苍白，因为逼出了识海内最后积蓄的念力，他此时再无还手之力，听着宁缺平静的叙述，他的眼神里更是下意识流露出恐惧的神情。作为一名修行强者，他实在想不明白，宁缺身为夫子的亲传弟子，在修行手段之外，居然还会藏着这么多阴狠毒辣的后着。

"虽然我相信你这时候不会再有什么战斗力，但你毕竟是洞玄上品境界的大念师，又是我大唐东北边军的大人物，所以我必须保持警惕，所以抱歉。"

随着抱歉二字出口，宁缺再次挥出手中的朴刀。刀光闪动骤敛，中年男人没有死，但肩上再次出现了一个极恐怖的血口，仅存的最后一条胳膊也离开了身体。中年男人艰难地转身望向肩头，确认自己双臂全断，不由感到万念俱灰，然后才感知到一股难以忍受的痛苦从肩头瞬间冲进大脑，不由发出一声凄厉的惨号。

宁缺收刀回鞘，在营帐内找出几块旧布，一块塞进他的嘴里，剩下的裹在他肩头的伤口处。他包扎伤口的手艺很好，加上倾倒了半瓶伤药，竟很快便止了血。他一面低着头认真给中年男人疗伤，一面说道："先前说过关于我有两件事情你们不知道，除了说过的那件之外，还有一件事情就是我这个人的性格有缺陷。

"我虽然开始修行，但我依然不是一个世外之人，所以对很多事情，我提不起也放不下。比如你要杀我的事情，我肯定是要报复的，再比如你为什么要杀我。"

宁缺完成了包扎，坐到中年男子的身旁，看着他说道："以后你肯定是提不起什么东西了，那么你就要学会放下，比如那些愚蠢的忠诚之类的东西。"

若说要刑讯逼供，哪里有一刀便砍掉对方手臂的道理，但偏偏他就这样做了。直接把对方逼入绝望的境地，却又在这时开始问话，非这等冷酷无头绪的冲击，又怎能击破一名修行强者的心防？

中年男人痛苦地闭着眼睛，枯干的嘴唇紧抿，似乎非常恐惧一旦嘴唇张开，便会不由自主说出对方想要知道的话。

宁缺从他嘴里取出那块旧布，说道："冒充绝望是没有用的，只要活着就还有希望，你这时候毕竟还活着，所以有些事情你就要做一个交代。比如，你是谁？"

40

中军帐内，舒成将军正在和东北边军的各级军官们议事，忽然察觉到营地深处传来的天地元气波动，又听到随后的那声惨号，不由表情微变。一名偏将更是神情骤然一紧，站起身来便准备向帐外冲去。

舒成将军冷冷盯着他，寒声问道："徐寅，你想做什么？"

那名叫作徐寅的边军偏将转过身来，看着面色如铁的舒将军，终于明白为何今日会有这么一场会议。他强行压抑住心头的震惊，沉声解释道："营内有动静，说不定是有敌谍潜入，本将身为山字营偏将，应该去巡查一番。"

"不用了。"舒成将军级别远在徐寅之上，他面无表情看着对方说道："朝廷正在执行任务，不用你去巡查。"

徐寅胸口如遭重击，既担心那边的情况，又担心如果真是朝廷在查看马贼一事说不定会牵扯更广，一咬牙沉声说道："为何末将不知朝廷在查何事？而且如今深在荒原，难道朝廷还会专门派人来查。"

舒成将军重重一拍桌子，厉声呵道："放肆，朝廷办事难道还需要向你这个小小偏将交代！你给我闭嘴，坐下！"

脸色苍白的中年人便是在荒原上追杀粮队的马贼首领。他双眼无神看着宁缺的脸，虚弱不堪说道："你既然能找到我，何必还要问我是谁？"

"能找到你是因为猜到了你的身份，但猜测终究做不得数。"宁缺收了大黑伞，继续说道："你究竟是什么人，其实并不重要，而且也很容易发现，只需要画张像让军部查一查便清楚。"

中年人痛苦地皱着眉头，说道："那你可以去查。"

"现在身在荒原，我不可能回长安。而且就算查到你是谁，对我想知道的事情也没有什么帮助，就好比如果我触犯唐律杀人，也没有人敢说夫子半句坏话。"

中年人缓缓闭上眼睛，说道："我叫林零，帝国东北边军内锋营主将。"

宁缺看着他苍白的脸颊，在心中默默复述了一遍这个名字，然后说道："很好，那么接下来就该说，究竟是谁指使你来杀我？"

中年人紧紧抿着毫无血色的枯干双唇，看意思不会再说任何一个字。

既然是东北边军内锋营主将，那么顶头上司便是夏侯大将军，其实宁缺不需要问，中年人也不需要说，彼此都心知肚明究竟是谁想要杀宁缺。然而推论永远无法变成证据，就像宁缺先前说的那样，大念师林零自承身份也是因为知道这不算什么。

宁缺看着紧闭双唇的中年男人，用余光瞥了一眼帐外一处，那里隐隐约约有一道人影。沉默片刻后，他神情认真说道："我以夫子的人格发誓，只要你肯说出来指使者是谁，我可以让你活着回去，并且让书院保证你的安全。"

大念师林零睁开双眼，看着他，却依然一言不发。

"我已经用夫子人格发誓，难道你还不信？"宁缺摊手说道。

林零艰难说道："真的没有人指使我，这是我自己的决定。"

"就算是你自己的决定，那也必然有某些人的默允。要知道虽然你是位洞玄境的强者，但在荒原上，依然没有资格指挥超过六百骑的马贼。"宁缺看着他的眼睛说道，"我要知道那个人的名字。"

林零喘息着说道："从我嘴里听到那个名字真的这么重要吗？"

"对于朝廷查案……或许不重要。"宁缺稍一停顿后说道，"但对我很重要。"

林零忽然笑了起来，惨白的笑容显得有些诡异："如果对你很重要，那我又怎么会说呢？"

宁缺皱了皱眉，发现自己低估了夏侯在对方心中的威信，低估了对方的忠诚。他轻轻抚摩膝头，沉默很长时间后忽然开口问道："你有父母子女没有？"

林零似乎猜到他想说什么，艰难微笑着说道："没有。"

在宁缺看来，这个笑容很可恶很得意。略一沉默，他神情温和继续问道："那你身为修行者，总有师门宗派吧？"

林零回答道："有，但我从军以后便极少与师门来往，也没什么感情。"

"你在撒谎。"宁缺看着他平静说道，"如果你和师门没有感情，大可以把这个空门放给我。你却偏偏要急着把师门撕扯开来，证明大有回护之意。"

林零微微一怔，痛苦地皱了皱眉，说道："信不信由你，反正我什么都不会说。"

宁缺笑了笑，说道："好吧，不管你是不是撒谎，但你要知道勾结马贼袭击粮队，尤其是谋杀我这个书院二层楼弟子，是什么样的罪过。"

林零神情坚毅平静说道："不过一死罢了，千古谁无死？"

"当然不是死这么简单，虽然我认为死亡确实是最大的威胁，但我知道像你们这种忠贞之士，一直都以为世界上有比生死更重要的事情。"宁缺看着他的眼睛，说道，"我是夫子的弟子，我是陛下的信臣，就凭这件事情，我可以问罪你的师父长辈，散了你的宗派，甚至把你的所有亲戚和同门尽数杀了。你那些亲戚和同门就这样死了……岂不可惜？"

林零听懂了宁缺毫不加掩饰的杀意，于是因为失血过多而寒冷的身体越发寒冷，竟仿佛比帐外的风雪还要更加凄凉。

"我不习惯这么威胁人，因为以前我很少有威胁人的资本。"宁缺很认真地说道，"而且我也不想威胁人，我只是想知道一个答案，这个你我都知道，只是我想从你嘴里听到的答案。"

林零枯槁消瘦的脸颊上流露出挣扎的神情，灰暗的眼眸里渐渐溢出放弃和歉疚的情绪，宁缺瞧得仔细，平静加了一句："我以夫子的人格发誓。"

不知道过了多长时间，干涩的音节，终于从这位垂死大念师的枯唇间缓缓道出。

宁缺低下头，安静地认真倾听，时不时问上两句什么。待听到了所有想知道的事情，他站起身来，看着奄奄一息、但眼神在愧疚之余流露出些许平静轻松情绪的中年男子，点头致意。

然后他抽出鞘中的朴刀向下斩去，寒冷的刀锋斩断对方的咽喉。

大念师眼眸里那些愧疚放松后怕之类的复杂情绪全部化作灰暗的

震惊和绝望，眼睛瞪得极大，纵是没了呼吸也无法闭上。

走出帐外，宁缺看着那名等候自己的唐兵，说道："他没能挺下来，真的很遗憾。"

这名天枢处埋在边军里的眼线唐兵从头到尾旁观了今天发生的事情，听着这句话完全不知道该如何应对，看着宁缺刀锋上的那抹残血，只好沉默不语。

没有了呼吸也闭不上眼睛，这就是所谓死不瞑目。宁缺在帐内没有替林零把眼皮合上，心里也没有什么沉甸甸的感觉，甚至出营帐之后便迅速遗忘了此事。他这辈子杀过太多人，见过太多死人，也见过很多死不瞑目的人，所以根本不在乎。死者怨念不甘想报复？若你能化身成鬼那便来吧。

对于试图杀死自己的人，宁缺从来没有宽恕之心，只要能够达成自己的目标，任何誓言承诺都是最不值钱的事情。先前没有用自己人格起誓而是用夫子人格发誓，自然是因为他的人格没有夫子的人格值钱，至于夫子的人格会因为他的举动而破产……

反正夫子他老人家不知道，不知者不罪也。

如果让别人知道这件事情的真相，大概会觉得宁缺如此做法有些缺德，比如这时候身边那位天枢处密谍，脸上便带着紧张不安的神情，心里不知道在想些什么。这是因为他们不知道宁缺从小在渭城得的那个外号——缺德的。

袭击粮队试图暗杀他的马贼最后残余的几个头目及首领全部死光了，唐营中军帐外的事情进行得也非常顺利，没有出现任何意外。这支骑兵隶属于东北边军，但舒成将军领圣命而来。涉嫌包庇马贼的徐寅偏将，身为骑兵统领竟是没有任何反抗的余地，老老实实束手就擒。

舒成将军挑明调查马贼一案的宁缺身份，自然是压制营中将士的重要原因之一，但更重要的原因还是在于唐军的纪律。大唐东北边军虽然受夏侯大将统领多年，但依然是帝国的部队，而不是夏侯的私军。

如今大唐帝国国势强大，四海归心，效忠皇帝陛下的意念深入每个骄傲军人的骨髓里，长安城里的人们从来不担心四大边军会出现任何异端，也正是根源于此。

在中军帐中，宁缺向舒成将军讲述了一下先前的情况，然后把林零供出来的那些秘辛，挑选了一些由将军亲卫记录成册，稍后便要送回长安城。至于那名天枢处密谍早已回到了他的营帐之中，另外还有一份密奏会通过相关渠道，经由天枢处递到国师手中，再直接递入皇宫。

所以宁缺并不担心马贼一案就此湮灭无踪，他这时候更忧虑的是另一件事情——夏侯他为什么要杀自己？就算是林零猜疑自己与御史一案有牵连自作主张，这个理由总觉得不够有力。自己身为夫子亲传弟子，皇帝陛下信臣，要杀自己必然要冒极大的风险，如果没有足够的动力或诱因，林零凭什么替自己的主子惹祸？

舒成将军看着他若有所思，以为他在想别的事情，缓声说道："林零虽然是东北边军大念师，但这件事情并不见得能推演到大将军身上，毕竟只有一份口供，而且没有当场记录。十三先生，我只负责把这件事情报回长安。"

宁缺笑了笑表示明白。就算他现在身份已经极尊贵，但这份尊贵属于书院后山，和俗世牵连不深，想要凭一句话便让朝廷问罪一名镇军大将军，实属妄想。

在军营众人复杂的目光注视下，他走出中军帐，向自己的帐篷走去，还没走得几步，便见栅外一个小小的身影跑了过来。天猫女小脸微红，气喘吁吁地摆着手说道："师兄，你那堆行李太重，我一个人实在搬不过来，你要不要自己去拿？"

宁缺原本确实是想搬回唐营，毕竟这里是自己人的地方。然而今日他连杀数名东北边军内锋营冒充的马贼，又导致这支部队最高长官被缚，虽然没有人敢对他流露出丝毫不敬或敌意，但那些眼光中复杂的情绪着实让他有些头痛。

"不用搬了。"他把手从栅空里伸过去，揉了揉小姑娘的脑袋，笑着说道，"晚上我还是回去睡。"

天猫女大喜，拍着手掌说道："太好了，师姐们都还说你不会回来了呢。"

书院二层楼弟子身份曝光之后，墨池苑的少女们心想宁缺再没道理和自己这些人一起待着，肯定会搬回唐营，说不定以后再也难以相见。想着一路来的互相扶持，还有那些笑话及烤到金黄的野羊，不免有些遗憾和难过。

所以当宁缺牵着大黑马出现在帐外时受到了少女们热情的欢迎，连带着大黑马也被摸了好些遍，它轻轻摇晃着脑袋，踢着脚底的硬地，不时翻动厚厚的唇皮儿，显得格外得意高兴。

只有书痴莫山山一如既往冷漠或者说木讷，甚至变得更为冷漠。

宁缺走进帐内，看见她正在低头描着小楷，与她说了几句话，却得不到任何回应，不免有些奇怪，走上前去想要看看她在写些什么，却被她冷冷地瞪了回去。

"看在你眼神不好的面子上，我不和你生气。"宁缺浑没意味地自我安慰了两句，走出帐外来到大黑马身旁，从怀里掏出一根有些干枯的草根似的东西，塞进大黑马的嘴里。大黑马眼睛骤然明亮，吭哧吭哧几口便嚼完吞进腹中，接着低头在他脸上不停磨蹭，就像个小狗一样撒着娇，似乎想要多讨几根。只是因为它的身躯实在是过于高大，别说小鸟依人，便是想做出个依偎的姿态也显得那般滑稽。

宁缺懒得理它，厌烦地把它的大脑袋推开，然后望向北方密云覆盖下的远方。那边是荒人所在的地方。他静静看着那处，忽然间想明白了一些事情。

很多人正在往那边去。朝廷没有去人，书院没有去人，他就是朝廷和书院。

夏侯在那里要做一些事情，不想被朝廷和书院干扰或知晓，所以他不惜冒着极大风险来杀自己，因为他愿意为那件事情拼死一搏。荒芜寒冷的原野间，能值得这位镇军大将军拼死一搏的事情能有什么？

当然是那卷天书。

宁缺看着荒原北方，笑着心想，因天书而起，看来总要因天书而终。

"我喜欢你的这匹黑马。"从身后忽然传来一个声音。

宁缺转身，看着大黑马身旁美丽动人的白衣少女，看着她那道抿成直线的红唇，看着她梳得整整齐齐的乌黑秀发，总觉得自己先前听到的这句话中间有一处停顿，却又觉得应该是自己听错了。

因为她的神情还是那般木讷，她的眉眼还是那般好看，和平时没有任何异样。

41

看着面前的少女符师，宁缺憋半天憋出一句话来："我自己也挺喜欢的。"

连续接受告白，尤其是听到自家那个贱坏男主人表示喜欢，大黑马咧开大嘴，露出白石子般的大牙，憨喜不已。

莫山山看了大黑马一眼，问道："你怎么回来了？"

宁缺看了唐营方向一眼，说道："过去处理了一些事情，还是习惯在这边待着。"

习惯这两个字比较悦耳，莫山山脸上的神情稍微和缓了些。她轻轻将发丝将到耳后，看着他说道："后日我会随神殿继续向北进发，你准备如何安排？"

议事会议后半段宁缺没有仔细听。当时天谕司司座大人转述了掌教大人的来信，在信中，掌教大人要求年轻一代的强者趁隆冬时节，潜入北荒部落，摸清对方实力，寻找魔宗余孽，甚至必要时可以展开一些定点清洗。

这些当然是名义上的说法，实际上神殿也是想通过此行，对各宗派弟子加以考验磨炼。只是虽说已逾千年没有交手，但神殿清楚荒人部落的实力依然强大，不然不至于把左帐王廷的精锐骑兵打得如此凄惨。为了避免出现白白牺牲的局面，这一批再次向北进发的年轻修行者要求极为严苛，必须是洞玄境以上的高手。

莫山山作为年轻一代中的领军人物，自然在列。

"你要去北面？"宁缺眉头微皱，看着身前少女清丽的容颜，想着这段日子墨池苑与神殿之间的冲突，不免有些担心，问道，"还有哪些人要去？"

莫山山的回答一如既往简洁明了，或者说完全不知所以然。"自然还是那些人。"

宁缺苦笑无语，心想所有人都认为自己是书院二层楼的弟子，那么肯定清楚天下各宗派修行者的实力划分，问题是他确实不清楚那些人究竟是哪些人。莫山山看他神情，以为他在想别的事情，说道："隆庆皇子一直没有出现，我想他现在应该已经在北面了。"

宁缺摇摇头，说道："别相信外面传的那些话，我可没有时时刻刻事事物物都要与那位皇子争高低的念头，一生之敌这么热血的说法，不适合我。"

接着他想起陈皮皮曾经提过的那个厉害人物，心中生出些许好奇，看着莫山山问道："天下三痴我已经见过两位，那位道痴究竟是什么样的人？这次你们去北荒，她会不会出现呢？"

"我没有见过道痴，我也不知道她有没有来荒原。至于隆庆皇子，现在的你确实不是他的对手，所以我不会误会你想去挑战他。"莫山山说道，"另外，你不喜欢被人拿着和隆庆皇子相提并论，我也不喜欢被别人称作天下三痴。不过我可以明确地告诉你，道痴叶红鱼痴于修道，实力境界必然在隆庆之上，而隆庆强于我，所以她才是我们三人中最强的那个。"

宁缺看着她微微闪动的睫毛，说道："在成为神符师之前，我们这些修符之人与同境界的人比拼总是要吃亏一些，你也不用太在意。"

莫山山不解地看了他一眼，问道："不用太在意什么？"

宁缺怔了怔，说道："不用在意道痴比你更强。"

莫山山摇了摇头，说道："世间总有比你强的人，这有什么好在意？"

暮色早至天已晦暗，荒原上的寒风吹拂着少女的脸，长而疏的睫毛轻轻眨动，神情平静而恬淡，看不出一丝勉强的神情。

宁缺看着她看了很长时间，有些感慨于少女的心境。只是即便他能理解一二，也不知道该找怎样的话来表示赞赏。

"我也会去那里。"他抬起手臂，指向北面远方莽莽沉沉的荒野。

莫山山蹙眉问道："为什么？神殿的诏令对你没有任何约束力。"

宁缺看着原野尽头，沉默片刻后说道："我要去找个东西，或者说阻止别人找到那个东西。这件事情我本来可以不用去做，哪怕就在昨天，我还在思考要不要拍屁股走人，但今天我发现这个事情还是值得去做一做。"

莫山山脸上神情渐敛，归于木讷，问道："为什么？"

宁缺看着她笑着说道："因为这不再只是朝廷或者书院的事，也是我私人的事。"

莫山山静静回望着他，看着最后那抹暮色下他的侧脸，看着那处浅浅的酒窝，忽然开口说道："那些专程杀你的马贼，应该知道你书院弟子的身份。"

宁缺点了点头。

莫山山眼帘微垂，说道："但他们敢杀你。同样的道理，在议事帐内，当着那么多人的面，无论你怎样挑衅嘲讽奚落曲妮大师，甚至对神殿不敬，也没有人敢对你做什么。但如果进了荒原深处，在那些人烟罕见的地方，无论是谁都可以杀你，只要把你的尸首往雪里一埋，谁能知道凶手是谁？"

宁缺摇头说道："我不是那么好杀的。"

莫山山抬起头来，看着他说道："虽然你是夫子的亲传弟子，但你的实力太弱，境界太低。荒人实力强悍，赴荒人部落查探的人至少都是洞玄境以上，也就等若说，只要是个人都能把你揍得像条狗一样，杀你又有何难？"

说这番话的时候，少女的目光如往常般散漫，神情如往常般木讷平静，并没有刻意显现出嘲讽或奚落。然而正是因为这种一如往常，才显现出她说出这句话时的心情非常认真，她说的是最老实的老实话。

越老实木讷的人说的老实话越伤人。所以宁缺很受伤，很伤自尊。他微僵身躯里那颗火热的心脏被书痴姑娘这些话戳得千疮百孔，鲜血淋漓，仿佛她修成了比神符更强大的手段，唇间每吐一个字，便能割他一刀。

"是个人都能把我揍得像条狗一样？"宁缺睁大眼睛盯着莫山山漂亮的小圆脸，强行压抑着心头的羞恼意和血腥味，恼火说道，"你要不要先试试？我还有很多本事没使出来，真把我逼急了，当心你没把我揍成一条狗，我这条狗先把你咬一口。"

听着这句极不雅的话，莫山山怒且羞之，腮颊微红。她不愿再理会这厮，轻拂衣袖，转身向帐里走去。

宁缺看着少女的背影怔了怔，加快脚步追了过去，喊道："别急着走啊，还有些事情没说明白，你得听我把话说完。"

莫山山停下脚步，没有回头，神情淡漠说道："什么事？"

宁缺转到她身前极郑重地行了一揖。

莫山山微微一怔。

宁缺觍着脸说道："我想和山主您商量个事儿。"

莫山山看着他嬉皮笑脸的模样，想着夏日墨池静水面上反映出来的那张脸，怎么也无法联系起来，越发觉得有些心情低落，低声问道："什么事情？"

"危险这种事情，很小的时候我就很清楚。"宁缺敛了脸上笑意，十分郑重认真说道，"神殿并没有要求各宗派洞玄境高手一起进入荒人部落，既然是查探，当然隐秘为先。也就等若说你可以自己去，既然如此，我想我们两个人可不可以同行？"

莫山山睁着眼睛，看着近在咫尺的他，忽然觉得自己的双手不知道该往何处安放，声音带着极细微的颤音问道："为什么？"

"如果我们一起去荒人部落，就算真遇着传说中的魔宗长老，咱们互相配合，活下来的几率比较大。最关键的是，你我同行可以完美地解决神殿中人或者月轮国那些光头对我们下黑手的危险。"宁缺越想越觉得自己这个主意妥当，兴奋地挥舞着手臂说道，"如果遇着道痴叶红鱼甚至比道痴还要强大的家伙，我们打肯定是打不过的，到时候你拖住道痴，我骑着大黑马就逃。只要我能逃出去，就是证人，道痴哪里敢杀你？"

忽然间，他注意到莫山山的脸色变得有些苍白起来，平日里散漫直愣的目光变得无比锐利，隐约可见愤怒的火焰跳动。宁缺心想她可能误会了，急忙解释道："相反的情况也成立，可以由我拖着强大的敌人，你先逃出去，那对方同样不敢杀我这个夫子亲传弟子。说来说去就是你我互为证人的小游戏，可不是我要拿你去当壁虎的尾巴。"

莫山山虽然不是普通少女，但她终究是位少女。

就如同宁缺虽然不是普通无耻，但他终究就是无耻。

莫山山盯着他的眼睛，目光里燃烧的火焰快要把传说中书痴的贤淑静贞之气尽数焚光才渐渐敛去，化作淡漠的冷冽漫谈，缓声说道："遇着强大的敌人只想着逃……难道你不觉得这样会显得过于懦弱无耻？"

平静冷漠的言语里透着毫不加掩饰的轻蔑不悦，虽说宁缺一路以来见惯了少女符师的淡漠宁静，但那和轻蔑是两回事。他也有些恼火，说道："一说都要被人揍成死狗了，难道还不能逃？"

莫山山看着他脸上理所当然的神情，心想你居然还好意思表示不满？袖中的双手微微颤抖，似乎随时可能握紧成拳砸将出去。她像研究一块墨砚般盯着他看了很久，仿佛要看清楚这究竟是一块珍贵的黄州沉泥砚，还是一块廉价而不值钱的黄泥砚。

过了很长时间，少女看着他失望问道："夫子……怎么会收你这样一个人当学生呢？"

宁缺摊开双手，诚实回答道："因为夫子他自己也不知道多了我这么个学生。我有时候也在想，如果他老人家知道我是这样的人，会不会反悔。"

莫山山看着他诚恳的模样，完全不知道该说些什么，这时候才明白，原来自己以前的看法是正确的，以字观人是件很糊涂的事情。现实和想象是两回事，对于这一点，她已经有心理准备。只是随着接触的深入，她还是没有想明白，能写出那些书帖的人，怎么能够这般厚颜无耻？现实中的他和墨池水面上的那个他，做人的差距怎么这么大呢？

"你过来。"莫山山忽然开口说道，走到案几旁边，摊开一卷宣州芽纸。

宁缺不明何意，走过去坐下，看着微黄纸张的厚度以及上方那些绵密絮痕，大声赞道："好纸，似这般好纸，我还只在陛下的御书房里见过。"

莫山山没有理会他的吹捧，面无表情注水入砚，轻提墨块研磨片刻，指着笔架上那些像门帘般的毛笔，说道："自己挑。"

宁缺隐约猜到她要叫自己做什么，不由略感紧张，沉默片刻后，极认真地挑了一管自己最惯用的紫毫，然后开始调整呼吸。

果不其然，莫山山面无表情说道："写。"

宁缺老实问道："写什么？"

莫山山沉默片刻后，说道："随意写个便笺。"

宁缺摇了摇头，说道："我这时候又不用给谁留话，写那东西作甚。"

话音落处，他呼吸调整完毕，略一定神，手腕微凝，蘸满墨汁的饱满毫尖便落到了宣州芽纸之上。

他如今已经是长安城享有盛名的大书家，然而面对着的少女则是天下闻名的书痴，自不敢有半分怠慢，相反他要拿出最好的水准，才能表现出尊重。

不需多时，提笔回腕，一幅草书已成。

力道苍劲，变化无端，圆转飞动之间却又显顿挫险峻。

宁缺搁笔，端详片刻，非常满意。

然后他望向莫山山，心内有些惴惴，不知道她是否满意。

莫山山转到案对面，把他挤到一旁，低头靠近墨纸，专注认真看了很长时间，无论是脸上还是眼眸里都没有流露出任何情绪。

看着纸上那些飞墨连草，少女默默想着，确实是块名贵的黄州沉泥砚啊。

她自己用的砚台便是黄州沉泥砚。

暮色已退黑夜来临，帐内不知何时燃起几处灯火，昏黄的光线照耀在宁缺的侧脸上，把他脸上那道不安与自信交杂的古怪神情映得清清楚楚。莫山山看着他的侧脸，忽然想起旅途上车窗旁的那张侧脸，想起车厢里那个满脑子阴暗毒辣，教如何杀人的年轻男子，渐渐想明白了一些事情。

不管是名贵的黄州沉泥砚，还是廉价的黄泥砚，只要能写出好字，都是好砚。

那时候的他也是他，也是很值得喜欢的他吧。不然那时候，为什么当他说有些喜欢你的时候，你会急着说自己有喜欢的人了呢？

莫山山明白了自己的心意，忍不住微羞低头，露出一抹无声的笑容，在昏黄的灯光映照下，这抹笑容是那般的妍丽无法形容。只是目光落在潦草墨纸之上，她脸上的笑容变得有些淡了，心想这字虽然好，可惜却不是自己想要的字。我不要中堂宽幅，我想要的只是一张小小的便笺。

什么时候你才会为我写一张小便笺呢？

"我喜欢你的字。"莫山山抬头看着宁缺平静说道。这句话中间没有一点停顿和不自然。

半夜营帐一角，少女符师拿着那张纸静静观看，不知在想些什么。

天猫女看着那处，细细的眉尖蹙了起来，明亮眼眸里全是不满，愤愤不平说道："世间男子多负心，没想到宁师兄也是这样的人。"

酌之华微微一怔，心想真不该把那些事情告诉这个小姑娘，笑着说道："十三先生又不知道山主对他的情意，根本无心何来负心？"

天猫女把奶片塞进嘴里用力嚼着，哼了一声说道："没心没肺更可恶。"

酌之华微笑说道："你不要多事，山主可不是那等不敢言的俗女子。"

寒风萧萧，飞雪飘零，长路漫漫，歇歇再行。

深入荒原深处，快要接近荒人部落，天地间已然是纯白一片，雪野间偶尔能够看到几株树木，还有些野兽留下的蹄印。就在进入这片雪原之前，宁缺拿到了天枢处和暗侍卫送来的最后一份情报，确认那支从土阳城出来的商队并没有在王庭停留太长时间，应该就是从前面那个山垭处折转向北，然后不知去了何处。

他拿起一根树枝，在雪上画着地图和此后自己的路线。

"写几个字来看看。"莫山山摘下雪裘的帽子，看着他平静说道。

宁缺痛苦说道："写了一路，这都已经快要看到荒人了，还要写？"

莫山山指着自己身前平坦的雪地，说道："快点，我喜欢看你写的字。"

42

离开王庭再度向北，宁缺确定的路线非常清楚，就是跟着土阳城出来的那支商队行走。只是来到这片雪垭口处，无论天枢处还是暗侍卫的情报都已中断，剩下的路只有自己去探索。好在一路行来极为小心谨慎，无论阴雪天气，总保持天弃山脉在自己左手方清晰可见，即便追不上那支商队，原路返回也不成问题。

不清楚是写的字还是死皮赖脸死缠烂打的精神起了作用，莫山山没有与神殿强者们同行，而是与他一道向北进发。一路行来路途寂寞，二人时常切磋书道符道，各有收益，尤其是宁缺通过她的演示掌握了更多符道的基础法门，甚至隐隐约约感觉自己快要破境，不免心喜。

莫山山的心情也不错。正如她所言，她喜欢看宁缺写的字，路途当中每遇歇息之时，便能看到宁缺拿着墨笔或是树枝在纸上在泥地雪地上勾抹画连，再枯燥乏味单调的旅程似乎也变得丰富起来，雪地仿若墨池。树枝在雪中划动的声音簌簌响起，宁缺看着自己写的这些字，满意地点点头，发现自己在莫山山的压力之下，不止修行境界有所增进，便是书道也长进不少。

莫山山将胸前的围巾拉到肩膀，身体微倾，低着头认真看着他写的字，右手伸出食指在空中缓慢地比画着，似乎是在临摹。宁缺知道少女的眼神不大好，已经习惯了她每次看字时的专注和姿势。垭口下方刮起一道夹着雪粒的寒风，把少女肩上那条围巾吹得呼呼作响，黑色的发丝向后飘去，衬着微红的脸蛋，显得很好看。

雪垭后方，大黑马高昂着马首，百无聊赖地轻踢着前蹄，也不知道它成天到晚吃什么吃到火气如此猛，竟似根本不惧此间的寒冷。旁边有一匹枣红色的母马，搭着保暖的布褥，蹄上束着布带，却依然显得有些惧冷，不停向大黑马身旁靠去，小心翼翼地轻轻磨蹭，似乎想要取暖，又不想让它觉得厌烦。

大黑马轻轻打了个响鼻，显得有些腻味，却没有挪开自己的高大身躯，而是昂扬地挺立在风雪中，替枣红马挡住右侧吹来的雪风。

莫山山在空中划动的手指缓缓停住，完成了临摹。但她没有就此抬头，而是继续认真看着雪地上的字，似乎想把那些字全部牢牢记在心里。

宁缺伸手摘下脸上的黑口罩，认真请教道："昨天请教过破境一事，你说每个人的情况都不一样，越到高处越困难，可我只不过是从不惑入洞玄，算不得什么艰深破境关口，为什么从东胜寨到此地过了这么长时间还没有动静？"

莫山山直起身子，看着他静静说道："春天的时候你才开始初悟，如今一年未尽，你便已经看到了洞玄的山门。如果你没有说谎，那么只能说明你是修行道的天才，这也说明了夫子为什么会选你为学生。"

宁缺问道："你的意思是说，我和别人相比已经算很了不起的？"

莫山山睫毛微颤，问道："你说的别人究竟是什么人？"

宁缺沉默片刻后，说道："隆庆皇子。"

莫山山看着他认真说道："你不是说你不接受一生之敌这么狗血的说法？"

宁缺笑了起来，说道："世间皆称隆庆皇子只差一步进知命，如果他真进了知命，我就算想狗血也狗血不了，而且……"

他笑意渐敛，平静说道："神殿会尊敬书院，但不代表畏惧书院，尤其是隆庆皇子这种人物，他一定会寻找机会亲手击败甚至杀死我，以此完善他所谓的道心。如果他进了知命，真可以把我揍成一条狗。"

莫山山静静看着他，仿佛看着雪垭外的风雪，猜想着他心里究竟在想些什么东西。沉默很长时间后，轻声说道："你想战胜他？"

"骄傲与自信来自于实力，我不是二师兄。"宁缺说道，"所以我并不奢望现在就能战胜他，但我想，如果有可能延缓他进入知命境界的脚步，也许有一天我能追上他。"

"我想你应该有时间，虽然时间不见得足够。"莫山山看着他，惯常木讷无表情的脸上出现一道很罕见的笑意。这抹笑意有些生涩，却充满了欣慰温暖和鼓励的意味，"修行五境，终境最难，要上知天命是件非常困难的事情。虽然我现在能写出半道神符，那只是侥幸得到的大机缘，我始终看不到知命境界的门槛在哪里。"

莫山山看着他继续说道："隆庆皇子虽然被公认为年轻一代中最有可能第一个进入知命境界的人，但我想他不过是看到那道门槛，距离迈过那道门槛还有一段时间。前些日子我在想，神殿让我们进入荒原也有这方面的考量。"

宁缺忽然想到一件事情，皱眉不解问道："你也曾经说过，隆庆不如道痴，如果隆庆都已经看到知命境界的门槛，那道痴呢？"

"也许她迈过了一只脚？也许她只是看到那道门槛。"莫山山说道："道痴的强大，并不仅仅在于她的修行境界，更在于她对道术精妙的掌握。据闻神殿掌教曾经赞她万法皆通，你可以想见一二。"

宁缺听着万法皆通四字，不由一震，正想再问得更具体一些，忽然间眉梢一挑，手臂一探握住了身后的大黑伞。

垭口外的风雪之中响起一道极微弱的箭鸣。

莫山山虽不似宁缺这般对箭声极度敏感，但身为洞玄上境的修行者，发现羽箭的速度也并不稍慢，露在袖外的手指轻动，便拈住了一张符纸。

宁缺伸手阻止，因为他听出羽箭的方向应该与己等无关。

一支羽箭深深射进雪垭外的缓坡。藏在雪坡里的一只雪兔后臀被箭镞撕裂，拼命挣动弹跃而起，跳进了垭口。雪兔摔进雪垭里，弹动几下便毙命。雪地上宁缺写的那些字，被蹬得一塌糊涂。

沉重的脚步声在垭口外的雪坡上响起，宁缺用目光示意莫山山此事交给自己处理，伸到后背的手松开伞柄，向上握住刀柄。

一个穿着兽皮棉服的人翻过了雪垭边缘，搜索受伤雪兔的目光首先看到了两匹骏马，然后看到了宁缺和莫山山，不由一惊，拉弓搭箭对准二人。

宁缺微微皱眉，看着那人双手间的短弓，注意到弓材有些特殊，弓弦里的绞丝微微闪光，似乎用的不是兽筋。接下来他才注意到，有几缕长发从那人的帽檐处飘了出来，仔细看那个面容，原来是个三十多岁的妇人。

他握着刀柄，平静看着那名妇人说道："我们无恶意。"

莫山山看了他一眼，不明白他要做些什么。虽然她已经能确认这名妇人只是一个普通人，但在如此靠近荒人部落的地方，难道不应该更加小心谨慎才是？

那名妇人听着宁缺的话，表情显得有些惊诧，急忙向后退了两步，后脚踩在雪垭边缘，与宁缺拉开足够的距离，才显得稍微放心了些，问道："中原人？"

她说话的腔调有些怪，舌尖很少弹动，字与字之间的时间距离非常标准，从而显得平直强硬，不过只是这三个字，倒还能听懂。

宁缺看着妇人，认真问道："荒人？"

妇人没有回答他的问题，警惕地看着二人，双手间的那把短弓拉得更紧，发出一阵轻微的变形声响，似乎随时可能射出箭来，继续问道："中原人？"

莫山山不擅长撒谎，这种情况也不需要撒谎，面无表情回答道："我是大河国人。"

那名妇人摇了摇头，说道："没听说过。"

莫山山指着宁缺说道："他是唐人，我想你应该听说过。"

宁缺心道坏事，千年之前正是大唐帝国把荒人赶到极北寒域，双方之间可以说是仇深似海，这荒人妇女知道自己是唐人，哪有不发飙的道理？

他握着刀柄的右手微微一紧，准备抢在妇人动手之前砍翻对方。

然而出乎意料的是，那名妇人听到唐人二字后，只是微微一怔，并没有什么太激烈的反应，反而情绪变得稳定下来，说道："唐人我听说过。"

宁缺蹙眉问道："听说过？"

"嗯。"妇人用她那种特有的腔调说道："部落里所有人都知道，很多年前就是因为祖先们打不过你们，我们才搬走的。"

宁缺越发不解，问道："那你知道我是唐人，为什么不生气？"

妇人收回弓箭，面无表情说道："打不过就要认输，这有什么好生气的？"

宁缺挠了挠头，说道："好像……这么说也有道理。"

这是宁缺和莫山山第一次看见荒人，通过短暂的接触和对话，二人发现荒人并不是传闻中那些能吃石头喝铁水的怪物，就像他们一样，需要打猎，可以说话交谈，穿着衣服，天天为了生活奔波，普通得不能再普通。

那名荒人妇女不再理会他们二人，从雪兔身上拔下羽箭，细心观看箭镞的磨损，然后抓起雪团，把兔子身上的血渍擦干净，便扔进了身后的袋子里。

莫山山静静看着她，忽然开口问道："你们为什么要到南边来？"

这时候轮到宁缺看了她一眼。他来到这片被荒人占据的原野目标很清楚，不是为了神殿，也不是为了什么中原诸国的安宁，他是去找天书的，当然不想和这些不好惹的荒人打交道。

荒人妇女看了她一眼，说道："为什么不能来？"

莫山山说道："这是别人的地方。"

妇人说道："很多年以前这里就是我们的家乡，只是我们离开之后，才被那些蛮子给占了，我们凭什么不能回来？"

莫山山看着她很认真地请教道："但草原蛮人在这里已经生活了这么多年，世代居住于此，现在你们把他们的土地占了，他们怎么活下去？"

宁缺看着她，心想虽然你是修道天才书痴，但怎么能问出这么白痴的问题？

荒人妇女像看白痴一样看着莫山山，说道："不抢回来，我们怎么活下去？"

宁缺噗嗤一声笑了出来。

莫山山面无表情看了他一眼，然后牵起枣红马，跟着那个荒人妇女越过雪垭边缘，向缓坡下方走去。

宁缺愣了愣，赶紧跟上。

大黑马愣了半天，发现没有人理会自己，居然全都跑了，愤懑地踢着雪花，载着沉重的行李，吭哧吭哧地跟了上去。

一番交谈下来，宁缺觉得荒人确实很有些意思，尤其和唐人的性情脾气很相近。但他依然不准备和荒人接触，没料到莫山山好像有些不一样的想法。

莫山山看着前面背弓而行的荒人妇女，轻声说道："明年开春要和荒人作战，当然要了解一下荒人部族的真实情况。神殿让我们来查探敌情，这荒人妇女对我们又没有怀疑，岂不是最好的机会？"

宁缺摇了摇头，心想神殿要和荒人打仗，关自己什么事情？然而莫山山既然坚持要把这次偶遇当作自己尘世试炼中的一环，他也没有办法反对。

走出雪埡向东面转没有多长距离，便看到一处孤零零的帐篷，帐篷表面涂着一种近似黑泥的涂料，看模样应该可以挡风遮寒。只是这里明显距离荒人部族的聚居地还有很远一段距离，不知道那位荒人妇女为什么会在这里生活。

荒人妇女并没有邀请他们来做客，但也没有对他们流露出很明显的敌意，任由他们跟着进了帐篷，毫无热情地扔过来一大块肉干，又给他们倒了两碗热水。

肉干里没有太多盐，嚼来虽然无味，但如果混着唾液久了，则会散发出一股粗粝原始的香味。宁缺自从离开渭城之后便很少有机会接触这等东西，不由嚼得津津有味，根本抽不出空来说话。

莫山山向那荒人妇女道了声谢谢，撕了两道肉丝放进唇间缓缓咀嚼，看她神情，也不知道是难吃还是好吃。

荒人妇女低头处理一块兽皮，也没有理会他们。

帐篷之内虽未相对，却是无言。宁缺感觉到气氛的怪异，忍不住抬头看了一眼莫山山，心想你不是说要打探敌情，查看荒人部落的真实情况，难道当哑巴也能问出话来？

43

莫山山看了他一眼，目光惘然，甚至能感觉到有些慌乱。很明显，虽然她是名闻天下的书痴姑娘，但在这方面确实不怎么擅长。

宁缺忍着笑意，看了一眼手中的肉干，开始和那名荒人妇女聊天。

聊天是他很擅长的事，自幼能在那等险恶环境里生存下来，除了够狠够绝，更重要的特质便是讨好卖乖。君不见渭城历任将军，君不见皇帝陛下和颜瑟大师，君不见东窗畔的女教授师姐，哪有不喜欢他的人？

于是乎，那位低头治兽皮的荒人妇女没有用多长时间便开始和他热络地聊了起来，虽说口音用词稍显怪异，但当聊天双方放缓语速，交流没有任何问题。

"热海里面有好多鱼，各式各样的鱼。"荒人妇女抓了一把干草，擦掉手上的血污，分开双臂比画道，"我男人曾经见过这么长一条鱼。不过要说起好吃，每年光明祭的时候，族长会派勇士潜到海下面去捞母蛋鱼，那种鱼才真真好吃。"

宁缺把手中的肉干搁到身旁，好奇问道："母蛋鱼？"

"嗯，因为鱼子很大，所以我们叫母蛋鱼。"荒人妇女伸出手指，又夸张地比画了一下，然后摇了摇头说道："来南边之后，养的羊子比以前多了，但要吃鱼可没那么方便。"

从谈话中，宁缺得知春天时荒人从寒域那个热海南下，抢了王庭大片草场，在入冬之前已经存蓄了足够多的粮草，便是羊群也保留了不少。但大概是基于传统，部落仍然派出荒人四处狩猎。

寒风夹着雪片击打着帐篷，因为外面糊着的那种奇特涂料，发出沉闷的声音。宁缺想着先前一路看到的情况，有些不解，问道："就算是狩猎，也没道理来这么偏的地方，离部族人群太远，总是不安全。"

他自幼便在岷山打猎，很清楚远离族人狩猎其中隐藏的危险。

荒人妇女说道："这是部落里的规矩，冬礼的时候，要独自生活一整个冬天。"

宁缺好奇问道："冬礼是什么？"

话音甫落，他眉毛忽然挑起，一直沉默安静坐在旁边的莫山山也望向了门口。

厚重的门帘被掀起，一个矮小的身影冲了进来，欣喜喊道："我回来了。"

那是一个身材瘦小的小男孩，肩上扛着一只肥圆的寒獾，脸上满是喜悦骄傲的神情，但当他看到宁缺和莫山山后，顿时变得警惕起来。

"是客人。"荒人妇女上前接过他肩上的猎物，指尖轻轻一扯，极为麻利地把寒獾淌血的口子给堵住，笑着拍了拍小男孩的脑袋。

宁缺看着那个小男孩绝对不会超过十二岁，心想在这般严寒的天气里，居然能猎到这么大一只寒獾，不免大感震惊。旋即他想起多年前自己比对方还小时在岷山里的生活，又不禁生出些许感触来。

"这是我儿子。"荒人妇女看着这两个中原人吃惊的神情，呵呵爽朗笑了起来，说道，"刚才说冬礼，就是他的冬礼。部落规矩，在十二岁那一年的冬天，父母会陪着孩子进山打猎，到北热海解冻之前，能够猎到半车的猎物，孩子就算成人了。"

她神情严厉看着小男孩，却无法掩饰掉眼中的温柔，说道："明年他就要成为战士，然后就要组织自己的家庭，所以冬礼是我们最后一次陪他。"

荒人十二岁成年，就要成为战士？宁缺还没有从这种震惊里摆脱出来，旋即想到先前那句组织家庭，不由万分艳羡说道："我们唐人可没办法这么早结婚。"

听到唐人二字，那名本来就有些警惕不安的荒人小男孩顿时变得更加紧张起来，下意识里想要躲到母亲身后。但想着自己这是在进行冬礼，马上便要成为部落的战士，他强行鼓起勇气拦在母亲身前，狠狠地瞪向宁缺。

荒人妇女一巴掌重重打在他的后脑勺上，厉声训斥道："搞了个胖獾子算什么？冬礼要半车猎物，如果是老家那种小推车倒还好，但你没看秋天的时候，支使汉推过来的那车？那些蛮人用的车那么大，想装满半车可没那么容易。"

荒人小男孩被母亲用棍棒及恐吓赶出帐篷，背着木制的弓箭，再次开始他成为一名荒人战士所必需的艰难狩猎活动。宁缺听着荒人妇女先前关于老家小推车和蛮人大车的论断，则是忍不住开心地笑了起来。

荒人妇女低下头继续自己的工作，拿着一块平滑的木头不停碾压脚下的毛皮，时不时抬起手臂擦擦额头的汗。宁缺想着先前帐篷外被雪掩着的那些猎物，心想这种活计着实辛苦，问道："大姐，孩子他爸呢？"

"春天的时候和那些蛮子打仗死了。"荒人妇女头也没有抬，说话的音调没有任何变化，依旧那般平直压舌硬邦邦的，仿佛自己是在讲一个发生了很久，和自己没有任何关系，甚至快要淡忘的故事。

忽然她抬起头来，盯着宁缺问道："你们……唐人会过来打我们吗？"

"应该不会吧？"宁缺看着妇人脸上的神情，加重语气说道，"肯定不会。"

大唐帝国会不会遣出大军与荒人作战，那是皇帝陛下和朝中大臣们才能做的决定，他哪里知道会不会。但无论会或是不会，当着荒人的面当然只能说不会，而且必然要说得斩钉截铁，铁齿铜牙。

莫山山没有说什么，只是又看了他一眼。

荒人妇女听到他的回答后愣了愣，难得地露出一丝笑容，说道："那就好。"

莫山山静静看着她，忽然开口问道："就算唐人不来，但中原还有别的很多国家，尤其是神殿，难道你们不担心？"

荒人妇女身体前倾把重量传递到木头上，用力地碾压着兽皮，咕哝说道："只要唐人不来，那有什么好担心的？"

夜色降临，帐外的风雪停歇，荒人小男孩回来了，只是这一次他脸上的神情有些羞愧，因为他双手空空，肩上空空。荒人妇女没有说什么，烧了一锅热汤，又不知从哪处雪堆下摸出一只羊腿炖了，放了些辛味调料，四个人沉默吃了一顿饭。

"你们只能在这里住一个晚上。"荒人妇女收起剔骨的小刀，看着宁缺补充道，"因为这是冬礼的规矩。"

宁缺表示感激，然后带着莫山山走出帐外，二人向着不远处的一道雪坡走去。

此时帐外雪停风静云已散，高远的黑色夜穹上缀着繁星无数，星光洒在原野山陵覆着的白雪上，竟映出了一种幽幽的蓝光。

"从长安城到荒原，路上我听书院教习了讲了一些荒人的故事。"宁缺呼吸着帐外寒冽而清爽的空气，看着远处星光下隐隐可见的枯树剪影，说道，"你知道荒原为什么叫荒原吗？"

莫山山久居南方大河国，对于这片疆域十分陌生，听他问话不由微微蹙起眉来，思忖片刻后说道："难道不是因为这片原野很荒凉？"

　　"连绵无尽的青青草原，各式各样美丽的海子，雄壮的天弃山里有常青的森林，无数野兽生活在这里，这种地方哪里谈得上荒凉？"宁缺看着她的侧脸，微笑说道，"荒原并不荒，之所以流传下来一个荒原的称呼，是因为这片美丽的原野属于荒人。"

　　莫山山看着他的眼睛，问道："你想说什么？"

　　"没什么。"宁缺说道，"刚才在帐篷里，你看了我好些眼，当时你想说什么？"

　　莫山山看着他认真说道："我想提醒你，这些人是荒人，是我们的敌人。你打探敌情与对方刻意交好，但小心不要忘了自己的立场。"

　　宁缺笑了起来，稍一停顿后，看着她说道："我应该站在怎样的立场上呢？"

　　莫山山面无表情问道："魔宗余孽当然是敌人。"

　　宁缺看着她不解问道："我一直很想知道，魔宗为什么就是敌人呢？"

　　不等莫山山回答，他继续说道："我想来想去，魔宗也不过就是修行方法和昊天道门不同，顶多算是个神殿的分支，怎么就成了邪恶的化身？"

　　莫山山蹙眉沉默，盯着他的眼睛，仿佛看见了很奇怪的事物，眼神带着伤感与同情，说道："以后不要让别人听见你这么说话，也别……让我听见。"

　　宁缺发现少女的神情并不像是在开玩笑，不由微微一怔。

　　很久之后，他用靴底将一根枯枝踩进雪地里，平静说道："往年你在墨池畔静修，没有怎么经历世事。如今看到这么多丑陋的东西，看到了草甸上神殿中人的表现，难道你对神殿依然保持着崇敬之心？"

　　莫山山望向头顶的夜穹繁星，眨了眨眼，聚焦艰难的眼神有些飘忽，从而显得有些惘然，良久之后轻声说道："就算不敬神殿，总还要敬昊天。"

　　宁缺顺着她的目光望去，摇头说道："敬畏这种事情，真没有什么意思。"

莫山山回头望向他，很认真地说道："但魔宗的恶行总是真的。"

44

雪夜寒里说魔宗，听取风声一片。

说魔宗，道魔宗，总之不过是那些邪恶血腥的往事，杀人奸淫邪祟不一而足。比如某个姓风的魔宗长老对人皮有格外的兴致，而另一位姓云的魔宗长老，做过的事情，甚至能让那位风长老恶心得不停呕吐。

宁缺沉默听着少女的讲述，没有呕吐，因为他这辈子见过更可怕的地狱画面。联想起北山道口吕老先生对那名魔宗余孽的态度，他对于名门正派修行者对魔宗的态度，有了一些更深刻的认识，然而自身的态度却还是没有什么改变。

当然，他也不会试图去说服莫山山或是别的谨守昊天教义的人们，因为信仰这种东西，有时候是没有道理可讲的，他只能尝试从别的方面化解她的警惕。

"这些年来魔宗人才凋零，甚至已经销声匿迹，何必还如此警惕？"

莫山山静静看着他，说道："销声匿迹不代表不存在，甚至隐藏进暗处的魔宗更加可怕，尤其是眼下荒人部落南迁，神殿当然要警惕魔宗余孽死灰复燃。"

宁缺回头看着雪地里那处孤零零的帐篷，想着帐篷里那对荒人母子，摇头说道："虽说魔宗产生于荒人部落，但你总不能把所有荒人都当成魔宗中人。而且一千多年的时间过去了，说不定荒人早就忘了当年的事情。"

"在荒人部落里，魔宗被称之为明宗。"莫山山认真说道，"当年唐国击败荒人部落，荒人被迫北迁至寒域，明宗里有很多强者留在了南方，散入中原和中原诸国。他们在暗处在明处始终没有停止对神殿的攻击，这就是魔宗的由来。"

听到明宗二字，宁缺很自然地想起那位入荒原传道，结果却一手创立魔宗的光明大神官，以及那卷流落在荒原上的天书明字卷。

莫山山继续面无表情说道："魔宗的强者，隔上一段时间，便会不辞艰辛前往极北寒域，去荒人部落挑选传人弟子。荒人与魔宗之间的关系极为密切，怎样都撕扯不开，如今荒人集体南迁，神殿如何能不警惕？"

宁缺不解请教道："为什么魔宗要这么做？如果要在世间发展势力，难道不应该广收弟子？为什么还要千辛万苦去收荒人做徒弟？"

"魔宗当然也会在南方发展宗门，但他们的修行法门强行纳天地于体内，如此邪恶叛逆自然不容于天。普通人类修行，极容易天地元气爆体而亡，而荒人先天体质特殊，强若金石，正适合修行魔宗功法。所以魔宗一定会选择在荒人部落中挑选弟子，而魔宗真正的强者，也必然出自荒人部落。"

宁缺沉默片刻，心想或许不是荒人的特殊体质适合修行魔宗法门，而是当年那位开创魔宗的光明大神官，正是因为荒人的特殊体质才创造了这样一种修行法门。

他看着莫山山说道："你应该知道创立魔宗的那位光明大神官。"

莫山山点点头。

宁缺说道："如果不去计较魔宗修行法门对昊天的不敬，你难道没有觉得这件事情很有意思？魔宗完全就是昊天道门的一个分支。"

莫山山微微蹙眉，看着他的眼睛说道："魔宗虽然自号光明，但却敬奉冥君，似这样不敬昊天的邪魔外道，哪里能和昊天道门相提并论？"

想起小时候听过的那些传说，宁缺微微一怔，问道："冥君不是传说吗？"

莫山山回头望向远处的原野，轻声说道："所有人小时候都听过这个传说，但没有人知道冥界在哪里，有没有冥君，更不会有人去信仰它。即便是魔宗的态度也很诡异，他们信奉冥君，但另一方面魔宗中人却又极为恐惧冥君临世，因为在他们的教义中，冥君临世便意味着黑暗到来，他们……不喜欢黑暗。"

宁缺听着她的讲述，想着那些在黑暗山洞里供奉膜拜冥君，却又恨不得永远不与冥君见面的魔宗众人，忍不住笑了起来，说道："真是一群矛盾而怪异的人啊。"

满天繁星占据着夜穹，星光落在原野覆着的白雪上，将夜晚耀得近似黎明，雪后的空气又极纯净，所以视线毫无阻碍，远远可以看到雪原中部的那些帐篷。那里是荒人部落的聚居地，安静美丽得如同童话里的雪乡。

宁缺静静看着那处，很难把荒人的部落和那些阴暗的传说、久远的过去、血腥的历史联系起来。

就在这时候，从南面飘来了一大片黑压压的阴云，占据了头顶的所有天空，满天星光被遮在其后，无法再漏下一丝，整个世界都黑了下来。

漆黑一片的雪原上，靠近山陵的地方，有几处孤零零的帐篷。

这些帐篷里，都住着像那对母子一样进行冬礼的荒人。

其中一处帐篷外的雪地间有几处突出来的岩石，忽然间岩石动了起来，原来竟是三名穿着黑衣的人。这种黑色的衣衫材质极厚极硬，身后的篷帽遮住了他们的头脸，所以无声出现在雪地上时，就像是岩石一模一样。

这三个如同岩石一般的黑衣男子是来自神殿裁决司的执事，或者说执法者，是世间一应魔宗余孽和背教叛徒心中的勾魂使者。当中原诸国还在筹划明年春天的进攻时，神殿裁决司早已派出了大量实力恐怖的执事，悄悄潜入荒原深处。

神殿对荒人的态度很简单，就和宁缺对敌人的态度一模一样——死了的荒人，才是好荒人，所有的荒人都该死。但这些裁决司执事有重要任务在身，没有实力去挑战、也不想激怒拥有无数强大战士的荒人部落。

然而今夜遇到这些落单的荒人，他们实在是难以压抑心中对黑暗的厌恶，仿佛闻到了世间最腥臭的味道，仿佛夜里巡行的山猫看到了正在钻洞的老鼠，纵使面无表情沉默如岩，内心早已兴奋得剧烈颤抖，难以自己。

因为他们自幼所受的教育、数十年生活的环境，已经让他们产生了某些近乎本能的精神反应，对异端的残酷追杀，是他们人生最大的快感来源。

于是当这三名像黑色岩石般的裁决司执事走进那个孤零零的帐篷时，根本没有考虑激怒荒人部落会有怎样的结果，会不会对神殿的使命造成危害。他们只是想杀死腥臭味道的来源，残忍杀死这些大老鼠，自我安慰想着……荒人的人数极少，只要能多杀一个，对于光明的事业也是极大的贡献。

几道轻微的声音响起，出其不意的袭击让他们成功地制服了那名荒人战士，同时把他的妻子和儿子束缚了起来。

一名执事缓缓摘下黑色的帽子，面无表情看着那名荒人战士，缓缓伸手放到此人的头顶上，虔诚地说道："以昊天的名义，施以裁决。"

一抹极淡却极为纯正、没有任何杂色的光线，从这名裁决司执事手掌下亮起。这种光线仿佛能够穿透实物，把他手掌里的骨节照耀得清清楚楚，同时照亮了那名荒人男子黝黑的脸庞，以及荒人男子眼中的愤怒不甘神情。

荒人男子的妻儿在旁边的地面上已经死去，眼中淌着血色的泪水。

下一刻，荒人男子在昊天神辉之下痛苦地死去。

三名神殿裁决司执事缓慢掀起身后的帽子遮住面容，沉默走出了帐篷。

荒原上黑云遮星，又有风雪刮起，吹打着他们沉重的黑色执事袍，啪啪作响。

黑帽阴影内，三名执事苍白的脸庞上浮现出诡异的红色。他们用了很长时间，才平缓住因为兴奋而沉重起来的呼吸，然后向远处走去。

隔着漫漫悠远的历史时光，昊天道神殿的执事们，终于再一次看到了他们宿命中的敌人，并且向对方发出了暌违千年的攻击。

今天这个风雪夜里发生的事情，本来有资格被记录在昊天教典或者中原诸国的史书之上，只是因为随后发生的事情，很遗憾地被风雪掩埋，无人知晓。

宁缺和莫山山几乎同时醒了过来。

他们睡在帐篷的角落里，有些湿冷，但让他们醒来的原因不是湿冷难眠,而是因为他们察觉到有人正在靠近帐篷,而且来的人很强大。

莫山山看着他说道:"我感受到了昊天神辉的气息,应该是神殿的人。"

宁缺看了一眼还在沉睡中的荒人母子,蹙眉说道:"我们该怎么办?"

莫山山看着他的眼睛,显得有些疑惑不解,反问道:"什么怎么办?"

宁缺摊开手,说道:"如果打起来,帮谁啊?"

莫山山眉头微皱,她从来没有考虑过这种问题,身为昊天信徒,理所当然应该站在神殿一方,这难道还需要思考吗?

宁缺笑了笑,提醒道:"不要忘记,我们现在和荒人同吃同住,如果来的人是神殿裁决司那些冰雕执事怪物,肯定会认为我们是叛徒。"

莫山山平静说道:"可以解释,我们是为了打探敌情。"

宁缺笑着说道:"我不相信他们会相信这个解释。"

帐帘掀起,寒风刮着雪花向里面直灌。三道如同岩石一般的黑色身影,在帐内小火堆照耀下,显得沉默而肃然强大。

45

帐帘掀起,风夹着雪花飘了进来,昏黄不知何物燃烧而成的小火堆骤然瑟缩,似乎快要熄灭。室内的温度急剧降低,盖着皮褥的荒人母子口鼻处吐出的湿气,瞬间变成了白雾,但似乎并没有马上醒来。

三名神殿裁决司的黑衣执事沉默看着幽暗火光映照下的荒人母子,听着这两道悠长的呼吸,缓步向前,笼在黑袖的双手向前探出。

忽然间皮褥掀起,那名荒人妇女手中不知何时多出一把小弩,对准最前面那名黑衣执事扣动了弩机,原来她早已经醒来,只是在等待一个突袭的机会。

嗖的一声,锋利的弩箭射至那名黑衣执事身前。

黑衣执事衣袖一卷,如乌云骤临。

那支弩箭进入袖云后，竟瞬间变得无影无踪，不知去了何处。

紧接着，这名裁决司执事的衣袖黑云深处亮起一抹光，一支极窄极细的道剑在极精湛的念力控制下，刺破那蓬微弱火堆上的火苗，刺向荒人妇女的胸口。

然而不知道因为什么原因，那名荒人妇女身体骤然一倾，那支窄细道剑没有刺进她的胸口，而是擦着她的肩头飞了过去。

妇人肩上的皮袍被剑尖撕开，内里微黑的肌肤出现一道极浅的伤口，伤势并不是太重，仿佛她的皮肤比钢铁更要坚硬一般。

三名裁决司执事察觉到了帐内的诡异之处，身周一阵急剧的念力波动，其中二人向阴暗角落里望去，目光阴沉。先前那名黑衣执事左手探出衣袖凌空一抓，把那名刚刚醒来、神情依旧懵懂不知的荒人小男孩儿隔空拖到自己的脚下，召回那枚道剑，沉默而毫不犹豫地一剑向下直扎小男孩儿的咽喉。

荒人妇女被击倒在地，虽说外伤并不严重，但道剑上附着的某种奇异力量，让她身体骤然虚弱。眼看着自己的孩子要被那把窄剑钉死在地面上，却根本无力援救，不由发出一声濒死母兽般的痛苦悲伤号叫。

锃的一声，窄细锋利的无柄道剑直接穿透被火堆烤软的地面，变成了一道极细圆的小黑洞，消失不见。

那名荒人小男孩儿没有死——就在道剑向下刺来的那一瞬间，仿佛有一双无形的手，抓住了小男孩儿的双肩，把他硬生生地拖走了。

那名黑衣执事缓缓转头，和两位同伴一样沉默望向帐篷阴暗的角落。先前他们只听到了两道呼吸声，根本没有想到帐篷里还有别人，然而这时候他们很确定还有别的敌人存在，因为他们听到了角落里响起的悠长呼吸声。

因为阴暗角落里那两个人让他们听到了自己的呼吸声。

宁缺余光注意到先前那刻莫山山垂在身畔的右手轻轻动了一下，知道是她救了那名荒人小男孩儿，于是对稍后的事情有了更多的把握。

莫山山看着帐帘处那三名把面孔隐藏在黑色帽影里的男子，看着他们身上漆黑沉重一直垂到脚面上的外衣，很自然地想起西陵神殿那个最令人感到厌憎或是恐惧的机构，微微蹙眉说道："你们是裁决司的执事？"

三名黑衣执事没有点头，没有回答，只是沉默看着她和宁缺，因为光线角度的缘故，看不到他们的眼神，但可以清晰地感觉到沉默里蕴含着的冷酷和强大。

莫山山的眉头蹙得更加厉害。她能明白神殿对荒人的警惕，但暂时还没有想明白为什么裁决司的执事会试图对这对荒人母子不宣而诛，暗自想着难道这对荒人母子暗中有更重要的身份，对神殿的大事会有影响？

身为天下三痴之一的书痴，她自然不会像普通昊天信徒那般对裁决司的黑衣执事恐惧到了极点。但她是昊天信徒，师父是神殿客卿，此行深入荒原也是奉了神殿的诏令，当然不会选择和这三名裁决司执事敌对。

为避免可能产生的误会，她决定表明自己的身份。

然而就在这个时候，为首的那名黑衣执事抢先开口问道："你们是中原人？"

这名黑衣执事的声音并不沙哑难听若铁石摩擦，也没有刻意透出冷酷强悍的意味，只是平平静静平平常常说着话，却让人觉得有些发寒。

莫山山微微一怔，看了一眼被宁缺护在身后的那对荒人母子，以为猜到这些裁决司执事的敌意由何而来，温和解释道："是，但不要误会。"

话还没有说完，为首的黑衣执事摇头，毫无情绪说道："没有误会。"

第二名黑衣执事冷漠说道："你们是中原人，却和荒人在一起。"

第三名黑衣执事冷漠说道："你们没有杀死这两个荒人，那么你们不是背叛昊天的异端，便是魔宗的余孽。"

为首的黑衣执事平静总结道："所以没有误会，你们该死。"

宁缺忍不住笑了起来，望向莫山山说道："我说过没有人会信，结果你不信。"

然后他望着那三名黑衣执事说道："要去裁决司当执事，是不是都得会背你们先前那几句对白？说起来，要配合到这么好，还真有些困难。"

他说话的语气很认真，所以听上去很好笑。

三名黑衣执事觉得自己的信仰受到了前所未有的羞辱，非常愤怒。黑帽遮脸看不到愤怒燃烧的眼神，但微微颤抖的黑衣，帐内天地元气急剧的波动，都在证明执事们的愤怒以及即将出手的事实。

莫山山面无表情看着三名黑衣执事说道："我们可以解释。"

为首那名黑衣执事声音毫无情绪说道："束手就擒，再作解释。"

话音甫落，黑衣执事踏前一步，微瘦而苍白的双手探出衣袖，居高临下向宁缺的头顶罩去。无数束极细的淡金光线从苍白的指尖喷涌而出，瞬间构成了一个近似鸟笼般的事物，把宁缺的身体锁于其间。

从三名裁决司执事现身开始，莫山山的脸上始终没有什么太大的情绪，因为她相信就算有误会她和宁缺也不可能吃亏。然而此时看到这名黑衣执事指间喷吐而出的淡金光线，她不由微微一惊，异道："樊笼？"

樊笼道法乃昊天道门精深道法之一，是裁决司不传之秘，据说裁决神座亲自施展的樊笼道法已经近于神术。这种强行改变天地元气细微走向，从而控制对手活动空间的神殿道法，一旦施展成功，可以应对境界超出施展者两品之上的强者！

看到那名黑衣执事居然轻而易举施展出了樊笼道法，莫山山确定对方肯定是裁决司里的重要人物，不由蹙眉提醒道："不要反抗。"

对于暂时不能理解的手段，他向来很谨慎，听到莫山山的提醒，更没有选择马上出手，只是有些疑惑这种空间控制道法的原理。如果是以割裂空间而形成的樊笼，那如果直接施展在敌人身上，岂不是可以直接把对方割成无数块血肉？

这名裁决司执事没有这样做，肯定不是因为神殿中人有多么仁慈，而是因为他根本做不到，那么等于这道樊笼并不是真正的空间道法……说来也是，能操控真实空间的道法必然已经在五境之上，哪里能这般容易遇到。

宁缺看着近在咫尺的那些细微线条，凭借自己绝佳的感知敏锐度，试图看清楚这些线条之间的结构，渐渐发现，原来樊笼道法并不是在割裂空间，而是影响天地元气波动，在自己的身周形成无数道小湍流。

这些元气湍流便等若是牢房的木栅，看上去坚不可摧，而且上面说不定还藏着很多棘刺铁钉，若强行去推，双手可能会被刺得全部是血。

在确定敌人完全没有反击的能力之前，裁决司执事们绝对不会罢休。那名黑衣执事微微仰头，火光映照出一张苍白而平静的面容，随着一声低沉的断喝，瘦白双手间骤放光明，一道黯淡的虚影轰向被樊牢困住的宁缺胸腹处。

修行者的雪山气海诸窍便在那处，一旦被击实，极有可能窍毁人亡，而这名黑衣执事发出的黯淡虚影，明显拥有极强大的威力。

看着这幕画面，莫山山清若冬湖的眼眸里终于闪现出了一道怒意。

不过她没有来得及出手。

因为宁缺先出手了。

一道极清亮惊艳的刀光闪过，照亮昏暗的帐篷。在这道刀光之前，无论是瑟缩将熄的小火堆，还是黑衣执事掌间的金线樊笼，都变得无比黯淡。

朴刀刀锋直斩身前樊笼，锋利的刀口与那些淡金线条一触，嗤嗤作响，仿佛要被融化一般。眼看着刀锋会被那些淡金线蚀坏，细长朴刀刀面上那些沉默已久的繁密符纹猛然间亮了起来！

一股凛冽的符文力量从刀面上喷涌而出，轻而易举战胜了那名黑衣执事樊笼道法里蕴藏着的昊天神辉之力，把那些看似神异强大的淡金线条切得粉碎！

数千声极细微又极清脆的断裂声，几乎同时密集响起，就像数千具蛮人铁琴被同时断弦，又像是数千只铁蜈蚣风筝同时断了线。樊笼道法的千根金线，被刀风吹成乱絮，四处飘离，再无任何力量。

并不是因为神殿裁决司的樊笼道法徒有虚名，而是这名黑衣执事不足以施展真正的樊笼；也不是宁缺忽然间就从不惑跃进了洞玄上境，而是因为他的朴刀以及刀上的符文乃是由后山两位师兄亲手打造。

夫子亲传弟子们的智慧与境界，又岂是裁决司某个重要不知名人物可以匹敌？

一刀破樊笼只是开始。宁缺比裁决司更绝，他一旦开始动手，那么不见生死便很少会停止。

所以破了樊笼的刀光斩金线成絮后没有片刻阻碍便来到那名黑衣执事的身前，刀光照亮了黑衣执事苍白的脸。一根极细微的银针不知何时扎进了他的眼珠，只剩下一点尾巴在闪着光。

黑衣执事来不及呼痛，来不及震惊于对面这个年轻男子对天地元气操控的细腻程度，他只来得及发现自己刚刚凝结的念力因为脑中的剧痛而涣散。

然后他被斜斜向下的那道刀光砍成了两片。两片身躯暂时没有分离，只有一道清晰的血线。

简单利落地死去。

第二名黑衣执事向后疾退，双手在身前一挥，洒出道道神辉线条。宁缺弃刀，缩身如猿跳起，避开那些危险的线条，跳到对方的上空。

一抹衣袂飘落，宁缺双手探出，指尖用力抠住那名黑衣执事脸骨，双膝闪电般蹬向对方胸骨。啪的一声脆响，这名黑衣执事胸骨尽碎。

借着前扑之势，两个人翻倒在帐外的雪地上。宁缺双手一错，扭断了他的颈椎。

第三名黑衣执事的苍白双手已经悄无声息来到了宁缺的身后，手掌间光辉大盛，仿佛是凶猛燃烧的火焰。

宁缺没有理会。

这名黑衣执事的手掌间如同火焰般的神辉，瞬间变成了真的火焰。

不止双手。黑衣之下，执事的整个身躯都燃烧了起来，瞬间变成焦炭。再过瞬间，变成飞灰。

黑衣执事再无支撑，缓缓飘落在地。宁缺回头看着莫山山笑了笑，走回帐内捡起地面那把朴刀。

最先死的那名黑衣执事的身体这时候才缓缓分开，鲜血像洪水一般涌出，慢慢流出帐外，把原野上的白雪染得血红一片。

不知道什么时候，天上的云又散了，星光清漫。

天地之间一片苍白。

莫山山的脸色也有些苍白。

46

天空放晴，晨光渐至，醒来觅食的野兽在耐寒树林间穿行，震落树枝上覆着的雪，露出黄黑的树枝本色。苍茫一片的雪原上多了一些颜色与生气，然而看着帐外渐被雪花掩埋的稠稠血渍，少女的脸色依旧苍白。

莫干山的莫山山没有杀过人，来到荒原的莫山山开始杀人，但她没有杀过自己人，对于中原的昊天子民而言，神殿中人理所当然都是自己人。

她的老师是神殿客卿，她信奉昊天，她奉神殿之命进入荒原查探敌情，结果却在昨天那个黑沉的夜里杀死了三名神殿裁决司的执事。

莫山山并不害怕，只是有些惘然无措，精神上有些无法接受这个事实。她怔怔想了半夜，还是没能想明白，为什么当时的局面会发展成这副模样，为什么宁缺开始反击之后，她很自然地用焚天符把那名裁决司执事烧成了漫天飞舞的轻灰，竟根本没有思考什么。

宁缺端着一碗肉汤，蹲在帐篷门口美滋滋地喝着，帐外不远处那些黑衣执事残缺的尸体，明显没有对他的食欲造成任何影响。

他的目光落在莫山山苍白的脸颊上，注意到她平日散漫漠然的眼神此时显得有些惘然脆弱无助，大概明白了些什么，站起身来安慰说道："有些事情做了就做了，事后再后悔，除了让自己精神上多些负担之外，没有任何意义。"

莫山山缓缓摇了摇头，漂亮的睫毛轻轻忽闪，看着他的眼睛，很认真地说道："反省可以让我们以后少做一些错事，还是说你不认为需要反省？"

"如果是说昨天夜里这场莫名其妙的战斗……"宁缺耸耸肩，把碗里剩下的最后那口肉汤喝掉，然后说道，"当然不需要反省。我可不理会他们是神殿裁决司的什么重要人物，我只知道他们想要杀我，那么我反击自然是天经地义的事情。"

接着他很认真地补充了一句："这三名裁决司执事比我们弱，但他们来杀我们，结果死在我们手里，这属于智商问题。而如果这样我们还被他们杀死，则属于情商问题了，前者叫愚蠢有药医，后者叫傻×没法治。"

听着如此粗俗的话语，莫山山忍不住蹙起了眉头，回思着昨夜的战斗画面，很认真地替死者解说道："樊笼道法类似天地元气锁或天罗阵这样的被动道术，昨天那三名执事并没有想着马上杀死你，而只是想制服你。"

"但那人紧接着便想废了我的修为。"宁缺笑着提醒道，"我可没有被人打残再来讲道理的生活习惯，就像我先前说的那样，这种情商方面的弱智可没法治。"

莫山山很认真地说道："既然我在，我当然不会让你被人打残。"

这句很平常的话里透着股理所当然的自信，少女杀死神殿裁决司的执事，精神有些恍惚，不代表她会认为那些执事比自己还要强大。

他摇头说道："就算这些裁决司执事没办法对付我们，但那对荒人母子怎么办？他们要杀人时，你究竟拦还是不拦？"

宁缺看着少女呵呵笑着说道："你心肠好，当然不可能看着孤儿寡母被人欺负。再说了，我们吃了人家那么多肉干，怎么好意思不帮着杀几个人？"

莫山山眼帘微垂，轻声喃喃说道："但他们是神殿的人啊。"

他看着莫山山低着头无辜无助的神情，下意识里想伸手去戳戳那鼓起的可爱的粉腮，骤然间想起对方书痴的身份，强行敛下心头的冲动，宽解说道："待会儿我就把尸体处理掉，这个事情我很擅长，那就没人知道这件事情了。"

可惜世间只有一个书院，也只有书院才能教出宁缺这样的学生。莫山山虽是名闻天下的书痴，依然没有办法像他一样对着神殿大名微微一笑全不在意。

看着依旧低头沉默的少女，宁缺摇了摇头，笑着说道："不要忘记草甸上发生的事情，你那位师弟其实就等于是被神殿裁决司的人杀死的，只不过他们没有亲自动手罢了。所以从最简朴的情感层面上来讲，你也不应该倾向于他们。

"谁对你不好，你就应该对谁不好。神殿对你不好，那他们的死活不关你的事，而你以前从来没有见过荒人，你为什么要帮神殿杀荒人？荒人千里迢迢南下至此，那位大姐没说见着你像见鬼一样拿刀就砍，而是拿了一块肉给你吃，这时候又在给你熬肉汤……吃了一块千年而来的肉，这叫什么？这就叫缘分啊。"

宁缺抬起手臂，轻轻拍了拍她的肩头，回头望着帐内笑着说道："谢谢啊大姐。"

帐帘掀开，那位荒人妇女端着一碗肉汤和几块粗粮饼走了出来，看着他点头笑了笑，说道："昨天晚上的事情，应该多谢你们才是。"

荒人体质特殊，肌肤极为坚硬，昨夜那名黑衣执事道剑伤了妇人肩头，伤口处附着的昊天神辉之力被莫山山施符消除后，便没有大碍。

那名肤色黝黑的荒人小男孩儿躲在帘内，好奇地看着这两个中原年轻男女，开口问道："你们都是中原人，为什么你们要帮我们杀那些中原人？"

宁缺眉头微挑，大义凛然说道："因为我们是好的中原人。"

荒人小男孩困惑地挠了挠头，似乎不明白什么叫好的中原人，南迁之前元老召集部落开会的时候，好像没有说过这种名词。

忽然间他想到元老说过的一件事情，恍然大悟拍了拍额头，看着宁缺说道："元老说你们中原人最喜欢内斗，这就叫内斗吧？"

莫山山听着这话，不禁觉得脸颊有些微烫，不知该怎样应话。宁缺倒是根本不以为意，笑骂着拍了拍荒人小男孩的脑袋。

在宁缺的强烈要求和死皮赖脸的坚持之下，终于成功地让少女加入到了毁尸灭迹的工作之中。他现在越发觉得莫山山真是一个未经世事的少女，虽在世间有偌大的名声，但依旧还是一朵墨池畔安静的小花，根本禁受不住风雨。如果不尽快让她成长成熟起来，路途上他根本无法指望她能帮自己多少，甚至还有可能拖自己后腿。

而在他的生活经验中，处理尸体是帮助一个懵懂少女尽快成熟起来第二迅速的方法。至于最好的那个方法，他希望这辈子都再也不会想起。

大黑马愤懑不平地载着沉重的行囊、拖着无数多的东西，陪伴着这对年轻男女向雪原深处的林地里走去。紧绷的皮索后方是一具完整的尸体，两截不完整却不再流血的尸体，还有一大束用来湮没痕迹的石儿草。

莫山山沉默走在前方，棉裙襟摆已经被雪打湿，她却无所觉察，因为她还没有从那种复杂而惘然的情绪中摆脱出来。自幼深入血液深处对昊天的敬畏，对神殿的尊敬哪里能被几句话就轻易抹除，虽然她觉得宁缺先前所言似乎极有道理，可还是总觉得这件事情有些地方很是不对。

对一位静坐墨池十余载，不问世事的少女而言，世界观的改造难度仅次于爱情观的改造难度。宁缺看着她的背影，觉得有些无奈也有些疲惫。

走在荒凉的雪原上，他的心思忽然飘回了相对极南极遥远的长安城，飘回那条巷子里的那个铺子，飘到那个小黑侍女的身上，默默想着如果是桑桑那该有多简单，桑桑绝对不会怀疑自己说的任何话。

当然，桑桑的世界观人生观爱情观金钱观饮食观生死观都是他的观。

几只肥硕的树鼠警惕地看着树下的画面，那个天然形成的陷坑里堆着几截人类的尸体，淡淡的血腥味道，让它们有些不安。

宁缺把那一大束染着雪的石儿草扔进坑中，看着黑衣执事那张苍白却依旧严肃的脸轻偎着自己的右脚，沉默片刻后认真说道："神殿需要被敬畏，书院也需要被敬畏。我书院后山向来不入世，但我既然此番入荒原，便等若代表书院的颜面，然而一路所见，世人似乎并不如何敬畏我。"

他转头望向莫山山笑着说道："若我家二师兄被神殿裁决司喊打喊杀，你猜他会怎样做？他肯定不会像我一样就这么简单杀几个人便罢了。"

莫山山微微蹙眉，想着传闻中那位骄傲到了极点的书院二先生，说道："那他会怎样做？难道还会把道痴或是隆庆皇子给杀了？"

"二师兄当然不会那样做，他的眼里怎么会有道痴或是隆庆这种人？"宁缺笑着摇了摇头，说道，"按照我对他的了解，他也许会直接杀上桃山，去裁决司找那位大神官的麻烦。他的偶像是小师叔，如果不是师父管得严，只怕早就四处去找人麻烦去了，寻着这种由头，哪有不借机发飙的道理？"

莫山山怔怔望着他，无语，心想，书院二层楼里究竟生活着怎样的一群怪人？

"我没有这样的实力与底气。然而荣耀即吾命，谁若敢无视我书院之存在，我亦不惜拿这条小命去搏一把。"宁缺沉默望苍天，语气说不出的感慨萧索，又带着一丝决然。如果这时候眼角能淌下一滴泪珠或是有雪花飘到他睫毛上，画面想必会更帅美一些。

莫山山和他一路相伴而行，虽说谈不上如经年旧友般熟稔，但也知晓此人几分无赖性情，此时听着他忽然说出这番铿锵有力的话语，不免有些动容。

她认真盯着他侧脸，沉默思考了很长时间，还是有些不敢确定自己的判断，声音极微小极不自信问道："你这是在说谎还是说玩笑话？"

宁缺笑了起来，看着她说道："既然没有道理骗你，当然就是玩笑话。"

莫山山眉头微蹙，就像是名贵的紫毫细锋在纸上狠狠画下，显得极不满意。

宁缺笑容微敛，看着她的眼睛认真说道："但是说正经的，我从来不认为神殿就有资格代表昊天行使意志，谁能证明昊天允许他们做代表？说不定我们才是被昊天选中的人，世间的光明正义需要我们来维护。所以以后若遇到神殿又做出那等样恶心的事情，我们一定要拒绝冷漠，该出手时则出手。"

依旧是大义凛然的风范，但这次莫山山没有被他迷惑，而是看着他的眼睛再一次认真思考很长时间后，试着确定道："这应该是……玩笑话？"

宁缺看着她微皱的可爱小鼻尖，看着她木讷目光里的疑惑和紧张，忍不住开心地大笑了起来，伸手从怀里掏出一张符纸，说道："也可以说是撒谎。"

莫山山看着他的背影，忽然开口问道："你为什么喜欢说假话？"

宁缺没有转身，说道："小时候养成的习惯，有时候不说假话没法活下来。"

莫山山继续问道："那你来荒原的目的究竟是什么，你为什么要教我那些阴暗的事情，你为什么要教我学会怎样杀人，你为什么要让我习惯这些？"

这些问题不好回答。宁缺站在雪坑畔沉默思考片刻后，决定诚实作答，回头看着她平静说道："我要进荒原做一件重要的事情，抢一个重要的东西。而正如你前些日子说的那样，真到了夺食的关键时刻，没有人会在乎我的书院背景，到时候且不说能不能虎口夺食，是个人都能把我打成一条狗。"

莫山山静静看着他，等着他把话说完。

宁缺把手中那张符纸弹进雪坑中，语气极认真继续说道："所以我需要你的帮助。"

莫山山微微低头，看着雪地里不知何处，沉默片刻低声问道："你要抢什么？"

"七卷天书里的一卷。"

宁缺看着她微眨的长长眼睫毛，感受着她此时心中的情绪变化，说道："你同意跟我一道进荒原，我在想会不会和这件事情有关。"

莫山山缓缓抬起头来，沉默了很长时间后，轻声说道："师父知道这件事情后就告诉了我，我不奢望能抢到天书，但我很好奇，所以想来看看。"

宁缺笑了笑，说道："好奇天书以及那些有资格抢天书的强者？"

莫山山微微一笑，轻轻摇头，看着他的眼睛很认真地问道："我没有告诉你，你也没有告诉我，那我们能不能算扯平，不算是互相欺骗？"

这种很简单的思维方式一般只存在于心思澄净的孩童世界里，但少女就这样自然而然地说了出来，宁缺便也自然而然地接受，认真地点了点头，甚至觉得松了一大口气，因为他在世间的朋友很少，不想莫名其妙就少了一个。

然后宁缺看着她很认真地说道："不过你的心态不对，既然你我来到荒原之上，如果有机会当然不能错过，所以不要说不敢奢望。如果连想都不敢想，那就真的什么都无法做到了。"

莫山山看着他很认真地问道："这也算是对我的教育吗？"

宁缺有些不好意思地笑了笑，说道："总之我算过，如果我们两个人能够配合得好，隆庆皇子都不见得能搞得过我们，为什么不尝试一下？"

莫山山微微一笑，说道："那就试一下吧，不过如果抢到了怎么分？"

"到时候可以抄录副本，你带回墨池，我带回书院。说起来，我还没有见过夫子他老人家，抢卷天书当见师礼，想着就觉得很兴奋啊……"

宁缺越说越激动。

莫山山的眼眸里忽然闪过一抹羞意，说道："我要你抄录的那份。"

宁缺挥了挥手，豪迈说道："你先挑。"

站在雪地里，二人想象着可能性几乎为零的美好未来，都笑得有些痴憨。

47

痴憨的笑容在洁白的雪林间显得格外干净，仿佛能感染树枝上的每一道雪，雪堆下的每一根草。然而二人身前那个雪坑里的符纸化成的火苗，却明显没有什么感染力，被寒风吹拂着招摇很长时间依然没能变大。

宁缺看着裁决司执事尸首黑衣上的小火苗，有些尴尬地发现自己的符道本事和身边的少女符师原来差距竟是如此之大。昨夜莫山山随意一符，那名裁决司执事便被焚为灰烟，黑色衣衫却是丝毫不损，而自己在长安城里用心写出的符火，与之相较完全弱得不像话，这要烧多少天才能把尸体烧成灰烟？

莫山山注意到他脸上的尴尬神情，险些没有忍住笑声，强行低下头去敛了笑意，露在棉袖外的手指轻轻一弹，雪坑里顿时火势大作。

那些近乎炽白色的火焰须臾出现，须臾消失，宁缺站在坑旁还没有来得及感到灼热温度，便发现坑中雪融为水渐向地下渗去，而裁决司执事的尸首已经消失不见，这一次连同那些黑色重衣也全部被烧毁。

宁缺看着眼前这幕画面叹了口气——符之一道在于天赋，施符则是运用之妙，他写的符远不如书痴，而这时竟连书痴如何出的手也看不明白，不免有些悻悻。

"颜瑟大师说我是符道千年难遇的天才，可和你在一起久了，我总觉得他是在骗我，或者就是他的眼光比书圣大人要差太多。"

他看着莫山山漂亮清稚的眉眼，确认少女年龄应该和自己相仿，不好意思问她究竟多大，摇了摇头感慨说道："你才是真正的符道天才。"

莫山山看着他认真问道："十三师兄，你是什么时候开始学习符道的？"

宁缺数了数日子，回答道："春天的时候，也快大半年了。"

莫山山静静看着他的眼睛，很长时间后轻轻叹息了一声，说道："如此说来，颜瑟大师的眼光真的没有错，你确实是符道天才。"

宁缺听着这话很是高兴，尤其是想到自己平日里对陈皮皮的吹嘘，更是感到心安不少，笑着认真问道："我真的很强？"

莫山山点了点头，然后想到一件事情，好奇问道："令师究竟是个什么样子的人？"

宁缺想了想后很诚实地回答道："他是一个很猥琐很好色的脏老头子。"

莫山山微微一怔，旋即明白了一些什么，轻声说道："我是问夫子，因为我很好奇能教出书院二层楼你们这些学生的，是什么样的一个人。"

宁缺有些不好意思地笑了起来，说道："也许你很难相信，虽说我现在靠着夫子亲传弟子的名声在闯荒原，但我还一次都没见过他老人家。"

莫山山眼睫微眨，似乎没有想到会听到这个答案。

宁缺思忖片刻后，认真说道："不过根据我对二层楼那些师兄师姐的了解，我想夫子他老人家肯定是个很骄傲很啰瑟很了不起的家伙。"

这个世界上敢用家伙这两个字称呼夫子的，大概也只有书院后山的这帮家伙。至于他的这些形容，其实也都是废话，像书痴莫山山这样的人当然清楚夫子非常了不起，而一个了不起到夫子这种境界的人，凭什么不骄傲嘚瑟？

"你的师父书圣先生又是一个怎样的人？"宁缺看着她好奇问道。

听到老师的名字，莫山山的神情变得有些复杂，有些敬畏，有些清冷惘然。她缓缓低下头，转身向雪林外走去，表示自己不想谈及这方面的事情。

宁缺看着挂雪冬林间那个清冷萧萧的背影，眉头皱了皱，回头看了一眼雪坑，确认毁尸灭迹的工作完美地结束，加快脚步向那个背影追去。

蹄踏白雪，大黑马载着沉重的行李低头而行。

它看着林间雪地上那两道清晰的足印，看着足印前方那两个沉默的年轻男女，心中有些疑惑，心想来时拖着石儿草，回时你们怎么好像不在乎足迹的问题？

骤然间，大黑马想明白一件事情，不由感到好生恼火，愤怒地摇晃着马首，就像来时之前那般，拔蹄驰向雪林边缘。

宁缺把大黑马辛苦四处衔来的树枝与干柴用绳索捆在它的身后，满意地拍了拍马背，从怀里掏出那根模样古怪的草，塞进马嘴表示奖励。

莫山山好奇看着这一幕，心想书院二层楼出来的人古怪，就连这些牲畜竟也如此古怪，仿佛能通人性一般，也不知道是如何教的。

宁缺说道："要在雪原上清除痕迹，昊天老爷降一场暴雪当然是最好的方法，如果天不降雪，那我们就要小心一些，至少来时路和回时路不能是同一条。"

莫山山不解问道："我知道先前那些草便是这个用途，那为什么要把它们烧掉，又要辛苦大黑去四处找树枝来用？"

宁缺很平静地解释道："因为我想试试自己写的火符威力，但又不确信它能烧得很旺，所以我想用草来助燃。没想到还是不行，依旧需要你出手帮忙。"

能如此平静叙说自己的糗事，他的厚颜无耻程度果然了得，只是在二人身后压抑着奋蹄性子缓慢行走，同时注意扫雪除痕的大黑马便更悲伤了几分。

莫山山沉默片刻后，轻声叹息说道："我自幼便在墨池，由老师一手抚养成人，他从来不允许我接触真正的尘世间。如果不是这次神殿诏令，而且我也确实大了，说不定我还不能出山。"

她看着雪原远处那座苍莽的山脉，静静说道："所谓天下三痴，痴于符道痴于书，痴于修行痴于花物，真要入世，其实哪里是你这样慧黠之人的对手。"

宁缺摇头说道："不是自我谦虚，我就算手段再阴狠现实，但也没有可能是你们的对手，境界实力可以轻易撕毁所有的阴谋。"

莫山山低头轻声说道："我只是忽然间想明白了一件事情，我不懂这些世务庶事，陆晨迦她与我是一类人，也不见得懂。如果当日草甸上那辆马车里坐的是我，下面是月轮国的人被马贼袭击，或许我也懒得理会。"

宁缺看着她微圆粉腮畔飘起的几缕黑发，说道："不对，你和花痴不是一类人。她痴于花，所以可以视他人如粪土，用来植花便好，你虽痴于书，但你眼中的世界还是一个正常的世界，没有把我们这些普通人的血当成墨汁来用。"

莫山山觉得这个形容很血腥，却又很恰当，抬起头来静静看着他的眼睛，很认真地说道："我真的不是花痴那种人吗？"

"当然不是。"宁缺笑着说道，"就算你们都很无知，但你也是善良的无知。"

无知这个形容不血腥，但也谈不上恰当，相信没有人会喜欢。莫山山微微蹙眉，明亮的眼眸里却蕴着悦意，问道："这是玩笑话？"

宁缺本想说这是真话，但看着近在咫尺的这张美丽清稚的脸，还是点了点头。

莫山山转过身去，没有再说什么，那薄而红若朱砂的双唇紧紧地抿了起来，粉腮微鼓，不是在强忍怒意，而是在强忍笑意。

"如果……你不是一个爱撒谎的家伙就更好了。当然，现在的你已经很好，因为你知道我的感受，所以最后还是撒了个谎。"

莫山山低着头安静前行，在心中想着上面这句话，双脚踩在雪上竟是没有留下任何痕迹，不是刻意如此，而是她觉得自己真的要飘起来了。

回到帐篷处，宁缺和那位荒人妇女很认真地进行了一番交谈，拜托她做了一些事情，于是那位参加冬礼，按荒人规矩不得返回部落的妇人，竟是二话不说把孩子交给这两名中原来的青年男女，自己回到了部落中。

过了两天，那名荒人妇女带着并不怎么好的消息回来了，宁缺却并不在意，因为他知道要让荒人部落相信自己这个中原人，确实是极困难的事情。

幸运的是他还是得到了一些有用的消息，比如那支土阳城来的商队，以及荒人部落占领原野最近这些日子发生的事情。

离开冬林再往北去，气温越发寒冷，尤其是可能要进入天弃山极北之麓，莫山山那匹枣红马肯定承受不住，于是便留给了这对荒人母子。

双方告别之后，二人一黑马再次踏上旅程。

莫山山问道："接下来我们应该怎么做？"

宁缺说道："进山。"

莫山山微微一怔，问道："天书在山里？"

宁缺望向远处的雪峰，沉默片刻后说道："我不确认，但我确认神殿的人在山里。"

因为天寒山高的缘故，此间没有什么植株，山风凛冽强劲，所有的浮土与积雪都被吹拂得干干净净，露出下面黑色深沉的岩石表面。黑色岩壁间的一处突起崖畔，一个身着黑色裁决司袍服的年轻男子站在此间，看着远处的铅云风雪，仿佛要融进岩壁里一般。

此地苍鹰不能至，却对他来说没有任何困难。那张完美无缺只略显苍白的脸颊上，连骄傲的情绪都没有一丝，因为他是隆庆皇子。

48

"那天夜里，你是怎么射中那几个马贼的？"

"很简单，用念力锁定他们在黑夜里的位置。"

"但你怎么确定他们的要害部位？"

"还是念力。"

"那么远的距离，如何做得到？"

"因为我的念力很强大。"

"可你……修行资质并不是太好，能操控的天地元气数量这么少。"

"针没有刀分量重，但同样也能扎人嘛。"

"真是很奇怪的想法，而且……用这样的方法战斗，难道你不觉得是一种浪费？用念力锁定对手方位还要判断身形，识海里的念力消耗速度太快。"

"先前就说过，我的念力很强大。"

"你有没有想过成为一名大念师？"

"没有。"

"为什么？"

"因为我是符道的天才，当然要成为像你这样的符师啊。"

"那天夜里你杀神殿执事的时候，用的不是符。"

"我习惯用刀，刀上刻着符。"

"你的战斗方式，真的和一般的修行者不一样。"

"天才嘛，当然不走寻常路。"

"可我怎么总觉得，这很像是被迫之下的无奈选择？"

"我的自尊又被你伤害了。"

"我不会撒谎。"

"所以你才能伤害我。"

"你有没有感觉到山下这片疏林里的天地元气很丰沛？"

"嗯，好像有点。"

"你似乎很少在意周遭天地之间的气息。"

"我更在意自己体内的气息。"

从荒原雪岭到苍山脚下，这种对话不停发生在宁缺和莫山山之间，以至于有些时候宁缺的神思会变得有些惘然，总觉得自己好像回到了书院后山或者是旧书楼上，正在和陈皮皮那个讨厌的家伙不停说着废话。

在他看来是废话的讨论，对于莫山山却很重要。这位痴于书符的年轻一代天骄通过这些对话逐步加深对宁缺修行法门的了解，然后随着二人的脚步离天弃山麓雪峰越来越近，她的神情越来越忧虑，还有一些惘然无措。

在一处极细小的温泉热眼旁，二人稍作休息，宁缺看着她微垂的眼帘，静静搭在白皙肌肤上的长睫毛，想着一路来她情绪的变化，再也无法压抑心中的不解，认真问道："你究竟在担心什么？"

莫山山抬起头来，默默看着宁缺，就像看着一块最夺目的宝石渐渐要被风沙掩埋，眼眸里满是忧虑和担心，轻声说道："我担心你入魔。"

宁缺微微一怔，然后笑了起来。

受那个世界里的小说熏陶，也因为在这个世界里的生活经历，更因为书院的开明环境，他实在很难对魔宗产生本能里的抵触情绪和恶感。但他是一个很现实的人，明白思想或许无罪，可真的修行魔宗功法，肯定会引来无数麻烦。

他笑着说道："我是夫子的亲传弟子，自然不可能像那些受了侮辱损害却无力报复的可怜人一样，为了力量或权力这种事情，把自己的灵魂卖给魔鬼。"

莫山山静静看着他那张干净可喜的脸，想着一路行来的所见所闻，越发确认他是个为达目的不在意手段的家伙，根本感受不到他对昊天存有丝毫敬畏之心。而他现在被动或主动选择的修行方式，格外偏重注视自己的肉体技巧，却很少研习怎样与天地之息相通，在这条路上继续走下去，很容易踏入歧路。

尤其是现在他离那座被昊天遗弃的山脉越来越近了。

莫山山伸手将温泉眼畔的雪花捧起，再轻轻吹落，面无表情望向不远处那座黑白二色的连绵山脉，沉默很长时间后说道："你能不能答应我一件事情。"

宁缺问道:"什么事?"

莫山山回头看着他认真说道:"如果在这座山里遇到魔宗功法,你不要去学。"

听着这句话,宁缺不由怔住了。他望向远处那道横亘在天地之间、荒凉杳无人迹的山脉,心想自己从荒人部落处知道神殿中人进了此山,猜测应该与那卷天书有关,怎么莫山山此时却忽然提起什么魔宗功法?

莫山山睫毛微眨,轻声说道:"魔宗山门便在这座被昊天遗弃的山脉之中,只是大山浩渺,除了那位毁掉山门的前辈高人,没有多少人知道这座山门在何处。"

宁缺渐渐消化掉心头的震惊,皱着眉头看着那座山脉,沉默片刻后说道:"我真不知道这件事情,没有人告诉过我。荒人部落给我的消息里说得很清楚,神殿那些人潜入荒原捣乱,是为了吸引荒人强者和元老会的注意,而神殿真正的强者都潜进了这座山里。长安给我的消息是神殿想要寻回那卷天书,而他们认为那卷天书在荒人部落之中,所以我本来就有些奇怪他们为什么要进山。"

他收回目光,看着莫山山蹙眉说道:"如果神殿认为天书还在魔宗山门,而魔宗山门一直在天弃山里,那神殿中人以前为什么不来寻找天书?却非要在荒人南下的时候才来寻找?"

莫山山摇了摇头,用手指将颊畔飞舞的发丝捋到耳后,说道:"天书明字卷这等世外之物,一旦现世,必然要上应天机,这不是你我所能了解或猜测的机缘。但在我看来,天书在荒人部落里的可能性,当然不如在魔宗山门中的可能性大。"

宁缺问道:"为什么?"

莫山山回答道:"因为天书这等事物,似乎本就应该在不可知之地里。"

山脚疏林里的谈话,不停给宁缺带来震惊,他隐约记得自己应该听说过什么不可知之地,但又总想不起来说的是什么。

他认真问道:"什么是不可知之地?"

莫山山愣了愣,发现他不是在说笑话,认真回答道:"世人无法接触的地方。"

宁缺揉了揉眉心，无奈说道："能不能说得更具体一点？"

莫山山蹙眉看着他，就像看着一棵很奇怪的树木，沉默片刻后说道："不可知之地是指那些俗世之外的神秘地域，很少有人能够亲眼看到这些地方，就算去过的人出来后也不会谈及，于是千百年来，只有一些关于不可知之地的传说在修行世界里流传。"

宁缺不解说道："如果神殿都不算不可知之地，那魔宗在我看来只是神殿的一个分支，它的山门凭什么被称作不可知之地？"

听到这个问题，莫山山很认真地回答道："我小时候也曾经问过老师，按照老师的说法，那是因为开创魔宗的那位光明大神官，在立下魔宗山门之时，已经成为一名超越五境的不世魔头，所以才有这种说法。"

"超越五境？"宁缺想着吕清尘老人讲述的那些传说中的圣人，那些天启和无距的恐怖大境界，不由心神一阵摇晃，觉得那些不可知之地好生遥远缥缈不可触摸。

"除了已经废弃的魔宗山门，我相信别的不可知之地里一定有超越五境的至强者存在，只是这些至强者数量极少，基本上不现世，只是隔上一些年会有一名年轻弟子入世，被称为天下行走。而这些天下行走一旦现世，便是知命境界的大修行者，即便是南晋那位天下第一强者剑圣柳白，也会感到有所忌惮。"

莫山山用一种很复杂的眼光看着宁缺，眼神里流露的讯息，似乎是在说，自己先前这番话和自己亲眼所看到的世界并不相同，所以她并不自信。

宁缺没有注意到她的眼神，犹自沉浸在这些修行世界秘辛所带来的震撼之中，回思起在书院后山里的日常生活，越发腹诽恼怒于无论二师兄三师姐还是陈皮皮这个家伙，居然连这么重要的事情都不告诉自己。

他皱着眉头说道："如果天书这种东西只能存在于不可知之地，那么够资格抢天书的人，按道理也应该是来自不可知之地的那些天下行走。我本以为可能遇到的竞争对手，最多便是道痴或隆庆那种层次的人，总能争上一争，可如果是遇着那些知命境界的大修者，这事儿好像没法儿和他们玩啊。"

莫山山觉得自己完全听不懂这个家伙想表达什么意思，像墨笔画出来的秀眉皱得极紧，问道："你到底在想什么？"

宁缺看着她很诚恳老实说道："我在想我们是不是应该马上回南边，如果你觉得不高兴，我请你去长安城玩，带你去吃桂花糕。"

莫山山瞪着大大的眼睛，莫名其妙地看着他，不知道该说些什么。

宁缺也不知道该说些什么，陷入了长时间的沉默思考。

作为书院二层楼历史上第一次参加实修的家伙，陛下和南门里的长辈们或许有别的想法，二师兄在想什么？宁缺越想越出神，眼睛渐渐亮了起来，然后又像是受到某种惊惧一般瞬间黯淡下去，身体变得很是僵硬。

因为他想起来一段话，那段话是这样说的：命运本身就是一个很残酷的家伙，如果它要选择你承担使命，那么在确定你能够承担这种使命之前，会想尽一切办法打断你的每一根骨头剥离你每一丝的血肉，让你承受世间最极端的痛苦，如此方能让你的意志心性强悍到有资格被命运所选择……

这段话是陈皮皮告诉他的。

这段话是二师兄告诉陈皮皮的。

这段话是传说中的小师叔说的。

书院后山所有人都知道二师兄是小师叔的最脑残的追随者，最狂热的拥趸，无论言行还是处事风格，都想要向小师叔靠拢。联想起小师叔的那段名言，二师兄把宁缺扔进莽莽荒原，让他这个不惑境界的弱者去直面神殿的诸多强人，去直面可能来自不可知之地的天下行走，去直面惨淡的人生，便有了解答。

宁缺忍不住打了一个寒战，像快要溺水的孩子一般无辜无助望向那座大山，心里已经把二师兄骂成了他头顶那道古冠。

这时候大黑马不知去何处艰辛填饱了肚子，满眼幽怨地漫步踱了回来。

宁缺看着大黑马，想起它在王庭赛马大会上的那次不可一世的超越，渐渐平复下心中的恐惧与不安，皱着眉头想了半天，忽然开口问道："究竟是结果重要还是过程重要？"

莫山山微微一怔，回答道："我认为是过程。"

宁缺摇头说道："我以前认为是结果，后来悟符之时以为重要的是过程，我现在才明白两者同样重要，只不过缺少过程，那么便得不到结果。"

莫山山说道："你不是一个惯常说这种话的人。"

宁缺看着她忽然笑了起来，说道："因为我确认了自己来荒原的目的。"

"是什么？"

"和天书明字卷还有魔宗山门都没有任何关系，我最开始来荒原的原因就是参加书院实修，那些书院学生实修的目的是行军作战，我实修的目的自然是修行。"宁缺用非常肯定的语气说道，"书院让我来荒原，就是希望我能够在这段历程中能够领悟一些什么，这就是过程，而破境入洞玄便是这段修行旅程的目的。"

莫山山眉梢缓缓挑起，不可置信说道："你春初方悟，春暮而感，继而不惑，难道一年时间不到，你又想要能够破境洞玄？"

宁缺认真说道："我以前就对你说过，我距离洞玄已经不远。"

莫山山轻轻摇头，说道："大唐王景略十六岁入洞玄，但他四岁开悟，我十四入洞玄，却是三岁开悟。道痴我不清楚，但隆庆皇子入洞玄的年龄虽然更小，但相信他也花了很长时间，此前我从未听说过一年之内入洞玄的人。就算你是夫子的亲传弟子，但连夫子面都没有见过，这种想法实在是……"

宁缺笑着想道，那是因为你没有在书院后山待过，那里有太多修行方面的变态。只不过除了二师兄，其余的师兄师姐好像都对修行不怎么感兴趣，若那些家伙把在棋琴花杂方面的痴意放在修行上，只怕早就都进了知命境界。

想着书院后山里了不起的师兄师姐靠山，宁缺信心复生，看着那座莽莽雪山，胸腹之间一片豪情，大声说道："天下行走很了不起吗？"

听着这句话，莫山山薄红若脂纸的双唇微启，却说不出话来，神情复杂兼羞恼无措地想道，自己夏天在墨池畔怎么就喜欢上了这样的一个蠢痴之人？

　　隆庆皇子站在黑色岩壁之间，看厌了眼前的铅云远处的飞雪，回头望向荒凉幽深的山脉深处。这处山脉本是岷山北麓的尽头，但无论是在草原蛮人的语言，还是神殿教典的记载中，都被称为天弃山脉。

　　因为当年那位光明大神官背叛神殿，开创魔宗之后，便率领信徒在这道山脉里修建了魔宗的山门。从那日起，这片被污秽侵蚀的山脉便等若是被昊天遗弃了。

　　一片小雪粒从崖壁前方被风带到他的脸前，无法触摸到他的美丽脸庞，便颓然飞走，却让他的眉头渐渐皱了起来。

　　时隔千年之久，又有一位光明大神官背叛了神殿，不知道这会给昊天光辉带来怎样的污点，会对神殿的事业造成怎样的损害。

　　他虽然是神殿重点培养的天之骄子，是世人眼中完美的神子，执掌裁决司绝大部分具体事务，但毕竟年轻资浅。上面有道痴叶红鱼，有裁决神座，还有掌教大人，对于光明大神官叛教一事，他没有什么资格参与，只能思考。

　　光明大神官毁掉樊笼，离开幽阁，叛出桃山，让西陵神殿陷入了极大的混乱，而几乎同时，自南方归来的天谕大神官以半束白发的代价降下了一道昊天谕旨。

　　因感应荒人南下，天弃山中那个污秽的不可知之地时隔数十年重新现世。

　　神殿一直没有放弃寻找那卷失落在荒原上的天书明字卷，当年那个狂人单剑把魔宗山门劈成废墟之后，据闻道门有人曾经亲自去探寻过一次，却没有任何发现，所以神殿一直以为那卷天书被荒人带去了极北寒域。

　　然而这时候天谕神座却颁布了这样一道谕旨。

　　隆庆皇子的眉头皱得更紧了一些，没有影响容颜的俊美，却显得有些凝重。

　　魔宗山门是唯一被毁掉的不可知之地，一旦重新开启必然能发现很多物事。那些物事对那位狂人和事后去探寻天书的那人而言，大概和垃圾没有什么区别，但对于道痴和他以及世间别的年轻修行者来说，却十分珍贵。

他狂热地信奉昊天，一心向往光明，自然不会对那些污秽黑暗的魔宗功法感兴趣。但他毕竟是裁决司的司座大人，知道一些被时间湮灭的历史真相，心想即便找不到天书明字卷，若能继承那位狂人的衣钵，此行亦有大意义。

然则那需要多大的机缘？

隆庆皇子看着这道被昊天遗弃的山脉，平静说道："这也是一种修行吧。"

相隔数十丈远的崖壁下方，出现一名穿着黑衣的裁决司执事。那名执事对隆庆皇子谦卑行礼，然后说了几句什么，声音被山间的寒风刮拂得断断续续，普通人根本无法听到，但在隆庆皇子耳中却是清晰无比。

"书院二层楼那位十三先生也离开了王庭，应该是往这面来了。具体路线不知，只知道应该是与墨池苑那位书痴同行。"

隆庆皇子剑眉缓缓挑起，脸上露出一丝若有若无的笑容，自言自语道："有点意思，居然真的开始行走天下了，然而千年以来有你这么弱的天下行走吗？"

然后笑容渐渐敛去，随着拂到脸颊上的寒风，化作冰霜。

作为一名绝对有资格骄傲的年轻强者，隆庆皇子这辈子只在宁缺手上输过一次，所以他的骄傲在听到宁缺的名字后，很自然地会变成愤怒和不悦。虽然他隐藏得很好，依旧平和平静，从春天登山，到今日严冬登山，神殿里没有任何人能看出来，但他自己知道，那些愤怒和不悦一直都在。

春天离开长安城的时候，拜那次失败之赐，他看到了知命境界的门槛，正在山的那头等着自己迈过，但同样正是因为那次失败，他看到山那头的门槛，这段时间却一直没有办法接近，更谈不上一步而逾。

愤怒和不悦并不会对道心造成本质上的影响，但那抹隐藏在其间的不甘和不平衡，却绝对是对道心通明最大的损害。

他很骄傲，所以不甘。他不敢质疑夫子的选择，但他认为那场入院试并不是夫子亲自主持，所以他败给宁缺绝对有别的原因。

因为，他不可能比宁缺差。

要证明这一点，他需要全方面地击败甚至击垮那个家伙。

裁决神座是这样说的，掌教临行前的冷峻目光是这样说的，叶红鱼那个疯女人轻蔑的笑容也是这样说的，所以他知道自己必须这样做。

"我会在这座山里等你。"

隆庆皇子看着雪峰脚下那些黑而低贱的石块，自嘲一笑说道："即将成为历史上第一个击败天下行走的人，怎么却没有一丝成就感呢？"

49

仇恨不甘焦虑恐惧这些情绪对于修行者来说是最可怕的心障。就像一根根柴木般，悬浮在道心之旁，成了一道篱笆，挡住篱外清新的风与水分，若这等境况持续的时间太长，篱笆内的事物便会逐渐枯槁。

没能登上书院后山是隆庆皇子道路上的第一道坎，宁缺是隆庆皇子道心外的那根柴木，他此行入荒原修行的一个重要目的便是要把这根柴木移走。打破道心樊篱的方法很多，比如苦修比如体悟教典又或是把自己逼入绝境再爆发，但毫无疑问最简单的方法是把那些柴木给砍成木屑随风吹走。

所以当隆庆皇子知道那根叫宁缺的柴木自行前来，道心外的樊篱打破有望时，被灰暗尘影蒙着的道心渐趋明亮，胸腹间只觉一股开阔之气喷涌而出，直欲对着如海般的莽莽群山高啸一声。

便是这一刹那，他眼中的世界又有不同。天地间气息在雪峰黑岩之间缓慢流淌，其间丰富复杂难言的流动规律仿佛变得能够掌握，远处那道大山坳间清亮的空气中出现一道门，而且比以往出现时要变得清晰了很多。

推开那扇门，跨过那道槛，便能知天命。

隆庆皇子负手于黑衣之后，动情看着那处，久久沉默不语。

不知道过了多久，他缓缓收回目光，望向身旁一株雪树。随着目光所及，树枝上的道道积雪渐化为水，水滴打湿枯枝汇聚到枝头，然后凝成一颗晶莹的水珠，在寒冽的山风中迅速成冰。

就在枝头那滴水珠冻凝成冰的过程里，仿佛风中有把奇妙的刻刀，没有让水珠凝成圆或椭圆，而是渐渐绽开，一瓣一瓣逐渐剥离，直至成形。

那是一朵晶莹透明，却又给人鲜艳欲滴感觉的桃花。

素淡无色纯水为冰，在视觉上却仿佛能展现出色彩，十分神奇。

隆庆皇子静静看着枝头随风轻轻晃动的冰桃花，美丽的容颜上没有什么骄傲或满足，英挺的双眉间，反而透出一抹淡淡的自嘲，轻声叹息道：

"只差半分辰光。"

漫漫修远的修行路，一旦踏上便不能回头，开始时走得极为迅速，而越到后来便越是艰险，而那道把大修行者和普通修行者分开的知命门槛，更是高耸入云，极难攀爬，他虽然已经看见，但要接近并且迈过，又不知要花多长时间。

不过隆庆皇子也没有因此生出丝毫低落情绪，因为他还很年轻，他已经看到了那道门槛，和那些世间修行百年却依然不知宝山在何处的人们相比，他有足够多骄傲的资格，尤其是此时此刻他知道自己又向那边靠近了一段距离。

到了破境时刻，每前进一段距离都是那般困难，所以每能前进一段距离，都是那样令人感动甚至迷醉。

冬树数十枝光秃秃的树枝上的积雪全部融化，均自汇流至枝头，凝结成晶莹剔透的桃花，折射着天空中的光线，美丽得仿佛不似人间。

隆庆皇子洁白如玉的右手伸出黑色衣袖，用三根手指轻轻拈住一朵冰桃花，搁在空中对着日头观看良久，轻声感慨说道："隆庆，你真的很强。"

就在这时，山道远处忽然响起一道清稚的声音，声音里满是惊讶与好奇。

"你们中原人的脸皮都这么厚吗？"

隆庆皇子敛了笑容，面无表情往那处望去。

覆雪山崖那处站着一个满脸稚气的少女。

那少女身上紧紧裹着很多破烂的皮毛,脚上穿着一双脏旧的黑靴,头上戴着一顶皮帽,乌黑亮丽的长发被编成一根长又粗的大辫子,垂落在膝间不停摇摆,一根毛茸茸的兽尾遮住她大部分容颜,却遮不住眉眼间的清稚。

隆庆皇子没有在这个少女身上察觉到念力波动,眉头微微挑起,心想若是个普通人,怎么会出现在寒冷刺骨的天弃山里,而且为何自己没有察觉?

他想到一种可能性,目光微寒问道:"南归荒人?"

那少女年龄不过十五六岁模样,小脸被山间吹拂的寒风刺激得通红,听到他的问话用力点了点头,然后说道:"我叫唐小棠,你呢?"

隆庆皇子没有回答,看着少女身旁那个白茸茸的小兽,皱眉问道:"兔子?"

唐小棠摇头说道:"不是兔子,是头可爱的小白狼。"

隆庆皇子不想和荒人小女孩再说什么,指尖轻转冰桃花,准备让她回归昊天神国。

一直安安静静蹲在唐小棠身旁的小雪狼忽然前爪着地弓着身子站了起来,咧嘴警惕低嚎望向他。只是雪狼太小,纵使身上如雪的白毛纷纷张开,看着也只是变成了更大的雪团,无比可爱,哪里有半点可怕?

隆庆皇子想着未婚妻送给自己的那匹白马,忽然间微微笑了起来,心想稍后杀了这个荒人小姑娘,可不能伤了这头罕见的小雪狼,送给她她想必会喜欢。

唐小棠并没有因为小雪狼的警惕而不安,乌溜溜的黑眼珠里满是笑意,望着隆庆皇子问道:"你是不是想杀我?"

他看着唐小棠面无表情说道:"魔宗余孽杀得多了,但南迁荒人中的魔宗余孽却还没有杀过,小姑娘你应该感到荣幸。"

唐小棠咯咯笑了起来,把小手伸到背后,看着远处树下的隆庆皇子开心说道:"像狼啊羊啊这种畜生我杀得多了,但神殿的人却没有杀过,你才应该感到荣幸。"

无论怎么看，这绝对会是一场一边倒的战斗，更像是大人欺负小女孩。然而出乎意料的是，抢先出手却是那名裹着破烂兽皮的小女孩。

唐小棠出的不是手。是脚。

她一脚踩在雪地上，雪上出现一个深深的脚印，深到似乎要揿进土地里，而那只看上去普通无奇黑脏的靴子，只是微微变形，没有破裂。

然后唐小棠开始向着那株枝头坠满冰桃花的冬树奔跑。她每一脚踩在雪地上，都会激起一大蓬雪花，挟着无比巨大的力量，仿佛她小小的身躯就像是一座沉重的小山，震得整个山崖都微微颤抖起来。

晶莹剔透的冰桃花，被震得自枝头坠落，向地面摔去。

唐小棠挟着暴风雪而来。

隆庆皇子眼瞳微微一缩，垂在黑色道袍外的右手轻轻一抖，那些正自枝头坠落的冰桃花被天地间的元气波动一拂一激，就如无数支羽箭一般嗖嗖破空而去，瞬间便来到了唐小棠的身前。

这些晶莹剔透的冰桃花在阳光下折射出美丽的光线，在山崖间布下重重障碍，看似脆弱的花瓣间，蓄积着极为强大的力量。

寒风吹拂着唐小棠微红的小脸，遮着脸的那道兽尾呼呼作响。她的速度太快，快到肉眼几乎都要看不见，也不知道她那瘦小的身躯里怎么能蕴含如此巨大的能量，更无法想象她的纤细双腿能够在这等速度下没有折断。

因为速度太快，当那些美丽而恐怖的冰桃花出现在她眼前时，距离她清稚的容颜已经很近，以现在的速度根本无法躲避。

唐小棠自幼跟随兄长学习战斗，根本不知道什么叫躲避。她高速奔跑时，右手一直伸在身后，这时看着满天冰桃花，终于抽了出来。

她抽出了一把巨大的血红的弯刀。

这把弯刀大得夸张，尤其是和她瘦小的身体比较起来，更是显得格外恐怖。刀锋红艳胜血，也不知道先前这把刀究竟藏在她身体何处。

血色巨刀当空斩下，呼啸作响。

透明的冰桃花应声而裂，碎成满地冰片。

隆庆皇子施展的高妙道法自然不可能这般简单，当那朵透明的冰桃花碎裂之后，一抹极强大的天地元气，便从冰桃花之中雄浑而出。

然而这时，唐小棠早已经跑出去了十几丈远，已经劈开了第五朵冰桃花。

桃花朵朵开，变成无用的冰砾，颓然坠于地。桃花里蕴含着的道法在山崖间掀起无数道气浪，震起碎雪黑岩，然而却根本无法赶上唐小棠的速度，只能衬托出小女孩的气势，显得那般颓然无劳。

唐小棠小手握着的血色巨刀斩开一朵桃花，两朵桃花，三朵桃花。

然后斩到隆庆皇子身前。

隆庆皇子目光骤然明亮，右手拈着的那朵冰桃花轻轻向前一送，挡在了那把血色巨刀的刀锋之前，透明的花瓣瞬间开放，极盛。

锋利的刀锋，看似脆弱的冰桃花，一朝相遇。

便胜却人间无数。

雪崖间，天地元气一阵极剧烈的震荡，那株刚刚结出无数朵桃花的冬树被空中的湍流撕成了碎片。隆庆皇子轻哼一声，未退一步。但他系着黑发的束带骤然绷裂，满头黑发如瀑般披散开来，显得有些狼狈。拈着冰桃花的苍白右手轻轻颤抖着，指间的那朵冰桃花，出现了一道极细小的裂缝。

唐小棠像只灵巧的鸟儿般轻踩烟云，倒翻而回，轻轻巧巧落在雪地上。

她嘻嘻笑着，看着黑发散乱的隆庆皇子，说道："你长得可真好看，就像是绣本里面那些大河国姑娘一样，不过看起来你不怎么会打架呀。"

隆庆皇子盯着这个荒人小姑娘，用了很大的力气，才让自己因为愤怒而不停颤抖的牙齿平静下来，一道鲜血自唇角渗出。

鲜艳得有若桃花的蕊。

黑色的发丝在隆庆皇子美丽而苍白的容颜上缓缓拂动，他的眼神异常专注而冷漠，露在黑袖外的双手微微颤抖。那朵裂了一道小缝的桃花不知何时已经消失不见，而他腰畔那柄掌教亲赐的神剑，则开始轻轻嗡鸣。

唐小棠看着他挠了挠头，说道："你的境界很高，但你确实不会打架。你那朵桃花挺有意思的，比你这把剑好，想要和我这把刀正面对砍，你得拿你家掌教腰上那把剑才行。你这时候弃桃花用剑，只会死得更快。"

隆庆皇子缓缓拭去唇角的血渍，似笑非笑看着她说道："可以试试。"

忽然间，唐小棠清亮的眼眸里浮现出一丝异色，不是恐惧也不是兴奋，而似乎是察觉到什么奇怪而令她烦恼的事物正在向这边靠近。

"今天没时间试了，我有事必须先走。"唐小棠看着隆庆皇子说道，"不过我必须提醒你，这座山是我家的，如果再让我看到你们神殿的人，我会一个一个杀死。"

隆庆皇子也察觉到远处那道正在高速奔袭而来的气息，不由眉头微蹙，觉得极为烦躁，盯着唐小棠沉声说道："你以为今天你能走？"

"第三次说你不会打架。"唐小棠看着他同情说道，"我们大明宗弟子，最擅长的就是跑步，除非你现在晋入知命境界，否则你怎么追得上我？你们神殿现在都不教这些的吗？"

远处传来一道极清冽的声音："唐小棠，有本事你不要跑。"

听着那声音，唐小棠忍不住打了一个寒战，愤怒地大声回答道："叶红鱼你这个疯婆娘，有本事你不要耍流氓！"

然后她带着小白狼转身就跑，跑得比风还要快。

50

一阵风夹着雪粒拂起，崖畔出现了一名少女。少女身上红衣如血在风中轻摆，腰间一根普通的黑色系带让短而微蓬的红裙没有翻起，却遮不住赤裸的双腿。少女面朝唐小棠离开的方向，只能看到小半张侧脸，清丽如水，平静如远山，从神态上看仿佛已经历了无数世事沧桑，但微微翘起的唇角，在流露嘲弄及些许烦郁之意外，也展现着她的真实年龄。

隆庆皇子看着她，忽然自嘲一笑，叹息一声，也不理会肩头披散的黑发，就这样在残缺的冬树旁坐了下来，拾起身旁一片木屑在指间轻轻抚摩。红裙少女静静看着山峦远处唐小棠高速奔跑所挟起的风雪，没有回头，用比身畔风雪更冷的声音说道："逢敌之时，当如狮虎搏兔，隆庆你太令我失望了。"

隆庆皇子也不理会她，低着头把那片木屑轻轻插进身前的泥土中，盯着那片像缩小柴木的片屑，沉默很长时间后说道："难道要用轻敌来解释我的受伤？我没有这种习惯，至于你失望与否向来与我没有什么干系。我只是好奇，依照你的怪癖，碰见这样的敌人肯定不会放手，那你为什么这时候还不去追？"

少女毫无情绪说道："幼稚的白痴，如果不是担心你会受此打击从此不振，我怎么会浪费如此宝贵的时间来与你说话？"

隆庆皇子抬头平静看着她，问道："我真的不会战斗？"

红裙少女毫不掩饰自己对他的轻蔑，嘲讽说道："名义上为了坚定道心，实际上为了讨好掌教和神座，你这些年天天带着一群废物在天底下到处寻找更废的废物来杀。火刑台和幽狱你倒是去得多，但你可曾与真正的强者战过？"

隆庆看着她的背影，微嘲说道："如果你所说的强者是你自己，我敢和你战吗？当年离开天谕院的第一日，我就想挑战你，结果当时神座是怎样惩罚我的？"

听到他的嘲讽，红裙少女的声音忽然尖利起来，厉声说道："白痴！难道你要说本座有今日全部是靠这些？你是不是想死？"

她的声音就像是一把无坚不摧的剑想要把这座大山强行刺开，剑锋与硬石的摩擦发出令人痛苦的声响。籁籁声中，雪崖周畔雪里隐藏的一些小兽都被惊得跳将出来，像盲了一般四处乱撞，然后纷纷倒地，再也无法站起。隆庆皇子的脸色微微一白，然后迅速恢复正常，看着她的背影摇了摇头，毫无情绪说道："现如今我自然不是你的对手，当然你也不会杀我，所以说这些话都没有什么意义。如果我能在这座山里晋入知命，我会尝试挑战你。"

说完这句话，他很认真地补充道："就算掌教和神座干涉，我希望你也能接受。"

红裙少女笑了起来，清脆的笑声回荡在雪崖四周，毫不收敛地展露着自己强大的自信和力量。如果说唐小棠小巧的身躯里隐藏着如此强大的力量已经令人难以想象，那么她如此曼妙清稚的身躯里又怎么能藏着如此强大的自信？

隆庆皇子静静看着她的背影，看着她身后拖着的红裙飘带，看着她赤裸而迷人的双腿，并没有因此而意乱，却也并不掩饰自己目光中的欣赏感慨。

雪崖黑岩满地冰砾与木屑，如此杂乱而凄荒的环境，一身艳红的少女出现其间显得那般突兀，她身上所流露的骄傲自信情绪更是与环境不谐。然而无论是在谁的眼里，此时站在崖畔的少女，仿佛就和这片雪崖以及崖外的天地融合在了一起，任凭你怎样去分辨，都无法把那抹红与红之外的世界割裂开来。

进入洞玄境的修行者能把自己的意识与天地元气融为一体，然而要把自身的存在与天地本物融为一体，那么说明那名修行者不只从表面上明白了天地元气流动的规律，而且已经快要从本质上掌握这种规律，快要明悟世界的本原。

是为知命。

隆庆皇子看着她与雪崖天地融为一体的背影，知道这个女子离那道门槛远比自己近得多，甚至只需要轻轻一抬足便迈过去，只是需要一个契机罢了。

先后进入天谕院，先后进入裁决司，他和红裙少女被认为是神殿最有希望的年轻一代。他领着裁决司声震天下时，少女痴心于道根本不问世事，所以她的名声并没有他大，然而无论在修行世界还是红尘俗世里，无论在神殿位序还是修行境界上，他无论如何苦苦追赶，却永远追不上她。

难道就因为你是道痴叶红鱼？

道痴叶红鱼静静看着雪崖远处的淡淡雪尘，眼眸中绽出一抹冷酷而强悍的光彩，说道："你的道心之外有我，有宁缺，现在还多了唐小棠，我真不知道你哪天才能把这些柴木给拔掉，希望你不要让我再次失望。如果三年之内你还不能晋入知命，我会直接把你给废掉，因为我不会把裁决司交到一个废物手里。"

隆庆皇子没有说话，他知道她做得出来这种事情，而且他更知道，虽然自己颇受掌教和神座的器重，但和她身后的背景比较起来，可以不用考虑。

道痴忽然面无表情说道："她是唐的妹妹。"

很无头无尾的一句话，但隆庆皇子听懂了，而且他知道唐是谁，所以脸颊骤然变得苍白了起来，然后若有所思陷入了沉默。

道痴没有回头，却像是能够看到隆庆的神情，微微点头，似乎对他的反应感到非常满意，骄傲不屑说道："她既然是唐的妹妹，那么这个世界上当然只有我这个叶的妹妹才有资格去击败她，你这种废物白痴就不需要想太多了。"

看似很轻蔑嘲弄的打击，隆庆皇子却没有动怒，也没有出言反嘲，反而是极认真地向她的背影行了一礼，平静说道："谢谢。"

道心之外有樊篱，一道樊篱三个桩。

多年来一直像抹沉重暮色般压在他心上的道痴叶红鱼，就是这道樊篱上的第一根桩木，在书院登山中莫名败给对方的宁缺则是第二根桩木，今天骤然相遇却输了一着的荒人小姑娘便是第三根桩木。

不是每种失败都会对道心造成影响。宁缺这根桩木揳得很深，很痛，很新鲜，容易引起负面情绪——是因为道心外的樊笼就如同心中的刺。你不甘不平不服觉得世事不应如此，你本应先登山，你本应是神子无视那个边城小军卒结果却输给了他，那么这根刺便会存在，

他还没有拔出宁缺这根木头，结果今日又败在一个不知名的荒人小姑娘手中，如果没有道痴的这番话，道心严重受创的他要入知命，不知又要难上几分。

但既然现在知道那个荒人小姑娘是唐的妹妹，那么隆庆心中的不甘情绪自然而然便淡了。正如道痴叶红鱼所言，唐的妹妹理所当然应该是和叶的妹妹并肩而言，自己准备不足的情况下稍输一着，并不是难以理解接受的事。

所以隆庆皇子很诚恳地表示感谢。

道痴叶红鱼转过身来，居高临下望着坐在残树旁的隆庆皇子，精致而美丽的面容上没有任何表情，比身上随风摆动的短红裙要平静很多。

　　"不用谢我。虽然我坚持认为你就是一个变态的白痴，但既然你是我裁决司的人，那便不能太弱。你越强，裁决司越强，神殿越强，你若弱了，神殿固然不会弱，但我会觉得丢人，丢人这种事情，我无法忍受。"

　　道痴追唐小棠去了，也不知道她们二人是何时在天弃山中相遇，又追逐了多少时日，以及在这漫天风雪的陪伴下还要追逐多少时日。那件鲜红如血的短裙就像花一样在雪崖黑壁间绽开，每一绽放便前行数十丈，倏乎然便出现在另一座山峰之中，然后渐远不见。

　　隆庆皇子平静看着消失的那抹红，心想叶与唐都已经是传说中的人物，也不知道这两个人的妹妹究竟谁更厉害一些。

　　在过往的岁月里，他带着裁决司的执事，率领着强大的护教神军，在中原诸国内缉捕魔宗余孽或是叛教异端，从未遇过什么真正的麻烦，然而今日他终于确信，随着荒人的南下，那些匿藏已久的魔宗强者也都要开始出现了。

　　初次较量，便败给了一名魔宗妖女，他的自负与骄傲自然受到了极大的挫折。然而道心坚定如他，当然不会就此沉沦。

　　神殿掌教与裁决神座命令自己这些人深入荒原，为的是那卷天书，为的是查探魔宗动静，但同时也是一场难得的试炼修行机会。

　　只是……道痴要求败，暂时未败。

　　他不想败，却败了。

　　一败再败，再三败。

　　隆庆皇子自身旁再次拣起一片木屑，插在身前的泥地里。片刻后，或长或短的木块仿佛是道篱笆，把他围在了中央。

　　满头黑发凌乱地披散在肩后，往日里洁净无比的黑色道袍上染满了灰尘与雪泥，看上去显得有些狼狈，那如像远山般的黛眉间隐有躁意。

　　他闭上眼睛，双手轻抚膝头，明心静心，吟诵了一段昊天教典。

　　他的身外有道柴木做所的篱笆，他的心内有堆柴火燃起的火焰。

　　把这道篱笆毁了，把这团火焰烧将出来。

自失败中明悟，从此不再失败，那么，自然知命。

"在梳碧湖那时候，我被叫作打柴人，蛮子马贼则喜欢叫我是砍柴人。"

他牵着大黑马，对身旁的莫山山兴高采烈地描述着过去的时光。入山旅途寂寞，而且漫无目的地搜寻，实在是很容易让人产生腻烦情绪，如果不经常聊聊天，他真担心自己会不会把屁股一拍就此走人，再也不管小师叔那段正确的废话。

然而莫山山自幼生活在墨池老师身边，少经世事，除了与花痴陆晨迦通过一段时间书信外，便只有乏善可陈的笔墨生涯，所以只用了一盏茶工夫便交代完了自己的一生。

宁缺在感慨于书痴人生干净简单幸福之余，便只好自己讲自己的故事，好在他这辈子遇着的事情实在太多，即便除去那些过于血腥过于违反人类道德观的故事，讲上三天三夜也不可能讲完。

莫山山一直安安静静听着，偶尔被风雪刮得有些微红的微圆粉腮上会露出一丝笑容，在被宁缺提醒了几次之后，也学会了怎样在合适的时间问：后来呢？

随着后来呢后来呢的问话持续，来到了静谧的雪山之前，宁缺终于确认荒人没有骗自己，那支来自土阳城的商队确实已经南归没有进山，不禁感到有些疑惑，难道说夏侯放弃了寻找天书明字卷？

荒原的冬天有些难熬。他们两个人是修行者，能稍御寒暑，但在刮拂的凛冽雪风面前，还是觉得有些寒冷，眼前这片绵绵起伏的山脉也是极大的考验。

天弃山北麓这段多有陡峭难行之处，加之寒冷危险，无论荒人还是草原蛮都从来不会进山。大黑马虽然神骏中二，但宁缺也不敢拉着它进山冒险。

卸下沉重的行囊，在大黑马厚臀上重重拍了一记，宁缺说道："自己找地方折腾去，如果找不着吃的，你自己先回吧。"

大黑马骤然脱了重负，哪里还管得他在说些什么，欢悦嘶鸣一声，撒着欢便顺着山下缓坡向外奔跑而去。看着大黑马像道黑色闪电般瞬间消失在视野中，莫山山紧了紧颈上的围巾，神情惘然问道："它能找到吃的吗？"

"它就是个吃货，最擅长的就是找吃的。"宁缺从行囊里掏了半天，掏出一块布片，望向少女笑着补充说道，"书院后山里的人们都是一群吃货，我有时候真觉得大黑子天生就是书院的种。"

莫山山沉默很长时间，有些不敢相信地轻声问道："夫子……也是个吃货？"

宁缺没有听清楚她的问题，把手中那块血布举起来，对准天穹上那轮如同假货般的日头，迎着日光想要看清楚里面藏着什么东西，最终却还是只看到了那些血。

"如果这是一场考验，难道没有半点提示？"

宁缺把那块国师李青山送过来的血布翻来覆去看了半天，恼火说道："任何这种故事里面都应该有块藏宝图啊，不然怎么找魔宗山门？如果我们两个随便瞎逛都能逛进魔宗里去，那还叫什么不可知之地？"

莫山山轻轻摇头，说道："先进山再说吧。"

宁缺点点头，把行囊背到身上，靴子顿时在雪里陷得更深了一些。

莫山山好奇看着他肩上的行李，心想里面究竟放的是什么，竟是如此沉重。

宁缺看着她眼睫上被冻成霜丝的睫毛，看着她微红的脸颊，忽然问道："冷？"

莫山山觉得在他面前没有什么好隐瞒的，点了点头。

"早说啊。"宁缺拿了一张符纸递给她，说道，"放腰上，可以保暖，如果不够我还有很多。"

莫山山依言把那张淡黄色的符纸放好，感受着腰间逐渐传来的暖意，不由微异问道："这是什么？"

"我最开始试验的火符。"宁缺背着行李向山谷里走去，笑着说道："非常失败，根本没有办法凝练天地之息里的火意，只能慢慢升温，离开长安的时候想着荒原上冷，所以就多写了些。"

莫山山听着这话，声音微颤说道："用符纸……来取暖？你有多少张这样的符？"

宁缺说道："没数过，几十张总是有的，反正没什么用处，你别和我客气。"

莫山山睫毛微眨，霜丝骤碎，怔怔看着他根本说不出话来，心想写符极耗念力，你怎么能把宝贵的念力浪费在取暖这等没必要的小事上？

她一生痴于符道，视若至高之事，于是越想越有些生气。宁缺回头看着她神情，不禁有些疑惑，问道："怎么了？"

莫山山看着他的眼睛，很认真地说道："这样太浪费，以后不要这样了。"

宁缺笑着挠了挠头，没有接话。

用符纸当热宝，也许真的很浪费吧，不过他的念力很充沛，他的恢复速度很快。

最重要的是，他的桑桑体质虚寒惧冷。

他之前写了几百道这种符留在老笔斋里，这个冬天桑桑肯定不会那么难熬了。

51

哪怕是那些虔诚的昊天信徒围着神殿桃山打转磕头，也总还有个方向，然而这个故事里没有藏宝图，没有夹在血布里的地图，只有把重任扔到宁缺肩上就不管的帝国朝廷，以及完全不负责任的二师兄。

行至一处寒风尤盛的山垭，宁缺装作没有看见少女符师蹙起的墨眉，强行又塞给她一张暖符，正准备继续向前时，忽然停下了脚步，向上方望去。

莫山山看着他的神情，心想大概又是看见了什么雪山毛足羊，忍不住又想射下来当晚饭吃，忍不住轻轻摇了摇头，只是感受着腹间传来的暖意，没有说什么。

宁缺没有取弓搭箭狩猎，而是缓缓皱起眉头，就这样在雪地里坐了下来，闭上眼睛将识海里的念力渡出体外，开始静坐感知周遭天地里的气息。

寒风卷雪而来，不多时便在他的衣上积着薄薄的一层，莫山山看他模样，有些担心又有些疑惑，想要伸手替他将雪掸掉，最终却没有动作。

就在先前那一刻，宁缺感觉到天弃山深处传来了一道他很熟悉的气息。以他如今的境界，按道理来讲根本没有可能感知到如此遥远距离之外的事物，然而那抹气息就这样突兀地出现在他的识海之中，这说明不是他感知到了那道气息，而是天弃山山脉深处那道气息无视万里雪飘，主动找到了他。

这个分析让他震惊无语，心想这得是何等样境界实力的大修行者，才能隔着如此遥远距离，准备让自己感知到他的存在？莫非这就是传说中的无距？难道这片茫茫大山里真有越过五境的类似圣人般的存在？

为了确定自己的感知没有出现偏差，他毫不犹豫地坐了下来，开始闭目静思。随着精神力的集中，识海内念力的缓释，那道自远方而来的气息越发清晰清楚，如风中雪花一般翻越千重山而来，轻轻扬扬落在他的身上，覆在他的衣上，缓慢而无可阻挡地顺着脸颊上的肌肤口鼻渗了进去。

一道恐怖到难以想象的强者气息，自远方而来，瞬间占据你的识海，面对这种情况，哪怕是像道痴那样的人物，只怕脑海中生出的第一个念头也是远远避开。

宁缺没有逃跑，反而坐下静静感知，因为如先前所言，这股恐怖强大的气息，让他感觉很熟悉，甚至可以说是亲近。然而问题在于，无论他怎样回忆，也想不起来这两年里遇见过拥有这样气息的大修行者。

那股气息强大并不霸道，虽不霸道但却格外骄傲，就像是一棵在雪峰顶端倔强生存的雪松，覆着千年积雪却不肯稍弯腰身俯瞰峰下众生，不屑看天一眼。

宁缺闭着眼睛，静静感受着这股气息里的味道，忽然间明光一掠，识海之中骤然多出了很多画面。那是书院前方青美平静的草甸，那是旧书楼里无数册不屑于被世人看懂的书籍，那是后山里骄傲喂鱼的大白鹅，那是二师兄头顶的古冠，那是十一师兄痴痴看着的花朵，那是书院山下那片如剑般直指苍穹的树林。

他缓缓睁开眼睛，望向遥远山脉深处，感受着那股气息里蕴藏着的平静执着，不知为何心头一酸，险些落下泪来，因为……那股熟悉的气息残留着主人的骄傲与执念，却没有任何信息，它找到自己只是因为它觉得自己身上有很熟悉的味道，它不想继续在这座山里待下去，它想回到它最熟悉的地方。

想要回家，想要回书院。

宁缺醒过来时，风雪已停，身上已经积了极厚的一层雪。

他沉默看着那边看了很长时间，明白了一些事情，也坚定了一些事情，忽然开口问道："你感受到那股气息没有？"

厚厚的雪花顺着衣衫簌簌而落。莫山山一直沉默地守护在他身旁，不知道他身上究竟发生了什么事情，听到他的问题，墨眉缓缓蹙起，摇头说道："我什么都没有感知到。"

宁缺站起身来，拍掉衣上残雪，背起沉重的行囊，说道："我们走吧。"

莫山山问道："去哪里？"

宁缺指着那道强大骄傲气息升起的遥远大山深处，说道："去那里。"

莫山山说道："我们没有地图。"

宁缺摇头说道："长安城里的人们让我过来，是因为他们知道我不需要地图。"

雪道难，再难也难不过登天，心意坚定的宁缺带着心意向来坚定的书痴少女，向着那个方向坚定地行走，没有花太多时间，便来到了一片陡峭的山崖之前。

用了小半天的时间，攀越过那道陡峭的山崖，二人站在那道雪崖之上，一阵风迎面而来，温润清凉不似寒冬凛冽雪风，而像是一片春天。

雪崖很长，二人顺着向前行走，过不多时便发现了那道春风的来源——在雪崖尽头下方是一片大而幽深的山谷，不知是因为地热还是有温泉的缘故，这片山谷并不大，里面却长着一片青青的阔叶树林，一眼望去尽是绿色，和雪崖那头白黑二色的冰冷世界形成了鲜明的对照。

莫山山被映入眼帘的绿意怔住了，沉默很长时间后，她下意识回头看了宁缺一眼，因为这是他指的方向。她想不明白为什么宁缺能够知道天弃山山脉深处，会有怎样一处山谷，明明最开始的时候，他因为没有地图的缘故还那般烦恼。

宁缺的表情并不比她平静太多，他怔怔望着青色的山谷，望着山谷深处那道若隐若现的泉水，感受着那道熟悉的气息越来越凝练真切，难以自抑地紧张起来。

因为那道气息的缘故，这些天他一直有些沉默，此时终于确认自己没有弄错，骤然的急剧紧张之后，变成了从身到心的绝对放松。

站在雪崖之上，他忽然对着青青山谷大声喊道："张无忌，你在哪里？"

声音在山谷中回荡很长时间，才渐渐消失。

莫山山面无表情看着他，大概是在想这个家伙又在发什么疯。

宁缺平静喜悦的心情，看着她轻声说道："我想，我们找到魔宗的山门了。"

莫山山神情微凛，蹙眉说道："就这么简单？"

宁缺沉默看着雪崖下方的山谷，摇了摇头，说道："这个世界上有很多看似很困难的事情，只要你能把其中的联系想明白，就会变得很简单。"

莫山山很简洁直接地摇了摇头，说道："我不明白你的意思。"

宁缺看着她问道："你知道当年找到魔宗山门，然后单剑把魔宗山门斩成废墟的前辈是谁？"

莫山山继续摇头："老师没有告诉我，似乎他不愿意说。"

宁缺说道："我也不知道他是谁，但我大概能猜到他是谁，我能确认他和我有关系，因为这种关系，我找到魔宗山门，就变得非常简单。"

听到他的这句话，莫山山的眼眸渐渐亮了起来，大概也猜到他说的那位前辈是谁了。只是既然他没有说破，她也便没有继续说下去。

"隆庆皇子应该也在山里。"她提醒道。

宁缺摇头说道："如果神殿知道魔宗山门的位置，为什么荒人南下之前他们没有过来，而且根据我的估算，这片山谷里应该没有留下什么好东西。神殿让隆庆皇子他们来荒原，只怕是和书院存着相同的心思，让我们修行一场罢了。"

莫山山眼睫微眨，静静说道："有时候修行，是两个人之间的事情。"

宁缺听懂了这句话的意思，沉默片刻后说道："如果隆庆非要战胜我才能完满自己的道心，你以为我会给他这种机会？"

莫山山摇头说道："修行之事，有很多时候都是迫不得已。"

宁缺很认真地说道："大家都是正道中人嘛，哪里至于一见面就喊打喊杀？再说了天弃山这么大，哪里这么容易遇到？"

话音刚落，雪崖那头忽然传来一个人的声音，那个人的声音里蕴藏着很复杂的情绪，有些惊讶有些惊喜有些惘然有些坚定，最终汇成平静。

"我也没有想到，会这么快就遇到你。"

宁缺和莫山山回头望去，只见隔着数百丈远的雪崖那头坐着一个人。

因为雪崖两边截然不同的温度，那个人右半边身体上覆着厚厚的积雪，左半边身体上的黑衣却是片雪皆无。看上去他就像坐在两个世界的分界线上，一半风雪一半春意，一半黑暗一半光明，看上去极为古怪。

随着声音，那个人身上覆着厚厚的积雪缓慢地分解滑落，那张完美的脸颊，因为风霜的侵袭显得有些沧桑憔悴，往日洁净无尘的黑色道袍上也满是污垢，尤其是披散在肩上的黑发，更让他看上去有些狼狈。

但他的神情依然平静，凛然光辉，有若神子。

佛宗说爱别离，怨憎会，说的是人间苦处，然而有生皆苦，所以我们生活在人世间，往往要离开你所爱的人，然后不停遇见你所怨憎的人。

书院二层楼登山试后，在俗世社会顶层的大人物们眼中，在修行世界的人们眼中，宁缺和隆庆皇子注定将是一生的宿敌。

而且他们确实彼此怨憎。

所以无论世界有多大，这片茫茫天弃山有多大，他们必然会相遇。

隆庆皇子看着雪崖那头的那对男女，忽然笑了起来。

他没有想到宁缺和书痴居然真的能够找到这片山谷，因为按道理来说只有神殿有地图，而且若不是天象有异，谷外大阵消除，便是神殿中人也无法找到这里。

"数日前我来时，这片山谷还是一片冰封雪地。"

隆庆皇子的声音里没有一丝情绪，说道："我坐这里看着冰雪消融，看着青叶重生，看着每一天与每一天的差异，仿佛看到了一场神迹，有所感触。"

他看着雪崖那头的宁缺，平静继续说道："你们来晚了，又或者说来早了，因为距离开门的时候还有些时日。"

远处响起宁缺热情而真诚的声音："殿下，那你知道什么时候开门吗？"

隆庆皇子被他声音里的热情弄得有些烦躁，沉声说道："不知道。不过既然你我都来早了，或许有时间做些别的事情。"

宁缺没有隆庆皇子无视距离说话的本事，把手掌张开放在嘴边，大声喊道："下棋弹琴还是清谈扯淡？这些事情我现在都很擅长，如果说打架，那还是免了吧，我可打不过你，你欺负我也不算什么本事。"

莫山山站在他身旁，听到这番话，低头无语。

这番话无赖坦白得连暗中爱慕他的少女都听不下去，更何况是隆庆皇子？

隆庆皇子看着远处的宁缺，深深地吸了一口气。

登山一夜，是他此生所遭受的最大挫折，前些日子在唐小棠手中输了一着，更是让那份挫败感变得极为强烈。今日终于看见宁缺，胸腹间那团一直被湮没在灰堆里的火星渐渐旺了起来，灼痛着他的身躯与道心，快要点燃黑色的道袍。

那就让这把火烧起来吧，一举燎天，焚了樊篱！

隆庆皇子低头看着身前那道由树枝木屑组成的篱笆，伸手从中间随意抽出一根，然后缓慢放到雪地上，然后笑了笑。

自篱笆中取出一根柴木，宁缺不知道这是什么意思，但莫山山知道。她抬起头来，面无表情看着雪崖那头的隆庆皇子，双手探出厚厚的棉袖，在飘着小雪的风中随意一拈，拈住几片凉雪以及几道符。

随着这个动作，雪崖间的天地元气一阵极剧烈的扰动，少女符师身上那件厚重的棉袍神奇地变得柔软起来，随着寒暑相夹的山风轻轻摇摆，就似一件浑不着力的美丽裙服。

雪崖之上似乎没有发生任何变化，但只有隆庆皇子和莫山山这等境界的强者，才能看出那些蓬松的雪花变得比先前更加蓬松，甚至就连覆雪下方的崖石都变得松软起来，无声无息间，符道之力已然布于其间。

隆庆皇子微微皱眉，静静看着雪崖那头，这才发现书痴竟比传说中更加强大，不知道她有没有看到那道门槛，但竟是已经接近了知命。

他看着那边沉声问道："宁缺，难道你就只会躲在女人身后吗？"

听到这句话，宁缺反而快速站到了莫山山的身后，略微下蹲，确认少女身体能够全部遮住自己，才探出头来，笑着喊道："不要想用什么狗血的激将法，我就是这样的人，你打击不了我，还是想别的辙吧。"

隆庆皇子想象不出来，夫子的弟子怎么可能如此无赖无耻，于是他心情越发阴沉愤怒，因为他越发觉得自己才有资格成为夫子的弟子。

他微怒沉声呵斥道："难道你以为能在女人身后躲一辈子？"

宁缺把头搁在莫山山的肩头，看着雪崖那头，理所当然说道："打不赢你当然要先躲着，能打赢你的时候自然不躲，只希望到时候你也别向我学习。另外虽然可能性不大，可如果万一这辈子我都打不赢你……"

他很认真地说道："我就在她身后躲一辈子，你又能拿我怎样？"

隆庆皇子脸上的怒容渐渐敛去，恢复毫无表情的平静。

宁缺毫无羞愧的自觉，警惕盯着他的动静，心里想着稍后应该怎么做。

莫山山此时的神情有些复杂，疏而长的睫毛轻轻眨动，薄而红的嘴唇抿得极紧，鲜艳得仿佛要比白雪青谷的颜色更要浓郁几分。

在我身后躲一辈子？

一辈子？

她缓缓低下头去，轻拈符纸的双手微微颤抖，不是因为紧张，而是因为别的。

52

隆庆皇子缓缓站起身来，残雪自黑衣表面滑落，落在靴上，看着雪崖那头，缓声说道："你可以在书痴身后躲一辈子，然而问题在于，她有没有能力一直把你庇护在身后，而且她愿不愿意一直把你庇护在身后。"

说完这句话，他迈过身前柴木组成的低矮樊篱，面无表情顺着雪崖向那边走去。雪崖极为狭窄，因为积雪的缘故才显得宽阔了些，实际上并排只能容数人并行，就仿佛是横在天穹里的一道天然石桥，把风雪山麓与青翠山谷分成了两截。

雪崖面对青翠山谷的那面极为陡峭，灰黑的岩壁积土里东一处西一处生着些杂草，难以攀援，更没有什么道路，想要下去十分困难。

片刻之间，隆庆皇子行过百余丈距离，望向莫山山神情温和说道："山山师妹，此番荒原试炼，不知见过晨迦没有，在西陵时她常提起你。"

莫山山早已从先前惘然神思中醒了过来，看着他端庄文静微福一礼，正待说些什么，没想到宁缺从她身后闪了出来，看着隆庆皇子抢先大声说道："殿下，你乃是神殿裁决司司座，我不相信你不知道草甸和王庭里发生了一些什么事情。这时候再来热络寒暄套近乎，是不是稍微晚了一些。"

隆庆皇子面色微沉。他确实知道书痴和自己未婚妻之间的那些冲突，但他是何等样骄傲的人，之所以对书痴如此温和，是因为他尊敬对方，哪里如宁缺所言那般只是为了套近乎，那岂不是近乎小人？

他看着远处的宁缺，忽然眉头微蹙，发现数月不见，对方竟然进步了很多，说道："居然快入洞玄，看来书院后山对你的帮助真的很大。"

宁缺看着他笑道："殿下又说玩笑话了，如果说没有帮助，那天我们两个人何苦拼死拼活，那般辛苦让后山那些变态看热闹？"

听出对方言语间隐藏着的嘲弄，隆庆皇子也不动怒，看着他平静说道："在长安城里相遇，在书院后山相遇，在这天弃山深处还能相遇，便是本座有时候也不得不相信那些俗人的说法，或许你我真有宿缘，真将成为一生宿敌。"

宁缺说道："这种缘分，不要也罢。"

对话之时，隆庆皇子的脚步未停，又向雪崖那头去了一段距离。

他看着宁缺微微一笑，忽然说道："昊天赐世间万千机缘，若降临到你的头上，无论你要或不要，总是脱离不开，便如今日之后即将破境入知命，而你也将破境入洞玄，本座忽然想到，你我何不以破境之期为赌定下一约？"

"若让夫子知道学生赌博，这可怎生得了？"宁缺想着书院后山七师姐房间里的各式牌具，认真说道，"而且修行无论出门入门都在个人，各修各的机缘，何必非要混在一处。"

然后他看着渐行渐近的隆庆皇子，说道："而且我凭什么要给你机会圆满道心？如果真是一生宿敌，那么任何对你可能有帮助的事情，我都不会做。"

第一段话是假话，第二段话才是真心实意的阐述。隆庆皇子微微一怔，没想到这厮竟是如此坦白，忍不住微笑说道："难道非要让本座尝试羞辱你，你才会出手？"

宁缺认真说道："佛宗曾言唾面自干，殿下若想羞辱我，请不要客气。"

隆庆皇子这下真的怔住了，沉默看了他很长时间后，说道："你真是唐人？"

宁缺应道："殿下可以把我看成燕人。"

然后他怔了怔，摇头笑着说道："今天才发现，燕人这个名字很不好听。"

隆庆皇子是燕人，被讽为阉人，所以他不想再忍。

他冷冷看着宁缺说道："你不出手，我可以出手。"

宁缺看着他说道："打不还手你还要打，难道你想要杀人？"

隆庆皇子摇头说道："败你即可。"

宁缺的神情变得前所未有的严肃起来，静静看着隆庆皇子那张虽然憔悴却依然英俊的面容，沉默很长时间后，语气沉重认真说道："殿下，请你不要尝试击败我，因为我不会给你这种机会，如果你动我一根手指头，我就死给你看。"

雪崖很窄，看似极长但总有走完的那一刻。隆庆皇子和宁缺莫山山二人站在雪崖两面相对而立，风雪渐起。

偏在这时，宁缺说出了这样一番话。

关于生死之间的情绪与选择，宁缺这辈子做过太多次，所以他很平静。也正因为他的平静，所以从他口里说出来的死字，比任何人都要有力量。

顽劣强悍如大黑马，一生纵横马场嚣张无比，然而当初在书院草甸间听到宁缺说出那个死字时，顿时被吓得四肢发软，从此不敢再有任何异心。

隆庆皇子是人，当然更能听懂这番话——我就是不想让你道心圆满，击败我和我自杀是两回事——更关键的是，他听出了宁缺这番平静话里隐藏着的慷慨狠辣意味，如果他强行出手，宁缺真的敢死给他看，死给天下看。

他在裁决司里见过很多不怕死、也不在乎别人生命的人，有下属，也有魔宗余孽和那些叛逆，但从来没有见过对自己这么狠或者说不在乎的人。

莫山山也听懂了宁缺的话，被围巾包裹着的脸颊略显苍白。

宁缺看着隆庆皇子说道："书院神殿相看两厌，但想来也没有兴趣大打出手，可若今日我死在这里，事情一定会变得非常麻烦。我必须提醒你，燕国太弱，而我家二师兄向来不怎么讲道理。"

隆庆皇子看着他的脸，眉头微皱说道："不是躲在女人身后，便是躲在山门宗派的背景身后，我开始怀疑你是不是唐人，更怀疑你是不是男人。"

"我说过这种言语上的攻击对我没有任何用处。"宁缺看着他认真回答道，"而且这个世界上除了极少数人，谁不是躲在山门宗派背景靠山的身后？如果你今日被神殿褫除身份，逐出桃山，这些年间与你结下仇怨的魔宗余孽或是那些平日不敢惹你的人，谁不会想来咬你两口，你受得了？"

隆庆皇子沉默看着他，忽然发现这个家伙虽然年纪不大，但对世间事物竟是看得如此透彻明白或者说暗沉，完全没有丝毫年轻人常见的热血。

莫山山看着宁缺的背影也陷入了沉默。她安静听了这么长时间的对话，很自然地联想起在去王庭的旅程中，宁缺在车厢里对她进行过的那番教育。

"打不过对方怎么办？"

"逃。"

"两虎相遇怎么办？"

"佯装受伤悲苦乞怜说我已经默默爱你一万年，想尽一切办法以弱其心志，打他妈妈杀他全家抽他崽子耳光，想尽一切办法激怒对方乱其心神，若你穿着鞋便去荆棘地，若你衣裳厚便择苦寒地……"

今天看到宁缺的应对，她终于明白了这些看似荒唐好笑的话里，隐藏着为了营造胜利或者等待胜利而不择手段、无视任何名誉尊严的决然。而要总结出这样的思想，那个人的生命里不知曾禁受过多少生死考验和屈辱。

隆庆皇子看着宁缺的脸忽然笑了起来，披散在肩头的黑发随着夹雪寒风轻轻摆动，仿佛要飘然而去，然而从薄唇里缓缓道出的话却没有丝毫出尘之意。

"你今日应对看似无赖无耻却有大隐忍强悍意志，懂你的人恨不得与你痛饮三千杯，只可惜我知道你不能饮。话说起来我对你家那个善饮的小侍女始终念念不忘，若你同意，本座愿用燕西三座城池换她，日后夜里有一酒伴倒也颇妙。"

突如其来，这位西陵神子提起远在长安城里的桑桑，自然不是真的有所感触，而是他试图拔离道心樊篱时的一次强悍尝试。

宁缺微微偏头望着他，看得很认真很细致，目光里没有一丝情绪，他在思考究竟是长安城里的谁，让隆庆认为桑桑值得他拿出来试探一下。

然后他笑着说道："我家那个不值钱，不过倾国倾城也不换。"

隆庆皇子唇角微挑，说道："倾国倾城亦不换，看来这个小侍女对你真的很重要。"

莫山山那双细而凝黑的眉缓缓蹙了起来，看着身前不远处的隆庆皇子，听出了对方言语间隐而不发的威胁之意和激怒宁缺的决心。

然后她感到宁缺的姿势发生了一些很微妙的变化，似乎只是微微一挺肩，但先前所有的不择手段全部消失不见，剩下的只是一个风雪间倔强的年轻男子。

她知道隆庆皇子终于抓住了宁缺的要害，不由眼帘微垂，然后迅速进入绝对的明宁心境，手指间拈着的符纸开始无风微颤。

莫山山缓缓抬起头来，看着渐渐行来的隆庆皇子，想着宁缺在车厢里所说的最后那句话，一由寒风拂面，容颜清杀寒丽。

隆庆皇子面无表情看着她，说道："墨池真要对抗神殿？不过本座确实很好奇，书痴施展出来的半道神符，究竟到了何等样的境界。"

"我说过要和你打吗？我说过她要和你打吗？"

宁缺忽然抬起右臂指向他的脸，说道："在王庭里我的黑马赢了你的白马，我也想看看自己能不能赢你，所以我接受你最开始的那个赌约。"

莫山山不解看着他的侧脸，心想先前你不答应，为什么这时候答应了。

隆庆皇子并不想答应，但他看到了宁缺指着自己的手腕间……悬着一个锦囊。

那个锦囊通体银蓝色，绣着简单的花饰，在风雪间轻轻摇荡，看上去十分普通。

但隆庆皇子知道那个锦囊非常不普通，感受到那个锦囊里传出的强大气息，所以他决定等等看宁缺想说什么。

无论何时何地何种境况，一道完整的神符都有资格让任何人等上片刻时光。

他面无表情说道："你说。"

宁缺说道："以破境之期为约，先晋者为赢家，输家废掉自己的雪山气海，若是我则离开书院，而你则要离开神殿。"

很寻常的语气口吻，述说的赌约内容却极不寻常。

废掉雪山气海，修行者便等若废人，尤其是后面的补充条件，更是等若抽筋扒骨，狠辣到了极点，是在拿修行者最珍贵的两样事物在赌博。

宁缺看着他说道："这场赌约对你有利，因为你需要去除我这个心障，但你对我的修行来说，从来都不是障碍。不过你不用感激我，因为开始的时候，我想整死你又不想冒风险，现在我只是给自己提供一个整死你的机会。"

隆庆皇子静静地看着他，忽然迎着崖上风雪笑了起来。

雪崖之上，一场豪赌就此开始。

"以昊天的名义。"

"以夫子的名誉。"

宁缺看着隆庆皇子微笑说道："下次相遇时，希望你一切安好。"

然后他笑容渐敛，缓慢而坚定说道："你若安好，那我就是傻×。"

说完这句话，他带着莫山山便从雪崖上跳了下去，向那片青翠的山谷跳了下去。片刻后，陡峭岩壁间，骤然生出一朵黑色的花，坠势骤减。

隆庆皇子走到雪崖畔，看着岩壁下方，默然想着锦囊里那道明显是颜瑟师叔亲制的神符，心中生出一抹若有所失的感觉。

宁缺境界不堪人品糟糕，但终归是天下行走，他虽是西陵神子也无法随意打杀，除非他真的不在意挑起书院与神殿之间的战争——好在今日自己用尽心思终于用赌约将宁缺逼至绝境，料来事后书院也无法多说什么。

想着终于能把心前那块柴木拔除，他情绪复定，顺着雪崖缓步走回，盘膝坐于那道柴木樊篱之后，静思于风雪之中，渐成雪人，只待破境那日。

53

陡峭的崖壁在眼前快速上升，那些崖缝间的野草被拖成一道绿线，然后迅速消失。微寒的风扑打着脸颊，莫山山左手紧紧抓着宁缺的腰带，眼眸里没有什么惊慌之色，更没有惊呼，因为她相信宁缺这种人绝对不会自杀。

砰的一声，大黑伞在空中打开，二人身体重重一震，下坠的速度顿时变缓了很多，顺着风向离开崖壁，向着脚下不远处的那些阔叶林飘去。

眼睛被风吹得眯起，她抬起头只见大大的黑伞面遮住了飘雪的天穹，被强劲的山风吹灌，竟也只是微微变形，看不出来任何崩散的迹象，不禁有些好奇，这把黑伞究竟是用什么材料做的，竟然如此结实。

宁缺右手紧紧握着大黑伞的伞柄，紧若钢铁，左手搂着书痴的腰，盯着越来越近的地面。他搂着小姑娘撑伞跳崖过很多次，知道黑伞虽然结实但伞面面积还是太小，落地那刻不会好受。

离地面还数丈距离时，一道极淡而纯净的符意从莫山山指间释出，空气顿时变得仿佛黏稠了数分，二人下坠的速度再次降缓。

宁缺知道莫山山出手了，便停下了自己施符的准备，搂紧她的腰肢。

一声闷响，他双膝微屈重重落在树林外的地面上，骨骼肌肉关节在落地的瞬间瞬紧瞬松，完美地卸掉了大部分冲击力，怀中的少女竟仿佛什么都没有察觉到。

宁缺松开手臂，向她点头致意。

莫山山摇摇头，平静离开他的手臂。

树林外的地面上积着无数落叶，踩上去有些松软，不知道积累了多少年，才能积至如此之厚，但奇妙的是，竟没有任何腐败的气息。

而这片树林虽说是阔叶林，但毕竟刚刚重见天日，那些梢头丫间的青叶拔着嫩芽，无法遮住雪崖那边漏过来的星点雪花，自身倒如星点的绿。

二人走入青林，片刻便消失无踪。

入青林而行，渐渐远离雪崖，再也没有山外世界漏过来的雪花，只是山谷上方的天穹依然是灰蒙蒙的，和林子里的星点绿意衬在一处，更显凄冷。

不知道是因为破境之约带来的压力，还是因为隆庆皇子提到了远在长安城的桑桑，入林后宁缺非常安静，完全不似往日那般活跃，只是沉默地行走。

莫山山也很沉默，看着他的背影，想着先前雪崖间的那些对话，想着那名让宁缺违逆本意也要回护的小侍女，想着那个并不血腥却格外残酷的赌约，一时黯然一时忧虑，无声踩着林间落叶，也没有发出任何声音。

从雪崖上面看，这片青翠山谷并不大，但真正来到其间，才发现这道山谷看上去并不宽宏，却极为深远，二人在林间无言行走了小半日还是没有走到山谷尽头。

这里距离雪崖足够远，不再担心会被隆庆皇子听到或者追到，莫山山看着宁缺身后那把大黑伞，终究没能压抑住心中的疑惑，问道："先前为什么不打？"

宁缺停下脚步，回头望向她问道："为什么要打？"

莫山山看着他的眼睛，认真说道："当初在车厢里你教我战斗，曾经说过，当两虎相遇时，最需要记住的便是……勇者胜。"

宁缺沉默片刻后回答道："在隆庆的面前，我还谈不上是一头老虎。"

莫山山看了一眼他腕间悬着的锦囊，说道："神符在手，稚子也能成虎。"

宁缺摇头说道："师父为写出不惑境界也能用的神符，耗了太多心神，我做徒弟的自然不能滥用。而且你我都是符道中人，应该很清楚，这种激发符不是自身所造，符师很难发出其间的真正符力，我没有把握用这道符能伤到隆庆。"

莫山山微微仰起小脸，看着他认真说道："还有我。"

宁缺诚恳说道："谢谢，不过这毕竟是我和隆庆之间的事情，没有道理让你冒险。更何况你领受神殿诏令而来，我不可能让你为了我与神殿翻脸。"

他望向青林外隐约可见的那道崖壁，说道："我们进山是为了那卷天书，最终我还是会和隆庆皇子正面对上。他想把我逼进无法退走的绝境，我也同样有此想法，提前把他解决掉，对后面的事情有好处。"

莫山山墨眉微蹙，说道："隆庆皇子哪里是这般好解决的人。"

宁缺说道："放在往日自然不好解决，但现在有了破境之约，情势便完全不一样，只要我能比他先破境，那么他就等于被解决掉了。"

他的语速很缓慢，语调很平静，仿佛在讲一件理所当然的事情。

莫山山看着他，忽然发现他似乎从来没有想过会输掉这一次赌约，也没有想过就算他赢了赌约，万一对方反悔怎么办？虽说那位西陵神子虔诚信奉昊天，但如果真的要自毁修为离开神殿，以昊天名义所发的誓言也不见得真有约束力。

她问道："如果你输了这场赌约怎么办？"

宁缺简单回答道："我不会输。"

莫山山毫不犹豫追问道："如果。"

宁缺微微一怔，说道："如果输了，那便是输了。我历经千辛万苦才能通窍，难道还真的会愚蠢到履行赌约，再把自己变成废人？"

莫山山有些不敢相信自己的耳朵，问道："那夫子的名誉怎么办？"

宁缺想着王庭唐营中那名死不瞑目的大念师林零，笑了起来。

"我还没有见过老师，但依照师兄师姐们的形容，他应该不会在意。相反，如果我输了赌约后真的选择把自己整成废人再可怜地离开书院，他老人家或者会非常愤怒，愤怒于自己怎么收了个如此愚痴的学生。"

莫山山还是没能听懂这句话。

宁缺解释说道："这句话的意思就是说，夫子也不怎么在乎自己的名誉。"

"如果隆庆皇子输给你后耍赖怎么办？"

"若我先进洞玄，就由不得他不履约。"

"想要越境挑战，不是这般容易的事。你晋入洞玄境界，亦不过方至下品，怎能越两境而胜？就算你再如何擅长战斗，境界之间的差距依然太大。"

宁缺看着她，忽然很认真地问道："如果在破境最关键的时刻，破境者忽然受到外界干扰，会出现怎样的情况？"

莫山山不清楚他为什么关心这个，思忖片刻后说道："要看外界的干扰是哪种。"

宁缺说道："最直接强烈的那一种。"

莫山山说道："那破境者会遭受剧烈的反噬，甚至有可能此生再无望破境。"

宁缺点头说道："这样最好。"

然后二人再次陷入沉默。

看似沉默而漫无目的行走，其实宁缺一直追随着某种方向。那道强大骄傲的气息，就像是天地间的一盏明灯，指引着他穿越青翠绿林，行过一片沼泽，再走过一段泥泞崎岖的潮湿雾中山道，来到了一面湖泊之前。

湖泊面积不大，方圆不过百丈，湖岸蜿蜒，水波轻澜，也不知道在这道奇异的山谷里存了多少年月，看不出有任何人工雕琢的痕迹。

青翠山谷相对外面的天弃山雪峰而言温暖，但实际上还是有些寒冷，身处其间更像是长安城的冬天，湖岸边的水面上结着极薄的冰块，被水波一荡便自行散开，又在远处稍静些的水面逐渐凝结。

看似没有人工痕迹，是山谷中的天然湖泊，但宁缺并不这样认为，因为那道熟悉亲近的强大气息正是来自于湖水深处。他站在湖畔沉默注视湖水很长时间，透过清亮的水看到了水底的白沙与圆石，却没有看到什么异常。

莫山山感知不到那股强大气息，但她能清晰地感知到别的事物存在，走到宁缺身旁，看着湖水中缓慢游动的鱼儿，轻声说道："这面湖是一座大阵，很奇怪的是，这湖本身便是阵眼，似乎有些违逆阵法的原则。"

宁缺沉默片刻后说道："不可知之地的阵法自然和一般的阵法有些不同。"

"你是说这湖便是魔宗山门？"

她看着湖面上倒映着的远处雪峰，忽然想起来教典当中的一些记载，声音微颤说道："教典里面曾经有过记载，魔宗山门有一湖，难道便是这湖。"

宁缺说道："应该不会错。"

莫山山看着眼前寻常的小湖，难以相信如此简单便发现了魔宗的山门，说道："真没有想到我此生有机会亲眼目睹魔宗山门的遗存。"

如果是别的时间段，宁缺可能也会同样如此兴奋，但现在他很冷静，因为无论湖底藏着天书明字卷还是那位师门前辈的遗物，都暂时还与他没有任何关系。

他忽然问道："这湖有没有名字？西陵教典记载里有没有提到？"

莫山山问道："你为什么关心这个？"

宁缺看着她笑着说道："日后的史书将会记载书院二层楼十三弟子宁缺于这座湖畔破境洞玄，这湖又怎能没有名字？无名湖未名湖都不好听。"

莫山山叹息一声，心想破境何其艰难玄妙，哪里说破便能破？这话未免过于嚣张了些，无奈说道："魔宗自称大明宗，所以这湖被他们称为大明湖。"

54

青翠的山谷仿佛是一处与世隔绝的异域，湖水映着高处的雪峰，谷外的天弃山里风雪凛冽，温度日低，这里却还是相对比较温暖，显得非常诡异。

宁缺和莫山山没有发现温泉地热之类的存在，那么只能把这种异象归为阵法的功能，想到一座大阵竟能遮天蔽地逆季节，不由感到好生震惊，也越发确定，数十年不曾现世的魔宗山门便在眼前的湖水之中。

依照隆庆皇子的说法，山门开启的时间还没有到，他们二人也不知道究竟何时会开启，想着到时应有异象发生，于是只好安静等待，同时做自己必须要做的事情。

宁缺走到湖畔一块大石上坐下，看着清澈湖水里游动的奇异无鳞小鱼，沉默片刻后，忽然问道："怎样才能破境呢？"

这是一个很直接的问题，也是一个很愚蠢的问题，是世间所有大修行者都无法回答的问题，因为漫漫修远的修行道路上，过客们沿途所见的风光各自明媚，景致各不相同，哪里又能有现成的答案？

如果破境这种事情是可以被解答的，那么夫子必然是解答这种问题的最佳人选，岂不是说书院二层楼里的师兄师姐们都早应该破了五境？

宁缺很清楚修行道上必然会遇到一座又一座的山峰，早有觉悟，平静等待，只是他站在洞玄境外已有数月时间却没有进展，如今又因为与隆庆皇子的赌约，骤然间心头多了极沉重的时间压力，所以下意识里问了出来。

莫山山看着他轻声说道："这种问题只能由你自己回答。"

宁缺把手伸进微凉的湖水里，惊走几条小鱼，思考片刻后说道："我以为愿望是最重要的事情，你必须有破境的愿望，才能破境，如果你想都不想，那道门槛肯定会更高。然后是信心，你必须相信自己能够破境。"

关于修行，他的经历有些不寻常，拜朱雀黑伞和那粒来自不可知之地的珍贵药丸之赐，竟是根本没有遇到任何门槛，直接莫名其妙便从初悟到感知再到不惑，越过了最艰难的虚实之际。但夏天的时候，他曾经观雨入符道，所以有些经验。

如今看着洞玄境界的门槛，他破境的愿望很强烈，隆庆皇子和时间带给他的强大压力全部转变成了动力，值此时刻哪里还管得了什么心境空明不动？

然而看着清澈湖水间远处自在游动的鱼儿，看着近处先前那几条被自己惊走依然显得有些紧张的鱼儿，他很清楚自己现在最缺少的是什么。

先前他对莫山山说自己不会输，以及随后关于大明湖的两句对话，都显得那般自信满满，但事实上，那只是他用来坚定自己的信心，而不是他已经有了信心。面对着在知命门槛外站立多年的西陵神子，哪里可能有真的信心？

更何况破境这种事情太过玄妙，便像荒原上的风雪——说来便来，纵是湛蓝青空烈日当头，一阵风来便可能有雪花降落；说不来便真是不来，纵是满天铅云，严寒刺骨滴水成冰，也有可能整整数月粒雪未落。

莫山山走到石头上，顺着他的目光望向湖中，说道："你没有信心？"

"我一直以为自己是个天才，好像没有什么我学不会的，就算后来发现自己没有修行的资质，但我还是觉得自己比别人生猛很多。你知道吗？去年的时候，我脑子里面还一直在想怎么靠三把刀砍死一名洞玄境的强者。"

宁缺看着她认真说道："后来踏上修行路，一路顺风顺水，包括入符道同样如此，师父和很多人都认为我是天才，然而我的自信却反而变得弱了起来，因为我看到了很多真正修行道上的天才，包括你在内。"

莫山山睫毛微颤，不知道该说些什么。

"大师兄二师兄这些人才是真正的修行天才，年龄和自己差不多却已经入了知命境界的陈皮皮才是天才，和这些天才比较起来，道痴叶红鱼算什么？隆庆皇子算什么？自己又算是什么？

"更何况还有不可知之地，一想着从那里出来的天下行走都是知命境界的大修行者，我便浑身上下感到不爽，觉得这事儿太没意思了。"

莫山山抬起头来，看着他认真说道："那怎样才能让你的信心更强一些？"

宁缺认真说道："我需要赞美。"

书痴少女的脸就算再红几分，也实在没有办法当着他的面来赞美他，不过此时她终于确认面前这个家伙确实什么事情都不知道，所以她选择了别的方法。

她看着宁缺轻叹说道："你知道世间有哪些不可知之地吗？"

宁缺把手上的水在胸前擦干，嘲笑道："既然是不可知之地，又怎么可能知道。"

她摇头说道："不可知之地为一观、一寺、一门……二层楼。观是知守观，寺是悬空寺，门是魔宗山门，二层楼自然就是书院的二层楼。"

宁缺盯着她的脸，震惊得完全说不出话来。

过了很长时间，他才压抑住脑子里的混乱情绪，带着一丝羞恼，大声喊道："你上次告诉我那是一些俗世之外的神秘地域，很少有人能够亲眼看到这些地方，就算去过的人出来后也不会谈及，所以才会叫作不可知之地。可是书院……就在长安城南，人人都知道它在哪里，又哪里不可知了？"

"书院二层楼也极少现世，当然和山中不知何处的知守观以及远在大荒的悬空寺比起来，确实应该算是在红尘之中。"

莫山山看着他说道："世间曾经流传一句话，俗世与世外这两个世界的悲欢离合从来都不相通，若能相通，便是圣贤。"

大概是想起老师曾经流露出来的唏嘘感慨，以及修行世界里对那位的传说，她的神情微微一凛，继续说道："若能相通便是圣贤，虽说烂柯寺长老曾经说过夫子坚决不承认自己是圣人，但书院二层楼理所当然是圣贤之地。"

她盯着他的眼睛，继续说道："你来自书院二层楼，来自世间唯一的圣贤之地，那么根本没有谁够资格影响你的信心！你凭什么不自信？"

宁缺不可思议说道："按照你这种说法，我岂不就是传说中的天下行走？"

莫山山看着他点点头，然后蹙着眉尖尖认真补充说道："当然，以往传说里的那些天下行走，确实没有像你这般弱的。"

再一次被简单少女伤害自尊的宁缺，这一次没有出言反驳，因为他还没有完全从震惊羞恼的情绪中摆脱出来，想着曾经对天下行走的嚣张发言，才发现原来都骂在了自己的身上……他想起和桑桑去长安西城赢赌坊的钱却赢到自己身上那件事情，不免有些羞愧于连续踏进两条臭水沟。

书院二层楼是不可知之地，自己是天下行走？若说书院以往的天下行走是二师兄那样的生猛强人，也算说得过去，只是那个顶棒槌的骄傲男子，还有后山里那些神神道道莫名其妙的师兄师姐们，哪里有半分世外高人的模样？

莫山山看着他问道："知道这些事情之后，还有没有信心？"

宁缺醒了过来，大喜说道："我可是书院的天下行走，论来历论气质论做派，要比隆庆皇子那个西陵神子强太多，我凭什么没有信心踩死他？"

莫山山没有想到他的信心竟是来源于此，不由默然，片刻后轻声说道："破境之际除了愿望与信心，还需要契机。我十四岁那年收到老师亲笔书写的一卷教典，看了半夜便洞悟天地之玄意，希望你能尽快找到你的契机。"

宁缺想起黄杨大师在万雁塔上对自己的教育，点了点头。

然而契机这种事情，可遇而不可求，就如同夏天里的那场雨，若早一些下或晚一些下，只怕他都还无法入符知道。就像是湖水溢过杨柳堤，湖中的水必然要满，然而若要它溢过长堤却不漫延为洪，则需要别的道理。

宁缺不是典型唐人也不是典型修行者，他不擅长坐而论道或是明心悟道，他的修行就像是他的生存一样，总是充满着坚毅强狠的味道。

自幼的苦苦冥想存念如此，入书院后吐血登旧书楼如此，后来了解了人生如题各种痴的道理，还是习惯用解题的方式去修行，只不过不再那般苦逼罢了。

看洞玄门槛在清澈湖底若隐若现，他再一次开始了自己的修行。

不知如何破，那便看破。

他看湖光水色，看暮色烟霞，看倒映着的夜穹星辰。

他折了一枝杨柳，从行李里找出一根鱼钩，挂上几缕荒人妇女赠送的肉干，垂入平静湖面，扰乱点点繁星，惊醒湖石下夜色为被的游鱼，开始钓鱼。

大明湖畔的杨柳枝，也许是被魔宗山门大阵引来的天地气息磨炼千年，竟是无比坚韧，非常适合用来钓鱼。

杨柳枝在湖面上时起时伏，过不多时，水中有鱼儿吞食肉饵，被钩住。

他没有起竿，只是静静握着杨柳枝，就像握着生命里最重要的东西。

鱼儿强行带着鱼钩挣脱，带着一道极浅的血色，啪啪打着水花惊惶逃脱。

杨柳枝头无饵亦无钩，安静地垂在水中，宁缺就这样坐在冬湖畔的石头上，一坐便是一夜，对于此时的他来说，湖中的鱼便像破境时需要的契机。

愿者上钩，若不愿，不强求。

55

莫山山一直在看湖。

她是年轻一代里最优秀的符师，在宁缺出现之前，她已经是神符师的传人。

正如颜瑟大师所说，阵就是大符，最优秀的符师毫无疑问便是最优秀的阵师，她看湖，便是想看穿大明湖的这道神奇阵法。

她站在湖畔认真看了一夜，终于大致猜到了这片青翠山谷的由来。

清澈湖水深处有一座大阵，具体效用未明，但足以遮蔽视线甚至念力的感知，而原先这片山谷上方应该还有一座更强大的阵法，足以遮蔽自然的影响。

根据她的分析，今年世间格外寒冷，天地间的寒潮自北涌来，笼罩在山谷外的大阵上应天时而破，被大阵锁住生机的山谷里植物重新苏醒，绿意蔓延开来，才有现在眼前所见一片青翠，这正好也能印证隆庆皇子在雪崖上所说的那句话。

只是山谷大阵既破，绿意重生，自然世界里的冷空气也随之灌入。山谷间春意尚未全盛，便要因为这些寒意而减退，湖面上的那些薄冰便是由此而来。

莫山山静坐湖畔，落在膝头的双手不停缓慢无声弹动做着计算，算来算去，总是算不明白，究竟湖水深处的这座大阵，会在什么样的情况下激发。

"莫非要等到湖水全部结冰，或是引动某处机枢，让湖水尽泄而空，让阵枢就此失效，魔宗山门才会重新开启？"

她微蹙眉尖，看着映射着夜星光辉的平静湖面，有些拿不准主意。对这道阵法的研究越深，越能感觉到这道逆天阵法里所蕴藏的智慧和强大力量，对于当年的魔宗以及布下这道大阵的前辈，她不免生出极浓郁的敬畏之心。

晨光渐至，莫山山缓缓睁开眼睛，从空明心境中醒来，转头望向身旁，只见宁缺还坐在湖畔的石头上钓鱼。好笑的是他眼睛闭着，明显已经睡着了，脑袋随着湖波轻轻上下点动，倒像是在用脑袋钓鱼一般。

或许是感受到了她的目光，宁缺醒了过来。他揉了揉眼睛，又揉了揉肚子，看着专注看着自己的少女，问道："饿了？"

莫山山轻轻点头，看着身前湖水里的倒影，轻言细语说道："我马上来做。"

湖水里两个人的倒影非常清晰，显得要更靠近一些。

宁缺问道："肉干着实吃得有些腻了，能不能改善一下伙食？"

莫山山看着他手中那根杨柳枝，好奇问道："有没有钓上来鱼？"

宁缺笑着回答道："鱼钩都被那厮给咬走了，哪里能钓得上来。"

莫山山站起身来，棉裙在晨风中微震，右手自袖中缓缓探出。随着一股微寒的符息波动，湖水间忽然多出了一方冰块，几乎透明的冰块里有一条极肥的无鳞鱼，看上去就像冰色琥珀一样美丽，随着水波轻轻荡漾。

宁缺看着这幕画面，诚恳感慨道："符道运用之妙，师妹你应该算是已经入了化境，也不知道什么时候我也能达到这种水准。"

"一朝破境洞玄，便知此法并无玄妙。"

莫山山平静说道，心里却在想着别的事情。视符道极为神圣的少女符师，心想若不是想着你想吃些新鲜东西，若不是想着身上贴着你的那些暖符，若不是想着你现在正处于破境的关键时刻，我怎么会做这种事？

宁缺把那团美丽的琥珀冰块从湖里捞了起来，看着晨光下仿佛玉石般的冰块和里面那条明显还有生命气息的肥鱼，忽然想起当初在书院湿地侧，陈皮皮给自己展示知命境界的那个画面，当时湖里的那些鱼的状态更为神奇。

"我去摘些野菜，炖锅鱼汤喝喝。"他高兴地说道。

莫山山摇了摇头，表示自己做，心想就是为了让你赶紧破境，我连用符冰鱼这等事情都做了，难道还会在乎帮你熬锅鱼汤？

宁缺偏头看着少女忙碌的背影，看着她手忙脚乱地拣柴生火，忍不住挠了挠头，他这辈子哪里想过有一日居然书痴会来服侍自己，不过最近这些年他被桑桑服侍成了习惯，也没觉得这件事情如何不能接受。

没有过多长时间，鱼汤便煮好了，宁缺将杨柳枝钓竿插进湖畔石缝里，从行李里摸出盐石，在锅里荡了荡，盛了碗乳白色的鱼汤喝了口。

他的行李沉重得像座小山，实际上也真是一座山，里面什么都有。

莫山山抬起手臂，用衣袖擦去漂亮小圆脸蛋儿上的柴灰，睁着明亮的眼睛，满怀期待和紧张的神色看着他，问道："怎么样？"

在冰天雪地里过了这么长时间，能喝到一碗暖暖的鱼汤，当然是极好的享受，宁缺笑着赞了几句，然后说道："可惜没带什么调料，不然肯定更好。"

很随意的一句话，主要还是赞美，但这是书痴姑娘此生第一次独立烹煮食物，而且隐约间还存着一些别的意思，所以听到这句话后并不怎么高兴。

她低着头捧着一碗鱼汤，轻轻吹着上面的浮沫和热气，长长的睫毛微微眨动，片刻后轻声问道："比你平时吃的要差些？"

"荒郊野外，哪里有条件做好吃的。"

宁缺把碗里的汤喝完，开始吃鱼肉，含混不清说道："我家那个这辈子也没弄过什么好食材，吃来吃去总是那个味儿，早就腻了。"

莫山山敏锐地注意到，他说的是我家那个而不是我家那个小侍女，于是越发沉默，片刻后她坚强地抬起头来，看着他认真说道："我会做得越来越好的。"

喝完鱼汤吃完干粮后，宁缺继续去湖畔那块石头上坐着钓鱼。手中那根杨柳枝早被湖水泡得发白，而且枝头没有钩也没有饵，除了一些顽皮的小鱼偶尔会来触上一触，根本没有别的鱼对此表示出丝毫兴趣。

莫山山铺开书卷，坐在他身旁不远处开始写字。天穹上的冬阳散发出的光辉，被大明湖四周的雪峰映入青翠山谷，光线温暖而又美好。

宁缺钓鱼钓得无聊时，偶尔也会离开湖畔那块大石，来到少女身旁看她书写，点评几句后自己提笔写上几个字，彼此参详欣赏。

都是书道中人，最为耐得住寂寞。在这无人青翠山谷里，二人写字赏字看湖赏湖，时光飞逝得缓慢，别无特异之处。

当然绝大多数时间，宁缺还是坐在湖畔钓鱼。

青翠山谷外间那道逆自然的大阵已经全部消退，世间的寒冷空气与山谷里复生的温暖春意彼此接触抵抗，恰好到了春意最浓的时分，湖畔的阔叶林神奇地在极短的时日里生出无数片青叶，于风中招摇十分惬意。

春意浓时好困觉，宁缺握着杨柳枝，不知不觉间便入了梦乡。

忽然间他猛地惊醒过来，抬头睁眼望去，却发现眼前没有美丽安宁的大明湖，身旁也没有了莫山山的踪影，只有一片荒凉。

他再次来到了荒原之上，那片只出现在他梦中，从来没有亲眼见过的荒原。

今天的荒原之上没有满地尸骸，没有鲜血浸地的惨景，没有恐惧看天的人们，没有神情漠然的屠夫与酒徒，也没有那个高大的背影。

只有寒冷干燥的空气，荒芜黑凉的原野，远处隐隐传来黑鸦的鸣叫。

宁缺揉了揉眼睛，往黑鸦鸣叫处望去，却没有看到满天乌翅，只看到三道黑色的烟尘稳定地悬浮在荒原前方，冷漠地看着这方，就像是有生命一般。

他想起自己曾经做过的一个梦，旅程里的那个梦，在那个梦里他曾经看过类似的画面，而当时有人在自己身旁说道：天要黑了。

天要黑了。

看着远处那三道黑色的烟尘，宁缺忽然觉得身体一阵寒冷，眼睫毛上渐渐冻出了霜，身上的衣衫变得薄脆起来，因为他看清楚了那三道黑暗的烟尘真实的模样。

那不是烟，而是无数的光线或是光线的碎片，黑色的光线和黑色光线的碎片汇聚在一起，便成了世间最黑暗的烟尘，仿佛能够吞噬所有别的光线。

因为心头的恐惧，他下意识里挥了挥手，想用手中的杨柳枝把那三团黑色烟尘抽碎驱散，然而下一刻他发现手中的杨柳枝变成了大黑伞。

大黑伞哗的一声撑开，罩住了他的身体。

他顿时觉得安全了很多。

大明湖畔，宁缺正在破境边缘挣扎。

离大明湖约数十里地之外的那道雪崖上，与宁缺用整个人生为代价进入破境之约的隆庆皇子，也已经踩到了知命境界的门槛上。

隆庆皇子在雪崖上已经静坐了很长时间，天弃山里的风雪在他右半边身体上覆着厚厚的一层，如同铠甲，左半边身体在青翠山谷的世界里如同往常，一半积雪一半新绿，这画面看着着实有些诡异。

忽然间，他站起身来，平静掸去身上覆雪，竟是毫不在意脱离悟境之崖，就这样缓慢走到雪崖下方，捉了一只雪羊。

然后他把这只雪羊放走。

他背对青翠，面朝雪山，若有所思，仿佛有所感应，山谷间的绿意像山藤般在崖壁上蔓延而上，他脚下积雪间青草渐生，有若繁星。

若要脱樊篱，何苦自困于樊篱？

56

站在青翠山谷之前，看着莽荒雪山，隆庆皇子沉默无语，知道自己又一次面临选择，选择的结果并不重要，关键在于选择时所展现出来的精神。有了书院登山那次的经验，这一次他没有丝毫犹豫，转身向青翠山谷里走去。

靴底离开残雪——便是一抬足那霎，雪崖之上以及后方的山峰间风雪骤停。他抬头向上望去，只见厚沉的铅云不知何时消失，露出后方的湛湛晴空。

碧蓝宁静的天空是客观真实的存在，然而映照在他道心之上，出现在他识海里的天空却是另一番模样，半边是澄静的黑，另一半则是繁星似锦灿烂夺目。

再一次站在光明与黑暗之间，他略一沉默后笑着摇了摇头，踩着雪崖上临近青翠山谷的那边继续行走。每一步落下，靴旁便会生出几株青草，草势神奇地越来越茂盛，渐渐要铺满整道雪崖。

雪崖尽头那道让他自困多日的樊篱早已散落在地面，其中一根柴木的顶端，隐隐可以看到星点般的绿。那道绿意虽然微弱却极为凝纯，他走近之后才看清楚，原来是片约半指甲盖大小的叶子，泛着幽幽的绿。

这根柴木全无生机，然而此时却生出新芽来，尤其是看这新芽的生长速度，或许过不了多久，便会生出更多的绿叶，甚至最后有可能会开出一朵美丽的花。

隆庆皇子静静看着柴木顶端那片嫩绿的青芽，脸上虽然没有什么表情，内心深处却已然温润一片极为感动。所谓知天命便是了解世界的本原，掌握天地元气的规律甚至是生命的规律，只有这样的修行者才能算作是真正得道，此时的他距离知命境界只有一线之差，而且再也没有什么道心上的障碍能阻止他。

只待青叶全生、花瓣尽吐时，便能破境。

然而他脸上的神情渐趋凝重，因为破境时刻，最忌被人干扰。

若他是在西陵桃山逾知命门槛，裁决大神官应该会亲自替他护法，然而此时身在荒原雪山之中，所有的危险与可能出现的障碍都必须由他自己撑过去。

便在这时，衣袂震风之声响起。

一身红衣的道痴叶红鱼出现在雪崖上，乌黑的道髻有些微微凌乱，美丽的容颜略显疲惫，应该是在与唐小棠的追逐战中消耗了不少精力。

她看了隆庆皇子一眼，清亮冰冷的眼眸里流露出一丝灼热和赞赏之意，却没有做任何动作，一言不发便在他身旁不远处坐了下来，冷漠注视着四周。

隆庆皇子向她点头致意表示感激，然后坐到那根发出嫩芽的木柴旁，缓缓闭上双眼沉默等待着花开的时刻，平静喜乐地迎接知命境界的到来。

青翠山谷深处，大明湖畔，宁缺在石上微垂着头，似乎已经睡着，手里握着的那根杨柳枝随着他身体的上下起伏，在湖水里不时颤动。

湖水深处游来一条鱼，鱼尾的摆动有些奇异，主要是弹动的节奏不像它的同伴那般轻盈，似乎显得有些疲惫。借着湖面上射进水里的光线，它看见那根不停颤动的杨柳枝，便游了过去，小心翼翼地轻轻用鱼唇含住。

鱼知道那是根杨柳枝，还是根被湖水泡得发白发胖很难看的杨柳枝，上面没有肉也没有虫，但就想游过去含住，因为鱼总觉得自己应该在那里，自己天生就应该在那里，因为那根杨柳枝上透露出来的气息那样的亲近，就像自己身体的一部分。

宁缺在梦里撑开大黑伞，然后便醒了过来，发现自己手里紧紧握着的还是那根杨柳枝。他用左手揉了揉眼睛，才发现这根已经好长时间无鱼问津的杨柳枝又动了起来，手指间隐隐约约还能感受到枝头传来的垂垂坠感。

他提起杨柳枝，发现枝头挂着一条鱼，鱼儿不停甩动着尾巴，水花四溅，然而奇异的是，无论它怎样弹动挣扎，鱼唇却紧紧咬着杨柳枝不肯放过。

宁缺心想，这鱼还真够蠢的。

茫茫北岷山便是天弃山，方圆不知几千里地，浩瀚如同夜晚时的星空，那片青翠山谷只是天弃山脉里极不起眼的一处小地方，还有更多奇崛雪峰和乱崖。

两座几乎笔直的险崛崖峰相对沉默无言已有千万年时间，中间是一道深不见底的恐怖峡谷。两道崖峰上沉默坐着两个人，就像崖壁本身一般相对无言。

东面的崖峰上坐着一名道士，眉眼宁静身材清瘦，身着一件月白色无领的单薄轻衫，背着把无鞘的单薄木剑，依旧乌黑的头发梳成的道髻间，插着根很寻常的乌木叉，不似青松般不可动摇，更像朵云附着在美丽的天空背景上。

西面的崖峰上坐着一个男人，眉眼平静身材强横，身上裹着兽皮和棉皮缀成的冬袄，双手空空没有兵器，衣服下微微鼓起的肌肉仿佛蕴积着无穷的力量，赤裸的双腿随意套着不知哪里捡来的靴子，仿佛一脚便能把天给踏破。

眉眼清稚的唐小棠站在男人身后，双手紧紧握着那把血红色的巨刀，警惕看着对面崖峰间坐着的那名负剑道士，身体感觉有些寒冷。

她知道对面这个道士是谁，她更清楚两道崖峰隔着幽深峡谷看似不可逾越，但无论是自己的兄长还是对面崖峰间那个道士，只要他们愿意，随时可以相遇。

因为他们是知守观和魔宗在世间的天下行走。

峡谷间一阵寒风吹起，东面崖峰上那道士衣袂轻动，缓缓开口说话，隔着数十丈的距离，声音却是那般清晰，仿佛响在所有人的耳边。

"十四年不见，你还是那个像石头一样的唐。"

唐说道："骄傲的叶苏却似乎不再那么骄傲了。"

叶苏平静说道："你守了我三天三夜，难道打算一直守下去？"

唐说道："这里是我们的地方。"

叶苏摇头说道："但天书是我们的天书。"

唐摇了摇头，冷漠说道："这卷天书是我们的天书。"

叶苏说道："魔宗已然凋零，其余支流均已销声匿迹，你那位老师久不现于人间，只怕早已灰飞烟灭，只剩你兄妹二人，又如何挡得住命运洪流？"

唐说道："中流之间有砥柱。"

叶苏静静看着他，忽然说道："你不出手，是因为你有不出手的原因。"

唐冷漠看着他，说道："你不出手，自然也有你的原因。"

叶苏沉默片刻后，说道："我等了十四年，才等到一个机会向他请教，如果在此之前先与你战上一场，未免对这个机会和我自己以及他太过不敬。”

唐冷漠说道："相差不可以道理计，你根本没有资格向他出手。"

叶苏微微一笑说道："总要试上一试，你有没有兴趣？"

唐摇摇头，直接说道："我不是他的对手，而且我的原因也不在于他。"

叶苏眉梢微挑，问道："你见过他？"

唐点头。

叶苏说道："既然都有不出手的理由，莫非真要在这崖峰之上继续看下去？"

唐举目远眺，看向茫茫山脉中某处，说道："你说这两个小孩子谁会先破境？"

叶苏顺着他的目光望去，平静说道："道门一脉，我自然相信那个皇子。"

唐说道："我信任宁缺，因为他是夫子的弟子。"

叶苏不再说话。

唐也不再说话。

二人在各自崖峰上各自沉默，赌约已成。

宁缺并不知道自己破境与否已经不再仅仅是他与隆庆皇子之间的赌约，而是衍生出某个更重要的外盘，间接影响到两名真正强大的天下行走。

他的神态行为甚至看不出来有任何焦虑紧张，仿佛根本没有受到这场破境之约的影响，从湖畔取下那条蠢鱼，然后挥手示意山山让开，从行李里找出能找到的所有调料和兽油，准备好生来煎条鱼吃。

大明湖里的鱼细腻肥嫩无鳞，尤其是腹部仿佛是透明一般，被他放入煎锅中，随着一阵吱吱响声，便有异香泛起。

宁缺拿着根树枝，站在火旁极认真专注地看着锅中的鱼皮颜色，皱眉凝神，比他修行悟境时都显得要更加认真，隔上很长一段时间，才会翻动一下。

他没有选用柴火，而是极为豪奢地选用了符火，温度控制得极为精确，一面小心翼翼煎着鱼，一面对莫山山解释说道："煎鱼这种事情，火候最为关键，而且绝对不能随随便便去翻动。这玩意儿就像治国和修行一样，战略上我们可以藐视它，告诉自己煎鱼算个屁事，战术上一定要重视它，须小心谨慎。"

书痴被他央求着舍了两道火符，想着用符道烹饪，心情不免有些难受和心疼，这时听着他的解释，却又觉得好像确实是这么回事。

半透明的鱼腹在温油中渐渐鼓胀，渐渐露出里面那根泛着寒光的鱼钩。

宁缺怔住了，看了半天才想明白，原来这条鱼便是当初湖畔垂钓时第一条上钩，继而把鱼钩和钩上肉丝全部夺走的那条鱼。

愿者上钩，你明明当时不愿，为何此时无钩你却又回来了？

他看着锅中渐黄渐香的湖鱼，眉梢缓缓挑起，脸上露出一丝笑容。

他将手中的树枝交给莫山山，转身走到湖畔，看着湖水里倒映着的雪峰，识海里的念力随心意而动释出体外，然而却没有感知到周遭的天地元气……

因为念力与大明湖畔的天地元气已经融为了一体。

他缓缓闭上眼睛，心意追随着与天地融为一体的念力不停散发，看到了湖畔的青石，看到了湖水里的游鱼，看到了落叶下的沙砾，看到了所有。

不是普通寻常地看，不是通过光线地看，也不是用念力操控天地元气触摸四周再从反馈里来感知，而是直接对天地的最细微的感知。

然后宁缺睁开眼睛，抬头望向天空，只见碧蓝的天上飘着白白的云，那些云变幻成各种各样的形状，有的像马贼，有的像马，有的像梳碧湖，有的像岷山里的树，有的像春风亭的飞檐，有的像旧书楼，满满的全是曾经的影子。

他伸出微颤的手指在湖畔风中轻轻画动，喃喃说道："原来这世界，到处都是符。"

莫山山手里拿着那根树枝，看着锅中煎着的鱼，漂亮的小脸上满是紧张神情。她不知道究竟什么时候才能动，随着烟味渐生，锅中湖鱼半透明的腹部忽然炸开，那根鱼钩叮的一声弹飞出去，落在湖水中瞬间消失。

听着宁缺痴痴的话语，她看着锅中乱糟糟的鱼，低声羞愧说道："鱼破了。"

宁缺转过身来，看着她认真说道："我也破了。"

57

万涓成水，然后汇流成河，艰辛千万里峡谷丘陵平原滩涂，最终浪奔浪流摧沙狂肆喷涌出海，好不快意，恰如宁缺此时的心情。

他本是长安城里一顽童，却陡遭变故，见惯世间最丑陋，经历过世间最险恶，正年少时节却要带着桑桑四处流浪，最终被生活煎熬成了边城里的砍柴少年郎。

待知晓世间有大道，却不知大道何处在哪个方向，开平赶集淘了本太上感应录，枯看数年无所得，偶遇贤者才知自己诸窍不通，所谓修行只是痴心以及妄想。好在最终他还是通了窍悟了道，入了书院尽退牢骚。

今日他终于逾越修行道上那个重要关口，晋入洞玄境界，只觉身心无比舒畅，站在湖畔双手扶腰，身体后仰抬头望着蓝天上飘浮着的云朵，只想长啸或傻笑数声，才能把胸腹间那股快然之意全部抒发出来。

莫山山看着湖畔的他，发现他的身影竟和湖光山色如此地和谐，感受着风中传来的气息，明白他做到了什么，面上露出真挚的笑容。

宁缺看着天上的云，看着湖面上的云，还有那些云中真实或虚妄的雪峰，感动地体悟着洞玄境带给自己的细微感受。此时的他，对于晋入洞玄境的真切意义并没有太直观的认知，但他至少很明显地感受到自己对符道的理解加深了不少。

晴天冬湖青翠山谷，天地间的一切痕迹原来都是符的线条。

因为这种崭新的认知，让他产生了极强烈的渴望，想在湖畔置案铺纸磨墨运笔，将眼中识海中看到的天地痕迹全部写下来。

但他没有这样做，因为还有更重要的事情等着他去处理。

大明湖南岸，靠近青翠山谷陡崖处有一道缓坡。随着阵法消散，春意复生，那道缓坡早已被绿油油的一片野草占据，变成了草甸，只是草甸最外围临崖处被谷外寒意所侵，才显得有些衰败枯凋。

宁缺和莫山山站在霜草之间，举目向远处那道雪崖方向望去。今日天空湛蓝纤净无尘，视野极好，然而空中总有无数肉眼看不到的微小颗粒，隔着十几里的距离，根本没有办法看清楚那道雪崖上的画面，甚至连雪崖都看不到。

眼看不到雪崖不等于真的完全看不到，宁缺刚入洞玄，正是精神气息处于巅峰的时刻，平常便极为敏锐的感知更是敏锐到了极点，识海里竟是清清楚楚出现了一团极亮的光团，光团作金黄色异常明亮，边缘四散如同一朵美丽的花。

他被识海里出现的画面震惊，下意识里问道："洞玄境……有这么强大？居然能感知到这么远距离的画面？"

莫山山望着十几里外的雪崖方向，若有所思说道："不是洞玄境能感知如此远的天地气息，而是因为隆庆皇子此时已经到了破境的关键时刻，他要破的乃是知命境，动静自然不小。此时他正要跨过那一步，数十年修行所得的道意及念力尽数宣泄至体外，对天地元气的干扰太强，所以你我才能看到。"

宁缺沉默片刻后笑了笑，说道："差一步也是差，终究还是我赢了。"

莫山山看着他问道："接下来该怎么办？"

宁缺理所当然说道："当然是告诉隆庆，我已经破境成功，既然输了赌约，稍后他便要自废雪山气海，那何必再这么辛苦地破境？现在认输动手或许能少些痛苦，若他真的晋入知命境界再自废，我觉着这未免也太残忍了些。"

莫山山情绪复杂地看了他一眼，心想隆庆此时距离修行者梦寐以求的知命境界只差一步，马上便会成为大修行者，值此时刻难道他还真的会履行赌约，舍弃自己一身修为和神殿身份？宁缺你平日里的表现不像这般天真无邪的呀？

"现在的问题是怎么告诉他他已经输了。"宁缺说道。

莫山山轻轻摇头，说道："破境之时道心通明，你我能感觉到他，你先前破境的瞬间，他应该就已经知道了。"

宁缺看着那道看不见的雪崖，沉默片刻后问道："那他还在等什么？"

隆庆皇子在等花开。

他身旁那根柴木上的那抹绿意早已勃发，十几片青绿肥嫩的叶儿上方有一朵粉粉的桃花，桃花正在以肉眼可见的速度瓣瓣绽放，一瓣两瓣缓缓伸展，娇嫩的花瓣在风中微微颤抖，上面竟隐隐可以看到露珠几滴。

桃花已经开了四瓣，第五瓣正在缓慢而坚定地向空中展开。

若最后的花瓣也完全展开，那便是盛开，那便是怒放。

那便是知命。

青翠山谷深处传来的气息波动清晰地传到了雪崖之上，映进他此生最敏锐的识海之中。他知道宁缺已经破境，然而那又如何？

隆庆皇子闭着眼睛，平静而喜乐地坐在雪崖之上，坐在樊篱之外，坐在青叶与粉桃之前，等待着自己破境的那一刻。

也许就是下一刻。

在知命境的大修行者眼中，修行道上曾经的同路人都会变成蝼蚁一般的存在，任何能够影响到道心的障碍都将不复存在，因为一旦知命便有世内与世外之别，一旦知命便非世内人，自然不用再在意世间的规矩道理。

道痴叶红鱼坐在雪崖另一处，她没有看隆庆，因为她知道他今日必将晋知命，反而觉得有些无聊无趣，忍不住蹙了蹙眉，有些不耐。

说来奇怪，作为西陵神殿年轻一代的佼佼者，她和隆庆皇子共掌裁决司，虽未明斗却有暗争。这些年来她一直压着对方一头，此时隆庆眼看着便要入知命，不知为何她竟是表现得毫不在意，似乎不觉得这是一种威胁。

她也没有凝视青翠山谷，因为她已经感应到先前那刻的天地之息变化，知道那个叫宁缺的书院弟子已经晋洞玄。虽有些出乎意料，却也不在意，心里想着若要维护神殿的尊严，大不了稍后把宁缺和书痴尽数杀了，世间又有谁知道这场赌约？

宁缺看着远方，眉头一挑问道："他这是要耍赖？"

莫山山轻声说道："这种时候他不可能认输。"

"输便是输，不认也得认。"宁缺说道，"那天我就对你说过，若我先进洞玄，就由不得他不履约。"

莫山山转身看向他，眼眸里流露出惘然情绪，不明白相隔十余里地，而且对方将入知命，宁缺如何能够逼迫对方履行那个破境之约。

"赌坊规矩就一句话，输了要认账。"

宁缺把行李放到地上，取出一个沉重的桐木匣子，说道："如果有敢耍赖的人，或者出老千被人抓住的人，都要被砍掉身上最有用的那个部分。"

桐木匣子里搁着形状奇特的金属物体，这些金属物件表面黝黑，由无数根极细的金属丝编织绞弄而成，看上去蕴藏着极坚韧的力量。

莫山山眉头皱了起来，一路同行入荒原，她清楚宁缺很重视自己这些沉重的行李，今天才知道原来行李里是这些古怪的东西，却不知究竟有何用处。

宁缺取出匣中的金属物体，手指从上面微显粗糙的表面缓缓摸过，紧接着他加快了动作，随着金属构件的扣合声，一把浑体黝黑的金属弓迅速成形。

然后他开始上弦，又从深色箭筒里抽出一根微黑的合金箭。箭杆上密布着鳞般的细纹，不知被锻打了多少万次才能打出如此的效果。如果仔细望去，还能发现如鳞细纹间，还有一些更深刻的线条，那些是符线。

莫山山怔怔看着他手中黝黑的铁弓铁箭，震惊地下意识里抬手掩唇。

由世间独一无二书院打造出来的独一无二的元十三箭。

在茫茫天弃山间第一次出现在世人眼前。

定下破境之约那日，宁缺曾经问过莫山山如果在破境最关键的时刻，破境者忽然受到外界袭击会出现怎样的情况，当时莫山山应道破境者会遭受剧烈的反噬，甚至有可能此生再无望破境——所以他决定代替隆庆皇子履行那个赌约。

站在枯霜泛白的草甸上方，宁缺望向十几里外的遥远山崖，注视着识海里那团将要绽放的金色花朵，脸上没有任何表情，平静得仿佛像是冬日的湖。

隆庆皇子逾知命境散发出来的气息太过明亮，明亮得就像是夜里的火堆，根本不需要瞄准，就这样清清楚楚地出现在他眼前。

你若安好，便是晴天。

今天是个大晴天，适合射箭。

宁缺深吸一口气，举起铁弓瞄准远方那道雪崖，右臂缓缓向后拉动，坚硬的铁弓随之微微变形，弓弦深陷入他的手指之间。

"这个世界是平的，真好。"

说完这句话，他松开了手指。

紧绷的弓弦擦着指腹高速回弹，带动符箭猛然射出！

盘膝雪崖上的隆庆皇子感到了远处传来天地气息波动，甚至他清晰地感知到了宁缺的敌意与杀意，但他毫不在意甚至轻蔑地不屑睁开眼睛。

在他此时的识海中，半天黑暗已然败退，似锦繁星将要占领整片苍穹，在他身后的柴木上，桃花已然盛开，最后那瓣便要绽出最后的那一丝颤动。

修行道路越往上走越艰辛，破境越艰难，破境之时也越危险。然而双方相隔如此之远，他根本不相信对方能有怎样的手段干扰到自己。

隔着十余里距离遥遥伤人，如果不是剑圣柳白的剑，那就只能是传说中进入无距境界的圣人，但世间真有这种人物存在吗？

更何况他身旁还有道痴叶红鱼在护法。

隆庆皇子人生第一次将要入知命时的真实想法便是这样的。

然后他马上知道自己错了。

刚刚破境的宁缺，精神气息正处于人生最完美的巅峰时刻，他未作调整未作等待，甚至没有允许欢乐继续洋溢，便射出了自己最强大的元十三箭。

过往十余年间所积蕴的冥想念力，那些艰辛挣扎在他心间留下的坚韧意味，对天地的所有认知还有那些仇恨不甘怨愤冷酷情绪，尽数在这一箭之中倾泻而出。

无关恩仇但确实十分快意。

大明湖湖水翻滚震荡，鱼儿惶恐不安。由草甸至雪崖间，无数落叶飘飘而下，树梢惊慌躲避，形成一道空洞。

看不见的箭，便在这道空洞里前行。

这一箭。

惊了静湖。

乱了密林。

枯了新桃。

隆庆皇子愕然睁眼，向青翠山谷望去，脸色瞬间变得极为苍白。

隆庆皇子愕然低头，向黑衣胸口望去，眼瞳瞬间变得无比悲怆。

被黑色道袍覆盖着的胸口上开出了一朵花，不是美妙梦里自己西陵道法大成之后开出的那朵金花，而是一朵血花。

花后是一个洞，很空很空的洞。

洞里面什么都没有。

前一刻，黝黑细长的元十三箭消失在宁缺的弓弦上，消失在乳白色的元气湍流中。

下一刻，元十三箭便来到了隆庆皇子的身前。

这道符箭的飞行似乎不需要时间，可以无视距离。

坚硬的符箭直接刺穿隆庆皇子的胸腹，带出一朵极夸张的血花，撕扯乱他体内的气海雪山，然后如道黑色闪电继续疾飞，直至射入雪崖后方极远处的山峰里。

轰的一声巨响，那座山峰腰间积着的雪开始崩塌，渐成白色的洪流，声若雷鸣。

晴朗的天空骤然变得阴沉起来，荒原北方的北方有黑云丛生。

隆庆皇子低头看着自己胸腹间那道透明的洞，身体缓缓颤抖起来。

那箭太快，快到他根本没有反应，快到血花喷溅之后，恐怖伤口里的血还来不及跟着渗出，便穿透了他的身体，消失无踪。

他身旁那根柴木上的桃花已然枯萎。

他识海里的如锦繁星已然尽碎，残留的那抹黑夜也已经被撕扯成絮。

隆庆皇子牵动唇角，艰难而惘然地笑了笑，笑容却是那样地痛，痛入骨髓的痛。

万涓成水，然后汇流成河，艰辛千万里峡谷丘陵平原滩涂，最终浪奔浪流摧沙狂肆喷涌将要出海，却迎面遇着万丈山崖，浪散成沫好不惨淡，恰如他此时的心情。

他本是燕国都城一王子，然屡有奇遇，见惯世间最繁华，经历过世间最幸运，正青春时节便要巡游诸国四处裁决，最终被昊天降恩成了桃山里的煌煌美神子。

今日他终于快要逾过修行道上那个重要关口，晋入知命境界，只觉身心无比舒畅，背靠青翠面朝雪峰，身旁旧木结新桃，人生似乎便要圆满。

然而就在此时，天外飞来了一箭。

一箭毁灭了他的所有。

他怎能不痛？

58

叶红鱼飘至隆庆皇子身旁，细眉微蹙，神情凝重，伸出洁白如玉的手掌抚在他的头顶，一道淡而纯和的道术气息自掌心喷涌而出，瞬间笼罩住他的身体。

那道淡而纯和的气息渐渐变浓，泛起金色的光辉，就如同昊天神辉一般。紧接着，她左袖一拂将一粒丸药塞进他唇中，然后掌风柔拍震碎推送入腹。

随着她简洁迅速的动作，隆庆皇子胸腹间箭创溢出的血水神奇般地止住，甚至隐隐约约间能够感到一股极强烈的生命气息正在不停修补什么。

这粒丸药是道痴幼时自观中带出来的极品伤药，那道带着极浓生命气息的道术气息更是桃山秘学，凭此手段，她竟是生生把隆庆皇子从死亡边缘拉了回来。

隆庆皇子脸色极为苍白，但应该不会当场死去，然而无论叶红鱼在做什么，他都没有什么反应，只是沉默低着头，看着自己的胸口。

一滴汗珠自叶红鱼鬓角滑落，瞬间被阴云下的雪风吹去不知何处，为了不让隆庆皇子死去，她在短短瞬间内受到了极大的损耗。

她简单说道：“太快。”

换作别的任何时刻，骄傲如道痴，绝对不会解释任何事情，哪怕对方是裁决神座。然而她今天出现在这道雪崖之上便是要替隆庆护法，结果却没有拦住那箭，导致隆庆此时伤重将死，所以她觉得有必要解释一下。

那道箭……太快，快到她都反应不过来。

隆庆皇子没有回答她，不知道是伤势太重的缘故，还是别的什么原因。

他惘然看着自己的胸口，知道肉身的伤害养上数月大概能够养好，然而被那一箭毁掉的气海，尤其是破境之时受损的道心，却再也没有修复的可能。

识海里那满天星辰碎成了亿万块凌乱的镜片，被绞杀成絮的那抹黑夜则是在空间里四处飘散着，渐要占据所有的角落与视线。他像一个傻子般看着自己胸口上的洞，仿佛看到了这个混乱的世界，在刹那辰光里，忆起了很多辰光，以及那些辰光里自己所经历的一切事情。

那些华彩的篇章，夺目的画面，被柴火映照的冷漠不动容颜，火刑台上呼号痛苦的半焦人身，幽阁里肉骨皆腐的尸首，以及注视着这些的骄傲平静的自己，变成无数片雪，快速地在他眼前的黑色道袍上闪掠而过。

有很多人死在他的手中，强壮暴戾的男人，柔弱可怜的女人，苍老瘦弱的老人，稚气可爱的孩童，因为一心向道，因为对昊天的虔诚，他没有任何犹豫没有任何动摇，愉快地毁灭着众生的人生。

然而直到此时此刻他才发现，毁灭他人人生时自己曾经在火刑台沉思而得的感受都是虚假的，唯有自己人生被毁灭时的痛苦才是真实的。

所以，他看到了自己灰暗而无希望的将来。

叶红鱼注视着他面容上的灰暗光泽，知道他的骄傲，他坚强的修道意志，全部被那一箭毁了，不由沉声斥道："你想让自己废掉吗？"

听到这句话，隆庆皇子忽然笑了起来，嘶哑的笑声很虚弱，在渐盛的风雪中，显得极为痛苦和惘然，然后他轻声喃喃说道："我已经废了。"

他痛苦地艰难转头，望向崖外的风雪，以及荒原深处越来越暗沉的天空，惘然说道："我本是皇子……我将为燕皇，我双脚……站在道门与红尘两岸，本应举世无双，然而就这样……废了，被昊天遗弃在痛苦与黑暗的世界里。"

在道门中人眼中，幸运是昊天赐予人类的礼物，不幸则是昊天施以的责罚。他这一生何其幸运，然而今日在这片被昊天遗弃的山脉中，却忽然发现自己被昊天无情遗弃，再如何坚强的意志，再如何通明的道心都无法承受这种巨大的打击。

隆庆皇子缓缓站起身来，重伤之余极为虚弱的身体在风雪中晃了晃，他发出一声痛苦的像野兽般的嘶号，才勉强站直了身体。他没有理会身旁的叶红鱼，直接向前迈了一步。

一步踏空，便从雪崖上滚了下去。

沉闷撞击的声音响起，他摔到了雪崖下方。黑衣裹着的身体横卧雪中，一动不动。

叶红鱼走到崖畔，沉默看着崖下的雪地。

时间缓慢地流逝，崖间的风雪更盛，快要被雪花掩埋住的隆庆皇子忽然动了动，然后极其艰难地站了起来，捂着胸口，一脚深一脚浅踩着深雪向山外走去，有时跌倒再次爬起，缓慢地向着荒原北方黑沉的铅云行走。

生不如死，像一个傻子。

活不知命，像一只无家的受伤野狗。

因为剧烈的挣扎动作，被道术气息暂时止住血的胸口箭创再次崩裂，鲜血从隆庆皇子的指间溢出，滴落在雪上，在崖下的雪地上拖出一道极长极红的线条。

那道血线也未能维持多长时间，便迅速被风雪掩盖。

他那踉跄悲惨的身影，也终于被风雪掩盖。

叶红鱼看着他的身影消失在风雪之中，始终一言不发。

她不知道他什么时候会再次倒下然后再也无法爬起，最终变成寒冷荒原上的一具冰尸，她只知道这个曾经有资格威胁自己的家伙虽然还活着，但已经死了。

不知道过了多久，她缓缓转过身来，静静望向雪崖那头的青翠山谷，毫无一丝情绪说道："有些人应该死，所以……"

话语戛然而止，她凝视远方陷入长时间的沉默。风雪渐拂其面，渐凝其颜，没有任何表情的美丽容颜就像是冰玉雕出来的美人像。

忽然，她眨了眨眼。

眨碎一地冰霜。

先前快要占据整道雪崖的青草随着隆庆皇子的毁灭而迅速枯萎，那根柴木上的桃花也正在逐瓣凋零，然而随着她这一眨眼，雪崖之上再生变化。

青草不再枯萎也不复茂盛，桃花不再凋落也不再复开，只是绝对静止地停留在她眨眼那一瞬间的状态中，仿佛时间让所有的生命都凝固了一般。

不是所有事物都凝固了，崖上的风雪没有，她那件随风而舞的红裙也没有。

寒风卷着雪片围着她的身体呼啸而掠，渐渐变成一道极清晰的雪束，围着她的腰不停高速旋转。飘舞的红裙拖在身后的两根系带被风拂起，轻点她腰间的雪束，仿佛墨笔毫尖入清水，腰间那束雪顿时变得鲜红无比。

天弃山山脉深处那两道险峻的崖壁处，知守观行走叶苏与魔宗行走唐，隔着幽深不见底的峡谷相对沉默而坐。无论隆庆皇子身畔桃花开启还是宁缺烹鱼破境，都没有让他们脸上的情绪有丝毫变化，直到那一箭穿过整道青翠山谷。

　　"这箭不错。"

　　"是不错的一箭。"

　　叶苏看着远方，淡漠说道："只有书院才能有这样不错的箭。"

　　唐看着对面崖壁上的他，沉声说道："我只知道你输了。"

　　唐小棠紧握着血色巨刀，站在兄长的身后，警惕而微显兴奋地看着对面。

　　叶苏缓缓站起身来，瘦削的身体和那简单的道髻，在灰黑色的崖壁间显得格外孤独。忽然间他若有所感，再次望向远方，唇角微挑露出一丝温暖的笑容。

　　唐也感觉到那处雪崖上的动静，神情微异。

　　宁缺缓缓垂下手臂，握着铁弓的手微微颤抖。这一箭损耗了他太多念力，尤其对肩部肌肉的伤害非常严重，但苍白的脸颊难以自抑浮现出快意的笑容。

　　识海里那团耀眼的光团骤然熄灭，想必隆庆皇子即便没有死，也没可能破开知命那道沉重的大门，如果真如莫山山所说，对方甚至可能此生再无望入知命。

　　元十三箭第一次实战，便能发挥出恐怖如斯的威力，能够把隆庆皇子这样的强者狙毁，宁缺对此并不感到意外。想当时在书院后山他还不过是不惑境界，射出今日这箭的他已然洞玄，当时二师兄拂箭而飞时衣袖都被震破，而今日的隆庆皇子正在破境关键时刻，难道他还有可能比二师兄强？

　　莫山山看着他，漆黑如墨的眼瞳瞪得极大，满是惘然神情，薄而红的嘴唇抿得非常紧，似乎有无穷的疑惑不解和震惊。

　　宁缺揉了揉肩头，看着她笑着说道："被我这把弓箭惊着了？"

莫山山轻轻点头。

宁缺得意说道："厉害吧？"

莫山山再次点头。

然后她神情凝重问道："你已经赢了赌约，为什么还要射这一箭？"

宁缺说道："战斗的目的不是自己胜利，而是要让敌人失败。"

看着少女依旧不解的神情，他继续说道："自己胜利而敌人没有失败，那就是假胜利，如果自己看上去没有胜利但敌人失败，这才是真胜利。"

莫山山一路行来被他改造了很多思想，能够大致理解他对战斗的阐释，却依然还有很多事情无法理解，比如他为什么一定要让隆庆皇子陷入如此可怕的失败。

"虽然你是书院行走，有大唐帝国撑腰，但隆庆皇子是桃山诸位大神官器重宠爱的年轻一代领军者，是昊天信徒眼中的西陵神子。结果他却被你用这样的方式给毁灭，难道你没有考虑过这会引发不可收拾的后果？"

宁缺面无表情说道："如果这是赌约，他就应该付出输掉之后承诺的代价，如果这是一场战斗，那么在确认敌人绝对失败之前，我从不考虑别的后果。"

莫山山看着他的眼睛摇了摇头，说道："这个理由并不充分，你是一个很聪明的人，应该很清楚就算他进入知命也不敢杀你，应该更清楚你杀死他会带来怎样的后果。但你还是选择射出那一箭，并且没有丝毫犹豫，这到底是为什么？"

宁缺沉默片刻，然后笑着说道："他那时候不该提到桑桑。"

这是宁缺最不可触碰的一点，是他最大的原则，永远不会有任何例外，无论那个人是隆庆皇子还是大唐天子，甚至哪怕是夫子。

在长安城里，李渔公主曾经以为自己发现了宁缺的弱点和命门是桑桑，前些天的雪崖上，隆庆皇子根据神殿情报试着确认宁缺的弱点和命门是桑桑。

然而他们都错了。

桑桑不是宁缺的命门。

桑桑是宁缺的命。

在草甸上休息片刻后，宁缺恢复了些精神，正准备把元十三箭收回桐木匣中，忽然他的眉梢一挑，眼睛微感疼痛，仿佛被根针刺了一下。

他震惊抬头再次望向远方那道雪崖，只见识海之中沉默安宁一片的世界里，忽然间绽开一朵极明亮的光团。那个光团是那般地白炽冰冷强大，甚至比先前隆庆皇子破境之前的那些光线更加耀眼，感觉非常可怕。

有人在破境！

有人在雪崖之上破境！

有人在雪崖之上破知命境！

那个正在破知命境的人比隆庆更强！

宁缺感受到那团白炽光线里蕴藏着的昊天神辉气息，用最短的时间最快的速度推断出雪崖上破境之人的身份，脸上的表情骤然变得极为震惊。

然后他没有任何犹豫不决，没有任何思考，迅速拾起铁弓，挽弓搭箭，深吸一口气，向遥远的雪崖方向再射一箭！

静湖一片剧烈震荡，林间空气撕扯不安。

铁弓之前天地元气白色湍流还未消失，宁缺快速从袖中取出颜瑟大师给自己的锦囊，紧紧握在掌心，盯着山谷南方的阔叶林，对莫山山沉声说道：

"准备再杀一个人……道痴来了。"

59

修行者破境是一件很难的事，这些天雪崖上的隆庆皇子，大明湖畔的宁缺，经年苦修待天时才能破之。但有时候破境也是很简单的事，穿红裙的道门少女破境非常简单，风雪凝成一束围绕她的腰身，崖上青草桃花似开似萎，凝了生机似有若无时，她便成了知命境的大修行者。

众所周知，道痴叶红鱼境界更在隆庆皇子之上，隆庆都走到了知命的门槛，更何况是她。她很久以前双脚就已经踩在那道门槛上，只不过不知因为什么原因没有踏过去，所以先前隆庆将入知命境时，她没有丝毫嫉意和忌惮。

因为只要想入知命，她随时都能入知命。

青翠山谷深处暴起一团强烈的天地气息波动，里面夹杂着令人心悸的符意。

叶红鱼飘拂在雪崖上方，双眼紧闭，红裙飘带向身体四周的空中延展，美丽的脸上写满了宁静，仿似根本没有注意到远处的动静，然而身周的雪风却骤然间变得狂野起来，吹拂着红裙飘带猎猎作响。

几乎就在山谷深处那道强烈气息暴涨的同时，她身前飘着的一根鲜红系带嘶的一声碎成了满天蝴蝶，那道不可抵挡的若有若无的箭道痕迹，便在这些血蝴蝶中间穿过，擦着她的肩头斜斜向极远的天空飞去，然后不知所终。

自青翠山谷深处射来的那一箭未能射穿她的身体，但还是伤到了她的肩部，鲜红的血水从肩头流淌而下，当满天血蝴蝶般的破系带落在雪崖上时，血珠也已经流到了她的左手，顺着指尖滴滴滑落。

血珠未能滴落到雪崖上，便被一只洁白如玉的手接住。

叶红鱼睁开双眼，眸里没有丝毫情绪，看着青翠山谷深处，忽然纵身跃下雪崖，踩着崖上的突起，飘然借风势掠入密密的阔叶林中。

入了青林，细梢与衣带共舞，嫩叶轻拂其脸，她的身体仿佛与周遭的林叶空气融为一体，成为自然天地的一部分，若不以肉眼去看仅凭感知根本无法发现她的存在，而她就这样随着林间的风漠然向山谷深处飘去。

宁缺的判断非常迅速，第一时间猜到那名在雪崖上越境的强者是道痴，已经毁了隆庆皇子，难道还要毁掉西陵神殿的另一个希望？意志再如何坚定的人在面临这种突发情况时想来都会有些为难，但他的反应比判断更加迅速，毫不犹豫再次施出元十三箭，动作竟似比思考还要更快一些。

杀一个是杀，杀两个也是杀，这种事情从来没有什么好客气的，更何况他已经毁了隆庆皇子，道痴忽然于此时破境，青翠山谷里那一刻飘拂的风，随意一嗅都能嗅到其中隐藏的极大凶险意味。

只可惜符箭的第二次发射，没有得到与第一箭相同的效果。他此时的身体与精神状态不如刚破境时饱满，更关键的是，他怎么都没有想到，道痴的破境速度竟是如此之快，在自己如此快速狠辣的应对面前，竟还能够先行破境！

右肩传来清晰的撕裂痛，识海里施符造成的念力波动让他微感眩晕，但宁缺知道自己有多狠自己的身体有多狠，他确信自己还能射很多次，所以他并未气馁，而是依旧举着铁弓指间夹着符箭，面无表情冷静地瞄准远方。

雪崖上的光团骤然敛没，融入天地之中，隐约间能够看到远处的青林逆风而动，阔叶纷乱，偶有一抹艳红衣影飘掠其间，隔着遥远的距离，只能肉眼偶见，再无法在识海中确定对方的位置，如何瞄准？

宁缺稳定控弓的手微微颤抖起来，知道现在的局面非常糟糕，但他只允许自己心慌了极短暂的瞬间，便迅速做出了决定，将铁弓反背至身后，拎起箭筒，转身就向草甸下方狂奔，同时大声喊道："快跑！"

崖峰间，唐小棠手里一直紧握着的红色巨刀啪的一声砸到了地上，小姑娘抬起手紧紧捂着小嘴，看着远处气息起处，想着哥哥先前的话，眼眸里流露出不可置信和极端烦恼焦虑的神情，愁苦说道："那个疯婆娘居然这样就破了知命境？"

"那以后再撞上可就打不过她了，真讨厌。"荒人少女忽然注意到对面崖峰上的动静，看着那个孤单离去的道袍背影，吃惊说道，"他怎么就这么走了？他妹妹成了大修行者，他居然没有什么反应？难道他不想去帮帮她？"

唐看着对面山道上渐行渐远的那个道人，看着那道人身上流露出来的与天地极不和谐的萧索孤单意，想着十四年前那个骄傲自负的少年道士，浓粗如铁刺般的双眉渐渐皱了起来，说道："一个勘破死关的人，自然不会在意亲人这种东西。"

走下崖峰的道士比当年更加强大，唐并不在意，他虽然不知道对方究竟是用何种方式勘破死关，但他知道进入那种境界的人，对周遭事物的动念往往会淡漠很多，而胸腹之间的道心则会以一种新的方式继续骄傲下去，自然不会轻言破诺。

他望向远处那道青翠山谷，沉默片刻后说道："道痴真的很了不起，也不知道她这么小的年龄，怎样能够忍住破境的诱惑，竟是强行把自己的境界封存在洞玄境内如此长的时间，难道说追上兄长孤单的身影对她来说竟是如此重要？"

唐小棠没有听懂，惊讶不解问道："强行把自己境界封存？她为什么要这么做？"

"修行有时候像攀登山峰，有时候像以瓢盛湖，有时候像以石填海，讲究的都是毅力意志，但最后那步最后那瓢最后那块石头所代表的机缘才最为重要。"

唐说道："不同机缘破境，所获必有不同。道痴她早就走到了最后，踏峰只差一步，涸湖只差一瓢，平海只差一石，但她一直没有完成最后这个环节，以极大毅力抵抗着成为知命大修行者的诱惑，强行让自己停留在洞玄境，冥想培念修行万门道法，只是等待最后那个机缘。"

唐小棠问道："今天她忽然破境入知命，莫非便是机缘到了？"

"所谓道法自然，道门机缘最妙处便在顺其自然不得而得。今日雪崖之上隆庆被毁，道痴她自然动怒，而宁缺和书痴一处，她若要宣泄怒意杀此二人，便需要破境入知命，这种需要便是自然，所以她自然便破境入了知命。"

唐转过头来，怜惜看着年幼的妹妹，说道："我没有想到叶的妹妹竟是如此女子，她的修道毅力和对强大实力的追求已然近乎痴狂，难怪她被世人称作道痴。棠棠，如果你不能快速成长起来，你将永远不是她的对手。"

唐小棠被兄长认为不如道痴叶红鱼，却也没有什么羞恼之意，可爱地吐了吐舌尖，得意说道："如果我去长安城拜夫子为老师，才不信会打不过她。"

唐沉默片刻后点了点头，说道："这话倒也不错。"

唐小棠忽然想到一件事情，望向远方蹙眉说道："哥，如果我要拜夫子当老师，宁缺便等于是我师兄，我们这时候是不是应该去救他？"

唐站起身来，说道："道痴虽然不错，但你不要忘记，那个叫宁缺的可是书院的天下行走，夫子的亲传弟子哪里会这么容易就死掉？"

说完这句话，他忽然陷入了沉默，举目向荒凉的雪峰四野望去。崖峰之上的寒风不停吹刮他铁一般的胸膛，他什么都没有看见，却仿佛看见了自己想看见的。

唐小棠在他身旁好奇问道："哥，天书究竟在不在山门里？"

唐缓缓摇头，说道："老师没有告诉过我。"

唐小棠感慨说道："也不知道宗主什么时候才会重新出现在人世间，二十三年蝉……难道真的要等满二十三年？"

唐沉默片刻后说道："二十三年，快到了。"

便在这时，对面崖峰间天然形成的山道上忽然飘来断断续续的歌声，那名孤单的知守观行走，行走在孤单寂寞的天地间，唱着意味难明孤单的道歌。

"铁箭崖间开花，肥鱼案上发芽，海里全是石头，我睡马厩，你在线的那头……"

60

青林梢头逆风而摆，树叶拂落之声连绵响起，那抹红影疾速靠近大明湖，无论是密树还是寒风，都无法让红影飘行的速度缓上一分。

宁缺和莫山山冲下草甸，向着湖那头快速奔跑，速度虽快，但和入了知命境的大修行者的速度比起来，还是太慢。他们刚刚跑到大明湖的北岸，道痴叶红鱼的身影已经自林间飘然而出，落在了湖南岸的湿地上。

没有任何对话谈判威胁，道痴看着湖对岸的二人，神情冷漠抬起右臂，食指隔空点出，纤细指头一道极淡的道门气息缓慢喷吐而出。

微荡湖水上空的天地元气骤然一阵波动，空中仿佛多出一柄无形的巨剑，猛地向明媚湖光山色间斩下。一声巨响后，碧绿清澈的湖水剧烈翻滚，卷着白浪与沫儿恐惧地向两边排去，形成一道约数尺长的深深沟壑，竟似要直接看到湖底。

这道仿佛被无形巨剑斩开的深壑从道痴纤细指尖开始，撕裂大明湖南岸的湿地，撕裂湖中的水草游鱼，撕裂那些根本没有具体形态柔不禁力的湖水，以一道笔直的线条，直刺湖北岸的宁缺和莫山山。

宁缺感受到了身后远处传来的恐怖气息，知道自己就算此时真的变身成一只兔子，也没有办法在袭击到来之前找到合适的避难山洞。所以他只进行了极简单的思考或者说根本没有思考便停下了脚步，转身准备射出符箭。

铁弓劲挽，弓弦紧绷如同他此时的心情。然而他没有松弦，因为在他与湖南岸红衣道痴之间笔直的视线间，已经多了一道无形的巨剑，天地气息在那道空间里强烈紊乱造成了空气的剧烈流动，甚至让光线都产生了奇异的折射。

他无法瞄准对方。

而那道剑气已然撕裂湖水以及北岸的草地，快要抵达己方的身前。宁缺松弓撤箭，伸手至背后握住大黑伞。

莫山山一直在他身旁沉默看着湖南岸的少女，作为与道痴齐名的书痴，发现对方破境入了知命，想必心情总会有些异样。

或许是为了驱除心头那抹异样情绪，也可能是因为别的什么原因，她面对着那道破开湖水强横而至的无形道剑，没有躲避的意思，而是平静地迎上前去，洁白如玉的右手自棉袖中探出，在湖畔风中轻柔一转开始书写。

她的脸上浮现出两抹极不健康的红晕，在湖畔微寒风中书写的纤细手指微微颤抖，随着指尖画出的几根线条，一股强大的无形符力随风而生。

她知道自己原本的境界实力都不及道痴，如今对方已经晋入知命境，所以此时她毫不犹豫一出手便是自己最强大的手段——那半道神符。

风中的线条瑟瑟缩缩，然后瞬间崩断成无数极碎的片段，指尖的符力骤然坍缩，周遭的空间随之急速压缩，刹那辰光里，便变成一团透明的气团。

书痴半道神符凝成的透明气团，与道痴指尖喷出的无形道剑，在大明湖的北岸相遇，空气之中骤然多出了无数道极细的湍流，便如柳絮一般。

下一刻这些柳絮全部崩裂炸开，里面所蕴藏压缩纠结在一处的道力和符力猛烈地向四周喷发，清澈的湖水表面猛地一震，似乎要在空中跳起来！

一声震耳欲聋的巨响，万顷湖水跳跃奔流爆起，青翠山谷间水花四溅，湖心处那些渐凝的冬冰更是被炸得片片碎裂。

宁缺的反应奇快，就在湖水崩散的那一瞬间，右手离开黑伞柄，再次举起铁弓，以最快的速度向湖对岸射了一箭。

满天水花薄冰和天地元气湍流，叶红鱼却仿佛能看见湖对岸的所有。当他刚刚举起手中铁弓时，她挥了挥手，那些刚刚崩至空中的薄冰仿佛收到一道命令，瞬间密密麻麻布满了二人之间的空间通道。

在携着符力的铁箭之前，那些冰块仿佛比薄纸更加脆弱，啪啪碎响声中，强大恐怖的元十三箭，无视空间闪电般刺穿箭镞之前的所有冰块，出现在道痴身前。

叶红鱼平静看着湖北岸那个男子，根本没有闪避。

符箭擦着她先前受伤的肩头掠过，距离极近，甚至箭上的符力让她肩上破损的红衣碎片都飞舞了起来，却是没能伤到她，哧的一声射入密林之中，轰隆之声连绵响起，不知道有多少株青树被这一箭射倒。

此时被她一记无形道剑破开的湖水回流，填平了那道深壑，散开来的薄冰，漫无目的地在湖水表面乱流间漂荡，看上去就像是无主的野萍。

叶红鱼轻盈随风而起，亭亭落在湖水间一块薄冰之上，玉立。

她此时已经是知命境的大修行者，但只隔着一湖距离，依然没有信心能避开宁缺的元十三箭，所以她根本没有避，而是选择干扰元十三箭的运行轨迹。元十三箭的速度确实十分恐怖，一块薄冰根本不可能改变它的运行轨迹，但总会形成某种干扰，那么几十片薄冰几百片薄冰呢？

黑发梳成的道髻于风中不动，愈发衬得容颜娇嫩鲜艳，她站在湖面薄冰之上，平静看着湖对岸，眸子里有抹极淡的笑意，这笑意却没有丝毫情绪。

脸色微白的莫山山一言不发看着湖面薄冰上的女子，悬在袖外的右手微微颤抖，喉间微有甜意，带着几分惘然与不甘想道："知命真的这么强大吗？"

宁缺沉默看着湖面薄冰上那个红衣少女，狠狠地握紧了拳头，不是为了发泄不甘，而是为了缓解肩部的撕裂痛楚，以及快速让控弦的右手不再颤抖。

这是他第一次看见传说中的道痴，第一次感受到传说中道痴的强大——她的强大并不仅仅在于境界的强大，更在于对道法精细准确到不可思议的掌控程度。

用几百片薄冰改变元十三箭的运行轨迹，看上去很简单，但要做到实际上非常困难，先前空中那些薄冰与箭镞相触时的角度，必须极为精确才能做到不同微小偏差之间的无限叠加。一片薄冰倒也罢了，她同时操控几百片薄冰，而且是在那么短暂的瞬间便完成，这需要怎样的精细控制能力？她究竟是怎样做到的？

湖间余波犹在，随着水面的起伏，站在薄冰上的道痴叶红鱼也随之轻轻上下。她看着岸上的莫山山平静说道："半道神符果然有点意思，书痴你进步不少，可以做我的对手了。如果你能在知命境悟化，成为真正的神符师，或许真的有机会战胜我，但是很可惜，要到那一步你还需要很多年。"

莫山山微微低头，没有说什么。

叶红鱼又看着宁缺微嘲说道："你便是宁缺？我知道你是史上最弱的天下行走，但我真没有想过，你会弱到如此地步，真是给书院丢脸。"

如果别人嘲笑桑桑，宁缺可能会很生气，会马上跳起来问候对方先祖，但如果是自己被嘲笑被奚落，只要不是被打死，脸皮厚如他根本毫无感觉。他握着铁弓看着湖心薄冰上的少女笑着说道："别这么说，我也让你流血了。"

他没有举起铁弓瞄准对方，因为先前的战斗已经至少证明，在不是偷袭的情况下，对知命境的大修行者，元十三箭没有必杀的把握。他从来不做没有把握的事情，这时候既然道痴似乎有说话的意思，那他当然愿意陪着对方说说话，

要知道根据他的判断，道痴似乎很有把握把他和莫山山收拾掉。

他接着说道："我能问你一件事情吗？"

叶红鱼平静看着他，眸子里没有任何情绪，就仿佛一只山猫看着一只竹鼠，不屑戏谑玩弄，因为实力上的强大差距而平静等待，红唇微启轻声道："什么事情？"

宁缺问道："隆庆皇子死了吗？"

"没有。"

"很好，既然我没能杀死他，那你想来也不能杀死我。"

宁缺看着湖面薄冰上的道痴，很诚恳地说道："我承认自己确实是史上最弱的天下行走，我也承认自己打不过你真的很给书院和老师丢脸，但我想有必要提醒你，如果你杀了我，书院和老师会觉得更丢脸，到时候只怕神殿也保不住你。"

他再次搬出书院和夫子这两座大山来给自己靠，这是很无聊的手段，但荒原王庭间发生的事情，以及史册上记载过的无数故事都已经证明，这是最有效的手段。

只是下一刻他发现，这种手段对道痴没有任何效果。

叶红鱼的眼睛渐渐明亮起来，看着岸边的他认真说道："我当然知道你是夫子的亲传弟子，所以这样杀起来才更有意思啊。"

她说话的语气很平静，眼眸很平静，然而宁缺却感觉到了一股非常可怕的寒冷，因为他听出来这种冷静里隐藏着一股强烈的疯狂兴奋味道。

叶红鱼看着神情凝重的他，再也难以压抑心中的兴奋，轻抚胸口说道："我一直很想杀一个书院二层楼的人看看，只是总是找不到理由。你今天毁了隆庆，等于便是给了我一个理由，我真的很开心。"

宁缺觉得嘴里有些发干，皱着眉头问道："你不担心神殿和书院之间开战？"

叶红鱼说道："能够与书院二层楼里真正的强者对战，是我修道以来的最大心愿。"

宁缺看着薄冰上美丽的道痴少女，完全不知道该说些什么。此时他终于确信对方真是一个修道成痴如狂的怪物，也终于确信，那个让陈皮皮都感到棘手害怕的女人，就是道痴。

叶红鱼看着湖岸上的二人微微一笑，神态妩媚又清纯，诚挚说道："能有这样的机会，我很开心，所以为了表示对你的感谢，我决定……亲手杀了你。"

61

看着道痴神情，听着这般话语，宁缺不由怔住，明白竟是真的到了生死存亡的那一刻，略一沉默后望向身旁的莫山山。莫山山也正好望向他，二人的眼神在湖畔风中相触，看出彼此的真实心情。

如果道痴没有晋入知命境界，那么书痴和宁缺加起来，即便不敌但想来也不会太过狼狈，更不至于被对方诚挚言道必杀。然而有些奇异的是，眼下局势异常凶险，宁缺和莫山山的眼神略显焦虑却依然没有什么恐惧。

叶红鱼没有在意他们二人的眼神交流，因为她有足够的自信与痴狂意把他们击倒然后杀死，在这莽莽山脉深处的幽谷中。

刚略微平静一些的湖水随着她的意念一动再次剧烈震荡起来，清澈的湖水被无形的卷风吸起，围绕着她曼妙身姿缓缓转动，尾部脱离湖面，形成一道透明的水束。紧接着透明水束表面渐渐显出繁密的波折，淡淡天光投射其上折成无数的光片，看上去就像是银色的鳞，那根围着她腰间转动的水束如鱼一般。

随着她纤细手指轻弹，腰间那束湖水凝成的细鱼像离弦之箭般射出，破开湖面上的微寒空气，挟着恐怖的天地气息扑向大明湖北岸二人。

莫山山蹙着眉头盯着那道高速袭来的水鱼，左手负在身后，右手探出棉袖，食指在空中快速画出数根线条，竟是完全不在意念力高速消耗，再一次毫不犹豫施出了那半道神符，湖畔空中符力大盛。

道痴以气息凝成的水束化鱼已经刺至岸边，就在快要接触到那半道神符凝成的透明气团时，忽然有极明亮的光线从透明水束深处射出。那些如同昊天神辉一般纯洁神圣的光线，经由水鱼表面无数鳞片的折射，顿时大放光明，瞬间将青翠山谷和大明湖照耀得炽白一片，就仿佛天上的太阳来到了此间！

炽烈的光线陡然爆发，冷酷无情地刺进莫山山清亮的墨瞳里。少女轻哼一声，脸色瞬间变得苍白，识海受震，对神符的控制顿时弱了一分。

宁缺也没有预料到那条像细鱼般的水束竟能产生如此奇异的道法效果，只觉眼前一亮然后剧痛传来，忍不住痛哼一声，险些跌坐到地面。

尖啸声连绵响起，那道似虚似实的鱼状水束趁着神符微弱之机放着光明强悍恐怖地不断突前，眼看着便要撕裂那团透明的气团！

湖畔的宁缺和莫山山被透明水鳞折射放大的昊天神辉刺得双眼剧痛，根本无法视物，眼看着便要被那道蕴含恐怖力量的水束击中。

然而就在这时，大明湖畔忽然出现了一道强大的符意，这道符意中正平和没有任何躁意，然而却因为这种纯正而格外强大。

来到湖畔的透明水束瞬间凝滞。无论蕴含着强大威力的它如何挣扎、水束表面的繁复鳞片蜕去重生、从水束深处折射出的炽烈光线如何更加强烈，都再也无法再向前推进一步，仿佛天地间生出一只巨手冷漠地扼住了那条鱼。

大明湖北岸的风骤停，丝丝缕缕的风瞬间消失，空气被那道强大的符意所压制，不敢有任何流动之意，便是那些正在风中下坠的碎片也静止在了空中。

这种静止不是绝对的静止，而是一种被迫的挣扎而不能脱的静止。

半亩湖面正陷在这种静止之中，不安的湖水挣扎地流淌却流淌不出，湖面上的薄冰挣扎渐碎，却不向四周散开，而是向内压缩，不断地挤压变小。

一片青叶从岸边飘向湖面上，瞬间被那道符力撕成碎絮，然而又紧紧捆成一束，并未散开，只是变成了一团青茸，看上去极为神奇。

湖畔的天地间似乎多出了无数根绳子，妙到毫巅地捆绑住一切事物，束缚住它们的行动之意，因为这道符的名字叫作：缚字符。

宁缺左手紧握着的那个锦囊已经破开，微显焦黑的袋口里黑深一片，没有任何东西。那道神符已经随心意而启，开始在湖面上束缚能够遇到的一切。

站在湖面薄冰上的道痴也被紧紧束缚在原地。她觉得非常狼狈，所以愤怒。

除了愤怒，她此时心中更多的情绪还是警惕，因为此时她面临的是一道强大的完整神符，虽然远不如神符师亲自施展出来强大，但她也不可能无视。这道恐怖的缚字符无法束缚住她的念力意识，却已经束缚住了她的身体。

在这关键时刻，抢先再次出手的是莫山山。她右手五指像兰花一般绽放，瞬间消解那半道正与道痴虚鱼对抗的半道神符，然后左手食指陡然如剑般刺出。

一股强烈的干燥意味出现在湖畔，空中没有出现火焰，却已经出现了比火焰更高的温度，邻近北岸的半亩湖水骤然沸腾起来，水雾大作。

虚鱼放光明后，宁缺一直紧闭着眼睛，识海里的念力却始终在敏锐地感知着周遭，除了无法定位与天地融为一体的道痴，清晰地感知着其余的天地气息波动。

当那道燥意刚刚出现，他便知道莫山山准备动用焚天符。

所以当湖面之上水雾蒸腾，流光溢彩，稍掩强光后的第一时间，他便睁开了眼睛，用最快的速度搭弓，向在水一方雾中隐现的道痴射了一箭！

没有任何声音，只有湖面水雾生成的一条极细的黑洞，以及洞旁高速旋转的雾气，秘铁打造而成的中空符箭，便来到了道痴的身前！

神符缚住了道痴的身躯，按道理在符箭之前，她再没有任何幸理。然而令宁缺感到震惊的是，那道同样被神符缚住的水束虚鱼，竟在他发箭之前便似乎感应到他的想法，强行挣断了水做的身躯，瞬间回到了她的身前！

湖面泛着异光的水雾间，似乎隐约响起一声哀鸣。

半道湖水虚鱼直接被强大的元十三箭撕成了碎片，然后化作满天水滴，啪啪啪啪落入湖中，仿佛下了一场暴雨。

到这个时候，宁缺才终于知道道痴的本命物竟然是鱼。

道痴左肩再受重创，鲜血淋漓喷涌而出，却因为那道磅礴的缚字符意没有流进湖水中，而是变成无数滴浑圆的血珠贴着她裸白的肩胛骨。

如果不是湖水虚鱼在最关键时刻挡住了那道符箭，只怕她会被那一箭生生射死。然而眼下她虽然活着，却也是受了极重的伤，左臂将断未断，更关键的是本命物受到了极惨重的伤害，说不定再也无法修复。

少女美丽的面容异常苍白，寒冷森然盯着水雾那边的湖畔，忽然带着些许疯狂意味说道："颜瑟师叔的神符果然厉害，但很可惜你不是颜瑟师叔。"

宁缺根本不理会她说的话，取出第五支元十三箭搭在了紧绷的弓弦上，控弦的手指微微颤抖，唇角淌着血丝。连续射出符箭，对他识海的震荡太过剧烈，对他身体的伤害也非常大，但他此时只有一个想法，就是趁着缚字符缚住对方的机会，不惜一切代价把她射死，哪怕把箭匣中十三根符箭全部射光也在所不惜。

但道痴绝对不会再给他任何发箭的机会。

大明湖上响起一道凄厉的、愤怒的、冷酷的厉喝声。

道痴暂时无法破开缚字符的束缚，但她不需要破，因为她此时已经动了真怒。就像宁缺不惜一切也要杀她那般，她也不惜一切代价要把宁缺杀死，这里面所提到的代价，甚至包括她已经断成两截受了重创的本命物！

强行从缚字符中挣脱出来救主的湖水虚鱼此时已经被撕断成了两截，其中半截被那支元十三箭射成满天暴雨，还有半截犹在湖面之上弹动不安。

随着那声冷酷厉喝从叶红鱼红唇之间迸出，半截湖水虚鱼骤然平静，仿佛就像是死亡之前的刹那自哀，然后猛然炸开！

透明的水柱炸开便是暴雨，而虚鱼表面那些繁密的鳞片，却被某种神奇力量从湖水本体上剥离下来，随着力量的爆发而向湖岸进射！

一片透明鱼鳞在空中化为一道小而锋利的道剑。

万片透明鱼鳞在空中化为万道小而锋利的道剑。

当湖水虚鱼本体化为雨水洒向湖面时，那万支道剑也已经如暴雨一般洒向湖岸上的二人，其势磅礴不可抗，有若黑云压城，可摧世间一切！

62

很高的地方听说都很寒冷，道痴叶红鱼境界很高，她随意一念洒向湖畔如暴雨般的万柄道剑也很寒冷，湖水凝成的剑身蒙着淡淡的霜，已然成冰。

万柄冰霜剑，遮蔽了来自山谷上方苍穹的天光，黑压压一片来到湖畔。就在这时，一朵伞花开于万剑之前，花色如夜空一般漆黑，顿时让万剑失色。

生死关键时刻，宁缺撑开了大黑伞。

这个选择毫不出乎意料，甚至就像那些被人看厌了的陈词滥调，然而正如同文章里的陈词滥调往往是数千年文人总结出来最不容易出错的精华，大黑伞也同样如此——能承万世尘埃，能遮眼遮天，面对再大的暴雨，也不会漏下一丝。

小而锋利的道剑密密麻麻而至，像真的暴雨般连绵击打在大黑伞腻污厚实的伞面上，发出啪啪啪啪巨大沉闷的撞击声。道剑无法刺破伞面，伴着强大的冲撞力量纷纷碎成冰屑，然后化为水雾消散在黑伞之前。

撑伞同时，宁缺把莫山山拉到自己身后。大黑伞很大，两个人半蹲在伞下，头顶仿佛多出一片半圆形的黑夜，没有留下任何缝隙。

道剑无法刺破大黑伞，但上面蕴积着的恐怖冲击力却留在了伞面上，然后顺着不知什么材料制成的伞柄，传到宁缺紧握伞柄的双手间。

他低着头皱着眉，双臂不停颤抖，双手指间现出苍白，已经用尽全身的力气，却依然还是无法抵抗住黑伞伞面传来的一阵强过一阵的冲击力。

万柄道剑在湖畔空中列成繁复的剑阵，依序降下，连绵不绝猛然轰击，速度变得越来越快，甚至冰凝剑身带出鲜红的尾焰，仿佛正在燃烧一般！

大黑伞伞柄从宁缺指间滑脱，重重撞到他的胸口！

伴着一声痛苦的闷哼，鲜血自他唇角淌落，但他左手紧握着伞柄中段，右手像铁丝般紧紧抠着黑伞上端的伞骨，用胸口抵着伞柄。

道剑的轰击还在持续，大黑伞伞面传来的力量越来越强大，他紧抠着伞骨的手指渐渐被割破，流出血来，甚至渐要向指间陷下去。

宁缺盯着模糊血肉间隐约可见的白骨，脸颊因为剧烈的痛楚而变得苍白，甚至身体都开始颤抖起来，但他依然没有松手的意思。

他向来对自己够狠，尤其是在事涉生死的紧要关头，所以在湖畔万柄道剑之前，他死也不会放开黑伞，因为他知道一旦放开，自己和莫山山都会死。

破指间流淌下来的鲜血没有滴落到地面，而是顺着黑伞伞骨淌到伞面上。骤然间他识海里出现了一抹亮光，可惜在这种时刻，他实在是没有精力去寻找那道亮光的真实模样，只能盯着黑乎乎的伞面，盼望着道痴的念力赶紧衰竭。

虽说在箭射隆庆皇子之后，他就很清楚自己与神殿，尤其是那位道痴已然成为生死之敌，但他落在黑伞上的目光，依然止不住生出很多赞叹与佩服。

颜瑟大师亲自书写的锦囊神符，集合了书院后山智慧与能量的划时代元十三箭，再加上已经悟了半道神符的书痴莫山山，这是怎样的力量？

虽说道痴在雪崖上晋入知命，但如果是普通的知命境初品大修行者，面对宁缺和莫山山还有那些隐藏着的大凶险手段，只怕也会命丧当场，然而道痴却没有死。

虽然被两道符箭波及受了重伤，但这个修道痴狂的少女终究还是没有死，非但没有死，她漠然站在湖面薄冰之上，被缚字神符所制，却是凛然舍了最珍贵的本命物，心意一动便用万柄道剑把宁缺和莫山山压制得无法还手！

宁缺曾经听闻西陵神殿掌教曾经称赞道痴万法皆通，如今看来果然如此，道痴不止境界高妙，更震撼的是她在战斗中所表现出来的毅力决心眼光和无穷无尽的手段。宁缺忍不住心想："居然这样都杀不死你？看来必须要想办法杀死你。"

虽说不是符师本人发动，所以大明湖上这道缚字符的符意失了几分妙处，但这道缚字符毕竟是颜瑟大师写的神符，无论符力持续时间还是强度都非常恐怖，即便以道痴叶红鱼的境界能力，也没有办法在短时间内摆脱。

但道痴的脸上却没有丝毫表情，只是冷冷看着湖畔那把大黑伞。

身为夫子的亲传弟子，偏生如此弱小，书院任宁缺代表后山行走天下，必然会让他带着些保命手段，所以她虽然慨叹于那把大黑伞的强大防御能力，却并不吃惊。

真正让她感到吃惊甚至隐隐敬佩的是宁缺在战斗中所表现出来的能力。这种能力不是指境界或者对天地之息的操控程度，而是指他对所有战斗手段的巧妙运用，对出手时机的精准选择，甚至可以含混称之为某种气质。

今日在大明湖畔，为了杀死宁缺她已经尽了九分心思，极罕见地动用了参悟时间并不长的昊天神术，最后动用了昊天道门掌教震慑世间的万剑宗道法，却依然无法杀死对方，甚至反而被对方重伤了身躯。

肩头凄惨的伤口，掌心还微热的血水，上臂处紧粘着的血珠，都让叶红鱼感到愤怒羞辱甚至疯狂，但她的眼眸却像那些水鳞凝冰结成的剑般开始燃烧起来，透出一份狂热的冰冷——只有面对真正值得尊重的对手，这种眼神才会出现。

为了证道，她于西陵桃山上觅强者，于四海野地觅遗辈，这些年来与很多高手较量过，然而极少有人能够让她尊重甚至敬佩。因为在她看来，那些所谓高手徒有境界和雄浑实力，却根本不知道怎样发挥，便如读死书的酸书生那般不值一提。

直到今日她遇到宁缺，发现这个史上最弱的天下行走，竟是极为罕见的懂得战斗真谛的修行者，虽然如今境界尚低，但只要境界稍有进益，生死证道之时必然极为强大——她很确认这个推论，因为她自己便是这样的人。

大黑伞在湖畔的暴雨道剑下瑟瑟支撑，似乎随时可能崩溃，却一直没有崩溃，那些冰剑化成的水雾越来越浓，渐要将它掩埋。道痴面无表情看着那处，在心里很认真地说道："这样都杀不死你吗？看来，你真的必须死了。"

叶红鱼痴于道，痴于证道，何以证道，唯生死耳，所以她狂热地追求战斗。宁缺痴于生，痴于贪生，何以求生，唯避死耳，所以他战斗起来非常拼命。缘由虽然不同，所形成的外显气质却有几分相似，如果他们能够知道彼此的童年生活，大概便会发现原来彼此是同样的一类人，然后因此而唏嘘起来。

因为拥有同样的气质和理念，所以他们互相佩服，互生更深重的杀意，因为不好杀，所以尊重，所以更必须要杀死对方。

道剑袭击着黑伞，黑伞抵抗着道剑。立于湖上的道痴身体无法移动，肩头的伤口还在不停地流血，不知道什么时候念力会枯竭；躲于伞下的宁缺身体无法移动，指间的伤口不停地流血，不知道什么时候会握不紧这把伞。

时间一分一秒地过去，叶红鱼脸色苍白，但看不出来有念力枯竭的征兆，宁缺低着头紧紧抿着因为失血而发白的嘴唇，也看不出来有放手的可能。

大明湖畔的战斗从极激烈的动态画面，转成绝对的静止画面，除了剑与伞，然而隐藏在其中的凶险却是越来越激烈，只要一方无法坚持下去，那么便是毁灭之时。

局面似乎进入了一种死局，两个人都太狠，狠到看不到这个死局的结尾，最终是生存还是死亡，似乎只能取决于谁能坚持到最后。

在这种情况下，有一名少女符师似乎被人遗忘了。但她是书痴，怎能被人遗忘，事实上最终解开这个生死之局的人，便是她。

莫山山站起身来，站到了大黑伞的外面。

宁缺大吃一惊。

看着迎面而来的密密麻麻道剑，少女符师平静咬破自己的手指，凭由鲜血从指间淌落，然后轻轻向空中伸去。

随着她的动作，那些迎面刺来的道剑骤然间变得缓慢了几分。

纤细指尖滴落的血珠很奇异地悬浮在了空中。

然后莫山山的指尖轻轻蘸进空中的血珠，就像一根纤细的紫毫蘸进黄州沉泥砚的墨汁之中，柔柔一拖复落空中无形之纸，便画出一道血线。

依旧是那半道神符，只不过这一次符线行走不再无形，而是依循血线，清晰得无以复加，湖畔渐生的符意并不比先前更强，但却更为生动，仿佛有生命一般。

书痴此生所写的最强大的半道神符，并没有向着湖面上站立着的道痴而去，因为距离太远，因为她知道即便自己出手，也不见得能够击倒那个强大的女子。

她的半道神符投向了大明湖！

就像刚刚写好一幅淋漓墨卷的枯笔投向瓮里的清水想要濯清自己，大明湖清澈的湖水里，骤然多出无数条极细的血丝，仿佛朱砂。

以这一笔为引，一股悠远古老的气息自湖底生出，令人心生震撼膜拜之感。

大明湖活了过来，湖水蒸腾翻滚，水雾笼罩山谷。

大明湖消失无踪，湖水失了涛声，水雾遮掩一切。

那股悠远古老的气息汇聚在浓郁的水雾里，骤然暴涨，瞬间占据整座青翠的山谷，再过瞬间漫上奇崛的雪峰，最终直冲遥远灰暗的天穹。

仿佛要把这片天掀开一般。

63

悠远古老的气息暴涨，依山而起直刺灰暗天穹，却在似乎将要触碰到天幕的那瞬间骤然收敛而回。雪峰顶端浮雪渐飞，青翠山谷气息大乱，空中劲风狂舞，瞬息之间横扫，湮没所有事物。

道痴的万道冰剑，书痴的半道神符，宁缺捏碎锦囊释出的缚字符，沸腾的湖水，都被狂风卷动的烟雾所吞噬，消失无踪不知去了何处。

宁缺和莫山山直接被暴涨的气息震飞，眩晕片刻后才醒过神来。他看着笼罩天地间的浓雾，不由感到身体有些寒冷，这等恐怖的气息，完全不像是人类可以施展出来的力量，即便是知命巅峰的至强者，也做不到这一点。

箭筒和行囊都还在身旁，他震惊之余又生出诸多不解，这道狂暴气息直接吞噬了所有，包括道痴的气息，可为什么自己依然完好，没有受到什么伤害？

"这……是什么符？"

宁缺难以压抑心头的震惊，望着身旁的莫山山问道。

莫山山抬袖擦去唇角淌下的鲜血，摇了摇头。

先前她以血为墨写就半道神符袭向大明湖，才引发山谷里的异变，然而她自己似乎也没有想到会造成如此后果。听着静寂无声的周遭，发现再也无法听到大明湖的涛声，如漆墨眸里显出几丝余悸，颤声说道："和我无关。"

二人相互扶着艰难地站起来，视线所及尽是一片水雾，根本看不清楚是在何处，宁缺不是很理解她的话，用询问的眼神望向她。

莫山山轻轻咳了两声，感受着浓雾之中依然萦绕回荡的悠远古老气息，满怀敬畏向往情绪说道："这道气息是魔宗山门阵法开启时宣泄的力量，我先前只是试图让阵法开启，但真没想到只是开启宣泄的阵力，便如此强大。"

魔宗山门阵法开启？

宁缺大吃一惊。

前些日子在那道雪崖上，隆庆皇子曾经说过魔宗山门开启还需要时日，这些天他一直在大明湖畔悟道，也没有感受到任何魔宗山门开启的征兆，结果没有想到，莫山山竟然有能力看破魔宗山门大阵，让它提前开启！

一念及此，他看向莫山山的目光便多出几分灼热，心想天下三痴果然名不虚传，平日里看着淑静平和，并没有太特殊的地方，到了关键时刻，却总能给人带来太多的惊喜，书痴少女竟真的能够达到符阵不二的境界。

被宁缺灼热目光看着，莫山山有些不适应他目光里的赞叹敬佩意味，微羞低下头去，轻声解释说道："这些日子你在湖畔悟道破境，我也没有什么事情做，所以在湖畔看这座山门大阵看了很长时间，所以看明白了一些。"

她低着头继续小声说道："而且这不是本阵，只是山门外的掩阵。"

虽说颜瑟大师曾经说过符便是阵这种话，宁缺也曾经被七师姐当作苦力修复书院后山大阵，但他对于阵法知识的了解依然极为贫乏，完全听不懂什么本阵掩阵。然而他很清楚，前一刻在道痴叶红鱼的攻势下，局面已经陷入绝境，莫山山开启魔宗山门等若是直接打破了死局，这比什么都重要。

宁缺感慨说道："道痴果然强大，入知命境后你我加起来都不是她的对手，只是很可惜你在这里，那么大明湖对她来说就是个错误的战场。"

莫山山抬起头来，眸子里现出喜意，轻声说道："我也只是试一试。"

宁缺笑着说道："过度谦虚就是骄傲。"

莫山山笑着点了点头。

宁缺看着身周弥漫着的浓雾，微微蹙眉问道："接下来该怎么办？魔宗山门如果已经开启，我们该怎么进去？"

水雾太过浓郁，遮住所有的视线，天地气息太过紊乱，便是识海也只能感知到极混沌的一片。在这种环境中不要说找到魔宗山门，他甚至不知道自己这时候究竟在哪里，是还在青翠山谷中抑或被那道气息震飞到了别处？

莫山山闭上眼睛，细长的手指探出棉袖伸到雾中，微微屈伸计算感知。片刻后她睁开眼睛，蹙着墨般的眉说道："先等雾散。"

雾开雾散总有时，没有过多长时间，魔宗山门大阵开启时造成的天地元气变动，渐渐被真实的天地所淡化，半空中的雾气率先散去，隐约可以看到极高处的天空。原先灰暗的雪云已然散去，露出一角湛湛青天。

水雾散开的速度越来越快，从青天到雪峰再到峰顶的葱葱绿色，连绵不断进入宁缺视线里。看着那些已经看了好些天的雪峰，再加上相对方位，他愕然发现，自己二人此时所站立的位置，竟应该是大明湖的湖心中！

然而脚掌下接触的明明是实地，怎么可能会是在湖里？大明湖的湖水去了何处？如果说湖水被魔宗山门大阵开启时的威力直接蒸发干净，脚下也应该是淤泥才对，可是那种坚硬厚实的感觉明显有些异样。

雾气继续从天空向陆地散去，已经能够看到湖畔的青青阔叶林梢，看那些林梢的高度，宁缺越发确认自己二人的位置是在地势更低的湖底，心中也越发疑惑。

不过这时候他来不及去思索大明湖神奇失踪的答案，眼看着水雾渐散，青林渐现，他以最快的速度重新挽弓搭箭，强忍着肩部的剧痛，顾不得指间还在流淌的鲜血，警惕地用肉眼和念力搜寻着四周的画面。

视野恢复清明，狂乱紊杂的天地气息波动平静，也就等若先前像战壕一般保护自己的东西都不存在，道痴随时可能发现自己，并且再次发起进攻。

魔宗山门开启，他和莫山山都没有因此而受重伤，他自然更不相信道痴这个强大而疯狂的女子，会遭受怎样严重的损害。

锋利寒冷的符箭箭镞稳定地缓慢移动，瞄向清明视界里的所有方位，随时准备离开紧绷的绞弦，射向突然出现的那抹红衣。

然而当云雾散尽后，他还是没有发现叶红鱼的身影，无论肉眼还是念力都是如此，甚至连最轻微的杂音都没有听到，整座青翠的山谷变得静寂无比。

不是绝对的静寂，有泉水叮咚，有流水潺潺，在四周间歇响起。

宁缺不知道痴去了何处，但他直觉此时应该暂时安全，缓缓收弓回箭，看了身旁的莫山山一眼，向四周走了几步，靴底踩在石砾上，发出沙沙的声响。

他们这时候确实是在大明湖原来的底部，但脚下踩着的不是黑色的淤泥，也不是银色的细沙，而是密集的满是棱角的石头。

前些日子在大明湖畔悟道破境，看着这片静湖面积并不是太大，然而今天行走在干涸湖底，他才发现原来很大，就像是一个挖空了的巨大石碗。

前一刻还是凛冬静湖，下一刻便成了干爽的砾地，这真是令人匪夷所思的神妙画面。不过想着魔宗山门这种不可知之地本来就极神妙，宁缺和莫山山虽然难抑心间震惊，却也没有流露出太多的情绪。

观察片刻后，二人终于发现湖水去了何处。他们脚下的碎石砾里就有水，只不过是很薄很浅的一层，顺着石砾的缝隙，向某一个方向渗漫而去，然后逐渐汇流成平溪，向低洼处流去，最终在湖底的最中心处消失不见。

湖心处看不出有什么异样，但能在这么短的时间内宣泄如此多的湖水，不免给人一种诡异的感觉，仿佛那里有一头远古的巨兽正张着贪婪的嘴。

宁缺和莫山山对视一眼，顺着脚底清水漫流的方向，抬步向湖心处走去。然而还没有走几步，他的眉头忽然皱了起来，双脚仿佛灌了铅一般再难抬动，身旁的莫山山的脸色更是变得无比苍白，显得极为痛苦。

"这是怎么回事？"

宁缺感受着那股令人感到畏惧的气息，皱眉望向周遭，却看不出来什么异样。

湖底一片石砾，确实没有任何异样，有的只是石头。

这些石头或大或小，形状各异，有的中空似被风镂出的艺术品，有的圆滚如鼓，有的纤细如林，有的则是模样怪异根本不知该如何形容。

有些石头上生着厚厚的青藓，有的则是光滑如玉，但无论哪种石头，上面都没有湖水留下的痕迹，仿佛它们并没有被湖水浸泡千万年的那段时光。

满山满谷的石头就这样出现在视线中，仿佛同时出现在胸中。哪怕圆滑的石头也充满了无形的尖锐棱角，让看到它们的人感到胸中堵塞不安。

那种感觉好生不舒不畅不痛，充满怨怼之意，不甘倔强之念。

宁缺看着眼前这些石头，终于感觉到了古怪。

莫山山在他身旁怔怔看着这些石头，苍白的脸上忽然现出两抹红晕，眸子明亮异常，薄唇轻颤，不可置信说道："难道这就是……块垒？"

宁缺问道："块垒是什么？"

莫山山颤声说道："西陵教典曾经记载过一种阵法，那种阵法横亘天地之间，强大到难以想象的程度。与它相比，裁决司的樊笼神阵简直不堪一提。"

她脸上满是敬畏和仰慕神情，看着四周看似随意堆放的石头，说道："我总以为这种阵法只可能存在于传说中，没想到……居然有人真的能布阵成功。"

宁缺好奇问道："这些石头就是……那个传说横亘天地的强大阵法块垒？"

莫山山转头看着他的眼睛，认真说道："块垒……就是石头。"

64

宁缺站在满山满谷的石头里，感受着那道气息，捂着胸口眉头微蹙，很长时间都没有说话。他此时胸口里仿佛被塞进去了几十颗硬邦邦的卵石，已经快要顶到咽喉处，堵得发慌，硌得难受，哪里还能说出话来。

先前他没能听懂莫山山那句块垒就是石头，直到这些形状各异的石头把他的眼眶全部撑满，把他的胸腹全部堵塞，他才明白原来所谓块垒，便是胸腹间那股不知因何而生的不平意，那些不平意最终凝结成石，不得畅快。

石头是世间最普通寻常也最不寻常的事物，千万年来沉默存在于天地间，可以长草但草都是外物，可以迸裂但裂开仍然是石，哪怕风化成沙砾依然是石的子孙，它的本体是那样地坚强而纯粹，仿佛永远不会有任何变化。

宁缺看着充塞于天地间的千万块石头，不由想起师父颜瑟大师曾经说过某些话，亭榭楼台总被风吹雨打去，石基无语千年本质不毁，看似不洁却洁到极致。

天地间万物都有自己的气息，那便是元气，玉金亦不便外，只有顽石最为沉默低调，它的气息浓厚却深敛于内，从不愿意放肆喷吐，所以对于修行者而言，石头是最难感知的存在，想要操控更是非常困难。

想着这些石头在湖底在海里在山上在田垄下，安安静静存在了无数年头，养蓄着自己的气息，却不愿意让天地知晓，宁缺忽然想明白了一些事情。

魔宗的修行功法吸纳自然气息于体内，等若在体内再造一个自己的天地，在昊天教义中这是极大的亵渎和不敬，所以才会被世间称之为魔。

这座块垒大阵里的石头和那些修行魔宗功法举世不容的人们何其相似？

这股横亘天地间的不堪偃强意，不正是对昊天的无言反抗？

符阵修行到高深处便会汇入同一条河流。

莫山山痴于符道自然也痴于阵法，她感受着这座块垒大阵的神妙，发现自己身处其间，顿时仿佛也变成一颗水底无言千年的小顽石。

块垒大阵的气息，让她苍白的脸颊上现出疲惫的感觉，她却毫不在意体内的痛楚，出神望着四周，散乱堆着的石块，专注思索着其间隐藏着的秘密。

宁缺看着她的紧蹙苦恼的眉梢，摇头说道："这些石头隐喻着某种态度，我想，当年有能力有胆量设下这座块垒大阵的人，只可能是那位入荒原传道，却最终背叛昊天开创魔宗的光明大神官。"

莫山山抬起头来，美丽的微圆脸颊上写满了惊讶与不解，片刻后明白过来，这里既然是魔宗山门，设下块垒大阵的高人当然和魔宗脱离不开关系。

她相信宁缺的推论，虽有些遗憾这样一座美丽而神奇的大阵是由魔宗中人打造而出，但她并没有考虑太多，心神迅速再次沉浸到这满山满谷的石头之中。

湖底干涸石砾地，荒野上躺着万颗顽石，这等风景怎么看也谈不上美丽，但在书痴眼里却美丽得不可方物，里面蕴藏着令她感到心悸的大智慧。

"何以浇心中块垒？"

看着天地间横亘着的万块顽石，少女神情沉醉，喃喃说道："那人用的是千顷湖水，以湖水静柔之意掩块垒严杀棱角，掩阵破时，依自然之力引湖水而去，块垒大阵便会重新出现在人世间，这等水落石出之意，真是妙夺造化。"

宁缺自幼过的是苦日子，虽说写得一手好字，却吟不出一首好诗，审美偏弱毫无情趣，面对着满山破石头，实在是看不出什么美丽，更看不到什么妙夺造化的水落石出之意。他只觉得胸腹间的石头快要从喉咙管处喷涌而出，难受到了极点，急着想办法离开或者是进去，看着莫山山陶醉模样，虽有些不忍，还是不得不极煞风景地打断对方，问道："既然这座大阵这般厉害，我们能进去吗？"

世人皆称书痴性情淑静贤贞，但既然带个痴字，一旦真的痴醉起来，便浑然忘却身外天地，甚至连自己体内的伤势都忘了个一干二净，哪里这般容易清醒过来。她根本没有听到宁缺的话，神情黯然难过说道："……这座块垒大阵竟是被人毁过一次，如今大概百中只余其一，真是可惜。也不知道当年这座块垒大阵完好时开启，会是何等模样，也不知日后还有没有人能让块垒重现人间。"

她非常难过，宁缺却听着有些高兴，心想若非如此自己二人早就死了，随意安慰说道："先找路进去再说，日后你多参详阵法，让块垒重现也不是难事。"

莫山山沉默不语，不知道在思考什么问题，微疏的细长睫毛轻轻眨动，片刻后薄唇微启，看着宁缺认真说道："十三师兄你说得对，世间能见到这座块垒的人极少，我既然看见并且有所明悟，那么日后便要想办法让它重现世间。如果我不努力修行学习，块垒真的就此消失，那便等若是我的责任。"

宁缺没有想到随意一句话，竟让她主动载起这般沉重的责任。修行世界里的传承总有断续处，若能重新拾回这座神奇大阵自然是好事，但他又有些担心这等重任会不会对她的心境修行造成影响，一时无语。

忽然间他想到一个问题。

满山顽石只余百分之一威力便如此强大，当年完好无损时又该是怎样的无敌存在？这座名为块垒的传说级阵法，能让书痴迷醉如此，能在西陵教典上留下自己的赫赫声名，居然被人毁了根基？当年究竟是谁有能力毁掉这样一座大阵？

想着这个问题，他看着身前一块普通无奇的石头蹲下，缓慢伸出手指轻轻抚摩石头上那两道青苔，随着指尖移动青苔剥落，露出里面深刻入骨的痕迹。

那些痕迹是清晰的剑痕，被湖水和青苔遮掩了数十年，不见天日。

宁缺转头望向别处，发现这片块垒大阵里还有些石头上也生着类似的道状青苔，想必那些道状青苔之下，也是类似的剑痕。

石头上的剑痕分为两道，简洁凛冽甚至显得有些粗疏，很随意的左一剑右一剑，却透着无可匹敌的强悍意味，多年之后，青苔附着在剑痕之上写了一个字。

宁缺感受着指尖的触感，感受着剑痕间残存的淡薄气息，明白便是这些简单而强大的剑痕，直接摧毁了块垒大阵的根基。

剑痕间的气息很熟悉，很亲近，与前些日子指引他来到这片青翠山谷的气息完全相同，只是要淡上很多，应该只是那道气息的残存。

然后他注意到有些石块的截面太过光滑，明显是被切开，寻着三块拼在一处，发现果然是一整块石头被两剑斩成了三截。

三截断石依着光滑的剑痕重新恢复为整体，缝隙间喷出几抹浮尘，那些残存的气息也变得浓郁了几分。

宁缺沉默看着身前石头上的剑痕，仿佛再次看到雪峰之顶倔强生存的那棵雪松，千年积雪压不弯它的腰身，它强大骄傲却不屑霸道，它俯瞰苍生却不屑看天。

多年前破阵那人的气息与块垒大阵的气息很相似，都是那般的倔强不甘充满棱角，然而细细品味却又有本质上的不同。

千年之前那位开创魔宗的光明大神官，布块垒大阵时将不甘与愤懑锁于石中，只以沉默的姿态横亘在天地间，用沉默和棱角向上苍表达自己的态度和力量。

数十年前破阵那人剑痕残留的气息，传递的信息则更为鲜明光亮，虽时常沉默却从无自锁之意，一味尽情释放，好不潇洒慷慨，稍有不满便要直起腰身捅上一剑。不说的时候是不屑说，他一旦说便要让整个上苍都知道。

何以浇块垒？

莫山山说，唯有千顷湖水。宁缺看着石上剑痕，知道还有别的答案，至少很多年前曾经有过。

数十年前，依然是这片青翠山谷，千顷湖水静掩其间。忽而狂风大作，魔宗山门阵法启动，湖水宣泄一空，水落而石出。

石出块垒现，横亘天地间，堵塞世间路。

一名青衫书生骑着一头小黑驴行走世间。忽然前路被堵，满山满谷的石头令他不悦令他不爽。于是他抽出腰畔佩剑，将这座传说中的块垒大阵尽数斩成齑粉。

然后他骑着小黑驴继续呵天骂地而行，眉儿和神采同样飞扬，好不快哉。

何以浇块垒？

凭胸中一股浩然气足矣。

数十年后，宁缺跪倒在石上剑痕之前，恭恭敬敬叩了三个头。

剑痕上熟悉的亲近的气息，在他的识海里凝成一座高山。这山高而不险，与书院后那座大山相仿佛，让他眼眶微酸，胸间生出无穷情思。

这样的人物，果然值得二师兄以生命去崇拜，值得简大家用余生去追忆，自然也值得他毫无道理、满怀沧桑的骄傲，从膝盖一直骄傲到隐隐发麻的头顶。

65

莫山山此时还沉浸在这座块垒大阵带来的震惊之中，没有注意到宁缺，她看着满山满谷的石头，墨眉渐渐紧蹙，说道："虽说已经被毁，但残留的阵意依然强大，短时间内根本无法计算清楚，你还坚持往里面走吗？"

目标是进入魔宗山门寻找天书，尤其是现在已经确定那道强大悠远又亲近的气息来自何人，宁缺自然不会中途放弃，望向她问道："还能退？"

莫山山看着身周的石块沉默计算片刻后点了点头，说道："刚刚入阵退还来得及，若再深入只怕便退不回来了，我也不知道里面隐藏着怎样的凶险。"

宁缺看着身前石头上那些斑驳的剑痕，忽然开口说道："你信不信命？"

莫山山微微一怔，不知道他为什么此时会问这样一个问题。

宁缺望向她说道："现在我越来越相信命运，我进入荒原来到这片山谷，身旁有你这样一位精通阵法的书痴，我相信命运对此已经做出了安排。"

莫山山明白了他的意思。

便在这时，宁缺忽然感应到了一些什么，霍然转身，挽铁弓搭符箭，瞄准乱石堆远处某个方向，箭镞遥遥所指，正是那抹红影。

道痴叶红鱼再一次出现，她赤足踩在棱角分明的石头上快速向这方掠来，左肩依然淌着血，脸色有些苍白，看起来块垒大阵启动时的天地气息爆发对她造成了一些伤害，但不是太重。

红衣飘掠呼啸而至，双方间的距离似远实近，按道理应该马上便会接触，但很奇异的是，道痴的纵掠轨迹在石间莫名发生了诡异的转变，明明是笔直前行，却在途中变成了向右转弯，然后停在原地开始转圈。

叶红鱼停下脚步，站在一块石头上陷入沉默，大概明白这是阵法的原因，然后她抬起头望向宁缺和莫山山，说道："你们真幸运。"

先前如果魔宗山门没有启动，说不定道痴的万柄道剑已经把宁缺和莫山山戳成了两摊血泥，所以她此时会说他们幸运。

块垒大阵真的很神奇，明明相对而立，声音互闻，但却不是真实的存在。宁缺用元十三箭瞄准着叶红鱼，确认乱石间的光线发生着某种怪异的折射，甚至连空间都有些变形，根本无法射中对方。

元十三箭无法瞄准道痴，道痴自然也无法在这堆乱石里，找到他们真正所处的位置。

确认这一点后，宁缺收回铁弓，向不远处石上的道痴点了点头，就仿佛对方只是一个偶遇的路人，然后带着莫山山沉默离开，向水落处走去。

二人越往湖心深处走去，靴底与石砾间残存着的水越来越轻薄，乱石堆间的阵石之意却是越来越浓。天地气息在此地运行极为不畅，无形无质的空气都仿佛生出尖锐的棱角出来，令每一次简单的呼吸都变得非常痛苦。

宁缺揉了揉因为胸腹间堵塞难受而发麻的脸颊，向莫山山问道："她应该马上便会想到往水落石出处去，你说她有没有可能比我们速度更快？"

莫山山的脸色苍白，安静伏在上面的微疏睫毛都显得那般虚弱，轻声说道："我能在块垒大阵里寻到某些路径，她却不能。"

只有内心强大的人才能在自己的道路上走到最后，而内心强大的人自然在某些方面会固执地骄傲。莫山山此时计算阵法，心神消耗急剧，但淡然一句她却不能，却自然透着几分强悍意味。

听着这话，宁缺顿时放心，搀扶着她继续前行。

在乱石堆里谨慎而缓慢地行走，随着时光的流逝，莫山山的心神越发涣散，身体越发虚弱，虽依然强行保持心境清明指着方向，但便是被扶着也快要站不住了。

宁缺看着她苍白的脸颊和微微颤动的长睫毛，摇了摇头，直接把她背到了身后，不待她说话便直接说道："我比较皮实，还能顶上一阵。"

莫山山轻轻嗯了一声，没有反抗，缓缓把脸靠在他的肩上，如瀑般的黑发自宁缺胸前倾泻而下，她闭上了眼睛，平静地仿佛睡着一般，只偶尔指指方向。

乱石堆里阵意嶙峋，棱角尖锐之气从空中直渗体内，令人难受痛苦到了极点，更何况此时还要背着一个人，宁缺说自己能顶，实际上也已经快要撑不下去。

不过他曾经迈越过书院后山里的艰难山道，他曾经走过很多同样痛苦的道路，更重要的是，每每当他真的快要撑不下去时，偶尔能见到道旁石上的清晰剑痕与青苔，都会给他的身体里灌入强大的动力和勇气。

数十年前，那人单剑闯魔宗山门，那时的块垒大阵完好无损，威力百倍于今，但那人依然就这样闯了进去。时隔数十年，他身为那人的师门晚辈，又怎能不继承对方的强大意志，又怎能中途放弃让那人丢脸？

道痴叶红鱼站在石头上，看着渐渐消失在乱石堆里的那两个人影。她身上的衣衫有很多处已经破损，肩头的血痂分外恐怖，而且此时只剩她一人孤单地留在此地，身影便显得有些孤独落寞。

她并不识得这片乱石堆便是传说中的块垒大阵，但她知道这些乱石堆蕴藏着恐怖的阵力，即便强悍如她，在这些乱石堆前也会感到恐惧。

忽然间她愤怒地大喊了一声，声音在石堆间回荡传播，触着更高处的青翠山谷崖壁再反弹而回，那股空旷意味越发衬得她孤单无语。

愤怒的喊声戛然而止，她伸手撕下裙摆一角，沉默把肩头的伤口绑好，跳下石头便顺着最后的薄水向湖心处走去。

西陵神殿掌教曾经称赞这少女万法皆通，然而她虽痴于修道，却始终无法触碰到符阵的世界，她只是猜到魔宗山门便应该在水落石出起始处，在这片干湖中心的位置，却不知道怎样才能穿过这片乱石堆，抵达自己想要抵达的地方。

凭着石上视线与念力感知，她做出了自己的判断，然而在乱石间不过走了几步，便发现自己再一次失去了方向，那些散落在身旁的各式各样的石头，就像是桃山南麓那些桃树一般，有着神奇的扭转空间的能力。

如果这样走下去，也许她永远也不能走到湖心，也许她会永远被困在这片乱石堆中，直至最后精神崩溃，干渴疯狂而死。

叶红鱼看了一眼后方，确认此时若离开这片乱石堆还有一线生机，若再往前去几步，深陷石阵之中便再难摆脱，不由陷入了长时间的沉默。

然后她注意到了石上的那些青苔，看到了那些在青苔下隐藏了数十年的剑痕。

隐约间想到留下这些剑痕的人是谁，她一直淡漠无情的目光骤然变得无比明亮，身体激动地微微颤抖起来，血丝自肩头渗出。

有资格知道当年秘辛的修行者心目中，当年那个单剑闯山门，挥袖毁魔宗的狂人，毫无疑问是当年的天下第一强者。

虽然那个单剑毁了魔宗的狂人成了西陵神殿的不世之敌，最后遭了天诛，桃山上下包括三位神座在内没有任何人愿意提及他的姓名，但道痴痴于修道，沉醉于战斗与力量的提升，一心要成为世间最强者，最为敬慕强者，所以自从知晓这段故事之后，她暗中一直对当年的天下第一强者崇拜到了极致处。

现世里，她以自己的兄长为偶像，千世里，她以那个狂人为偶像。今日她连遇挫折，更是被这乱石堆陷入进退两难的羞辱境地，便在此时，忽然看到自己狂热崇拜之人留下的剑痕，顿时被震惊得难以言语。

她终于看到了那段传说的痕迹，看到了历史的画面，看到了自己崇拜并且心向往之的境界，顿时胸腹间生起一股豪情，呼吸间尽碎石阵棱角意。

一呼一吸间，叶红鱼神情恢复平静，缓缓抽出腰畔道剑，双手执柄横竖于身前，对着面前那颗石上的青苔痕迹，决然说道："轲先生剑意在前，晚辈岂敢有负？"

话音落，剑风起，她平静而专注地一剑斩向身前那块顽石。她不懂阵法，不知该如何寻觅路径，那么她便简单地把拦在身前的一切石头全数劈开，希望能生生劈出一条道路来。她不知道这样做是对还是错，在前人剑意之前，她只想这样做。

大明湖千顷水散尽，徒留满地乱石，与青翠山谷一较，显得分外荒凉，令人心悸。

唐站在原先的湖畔，俯视着下方的乱石，沉默片刻后说道："当年那人来过之后，什么事情都变了，块垒阵也变得和以前不一样。"

唐小棠站在兄长的身旁，好奇地看着下方的乱石堆，听着里面隐约响起的金属切割石块的声音，吐了吐舌尖，感叹说道："那个婆娘真是疯了。"

唐说道："世人皆称你我为魔，想要进我明宗圣地一探魔为何物，哪里能少了一些疯意？正所谓不疯何以成魔，那人当年同样如此。"

这是唐小棠第一次来到自己宗门圣地，紧张说道："哥，真让他们这么进去？"

"我明宗圣地向来被称作死活地，即便进去，也不知道能不能活着出来。为了那卷早已消失不见的天书，这些人似乎真的连生死也不在乎。"

想着此时大概已经进入圣地山门的宁缺，唐那两道如同铸铁一般的眉毛忽然皱了起来，似乎觉得有些事情想不明白，自言自语说道："难道你会一直看着？难道你有信心能入圣地救他？难道……十四年前你真的在线的那头？"

66

青翠山谷里，干涸明湖畔，乱砾石堆上，唐小棠解开领间的兽尾，露出那张白里透红嫩嫩的小脸，听着远处传来的剑破顽石声，问道："哥，天书真的在里面吗？"

唐摇了摇头，说道："不知道。"

唐小棠不解问道："那为什么神殿那些老家伙派人过来？"

唐说道："根据中原那边传来的消息，天谕大神官自南方归来后批了一道示谕，说圣地因应天时而开，天书便会出现。"

唐小棠挠了挠头，问道："可你不是说圣地被毁之后已经变成一片废墟，里面什么都没有了？那个叫天谕的老家伙凭什么肯定天书在这里？"

唐说道："神殿三大神座各有妙感精诣。天谕大神官上感昊天意志，传闻中甚至可能拥有大预言的能力，他说的话又有谁会不信？"

唐小棠忽然想起崖峰山道上唱歌的那名道士，不知为何心头生出一丝恐惧，讷讷问道："哥，你说那个人会不会过来抢天书？"

唐沉默了很长时间，摇头说道："不会，因为在他心中有个人比天书更重要。"

岁月渐移，这个世界的极北处黑夜渐长，气候趋于严寒，便在这座被昊天遗弃的山脉里，那片消失数十年的青翠山谷因应天时重新现世，大明湖宣泄一空，传说中的块垒大阵重新启动，引发天地气息附雪峰而上直指天穹，声势何等样地惊人。

魔宗山门重启所带来的天地元气波动虽然在很短暂的时光内便敛灭，但这股波动依然传出了莽莽雪山，波及到了更遥远的地方。

天弃山山脉外围的荒原上，黑土与白雪交杂，雪地时而能看到僵毙的野兽，寒冬时节的冷风如刀吹得帐篷猎猎作响，自身已然是最锋利的猎刀。

叶苏沉默地行走在天地间，身上那件普通的道袍平直如光滑的崖壁，完全没有受到寒风的丝毫影响，看似寻常的抬膝着步，却是须臾间直去十余丈，脚步落在浮雪之上没有遗下丝毫痕迹，飘飘有若神仙。

当遥远山脉里魔宗山门重启时的天地元气波动，从身后传到他的世界里时，他缓缓停下脚步，面无表情回头看了一眼，却没有过去看一眼的想法。

作为知守观的天下行走，叶苏比任何人都更早知道天谕大神官的那道批谕，他甚至比天谕大神官自己都更早知道，七卷天书里的明字卷会在荒原上重新出现。

只是到了他这种层次的修行者，连死关都能看破，自然也能看破任何外物，不至于让那些外物牵绊己心，哪怕那外物是天书。

而且他和唐以宁缺与隆庆的破境之约作赌，既然输了，自然便要认输，这不存在能不能看破的问题，他只是不能允许自己在心境上留下丝毫阴影。

他出现在荒原和天书无关，和荒人南下无关，和魔宗山门重启也无关。

他自幼生活在观里，从识字开始的启蒙读物便是那六卷天书。他自幼便冷眼看世间，荒人南下对俗世或许是件大事，却根本无法吸引他的目光。魔宗山门重启相对有些意思，不过魔宗早已凋零，不复为患。

这个世界上有资格让他离开知守观的人或事实在太少，但十四年前就站在线那头的那个人绝对有资格。

叶苏很想与那个人相遇。他想了很多很多年，只不过这些年那个人总是在那座大山里，在那座大山旁，即便骄傲强大如他，也没办法靠近对方。

今年，线那头的那个人终于离开了那座大山，来到了荒原上。

他不知道那个人在哪里，但他知道自己会遇到那个人。那座大山的独特气质和那个人的性情决定了这一点。

他只需要等到宁缺遇到真正危险的时候。

只是此时宁缺正在魔宗山门外，他为什么却要离开魔宗山门向南方去？

天弃山麓南向有一处碧蓝的大湖，正是草原蛮人奉为圣地的呼兰海。此时湖面上漂着薄冰，世代居住在湖畔的草原部族的汉子们正趁着冰面没有完全封实之前打捞湖中的某种水草。

有草原蛮人的地方往往就会出现中原的商队，不过毕竟此时正是严寒隆冬，而且草原与中原联军之间的战事刚刚结束，一支中原人商队便出现在呼兰海畔还是显得有些怪异。不过这些商人出手豪奢，而且把明年夏末的皮货定银都先付了，所以部落头人默许了他们的存在，甚至还拨了片营地给他们。

中原商队的人们正在湖畔生火做饭，数十人围坐在火堆旁，趁着天气难得晴朗，没有进入帐篷避寒，看众人动作，隐隐以其中一名商人为首。

那名颇为富态的商人拿着油乎乎的羊腿啃着，时不时发几句牢骚，很明显对草原人的招待不是太满意。旁边一个戴着毡帽的魁梧中年人大概是管事或护卫，轻声劝解了几句，却反而惹来了一通教训。

忽然间，晴朗的碧蓝天空上忽然出现了无数碎丝絮般的白云，仿佛被一只无形的巨手直接撕烂了蓝色的画布，渗出了后面的白色颜料。

草原蛮子和中原商人们同时注意到了天上的异象，惊讶向上方望去。

那名领头的商人骂骂咧咧地吼了几句。

那名神态恭顺的魁梧中年人眯着眼睛看着天上的云丝，神情渐趋凝重。

看着中年人凝重的神情，那名富态商人竟是神情一凛，再也不敢训斥出声，低着头掩饰眼中的敬畏情绪，低声问了几句。

那名身材魁梧的中年男人静静看着天上的白色云丝，感受着遥远北方那道山麓深处传来的天地气息波动，被毡帽阴影遮住的容颜上缓缓现出极复杂的神情——那神情是怀念是温暖是久远之后的平静，却又夹着某些极淡的忏悔还有感伤。

然后这名中年男人说出很简洁的三个字："门开了。"

宁缺背着莫山山虚弱的身体艰难踩着满地乱石前行，抵达湖心，然后看到了一扇很大的石门。这扇石门十分巨大，站在下方望上去，竟像座小山一般。

天下第一雄城长安都没有这般宏伟巨大的石门。

因为其巨大，所以这便是魔宗的山门。

宁缺没有想过会如此简单便找到魔宗的山门，一时间竟有些不相信自己的眼睛。而且他无法理解，如此宏伟巨大的石门究竟是怎样隐藏在大明湖里，为什么先前在块垒大阵里行走时，根本没有看到，下意识里回头看了一眼来时路。

在嶙峋乱石堆和凌厉阵意里行走时，根本看不到这座石门，然而当他走出来后，这座石门便出现在他眼前，仿佛这座石门只愿意被它挑选中的人看见一般。

　　魔宗山门的开启甚至比找到山门更加简单，不需要念什么咒语，没有什么巧夺天工造化的恐怖机关，当宁缺的右手轻轻触到石门粗糙而充满庄严感的表面时，噗的一声轻响，无数积年灰尘自石门缝中喷溅而出，然后石门缓缓开启。

　　宁缺抬头看了一眼比前些时日更加高耸雄伟的雪峰，然后他的目光与莫山山震惊而虚弱的目光相触，便抬步走了进去。

　　雄伟、庄严、肃穆、宏大、神圣……这种特质的感受，往往都建立在巨大的空间尺度上。就如同苍鹰不敢轻越的长安城，就像是桃山上俯瞰苍生的神殿建筑群，当这些建筑与人类渺小身躯产生极强烈对比时，便会产生这种感受。

　　走进巨大的石门，向上攀爬了不知几万级的漫长石阶，来到魔宗山门本殿的时候，这些感受也瞬间占据宁缺和莫山山的脑海。

　　因为他们看到的魔宗山门比以往看到的任何建筑都更加宏伟巨大。

　　魔宗山门就在山中，更准确地说是在大明湖畔的雄伟雪峰之中，魔宗便在一座高耸入云的雪峰腹部完全掏空后形成的巨大空间里。

　　这个空间大到完全无法想象，幽深不知深几许，高远不知高几许，甚至大到让人产生错觉，这是梦境中才能出现的地方，这是昊天才能有力量开辟的世界。

　　不知从哪里透来的清光照耀，无数根粗壮的巨大石梁横亘在空间里，这些石梁上刀砍斧斫的痕迹规律而清晰，极为粗壮，平面可以让四辆马车并行。

　　二人看着身前那条宽敞笔直悬空的石梁，竟觉得自己根本看不到石梁的尽头，然而远处粗大的石梁横亘在巨大空间内只是极细的蛛丝！

　　粗大的石梁像蛛网一样向中间集中，最后汇成遥远岩峰中空部的一处石坪，坪上远远可见一座殿宇。那座殿宇应该极大，但站在崖壁处望去却像是巧手匠人在米粒上雕出的镂空微雕，至于与那座殿宇遥遥相望的宁缺和莫山山，对这个巨大空间而言更像是不存在一般，如同岩壁间的一粒沙！

二人对视一眼，都看出彼此眼中的震撼。

面对这样不可思议的宏伟存在，谁都会难以自抑生出敬畏感，想要跪倒在地膜拜，甚至因为感受到自身的渺小无谓而泪流满面。

因为在这样宏伟的世界面前，人类只能是蚂蚁。

然而真正令宁缺感到震撼的是，这个巨大的仿佛只有昊天才有能力开辟的空间，却是千年之前由那些像蚂蚁一样的人类开凿出来的！

67

过了很长时间，宁缺才逐渐从震撼中醒过来，情绪却依然复杂。

同样是传说中的不可知之地，书院后山只会给人亲近温厚之感，却不像此间这般容易让人产生精神上的冲击力，他心想这大概便是莫山山那日说的那种分别。书院后山能让圣俗二世相通，魔宗山门则是漠然处于俗世之上。

被天弃山里的风雪掩埋了数十年，魔宗山门早已废弃，举目望去只觉一片荒凉，越空旷雄伟越发觉得荒凉。宁缺想着早年前，魔宗依然强盛之时，无数信徒跪倒在巨大石梁上膜拜的画面，不由生出无数唏嘘感受。

能在雪峰中腹开凿出这样巨大的空间，千年之前的荒人拥有的组织运作能力，实在令人难以想象。宁缺想着正是大唐把这些荒人赶出荒原，赶到极北寒域，唏嘘之余，又不禁生出强烈的骄傲感觉。

紧接着，通过身前这宏伟近乎逆天的建筑空间，他又想到了更多的一些事情。魔宗不容于世，正是因为魔宗修行者强纳天地于体内，亵渎昊天。当年开创魔宗的那位光明大神官，让荒人在天弃山山脉里生生开凿出这样一个近乎神迹的空间，或许便是想通过此地证明人类也能拥有与昊天一样的能力？

在昊天光辉普照的世界里，想要用这种沉默的方式表达对昊天的不敬，真可谓是骄傲嚣张到了极点，难怪明宗被称之为魔。

站在岩壁边缘沉默观看很长时间后，宁缺扶着莫山山走上了石梁。

粗大的石梁把雪峰内腹空间连贯起来，最终交汇在远处的空中，石梁极为宽厚，能容四辆马车并排前进，看那些撞击痕迹和碎石，能确认千年间自洞顶坠落的石头都无法将这些石梁砸垮，两个人走在上面，更是不可能让石梁有丝毫震动。

通往巨大空间中央的石梁很长，二人走了很长时间，也只走完了大概不到三分之一的路程，远处悬空石坪上的殿宇依旧像微缩景观般小，不过在宏伟空间里的渺小卑微感和恐惧感，随着行走渐渐淡去。

宁缺和莫山山脚下的速度比最开始时快了很多，他甚至能够分出精神去看一看石梁四周的风景，虽然石梁四周全部昏暗幽沉空空如也，根本没有任何风景。

然后他注意到自己的脚下忽然出现了很深的线条，那些线条深深刻进坚硬的石梁中，看似无规律地四处延展，有极小的石砾在线条里随着山风滚动。

宁缺借着上方垂落的天光认真望去，发现这些石梁上的线条组合在一起，竟是一幅线条很简洁的画。这些画笔力拙憨有力，应该是由刀斧之内的金属兵器镌刻而成，看上去就像是极古老的某种岩画。

石梁上的岩画随着二人脚步的移动，逐渐依次展现在他们的面前。

这些岩画很大，而且有很多幅。

第一幅岩画，画的是滔天的洪水。一个面目模糊的汉子，腰间围着草裙似的衣物，手里拿着一只镐，站在洪水边的土崖上，向着落雨的天空愤怒地吼叫。

第二幅岩画，画的是漫山的野火。几个面目模糊的妇人，身上穿着粗布织的短裙，手里端着一盆水，站在野火边的竹林里，对着燃烧的麦田痛苦地哭泣。

第三幅岩画，画的是遮天的大雪。数十个面目模糊的农夫，身上裹着厚厚的兽皮，手里拿着各式各样的工具，根本无视头顶飘落的雪花，沉默而专注地修理着屋舍。

第四幅岩画，画的是震动的大地。千万个没有面目的黑点，站在伤痕满地的田野间，似乎在埋葬死者，似乎在拯救生者。他们没有怒吼，没有哭泣，继续着自己的生活。

每一幅岩画画的都是昊天降落到人间的怒意，画的是人类的痛苦与拼争，岩画里的人们面目再如何模糊，但很清晰地表露着人类的身份。

石梁上的岩画还在向前蔓延，随着人类对工具的掌握，意志的坚定，对自然的了解，他们面对各式各样灾害时便变得越来越镇定。或许他们的内心依旧悲伤愤怒，但无论怎样，他们生存了下来，并且一直活到了现在。

宁缺和莫山山一边行走，一边看着脚下的岩画，脸上的神情渐趋凝重。虽然他们无法完全理解或者说确定当年魔宗中人在石梁上刻下这些岩画的真实用意，但身为人类的一分子，总会有些似有若无的感触。

在石梁的最前端，最后一幅岩画非常简单，线条比前面所有岩画都要少，最下方是三排混着无数小石洞的直线，大概代表已经繁衍生息占领全世界的人类，那些小石洞仿佛就是人类欢呼庆祝时高举的双手。

在三排直线的上方，深刻的石线组成了一个圆，以及一个半圆。

莫山山眉尖微蹙，看着脚下简洁到难以理解的图案，思考着其中蕴藏着怎样的信息，然而无论她怎样思考，却也没有任何头绪。

宁缺盯着最后这幅岩画，扶着莫山山的手微微颤抖起来，觉得自己的身体有些寒冷，隐隐约约间猜到一些什么，却觉得自己的猜测太过荒诞。

无数根石梁汇聚在此地，天然形成一片石坪，石坪悬在无数丈高的空中，山风自坪外呼啸而来，吹得那片殿宇上浮灰飞起落下。

殿外堆着无数具白骨，那些浮灰便从这些白骨的缝隙里落下去，然后不再飞起。数十年来，这样的过程不知重复了多少次，于是森然白骨的下方便积了约手掌厚的一层灰，让人觉得这些白骨似乎是躺在河泥之中一般。

走下石梁，宁缺第一眼看到的便是魔宗的殿檐，第二眼便看到了魔宗殿外这些躺在经年灰尘中的白骨，然后再也无法移开自己的目光。

当年魔宗被毁时不知经历了怎样惨烈的战斗，仅在外围便有如此多的死者。随着时光流逝，这些尸首已然变成了白骨，只有上面那些锋利的切痕，以及散落四周的零散骨骼，还能证明一些曾经的残酷。

宁缺扶着莫山山穿过白骨堆，来到靠近正殿处的石阶上，发现了数具完整的尸身。沉重的盔甲护着甲内的白骨，让他们没有散落。有几人如树枝般的骨手间还紧握着自己的兵器，至死后数十年也不曾放开。

他这辈子见的死人太多，见过更残酷的画面，所以还能保持着平静，甚至蹲下身子开始认真地研究这几具完整的尸身。然而莫山山却从未见过如此恐怖残忍的画面，美丽的脸颊显得有些苍白，紧紧握着两手，根本说不出话来。

那些死者骨手间紧握着的兵器显非凡品，过了数十年时间依然寒意透彻。宁缺注意到这些人身上穿着的盔甲上竟有强大符文的气息，更是大感震惊，心想这些人想必是当年魔宗极厉害的强者。

他伸出手指轻轻拂去盔甲上的灰尘，想要看清楚那些符文，却没有料到，当指尖刚刚触到盔甲表面，咔嚓一声脆响，看似坚不可摧的盔甲竟瞬间崩裂开来！

脆响之声连绵响起，石阶前这几名前代魔宗强者身上的盔甲尽数崩裂，上面残留着的强大符文气息也随之消散在空中，再也感受不到丝毫。

盔甲的断口处光滑锃亮，明显是被剑之类的锋利武器直接砍断。什么人能够用剑如此轻易地砍断这般强大的盔甲？而且那道剑意竟是透体而不发，凝在盔甲之内数十年时间，直到今日被宁缺手指所触，才骤然迸发？

宁缺心中自有答案，沉默不语。

莫山山先前被吓了一跳，看着他此时的沉默，便看出了几分从容不迫，不由有些惭愧，又生出些别的感受。

二人走上石阶，推开殿门。

开门见山，见着一座如山般巨大的石碑。

这座石碑竟似是用整块岩石打磨而成，表面极为光滑。

"无字碑？"莫山山最先注意到那座石碑，想到听说过的那些传说，吃惊说道。

宁缺正警惕注意着四周的动静，下意识问道："什么是无字碑？"

莫山山怔怔说道："当年背叛昊天创立魔宗的那位光明大神官，曾经说过一句话，知我者罪我者，唯时光耳。所以他死之时，要求碑上不留一字，任由世人评说。"

"原来这座碑下葬的便是那位光明大神官？"宁缺震惊抬头望去，旋即脸上神情变得更为震惊。

因为无字碑上有字。

一行不可一世的字。

"书院轲浩然灭魔宗于此！"

68

碑上的字深刻入石，带着剑尖留下的锋锐意味，纵横森然其上。

宁缺看着碑上这一行字，眉梢缓缓挑了起来。他没有发表什么感慨，就这样沉默看了很长时间，然后他一言不发离开，避着脚下的零散白骨去旁边看了看。

他围着无字碑绕了几圈，最后又绕回石碑之前，重新抬头沉默望向碑上，挑起的眉梢仿佛要飞起来般，指着碑上的文字微笑说道："我小师叔写的。"

在书院后山通过二师兄等人的间接反应，宁缺早就知道小师叔肯定是世间第一流生猛之人，然而他还是没有想到小师叔竟然生猛到了这种程度，难道说他当年闯魔宗山门的时候已经破了五境，超凡脱俗成就了圣人王道？

身为书院二层楼弟子，拥有这样一位小师叔，实在是没有道理不感觉得意骄傲。

不过得意骄傲不能当饭吃，宁缺和莫山山历经千辛万苦来到魔宗山门，为的是天书明字卷还有小师叔留下的气息。站在石碑前沉默观看追思片刻后，他们继续向殿内行去，他感受到小师叔的气息便在石碑后的殿里。

魔宗正殿依旧恢宏雄伟，看似简单的石梁架构，绘上那些繁复的油彩画面，便自然显露出几分神圣感觉。宽敞通道两旁竖立着几百尊石制雕像，雕刻着很少能在中原诸国看到的奇异神魔，各自狰狞沉默。

通道渐趋幽深，好在当年荒人建造此间时，通风采光的设计格外精巧，宁缺二人向里面走了数百步，依然还能以目视物。

随着深入魔宗正殿，那道令宁缺亲近动容感佩的气息越来越浓，渐要变成某种实际存在，他沉默望着前方，不知道稍后会看到什么，天书明字卷还是魔宗的秘密。无论是哪一种都好，他只希望不要看到自己不想看到的。

通道里的尸体也越来越多，在转弯处，白骨甚至多得叠加在一起，变成了一座小山，宁缺扶着莫山山行走其间，看着墙壁上越来越深的纵横剑痕，想象着当年在此间发生的血腥战斗，不禁心生悚然。

魔宗正殿通道尽头是一个很普通的房间，这房间原本应该极为宽敞，但如今一座白骨及干尸堆成的小山占据房间正中央，所以显得极为拥挤狭小。

"当年究竟死了多少人。"莫山山怔然看着面前的白骨干尸山，下意识里轻声感慨了一句。她的小手有些发凉，她的声音也有些颤抖，作为神殿客卿书圣的亲传弟子，她对魔宗向来没有丝毫好感与同情，然而今日一路所见，便是连她都有些不忍去想魔宗当年的绝望。

宁缺看着那座白骨干尸堆成的小山，沉默片刻后说道："我也不知道小师叔当年为什么要灭魔宗，但我想他总有自己的理由和原因。"

就在这个时候，那座白骨山的深处，忽然响起了一道声音。

"人世间很多时候，有很多事情，其实并不需要原因，也不需要理由，因为那些原因和理由，如果换一个角度去想，往往都是痴妄。他当年为什么要这样做，现在可以给出无数种解释，但真实情况是，那年他就这样来了，然后这样做了。"

这道声音很轻微，很虚弱，透着股中正平和之意，在宁缺和莫山山的耳中却不只清晰，更像是一道雷霆。

青翠山谷消失在莽莽天弃山山脉深处已有数十年，那面大明湖不现于世已有数十年，水落石出才能现的魔宗山门也已与世隔绝数十年。在世人的认知猜测中，这里早已经变成了一片废墟，不可能有任何生命。二人所见也是如此，只有白骨剑痕寂寥曾经，哪里能想到这里居然还有人活着！

宁缺震惊无言，以最快的速度把莫山山拉到自己身后，然后挽弓搭箭，用自己最强大的武器对准了那座白骨干尸堆成的小山。

仔细望去，他才发现白骨干尸堆成的小山里有一个人。

那个人很老，老到头发早已落光，牙齿也已经落光，只有两缕极长的白色眉毛在脸上飘拂，快要垂到他干瘪的胸前。此人身上穿着一件极旧的僧衣，僧衣早已破烂褴褛，丝丝絮絮就像眉毛般挂在身前。

那个人很瘦，瘦到胸腹下塌四肢细如柴枝，身上已经没有任何肌肉与脂肪，嶙峋的骨头外面包着一层薄薄的皮，尤其是深陷的眼窝看上去就像两个黑洞，极为恐怖，但偏生眼窝里透出的眼神却是那般地慈悲温暖。

除了那些薄紧已经丧失弹性光泽的皮肤，这位老僧与身周的白骨干尸根本没有什么分别，所以他坐在白骨山堆里很难被人发现。有两根很细的铁链穿过老僧如破鼓般的腹部，另一头钉死在身后的坚硬墙壁上，数十年前的鲜血早已变成了黑色，涂在那些丝丝缕缕的僧衣上。

这幅画面很诡异，画面中的老僧很恐怖。

宁缺手指微颤，险些松开弓弦一箭射将过去；莫山山紧紧捂着嘴唇，险些惊叫出声——如果不是因为这名形容枯瘦恐怖的老僧的目光是那般慈悲温暖的话。

"你是谁？"

宁缺紧扣着弓弦，瞄准着白骨山间的老僧，紧张问道。

这里是与世隔绝数十年的魔宗山门，忽然出现这样一位老僧，实在是难以理解，这名老僧老瘦成这般模样居然还活着，也已经超出正常人的思考范围。而任何超出常理难以理解的事情，一般都蕴藏着极大的凶险。

"我是谁？"

老僧缓缓抬起头来，穿过腹间的铁链叮叮作响，大概是带动体内痛楚，枯瘦如鬼的骨脸上现出一丝痛楚，深陷眼眸内目光依旧温暖，却带出了几分惘然追忆之意。

过了很长时间，老僧眼眸里忽然现出一丝明悟之意，牵动唇角松如折纸的皮肤，露出一丝难看的微笑，说道："我是一个自缚之人。

"我当年做过一桩极大的错事，引为终生之憾，所以我用铁链将自己锁缚于此地，发誓用尽余生超度这些亡魂，企盼能以此赎罪一二。"

铁链穿体而过，老僧无论说话还是极细微的动作都会让他显露出几丝痛苦，但他虚弱的声音以及眼神，依然那般平静慈悲，令人感觉如春风一般。

宁缺看着这名枯瘦如鬼，气如春风的老僧，怔怔问道："赎什么罪？"

铁链叮叮再次响起。枯瘦老僧微笑看着身周的白骨干尸，艰难地伸出手指自身前一根白色腿骨边缘缓缓抚过，说道："赎杀人之罪。"

"杀人之罪？"

老僧看着他平静说道："我二十岁始入佛门，后成佛子，自以为慈悲为怀，将以佛光普度众生，哪里料到却有满地白骨因我而生，这便是我的杀人之罪。"

宁缺听懂了这段话，却听不懂这段话。魔宗山门满地白骨尸骸，传说中都应该是小师叔剑下亡魂，一路看剑痕纵横以及无字碑上那行大字，当年真相应该与传说相去不远，为什么这名枯瘦老僧却说这是他的杀人之罪？

"你……认得我家小师叔？"他问道。

老僧像长辈看晚辈一般看着二人，温和问道："轲疯子是你小师叔，那你就是夫子的弟子了，那么这位小姑娘又是谁？"

宁缺和莫山山感应到对方的善意与信任，甚至还有那么一抹被宠溺的温暖感觉，下意识里报出了自己的身份。

老僧轻声感慨说道："我本以为此生便在漫漫赎罪日里度过，不会再见到任何人，没有想到能再见到故人之后，如此说来，难道说魔宗山门开了？"

然后他看着宁缺不解说道："你便是这一代的书院行走？看你应是

十几天前刚破境入得洞玄，境界怎会如此之低？难道书院也是一代不如一代？"

紧接着，老僧又望向莫山山感慨微笑说道："枯坐骨山，山中不闻晨钟暮鼓，不知岁月渐逝。我觉得自己只是睡了一觉，居然小王也有传人了。"

宁缺知道自己是书院历史上最差的天下行走，被对方点明难免还是有些羞恼，但想着这名老僧枯坐魔宗山门数十年，称小师叔为轲疯子，唤书圣大人为小王，想必是辈分奇高的世外高人，自不好意思跳将起来对骂。

只是，这枯瘦老僧究竟是什么人？

69

年纪大辈分高，总是值得尊敬的，这位老僧枯坐骨山自言赎罪数十年，想来也不是曲妮大师那等老不修的货色。宁缺收弓于身后，却没有踏前，隔着十余丈的距离看着枯瘦的老僧，神情恭谨说道："晚辈确实是书院学生，魔宗山门因应天时而开，却不知前辈为何要说这满地骸骨都是您的罪孽？"

那老僧干涩虚弱笑了两声，说道："这自然是一个比较繁复的故事。"

每有山谷奇遇时遇着一奇人，总会听到一段久远的奇妙的故事。或许是因为心中已有预判，宁缺的反应很平静，轻声说道："还请前辈赐教。"

老僧沉默片刻，悠然回忆说道："当年轲疯子开始代书院行走天下，腰佩一柄普通青钢剑，世间便无人敢撄其锋。其时魔宗势力犹盛，行事嚣张，嗜血无道，不知多少无辜之辈被魔宗之人残忍杀害，二者相遇自然便是一番风雨。

"那场风雨极为血腥浩大，横行中原的魔宗强者纷纷丧于轲疯子剑下，西陵神殿和正道同仁也借此机会想将魔宗势力连根铲除。

"轲疯子此人站在风雨高峰间指天呵地，眼中全无敬畏，西陵神殿那些老古板自然也不会喜欢他。魔宗被那场风雨逼得苦楚不堪，便琢磨出来了一个法子，想要借着书院与神殿之间的隔阂，布一局挑动双方之间的战争。

"某年烂柯寺盂兰节大会，中原诸国修行者齐会于其间，又有韶舞翩翩。魔宗便于此时血洗烂柯寺前坪，却将这桩祸事嫁于神殿裁决司，这便是故事的开头。"

老僧枯瘦如鬼，当年那段血雨腥风事缓缓道来时，语气神情却是和若春风，只言片语间便略去了那些往事里的残酷画面。

宁缺扶着莫山山靠着墙壁坐下，看着白骨山里的老僧，想着对方所讲述的这个久远故事，沉默片刻后说道："嫁祸这种手段向来归入粗劣笨拙一类。"

老僧牵动耷拉着的唇角，艰难地笑了起来，目光温润莹莹看着他，感慨说道："外间的魔宗想来已灭，即便有残存，都只怕会像过街的老鼠那般，所以像你这样的孩子大概不知道当年的魔宗究竟是什么模样，拥有怎样恐怖的力量。"

宁缺离开渭城，开始接触修行的世界已经有近两年时间，除了前些日子遇着的荒人外，只在北山道口遇见过一个修行魔宗功法的剑师，现在他的眼中那名剑师算不得强大，自然也并不觉得魔宗有多么可怕。

老僧像枯叶般的眼帘缓缓垂下，似乎回忆当年魔宗的嚣张气焰，对自己苍老平静的心境都是一种损害，然后他继续和声说道："魔宗功法乃偷天之术，修行魔功之人体健寿绵，而且没有念力波动，足以避开修行者的窥探。当年魔宗中人借此优势大肆潜入中原诸国，或立于朝堂成三代元老或闻于乡野成大族之长，势力密织如网，即便是唐国天枢处和西陵神殿的高层都有魔宗之人。"

老僧缓缓抬起头来，平静看着他说道："若不是忌惮书院和别的不可知之地，当年的魔宗一旦全力发动足可改朝换代。他们不敢逆天行事，但若要编织一个阴谋，又怎会留下什么破绽？事实上当年血洗烂柯寺一役，魔宗忍着断臂之痛，暴露了隐藏在神殿裁决司里数十年的大司座，那便更没有人会不信了。"

宁缺皱眉问道："血洗烂柯寺，和书院和小师叔又有什么关系？"

老僧叹息了一声，叹息声里充满了悲悯："魔宗在盂兰节血洗烂柯寺，表面上是针对正道诸派的修行者，实际上他们想要挑动轲疯子的疯意，所以他们真实的目标是那些来自唐国只知跳舞的可怜女子。"

听到这句话，宁缺心情骤然一紧，他从二师兄处知晓简大家与小师叔有旧，此时自然联想到这些舞女难道来自当年的红袖招？然而简大家现在还活得好好的，偶尔遇着自己便会提着自己耳朵中气十足教训一番，当年究竟谁死了？

当年魔宗既然不惜如此大的代价编织如此阴谋，自然很清楚杀死谁才会让小师叔癫狂到不顾一切直闯桃山。这就像如果他回临四十七巷忽然见着桑桑躺在血泊中，所有证据都指向皇宫，那他当然也会毫不犹豫拿刀扛箭直闯宫门，闯进御书房撕了那幅花开彼岸天再把皇帝陛下砍成三百六十五截……

"但小师叔没有闯桃山，而是单剑灭了魔宗山门。"

宁缺看着骨山里的枯瘦老僧，疑惑问道："魔宗的布置哪里出了问题？"

老僧沉默了很长时间，然后笑了起来，苍老难看的笑容里隐藏着很复杂的意味，有些感慨，有些震撼，也有些苦涩，还有些骄傲。

"魔宗的布置没有任何问题，当时整个世界都以为是神殿裁决司血洗了烂柯寺，虽然无法理解，但当隐居在瓦山后岭的烂柯寺长老都被迫出关，并且指认那些凶徒全部来自西陵，便再也没有人怀疑。"

老僧静静看着他说道："但轲浩然不信。"

宁缺不解问道："小师叔为什么不信？"

老僧感慨说道："当年我曾经向他问过同样的问题。"

宁缺认真听着。

老僧微笑说道："当时就在这个房间里，他说：我轲某人又哪里是这么好骗的？"

片刻沉默。

"然后呢？"宁缺问道，想着每个故事都应该有然后以及最后。

老僧微异问道："后面的故事……难道如今的世间还不知道？"

宁缺说道："讲故事的人不同，故事内容也会有变化。"

"这个故事有一个非常简单的结尾。"

　　老僧声音变得更加虚弱，说道："魔宗的手段没能骗过轲疯子，他自然便向魔宗山门而去。当时的魔宗宗主自视甚高，魔宗强者辈出，也没有太过恐惧，心想你若来了便把你杀了。轲疯子自然不愿意被他们杀，于是便把他们都杀了。"

　　很简单的叙说，很简单的故事，却是一段湮灭在历史尘埃里的惊天过往，说得越简单却越令人心惊。时隔数十年，只有这位枯瘦如鬼的老僧，以及充斥魔宗正殿的无尽骸骨，还能证明当年这里发生过怎样的事情。

　　宁缺看着老僧深陷的双眼："那为什么您要赎罪，这件事情和您有什么关系？"

　　老僧举起细枝般的双臂，臂上僧衣褴褛，手指微张结了个手印，十根手指肌肤之下骨节恐怖可见，宛如自冥界探出的一双骨手。然而骨手所结的手印淡淡释放着令人心境恬静的温暖气息，慈悲有若昊天降下的两朵白莲花。

　　骨手白莲手印间的气息异常强大纯凝却没有丝毫的杀伤力，随着气息渐释，老僧身周的白骨尸骸表面忽然生出一层极温莹的光泽，竟仿佛要活过来一般。

　　宁缺盯着老僧腹前的那两双骨手，感受着那道气息，震撼无语——老僧所展露出来的实力境界太过高妙莫测，竟是他这一生所见最强大。

　　莫山山倚墙而坐，看着老僧那双枯瘦骨手结成的如白莲花般的手印，忽然间想起小时候听老师提到过的一句话，不由面露惊疑之色。

　　"西方有莲翩然坠落世间，自生三十二瓣，瓣瓣不同，各为世界。"

　　"赎罪，自然是因为这罪是我的。

　　"因为从来就没有什么魔宗的阴谋，这个阴谋也是我的。

　　"裁决司司座是魔宗的人，很多年前我就知道了，我也知道他们想做什么。我什么都没有做，我坐在黑色而寒冷的座椅上，撑着下颌，静静看着他们做完这件事情，然后准备寻找一个合适的时机，去告诉轲浩然。

"不过我终究还是低估了轲浩然，不需要我拿出精心保存的证据，他就知道这件事情是魔宗做出来的。这样很好，于是我依然安静坐在那张黑色而冰冷的座椅上，撑着下颌，静静等待最后那一刻的到来。"

枯瘦如鬼的老僧，端坐骨山尸堆间，骨手结着白莲印，眼神温柔慈悲。

宁缺瞪大了眼睛，颤声问道："你究竟是谁？当年你究竟想做什么？"

这是老僧第二次听到这个问题，他缓缓抬头望天，穿过腹部的铁链被带动，发出清脆的响声，让痛楚重新回到他干瘦如鬼的脸上。

老僧望着天空的深陷眼眸内目光依旧温暖，骨手结成的白莲花瓣瓣绽放。

"当年我想灭了魔宗，我想让轲浩然死，只是没有想到，我耗尽半生心血才把整个魔宗化为一场滔天风雨向他拍了过去，结果他居然还是没有死。

"至于我是谁？"

老僧收回目光，看着二人温和说道："我是裁决。"

"莲生神座？"

房间后方忽然响起一道不可置信的声音。

衣衫褴褛的道痴叶红鱼不知何时来到了此间，她看着骨山间那位枯瘦如鬼的僧人双手结成的手印，脸上满是不可思议和狂热喜悦的神情。

莫山山几乎同时惊喊出声："莲生大师？"

70

陡然出现在魔宗正殿里的叶红鱼，左肩上尽是凝结的血珠，红裙褴褛无法遮体，看上去极为狼狈，但那双眸子却依然明亮得惊人。

宁缺不知道她在山门外靠着胸中那股气硬生生劈开了拦在身前的

所有石头，才艰难来到此地，但看她模样也能猜到她经历过怎样的艰辛，不免觉得有些佩服。

和隐隐佩服相比，他看到道痴出现在这里，更多的是紧张，右手快速伸到身后握住刀柄，准备趁着道痴虚弱之时解决掉这个很令人畏惧的敌人。

然而他发现叶红鱼根本没有理会自己，而靠在墙壁上的莫山山也没有理会她。道痴和书痴看着骨山里那名枯瘦如鬼的僧人，沉醉无言早已如痴。

西陵神国之东，临海处有一大片圆形石柱用以抵御海上险恶的浪涛，石柱之后便是宋国。或许是因为惯见海雨天风的缘故，这个不起眼的小国为世间奉献了无数了不起的人物，神殿里有多位神官来自宋国，那位被囚多年的光明大神官也来自宋国。而在很多年前的一个深夜里，宋国都城某世家府邸后园里的睡莲一夜盛开，与莲花一道绽放的还有那夜降生世间的一名男婴，于是那名男婴名为莲生。

世家公子莲生的青春岁月并没有太多惊人处，他像周遭的公子一般求学考学，然后得中授官封妻荫子，只是还未生子，感情深厚的妻子便因病亡故。妻子逝去后，莲生于郊外坟茔处结草庐，愁苦悲伤形容渐枯槁，三月未露欢颜。

某夜草庐外风雨交加，莲生走入风雨之中，静思半夜，披湿衣而回，提笔写就一篇祭妻恸文，然后将墨笔扔入坟前新草中，大笑三声飘然而去。

其后年余，莲生访山探幽，拜谒诸多修行宗派。其时那篇祭妻文传入世间，惹了无数捧热泪。他名声已显，各宗派以礼相待，却不肯对他言及修行之事。

第二年秋天，莲生游至瓦山，遇雨避于烂柯寺。当夜于后殿静卧之时，他偶然听着一老僧言及佛宗故事，沉思昼夜后，步回烂柯寺正门敲响寺钟，推门登堂入室，对知客僧说道要与烂柯寺住持对坐辩难。

这场辩难持续了整整三十二日，莲生口吐妙言如莲花绽放于瓦山流云之间，对谈之时，崖畔青树间隐有神鸟轻鸣，引来世间无数名流文士相看。

烂柯寺辩难自此成为继盂兰节后又一盛事，莲生公子的名字也开始在世间流传。

辩至最后那天，前代西陵神殿昊天掌教自桃山而来，当着千万人面，亲自邀请莲生入神殿为客卿。不料莲生却是微笑婉拒，然后在瓦山烂柯寺隐居长老面前，以手轻抚头顶，片片黑发如黑莲渐落，佛心渐趋坚定。

秋天落叶时，莲生离开瓦山烂柯寺，逾大河至墨池，穿野林入月轮，然后消失在月轮国西北方的莽莽荒原上，谁也不知道他去了哪里。

数年后，一名僧人从荒原归来，行走于王庭民舍青山绿水之间，与王公贵族街市庶民讲因果说机缘，佛法精湛，德行无碍，备受世间尊崇。

世间再没有莲生公子，却多了位莲生大师。

其时魔宗势盛，对中原诸国的渗透像黑夜一般难以阻止，其中尤以两名魔宗长老最为神秘。他们暗中挑拨各国各宗派之间的关系，不知弄出多少场惨烈血腥的祸事，然而却没有人知道这两名魔宗长老究竟隐藏在何处。

那年春天，莲生大师受西陵昊天掌教之邀至神殿讲课授学。席间天谕院副院长言语间多有轻蔑怠慢不满，莲生大师当着掌教大人及神殿诸多强者之面，踱到这位副院长席前，然后暴起杀之——这名天谕院副院长便是那两名魔宗长老之一。

昊天道门掌教再邀莲生大师入神殿，这一次不再是客卿，而是请他就任空悬数年之久的裁决大神官一职，莲生大师说了句时辰未到，再次婉拒。

莲生大师飘然下了桃山，去了瓦山——当年他在瓦山悟道，如今自世外归来，便在烂柯寺留驻清修，两年间终日不见外客，渐被世人遗忘。

某日烂柯寺一辈分极高的扫地僧忽然暴毙，举寺震惊，莲生大师自厢房踱步而出，承认是自己杀了这名扫地僧——这扫地僧原来便是另一名隐藏在中原的魔宗长老，莲生大师在瓦山隐居两年，便是为了查证此事。

至此魔宗隐藏在中原里最神秘的风云二位长老全部死亡，继而魔宗很多阴诡血腥的秘密筹划也被揭穿，莲生大师之名响彻天下。

月轮国白塔寺与瓦山烂柯寺感念其德，尊奉其为佛宗山门护法。西陵神殿赏其功业，奉谕邀其观六卷天书，继而封其为裁决大神官。

莲生大师便成为历史上第一个担任西陵神殿大神官的佛宗弟子。

数年后烂柯寺血案发，神殿裁决司大司座牵涉其间，莲生大师伤故旧之亡，愿承其责，不顾桃山上下挽留坚辞大神官之位，飘然而去，就此归隐不知所终。

从此以后的修行世界里，再也没有莲生大师这个人，然而莲生大师的名字，却依然在这个世界里流传，一直流传到了现在。

莲生大师擅文章，精于书墨，苦行览世间，静思读旧书，修行无碍，在烂柯寺中悟道，数年便入知命，佛法精湛，道门功法却同样通透。他是一代大文章家，大书家，又是佛宗山门护法，还是神殿裁决大神官。

这样一个愿意亲近世间所有美，有能力明悟世间所有法，勇于承担世间所有事，并且做得如此完美的人，以前未曾出现过，也不知道以后可还会出现。

在很多人看来，如此完美的人物不可能后天修行而得，只能是天生其才，所以后人才会对飘然逝去无踪的他留下这样的一句评价："西方有莲翩然坠落世间，自生三十二瓣，瓣瓣不同，各为世界。"

他的法号是莲生三十二。

他就像一朵飘落红尘的白莲，每绽放一片如玉的莲瓣，便展现一种大能力，带给这个丑陋污秽肮脏的世间一丝慰藉。

宁缺在魔宗山门外的块垒大阵里，对着石上的青苔剑痕直接双膝跪地叩首，那是因为他拜的是长辈，是自己血液里的亲近，是精神里的景仰和向往。

对道痴和莫山山而言，莲生大师同样是一座自修道开始便停驻在意识里的大山，她们的血液里天然流淌着那份亲近和景仰。所以她们根本不会理会宁缺此时心里作何想法，也没有什么战斗的意愿，直接双膝跪倒以额触地，极为恭敬地向那名枯瘦如鬼的老僧叩首行礼。

和书痴相比，道痴的神情明显更为兴奋。她难以压抑住心中的震惊与激动，看着老僧腹间的莲花手印，声音微颤说道："弟子神殿裁决司司座叶红鱼，拜见莲生神座。桃山上下都以为神座大人您已经修道大成羽化侍奉昊天去了，真没想到弟子此生居然有此福泽能够面见莲生神座。"

莲生大师没有想到能在这里看到裁决司的新人，微微一怔后温和感慨说道："先前说过山中不知岁月，现在看来果然如此。你这么干净可人的小姑娘，居然也被拖进那潭子泥水之中，真是可惜可叹啊。"

如果换成任何人用一潭泥水来形容裁决司，叶红鱼绝对会让对方生不如死，但此时她却没有任何反应，因为说出这话的是裁决司的老祖宗。更重要的是莲生神座的声音是那般地温柔慈祥，仿佛就像一个爷爷在爱护小孙女一般，令她心中生出极为罕见的温暖微羞情绪。

天下三痴声动世间，如今道痴和书痴都像乖巧的小孩子那般跪倒在骨山之前，唯有宁缺依然直挺挺站着，莫山山悄悄拉了他几把，他却假装没有看见。

宁缺不像书痴和道痴那般自幼便在宗派中学习，知道那么多修行世界里的传说。他两年前才无比艰难进入修行者的世界，书院后山的师兄师姐们也没有讲故事的兴趣，所以他相关知识太过贫乏，甚至从来没有听说过莲生三十二这个名字。

那么他自然不可能像莫山山和叶红鱼那般敬畏拜倒。

听到莲生神座四字，他看着白骨堆里坐着的那名老僧笑了起来，说道："原来您曾经是神殿的裁决大神官，难怪您想灭掉魔宗。"

笑意渐敛，他盯着老僧的脸说道："但我还是想不明白，你为什么要耗尽半生心血钩织这样一个阴谋去害我家小师叔。如果是我，就算吃多了也不会这样做。"

世间居然有人敢用这般毫不恭顺的语气质疑莲生神座！

跪在骨山前的叶红鱼回头冷冷看了宁缺一眼，双眉微挑，锋利如剑。

71

老僧神情温和望向宁缺，微笑说道："似乎你没有听说过我。"

宁缺微微一怔，说道："应该所有人都听说过你？"

老僧枯瘦如鬼的面容上艰难挤出一丝自嘲的笑容，说道："听起来或许会显得有些可笑，但我想才过去数十年，年轻一代的人们总还应该记得我的名字才是。"

宁缺不知该说些什么，看着叶红鱼投射来的寒冷目光，又看到莫山山墨眸里的无措，心想难道这位莲生神座这句话说的是真话？

"你若知晓我的故事，就应该知道我于烂柯寺悟道，曾侍悬空寺首座讲经，二过神殿而不入，最终却还是做了一任裁决大神官。不过我想你们这两个小女孩儿大概也不会知道，我曾经差一点做了魔宗的大祭者。"

老僧目光柔和看着难掩震惊之色的三个年轻人，缓声说道："魔宗既然能向中原诸国渗透，中原佛道诸派自然也有过相似的手段，不用太过惊讶。回望我这一生，曾经亲自经历过太多事情，便是自己有时候深夜静思也觉得精彩纷呈，但细细想来，我这一生最值得骄傲的事情，是拥有一个像轲浩然这样的朋友。你问我为什么想轲浩然死？"

老僧看着宁缺，神情慈悲却又微带涩意："因为他是我最好的朋友，我比谁都知道他那一身惊天动地的本事。青年时我曾与他在山野间相伴而游数年，后来与他复见，愕然发现他的本事越来越大，而他离那片漆黑的深夜也越来越近。

"朋友有很多种，我要做的是诤友厉友。轲浩然的本事越大，我越发不能接受他对世界看法的转变，所以我不惜一切代价，哪怕大碍平生所愿，也要将他拖入这场血雨腥风之中，我宁肯他与魔宗同归于尽，也不愿意他堕入魔道。"

听着这些久远却依然惊心动魄的往事，房间里陷入一片死寂，叶红鱼和莫山山下意识里低下了自己的头。少女符师从老师处隐约听闻过与此事相关的只言片语，而道痴久居西陵神殿，更是比世间绝大多数人都清楚轲先生的那段故事。

宁缺没有听说过，通过后山师兄师姐间接的转述，小师叔的形象永远是那般地高大骄傲，手持一柄青钢剑呵天骂地举世无敌，哪里能和魔宗这等形象联系起来。

他的眉梢挑了起来，看着莲生大师问道："我家小师叔怎么会入魔？"

老僧叹息说道："魔者由心而潜，任何人都可能入魔。"

宁缺根本不相信这种说法，摇了摇头，语气平静而肯定说道："我家小师叔举世无敌，无论实力还是精神都是世间最强大，不需外力帮助，又怎么会修行什么魔宗功法。"

老僧神情温和说道："他从未修行过魔宗功法。正如你所说，他根本不需要魔宗功法的帮助。但你们并不清楚，轲浩然这等人物就如同千年之前的光明大神官，他不会为外物外因所惑，却会因为己思己想而步入歧途。当他对这个世界的看法发生本质上的变化时，那么他便开始背离昊天的光辉，向着夜的那面走去。"

宁缺怔了怔，说道："听不懂。"

听到这句老实或者二逼的回答，老僧笑了起来，极为缓慢地轻轻摇了摇头，然后渐渐敛了笑意，看着他平静说道："总之，当他拿起那把剑时，他已然成魔。"

宁缺问道："浩然剑？"

老僧默认。

宁缺想起在旧书楼里看的那本《浩然剑初探》，想着在书院后山二师兄教予自己的驭剑之术，沉默片刻后摇头说道："浩然剑与魔宗功法无涉。"

老僧看着他微笑说道："世人只知浩然剑，却不知浩然气，若日后你有机缘明白浩然气是什么，大概便会知道我为什么会这样说。"

宁缺隐约明白了一些什么。大抵是小师叔当年的境界实在是强悍到不行，为求突破便像千年前那位光明大神官一样自创了浩然气，而这浩然气却是昊天不允许存在的事物，就如同魔宗功法一般。

"我还是听不懂。"宁缺看着白骨山里的老僧微笑说道："反正我不相信小师叔会入魔。"

这便是不讲理了。反正无论唐人还是书院，最擅长的便是不讲理，他心想终究是数十年前的尘封往事，你就算是莲生神座又能拿我如何？

"轲先生后来确实入了魔道。"叶红鱼忽然开口，回头看着宁缺说道，"最终受天诛而死。"

宁缺愣住，然后像只被踩着尾巴的野猫般蹦了起来，破口大骂道："诛你妈×！"

听着如此不堪入耳的脏话，叶红鱼却很奇怪地没有暴怒反击，而是神情复杂地看了他一眼，沉默片刻后说道："我敬轲先生，暂留你命。"

看着她的反应，宁缺忽然间明白过来，对方说的是真话。

在书院后山里二师兄说过小师叔死了，却没有说小师叔是怎样死的，而无论是师父颜瑟大师还是别的修行者，从来没有人提到过书院还有一位小师叔。

原来小师叔竟是用这样一种方式，离开了这个世界。

小师叔是二师兄的偶像，二师兄是宁缺的偶像，所以小师叔是他最大的偶像，可惜只听过些风中的只言片语，于是没有清晰的模样，只隐隐约约在远处骄傲。

如今来到荒原，在莽莽天弃山山脉间感受到那股像雪崖青松般骄傲自信的气息，小师叔便在他的精神世界里鲜活起来。他依循着那道气息穿越山脉，进入青翠山谷，在湖畔破境悟道，坚定而自信地踏过块垒重重，来到了魔宗山门。

在这里，他终于听到了小师叔的故事，也猜到了这个故事的结尾，震撼悲伤惘然之余，忽然间明悟这是自然而然的故事进程。

像小师叔那样骄傲自信的人，当苍穹覆盖的人世间已经没有任何存在值得他看一眼时，他理所当然会拔出腰畔的剑，指向头顶那片苍穹。

只是，人终究还是不能胜天吗？

宁缺沉默站在骨山之间，茫然不知该如何言语。

老僧静坐骨山之中，从听到轲浩然入魔遭天诛那刻开始，他如同过往数十年间那般陷入绝对的沉寂之中，枯瘦如骷髅的脸上渐渐泛出一丝慈悲的佛光。

"终究还是这样死了。"

老僧低首叹息一声，听不出来是赞叹还是悲伤，随着这声轻叹，已然瘦如骨架的身躯骤然间松垮下来，丝丝尘埃不知是从骨缝里还是破烂僧袍里喷溅而出。

尘封的故事讲完，便轮到了现世的恩怨情仇。世间所有事态总是在这样枯燥乏味的循环中周而复始，叶红鱼赤裸的双腿微微绷紧，右手握住了腰间那柄道剑。

宁缺骤然惊醒，看着她的背影眉头微皱，快速说道："莲生大师如此境况，难道你现在就急着要动手，依我看还是先把大师救出来为是。"

老僧缓缓抬起头，平静慈悲看着这个年轻人，微笑说道："我是个自缚之人，如果我自己不想出来，谁又能让我脱困？"

叶红鱼知道宁缺是想拖延时间，沉默不语握紧剑柄，正想转身之时，忽然看见白骨山里的莲生神座看着自己缓缓摇了摇头，不由心头微凛停止了动作。

老僧微笑说道："我避于此间超度白骨数十年赎罪，不理外界尘世打打杀杀，你们这些孩子又何必非要让我再看到这些？眼前尽是白骨，何必再造杀业？"

叶红鱼不解。传说中莲生神座还是佛宗大德时，便曾当着神殿掌教及诸位强者之面暴起杀人，偶一动念便作佛子雷霆之怒，哪里是如今这样一个慈祥枯僧？

然而看着莲生神座深陷眼眸里慈悲温润平和的目光，便是精神强悍如她，也不自禁觉得身心一阵放松，再也生不起丝毫争强之心，右手缓缓松开剑柄。

老僧温和说道："我未曾想到魔宗山门还有开启的这一日，而山门开启你们这等年纪便能进来，想必也是如今世上很出色的年轻人。要让你们这样的年轻人听这些乏味的老故事，想来确实是种折磨，不过想着你们便是修行世界正道的将来，这个故事我真的很想请你们耐着性子继续听下去。"

听着此言，叶红鱼未作思忖，行礼后重新坐回地面。

莫山山一直盘膝安静坐在地面。

宁缺只要可以不和道痴拼命，别说让他听故事，就让他讲三天三夜故事，他也不会有任何反对意见，所以他很诚恳地说道："请大师赐教。"

叶红鱼微微皱眉，很是厌憎此人的无耻。

"烂柯寺血案，世人皆以为是神殿裁决司所为，只有我和神殿寥寥数人，知晓那是魔宗所为，便当我们准备寻合适机会告诉轲浩然时，他已然提前看出事情真相，当然只是第一层的真相，说实话直到今天我还不知道他是怎么看出来的。

"当日看着他骑着毛驴来到大明湖畔，看着他挥手驱散湖水，看着他抽剑斩了块垒，我的心情非常安慰，因为我以为自己的谋划快成功了。"

老僧说到此处，停顿了很长时间，然后继续轻声说道："因为我当时以为，无论他灭了魔宗，还是被魔宗所杀，他此生再无机会入魔，我也算尽到了朋友之义。"

宁缺心想小师叔有你这样一个朋友，真是倒了八辈子血霉。

老僧带着不尽悔意痛声说道："然而我这一生从未见过如此杀人的。"

72

老僧喟叹道："那年秋天我在瓦山辩难，掌教前来看我，又一年秋天，我离开中原往荒原问道，世人以为中间这段时光我在烂柯寺隐居，其实不然。那段日子，我受神殿所请，悄然在魔宗修行，便是先前说过的中原正道的反渗透。"

听着这话，宁缺心情微凛，暗想难道这名老僧当年真的差点做了魔宗的宗主？西陵神殿请他这位莲生三十二人物潜入魔宗，倒真是好算计，此人能让魔宗信任甚至攀上高位，想来无论境界手段心志都是世间第一流人物。

老僧自不知他此时心中在想些什么，神情温和看着房间布满灰尘的石壁，仿佛看着数十年前洁净无尘的魔宗正殿，缓声继续说道："在世间印象中，魔宗都是些邪恶该死的败类，事实也相差不远。那些魔宗中人滥杀无辜，劫掠儿童强行逼迫他们修行魔功，每年便不知道要死多少人，然而魔宗难道就是一块铁板？

"当年魔宗势盛之时分七门二十八流派，每派修行理念乃至入世理念各有不同，有些流派宛若佛门苦修僧，根本不与人世间打交道，像这样的流派又怎能作恶？"

老僧收回目光，看着三人平静说道："魔宗就像任何一个宗派那样，有好人也有坏人。我承认魔宗里绝大部分都是坏人，但总还有好人，然而当那柄剑劈开块垒杀进山门挥出血雨腥风之时，又哪里知道死在剑下的人是好还是坏？

"轲浩然杀进魔宗山门时，我便在此山中。"

老僧缓缓低下头，颈椎处发出干涩的响声，头颅仿佛随时可能掉落下来，说道："我在魔宗生活数年，自然有很多旧识，我知道有人贪杯，有人宠妾，有人爱给自己孩子当马骑，就在那天，所有我认识的这些人都死了。

"我潜伏进魔宗，目的就是为了消灭魔宗，那些人一一死在我的面前，我本应该高兴才是，但不知道为什么，我就是喜悦不起来。看着那些熟悉的脸颊被切割成两半，那些曾经在我膝上蹦蹦跳跳的孩子被切割成两半，看着鲜血从殿里漫延出去，把无字碑下半段全部染红，然后流下石阶，最终顺着你们应该看到的那些石梁缓缓滴入漆黑的深渊之中，我忽然发现自己很难过。"

宁缺眉头微皱，说道："够了。"

老僧慈悲看着他，缓缓摇头说道："这不是你小师叔造的杀业，我回忆那些画面，也不是指责他。我只是想弄明白，究竟什么是魔？

"滥杀无辜的魔宗是魔，还是杀人如狂的轲浩然是魔？我因为忧心轲浩然入魔，从而让他大造杀业，会不会反而让他入魔？还是说我这个暗中在幕后布置一切的阴谋家才是真正的魔？看着满地鲜血，我开始问自己一些问题。"

老僧的声音渐渐变得疑惑起来，这种疑惑是站在桃山之上看天的疑惑，是站在废墟之中感慨历史沧桑的疑惑，是对自己和这个世界的疑惑。

"正道魔道究竟该如何区分？究竟什么才是魔？

"如果靠理念道德来分，魔宗滥杀无辜便是魔，那么漫漫修行道上谁不杀人？佛宗言众生平等，若我们杀人便是入魔，那么屠夫杀猪呢？你我儿时在路上拾石块砸死野狗呢？我们啃猪蹄啃得满手是油，津津有味扯着那些韧劲十足的筋条，可曾想过这是猪的肉身？是不是我们在做这些事情的时候已经入了魔？

"如果靠出身来分，魔宗肇始于千年前光明大神官手中，史载那位光明大神官道德崇高性情慈悲妙境通明，哪里有先天邪恶处？魔宗源自昊天道门七卷天书中的明字卷，本身就是道门一脉，又为何成了魔？"

老僧静静看着身前的三名年轻人，轻声说道："魔宗山门破，血河可流杵，那日之后我自困于此赎罪已有数十年，这个问题便想了数十年。"

宁缺和莫山山沉默思忖这位前代高僧的话语，各有所思。

叶红鱼却是霍然抬起头来，毫不犹豫说道："莲生神座此言差矣，魔宗之所以为魔与理念道德无关，也与出身流脉无关，而是功法本身便是邪恶之一属。

"昊天降神辉于世间，赋予温暖，赋予光线，如此世间万物方能生长，天地之间才有流转之气息。然而魔宗妖孽所修功法强夺自然元气，妄纳天地于体内，等若窃盗上天慈爱播洒之光辉，若任由这些妖孽强盛，天地气息渐涸，世界毁灭，再何以言之？这等功法亵渎昊天，颠倒天地，是为大不敬，故而为魔。"

少女的声音在此时显得格外坚定而清醒，事涉道魔之分，即便面对她尊敬景仰的莲生神座，她也表现得如此平静强硬，沉声说道："道魔之别不在理念不在脉流，只在存世毁世之差，有若黑与白光与暗，怎能相容？神座所思差矣。"

叶红鱼清脆若铁筝的声音帮助莫山山驱散了心头上那抹疑惑，她轻轻点头，心想此言甚是，所谓道魔，分割便在于对这世界究竟存着善意还是恶念。

宁缺以前一直不明白，为什么无论西陵神殿、佛宗还是大唐帝国的修行者们提及魔宗便视之如仇势不两立，决然得令人心悸，今日叶红鱼的这番话终于让他想明白了其中的道理。

魔宗功法吸纳天地元气为己所用，境界越高深者所吸纳的天地元气越多，如果任由魔宗在世间发展直至人人修魔，到那日只怕整个世界的天地元气都会被吸干净，到那时这个世界只怕也会步入毁灭。就像是放养在草原上的羊群，若把这片草原上的草叶草根全部啃食干净，那么草原会变成沙漠，那些羊儿自然也会死去。

他终于发现，魔宗被世界敌视，原来是个环境问题。

道痴叶红鱼像世间所有修行者比如宁缺一样，在漫漫修远的修道路上都曾经对世界对道魔之别产生过怀疑，曾经思考甚至反省。但与别的修行者不同，她不是被世间固有看法限制从而渐渐不再思考这些问题，让对魔的厌恶变成本能里的一部分，而是不断增长自己对世界的认识，从中学习分析最终得出自己的看法。

这种经过思考的所得，比那些庸碌的修行者心中理念要坚定千万倍。所以即便她对莲生神座无比敬畏，却依然坚持自己的观点，不肯低头，因为她认为这就是真理。

她的观点毫不虚伪，亦不矫饰，不与人讲机缘道因果说杀戮只讲利益，讲道魔两宗对这世界究竟会带来利益还是伤害。因为简单所以肯定，所以极难被驳倒。

然而莲生大师毕竟是莲生大师，他只用了很简单的一段话，便让叶红鱼看似坚不可破的观点顿时松懈摇晃起来。

"先前说过，我曾经在魔宗里生活过一段时间，未能找到天书明字卷，却接触了很多魔宗的功法，我想对魔宗的了解，这世间应该不会有谁比我更深。"

老僧神情温和看着叶红鱼，说道："我当年的想法与你一样，然而当我见过魔宗中人修行，见过他们出生死亡，见过他们与天地之间的关系后，这种想法渐渐转变，因为当年的我和现在的你一样，都忘了一个很重要的问题。

"魔宗中人体强寿绵，但他们终究还是会死的。当他们死亡的时候，用数十年甚至上百年时间修行吸纳的天地元气，会随着肉身的死亡僵硬，重新散归天地间。"

老僧沉默片刻后微笑说道："了解了这一点，便明白魔宗并不是想再建一个天地，而是在天地间开辟一个属于自己的空间。那空间可能是湖，可能是山，可能是一片美丽的草原，但无论是哪一种，这些空间最终还是会成为天地的一部分。

"同是生在人世间，沐浴着昊天的神辉成长，修行呼吸吐纳，最终肉身成灰，气息散尽，同样回到昊天的怀抱，或许行走的道路不同，但起始和终点却在同样的地方。那么你能告诉我，魔宗和道门佛宗究竟有什么本质上的区别？"

叶红鱼微怔，回答不出来，她总觉得莲生神座这番话里应该有些问题，但在如此短暂的时间里，却寻找不到问题的位置。

老僧看着她平静说道："我知道你在想什么，魔宗中人会死亡，那么他们对这个恒定而伟大的世界便不会造成任何值得时间看上一眼的伤害，如果入魔之后能长生不死，道门或者说你的警惕敌意才能成立，然而世间何时有过长生者？"

叶红鱼缓缓坐在地上，黑发无力地自肩上倾泻而下，身影显得有些落寞。这番话对她的道心造成了太大的震撼，平日里要听到谁敢暗指道魔殊途同归，她绝对会冷笑抽剑斩之，然而今天说出这番话的人是她敬畏的莲生神座，更关键的是莲生神座这番话听上去竟是根本找不出任何可以指摘之处。

老僧仿佛能够体察到她此时的不安和隐隐恐惧，用怜悯慈悲的目光看着她，轻轻叹息一声，然后艰难举起自己的右手伸向空中，指间大放光明。

叶红鱼震惊望去。

宁缺和莫山山不解望去。

三人同时感受到老僧枯瘦如枝的指上所释放出来的神圣气息。

"当年隔世自困赎罪，我在这房间里布下樊笼，这樊笼便是我体外的世界。此地天地气息稀薄不可控，却可借时间累积缓慢吸纳入体，此时天地元气便在我枯瘦体内流淌，那便是我体内的世界，当这两个世界接触的时候，有妙境生出。因为樊笼乃是道法，肉身循气乃是魔功，而当道法和魔功相遇时……"

老僧静静看着缭绕在自己手指间的圣洁光辉，平静说道："便是神术。"

73

枯瘦手指间缭绕的光辉渐渐淡去，泛着毫无热度的火焰飘摇，像是夜风里的小油灯，暴风雨里的渔火，似乎随时可能熄灭却永远不会熄灭。

叶红鱼看着莲生大僧指间的圣洁光辉，眼露迷惑惘然神情，莫山山的神情比她好不到哪里去，充满了震惊。她们清晰感受着光线里蕴藏着的神圣气息，无措思考着莲生大师的话，根本无法平静。

宁缺的修行境界以及知识不及二位少女，自也不像她们这般震惊，他只是诧异于境界如此玄妙的神术为何偏生没有丝毫威迫之感？仿佛不是真实的存在那般。

老僧枯瘦手指间的光辉通透而温莹，不会令眼眸生出灼痛之感，也没有散播炙人的高温，却像天地间的阳光那般照耀一切，透着难以形容的至高境界。

莫山山喃喃说道："道魔相通，便入神道？"

老僧微笑看了她一眼，目光里满是欣赏的意味，说道："数十年来我苦思道魔之别，以道法于身外树一世界，以魔功于身内树一世界，终于发现了某种可能性，也便是你所说的这八个字。"

听着这番话，叶红鱼终于从震惊中醒来，想到一件事情，无论道魔相通是否能够入神，但要做这样的尝试，首先就必须入魔，她怔怔望向骨山里的老僧，觉得自己的判断实在有些大逆不道，莲生神座怎么可能……

"你猜测得不错，我确实已经入魔。"

骨尸山间坐着枯瘦如鬼的老僧，数十年来空气一直那般干冽，只有骨山指向的房顶石缝间隐有湿意，那些湿意不知蕴积了多少时日终于凝成了水珠滴落。

老僧缓慢抬头微微启唇，那滴水便滴入他干裂的枯唇之中，然后化成老僧枯瘦鬼脸上的一丝笑容，那笑容慈悲从容，令人心折。

老僧看着她微笑说道："当年我担心轲浩然入魔，没有想到最终我却入了魔。"

莫山山和叶红鱼此时意识受了大震撼，有些浑浑噩噩，各自沉浸在思考之中，只有宁缺依然注意着老僧的一举一动。

步入魔殿，遇着这位自缚赎罪数十年的传奇人物，宁缺心中一直便有很多疑问。数十年不饮不食，这位莲生大师怎么活下来的？后来见莫山山和叶红鱼都没有这种疑问，他心想大概是这位大师境界早已超出凡人想象，可以辟谷。

此时看着房顶石缝湿意凝成的那滴水落入老僧枯唇，他不由微微一怔，心想这老僧人对石缝滴水的规律掌握得非常清楚，数十年间到底重复了多少次或者说曾经错失过多少滴水，让他心痛难当，才能熟练成这样？

石缝湿意，奉养着一位传说中的人物枯坐赎罪数十年，这幕画面大概会让所有人心生悲悯崇敬之心。但宁缺心若铁石不肯稍颤，眉梢反而微微挑了起来——若是赎罪，何必求生？若要以生之痛苦，回应己身罪孽之深重，又怎会因为曾经错失滴水而痛苦，从而让抬头承接水滴成为一种本能里的反应？

当宁缺想着这些事情的时候，莲生大师已经开始和叶红鱼、莫山山继续辨析修行道最高远处的那些风景。他忍不住皱了皱眉头，心想莲生大师当年在烂柯寺辩难能精彩到神殿掌教登门，肯定不是隆庆皇子那种货色能够相提并论，这枯居魔殿数十年想必无聊到天天自己和自己辩难，你们哪里辩得过他？

果然，随着时间缓逝，房间里最终只剩下了那道苍老慈悲的声音。

"若世间有真理，当辩而明之。

"修行者追寻的究竟是什么？如果我们寻找的是认识世界的方法和改变世界的力量，那么力量本身又怎么可能有善恶？只有使用力量的人才有善恶的分别。

"一把刀你可以用来切菜可以用来雕萝卜也可以用来杀人，一块石头你可以用来赏玩可以用来做房基也可以用来杀人，一面湖可以用来养鱼可以用来泛舟也可以用来杀人，一座山可以用来攀爬可以用来建庐也可以用来杀人。

"世间万物都可以用来怡人也可以用来杀人，而万物无罪，唯人类乃万物之灵，赋予万物灵魂和用途，所以罪之一字只可适用于人。道魔之别在于方法在于路径，便有如世间万物，岂可妄加罪之？能罪的依然只是人。"

老僧的话语一点都不艰深晦涩，也没有用玄虚的词汇蒙上一层神秘的外衣，缓缓讲述着这些简单朴素的道理，把他所认知的修行世界揉碎了给这三个年轻人听。

老僧的声音虚弱，略显沙哑的声线起伏中充满了对这个世界的热爱与对万物众生的悲悯意，语气平和却又令人信服，真可谓随意道来，便是妙谛。

宁缺本没有细听，却不知不觉间被老僧的话语吸引住，坐到地面上开始专注聆听。随着慈音入耳，自来荒原后一直紧绷的精神渐渐放松，身体也变得放松起来。

魔殿房间仿佛积蓄了数十年的孤单寂寞，与世隔绝幽静无比，只有老僧的声音如莲花般缓缓绽放轻柔回荡。这些声音与词句最终变成莲瓣化作的春水，在墙壁与心灵间回荡，一波一波地漫了过来，暖洋洋地令人好不舒服。

尸山间有具剩下半边干肉的白骨。白骨向天仰着头，枯干的骨爪伸在脑后仿佛垫着，无肉的右脚搁在左膝之上，仿佛在安静喜乐地倾听，显得格外舒服，不知是有风拂过还是有水滴落的缘故，白骨的头颅偶尔会点动两下，似乎很是赞同。

不知过了多少时间，回荡在房间与心灵间的教导解说缓缓停止，老僧神情温和看着若有所思的三个年轻人，看着他们脸上若有所思的神情，微笑说道："山门开启，世间纷扰必然再至，抚骨细算，我离去的时间大概也将至了。"

叶红鱼震惊抬首，不知该如何言语。

老僧看着自己不知何时重新结成莲花印的枯瘦双手，沉默片刻后淡然说道："我这一生，用世俗眼光看来，已算精彩。出身佛门显达于道门却最终随了魔门，如今寿数将尽，想起千年前开创魔宗那位大神官说过知我罪我，唯时光耳，不免觉得无谓。自莲中生投水中亡，何必在意谁人知我或是罪我？

"只是谁能真的做到生死完全不系于怀呢？即便已经了生脱死，谁又能对世界没有一丝眷念？想在这个世界上留下一些痕迹？便是我也如此。"

老僧缓缓抬头，看着身前三人微笑说道："我兼修三宗，自困赎罪数十年，不敢言大成却稍有所获，我想把这残躯里的些微力量还有我对这个世界的认知传承下去，不知你们当中有谁愿意仁慈地接受我的衣钵。"

传闻中修行到极致的大修行者，因为对世界本原有足够深刻的认识，甚至能够隐隐感觉到自己离去的时间。莲生大师自困魔宗山门赎罪苦楚煎熬数十年，终遇着山门重启遇着晚辈子弟，这等机缘也许便是生死之楔点，所以听他说自己快要离开这个世界，三人虽然震惊但也不是完全没有心理准备。

然而听到莲生大师决定留下衣钵，便是一直强自冷静的宁缺，也禁不住心神剧烈摇晃，叶红鱼更是识海震荡不安，紧紧握着双拳，根本说不出话来。

生命最重要的两件事情就是认识世界的方法，改变世界的能力。莲生大师认识世界的方法，先前三人已经静静聆听良久，改变世界的能力自然便是力量和境界。

正道修行没有传承力量的说法，只有魔宗至强高手才会在寿元断绝前，以灌顶方式，把力量传给选定的继承人。莲生大师要留下衣钵，应该也是用这种方法！

莲生大师是什么样的人？宁缺以前没有听说过，但他现在很清楚。

学贯道佛魔三道，曾赴两大不可知之地，做过佛宗山门护法，当过神殿裁决大神官，差点把魔宗宗主的位置骗到手，有资格与小师叔相伴同游为友，枯禅山中数十年竟把道魔兼修而成神术！这样的人物，当然是世间最强大的存在！

能继承对方的衣钵，自己在漫远而艰难的修行道上可以少奋斗多少年？自己可以获得多么强大的力量？自己能接触到怎样的神妙世界？

更关键的是，宁缺很清楚，如果自己能继承对方的衣钵，也许用不了多长时间，夏侯将军和亲王李沛言，甚至是隐藏在他们身后的那些阴影，都可以轻松被自己撕成碎片。自己不需要借助书院的力量，不需要让后山的师兄师姐们陷入两难的境地，自己便能把苦守了十余年的仇恨一报而快。

倒在血泊里的这一世疼爱自己无比的父母，被活生生踩死的年幼的玩伴，染着乌黑血渍的柴刀，倒在柴房里的那两个人，雨天灰墙边的小黑子，还有小黑子家乡无辜惨死的村民，在这瞬间都出现在他的脑海之中，静静地看着他。

对当年灭门惨案的仇恨在他心中其实早已渐淡，但他恐惧于这种淡漠，所以愈发要把仇恨深深地刻进自己的骨中。这道已经隐隐变了味道的仇恨，已经成为宁缺生命里最重要的精神支撑，而这道支撑和先天对力量的贪婪追求混在一处，便变成了难以抑止的最强烈的诱惑。

这种诱惑仿佛是一只无形的手，把他的身体缓缓从地面上撑了起来，催促着他艰难地迈动脚步，向骨山走去。

忽然，他停下了脚步。

74

宁缺只需要向前再踏数步，登上骨山接受莲生大师抚顶，便会继承一身霸世功业，成为世间一流强者，明悟道魔入神之妙境，然而这意味着他必须接受魔宗真气。

道魔相通，便能入神，这等说法听上去美妙，然而在华美的袍子下，赤裸真实的世界其实还是原初的模样——灌顶乃魔宗秘法，所传续非感悟体会，非念力境界，只能是真实的存在、那些攫取自大自然的天地元气，那这不是魔是什么？

想要入神需先入魔？在幽静殿内，莲生大师可以温和说魔论道，但在山外的真实世界里，魔道依然是不容于世的邪恶存在，是中原诸国诸派念念诛毁的邪孽。

宁缺是夫子的亲传弟子，叶红鱼是西陵神殿年轻一代最受宠爱的道痴，可即便是他们这样身份的人物，一旦被发现入了魔道，只怕也会被整个世界所遗弃，就像这座沉默枕在莽莽荒原北方的雄奇山脉一样。

再踏数步便将入魔，怎么能踏？然而继承莲生大师衣钵，成为不世强者，拥有无数力量修为的诱惑又是那般地鲜活而强大，难道就此错过这等机缘？

宁缺觉得自己的双腿像挂了几千两雪花银那般沉重，难以移动分毫。

叶红鱼的耳中仿佛还在回荡着莲生神座温和慈悲的佛音妙谛，她的眼神有些空洞惘然，偶尔现出几丝坚毅明亮，却又瞬间转为挣扎的痛苦。

继承莲生神座的衣钵，对任何一名修行者而言，都是难以想象的极大诱惑。然而如果单单只是这种诱惑，并不能让道心坚定的她对魔宗功法产生丝毫兴趣，只是她在内心深处根本无法反驳神座的观点，越思考入神越觉得有道理。

叶红鱼美丽的脸颊上眉头紧蹙，显得非常痛楚。她喃喃低声说道："真的有第三种道路吗？"

跪坐在地面上的莫山山此时脸颊也变得极为苍白，双唇抿成一条笔直的细线，如墨般的美丽眼瞳根本无法聚焦，显得散乱至极。

莲生大师没有催促，没有不耐，平静温和地看着他们，枯瘦如鬼的脸上泛着淡淡慈悲的笑容，也许是希望他们能够自己逾过那道门槛，做出自己的选择。

道魔之别所产生的强烈精神冲击让宁缺三人陷入痛苦的精神挣扎之中，这种痛苦更多造成心神上的恍然和不稳定，然而与之相伴的，却是一种极为空明放松的精神状态。渐渐痛苦与挣扎开始像流水一般流走，萦绕在三人识海里的气息变成了温暖的春水，空明放松的稳定心境重新占据他们的身躯。

类似恐惧挣扎之类的负面情绪渐渐淡去，三人本能里觉得很安全，莲生大师性情洁如莲花，没有任何必要欺骗他们入魔，也不可能对他们有任何图谋，这等绝代强者想伤害他们，根本不需要耗费如此多的工夫。

真正令他们心境空明放松的原因还是诱惑，继承前代强者衣钵的诱惑，明悟世界本原真理的诱惑，融道魔合一而晋神道的诱惑。

这诱惑是草原，是星空，是儿时香甜的奶糕味道，是站在山峰之上俯瞰苍生的睥睨气息，是在斑驳城墙上写下自己的名字留传后世的可能。

那扇诱惑的大门正在他们身前缓缓开启。

门后是一片陌生的、鲜美肥沃的草原，只要他们愿意，他们就可以躺在这片如毛毡般的青青草原上，看着从未见过的美丽星空静静享受所有的一切。

三人中叶红鱼的境界最高，对修道的理解最深。她曾见过那些真正强大的力量，并且倔强而专注地不停追寻，所以她此时感受到的诱惑也最大。

忽然间她听见了破烂木床摇晃发出吱吱作响的声音，她看见了自己童年时像芦柴棒一般瘦弱分开的双腿，她回忆起了那些屈辱而愤怒的过去。

然后她看到了那个梳着道髻、背着木剑的兄长。那时候的兄长还是个骄傲的少年，却已经是那样地孤独，随着时光流逝，兄长他变得越来越孤独。是因为无论我怎样努力都无法追上你脚步的原因吗？如果我有能力与你并肩而立，站在陡峭的悬崖边吹着寒冷的山风，你是不是便会觉得不再那么孤单？

她惘然抬头，发现莲生神座正用悲悯的眼光看着自己，仿佛看透了自己的一切伪装。她忽然感到寒冷并且十分恐惧，因为她觉得那扇门似乎就要在自己面前关闭。

"不是入魔……不是入魔……"

她喃喃自言自语，眼眸却越来越明亮，迈开脚步，向骨山走去。

"是的。

"不是。"

她走到莲生神座身前，双膝跪地，膝头碾烂几根白骨，谦卑低头，虔诚卸下本心对外界的所有枷锁，把精神世界坦诚地敞开。

宁缺也正在意识的青青草原上仰望星空，心境一片宁静空明，然而这幅美好画面里蕴藏的纯美诱惑，总欠缺最后一丝力量让他踏出那一步。因为在门前停留的时间太长，他的思绪惘然起来，隐约间总觉得哪里有什么不对。

一抹亮光出现在他的脑海中，不似闪电更像是一场春雨，瞬间让他真正地冷静下来，从当下的精神状态中摆脱出来，想到了先前就有些弄不明白的几个点。

若是自缚赎罪，何须铁链穿身？难道如莲生大师这等大境界者，也会堕入以肉身苦楚救赎的无聊滥觞？这等传奇人物心志何等样坚定，阅尽世间繁华别离生死，又岂会因为小师叔闯山门剑斩群魔血流漂杵便忽然莫名其妙地逆了道念佛心？

即便是自己，看到如此多残酷画面也可以做到不动本心，更何况是这等强者？

这些疑惑像雨点般不停击打着他的脑海，最终汇成某种可能，这位老僧根本不是自缚赎罪，而是被人关在此间承受折磨赎罪！

一念及此，宁缺震惊醒来，发现缭绕在身边如春水般的温暖，那些慈悲平和的气息全部消失不见，环境依然干裂微寒，明白先前竟是被老僧的精神力量所控制！

他震惊向骨山处望去，只见道痴跪在老僧身前的白骨堆中，老僧枯瘦的手掌已经落到她的头顶，一股强烈的恐怖感瞬间占据身躯！

莫山山惘然走到骨山边缘，宁缺大叫一声伸手拉住她，然后用最快的速度解下身后的铁弓，挽弓搭箭，指向骨山深处那位曾经慈悲如佛，此时却阴森若鬼的老僧。

薄皮包着细骨的苍老手掌缓缓落在少女头上，轻轻抚摩，感受着黑色发丝所传来的细腻触感，老僧温暖如春湖的眼眸里忽然现出一丝痛苦的挣扎之色。

挣扎只是片刻，老僧枯瘦如鬼的脸颊上的温和慈悲，瞬间变成极端狂热，最终变成极度平静的冷漠，幽深如夜星的眸子里没有任何情绪。

一道并不强大却醇正绵厚无比的气息，从老僧手掌下方咻咻喷出。

叶红鱼霍然睁开双眼，看着老僧近在咫尺的苍老面容，感觉识海里的念力如洪水一般向体外宣泄而出，身体骤然变得虚弱，明白正在发生什么。

她明亮眼眸里寒意大作，曼妙的身躯像鱼一般弹动起来，伴着尖锐的怒吼，双手在空中连换四种剑诀，凝周遭天地元气为虚剑，直接向老僧胸口刺去。

果然是强大无比的道痴，面临这种谁都想不到的局面，面对着修行道上一直视若神明的莲生神座，她做出了一个修行强者所能做出的最快反应，也是最正确的反应。她的反应简捷直接而且凛冽，出手便是同生共死的狠绝道法！

然而这道蕴藏她十余年苦修、甚至可以说是她此生所施展出来最强大的道剑，却完全落在了空处，因为……她指间连换四种剑诀，竟不能凝结半点天地元气！

天地间处处皆有元气，有元气便能被念力所感知操控运用，道痴叶红鱼万法皆通，在这等生死时刻，也不会在道法上出任何问题。此时无法凝结天地元气，那么只有一种解释，在老僧的身周根本没有任何天地元气！

世间能够隔绝天地元气的方法有很多，但能让一个空间里的天地元气完全消失，以叶红鱼的博闻强识，也只知道一种方法——真正的樊笼！

叶红鱼对裁决司的樊笼自然非常熟悉，更是少有见过裁决大神官亲手布置的樊笼的人。然而那道曾将光明大神官囚了十余年的樊笼，竟还不如眼前这道樊笼强大！

感受着念力的宣泄，感受着身体的酥软，她低头无力跪在白骨之上，看着这些嶙峋白骨，渐渐模糊的目光里终于生出些绝望的神情。

白骨为篱，干尸为栅，好强大好可怕的一道樊笼。

75

异变陡生道痴被制，宁缺本能里只想带着莫山山逃走，有多远跑多远。但他没有这样做，而是准备用元十三箭解决这一切，因为他知道逃肯定逃不掉。

他捏住符箭寒尾的时候，老僧枯瘦掌心间已经开始喷射强大气息。

当他把铁弓拉至圆满时，叶红鱼已经低头瘫软。

他看到了叶红鱼眼眸里的绝望意味，也看到莲生大师那双毫无情绪的冰冷目光。

莫山山被他从幻境中惊醒，瞬间清醒，黑色如瀑的秀发在身后猛然飘起，右手在空中颤动劲画，知晓三人面临绝境，一出手便是最强大的半道神符。

面对如此强大的双重攻击，坐在骨山里的老僧脸上依然没有任何表情，只是淡淡看了一眼，目光落在二人的眼眸里。

便是一眼，宁缺只觉得脑中一阵难以承受的剧痛，仿佛二师兄头顶那根棒槌以肉眼不可见的速度重重击打自己的头，眼前一黑，便松了手指。

莫山山只觉胸腹骤然被道利刃破开，先前在山门外大阵里蕴积的块垒棱角意尽数喷出，然而却不得痛快，只有无尽的痛楚之意，画符手指顿僵。

符箭如道黑影般离弦而去，此时宁缺识海一片混乱，根本无法控制。铁箭嗖的一声斜斜射出，射进魔殿一角，直接将那处的巨石崩开，堆成一角石山！

莫山山纤指之间正在酝酿的神符之意也瞬间变得黯淡微弱起来，就像是空气无法流通房间里的小油灯，又被一阵狂风卷过，骤然熄灭无声。

鲜血几乎同时从他们口中喷了出来，颓然无力倒在地面上，再也无法站起。

莲生大师神情淡漠而无情看着喷血倒下的二人，深陷眼眸里的瞳子黑且冰冷，细若米粒，显得极为妖异，干瘪的胸腹显得比先前更加空洞。

看似轻描淡写的一眼，实际上蕴藏着极为恐怖的大境界。老僧被囚数十年，耗了数十年时光才重新凝回的念力，就因为这一眼便全部消耗干净。

莲生大师面无表情望向跪在自己身前的叶红鱼，手掌在她满头青丝上缓慢抚摩，仿似温柔的情人，然后他忽然微微一笑，笑容依然是那般慈悲平和。

带着这样温柔慈悲的笑容，他贴着道痴微凉的脸颊俯身低头，如同亲吻如同细语，轻轻柔柔用双唇触到她的左肩上，开始温柔地吮吸。

苍老的双唇像水蛭般贪婪地吸附在少女赤裸的娇嫩肌肤上，枯瘦干瘪的双颊极有韵律感地鼓动，新鲜的血液缓慢进入他的双唇，润了他干渴多年的咽喉，开始滋养他多年未曾感受到生意的腑脏。

片刻后，老僧抬起头来看着掌心间的少女，眼神温和里透着怜悯，淡而精湛的佛门气息在他脸上浮现，便是干裂唇角的那滴朱血也透着慈悲的意味。

识海被完全控制，念力被尽数抽空，身体虚弱到无法移动手指的地步，强大的道痴此时连一个婴儿都不如，但她只是漠然看着老僧，根本没有任何反应。

她知道自己今天大概再难逃出生天，骄傲如她自然不会乞怜，便是先前肩处传来剧痛和令人难以忍受的恶心，她依然保持着绝对的冷静，因为她不想让莲生神座有丝毫从中获得快感的可能，这是骄傲的她死前唯一能做的反抗。

"你的血里充满了光明的力量，纯正至极浓郁至极的道门气息，便是数十年前，我也极少有机会品尝如此极品的力量。"

叶红鱼听着这句话，依然倔强冷漠一言不发。忽然间她的眼瞳微缩，因为她看到了一幅非常诡异的画面。

莲生大师枯瘦如鬼的脸颊，竟隐隐约约间比先前要丰满了少许，枯干苍白的双唇竟显出了几丝血色，一股勃然的生机油然而生。

叶红鱼想到传说中的某种魔宗功法，不由感到身体一阵恶寒。

莲生大师不再看她，抬头看着屋顶石缝间的湿意。大约是因为生机渐复的关系，或许是因为少女鲜美血液的缘故，他不自禁开始回忆曾经那些风光骄傲而美妙的过去，喃喃说道："想当年南晋国君新立，有美人舞于庭……"

苍老微嘶的声音戛然而止，他望向地面上生死不知的那二人。

宁缺没有死也没有昏迷，只觉得身体仿佛散架一般痛楚无比，意识无法控制身体的动作，明白应该是自己识海被老僧目光严重伤害的缘故。

他用肘部撑着地面想要爬起，想要重新挽弓搭箭，想要抽出身后的大黑伞，想要抽出自己的三把刀，然而什么动作他都无法完成，他只能绝望地看着对方。

老僧只是轻描淡写看了一眼，他和书痴便被彻底击倒，实在令人恐惧。便在痛楚和恍惚之间，宁缺想起自己曾经问过师父知命境界打架究竟是怎么样的，颜瑟大师当时以书院二师兄举例，说只需要二师兄看你一眼，你便死了……

这个枯坐骨山被囚数十年、身体虚弱到了极点近乎半死的老僧，此时随意一眼便能接近二师兄的巅峰水准，那当年此人精神圆满，身体健康时，究竟已经修行到了何等样恐怖的大境界？难道他已经超凡脱俗破了五境！

便在这时，老僧望向了他。

他看到了老僧脸颊上的诡异改变，震惊无语，想不明白这是怎么回事。

莫山山因为破解块垒大阵思虑过度的缘故，精神一直极为虚弱，先前半道神符被对方目光所破，更是受了重伤。

此时看着莲生大师的奇异变化，她的身体剧烈颤抖起来，墨眸里带着难以抑止的怯色，颤声说道："饕餮……难道……难道……是饕餮？"

西陵神殿教典中曾经记载远古有异兽，名为饕餮，有首无身，贪婪嗜食。

西陵神殿教典中关于饕餮的记载里还有一条，那是魔宗的一种极邪门的功法。修行这种魔功的魔宗强者，以吞食修行者血肉以补强自身气息，贪婪好杀，最是阴崇邪恶，即便是魔宗中绝大多数人都耻于与这等人同道。

连魔宗自身都厌弃的这种饕餮魔功，毫无疑问是世间最邪恶的功法之一。

宁缺没有听说过这种魔功，但先前莲生温柔吮吸叶红鱼伤口血液的画面，已经给他心神造成了极大的震撼，稍后莲生大师生机以肉眼可见的速度复强，两相联系，他自然猜到这意味着什么。

来到这个人世间后，他不知见过多少残忍事，便是更恐怖血腥诡异的画面也见过不少，知晓生死乃天命的道理，可以称得上是无所畏惧。然而想着稍后自己便会被这个枯瘦如鬼的老僧一口一口慢慢啃食，幼年时曾经留下的心理阴影骤然扩大，让他的脸色瞬间变得苍白起来，眼眸里充满恐惧的神情。

或许是为了克服心头的恐惧，宁缺对身旁的莫山山说道："不用怕他，他被困了几十年早已油尽灯枯，先前那一眼已经耗尽他苦苦积累的念力，如果他还能战斗早就已经把你我杀了，更不至于连穿腹的铁链都摆脱不了。"

老僧看了他一眼，神情温和说道："眼力果然不错。"

既然老僧暂时无法摆脱铁链，还需要用那种魔功把道痴的血肉化为自己的力量，那么现在宁缺和莫山山要做的事情便是和时间赛跑，和老僧比谁恢复的速度快。

宁缺盘膝而坐，闭目手搭意桥，莫山山将左腿收回，极困难地坐了个散莲。二人同时开始冥想，然而片刻后，二人同时震惊绝望地睁开双眼。

莲生大师一眼望来，二人精神受到强烈的冲击，这种冲击甚至波及了五脏六腑，识海更是受创严重，此时根本无法进入平日熟稔无比的冥想当中。

二人对视一眼，极有默契地选择放弃，准备尝试用符道的方法，符文所需要的念力终究还是要少一些。然而下一刻，他们发现便是连这条路也无法走通！

这个幽暗房里的天地元气竟是稀薄到近乎没有一般，符道妙诣需要的念力极少，然而符道终究也是对天地元气的利用，如果没有天地元气符文又有何用！

房间里响起莲生大师温和怜悯的声音。

"白骨为篱，干尸为栅，只是表象。实际上这座樊笼以青石为篱，以剑痕为栅，乃是轲浩然亲自布置，便是我都施展不出，更破解不了，何况你们这些小孩子？"

小师叔亲自布置的樊笼阵？宁缺震惊向四周望去，才发现那些石墙上的斑驳痕迹间竟隐着成千上万道深刻的剑痕，那些剑痕看似毫无任何关联地斜乱搭在一处，却形成了一道夜幕般的屏障，让魔殿外的天地气息竟无法渗进来一分！

至此还有很多事情处于迷雾后方，但宁缺可以肯定某些事情了，他看着骨山里的老僧说道："你果然不是自缚赎罪，而是被小师叔关在这里赎罪！"

老僧沉默了很长时间，微枯的脸颊上浮现出一丝湛然的光泽，傲然说道："知我罪我，唯春秋耳，无论是你还是世人抑或轲浩然，都没有这种资格。"

宁缺声音微颤问道："你究竟是什么人？"

"佛子道士大魔头，神仙老虎癞皮狗，我这一生扮演的角色太多，到最后甚至我自己都险些忘了自己是谁，我究竟是神殿的大神官，佛宗的山门护法还是魔宗的大祭者？然而身份这等外在和内在真正的你我又有什么关系？"

慈悲温和的神情渐渐随风而去，老僧轻挥破烂褴褛的僧袖，风姿动人，气度好不洒脱，淡然说道："我乃莲生三十二，瓣瓣各不同，却不知为何世人总要以一瓣之美忖全莲之形？我要成佛便成佛，要成魔便成魔。"

话音渐落，老僧神情怜悯牵起叶红鱼纤细的手臂，低头咬了上去，然后左右摆动头颅，艰难地撕下一片血肉入唇，开始认真而专注地咀嚼。

76

随着被咀嚼成糊的血肉咽入腹中，被吸收，老僧深陷的眼窝精神渐丰，枯瘦干瘪的双颊渐丰，枯槁如木的脸上渐渐露出更浓郁的生气。

少女的小臂就像一截被湖水洗去泥垢、洁白的莲藕，伴着那声令人心悸的嘶啦声响，便被活生生啃去了一块血肉。鲜血顺着伤口流下，她的脸色苍白却极强悍地抿着嘴唇，不肯发出一声痛呼。

老僧伸出发黑的舌尖舔掉唇角的鲜血，脸上却依然保持着慈悲怜悯的神情，然而越是如此，这种极鲜明的对照越发令人心寒。

宁缺看着这幕画面，身体一阵寒冷。事态的发展太过出乎意料，无论是他还是叶红鱼，都未曾想过以德行崇高著称的莲生大师竟然会是如此恐怖的魔头。最关键的是，先前这位老僧所流露出来的气息是那般地纯洁慈悲，便是他心中曾经隐有疑惑，本能里却根本不愿意怀疑这位老僧。

枯皱的脸皮上依然残留着将凝的血渍，已经把那口血肉咽进腹中的莲生大师却仿佛在瞬间之中，重新变成那位德高望重，悲悯世人的佛宗大德。

他看着掌心下的叶红鱼，看着少女眼眸里的绝望与怨毒的诅咒意味，伸出手指缓缓滑过她的细嫩面容，怜悯说道："如此可爱，我怎能如此对你？"

叶红鱼识海被制，身体失去了控制，但意识和感知却依然敏锐。她能清晰感觉到自己变得越来越虚弱，更觉得脸上那根细瘦的手指像蛇芯一般冰冷恐怖。

"我为什么要这么做？我为什么没有忍住血食的诱惑？"

老僧的眼眸变得有些空洞，有些惘然，他痴痴喃喃问着自己，忽然间自嘲一笑摇头感慨说道："一眼望去，两个洞玄境的小孩子居然还能活着，数十年时间才凝了这么点可怜的念力尽数消耗一空，莲生你现在太弱。"

他的神情恢复平静，温和向自己以及房间里的三个年轻人解释说道："数十年在生死边缘挣扎煎熬，我随时可能死去，所以我必须吃些东西。"

解释的语气很寻常自然，落在宁缺三人耳中却是格外冷酷。

宁缺此时已经能够确认，数十年前小师叔单剑破魔宗山门，不知何故没有杀此人，而是用大禁制把他关在此间，让他受数十年孤单饥饿煎熬的痛楚。

数十年时光消逝，这位老僧境界再如何高深强大，也挨不住这般非人类能够承受的折磨，渐渐油尽灯枯将要死亡。便在这时因应天时循环变化，魔宗山门重新开启，而自己三个人误打误撞而来，便成为对方脱困的最大希望。

于是才有先前那么多的论道，老僧便是用慈悲如佛的这一面，让三人逐渐放松警惕，直至再用传衣钵为大诱惑，令道痴敞开精神世界，从而一合受制。

宁缺皱眉说道："无论是莲生大师还是莲生神座，在修行世界里都拥有无上的声望，我未曾听过你的大名，但这两个姑娘一见你的面便跪拜叩首，明显对你非常信任。你完全可以等着我们把你解救出去，何必非要如此行险？"

老僧微笑说道："因为你们解不开这座阵，只有恢复实力的我自己才能破开这道樊笼。而我若要恢复实力，便必须吃掉你们。"

"就算我们不能破开这道樊笼，可我们的师门长辈可以。"

老僧大笑说道："世间能破开轲疯子亲手所设樊笼的，除了我便只有那寥寥数人。你们的师门长辈当中确实也有人可以，然而很不幸的是，这寥寥数人都知晓当年的故事，知晓我的秘密。如果让他们知道我还活着，他们绝对不会选择救我，而是不惜让半个世界陪我毁灭殉葬，也要杀死我然后锉骨扬灰。"

宁缺怔了怔，然后说道："看来你真不是一个讨人喜欢的人。"

老僧叹息一声，继续说道："和尸骨相伴了这么多年，其实心中早已断了离开的希望，却没想到山门会有重启的这一日，更没想到，第一批进入山门的竟是三个可爱又可怜的小孩。我想这大概便是命运的安排吧。"

宁缺沉默无语，心想天下三痴加上自己这个书院二层楼弟子，在如今的修行世界里大抵有资格掀起几场风雨，然而在这个前代强者的眼中，却只是三个可爱可怜的小孩，时间这种东西对修行者而言，果然是最重要的因素啊。

"我这数十年积凝的念力确实不多，但从你们入殿开始，我便开始用佛宗问心大法，本以为你在三人中境界最弱，应该最先入幻境而难出，却没想到最后竟是你一人保持了心境清明，我很好奇你是怎么做到的。"

老僧看着他哂然一笑说道，虽然形容依旧枯瘦难看，但那等俯视苍生的潇洒骄傲气息却是一显无遗，就仿佛执酒壶坐而论道的一位狂生。

宁缺猜到他此时应该是在抓紧时间吸收腹中那口血食，也并不点破，不停以高频率放松绷紧身体每一处的细微肌肉群，回答道："大概是你给出的诱惑不够。"

老僧微微皱眉，看着他问道："难道我的衣钵对你都没有吸引力？"

宁缺微嘲说道："我当然向往力量，但总得是真的吧。"

老僧微笑说道："道魔相通便入神，是我多年所悟，并不曾骗你。"

宁缺微微一怔，说道："但那依然需要先入魔。"

老僧像碧空上的苍鹰看着篱内土鸡，冷漠看着他说道："先前便说过，书院果然是一代不如一代，居然入魔二字便能把你吓成这副模样。"

宁缺摇头说道："如果是生死之前的需要，入魔又算得什么，然而首先必须是我自己愿意，不能生出质疑之心，否则便是封神又算得什么？而且既然是诱惑总要有些分量才是，你先前佛门妙音展示的那些诱惑对我而言分量有些不够。"

这话里隐着轻蔑和不屑。此时的莲生不是高僧大德，而是个潇洒甚至霸气的狂生，微微眯起眼睛，不悦嘲讽说道："难道世界还有什么事物能比我的衣钵更吸引人？"

宁缺忽然笑了起来："我是书院二层楼弟子，日后是要继承夫子衣钵的人，就算是入魔，我也可以学小师叔留下的东西。我想这种分量应该更重些。"

老僧听着这话，竟一时语塞。即便他骄傲到视世间道佛魔三宗为破鞋，也不敢自认比夫子更高，至于一生之敌轲浩然更是给他留下了无尽的羞辱与痛楚。

"而且我这一生从未遇见真正意义上无私的人，我总以为桌上不会凭空出现一碗香喷喷的煎蛋面，所以你先前越是悲悯动人我越觉得心里有些不舒服。"

宁缺继续说道："我很好奇你先前说的那些故事，究竟有哪些是真的？还是说那些全部是你为了卸下我们的心防才专门讲的鬼故事？"

那些故事里有小师叔的影子，所以他很关心。

老僧满脸悲悯神情说道："先前讲的那些故事都是真的，只不过有些关键点没有说透。血洗烂柯寺是我一手筹划，那个美丽的舞女最后被我吸成了一具干尸，她死后的脸色很苍白，白得近乎透明。但很奇怪的是，她白到透明的脸上却依然带着甜美的笑容，仿佛在问我为什么要这样做。"

他看着宁缺，平静说道："我当时很害怕她脸上的笑容，用手去抹却怎样也抹不掉，所以我最后把她切成一块一块地吃进了肚子里面，那也是我第一次吃人。"

宁缺沉默了很长时间，忽然问道："那个舞女究竟是什么人？"

老僧微笑说道："想要把轲浩然变成一个疯子，死的自然是他的女人。"

宁缺听到这个答案，沉默了更长时间，问道："就是为了挑起书院和神殿之间的战争？还是因为别的什么原因？"

老僧沉默片刻，面无表情说道："没有别的原因。只不过这件事情最终被轲浩然识破，而卫光明这个榆木疙瘩也不知如何开始怀疑我的身份，我只好悄然只身离开桃山，遁回魔宗山门，然后便是后面这些事情。"

宁缺明白，这位曾经的不世强者在被小师叔囚禁数十年后生机已经快要灭绝，如果正面战斗不可能是自己三人的对手，于是此人竟是在如此短的时间内布了这样一个局。

不过想到数十年前此人横贯佛道魔三宗，最终险些挑拨诸派分裂，让整个天下陷入血腥地狱之中。有这等大本事的人，对付自己三人便如牛刀对着小鸡，轻松便把己等置入如此绝望险境，也是理所当然的事情。

宁缺看着老僧，问出自己真正的疑问："无论在道在魔在佛，你都是备受尊崇的大人物，无论你怎么选立场甚至不用选，都能成为留诸史册的传奇。可你偏偏选了一条最血腥最无趣的道路，为什么？你为什么非要与这个世界为敌？"

"这话听着有些耳熟。"老僧看着他缓声说道，"很多年前，卫光明这家伙就经常这样自省，他不惜与全世界为敌是因为他坚信自己是对的，而我不一样。我与世界为敌的理由很简单，因为我知道这个世界是错的。"

77

忽然间，老僧两缕极长的白色眉毛无风而飘，不是飘然而仙，而是莫名暴躁起来，眼神暴戾，枯瘦手掌用力搓揉着少女的发丝，喝道："世间哪有道理可讲？

"我是裁决大神官，曾坐墨玉神座；我是魔宗大祭者，可选宗主；我是佛宗山门护法，可命万僧。我这一生何其风光骄傲，翻手覆手间便有风雨大作，我欲成佛便成佛，我欲成魔便成魔，哪有道理可讲？

"你看这污糟糟的世间，活着不知多少庸碌如猪的蠢货，难道你不觉得呼吸的空气都那般脏臭？顶着一个沉默不知多少年的贼天盖，难道你不觉得呼吸极不畅快？人活天地间理所当然就要吃肉，吃猪吃狗吃鸡吃天地，哪有道理可讲！"

宁缺忽然说道："但这里面并不包括吃人。"

老僧恢复沉默，不知道过了多长时间，慈悲的气息重新回到身上，若有所思缓声说道："不错，这个世界总还是有些道理的，只不过道理的高度不一样。在我看来你我存在于这个世界的方式，便是自身对世界认识方法的集合。当年坟茔一夜苦雨，我便一直在苦苦寻求认识真实世界的本原，最终改变自己存在于世间的方式，最终想要奢望改变这个世界，寻找到那个已经不可能回来的世界。

"烂柯寺悟道辩难，西陵神殿掌教叹我妙言如莲，请我替中原正道诸派入魔宗为探，然而他却不知道，我其实从生下来的那天开始便是魔道中人。"

老僧苍老枯瘦的脸颊上露出孩童般的笑容，咧开的嘴唇里没有牙齿，于是看着更像一个刚刚呱呱坠地的婴儿，给人一种先天纯洁的感觉，便是嘲笑也那般天真。

"我只是追求力量，寻找改变世界的方法，并不在乎道魔之分，也不在乎谁胜谁败。我之所以愿意来魔宗，是因为我想看看那卷失落的天书。

"然而明字卷并不在魔宗山门里。这些躲在山里的魔宗中人，像老鼠般藏在中原诸国煽风点火的长老们也令我厌恶，所以我再次离开。"

老僧的脸上泛起一丝极浓郁的嘲讽和厌恶神色，充斥着理所当然的骄傲和不屑。

"我去了南晋大河国去了月轮国，最终我往西而去，前往那个遥远的不可知之地，在那座悬空寺中，终于听到了首座讲经，看到了那些清曼的佛光，听到了光辉间那些振聋发聩的佛言。然而过了数年，我终于发现悬空寺里的大和尚们也只是一些浊物，所谓佛言一味故弄玄虚，和宋国街上的算命先生无甚分别。更令人厌憎的是佛宗苦修己身，面对命轮转移只会卑微等待，似这般如何能够抵达彼岸？"

老僧白眉飘起而后落下，眼眸里尽是不满之色。很明显，他当年对佛宗不可知之地悬空寺的观感，比对魔宗山门的观感要好上太多，却依然怒极了对方的不争。

"终于我自荒原归来，正式应掌教之邀暗中加入西陵神殿，又有魔宗里亲信相助，杀了两名蠢痴无比的长老，如此方才亮明身份，坐到了裁决的墨玉神座之上。"

宁缺和莫山山一直沉默聆听，至此时终于忍不住问道："你既然是魔宗中人，为何要帮助西陵神殿杀死自家的长老？"

"不如此如何取信昊天道门？不如此那座破观又怎么可能让我这个悬空寺传人去看他们当成压箱宝贝的几卷破书？只是那座破道观吝啬到了极点，便是我替昊天道门做了这么多事，也只让我看了日字卷和沙字卷。"

老僧神情冷漠说道："虽说只看了两卷天书，但确实非凡俗之物。我本以为终于寻找到一个对的地方可以有机会认识真正的世界，然而没有想到，在桃山上待了些时日，才发现西陵神殿全部都是一群怯懦胆小的白痴。"

他忽然低头望去，只见叶红鱼的眼眸已经被愤怒的火焰所占据，心知是嘲讽西陵神殿让这少女感到愤怒，不由微嘲一笑说道："可怜的孩子，难道这些话不对吗？世间亿万昊天教徒只知神殿不知守观，桃山上那几座白殿里的坐着的家伙但凡有些勇气有些骨气也应该知道自己应该做些什么，但他们是怎么做的？看似高高在上，结果却他妈的要被一个破道观指手画脚。"

想着那座破道观里那抹青色的衣袂，老僧的神情微微一凝，然后讥诮说道："都是一群狗，那座破观又如何？终究还不是昊天养的狗！哈哈……都是狗！"

嚣张的大笑声从残着血的枯唇间迸将出来，老僧两道白眉飞了起来，似在舞蹈一般，豪情纵横，便如一位持剑行走乡野四处寻找不平处的青年侠客。

略带嘶哑却豪意十足的大笑声回荡在幽静昏暗的房间内，宁缺怔怔看着白骨山间前仰后合似乎随时可能摔倒的老僧，感受着笑声里清晰传达的狂放意味，不由暗想此人当年有资格与小师叔以友相称，倒确实有几分道理。

"在世间行走了这么多年，寻找了这么多年，却依然满地走犬，万生如猪。思来想去还是当年开创魔宗的那任光明大神官有些意思，所以我重新回到了魔宗。"

老僧淡漠说道："然而没有想到这么多年过去，魔宗依然还是当年那般污糟模样。占着宗主之位的那个废物越发老朽昏庸，竟因为舍不得自己女儿便想废了魔宗圣女的传承，其余人更是沉醉于杀戮的无聊快感之中，就像野兽一样无趣无聊。

"便在这时，我终于在山门里发现了一丝希望，那是一个小男孩儿，我在他身上看到了复兴魔宗改变整个世界的可能。然而很可惜，重归山门为了立威我杀了他的父亲，所以他根本不相信我说的任何话。我从佛道圣地里带回那么多的奇妙功法他偏生不肯学，却非要去学那没有任何成功希望的二十三年蝉！"

老僧追忆往事，愤怒地喊了起来："唯一的希望又破灭了，我该怎么做？终于我想到了一个方法，我要让这个世界毁灭，什么魔宗佛门道家全部都毁灭，让天地间重归宁静，然而从焦土中生出新的芽，如此方能成事！"

宁缺看着近乎癫狂的老僧，忽然问道："你究竟想这个世界变成什么模样？还是说你只是看不惯这个世界，就想它毁灭？"

老僧渐渐敛了怒容，重新恢复平静，说道："你连这个世界是什么模样都还没有看到，又哪里有资格和我讨论对世界的改造？"

宁缺沉默片刻后说道："你既然行遍天下追寻改变世界的方法，为什么始终没有去书院？我想当年的书院应该不会比你曾经学习的这些地方差劲才是。"

老僧沉默很长时间后说道："书院已经有了一个叫轲浩然的家伙。"

宁缺盯着他的眼睛说道："所以根本不是改变世界。你只是嫉妒我家小师叔，你想让自己变得更加强大，想要战胜他，结果你始终做不到。直到最后你陷入绝望，于是干脆想让整个世界和你一起殉葬。"

老僧微微一怔，然后像听见世间最可笑的事情一般，哈哈大笑起来，空着的那只手不停揉着干瘪的腹部，说道："我会嫉妒一个疯子？"

宁缺没有笑，平静看着他说道："你本身就是一个疯子。"

老僧沉默，然后轻轻叹息了一声说道："你说得对，确实还是有些嫉妒。似我这般佛法无碍、道魔兼修，去悬空寺能成大德、在桃山能为神座，更是魔宗权柄最重的大祭者，实在是没有太多谦虚的资格。我总以为自己是千年一现的绝世人物，然而谁能想到，竟遇着一个比我更不可思议的家伙。"

老僧感慨说道："我曾学悬空寺莲花印，妙境自悟仿佛天生；我曾学桃山樊笼阵，挥手散指便困世间一切；魔宗七门二十八流派所有功法我无一不精，甚至连早已断了传承的饕餮大法也被我重新悟出。我更曾观两卷天书悟昊天神意，若非不想当狗随时能够天启，你说我这样的人可是修行天才？"

每听一句，宁缺的心便颤动一下，细想自己此生竟未见过如此强悍的修行者，便是颜瑟大师和二师兄似乎也远远不如，似这样的人物不是修行天才谁还能是？

他诚实说道："真正的万法皆通，你确实是个很了不起的人。"

老僧自嘲一笑，说道："那你可知道轲浩然会多少功法？"

宁缺沉默。

老僧缓缓摇头，说道："他只会一种。"

宁缺惊讶说道："一种？"

老僧平静说道："轲浩然只会使剑，从最开始像孩子打架般的木片剑，到最后一剑破云洞天的剑，都是他的浩然剑。"

宁缺望向房间四周墙壁上的斑驳剑痕，甚为不解。想到若小师叔只会浩然剑，那么又怎么能布置下如此强大的樊笼阵，把莲生这种人物困死数十年？

老僧仿佛察觉到他和莫山山心中的疑惑，微笑说道："你说我是真正的万法皆通，那我告诉你轲浩然他就是真正的一法通万法通。他此生只会使剑，却能将剑意化成世间所有道法，这房间里的樊笼便是如此。"

一剑幻化成世间万千道法！宁缺震惊无语，心想这等境界自己要修多少年才能触碰到？

老僧微笑说道："遇着这样的人，其实真的很无奈。"

"轲浩然生得不如我好看，骑的那头蠢驴哪及我的坐骑神骏，他的脚好出汗所以脱了鞋便臭却偏生喜欢坐着便去抠脚，他脾气也不好，就为了一碗红烧肉甚至和夫子对骂了整整三天三夜。就这样一个人，却偏偏世人只看他。与他并肩同游时，世人眼中只有他，无论我做出多少惊天之事，世人眼中还是只有他，"

老僧笑容微涩，抬起左手在胸前结了一个单莲花印，像宠溺孩子般轻轻抚摩叶红鱼的头顶，继续说道："我想做出惊天动地的事情，确实有嫉妒他的原因，然则根本原因还是因为我想寻找到一条通往彼岸的道路。而无论是任何事，他都一直拦在我的身前，所以我必须想到一个方法让他去死。"

"但你编织的那个阴谋还是被他识破了。"宁缺说道。

老僧感慨说道："当时险些被卫光明看破行藏，我只好避来魔宗，却不料轲浩然看破烂柯寺之事，也追了过来。当时我并不以为意，总想着集全魔宗之力总能把他杀死，甚至还有些欣欣然于他的来到，准备迎接他的死亡。

"在那之前我没有和轲浩然交过手，我知道他很强，但我总以为你就算是天下第一强者那又如何？然而我终究还是没有想到他会这么强，"

老僧冷漠说道："因为他强，所以他胜。这种道理我们魔宗中人很能接受，我输给他也能接受，即便他一剑把我杀了，我也没有任何怨言，但他不该不杀我。

"他不该不杀我！"

老僧枯瘦的脸颊忽然扭曲起来，幽深的眼眸像鬼火一般喷射怨毒的意味，嘶哑的声音仿佛来自冥界，凄厉喊道："他毁了我毕生修为，把我扔在这个幽暗的房间里，用我最得意的樊笼封住所有天地元气，把我像个妖怪一样镇压在这终日不见青天的地方！让我承受永世的孤独和绝望！

"有谁能够忍受数十年与世隔绝的孤独？你可知道天天看着殿外透来的光线数着日子却永远数不到尽头的绝望？你可知道数十年只能看着这四面墙是多么可怕的刑罚？你可知道一个人等的时间长了，便是安静都会变成最恐怖的折磨？"

老僧怨毒盯着宁缺的脸，仿佛看着当年那个人的脸，他的呼吸因为激动而变得异常急促，声音也越发凄厉阴恻，恰如他当时及此时的心情。

78

"绝对的安静，没有一丝声音，没有蚂蚁爬过，没有树叶摇晃，什么都没有。最后你因为太想听到声音，耳膜会变得无比敏锐，你甚至能听到身边那些尸体腐烂的声音，而那些腐尸肚子胀气炸开的声音进入你耳中，就像是一道惊雷！"

老僧凄厉的声音在幽静的房间里来回震荡，如同无数道连绵不断的惊雷。

"房间里的尸体都腐烂了，或者变成了干尸，于是连这些声音都没有了。前一刻还令你作呕的声音在下一刻便成为回忆里最美好的东西，你可知道这种感觉？

"到最后你甚至能听到自己的血液在血管里流淌的声音，听到肌肉渐渐失去水分变形的声音，听到自己胃袋干瘪的声音，肠子干粘在一起撕扯的声音。很奇妙是吧？如果你听的时间长了，你绝对会很想吐，然而问题是你不能吐。"

老僧的眼眸里失去了所有的光泽，像石像般麻木回忆着这数十年残酷的人生，喃喃说道："再强大的修行者也不能完全不饮不食，你需要吃些东西，哪怕是很难吃的东西。如果你把食物吐出来，那你就会死亡。"

老僧忽然尖声凄厉喊道："我知道这种活法比死亡更残酷，被轲浩然幽禁在此地的时候，我就应该自杀。但这个看似粗豪的家伙拥有比魔鬼更阴险的心思，他知道我既然当时贪生一瞬，那么便永远舍不得死！他才是个真正的魔鬼！"

宁缺沉默片刻后问道："数十年时光，你是靠什么食物撑下来的？"

老僧身下的骨山有被干燥微风吹干的陈年尸身，有白色的骨骸。

宁缺目光落在上面，忍不住皱起眉头。

莫山山随着他的目光望去，发现骨尸山下有很多骨屑，那些骨屑似是野兽啃食留下的。忽然间她想明白了一些事情，身体骤然僵硬，脸色异常苍白。

看着两个人的反应，老僧大声笑了起来，笑声凄厉尖锐，就像一只悲伤的老鬼带着怨毒在哭泣。只是大概因为体内缺水严重的缘故，苍老眼角挤出来的那滴泪水竟是浑浊有如石乳。

看着那双苍老浊眼，听着如此撕心裂肺的癫狂哭笑，想着老僧被幽禁在魔宗山门数十年生不如死的日子，便是心肠最硬的人只怕也会生出酸楚同情之感。然而宁缺却完全没有这方面的感受，看着老僧说道："同情是哀求不来的东西。"

老僧癫狂笑声渐止，如鬼火般的双眸看着他的脸。

宁缺偏头看石墙，沉默片刻后说道："大概是小时候遇见太多危险的缘故，我是一个很缺乏安全感的人，有事无事时我总喜欢想如果我出了事怎么办？谁把那桑桑养大？如果桑桑出了事怎么办？我该怎么才能说服自己继续活下去？

"如果有人像你曾经做过的那样对付桑桑，我会痛苦于怎样才能报仇。一刀把你杀了自然是太过便宜你，把你手脚斫了腌到屎坛子里你大概也不能撑太长时间，不能让你承受太过漫长的痛楚，我自然也会不爽。"

他收回目光望向老僧，微笑赞叹说道："现在想着你这几十年的日子，才发现原来小师叔果然是一法通万法通的天才人物，便是折磨人也有如此天赋。我不会同情你，我会学会这种方法，只希望以后不会用到。"

老僧不知道桑桑是谁，莫山山知道，她看了宁缺一眼。

老僧笑了笑，没有多说什么，先前的那连番质问，已经把他积累数十年的怨恨之意稍微疏解了些，他现在有更重要的事情做。

他缓缓低头，把枯干的双唇温柔移向掌心下的少女。

叶红鱼冷冷看着老僧，赤裸的肌肤上却抑制不住生出些畏惧的小突起，眼睁睁看着自己被撕扯成碎片缓慢吃掉，谁都无法完全驱除心中的恐惧。

幽寂无声的昏暗房间里忽然响起一道清冽的噌啷声。

宁缺抽出背后的朴刀，双膝骤然一弹，就像只潜伏在长草中一夜终于抓到猎物弱点的猛虎，猛然向骨山里的老僧扑去。

身在半空，一道寒冷刀光像暴雨般喷洒过去。

他和莫山山被老僧一眼所制，识海严重受创，意识无法控制住自己身体的任何部位，然而不知为何他竟克服了这种障碍，强行控制了自己的身体。而此时老僧正俯首准备啃噬叶红鱼的血肉，应该无法注意他的动静，正是偷袭的大好机会。

老僧余光里看到那抹刀光时，宁缺手中的朴刀距离他的脖颈只有半尺的距离，无论从哪个角度看，他都无法再阻止死亡的到来。

然而余光依然是目光。

老僧看到了那抹刀光，心意变动。

除了昊天的神圣光辉，世间没有比心意更迅速的事物。

一股并不强大却境界醇和到了极致的精神力量自老僧目光里散漫透出，骨尸山间无数根白骨因应气机纷飞而起，一根粗壮的腿骨横挡在那抹雪亮刀光之前！

这根纯白的粗壮腿骨不知道是当年哪位魔宗强者的遗存，灵魂早失却强悍犹在，与刀芒猛烈相撞，出现一个极大的豁口，竟没有从中断开！

整座房间都是小师叔当年布下的樊笼阵法，朴刀上两位师兄刻置的符文无法吸附到任何天地元气，他竟根本无法正面对抗老僧念力直接控制的那根骨头！

宁缺闷哼一声，刀锋处传来的巨大力量直接让他的腕骨折断，身体猛地向后疾飞，人在半空中便是一道鲜血自口中喷了出来。

骨山间，被老僧念力激发的那些白骨碎屑紧缀而至，噼噼啪啪击打在他的身上，就仿佛是暴风骤雨一般。瞬息之间，他便遭受到数百数千次重击，鲜血不停喷涌，身上的骨头不知道断了多少根。

啪的一声，宁缺重重摔倒在地，又是一口鲜血喷在了衣襟之上。好在那些白骨构成的暴风骤雨离了骨山的范围便簌簌落地，没有再次攻击。

源源不断的痛楚从身体各处传来，仿似所有骨头全部断了。宁缺皱着眉头，以朴刀刺地想要站起，但终究还是无法抵抗体内的伤势，单膝重重跪到了地面。

老僧脸色苍白，双颊下陷，眼瞳里幽光大作，身体微微摇晃，很明显为了应付宁缺的偷袭，他也付出了极大的代价，数十年积蓄的力量和先前那口血食，都被迫消耗一空。然而无论他怎样虚弱，掌心却依然死死控制着叶红鱼。

隔绝天地气息的樊笼阵，对修行者而言是最恐怖的存在，因为没有天地元气，绝大多数道术都完全无法施展，尤其是莲生大师先前那一眼里蕴着的无上境界，直接重创修行者的识海，让他们根本无法用意识控制自己的身体。处于这种境况里的修行者，就像是失去了毛笔的书家，失去了七弦琴的音律大家，徒有其识却丧失了所有能力，想必会陷入完全的绝望之中。

但宁缺和世间绝大多数修行者都不一样。他刚刚学会修行，过往十余年来挣扎于生死边缘时，他依靠的从来不是什么道法飞剑，而是自己的身体和身后的三把刀。被莲生大师一眼重创识海，也无法让他陷入绝望，因为无数场战斗磨砺下来，他对肉体的控制力强大到一般人很难想象的程度，甚至身体的骨骼肌肉能够自己控制，先前那段漫长对话的时间当中，他一直在不停以高速频率绷紧放松肌肉，就是想让身体真正地松弛下来，脱离识海控制而做出自己的应对。

宁缺确实是很擅长战斗的人，尤其是处于这种以弱敌强看似绝望的境地中时，他越是冷静战斗意识越是强大。只可惜双方之间的实力差距已经大到单凭判断推算和战斗意识无法弥补的地步。

"你对身体的控制能力居然强到了这等程度？"老僧略感诧异看着半跪在地面上的宁缺，两道白眉缓缓飘起，低声感慨说道，"荒人虽然体魄强健，但在意识与身体的主辅关联上较诸你竟还有所不如，想不到这一代的书院行走竟是个修魔的上好材料。可惜了，真是太可惜了。"

宁缺受伤严重，再也无法握紧手中的刀柄，身体摇晃两下，终于再次摔倒在地，也没有听清楚老僧说了些什么，擦掉唇角的血水，痛苦地咳嗽了两声。

先前发生的事情太快，莫山山完全没有任何心理准备，此时看着宁缺倒在血泊之中，眼眸里满是担忧神色，却没有办法靠过去看他究竟怎么样了。

宁缺看着她的神情，艰难以手撑地慢慢挪了过去，与她相背而坐，又痛苦地咳了两声，喘息着虚弱说道："暂时还不会死，但这下真动不了了。"

老僧看着他，越看越是欢喜，惋惜说道："如此美材良资，如果不是书院弟子，我真想将一身衣钵传给你，看看日后你究竟能到哪一步。"

宁缺曾经真的以为自己是修道天才，但这辈子历经千辛万苦才踏入修行道，一入修行道便见着太多真正的强者，还有二师兄陈皮皮这等怪胎，又遇书痴道痴这些天才少女，才渐渐断了那等痴念，认识到自己在修行方面的资质不过庸庸之辈。

所以此时听着老僧的感慨，他不禁感觉有些怪异，艰难翘起唇角，喘息着自嘲说道："雪山气海只通了十窍，居然也能是美材良资？"

老僧看着他虚弱说道："你若愿修魔，便是一窍不通又如何？"

宁缺虚弱地靠着莫山山的后背，看着骨山里的老僧艰难一笑，说道："大师，我现在愿意跟着你修魔，那你能不能把我们几个人放了？何必再打生打死。"

老僧用悲悯的目光看着他，虚弱说道："此时何必说笑语？"

宁缺咳了两声，喘息着说道："不是笑话，我可以夫子的人格发誓。"

老僧艰难地咧开嘴，笑着说道："我与轲浩然一生为敌，比世间任何人都知道书院真实的模样。别人或许会信，我却知道书院出来的人没一个可信。"

宁缺听着这话，忍不住哈哈大笑起来，却激得胸腹一阵难过，又剧咳起来。

老僧看着他不解说道："你应能大隐忍，先前为何选择那个时机出手？虽说那个时机不错，但终究还是早了一些。若你能等到我吞食血肉的那刻，岂不更妙？"

宁缺擦去咳出来的鲜血，说道："确实早了些，主要是我不喜欢看吃人肉。"

听着人肉二字，老僧的神情渐趋怨毒，寒声说道："我啃了几十年的骨头干肉，到最末这些肉都成了无水的柴渣，你以为好吃？"

老僧看着相背而坐的那对年轻男女，怨毒说道："之前行走世间吃的那些人肉，或是为了谋划，更多是为了自己的强大。难道你以为我就是一个喜欢吃人肉的变态疯子？难道你以为人肉真的很好吃？"

老僧想着数十年前那位飘过魔殿的青衣，神经质一般笑了起来："轲浩然把我封在这个与世隔绝的地狱之中，就是想逼我吃人肉。后来又有一个家伙来过这里，无论我怎样苦苦哀求他，他也不肯放了我或杀死我，反而又去拣了十几具尸首扔给我当饭吃，说这是昊天对我的恩赏。如果我食人是魔，那他们是什么？"

他看了一眼掌心下倔强抿着嘴唇、不肯求饶也不肯呼痛、脸色苍白的叶红鱼，望向宁缺冷漠说道："这个道门女子是我这几十年来吃到的第一份鲜肉，相较而言味道已经好了很多，你要不要吃一口试试？"

宁缺看着老僧幽幽如鬼的双眼，沉默片刻后说道："不用，我知道不好吃。"

虚弱靠在他后背上的莫山山没有听懂他的这句话，以为他只是在叙述一个事实，任何人都不需要亲口尝试，才能知道人肉不好吃这个道理。

然而老僧听懂了他的话，苍老的面容上浮现出诧异的神色，怨毒的眼神瞬间变回悲悯慈爱，赞叹感慨说道："书院果然还是书院，佩服。"

79

宁缺知道老僧为何忽然赞叹书院，因为书院连自己这种人都敢收，需要难以想象的胸襟气度，和兼容并蓄的态度，如此书院值得所有人佩服。

他骄傲说道："世间，胜在有书院。"

老僧微嘲说道："然而书院终究会变成一片废墟。"

宁缺说道："世间万物皆如此，但至少书院不会因为你的诅咒就变成废墟。"

老僧静静看着这个重伤虚弱却依然骄傲自信的年轻人，仿佛看到多年前那个朋友，沉默片刻后忽然问道："轲浩然死了多少年？"

宁缺怔了怔，摇头说道："不知道。"

"我对他说过浩然剑已入魔道，他却毫不在乎，我告诫过他，再这般骄傲下去，总有一天会被昊天诛之，他还是不在乎。现在想必他早已化成飞灰撒遍世间每条溪流每座大山，也不知此时的他是否还是这般骄傲，哈哈哈哈……"

老僧低头像个疯子般大笑起来，眼角又挤出一滴浑浊至极的老泪。

宁缺说道："小师叔就算死了也足以骄傲。"

老僧抬起头来，看着他寒寒说道："但他终究死在了我的前面，所以我赢了。"

宁缺嘲讽说道："有的人死了，但他还活着，有的人活着，但他已经死了。"

老僧感慨说道："好个牙尖嘴利的小家伙。"

"下次我会成功吗？"

宁缺忽然诚恳请教，棉衣之下的身体依然在以极高的频率微微颤抖，这种做法虽然极为消耗体力，却是在对方恐怖境界的精神控制下保持行动力的唯一方法。

老僧看着他诚恳说道："不会有下一次了。"

说完这句话，他低头在叶红鱼赤裸的肩头狠狠啃了一口。

叶红鱼眉头骤然挑起，却不肯低头，倔强狠厉地看着老僧啃食着自己的血肉，仿佛要把这幕画面深深地记在脑中，直到冥界也不想忘却。

片刻后，老僧抬起头来看着宁缺微笑说道："你想熬时间，我也想熬时间，消化第一口血食后，第二口血食会吸收得更快一些。不用再试图挣扎了，平静地迎接死亡会更喜乐一些。待我最后将你们三人超度入腹恢复功力后，一举毁了这座樊笼飘然出山，这世界便将是我的，也等若是你们三人的。"

因为嘴里有血肉，所以老僧的声音有些含混，却依然像春水般温暖。他苍老的唇角皱皮和下巴下血水淋漓，但笑容却像镀了层佛光般慈悲，身下的骨山尸海仿佛像圣洁的莲花座，漫着清光，如此佛魔之象，实在恐怖到了极点。

宁缺知道他说的话是真的。他思遍身旁所有保命手段，竟是找不到一个打破当前危局的方法。无论颜瑟大师留给自己的锦囊，元十三箭还是朴刀上的符文，都需要与自然相通才能发挥出真正的威力，不由沉默想到了死亡。

他盯着老僧坚定说道：“就算你能出去，这世界也不会是你的。”

老僧忆起那抹青衫，微笑说道：“我已道魔相通，何惧世间法？”

宁缺摇头说道：“世间还有夫子。”

老僧沉默片刻，说道：“夫子总是会死的。书院里的人太过骄傲，而越骄傲的人越容易死，这是夫子的命运，也是书院的命运，无法逆转。”

宁缺微微皱眉，说道：“疯言疯语。”

老僧忽然问道：“如今长安城里大唐国的皇后是哪位，这些年多出了几位武道巅峰的大将军，天魔舞可曾再现，轲浩然被天诛，夫子有没有杀上桃山？噫，有些不对，这小姑娘自报身份是裁决司大司座，难道神殿还没有被灭？”

轲浩然被天诛，夫子上桃山，在他看来桃山上的神殿自然覆灭，此时确信西陵神殿还存在，他不禁有些疑惑，因为他相信自己的谋划不会有任何漏洞。

连续数个问题，宁缺都不知道该如何回答。看似癫狂的质问，内里却似乎隐藏着很多历史的尘埃，那些尘埃里藏着很多不可告人的秘密。

“山门覆灭之前我安排了很多事情。我安排圣女南下，我相信她会做到我交代的事情，我安排很多弟子南下，我相信他们中总有人能做到我交代的事情。”

老僧看着他微微一笑，笑容里充满了自信甚至霸道的神采。

“当年的明宗已然腐朽，便是毁于轲浩然之手我也并不觉得可怜。

焦土之上生新芽，我宁肯在废墟之上开创一个全新的魔宗，新的魔宗根植于唐国强盛肥沃的土地，一旦新生必然是开天辟地的存在。

"我相信我的这些安排隔了这么长的时间，应该已经在逐步发挥作用，那么我逃出生天只需要安静等待夫子死去，那么你说这个世界会是谁的？"

宁缺听得浑身寒冷，暗想难道今日的长安城里隐藏着无数魔宗强者，而且这些人全部都是当年听他安排南下。如果让此人逃出魔宗山门，世间会生出多少风雨？

"可当时你应该以为小师叔会杀死你，一旦你死后，就算你在中原隐下这么多后手与安排，又有什么意义？"

老僧微嘲看着他，就像峰顶的白雪看着夏天的虫儿，说道："即便我死了，当年的这些安排依然存在。你们这些俗人似乎永远不明白，一个人的生存与死亡意义并不重要，重要的是我们能否改造这个旧世界，迎来一个全新的世界，然后集合新世界的能力去改变某种规则。如果能做到这些，我即便死了又能如何？"

宁缺问道："什么规则？"

老僧应道："大道的规则。"

宁缺问道："如果……你谋划了一生依然无法改变，那怎么办？"

老僧微笑应道："至少我努力过了。"

宁缺蹙眉说道："就为了你的尝试，不惜让整个世界陪葬？"

老僧平静说道："世界毁灭与我何干？"

这大概便是所谓阴谋家的快感来源吧，宁缺在心里默默想着，对老僧这一世的思虑筹划实在是佩服到了极点，却也恐惧到了极点，因为疯子总是难以战胜的。

此时此刻，名满天下的莲生大师在宁缺眼中就是一个彻头彻尾的疯子，他完全听不懂此人在说些什么，就算能听懂一些，也不知道对方究竟哪句话是真的，哪句话是假的，甚至直至此时他依然无法判断出对方究竟是一个什么样的人。

这名老僧有时天真纯洁如同新生的婴儿，有时刻薄暴躁如同市井间撒泼的妇人，有时热血激昂如同都城里清淡救世的青年书生，有时豪情纵横如同持剑打抱不平的青年侠客，有时慈悲怜悯像一名佛门大德，有时残酷冷漠真身似魔。

无论哪一种形象都无比真实，根本看不出一丝虚假处，各种面目截然不同，却均发自本心，纯粹得令人心悸。便如那句要成佛便成佛，要成魔便成魔，都是真佛真魔或悲悯或冷漠地看着这个人世间。

他简单却善变，孤独而脆弱，复杂又讨厌，有时嫉妒有时阴险，喜好争夺偶尔埋怨，自私无聊却又变态冒险，爱诡辩爱幻想，善良博爱却又怀恨报复，专横责难，他辉煌时得意，黯淡时伤感，他矛盾而虚伪，欢乐却痛苦，伟大却渺小。

莲生三十二，瓣瓣各不相同。

一个人的性格和思想如此复杂，实在是难以想象。

宁缺微寒想道，难道此人居然有三十二种人格？

老僧的话说完了，便像夜里一朵敛回去的睡莲，平静闭上双眼，开始运用魔宗秘法饕餮把道痴的血肉消化吸收成为身体里的元气力量。

安静的房间内回荡着宁缺的声音，只不过现在再也没有人回答他的话，这些声音显得那般单调枯燥不安，甚至隐隐透着绝望的味道。

"世间本没有魔，你这样的人多了，便有了魔。

"无论你扮演怎样的角色，你就是魔。

"莲生三十二，瓣瓣皆污。

"道魔相通便成神，但也有可能成神经病。"

无论宁缺说什么，白骨山里的老僧都不再有任何反应。他耗尽心思想出来的这些看似颇有哲思的话语，全都浪费在了干冽的空气之中，无法激怒对方，更不可能让对方因为这些话语而在心神上生出某些漏洞。

宁缺无力地把头枕在莫山山的肩上，望向屋顶那些青石，心里知道老僧将第二口充满昊天道门气息的血肉完全消化吸收后，境界便会复苏到自己无法触碰的层次，到那时候再也没有任何方法能够改变死亡的结局，目光便有些黯淡。

魔殿房间里的光线越来越暗，大概山外的世界已经入了夜，温度渐低。

他抬头看着屋顶石墙上那些斑驳的剑痕，那些小师叔留下的剑痕，那些构成一道樊笼把莲生三十二幽困数十年的剑痕，在心中轻轻叹息一声。

只是随意望去，他并没有刻意控制自己的心神，大抵是在旧书楼里用永字八法解字解成习惯的缘故，那些密密麻麻的剑痕在他视野中自然分开，逐渐清晰。

宁缺的目光在那些剑痕上久久停留，心意随着痕迹而行走，渐渐生出某种感觉，这种感受很隐晦，难以捉摸难以分明，身体却因此而温暖起来。

80

身体里隐晦的感受并没有引起宁缺太多注意，他甚至以为那道温暖是来自于身后的莫山山。他只是静静看着房顶青石间的斑驳剑痕，想着当年小师叔挥洒剑意时的潇洒气度，想着自己这时候等死的无奈，觉得有些惭愧丢脸。

绝望等死是一件很难过的事情，处于这种境地里的人们惯常都会沉默。此时莲生大师不再说话，宁缺自然也没有说话的兴致，魔殿房间里变得死寂一片。

绝对安静的环境，正如莲生大师先前怨毒回忆的那样，持续时间长了确实很恐怖。没有风的声音没有花草的声音，宁缺甚至隐隐听到了自己肺部扩张收缩的声音，听到了自己头发摩擦的声音，觉得很是神奇，却又觉得好生可怕。

如果不是能够清晰感受到莫山山温软身躯，或许他真会认为自己已经到了冥界。

莫山山虚弱地靠在他的肩头上，憔悴不堪问道："我们要死了吗？"

宁缺沉默片刻后说道："好像是这样。"

莫山山微微蹙起墨眉，说道："为什么不能安慰一下我？"

宁缺痛苦地咳了两声，自嘲笑着说道："如果能死得痛快，其实就算是安慰。"

莫山山明白他这句话是什么意思，稍后如果被莲生大师直接杀死倒还痛快，若像叶红鱼那样眼睁睁看着自己被吃掉，那才是人世间最大的恐惧。

一念及此，少女美丽的脸颊骤然变得极为苍白，长而疏的睫毛微微颤动，薄薄的嘴唇紧紧抿成了一道红线，沉默很长时间后，她望向宁缺因为咳嗽而深深皱成川字的眉头，声音微颤说道："在王庭我说过我喜欢你的字。"

宁缺不知道书痴为什么这时候会提起这件事情，微微一怔后，安慰笑着说道："我知道我自己字写得好，如果想看我出去写上几千字给你看。"

莫山山微微一笑，说道："我还说过喜欢你的大黑马。"

宁缺愣了愣，苦笑说道："那个顽劣的家伙还真舍不得送人。"

"我不要大黑马。"莫山山轻轻咬了咬下唇，仿佛下定决心一般轻声说道："我确实喜欢你的字，也喜欢那匹大黑马，但我更想告诉你的是另一件事。

"我喜欢你。"

这句告白直接让宁缺变成了一根木头。他看着近在咫尺的憔悴却依然美丽的脸，嗅着近在鼻端的淡淡少女气息，沉默了很长时间，思考应该怎样回答。

这是他两辈子里第一次被异性告白，这是他两辈子听到的最动听的话之一，虽然有些可惜是在昏暗的魔宗山门里，是在死亡快要到来的那一刻，但依然动听得仿佛湖畔杨柳枝轻轻摩擦的声音，那湖可是莫干山下的墨池？

肩畔的少女无论性情容貌还是修行境界都是世间第一流人物，名闻天下，不知多少年轻男子暗中爱慕却自惭形秽不敢言。在宁缺看来，莫山山除了因为眼神不好从而容易被误会为清高冷傲之外，竟是挑不出丝毫毛病。

论宗门家世或政治背景，唐国与大河国世代交好，夫子和皇帝陛下想必都会乐见其事，这理所当然是良配。论兴趣爱好，二人可以说得上是志同道合的同道，若真的在一处，日后漫漫长夜除闺房事外还可并肩泼墨互赏，岂不妙哉？

最关键的是喜欢吗？当然是喜欢的，男人的喜欢有时候很复杂，但大多数时候都很简单，像莫山山这般值得喜欢的女子，理所当然应该被喜欢，宁缺也如此。

只是眼看着便要死在魔宗山门里，还有心思想了这么长时间这么多事情，待他醒过神来后也不由险些哑然失笑，心里却总觉得有哪里不对劲。

这种感受很奇怪，临死之前任何背景世俗之事都不重要，而且他扪心自问确实很喜爱这个如书墨般纯净的少女，却越发警惕于心中那抹不对劲。便像是入魔之前要踏出那关键一步，似大美妙的身后伴着极大的恐惧。

那份恐惧是什么？宁缺自己不知道，他看着肩畔的少女，无措说道："山山师妹，我很喜爱你的性情容貌，包括处事方式，按道理都这个时候了，我不应该……"

莫山山的脸上没有少女表白后惯有的娇羞，只是一片温和宁静，她知道宁缺为何犹豫，甚至比这个家伙自己更清楚他为何犹豫，不由在心中轻轻叹息了一声。

她温柔靠在他的怀中，低声喃喃说道："在有些方面你真的很糊涂。我只是不想便死了你也不知道我的情意，却不是急着想从你这里听到什么安慰，这种时刻你说的任何话都不作数也不公平，我只是告诉你这件事情。"

宁缺本想反驳自己哪里糊涂了，转念一想自己这时候确实有些糊涂。

为什么不能按照真实心意把这位姑娘家搂在怀里，告诉她我也喜欢你，然后好生温存一番在死之前弥补下两世来的遗憾，自己到底在怕什么？

但他感觉到莫山山的情意，心头一片温润感动，轻声说道："那我知道了。"

莫山山满足微笑，缓缓闭上眼睛，靠在他的怀里，说道："那这样就够了。"

幽暗寂静的魔殿房间里，那座骨尸堆成的小山中央，如鬼般的老僧手掌轻轻按在一名浑身是血的美丽少女头顶，寒冷如冬。然而在房间的另一角中，有两个即将迎来死亡的年轻男女轻轻相拥着，像小动物般窃窃私语，温暖如春。

这幅血腥残酷却又美好的画面，令人心悸而又心动。

美好的感觉并不能让这个世界真正美好起来。看似温暖如春，实际上随着黑夜笼罩魔宗外的山峰，房间里的光线越来越暗，温度越来越低。虚弱的莫山山靠在宁缺怀里昏迷不醒，受伤极重的宁缺也感觉到身体的热量正在渐渐消失。

隐约记得先前某刻的温暖，他本能里抬起头来，重新向屋顶那些青石望去，骤然发现此时石上的那些斑驳剑痕没有随着黑夜消失，而是开始泛出幽幽的光焰。

小师叔当年剑斩魔宗诸位强者，剑上染血再上石墙最终变成今天的鬼火？但宁缺清楚记得鬼火这种事物应是腐尸留下的遗存，而且维持不了太长时间才是。

他眯着眼睛看着屋顶那些越来越清晰的剑痕，渐渐看得入神，再一次习惯性地用永字八法去解，竟浑然忘了身上的伤势，也忘了咳嗽。

泛着幽幽光焰的斑驳剑痕开始分解成繁密的光丝，然后在视野中周转起来，就仿佛是躺在草原上看着头顶的满穹繁星，美丽而又安宁。

忽然间，宁缺感觉到身体里多了一丝暖意，这次他没有任由这种感觉流逝，却也没有投注太多的注意力，只是细细地体会并享受着。

屋顶石上的剑痕在视野里依循某种规律流转，那道暖意仿佛与之相应，也开始在他的身体里流转，从腕间来到颈间，所过之处一片温润舒服。

宁缺此时神思有些恍惚，下意识里追逐着那些温暖，想要驱散身上的寒意。与之相应他的目光也在那些剑痕之上缓慢移动，那些痕迹渐渐烙印在他的识海之中。

那些剑痕进入他的眼眸，进入他的身体，变成温暖的气流，穿过他的手腕和诸多关节，进入他的五脏六腑，变成某种实质般的存在，冷漠地催促他站起来。那些痕迹里蕴藏的剑意是那般地骄傲，怎么能允许在死亡的面前就此绝望就此投降？

于是，宁缺站了起来。

他仰着头静静地看着屋顶的剑痕，仿佛自己都不知道自己已经站了起来。

莫山山从昏迷中惊醒，震惊无语看着站在身前的他，不知道发生了什么。

宁缺仰着头静静看着剑痕，不知道看了多长时间，眼瞳渐渐变得越来越黑，却又是那般地透明晶莹，往里望去竟仿佛看到了无尽的深渊。

铿的一声，他缓缓抽出身后的朴刀。

他看着屋顶一道斜飞向前的剑痕，右脚向前踏出一步。

他看着角落里一道笨拙而憨直的短促剑痕，左膝向下重重一挫。

他看着对面墙壁上一道柔韧圆润的剑痕，骤然转身，然后一刀砍出。

刀锋嗡嗡作响，刀锋间的空气迎锋而开，幽静的房间里劲风大作。

不知何时，老僧醒了过来，漠然看着那边，用饕餮大法连续吸食两口道痴精纯血肉，他双颊渐丰，枯瘦身躯里的生机已然变得极为旺盛。

宁缺此时在房间角落里舞刀，他专注看着墙壁和屋顶的斑驳剑痕，不停挥动着手中的朴刀，根本察觉不到身周的其余事物，竟似是莫名进入了深层冥想。

老僧感觉着四周墙壁上剑痕里的气息正在逐渐丝丝流逝，然后灌注入年轻的身体，漠然的眼眸骤然间变得狂热怨毒起来，凄厉尖啸道："你已死了，你留下的破剑难道还想再活过来？"

老僧刚刚丰实一些的双颊骤然下陷，如鬼爪枯枝般的右手隔空遥遥指向犹自出神忘物的宁缺，看模样竟是不惜耗损精血也要立毙对方。

莫山山最先反应过来，强行支撑着虚弱的身躯，伸手在身后握紧了几块硬物。

一直在老僧枯掌下低头沉默仿佛早已死去的叶红鱼忽然抬起头来，撑在碎骨上的双手微微颤抖，冷冽的眼眸里涌出决绝自弃的倔狠意味。

81

在抬头之前，叶红鱼看了宁缺一眼，目光里没有任何情绪。

那时的宁缺正握着长长的朴刀，循着屋顶墙壁青石间的剑痕挥舞，神情怔怔意态痴痴，以刀做剑法更觉生涩笨拙，整个人就像个浑浑噩噩的白痴。

叶红鱼看着他被莲生神座重伤，本应瘫软在地，此时却挥刀而行，不清楚他身上究竟发生了什么，但隐约猜到他遇着某种契机，应该正在开悟的重要过程里。

已然绝望的死局，随着宁缺遇着的这个契机，终于显现出了一道小小的缺口。她知道莲生神座不会给宁缺任何机会，而她却一定要抓住这个最后的机会。

于是她开始呜咽抽泣。

伴着哭声，她身上那件破烂不堪却依旧艳红如血的裙忽然间失去了所有颜色，变得惨淡苍白，仿佛被吸噬掉了所有的生命气息和血液！

她苍白的脸却变得异常鲜红，眼角鼻翼间血色如花，娇媚无比，眼角淌下两串如血般的红色泪珠，披散在身后的黑发暴涨而起，在空中狂乱飘舞！

她被樊笼大阵和莲生神座强大精神力双重压制的境界，不知因何重新回到身体之间，幽暗的房间里荡漾着知命境大修行者特有的气息。

知命境只展现了极短暂的一瞬，便急剧黯淡低落。就像是一根被石山压住的野草只来得及顶开石块，抬头向湛湛青天望了一眼，便瑟缩可怜地重新被压了回去。

境界陡然而回，陡然而失，却没有就此结束。她身上知命境界的坍缩低落，竟不是境界气息的强度被压制，而是境界本身正在向下行走，一路下行，竟是直接突破了境界的下端，一身修为境界回到了洞玄境！

明明已经晋入知命境界，她如何能够迫使自己重新回到洞玄境？世间修行向来是步步攀登而上，谁会转身下山？即便有那等疯子心甘情愿自降境界，但如何能够做到？你已高过天谕院女舍旁的那株矮柳，你已能踩着小湖里相距甚远的两块石头一蹦而过，那你如何能让自己再低过那株柳再踩不到前面的石头？

此时发生的事情，实在是令人无法理解，叶红鱼究竟为什么要这样做？她历经千辛万苦才觅到最合适的机缘进入知命境界，为什么要用这种明显非常危险的方式回到洞玄境内？她究竟想做什么？

不可思议的事情便在下一刻发生。

叶红鱼抬头盯着莲生神座，冷冽的眼眸里涌出决绝自弃的倔狠意味，身上红裙骤然苍白，境界直接降落到洞玄境，一股磅礴的强大的气息却从她的身上喷涌而出，直接冲破了头顶掌心间透过来的精神控制，向着老僧的身体轰了过去！

境界永远不会自然跌落，世间罕有听闻有哪位修行者能够自行降境，然而莲生大师学贯道魔，通世间万法，在叶红鱼身上气息陡变之时，便知道了她的用意。

西陵神殿有一强大道法，这种道法可以让修行者自行降境。一旦施展这种道法，修行者原先居于上层的境界所悟所蕴气息，将会在一瞬间内尽数喷发出来，历数十年苦修冥思静悟才积累得到的强大念蕴一朝暴起，将会形成极恐怖的冲击力。

只是这种道法要付出的代价太大。修行者千辛万苦才参悟晋入的境界，甚至比他们的生命家人还要更重要，谁舍得一朝放弃，一切从头修起？而且要知道施展过这种道法之后，修行者想要重新晋入原有境界，要比第一次破境时艰难无数倍！

对于有资格接触并掌握这种道法的神殿强者而言，在漫漫修道路上没有谁愿意施展这种道法，这比要他们去死更加痛苦更加难过。动用这种道法的神殿强者，必然是陷入比死亡更可怕的境遇，需要极大的勇气和决心。

今日的道痴叶红鱼已经是知命境界的大修行者，放眼整个世间，她毫无疑问是年轻一代中最了不起的人物。然而此时此刻，她竟是毫不犹豫让自己的境界强行从知命跌落至洞玄，根本无视要为之付出的代价和虚名。

因为她现在所处的境遇比死亡更恐怖，比冥界更寒冷，她看到了一丝希望，所以她不惜用死亡来搏取这丝机会。身处这个冰冷的没有一丝天地元气的房间，除了燃烧自己的境界，她还有别的什么方法？

知命境与洞玄境之间的距离，便是她此时身上像风暴一般涌出的气息，便是老僧掌心与她头顶终于被震开的半尺距离！

风暴般的气息骤然临体，老僧身体微微晃动，指向宁缺的手指颤了两丝。他神情漠然，居高临下看着倔狠望着自己的少女，幽深的眼眸里没有任何人类的情绪。

他没有想到叶红鱼如此年轻竟也知晓这等无上道法，如果他知道这名道门少女和他一样号称万法皆通，更有道痴的名号，或许他就不会这般震惊。

枯干的双唇间咒语疾念，右手自空中而回结了一株单莲花印，圣洁的光辉自指间如灯烛般亮起，道魔相通的神息瞬间占据整座白骨山！

随着神术强行镇压，老僧枯瘦的手掌缓缓向叶红鱼的头顶重新压回，一寸一寸看似缓慢却又似乎无可阻挡地下降。

叶红鱼没有低头。她冷漠强悍盯着老僧的眼睛，紧紧咬着自己的嘴唇，将降境那瞬间所得到的力量毫不吝惜地尽数轰了出去，想要阻止那只枯瘦手掌的降落。

她双手撑着地面，几片碎骨已经深深刺入掌心，那股痛楚却让她更加清醒，更为倔狠。细细的手腕剧烈颤抖，看似新竹般随时可能绷断，却一直倔强地支撑着身体，身体也在剧烈地颤抖，似乎随时可能瘫倒，却一直倔强地不肯瘫倒。

体内体外两道恐怖的力量相交碾压，鲜血从她娇嫩脸上细不可见的毛孔里缓慢渗出，然后凝成极细微的血珠，最终淌落到已经失去原有颜色惨白的裙衫上。

然而那只枯瘦的手掌还在无情冷酷地缓慢降落。

一寸一寸，纵使她已经付出了如此大的代价，甚至把整个生命的力量都燃烧起来，但境界距离莲生神座实在是太过遥远，依然无法阻止。

最后的时刻，叶红鱼用余光毫无情绪看了宁缺一眼。

这时的宁缺还在拿着那把朴刀比拟着石墙上的浩然剑痕，时而手舞足蹈时而抱刀沉思，神游身外，根本不知道场间发生了什么。

"我已经尽力了，如果你还醒不过来，我也没有别的任何方法。"

叶红鱼看着宁缺，因为布满血丝而愈发妖异媚美的眼眸里涌现出强烈的绝望情绪，想着："你这个白痴！你到底什么时候才能醒！"

然后她闭上了眼睛。

枯瘦的手掌终于还是落到了她的头顶。

老僧神情凝重而复杂看着掌心下的少女，先前渐丰的脸颊已然深陷，枯瘦重新为鬼，轻哼一声，把积累了数十年几乎所有的精神力量全数灌送了过去！

枯瘦的手掌边缘喷射出强大的气息。

狂暴而舞的黑发温柔安静地重新回到叶红鱼的肩上，她缓缓倒向地面，两行红烛泪般的泪水从眼角淌落，却依然目光冷厉倔强看着老僧的脸。

老僧脸色微白，身体微微摇晃。为了彻底制服燃烧生命境界暴起的叶红鱼，很明显他也付出了极大的代价。

事情并没有就此结束，真正令老僧感到隐隐不安和警惕的，不是掌心下的少女，而是正在执刀舞剑的宁缺，因为他舞的剑是浩然剑。

他重新抬起枯瘦的手掌，遥遥指向神入剑意茫然不知身外事的宁缺。

先前便是叶红鱼施展出如此恐怖的道法，莲生依然没有把自己所有的力量全部耗尽，因为他必须留下足够的力量，保证自己能在宁缺悟剑结束之前杀死对方。

要绝对地杀死，不能留下丝毫隐患和可能，所以这一次他没有用自己的目光淡然随意瞥之，而是神情凝重专注认真地遥遥隔空刺了一指。

指间所向，强大的精神力凝结成仿如实质的存在，生生刺破幽寂的空间和干冷的空气，直刺宁缺的后背。

此时宁缺正握着朴刀盯着身前石墙上的剑痕发呆，心境空明而呆拙，就如一个看着蚂蚁搬家而不知身后有石飞来的孩童。

道痴叶红鱼已经倒在血泊之中，再无力量，宁缺此时完全处于无防备的状态，背对着莲生大师蕴着怨毒和凝重的一指，似乎没有什么能挽救他的生命。

便在这时，一根白生生的骨头飞了起来，横亘在莲生大师精神力之前。

即便是魔宗强者刀剑难摧的坚硬遗骨，按道理也没有办法抵抗住莲生大师磅礴强大的精神力，因为有形之物何以拦阻无形的精神力？

然而幽静房间空中黯淡的光线在那一瞬弯转起来，屋顶墙壁石砖间剑痕里的磷火仿佛受到某种无形力量的干扰，也同时飘浮起来。

精神力虽然无形，却依然有感，此时便是连光线都受到干扰，被迫弯转，更何况是精神力？只听着哧的一声，莲生大师一指刺空，宁缺依然茫然执刀而立。

两道白眉缓缓飘起，老僧诧异看着房间里那个角落。

那是被遗忘的角落，角落里有一个被遗忘的少女。

从开始到现在，这名少女一直没有表现出令人惊叹的境界本事，虚弱不堪，所以莲生大师并未投予足够的重视，甚至被遗忘在角落里。

但她是莫山山。

莫干山的莫山山。

她是与道痴齐名的书痴。

所以她再如何虚弱，只要她还能动，那便能做出一般人做不到的事情。

老僧漠然看了莫山山一眼，没有理会她，直接再一指隔空刺向宁缺。

莫山山低头盘膝坐在地面，虚弱地随时可能倒下，右手自身后摸了一块石物，看似随意向远处抛去，却又挡住那一指之力。

老僧眉心微蹙，枯瘦尾指一翘，指间念力直刺她的心窝。

莫山山手指微舒，一把散乱的白色骨片飞于身前。

然后她低头痛苦地咳了起来，血沫打湿棉袄的前襟。

在湖畔计算数日山门掩阵，再带宁缺破魔宗山门大阵残余，少女符师的念力已然濒临枯竭，先前被莲生大师一眼破之，识海受创严重，此时她却是坚强地支撑着自己，用身旁能摸到的一切布阵，试图阻止莲生大师。

那些白色的骨片不是符，是阵。

这世间绝大部分的阵法都是变形的符，都需要与天地感应，调动自然间的气息。而此时的幽暗房间因为樊笼大阵的镇压，根本感应不到任何天地元气。

所以她现在布的这道阵与普通的阵法不同。

千年之前那位了不起的人物改造并且实现这道阵法时，原初的用意便不是与天地相亲相近，而是要与天地相争相执。所以这道阵法并不是用来调动天地元气的，而是用来切割天地元气，甚至是切割堵塞天地本身。

此时的房间里没有天地元气，所以这道阵不能切割天地元气，但却可以切割堵塞别的任何无形之力，比如莲生大师用两口血食和数十年幽困才养出来的精神力。

这道阵叫作块垒。

此时横亘在老僧与宁缺之间的十数块白骨，便是莫山山在魔宗山门外静观计算研琢块垒大阵的所悟，虽然比不上真正的块垒，但已然足够强大。

莲生大师的神情越发凝重，他感到了浓郁的不安和命数轮转之间隐藏着的那抹阴影。那个年轻男子居然莫名悟了轲浩然留下的浩然剑意，道门少女居然能够施展如此强大狠厉的降境道术，而这个看上去虚弱无害的少女竟能悟了块垒！

老僧枯瘦手掌莲花吐蕊，玉瓣猛绽，每一瓣便是极强大的念力攻击。

少女拾着白骨碎屑和墙上掉落的石块，不停修补着刚刚悟到的阵法。

宁缺便在那些白骨石砾组成的简单阵法之中，执刀静悟。

幽殿之中哧哧破空之声大作，老僧面无情绪，眼神深若幽冥。

鲜血像小溪般自莫山山薄唇里淌落，浸湿身上那件厚厚的白色棉袄，长而疏的眼睫毛在苍白的脸上轻轻颤抖，似乎随时可能闭上眼睛。

血泊乱骨间，叶红鱼盯着老僧苍老的脸，眸中燃烧着狂热的兴奋神色，渗着血珠的妖媚容颜虚弱却又癫狂，格格怪笑道："老怪物，你再吸啊！我的血被你吸干净之前，一定要看到到底是你快还是他快，我要看究竟是谁能活下来！"

82

莲生大师漠然看了她一眼，忽然微笑起来，温柔低头仿佛吮去莲上露水般吮去她娇嫩脸颊上的滴滴血珠，然后再次啃噬掉她身上一块血肉。

叶红鱼眸中隐现痛楚之色，却癫狂地笑了起来："你怕了。"

莲生大师没有理会她，平静地咀嚼着第三口血食，试图在最短的时间内，至少在宁缺醒过来之前恢复精神与生机。

数十年前的那个世界，他是最恐怖强大的人物。今日面对着他，三个世间年轻一代的佼佼者同时暴发，终于绝望之中觅到了一丝希望，在死亡面前强悍地争取到了一线生机。这个凶险过程里所蕴含的坚强自信和执着，便是这一生见过无数惊天动地大事的莲生大师也觉得心悸，必须用认真来表示尊重。

宁缺并不知道这时候的局面凶险如此，不知道书痴和道痴为了不让莲生打断他莫名进入的修行状态做了怎样的牺牲和努力，他不知道自己在做什么，不知道为什么自己看着那些剑痕磷火便亲切，身体乃至身体里的血液气息都下意识里要随这些剑痕走向而动，他甚至忘了先前发生的所有事情和自己以外的所有世界。

这种境界很危险，就像一个浑身赤裸的婴儿，手无寸铁茫然行走在危险的原野森林中，随时可能被野兽击伤然后吃掉。但也正因为这种境界充满了天真稚子心，干净透明未惹半点尘埃，才能真诚地接受外界在心灵上的投影。

这种状态便叫作空明。

宁缺在空明状态里的感觉很好，很强大。

他的眼前只有石墙，屋顶四壁的青色石墙，那些石墙上斑驳的剑痕仿佛活过来一般，通过眼眸进入他的心灵，演化成无数种东西。

像繁星般在夜空里流转，像溪水般在涧谷里雀跃，像流云般在碧空里飘荡，像大山般在尘世里傲然，像旅人一般在道路上欢快行走。

那些剑痕流转起来，牵起丝丝痕迹，如一本书般逐渐翻页，每页上绘着清晰的图谱。那些图谱似乎是某种奇妙的步法，又像是某种强大的剑术，更像是某种神奇的功法，又什么都不是，只是某种意味某种态度。

他跟随着眼眸里的剑痕，开始模仿行走，开始执刀为剑挥舞，开始沉默思考，开始微笑品味，脚下的步伐越走越通畅，握着的朴刀挥舞得越来越流畅。

隐隐约约间，他领悟到了更深层的东西。

小师叔留在青石墙上的这些剑痕，原来只是想表达某种情绪。

脚下走得越来越通畅，刀挥舞得越来越流畅，到最后便是畅快。

旅人要看世间更多风景，要忘却旅途间的疲劳痛楚，便应该手舞足蹈且走且歌之。

大山独立尘世间，要无视庶民的膜拜才能自在，便应该如此骄傲凛然。流云在碧空里停留或飘荡，都是它在追随着风的方向。溪水在涧谷里流淌而下，必然要把与石块的每一次撞击当成游戏，轻快随着大地的吸引奔腾而下，激出无数美丽的水花，这样才叫雀跃。繁星在夜空里静止或者流转，只是按照它自己的想法微笑看着世间。

所有的事情都是理所当然。

这是一种叫作理所当然的畅快。

因为理所当然，所以哪怕千万人在前，我要去时便去。

我有一股浩然气，便当自由而行。

这就是天地之间的至理。

他受创严重的识海里，十余年冥想所得的念力开始像那些白云、夜星、溪水般缓缓流转，开始像大山般自岿然不动，开始像旅人般欢快。

石墙上斑驳剑痕里蕴藏着的剑意，随着幽幽的磷火飘浮，渐渐渗进他的身体，随着他心灵开悟，这些剑意加速涌入，然后开始随念力一道流转停驻雀跃。

不知这些剑意是怎样的存在，进入身体之后竟变成了温暖的热流，在很短的时间内修补好了他的识海，然后自眉心继续向下直刺雪山气海。

识海被修复滋润的感觉很好，宁缺握刀站在石墙前，茫然不知身外诸事，眉头却下意识里舒展开来，然后骤然一紧，感觉到胸腹处传来极强烈的痛楚。

斑驳剑痕里的剑意在他的身体里肆虐，仿佛变成数千数万柄真实的小剑横冲直撞，把那些肉眼看不到的经络腑脏割得鲜血淋漓，戳得千疮百孔。

这比大明湖畔道痴施出的万柄道剑更加恐怖。

紧接着那数千数万柄小剑飞到了腰腹部的雪山处，开始不停地撞击。锋利的剑锋轻而易举地削去雪峰间坚硬的冰块，暴起无数团雪花，剑意撞击雪山的速度越来越快，眨眼之间便完成了数百万数亿次切割，剑锋与冰块的切割渐渐积蕴出恐怖的高温，沉默凝固无数时光的雪山开始融化成水，向上汇入气海。

数千数万柄小剑在他身体或者意识中再次向上飞起，飞临平静无波的气海处，依然如同撞击雪山一般开始沉默专注地进行数百万数亿次的切割。平静的气海开始翻滚，掀出惊天巨涛，如同沸腾，直至最后真的开始沸腾成遮天的水雾。

雪山气海融化蒸腾变成的水雾，在他的身体里依着某种通道缓慢运转前行，丝丝缕缕却又无缝不入，每遇着某处便会留下一些水雾然后凝结成露珠开始滋润。

随着那些水雾凝成的露珠不停滋润，那些身体部位开始分解重构，就像是一间旧房子被拆开然后重新建造，只是重新修建起来的房子是那样地漂亮，那样地结实，廊柱相撑，根本不惧雨打风吹。

宁缺感觉到随着那些暖意流淌过身体，仿佛有无数的力量正在重新灌注进自己的肌肉骨骼里，这种感觉很舒服很好很强大，令人迷醉不愿醒来。

斑驳石墙上的剑痕还在缓慢流转，深刻剑痕里的剑意还在不停进入他的身体，化作无数柄小剑不停轰击着雪山气海，滋润强大着他的身躯。

时间一分一秒地过去。

处于痛楚和迷醉感受中的宁缺，心灵上忽然掠过一丝阴影，纵使在空明的状态中也感觉到身体变得寒冷起来，因为他忽然想到某件事情，开始生出极大的恐惧。

如果任由这道磅礴剑意继续下去，自己的雪山气海岂不是会被戳烂？自己千辛万苦才打通的那些气窍如果消失，那自己还能修行吗？

因为恐惧，因为不安，他骤然惊醒。

他不安看着墙上的斑驳剑痕，一身冷汗，手掌与刀柄间冰冷滑凉。

这些剑痕，这些剑意，便是小师叔的浩然剑。

他终于明白了莲生大师说的那句话。

修浩然剑，在于胸中那股浩然气。而要修炼浩然气，需要背弃昊天，甚至与昊天为敌。

与昊天为敌，便是魔。

而小师叔在握住这把剑的那一刻，便已入魔。所以小师叔最终受天诛而死。

自己已经悟了浩然剑意，如果再接受剑意入体为气，便继承了小师叔的衣钵。也便入魔。

继承小师叔的衣钵是光荣而骄傲的事情，然而却也是世间最危险的事情。便是小师叔这样的绝世人物，一旦入魔也逃不过灰飞烟灭的结局。

如果自己学会浩然剑，还能在世上存活几日？

宁缺惘然四顾。

骨山里，老僧沉默运着魔功，叶红鱼在他身下昏迷不醒。

莫山山见他终于醒来，艰难一笑，再也支撑不住身体，昏倒在了地上。

夜色早已铺满山外的世界，幽殿里黑暗无比。他执刀站在骨山前，冷汗湿透棉衣，沉默不知如何前行。

斑驳石墙上的剑痕停止流淌，沉默等待。

体内的剑意缓慢停止流淌，沉默等待。

他的意志也在沉默等待最后的决定。

一旦入魔，便是莲生这样的人物最终也只能藏匿于黑夜之中，若要像小师叔傲然行于世间，无论修行到何等境界，最终结果依然是遭受天诛而死。

宁缺抬头看天，却看不到，只看到了冰冷的石墙和黑夜的色彩。

对于修行者而言，这是最艰难的决定。对昊天的敬畏，会让他们根本不敢触碰那个黑夜的世界。

即便是对昊天没有丝毫敬畏之心的修行者，基于生死间大恐怖的大考虑，也会十分挣扎，大概会苦思冥想半生至白头，也得不出最后的结论。

似乎思考挣扎了整整一生那么长。

事实上只思考了三十粒葱花从小手心里落在煎蛋面上的时间那么短。

他要活下去。

他要和某人一起活下去。

这是最重要的事情。

与之相比，昊天只是一坨屎。

狗屎。

宁缺举起朴刀直至与双眉平齐。此生最后一次拜天。

然后落刀。

刀锋落在石墙上，落在小师叔当年留下的剑痕上。腕转刀锋动，依着两道剑痕，向左一撇，再向右一捺。

刀锋之下磷火纷舞而起，仿佛星星离开夜穹。随着这个简单的动作，那道正在沉默等待的剑意骤然而起。

无数柄小剑凝在一道，自气海而下，劈开雪山。

就在这一瞬间，宁缺知道自己进入了一个崭新的世界。

识海里念力犹在，却不再弹琴付诸天地听，而是在身体内开创了一个美丽的新天地，那个天地里有树有湖有山有海，只待生命在这里繁衍丰美。

雪山气海之间多了一条通道，那条通道似乎一直存在，只是被堵塞遮掩，无法看到，此时却终于展现了真容。磅礴剑意化为某种实质般的气息从那条通道里呼啸而过，浩浩汤汤，横无际涯，直冲天穹，好不快哉。

是为浩然气。

细微的气流喷吐声响起，尘埃挟着杂屑从宁缺身体上喷溅而出。

他的眼眸里一片晶莹，然后缓缓敛为寻常。

83

呼兰海畔，寒雪覆黄草，湖面渐渐冰凝，草原男子正在抓紧最后的时间捞鱼。

戴着毡帽的中年男子看着湖上的画面沉默不语，线条方硬的脸颊上，渐有铁青胡须生出，越发显得强悍。一名下属神情恭谨站在他身后。

这支中原商队在这里已经停留了好些时日，部落里的头人也不知道他们究竟在这里等着做什么，如果是等夏末的皮货未免太早了些。不过看着这支商队给够的银子和货物份上，也没有人去理会他们。

下属看着湖面上的积冰碎雪，低声犹豫说道："天书真会在这里现世？"

中年男子沉默片刻后说道："天谕神座自南归来，便放出了天书在荒原现世的消息，想必是从观主那处得到了确认。听闻李青山也曾经在万雁塔上与黄杨共同算过，天书会出现在呼兰海畔，应该不会有错。"

那名下属蹙着眉头，思忖片刻后说道："大人，属下本不应该质疑，只是总觉得如果把希望尽数寄托在天谕神座所颁谕旨上，未免有些冒险。"

稍一停顿后他轻声说道："土阳城那边总不能一直瞒着消息，若让朝廷知晓大人您擅离将军府……而且前些日子传来确认，林零确实是死了。"

中年男子看了看这名二十年来对自己忠心耿耿的谋士，想着那名同样忠诚却已然死亡的下属，轻抚鬓角华发缓声说道："那些事情以后再做处理，眼下局面错综复杂，唯有拿得天书奢图再进一步方能破局，与之相较别的事情都是闲事。"

他看着大湖对岸北方的莽莽山脉，面无表情说道："我相信天谕神座的话，因为除了我之外这个世界已经没有几个人知道离开山门的通道便在呼兰海。"

那名谋士蹙眉问道："为什么不进山门去寻找天书？纵使有多方势力关注，但有能力进到山门的人向来极少，伺机而动总比眼下被动等待的把握更大。"

中年男子沉默看着遥远的北方某处，没有回答这个问题。

当年轲先生没有拿走天书，天书便应该还在圣地里。

他不愿意回到山门，而是沉默在湖畔等着觅机出手抢夺，除了战略上的考虑，更多的原因是因为心头的恐惧——当年他年纪并不大，却已经能够清晰地记得那些血腥的画面，还有那位冷酷无情，化身万千的老师。

谋士看着中年男子若有所思的神情，沉默想着，不知道大人抢到天书之后究竟怎么做，献给陛下还是献给神殿还是留给自己？

一卷天书真的能够改变所有的一切吗？近二十年来，谋士跟随自己的大人在诸方之间摇摆求存，看似织了一张极密的网，然而这张网最终却是缚住了自身，渐渐令自己艰于呼吸。想到这一点，他忍不住在心中黯然叹息了一声。

中年男子平静看着湖对岸的远处，再次想起自己逝去的老师。

这些年来，出身明宗的他为了保住自己，更为了保住隐藏在长安皇宫里的妹妹，在帝国和西陵神殿之间挣扎求存，万般辛苦实不堪言。

而当年他的老师周游于天下诸方势力之间，却像是鱼儿游于湖水之中，惬意无比甚至散发着满足的幸福感，这究竟是怎样做到的？

粗糙的手指缓缓抚摩石台，兽皮在风中轻轻颤动。站在万丈深渊之前，看着眼前那些纵横相贯的巨大石梁，唐回忆着老师当年叙述中的圣地模样，与眼前这片因为宏伟越发显得荒凉的世界相对应，久久沉默不语。

他缓步走到崖畔，看着黑暗的无尽深渊，默然想着昊天道门能领袖中原千年自然有其道理，不可轻视，尤其是那座知守观的道人想必真的有抵天之能。对方如此重视此事，想必天书真的留在山门中，只是为何一直没有找到？

他看着脚下不远处那座堆满白骨的殿宇，忽然开口说道："按照老师的说法，轲先生当年单剑闯圣地，并没有把山门里所有人都杀死。事先便有两个流派的弟子提前撤离南下，老师飘然离开之前，确认有很多弟子也已经撤走，除了那些战死的前辈，这些白骨里有很多人是自杀殉教，然后山门被封。"

唐小棠睁着明亮的眼睛，看着石梁下那座殿宇，先前已经路过那里，却没有什么发现，好奇问道："那几个家伙究竟跑哪儿去了？"

一阵风自石梁上掠过，刮起极碎的石砾和衣衫。唐在风中感应着山门里的天地气息，沉默片刻后平静说道："感受不到，应该已经走了。"

说完这句话兄妹二人向山门深处走去，唐那双像铁树浓花般的眉毛缓缓蹙了起来。当年的那些事情他有很多没有看透彻，这一次寻找天书也有很多事情无法看透，比如此时明明确认那些人已经离开山门，为何他心中却还是有些隐隐不安？

数十年前，轲浩然亲手布下的樊笼，直接把这个房间变成与世隔绝的世界，只要不亲自踏入，便不能发现这个世界的存在。可如果你真的走进这个世界，却再也无法走出去，因为这个世界是他亲自送给莲生的地狱。

"嘎嘎……呜呜……你居然学会了浩然剑！"

房间中央森然白骨山上，莲生大师看着宁缺，咧开无牙的嘴像孩子般笑了起来，紧接着唇角一瘪像孩子般哭了起来，笑声与哭声混在一处格外沙哑难听。

宁缺握着朴刀，看着他回答道："是的。"

老僧目光寒若鬼火，盯着他的脸幽幽道："这不可能发生！"

宁缺说道："就这样发生了。"

老僧的下一句话来得极快，雷霆一般喝道："那你岂不是入了魔！"

宁缺的脸上依然没有什么情绪，平静回答道："是的。"

老僧凛然问道："你不恐惧？"

宁缺应道："死亡面前，我不恐惧别的任何事情。"

老僧嘲讽说道："可你还是入了魔。"

宁缺皱眉说道："所以？"

老僧厉声尖啸道："入魔的人都必须死！"

宁缺说道："可你还活着。"

老僧缓缓摇头，微嘲说道："这是两种完全不同的选择。其实我大明宗不过是藏在黑夜里躲避昊天神辉的长青苔的石头，虽然号称不敬昊天，但实际上却是格外畏惧昊天的存在，所以昊天可以允许我们的存在，哪怕是作为光明的对照。而当你拿起那个人留下的这把剑，你便会因此而失去所有的敬畏，甚至对昊天的惧怕，这才是真正的魔道，昊天不会允许你们这样的人存在。"

宁缺沉默片刻，然后回答道："只要活着，总比死了好。"

老僧怔住了，然后癫狂地大笑起来，浊泪从苍老枯萎的眼角缓慢淌落。他用枯瘦的手指颤抖指着宁缺的脸，艰难地压抑住笑的欲望，喘息怨毒说道："轲疯子入魔而死，而你又要走上他的老路。我真不知道书院是不是被上苍诅咒的地方，你们会一个接着一个被昊天所毁灭，这大概就是你们的命运。"

他盯着宁缺的眼睛，喘息着说道："你必须足够强大才能坚定地走在这条道路上，而你强大的速度越快，死得便越快，你不要奢望能够逃脱这种宿命。"

老僧幽幽问道："苍天可曾饶过谁？"

宁缺沉默，双手缓缓握紧刀柄，似乎准备向冥冥中的宿命砍上一刀。

然后昏暗寂静的房间里响起他的回答。

"人要胜天，何须天来饶？"

这句平淡而骄傲的回答让莲生大师微微动容，他静静看着宁缺，忽然说道："修行者身前一尺之地，必然是自己的世界。"

宁缺听说过这个说法，却不知道老僧为何这时要说这个。

老僧看着他缓声说道："你悟了浩然剑，轲疯子隐藏在斑驳剑痕里的剑意进入你的身体，那这道遮天蔽地的樊笼自然也就不复存在。"

宁缺看着他说道："我知道，我甚至能感觉到已经有天地元气正在向房间里渗透，只不过我也需要时间来适应身体里这道全新的气息。"

老僧慨叹说道："原来到了此时，你我还是在耗时间。"

宁缺平静说道："时间，对大家都很公平。"

老僧微笑说道："我的时间到了。"

宁缺说道："我的时间也恰好到了。"

话音落处，老僧缓缓举起枯瘦的双臂，丝丝缕缕的残破僧衣，在不知何处飘来的风中缓慢摆荡。随着这个简单的动作，无数天地气息从青石墙缝里渗入房间，然后像变成丝丝缕缕的风，围绕着他的身体荡漾。

轲浩然当年留在剑痕里的浩然剑意此时有大部分被宁缺吸收用来改造身体，用来打通雪山气海。失去剑意的剑痕徒有其形再无其神，自然无法再支撑这座樊笼，此时虽然石墙间还有残余浩然剑意，却已经无法阻止老僧与天地取得联系。

此时魔宗山门外的块垒大阵感应到了天地元气的骤然波动，那些嶙峋石头上的青苔剑痕骤然泛起极耀眼的光芒，黑夜之下的雪峰映着星光，因为天地元气疾速向山门里灌入，带动着石间的郁结气息甚至带动着星光流转起来！

新鲜的充满生机的天地气息，终于穿过残破的樊笼阵来到数十年未至的幽殿之中，然后像洪水一般源源不断灌进老僧枯瘦的身躯。

老僧深陷的眼眸骤然间精光大作，旋即化为晶莹一片，枯瘦的脸颊以肉眼可见的速度神奇地变得丰实起来，伸在风中的两只手臂更是变得光滑紧实起来！

正如先前所言，他的时间到了。

宁缺的时间也到了。

他完全明悟了小师叔传授给自己的浩然剑气，已经能够掌握经过改造的身躯，开始贪婪而强悍地不停吸收冲进房间里的天地气息，然后转化为自己的力量——纳天地元气于体内，这便是魔宗功法最明显也是最不为世人所容的特征！

鲜活而永无止竭的天地气息进入身体后，经由念力打上烙印，然后穿越雪山气海间的通道，便化作了磅礴的力量，通过经络传向身体各个部位。他的手臂，肌肉，骨骼，指尖甚至头发都开始高频率地颤抖，仿佛因为强大而在欢欣雀跃！

脚掌落下，啪的一声脆响，踩碎身前的一根白骨。

第二次落下时，脚掌已经踩碎了一大堆白骨。

宁缺掠到骨山间，来到了老僧的身前。他双手握刀，朝着老僧的胸口狠狠捅了下去。

刀锋因为柄处传来的强大力量而高速颤抖，割裂震荡着周遭的空气，荡着丝丝缕缕白色的湍流，寒冷的刀面上符意大作，竟是比本身速度来得更加恐怖。

这是他此生最快的一次突袭，似电。

这是他此生最强的一次出刀，如雷。

带着浩然气的电雷一刀，根本容不得眨眼，甚至来不及思考，便猛烈到了老僧的胸前。锋利的刀尖捅进去一小截，老僧才来得及做出反应。

莲生大师此时正在不停吸收天地气息，他的双颊已丰，手臂已复，身上生机盎然仿若初生的莲花，然而他却没有预料到宁缺的第一刀便来得这般浩然无御！

此时的他已经恢复到全盛时期一成左右的境界实力。他曾是化身万千俯视苍生的莲生三十二，纵使只恢复了一成实力，也不是这样一刀便能杀死的。

枯瘦的鬼手已经变得饱满，皮肤白皙嫩滑，便如两朵纯洁的白莲花。白莲花绽放，瓣瓣盛开，刀锋便在花瓣间停驻，无法再向老僧心窝再进一分。

而此时冲破樊笼的天地气息还在汹涌灌入老僧的身体，他还在不断强大。

宁缺闷哼一声，左手重重拍打在刀柄的末端上。

他此时的左手就像是一柄沉重的铁锤，朴刀向着老僧胸口再进一分，刀刃尖处开始渗血。

老僧冷漠看了宁缺一眼，一道强大到恐怖的精神力，直刺他的识海。噗的一声，宁缺一口血喷了出来。

血水淌落到刀柄上，左手也再次落到刀柄上。他忍着剧烈的痛楚，左手再次化为铁锤重重击打在刀柄末端。

刀锋向着老僧胸口深处再进一寸！

84

老僧凄厉地尖叫一声，如白莲花般夹住刀锋的双手骤然高速颤抖起来。一股实质力量顺着刀锋暴涌而上，与宁缺灌注到刀锋里的浩然剑骤然相遇。

轰的一声巨响！

昏暗的魔殿内尘土大作，骨山颓然垮塌，那些断骨和骨屑就像是垃圾一样，被狂风卷起四处飘舞，击打着青石墙壁啪啪作响。

昏迷中的莫山山和叶红鱼，也被这股强大的冲击力量震到了墙角。

时隔数十年再现的天地气息不停修复着莲生大师的残破身躯，助他以恐怖的速度恢复境界实力，首先变得恐怖强大的便是精神力量。

这些天地气息同时也被宁缺所吸纳，然后转换成自己身体里的元气，最终变成他以前从未体验过的强大力量。

对战双方本身境界差距太大，时间也会变得不再公平。宁缺没能一刀把对方捅死，随着时间缓慢而无法阻挡地流逝，局面便对他越来越不利。他明显感觉到自己的身躯比先前更加强大，握着朴刀刀柄的手却虚弱地颤抖起来，已经快要无法握紧刀柄，因为刀锋处传来的力量已经快要胜过自己！

他抬头，看见了老僧冷漠的眼睛。

二人目光的相遇并没有像先前气息在刀锋上相遇时那般，产生摧毁般的效果，而是温柔宁静仿佛一颗露珠自莲叶上滚落，落入湖面荡起一丝涟漪。

水波荡开，便是一个新的世界。

宁缺看着夜穹上镶嵌着的亿万颗星星沉默不语，知道自己的识海终于被老僧恐怖的精神力量再次侵入，也终于明白了世间真正的修行强者身前一尺之地，绝对是他们的世界，无论力量还是意识都会处于他们的控制之中。

夜穹忽然震动起来，没有崩裂，却崩落镶在其间的亿万颗星星。那些星星划破长空，拖着长长的尾巴砸向他身前的荒原，大地痛苦地呻吟颤抖，冬树与霜草被溅起的泥土掩盖，或被高温焚烧成灰。

自夜穹坠落的亿万颗星星是莲生大师的精神力量。被轰击呻吟痛苦的荒原和草树是他的识海。当荒原和草树被坠落的星星变成炼狱化为焦土时，他的识海便会被轰破，就此死去或者成为一名无知无识的废人。

宁缺站在荒原上，看着遥远处星星砸向地面引发的野火，看着近处荒原上恐怖的大坑，没有掸掉身上的黑泥，也没有躲避，因为他不知道该如何躲避。

冒着被天诛的风险，刚刚继承小师叔的衣钵，眼看着可以死里求生，结果却落入如此绝望境地，马上便将死去，难道说这真是命运？真是昊天的诅咒？

他的心情一片寒冷，甚至感到了真正的绝望，然而在绝望的情绪深处，依然隐藏着强烈的不甘和想要把这些星星全部击碎的强烈渴望。

仿佛冥冥中某个存在感应到了他的强烈的不甘心和渴望，一抹极淡的影子缓慢蔓延过来，越过他的头顶，覆盖住了他的全身。

他看着身前那片阴影以及阴影中更深的自己的影子，霍然转身。

身后的荒原上什么都没有。

只有一座雕像。

一座黑色的雕像。

雕像仿佛是人类，又似乎是某位神明，因为背对着光明的缘故，面容和身躯都沉浸在深沉的阴影之中，根本无法看清楚。而就在这座黑色雕像出现之后，那些坠落的繁星，仿佛看到火焰的飞蛾受到了一种无形力量的强烈吸引，纷纷朝着黑色雕像斜掠过来。

先前声势惊人的星星撞击到巨大的黑色雕像上，微弱得像是不起眼的萤火。

亿万颗星星，便是一群孱弱的萤火，不停撞击，闪出一蓬蓬微弱的火光。那些微弱的火光也尽数被黑色雕像吸收。

黑色雕像渐渐升温，然后通体变红，仿佛镀上了一层血色。

应该会很烫吧？

宁缺神情惘然看着巨大的雕像，这般想着。

忽然间，他觉得自己的腰间一阵剧痛，低头望去，只见腰带冒着缕缕青烟，竟仿佛是要燃烧起来一般，里面不知道什么物事竟是滚烫无比！

宁缺回到真实的世界。

他这才发现原来老僧已经将刀锋从胸口里推出来了数寸，坚硬的刀柄已经抵到了自己的腰间,顶着腰带里的某物,那个物事烫得仿佛正在燃烧!令人发狂!

宁缺盯着老僧晶莹温润却冷酷无情的眼眸,双手紧握着刀柄,猛地向前推去!

鲜血从他的唇角淌落,像瀑布一般。

他痛苦地大吼一声,双脚像钉子般深深踩进青石板地里,身体前倾用腰间那块硬物抵住刀柄,把整个人的重量都压了上去,刀锋再进一寸!

老僧看着缓慢向自己胸口深入的刀锋,眼眸里涌出不可思议的神色。

他的精神力量触碰到宁缺的身体,便瞬间消失无踪,就仿佛是泥牛入海一般,而且这种流失的速度竟是无比惊人,不过霎时,他的识海竟已空了大半!

以魔功吸纳天地元气,靠的便是精纯的念力操控,此时识海里念力渐枯,那些荡漾飘浮在魔殿里的天地元气自然不再进入他的身体,而是向着宁缺的身体飘去!

老僧清晰地感受到双手间的刀锋上传来的力量骤然增大。

他瞪着眼睛看了宁缺一眼,然后低头看了他腰间一眼。

一声极轻微的摩擦声,就像是湖风轻柔拂过莲叶。

锋利的刀锋割断几根手指,断指缓缓落下。

纯洁的白莲花,瓣瓣脱落。

宁缺闷哼一声,手中的朴刀暴烈向前刺出,伴着沛然莫御的浩然剑意,雪亮的刀锋扑哧一声捅进了老僧的胸口,直接贯穿了他的心脏。

85

再强大的修者,心脏被直接捅破,总应该死了吧?

宁缺依然极强烈警惕着,因为老僧的境界实力已经超出他所有的战斗经验,他不知道已经隐隐然越过五境的对方,究竟拥有怎样的生存能力。

所以他没有就此抽刀而出，而是盯着老僧近在咫尺的双眼，看着苍老眼眸最深处的生机，手腕用力一转，让冰冷的刀锋直接把老僧的心脏震成了碎片。

老僧的身体猛然抽搐起来，痛苦地捂着胸口，却没有马上死去。

宁缺皱眉，准备抽出朴刀直接砍掉此人的脑袋。

老僧盯着宁缺的腰间，忽然癫狂地笑了起来，笑意癫狂笑声却很虚弱，最末化作哭泣的声音，喘息着说道："原来是这样，难道这就是命数吗？"

这名垂垂老矣的绝世强者在死亡到来前的这一刻，终于从宁缺的身上看明白了一些什么事情，喃喃说道："生而为魔……死亦为魔……我此生自以为可……以跳出三界外，却想不到要到最终归去时，才知道自己这一生……

"……始终都在此山中。"

宁缺闷哼一声，双手再次用力，手中那把朴刀直接穿透了老僧的身体，他胸腹间的浩然剑气毫不吝啬地尽数顺着刀身喷涌过去。

受到剑意震荡，老僧哇的一声吐了口血。

数十年被苦囚于此，只有青石缝间滴水可饮，只有白骨干尸可食，老僧虽是能够辟谷的大境界者，却依然被折磨得不成人形。大概是因为缺水的缘故，他此时吐出来的这口血竟是黑色的，无比黏稠，就像是惯见烟火的灶锅底油一般。

老僧缓缓坐直身体，无视正在摧毁腑脏内所有生机的浩然剑意，看着眼前宁缺的脸，双手在膝头缓缓展开，重新结了一个他名震世间的莲花印。

先前被刀锋所割，现在他的双手只剩下了四根指头，断指茬间白骨森然渗着血水，看上去极为恐怖。然而残缺的莲花印一现，一道澄净气息顿时笼罩住他的身体，温和慈悲之意渐渐在满地碎骨之间散开。

西方有莲翩然坠落世间，自生三十二瓣，瓣瓣不同，各为世界。

如今只余四瓣，归为同一世界，却因此而平静。

既然跳不出三界外，既然只在此山中，那么何必非要幻作无数世界想要超越三界，何必非要花瓣随风而去，便在山中幽幽绽放反而更美。

莲生大师静静看着宁缺的眼睛。

然后宁缺听到他的声音。

他并没有被莲生大师的精神力量控制，被迫进入对方身前一尺的世界。而是两个人的心灵在精神范畴里相遇，从而能够感受到对方的意识，或者说心意。

相遇刹那时光，宁缺便清晰地判断出对方此时的心意很平静，不是喜乐，而是一种洞彻之后的明悟，这抹心意甚至显得有些亲近。

莲生大师眼如春湖温暖，静静看着宁缺。

"我追寻的究竟是什么呢，我们这代人追寻的究竟是什么呢？天道之下，能不能有一个和以前不太一样的新世界？我不知道，也不知道轲浩然最后知道了没有。"

他望向青石墙上的斑驳剑痕，惨白的苍老面容上流露出一丝笑意。

"最终还是你胜了，你的传人胜了，只是他能够获得最终的胜利吗？魔宗因你我而毁灭，会在他的手里复兴吗？我对你的复仇，大概便会这样开始，却不知将如何结束，或者这应该是对昊天复仇的开始？"

然后莲生大师收回目光，继续看着宁缺的眼睛。

宁缺脑中嗡的一声，感觉有很多事物便从老僧晶莹平静目光中传了过来，那些事物不是具体的修行知识，也不是画面，只是一些若有若无的感受。

"你已入魔，若要修魔，须先修佛。然后请勇敢地向黑夜里走去，虽然你没有什么成功的机会，可能刚刚上路便会横死，但我依然祝福你，并且诅咒你。"

莲生大师静静看着他说出在世间的最后一句话，缓缓闭上眼睛，搁在膝上的双手散开，如白莲凋谢。

宁缺双手紧握着刀柄，惘然看着身前。

似乎有风吹过带起细微的响声，挂在刀锋之上的老僧身体仿佛风化的沙雕般骤然干裂散开，落到地面的那些凌乱骨片间，簌簌作响。

尘归尘，土归土，白骨的归白骨。

宋国世家公子莲生，伴着睡莲来到这个人世间，还是个天真无邪的婴儿时便已入魔。这不是他能选择的事情，因为他的家族从先祖开始便一直是魔宗中人。

婚后，他疼爱的妻子发现了这个秘密，从而被他父亲杀死。

他在坟旁立庐相守，不能同生想要同死，于是深夜入墓准备相殉。其夜风雨交加，他在坟前沉思半夜，披湿衣而回，开始周游世间。

他离开家族，一路修行，于烂柯寺展现妙境，名闻天下。

他想要毁灭魔宗，然而当西陵神殿掌教请他入魔宗为间，第一次来到荒原深处的魔宗山门后，却发现自己像回到真正家庭一般亲近，才明白原来自己果然天生就是这里的人，不是寺不是观不是神殿不是瓦山，是被昊天遗弃的山。

他依旧想要毁掉那个已经腐烂，变得像莲池底部污泥般腥臭的魔宗，然而他发现毁灭之后应该重生，所以他想开创一个崭新的魔宗，然后创造一个崭新的世界。

他拥有不世天资，道佛魔三宗兼修，意图以魔遮天，以道顺天，最终以佛法抵达彼岸，跳出三界之外，不在众生之中，如此才能在崭新的世界里抹去旧世界那层太上无情的天道，寻回一些他想穿越时光寻回的东西。

为此他不惜行恶，渐不知何者为恶，做了很多惊天动地的大事，成就了惊世骇俗的威名，害死了成千上万的人，然后他遇到一个叫轲浩然的人。

这时他本已布置好了一切，只需要隐藏在桃山神殿那张墨玉神座上耐心地等待，等待轲浩然死去，等待夫子死去，便将开始改变这个世界。

然而某日他在轲浩然的身边看到了一名女子，那个女子脸上带着纯而媚的笑，很像他从前的妻子。他像朋友般温和地笑了笑，然后开始提前发动。

他没有成功。他被枯禁在幽冥中数十年。他在绝望中等待希望。

然后在见到希望的那一刻，死去。

直到看到死亡，他才明白原来自己什么都不在乎，才明白原来自己一直只是在等待死亡。

当年那个雨夜，他没有勇气掘开那座墓，自此以后，世界对他来说便是一座凄清的孤坟。

他是走火入魔的掘墓人。

他是墓中早已死去的人。

宁缺神情惘然站在原地，手中握着的朴刀缓缓垂落。

莲生大师就这样死了，然而先前传递到他脑海里的那些意识碎片还存在。

那些感受很复杂甚至混乱，就如同莲生大师这个人。

青石墙上的斑驳剑痕里的最后那些剑意，还在向他的身躯里涌入，和天地气息一道缓慢地改造着他的身体，破烂的棉袄绽开着灰白色的棉花，微微颤动。

宁缺擦去唇角的鲜血，以刀撑地，艰难走向墙角，确认莫山山和叶红鱼只是陷入昏迷，并没有死亡，才终于放下心来。

如果按照他原先的处事方法，这时候绝对会趁着道痴昏迷的机会，直接一刀把她给杀死，然而此时看着她身上那些恐怖的噬咬伤痕，不知为何他没有动手。

宁缺靠着墙壁坐下，低着头看着自己的胸口，开始剧烈地咳嗽。

感受着自己身体里的变化，体味着老僧度给自己的那些意识，恐惧和不安渐渐占据他的心灵——如果这些事情被人知晓，夫子和书院会是怎样的态度，一旦失去了这座最大的靠山，自己怎样才能在遍布昊天神辉的世界里生存下去？

接连遭受重创，他的身体已经濒临崩溃，此时终于放松下来，理智所带来的恐惧混着伤势强烈袭来，让他痛苦焦虑无法自安，甚至来不及去思考怎样离开魔宗山门，痛苦地皱着眉头，惘然不知该如何面对以后的人生。

带着满腹的疑惑和恐惧，宁缺靠着墙壁昏迷了过去。

斑驳石墙上的浩然剑意飘落，漠然缭绕在他无知无觉的身体上，天地气息灌入的速度变得非常缓慢，却还在继续，而且看上去只要他活着便将永远这样继续下去。

他在被昊天遗弃的山脉深处入魔。

此时在遥远的荒原极北处，热海渐渐冰封，进入漫长的黑夜。

这一次黑夜来临，似乎将不再离开。

<h1 style="text-align:center">86</h1>

当他在穿山越岭的那一边，她在长安城里安静地等待。

同是寒冬，寒意的浓淡却不相同，好在黑夜还是那样公平，遮住天弃山山脉时也遮住了长安城。深冬的临四十七巷里，老笔斋再次迎来了一个寻常的夜，

小小庭院里，桑桑坐在小板凳上，看着自己指尖那团洁白的光芒，微黑的小脸被照耀得光明一片，柳叶眼愈发明亮，仿佛在想念某些东西。

老人微笑看着她，双手笼在袖中，身上那件棉袄比从前干净了很多，花白的头发也被梳得很平滑，模样依旧普通，无法让人相信他就是西陵神殿的光明大神官。

前些天长安城里落了几场小雪，今夜雪止云散天地晴朗，黑漆漆的夜穹上缀着千万颗星辰，平静看着大地上的建筑以及建筑里的人们。

神辉渐渐在细细的指尖熄灭，桑桑抬头望向天上的星星，认真问道："老师，神术感知操控昊天神辉，昊天神辉就是阳光，那为什么星光也可以？"

老人把手从棉袄袖筒里取出来，准备讲解数句昊天真义。

桑桑没有注意到他的动作，眯着柳叶眼看着夜星，蹙着眉尖继续说道："难道说天上的这些星星就是无数颗太阳？只不过它们离我们太远，所以看着小一些暗一些，修行神术时感受到的气息才会比白天要淡很多？"

老人感慨想着自己是在修行神术三年之后才想到这点，自己新收

的女徒儿却如此早便发现了，不由生出喜悦骄傲失落微酸诸多复杂情绪："从道理上讲应该是这样，但十几年前我曾经看过一眼星星的模样，觉得和自己想象的并不一样。"

桑桑收回目光不再仰望星空，看着老人慈祥的面容，认真问道："老师，修行是通过操控天地元气操控兵器打人，我们修行神术该怎样打人呢？"

老人笑着摇了摇头，心想徒儿竟是一心念念不忘用神术打人，真不知道她心里有什么事情让她如此执着，轻声说道："昊天神辉最为澄净，为天地间所有元气之始之本，但它却又最为狂暴，因为它可以将天地间所有事物尽数净化为虚无。"

一片枯叶飘到桑桑的膝盖上，她看了一眼叶上残留的雪痕，轻轻用手拨开，看着老人继续认真问道："昊天神辉靠什么净化世间一切物，像烧柴火那样？"

没想到小姑娘会用柴火煮饭来比喻神辉净化，老人哑然失笑。

然后他认真解释说道："你可以把神辉想象成无数极细微的小颗粒，肉眼根本无法看到这些小微粒的具体模样。这些微粒可以发光，可以拥有近乎无限的速度，然而一旦以近乎无限速度进行传播时，它们便会失去所有威力。

"神辉力量的传播更像是湖水的荡漾，波浪里蕴含的力量便是它的威力所在。但你的比喻没有错，只有当神辉里的微粒开始剧烈震荡摩擦出非世间所能出现的剧烈高温时，才会展现出它独有的净化世间一切物的威力。"

老人看着桑桑若有所失的小脸，停顿片刻后，神情凝重说道："神术是一种很强大的能力，然而能力越大责任便越大。任何想要拥有这种能力的人，必须要有与之相配的品德，必须内心纯净透明无一丝阴晦，持光明观，如此才会不被反噬。"

在他的眼中，桑桑从发丝到脚趾都无比干净透明，也正是因为这一点，他才会像发现宝藏般逡巡临四十七巷多日，认为她就是昊天赐给自己的机缘。

此时老人如此凝重述说着光明观，便是担心日后若自己离开这个世界，这个女徒会被世间黑暗遮蔽双眼，被尘埃蒙昧心灵，变得不再透明。

庭院里有一口井，井旁水桶里是刚刚提起来的水，星光渗进去却无法停留。

桑桑摇头说道："透明没有颜色，而无论是阴晦还是光明，它们都是颜色。"

老人沉默无言，缓缓品味着女徒的这句话，竟觉得很有道理。隐隐约约间，他发现这种说法才是对的，感慨想道大概只有真正透明的人才会领悟到这点吧。

桑桑继续认真说道："少爷以前教过我，力量就是力量，本身没有任何善恶之类的属性，不要相信任何有关先天善恶的说辞。"

老人看着她的眼睛，发现她的眼睛里没有任何疑惑，只有肯定和理所当然的相信，神情微异，心想那个少爷倒似乎是个有趣的人物。

这些天他在老笔斋里，通过桑桑听到了无数那位少爷留下的废话或者是警句。

他有些好奇那位少爷究竟如何才能养成那等现实而肯定的理念，又有些感慨于那位少爷的幸运，竟能让桑桑如此无道理地信任并且依赖。

"既然你对神术威能比较感兴趣，那让我们来尝试一下。"

老人微笑伸出食指，指尖出现一团光焰。神圣洁白的光焰没有任何温度，然而下一刻庭院便被干灼的气息笼罩，光焰里的高温开始散播。

"我们首先需要做的事情，便是如过往这些天一样，感知然后凝练天地间的昊天神辉，然后以敬畏心意请求神辉在光芒之外散播它的热与威能。"

那团洁白的光焰从老人指间飘落，落在先前被桑桑自膝头拂落的冬叶上。嗖的一声轻响，冬叶上的残雪痕迹和叶片本身瞬间消失无踪，连一丝青烟都没有。

桑桑看着这幅画面，低头静静思考了片刻，然后抬起头来，学着老人先前的模样伸出自己的食指，圆融可爱的光焰生于指尖，光焰中蕴着恐怖的高温。

老人看着她指尖上那团光焰，虽说这些天已经从这个小女徒处感受到了太多震撼，苍老的眼眸里依然难以抑止地涌现出惊叹和喜悦满足的神情。

看一眼便能凝结昊天神辉，再看一眼便能运用昊天神辉？

老人被赞为继千年前那位传奇人物之后最出色的光明大神官，是世间距离昊天最近的那个人，然而他很清楚自己做不到这样，千年之前那人也做不到。

桑桑看着自己指头上的那团光焰，小脸上流露出犹豫的神色，似乎不知道应该如何处理。她望向灶房，看着灶下的木柴和灶上的水锅，想想先前准备烧水来着，柳叶眼骤然一亮，轻轻一弹便把指尖的光焰弹进了灶眼里。

那团圆融的光焰飘进灶眼，轻轻落在干柴之上。只听着咻的一声轻响，干柴瞬间被点燃，开始熊熊燃烧，不过片刻工夫，水锅里便冒出了丝丝缕缕的蒸汽。

飘进灶眼里的光焰没有把干柴烧成青烟，说明桑桑凝结的神辉无论在精纯度和威力上离真正的神道强者还有难以逾越的差距。然而她的小脸上没有丝毫挫败情绪，反而露出了开心的笑容，想着没有浪费干柴也没有浪费指尖的烈火，真好。

然后她说道："老师，水已经热了，可以洗碗了。"

老人站起身来，有些笨拙地卷起厚厚的棉袖，向厨房方向走去，心想幸亏今天吃的是清汤鱼丸面而不是鸡汤面，碗上应该没有沾太多油，应该会比较好洗。

87

老笔斋不养闲人，除了宁缺。

桑桑收容老人在此生活，甚至被他用尽手段说服开始修行神术，真诚称他为老师，但她想着相遇之前老人那副窝囊模样，便安排了很多家务事给他，以免他变成提着茶壶逛大街晒太阳剔牙有事装可怜无事骂儿媳的那种惫懒老者。

老人最开始的时候很不适应。自从数十年前离开宋国那个小道观后，他便再也没有做过洗碗抹桌子之类的杂事，无论是坐在神座之上还是被囚禁在桃山后麓的幽阁之中，都有无数人侍奉他的生活，身为云端之上的神座，双手哪里沾过阳春水？

然而现在他必须学会这些事情，因为这是桑桑的要求——他是桑桑的老师，他也认为传人应该学会尊师重道，但他更清楚，如果自己不听这个小姑娘的话，那么自己随时都有可能不再是她的老师，而这是他绝对不能接受的事情。

于是，这位数百年来最优秀的光明大神官，在傲然叛离神殿、一手破除裁决大神官亲自布置的樊笼阵后，却在桑桑面前落入了生活的樊笼。

再如何不可思议的事情，一旦做的次数多了，便会习惯直至麻木甚至开始乐在其中。光明大神官似乎也逃不出这等天理循环，老人卷着棉袖，站在灶台边，手中拿着丝瓜瓢认真专注洗着碗，因为动作越发熟练而且看样子今天不会摔坏碗下意识里高兴起来，苍老雍容的脸颊上流露出孩子般的得意神情。

做完桑桑安排的家务活，老人走回前铺，用两张方桌拼成一张临时的床，从陈物架后面的角落里抱出被褥铺好，吹熄油灯躺了上去准备睡觉。

冬夜的星光洒在临四十七巷间，通过铺门上的花格透进来了些。老人看着地上如霜般的星光，压紧漏风的被角，发出一声舒服的叹息。

他很满意自己离开桃山的决定，很满意自己来长安城的决定，很满意现在的生活。于是他忘记了自己当初为什么要离开桃山，为什么要来长安城，甚至很少想起那抹黑色的影子，或许是他下意识里想把这段日子延伸得更长一些。

能够找到传人是一件幸福的事，能找到像桑桑这样一个神道传人，更是一种难以言喻的幸福。老人相信千年以前，昊天道门绝对没有出现过这种人物，此后千年大概也不会再出现，桑桑一定能够继承自己的衣钵，并且将会比自己走得更远，并且终将看到他曾经痴醉瞥过一眼的那方神妙世界。

老人感觉到自己离死亡已经不远，然而在死前已经能看到死后的将来，并且是明媚的令他喜悦赞叹的将来，怎能不喜乐。

铺后宅子里的桑桑也准备睡了，装了一桶剩下的热水开始烫脚，白莲花般光滑细嫩的小脚丫子轻轻踢着水，就像小鸭子在池塘边戏水一般。

一个独自居住十四岁的小姑娘，收留一个来路不明的老人，而且那老人事先还贼兮兮在老笔斋外窥视多日，这事看上去怎么都有些不妥，但桑桑就这样做了。

这并不代表桑桑善良易骗。她或许善良，但跟随宁缺在这尘世间打滚多年，哪里会不知道人心险恶。当初之所以会收留老人，是因为她看到了老人指腹间渗出的那抹圣洁光辉，然后确认学会神术后可以帮宁缺打架。

这个理由很重要——过去十几年来，都是宁缺为了她打架杀人，她只能瑟瑟躲在大黑伞下，偶尔喊那么几声。而她觉得现在自己已经变成大姑娘了，应该可以多做一些事情，比如在必要的时候帮宁缺打架，帮宁缺杀人。

相处久了，桑桑甚至和老人之间生出一种家人般的亲近感觉，因为她能感觉谁对自己真正的好，她发现老人对自己只比宁缺对自己的好差那么一点点。

"也不知道少爷现在在做什么，荒原那边很冷吧？"桑桑睁着眼睛看着屋顶，小手撑在微凉的炕上，想象着宁缺在荒原上的生活。这是她和宁缺分离时间最长的一次，怎样也习惯不了。

因为宁缺不在家，她觉得屋北头新砌的炕没必要全部弄暖，于是习惯性地开始节俭。这些天炕下的银炭数量少得有些可怜，炕面凉得有些沁人。

从柜子里取出宁缺留下来的那些符，她小心地粘在贴身内衣外面。按道理讲，除了宁缺别人无法激发出这些失败火符里的热意，他明显忘了这事。但不知道为什么，或许是因为开始修行神术的原因，她的小身子渐渐暖和起来。

天启十四年的冬天要比以往来得更早也更寒冷一些，桑桑把小手举到嘴边，轻轻呵了两口热气。看着弥散在眼睫毛里的水雾，她想到一些事情，怔了怔后从大厢柜里抱出宁缺用的被褥，开门走进前铺，轻轻盖在了老人的身上。

温暖的被窝是起床最阴险的敌人，所以第二天老人醒来时已经晚了。他看着铺外大亮的天光，想着忘了排队买酸辣面片汤，不由大惊。

待匆忙起身准备洗漱时，他在井旁的小板凳上看到了一张用石头压住的纸条。

纸条上是桑桑青涩却很好看的笔迹。

"夜里才想起来有个姐姐喊我去她府上吃饭，大概一天都会在那边，老师你不用等我吃饭。如果起来晚了买不到面片汤，就去隔壁铺子吃吧，我对吴婶说过。"

昊天道南门观黑瓦上的积雪，在晨光下静静望着不远处的朱红宫墙。

大唐国师李青山轻轻咳了两声，看着案上的卷宗，微微皱了皱眉头。

前来禀报的天枢处官员揖手行了一礼，神情凝重说道："十三先生离开王庭，想必现在已经进了天弃山，也不知道他究竟能不能找到魔宗山门，至于那卷天书……国师大人，如果朝廷不派高手过去，只怕很难在神殿眼前抢到手。"

李青山摇了摇头，沉默片刻后说道："陛下让宁缺去荒原时，朝廷并不知道天书之事，后来决意让他去试试，也与朝廷无关，和南门及天枢处更没有关系。这是书院二先生的意思，那么这件事情便是书院的事情，你无须多想。"

无须多想，那是因为多想没有任何意义，那卷流落在荒原上的天书，足以引起太多势力的注意，尤其是西陵神殿很明显为此做了很充足的准备，虽然情报中说掌教大人和三位神座还在桃山，但谁知道观里会不会去人？

面对这种局面，大唐帝国除非全面出击，才有可能战胜神殿抢到那卷天书。然而朝廷很明显不可能这样做，由书院出面才是正途，只是李青山也极为不解书院为何会把希望尽数寄托在宁缺身上，要知道那个家伙境界实在是太够糟糕。

李青山没有在这件事情上耗费太多时间和精力，开始阅读天枢处送来的别的卷宗。他现在的心神全部放在搜寻光明大神官的踪迹上。夫子远游，却有这样一位强大可怕的神座潜伏在长安城里，无论陛下还是他，都会感到强烈的不安。

在故将军府的那次伏袭最后以失败告终，虽然帝国没有遭受到任何损失，但昊天道南门及军方密谋良久联合出动，却毫无所得，完全可以称得上是一场惨败。

那一役中，李青山未曾与光明大神官正面交手，但他知道自己败了，而且失败的方式让他觉得很羞辱。如果他知道对方这时在当洗碗工，心情或许能好些？

你究竟藏在哪里？

踩着乌桐木地板，国师缓步走出殿门，站在栏畔看着凋花残雪沉默了很长时间，然后拂袖离了南门观。他的大弟子何明池匆忙跟了上去，看了一眼晴朗的天，想着今天大概不会落雪，却依然还是把那把黄纸伞夹在了腋下。

万雁塔寺顶层。

黄杨僧人正抄写佛经，听着身后响声，回头望去，看着李青山微显憔悴的面容，在心底轻轻叹息了声，起身相迎。他看着对方疲惫神情，说道："依照天谕神座的说法，明字卷应该在荒原复生，脱不开魔宗山门的位置。但前些时日你起意算了一卦，朱砂笔在地图上指的位置却是在呼兰海畔，两地相差还有些距离。"

塔顶清静，黄杨也没有使唤小和尚的习惯，二人之间的对话不虞被旁人听去。

李青山摇了摇头，说道："那卷天书终归是道门圣物，朝廷实在是没有出手的道理，我南门更是立场尴尬。如今既然书院接了过去，我便不再理会这事。"

黄杨静静看着他，忽然说道："那件事情你难道要一直理会下去？"

李青山平静说道："光明神座在长安城里，陛下不会允许神殿派人前来，那便是我的责任。我是大唐国师，便有守护帝国和这座都城的责任。"

然后他看着黄杨认真说道："你这些日子也要小心一些。"

黄杨僧人双手合十，缓声说道："光明神座是何等样人物，我只是一个与世无争躲在破塔里抄经书的小人物，他怎会想着前来与我印证修为。"

说完这句话，他走到塔畔，看着冬日晴空下的雄壮长安城，平静微笑说道："如果他真的敢来，我虽无能，他若不展露真实大境界暴起，想来也没道理就悄无声息把我从这个世间抹除。到了那时，长安城这座大阵瞬间便能镇压他。"

李青山看着他身上那件旧僧衣，沉默片刻后摇头说道："太被动，我们必须先找到他。"

黄杨僧人回过身来，发现李青山身前多了张棋盘，他的手正向着棋匣伸去。

他微微一惊，说道："你又准备起卦？"

李青山右手探进棋匣，触着微凉的棋子，点了点头。

黄杨僧人皱眉说道："你的窥天之能要以寿数为代价，何至于此？"

李青山平静说道："这些日子，师兄一直在长安城里寻找光明神座的踪迹，直至今日依然一无所获。他冒偌大的风险，我也总要做些什么。"

颜瑟大师是天下最强大的神符师，即便在西陵神殿上与掌教大人和神座也能平起平坐。卫光明是数百年来最了不起的光明神座，世间无人知晓这样两位大人物究竟谁更强大，只是这种搜寻遭遇战对神符师先天就极为不利。

清脆的响声，像春雨提前来到人间。

数十枚棋子在棋枰上跳跃、旋转，然后平静，不再移动。

这些棋子是李青山从匣中随意抓出，然而奇妙的是只有一枚白子，其余的全部是黑子。那些亚光石制黑色棋子沉默堆积在棋盘左半，把那枚白子围在中间。

李青山看着棋枰沉默了很长时间，然后说道："他还在长安城，离我们不远。"

今年冬天的长安城仿佛受到了某种刺激，变得像夏天时一样喜怒无常。昨夜今晨一直晴朗，然而不过片刻，天空便被灰暗的雪云覆盖，零星雪花飘了起来。

何明池抬头看了一眼天，听着身后塔里响起的脚步声，赶紧从腋下抽出黄纸伞撑开，看着国师比先前更加憔悴的脸颊，心头不由一紧。

从万雁塔回到南门归，何明池直接去了后厨，亲自盯着杂役煎药。身为大唐国师的大弟子，他在修行方面没有太好的资质，他知道自己也没有办法劝解老师不要再耗损心神甚至寿数去起卦，所以他只能做些自己力所能及的事情。

他捧着滚烫的药碗，缓步走进幽静的道殿。

李青山坐在窗畔看着窗外的飞雪，听着脚步声没有回头，挥手让他放下药碗。

何明池没有放下药碗，而是跪到了他的身旁，低着头用双手高高举起药碗，沉默而倔强地请老师先服药。

李青山无奈地叹了口气，接过药碗缓缓饮入腹中，然后感慨说道："你这般沉默倔强的性子，便是执掌天枢处也不合适。日后我若死了，你可怎么办啊？"

88

"你在修行上资质有限，十年来道法增益极少，你这性情更不适合与朝堂上那些文臣武将打交道，大唐国师自然是做不成的。而你又是我的弟子，没了国师这件光彩夺目的道袍，为师生前得罪的那些人只怕会对你不利。"

李青山看着自己的大弟子，眼睛里满是忧虑和无奈。

何明池低着头回答道："我确实没有什么能耐，这些年也习惯了服侍师父师伯，做些案卷之类的庶务。日后您若死了，我把剩下该做的事情处理完，就去您坟前静修道法，不求知命只求多活几年也好。"

"凄风苦雨守孤坟，这听上去太惨淡了些。"

李青山大声笑起来，旋即敛去笑容，看着何明池说道："陛下命你监督大皇子读书，我知道你与他关系不错，须防着这件事情日后会给你带来天大的麻烦。为了应对那些可能的麻烦，我想有些事情你应该提前做些准备。"

说到此节，他的声音骤然低沉下来。

何明池微微一怔，移动膝头向前挪了两步，听着飘进耳里的那些话，脸上的表情越来越紧张，眸子里流露出不可思议的神情，抬头惊讶无语。

李青山看着自己的徒弟，认真叮嘱道："当年我与陛下相逢于微时，相逢于香坊外的算命摊，所以只要我不肆意妄为，陛下总会允我胡闹。我希望你也能成为大皇子的伙伴，甚至朋友，如此你我师徒一场，也算是有个交代。"

何明池感动地跪拜于地，完全说不出话来。

李青山怜爱看着他，说道："去吧。"

何明池离开。

李青山回身望回窗外，看着那些缓缓飘洒的雪花，沉默想着心事。

世人皆知他虽然身居高位，却出身市井，是个嬉笑怒骂的有趣人物。然而在帝国国师的位置上坐了这么长时间，再如何草根也不得不去思考那些庙堂上的大事。

他很清楚，在谁来继承皇位这件事上，只要书院谨守不干朝政的誓言，那么整个帝国无论军方还是宰相大臣谁都没有资格说话，那是陛下一言而定的事情。

如果陛下决定由二皇子继位，那便天下无事。

若陛下决定由大皇子继位，皇后真的能甘心吗？

已经过去了这么多年，李青山始终无法理解帝后之间为何会有那般深厚的感情，但他相信自己的眼睛，相信帝后间的感情是真挚的。陛下在时，皇后会心甘情愿在深宫之中洗手做羹汤，可陛下离去之后呢？

他看着窗外缓缓飘落的雪，轻轻叹息一声。身为昊天南门观掌门，难道真的敢寄希望于当年的那位魔宗圣女，就此放过大唐帝国无上的权柄？

"上个月叔叔在府上设宴，想替我引荐一些朝中官员，结果有三四名大臣打听到我也会赴宴，竟是半途折回不来见我！而前天那个女人在宫里设宴，朝堂上但凡有些脸面的大臣都把自己的老婆派进宫里去逢迎，我看他们甚至恨不得把自己的老娘也送过去！他们究竟在想什么！难道不知道我才是嫡长子！"

幽静庭院内，一名穿着明黄服饰的少年坐在椅上，对着庭前飘落的雪花大声怒骂，苍白稚嫩的脸上再也看不到病态的尊贵，只有无尽的恨意与怨毒。

李渔坐在旁边椅中正看着飘雪，听着这话不由蹙起了眉头，最近朝中发生的这些事情本就令她有些不安，此时更是不悦，沉声教训道："那是我们的母后，什么叫那个女人？对大臣们如此无礼点评更是不堪！"

身着明黄服饰的少年自然便是大皇子李珲圆。他听着姐姐训斥，心头微凛，却依然昂着头倔强说道："姐姐，我们只有一个母亲，我可不认为她有资格当我们的母后，那些大臣摇摆不定本身就极不堪，我说几句又如何？"

李渔看着他的眼睛，神情凝重说道："身为大唐帝国的继承者，不知有多少双眼睛在暗中窥视着你，于是你更要无时无刻不注意自己的言行。"

李珲圆冷笑一声，说道："问题是父皇并没有把我立为太子。"

"够了。"

李渔微微蹙眉，转而问道："最近在国子监学得如何？"

李珲圆耸耸肩，苍白的脸上流露出无所谓的神情："父皇让何明池天天盯着我，我便是想逃学也没可能。你就放心吧，大学士们如今都说我勤奋好学。"

李渔看着他的神情不似作伪，心情略好了些，提醒道："何明池兼管着天枢处的事务，还得盯着你读书，很是辛苦，你可千万莫要迁怒在他的身上。"

李珲圆不解她为何会忽然提到此事，疑惑说道："我与明池关系还算亲厚，自然不会胡乱迁怒于他，只是姐姐你对此事为何如此慎重？"

李渔望向庭院前纷纷飘落的雪片，缓声说道："前些日子书院、朝廷和南门观终于达成共识，宁缺日后入世不为南门客卿而是直接接任国师。但何明池毕竟是国师弟子，又深受国师喜爱，对我们得到昊天道南门的支持很关键。"

"虽说未曾问过，但以我与明池的关系，我相信他一定会支持我们。"

李珲圆想着何明池日后就算在昊天道南门里能够继承国师李青山的影响力，却没有办法坐到国师的位置上，不免觉得有些遗憾，摸着脑袋感叹说道："那个叫宁缺的人日后只怕是个关键，不知道该用什么法子才能把他降伏。"

听着这话，李渔细眉一挑训斥道："说要你小心谨慎，结果你是什么样的话都敢说！身为夫子亲传弟子，如今天下谁有资格说降伏他！"

李珲圆难掩傲意，轻蔑说道："就算现在不行，等将来皇弟我坐上龙椅，麾下天枢处高手无数，军方铁甲万千强者辈出，难道还怕他不成？"

李渔闻言愤怒而且失望，盯着他沉声说道："书院不干涉朝政，奉唐律为先，那是夫子定下的规矩，但这规矩不是朝廷有能力让他们遵守的。如果你想安稳坐上皇位，就必须记住一点，无论人前人后都必须保持对书院的尊敬，听见没有！"

李珲圆被她眼眸里的怒意震住，觉得心头一寒，下意识里连连点头，然后为了让她高兴起来，牵着她的手轻轻摇晃，笑着说道："知道了姐姐，这天底下谁都没资格对书院说降伏，不过我相信姐姐你一定能收服宁缺。"

听着这话，李渔想起那趟旅途里的火堆，火堆旁的故事，还有那个背着三把刀的少年，不由自嘲一笑，淡淡说道："我可没有那个本事。"

这时有嬷嬷走上前来，轻声说道："小郡王醒了。桑桑小姐给他讲了两段故事，这时候正带着他过来。"

李渔看了一眼弟弟，说道："你先回宫，仔细父皇晚上又要考较功课。"

李珲圆不解说道："再待会儿怕什么？父皇可从来不反对我们姐弟亲近。"

李渔皱了皱眉，无奈说道："你脾气太臭，避避为好。桑桑那丫头看着性子淡，实际上心里跟明镜似的，你心里那些无趣的念头可瞒不过她去。"

李珲圆气极反笑，说道："不过就是个小侍女，居然还要我避她？"

李渔也懒得同他解释什么，直接把他从椅子上拎了起来，唤来宫里侍候的太监，叮嘱众人赶紧把他护送回宫。

看着消失在庭园石门处的明黄色背影，她忍不住摇了摇头，心想弟弟虽说这一年多时间成器了不少，但毕竟年幼，还有很多事情看不明白。

桑桑确实只是一个很普通甚至很低贱的小侍女，身份地位与大唐皇子相去甚远。然而李渔很清楚，这个小侍女才是收服宁缺，进而亲近书院的关键。

拜宁缺离开长安之前的无数次郑重请托，如今的临四十七巷看似一如往常般热闹嘈杂，事实上皇宫里的侍卫经常会过来暗中视察，长安府的衙役每天要来回巡查五遍以上，鱼龙帮的人更是从未离开，从清晨到黄昏不间断保护。如今的长安城里除了皇宫，大概就数这条不起眼的巷子最为安全。

很奇妙的是，无论大内侍卫还是长安府抑或在统治长安城地下世界的鱼龙帮，最近这些日子都在执行另一道命令，他们在寻找一位老人，然而没有任何人会想到，他们寻找的这位老人，便在他们自己重点看护的那间书铺里。

傍晚时分，桑桑惦记着老人吃饭的问题，提前从公主府里回来。她取出钥匙打开铺门走到天井一看，老人果然蹲在灶旁准备热剩饭，忍不住蹙了蹙眉，把从公主府里带回来的食盒打开，说道："吃这个吧。"

前些日子她曾经尝试让老人做饭，然而那天晚上在灶旁看着烧成黑炭般的饭以及空了一半的柴堆，她决定为了节约米和干柴，以后再也不要进行这种尝试。

便在老少二人准备吃晚饭的时候，前面传来敲门声。

桑桑起身准备去开门，忽然想到一件事情，低头捧起碗继续吃饭。

老人明白过来，掸去棉袄前襟上的一粒米，老老实实起身去开门。

老笔斋铺门打开，阶下站着一名僧人。

僧人很年轻，穿着一身破烂僧袍，眉眼清俊，颇有出尘世外之意。

僧人发现开门的是老人，很是诧异，说道："我要找的不是你。"

老人愣了愣，回头说道："找你的。"

桑桑端着饭碗走了过来，看着那名年轻僧人蹙着眉头想了会儿，想起来宁缺登山入二层楼时，自己曾经在书院门外的草甸边见过此人。

僧人看到桑桑的小黑脸，眼睛骤然一亮，颤着声音兴奋吟诵道："美丽的姑娘，情僧悟道终于找到了你，这些日子，我又为你新作了几首诗。

"你就是那石崖上的花呀，等我来采摘；你是那湖里的游鱼啊，缠着水草织成的网；你是往彼岸去的路途上最大的障碍，我愿意依偎着你不再离开……"

桑桑听着花啊鱼啊之类的字，看了一眼碗里的黄花鱼。

89

桑桑没觉出这首诗哪里好，觉得比自己当初写给宁缺杀人用的那首诗还要糟糕，而且她想起来这个和尚曾经在书院外威胁过自己和宁缺，所以她转身关门。

铺门被悟道的手挡住，他毫不遮掩脸上痴迷以及狂热的占有欲望，看着桑桑兴奋说道："为了让你能够自由地跟随我去天涯海角流浪看潮起潮落，花开花谢，我向你保证，我一定会在最短的时间内杀了你的那个少爷。"

听到这句话，桑桑转过身来，认真地看着他的脸。

悟道看着小侍女认真的神情，越发陶醉，痴痴伸出手去，想要抚摸她的脸。

随着指尖与微黑小脸的接近，他仿佛能清晰感受到桑桑身上那股透明干净令人沉迷的味道正在渗入自己的身体，呼吸略显急促，非常严肃地说道："我这一生从未遇过如此令自己兴奋的女子，你必然是我的。"

他说出这句话的时候，表情严肃端庄，并没有什么贪婪而痴迷的神情，身上破烂僧袍被风拂着依然出尘，然而清俊脸上每根毛孔仿佛都在流淌着狂热的体液，每个字仿佛都在向风里散播着猥亵的味道。

桑桑退后一步，避开那只像毒蛇芯一般湿漉黏滑的手指，看了眼僧人微微隆起的裆下，脸上没有恶心的情绪，甚至没有情绪，转身伸手接过一只盆。

木盆里是昨天的洗菜水，专门储着准备用来冲马桶。

老人不知何时溜回后院把这盆水端了出来，平静在旁边等待。

桑桑接过水盆，双臂一抬，用力向身前泼了过去。

哗的一声。这盆混着泥砾的脏水泼在了悟道身上，把他从头到脚淋到湿透，两根黄蔫发臭的烂菜叶子耷拉在他锃亮的光头上，他脸上端庄严肃的神情骤然一僵。

啪的一声，老笔斋的木门被紧紧关上。

浑身湿透的悟道怔怔站在石阶下，过了很长时间才醒过神来，他伸手抹去脸上泛着泥腥味的水，缓缓摘去头顶两根烂菜叶子，肃然面容上渐渐浮现出一丝笑意。

两次与桑桑相遇，他毫不掩饰自己的贪婪兴奋狂热，但此时被一盆水当头淋下，淋至透心凉，他脸上的笑意里终于第一次出现冷酷冷漠的味道。

一直监视着临四十七巷的鱼龙帮帮众注意到老笔斋前的动静，几名青衣汉子走了过来，把悟道围在中间，压低声音冷厉说道："这铺子里住的人是齐四爷的朋友，如果你这和尚不想见不到明天的日头，马上离开然后永远不要再回来。"

情僧悟道来自不可知之地，哪里在乎这些世俗里的江湖人物。只是长安城里藏龙卧虎，大唐帝国强者辈出，便是他也不敢太过放肆，而且此时还未入夜，巷子里有好些民众在指指点点，有诸多不方便。

他沉默片刻后，隔着木门望着铺子里轻声微笑说道："我会回来的。"

说完这句话，他理都未理那些穿着青衣青裤青鞋的鱼龙帮帮众，轻拂僧袍，转身漠然向临四十七巷外走去，僧衣轻摆，草鞋踩碎落下很久的枯叶。

光秃冬树的枝丫落下的影子，覆在他平静的脸上。

春去冬至寒意渐深，时间总会冲淡很多东西，比如忌惮。悟道壮着胆回到唐国境内，通过某些途径知晓颜瑟大师最近似乎正为某些事情烦心，他想着那位恐怖的神符师应该不会还记得自己，惧意渐退，便勇敢来到了都城长安。

因为他很想念那个小侍女，他很想拥有那个小侍女。仿佛是命运又或者是机缘，他进入长安城的第二天便看到了对方，一路跟踪她从公主府来到了临四十七巷，难以压抑心头兴奋敲开了老笔斋的木门，最后换来了一盆脏水和两条烂菜。

无妨，内心的炽热和那种莫名的吸引不可能被一盆水便浇熄。

他是情僧悟道，自离开悬空寺后，周游世间，无论月轮还是南晋，无数大家闺秀小家碧玉纷纷降于身下，又怎会在一个小侍女面前受挫？

悟道微笑行走在冬树之下的小巷中，想到即将偿愿，心情一片喜乐平静。

老人的目光穿过木门上的栅框，看着向巷口走去的年轻僧人背影，沉默想道："一个淫僧竟能感受到桑桑身上的特异之处，悬空寺果然不凡。"

走回后院，他发现那个盛洗菜水的木盆被扔到了角落里，而桑桑没有继续坐回桌旁吃饭，而是蹲在灶旁，看着手指尖那团渺弱却纯净的神辉发呆。

"不吃饭了？"老人问道。

桑桑摇了摇头，手指轻弹，灶眼里的干柴迅速燃烧起来，然而她却蹙紧了眉。

老人微笑说道："佛门有人狂热双修，那僧人痴狂之态大抵由此而来。"

桑桑没有理他，撑着下巴看着灶眼里燃烧的柴火出神，认真地琢磨着怎么才能快速提高自己的神术层次。眼下她的境界太低，能凝结的昊天神辉黯淡微弱，威力和普通的火差不多，点燃干柴可以，但却对付不了那些强大的修行者。

老人看着她小脸上的坚毅神情，叹了口气，说道："心障对修行极为不利。"

桑桑头也不回，轻声说道："他说要在最短的时间里杀了少爷。"

她再也没有说什么，也没有提出什么要求，老人却很明白她为什么如此急于提升自己的境界：她想在最短的时间里杀了那名年轻僧人。

老人看着桑桑的背影笑了笑，没有说什么。

夜色刚刚来临，暮色还在西方最后倔强。正是吃晚饭的时候，长安城城东一条小巷幽静无人，巷畔的冬树把昏暗的天空画成无数道不规则的小格子，悟道收回望天的目光，微笑准备前行，然而下一刻他的眼瞳骤然缩了起来。

巷口有一个人，光线昏暗看不清楚面容、从佝偻着的身体看，应该是个老人，令他生出警惕情绪的是，他不知道这个老人何时出现在巷口。

悟道沉默片刻，向巷口方向走去。距离近了些看清面容，他发现自己见过这个老人，就在临四十七巷那间铺子里，那盆洗菜剩下的水便在这老人的手中。

这名站在巷口的老人看着他微微一笑，和蔼说道："你能看出桑桑的潜质，眼力不错，年轻一代修行者中，就算翘楚。"

悟道轻轻抬手，缓慢抚摸自己的光头，动作很潇洒，但指间总觉得还能触着那些滑腻的水痕，还能触到那两根蔫黏的烂菜叶，然而他却不想做什么。

因为这名佝偻着身体像普通老头的人物，绝对不是普通人物，因为对方能在自己没有注意到的情况下拦在巷口，因为对方知道修行是什么东西。

悟道终究是骄傲的年轻人，自认与隆庆皇子不相上下的他绝对不会接受一个不知名的老头来教训自己，傲然说道："原来她叫桑桑，我知道了，你可以离开。"

老人微笑说道："我知道你来自悬空寺。"

悟道面色微变，没想到被对方一眼便看破了行藏。

老人平静说道："悬空寺极少逐徒，而你的境界比当年的七念差太多，自然也没有资格代表寺里行走天下，所以我有些不解为何你会出现在俗世里。"

悟道神情再凛，他没有想到对方居然对悬空寺如此了解，甚至知道当年的七念师兄，下意识里警惕起来，身上那件破烂的僧衣随风摆舞。

他看着老人沉声说道："既然知道我来自不可知之地，为何还敢拦我去路？"

老人笑了起来，说道："所谓不可知，只是世人不知的避世之地而已，一旦被人知晓那便可知，所以寺观的名字反而是没有力量没有意思的东西。"

听着这话，悟道越发警惕，看着老人沉默不语。

"便说你身处的这座长安城，就有很多人知道悬空寺，知道知守观，更何况那间书院就在城南的大山脚下，所以你的来历对于这座城里的人来说不算什么。只不过最近长安城因为某件事情而分了神，颜瑟没空理你，别人也顾不得你，才会由得你如此放肆，不然你真以为单凭悬空寺的名字就能让唐人恐惧？"

老人看着他继续说道："那件事情和我有些关系，你能在长安城里如此行事，似乎大半倒是我的责任，只是没想到，你居然会骚扰到我徒弟的身上。"

悟道隐约猜到了老人的身份，眼中这具佝偻着的瘦弱身躯顿时变得无比高大。他压抑住心头的震惊，有些慌乱地低身行礼，瞬间改变态度，极为谦恭礼貌说道："前辈，这件事情是我做得不是，我马上离开。"

老人看着他，没有说话。

小巷幽静无声，死寂的气氛持续片刻，年轻僧人隐约明白了一些什么，声音变得沙哑起来，看着对方沉声说道："就算您是西陵神殿的大人物，但我毕竟是悬空寺的人，另外家师乃是寺中讲经大士，听闻当年曾与您机缘巧合见过一面。"

老人依旧没有说话，只是平静看着他的眼睛。

悟道觉得身体僵硬得厉害，强自压抑住心头的恐惧，狠狠咬了咬舌头，让心神变得更加清明冷静一些，说道："我承认，悬空寺讲经大士不是我师父……他是我父亲，我是他的私生子，所以才会离开，还请前辈垂怜。"

沉默听到这时老人才有了反应，他缓缓摇头说道："叛离神殿离开桃山，那么对于这种境况里的我而言，我心已脱羁绊，自由无碍。莫说你父亲，便是魔宗复生，悬空寺知守观书院三不可知之地里的人们齐至，我依然可以无视。"

悟道身上那件破烂僧衣在夜风里微微颤抖，他看着老人颤声问道："您究竟怎样才能宽恕我不经意犯下的些许过失？"

"先前说你眼力不错，能看出桑桑潜质，但那只是表面，因为直到现在你依然没有看明白桑桑对我有多重要。她蹙起眉头不喜时，我眼中的世界便不再光明。"

听着老人的语气越来越严肃，尤其是听到最后这句话，两行冷汗从悟道光滑的头顶缓缓淌落，颤声乞饶道："晚辈先前眼睛瞎了，还请见谅。"

老人举起瘦长的食指，伸向寒冷的冬夜微风，说道："不，你的眼睛此时才瞎的。"

悟道听懂了这句话，感觉到了极大的恐惧，尖叫一声，双手自僧衣里探出，结了一个佛宗精湛手印，画出一道障碍，僧衣一飘便向巷后掠去。

那个佛宗手印散着精妙而宏大的气息，然而触到老人手指那点若烛火般的光焰时，便像积雪遇着春阳，泥点进入洗菜的水盆，瞬间消失不见。

悟道向后疾掠的身影也仿佛被光焰耀出的光线捆缚住，踩着草鞋的双脚根本无法离开地面，身体像影子一样拉长却无法远离。

他看着老人指间微烛似的光焰，眼眸里满是恐惧。光焰乳白的颜色占据他黑色的眼瞳，然后迅速扩张，湮没恐惧。

然后他黑色的眼瞳燃烧起来。

幽静的小巷里响起凄厉的惨叫。

光明质洁无垢，所以最纯净最易污。

光明质纯无温，所以最狂热最冷酷。

90

老人回到临四十七巷老笔斋的时候，桑桑还蹲在灶前，蹙着眉头看着燃烧的柴火，专注认真思索平日里学到的那些神术。

"吃饭吧。"老人说道。

桑桑先前一直在出神，竟是没有察觉到老人离开了一段时间，闻言一怔站起身来，看着老人被雪水打湿的边缘，隐约明白了什么，唇角缓缓翘起，笑了笑。

老人也笑了笑，坐到了桌子旁边。

桑桑没有问他离开老笔斋去做了什么，给他盛了一碗饭，然后把黄花鱼热了热，夹了一条最肥美的搁到他碗中的饭堆上，又淋了一勺鲜美冒着热气的汤汁。

"中午吴姉弄了什么菜？"

"蒜茸油麦菜。"

桑桑问道："好吃吗？"

老人回答道："还成……不过我不明白她为什么没有在菜里放咸鱼。"

桑桑抬起头来，疑惑问道："为什么要放咸鱼？"

老人不解，看着她的小脸说道："可你上次做油麦菜的时候就放了的。"

桑桑低下头去，说道："小时候少爷做油麦菜的时候，连蒜茸都没有。"

老人怔了怔，感慨叹息道："嗯，我记起来，小时候在道观里吃的青菜，连油都很难见着。也不知道这是怎么了，临到老了，反而有些贪图这些身外的享受。"

"少爷说这叫由俭入奢易，由奢入俭难，每个人都一样，老师你不用自责。"桑桑安慰他。

第二日天刚蒙蒙亮，老人便爬起床，把桌上的被褥仔细叠好，放回陈物架后的角落，然后推开老笔斋铺门，看着远处的晨光，眯起了眼睛。

昨夜桑桑转述宁缺的那句"由俭入奢易，由奢入俭难"，莫名让他有所触动，他发现自己有些太过贪图老笔斋里的生活和日子，竟是忘了寻找黑夜的影子。

晨间吃的还是酸辣面片汤，吃完后老人准备去刷碗时，桑桑示意她来，让老人去休息。老人笑了笑，说今日他准备出门逛逛，中午可能不回来吃饭了。

"出去逛逛也好，整天闷在家里也不是个事。"

桑桑想了想，从腰带里掏出粒碎银子递给他，叮嘱说道："逛累了想在茶铺坐坐就坐坐，别舍不得钱。只是别走太远，若是记不得路了别不好意思问人，长安城里的人很热情，实在不行，你随便找个赌坊报齐四爷的名字，自有人送你回来。"

老人畏惧徒弟唠叨，接过碎银子仔细放进怀里，连连应是后出了门。

离开临四十七巷，他一路向北而去，由东城过皇宫经玄武门出了长安城，来到城北一处被冬雪覆盖的小山上。登高望远，自然能见极远处，老人沉默无语望向北方，只见那处晨星黯淡，似乎渐要被昊天光辉融进自己的光明身躯。

南门观后园的梅枝上积着极浅的细雪。国师李青山懒懒靠在窗台，看着梅枝上的雪和似乎永远不会绽开的小苞，忽然剧烈地咳嗽起来，咳声回荡在幽静的道观殿宇间，听上去异常痛苦。

松开掩住嘴唇的手帕，雪白手帕上殷殷鲜红血迹似梅花盛放，他恼火看了一眼窗外的梅，训斥道："该在冬天里开却总不开，偏让你家道爷先开几朵。"

南门道姑道童们沉默守在殿外，脸上满是忧虑神色，却没有一个人敢进去。何明池端着药碗走了过来，示意一位师姐把自己腋下的黄纸伞拿走，走上深色光滑的桐木地板，走到李青山身后痛声说道："师父，您不能再起卦了。"

李青山接过药碗缓缓饮尽，把染了血的手帕反叠，拭去胡须上留下的药汁，看着自己最疼爱的弟子，面无表情说道："卫光明昨夜现了身，果然还在长安城里，方位限在三坊之间，只是隐约间有离去之意，这件事情要抓紧。"

何明池接过药碗，说道："军部和天枢处都已经开始做准备，只是担心惊动那人，所以暂时还没有进香坊以北街巷搜寻，如今只有师伯一人在那方。"

想着师兄此时正孤身一人在东城里寻找那个强大恐怖的家伙，李青山沉默了很长时间后点了点头，没有多说什么，挥手示意殿外众人散开，弟子退下。

一辆黑色的马车在长安东城的街道上缓慢行驶，如果不凑近去看甚至亲自用手去摸，那么很难发现马车车厢竟是由钢铁铸成，上面还刻着一些繁复难言意味的纹路。特制的车轮碾压在坚硬的石板路上辘辘作响，显得沉重无比。

马车里的颜瑟大师斜靠在锦绣软座间，三角眼里射出的目光透过窗帘贪婪地搜索着光明大神官的踪迹，苍老猥琐的面容上哪里看得到什么沉重。

若真能相遇那便打上一场，若真打不过对方死便死呗，蹬着腿儿咽了气儿也算不得什么太重要的事情。只要是人总有那一天，更何况老道爷我有了传人。一年前新建的春风亭飞檐在窗外掠过，颜瑟大师忽然想起朝小树，然后想起自己那个一去便无音信的徒儿。那徒儿是书院二层楼学生，大师自然懒得担心他的安危，只是想着可能没有机会再见面，不免觉得还是有些遗憾。

便在这时，他想起宁缺离开长安城之前，曾经很慎重地请托自己帮着看护那个叫桑桑的小侍女，只是这些日子都忙着那事，竟是忘了去看——老道摇了摇头，心想今日既然刚好要在东城寻那老家伙，办完正事后去看一眼也好。

年轻的胖子推开紧闭的老笔斋铺门，一屁股坐进宁缺惯用的圈椅，觉得大腿边的肉被夹得有些生痛，恼火地咕哝几句，然后大声喊道："上茶。"

桑桑正在后院里准备松枝熏腊肉，这是她刚跟吴婶学的手艺，准备弄上几十斤给宁缺一个惊喜。忽听着前面传来喊声，她心想铺门最近一直关着的，不由有些诧异，取了块毛巾，一边擦手一边走进前铺，在第一时间把铺门关上

那年轻胖子看着走过来的瘦黑小侍女竟是不理自己，先去关铺门，不由微微一怔，旋即蹙起眉头说道："大白天的铺门关着，怎么做生意？"

桑桑解释道："若开着铺门，待会儿门槛会被来抢书帖的人踩破。"

年轻胖子愣了愣，心想确实是这道理，竟是忘了宁缺现在在长安城里的偌大名头，看着小侍女问道："我叫陈皮皮，你可曾听宁缺说过？"

桑桑听着这名字倒没有什么吃惊的意思，微福行礼说道："桑桑见过陈公子。"

陈皮皮揉着肉而可爱的圆下巴，上下打量着身前这个瘦矮的小丫头，忽然摇头说道："宁缺要我照看果然有道理，虽说本天才生就气度不凡，一看便知非俗世凡浊人物，但你这样终究还是太过轻信，恐怕

会出问题。"

桑桑说道:"我知道你就是陈皮皮。"

她去过几次书院,然而二人却从未朝面过,陈皮皮相信自己傲视群侪的记忆力绝对不会出问题,不解问道:"你凭什么肯定本天才就是本天才?"

桑桑看着他认真解释道:"少爷经常提起你,他说像你这么胖但偏生不难看,绝不猥琐恶心,甚至还可以说好看的人不多,所以我知道你是你。"

陈皮皮揉着下巴的右手微微一僵,心想不知道平日里宁缺在这小侍女面前怎样毁谤自己,又觉得这句评价虽然提到了胖但似乎又有些受用,竟不知该如何回答。

"不说这些了。"陈皮皮咳了两声,扮出严肃成熟的模样,看着桑桑说道,"今日我来此地,自然是应宁缺的要求前来看你,毕竟我身为师兄有这个责任和义务。"

他很希望桑桑能流露出感动的神色,但桑桑很明显没有这种反应,只是面无表情看着他轻声道了声谢,然后去给他泡了碗廉价的花茉儿。

陈皮皮看着她背影说道:"小师弟说过要请我来这里吃顿饭,他说你的手艺不错。"

桑桑看着他胖乎乎的脸,蹙眉心想难怪会生成这副模样,却没有留客的意思,把茶碗搁到他身旁,轻声说道:"少爷回来后,桑桑给陈公子做饭吃。"

听着这话,陈皮皮的自尊好受打击,看着碗里的茉莉碎瓣,脸上的肥肉更是微微抽搐起来,只好决定实话实说:"宁缺说这间铺子里藏着一个比我更聪明的人,我想来想去总觉得这不可能,所以我想来证实一下。"

桑桑看了一眼铺子四周,没有发现藏着什么人。

陈皮皮捂着额头,无奈说道:"他说那个世间最聪明的人就是你。"

桑桑怔了怔,心想宁缺成天只会说自己笨,怎么会赞自己聪明?

虽然被少爷称赞世间最聪明让她很高兴,但她还是很困惑于这个说法,蹙着眉尖想了半天忽然想到一些往事,微羞说道:"我不聪明,只是记性比较好。"

陈皮皮看着她轻蔑一笑，说道："便是记忆力，我也不信世间有人比我更强。"

桑桑低头望向探出棉裙下摆的小巧鞋尖，完全没有与他争辩的意思。

陈皮皮见她如此反而越发不忿，恼火道："看小鞋做啥，难道我会给你小鞋穿？"

虽然知晓宁缺和这位陈公子亲厚，但听着他嘲讽自家少爷，性情宁静甚至有些木讷的桑桑竟是有些生气，不再看自己脚上穿着的绣花小鞋，抬起头来看着陈皮皮的眼睛，非常认真地说道："我的记性也是得到渭城公认的。"

世间但凡公认这种事情，只要出现两个人，那么他们彼此之间一般都不会互认，这大概便是武无第二的道理。面对桑桑这种性情，陈皮皮想要证明自己比她更聪明记性更好，单靠嘴皮子那是没有任何用处，总得拿出些真本事。

"我们来比比。"陈皮皮说道。

桑桑没有与人比试什么智商或者说记忆力的兴趣爱好，想着后院里的腊肉下的松枝正在煨烟，哪里会答应他的要求，自行走回后院，拿木棍挑了挑松枝让烟更大些，然后从厨房里拿出一个新瓮蹲到井边认真地刷洗起来。

前些天她炖了一锅鸡汤，老人喝得很开心，胡须上蘸了很多汤汁。她想着少爷也爱喝自己炖的鸡汤，待他回来后再用旧瓮炖鸡汤分量可能不够，所以她去安平坊一间小店里买了个新瓮，想着以后炖鸡汤时一炖便是两瓮，大概应该够喝。

陈皮皮看着小侍女忙碌的瘦小背影，死乞白赖地纠缠不停："我不管，今天你必须拿点什么东西打败我，不然我可不依。铺子里有书没？我们两个比背书，谁要是输了谁就请客吃饭，如果觉得没意思……我们赌银子！"

听着银子二字，桑桑洗瓮的手忽然停住，回头看了陈皮皮一眼。

然后她站起身来，被冰冷井水刺激得有些发红的小手在围裙上胡乱擦了擦,转身走进了卧室,片刻后又走了出来,小脸微红,有些羞涩又遗憾说道:"少爷那些符书我看不懂,别的书我又不能看。"

91

微黑脸蛋儿上的遗憾情绪非常清楚,很明显桑桑以为只要能找着书,自己一定能够获胜,那么自己便能从少爷这位胖师兄手里赢来不少银子。至于羞涩的微红,则是因为宁缺从书院石洞里带回来的那几本书都有些不雅……

陈皮皮当然是聪明人,所以从小侍女的神情他很清楚地明白对方心里在想些什么事情,不由大感被轻蔑无视的羞辱,暴跳说道:"再找别的法子!"

桑桑睁大眼睛看着他,心想这人长得真是有意思,明明鞋底跳离地面没有超过两寸,但落下来时的动静真大,弄得自己竟有些担心新买的瓮会不会被震裂。

陈皮皮确实是聪明人,难受也在于他太聪明,竟从桑桑的眼神里清晰地明白了她的意思,不由愈发羞辱难当,赶紧以手扶腰稳住微颤的胖肉,委屈难过说道:"按宁缺的话,太伤自尊了!今天如果不赢你,我把我的名字倒过来写!"

桑桑心想你名字倒过来写还是皮皮,除非加上姓还差不多。不过她毕竟不是一个争强好胜的小丫头,之所以此时心思渐动,都是银子惹的祸,所以她没有挑明这一点,而是看着他认真问道:"陈少爷,赌多少?"

陈皮皮伸出一根手指,严肃说道:"一百两。"

桑桑那双柳叶眼骤然间明亮了起来,问道:"陈公子你想赌啥?"

陈皮皮问道:"你们这铺子里面最多的是啥?"

桑桑蹙着眉尖想了片刻,轻轻咬了咬下唇,想着陈公子是少爷最亲近的同门,应该不会动歹念,解下身上围裙便进了里屋。

陈皮皮看着被她紧紧关上的房门,想起某些事情,不由吓了一跳,着急大叫道："可不能拿宁缺的书帖来比！你天天看那些，可不公平！"

桑桑抱着很大的匣子走了出来，对他说道："银票赌不赌？"

陈皮皮看着匣子里厚厚的银票，不由大感震惊，心想宁缺这家伙平日里连蟹黄粥都舍不得请自己吃几碗，居然在家里藏着这么丰厚的身家，实在是吝啬抠门到了极点，暗地里痛骂几句后，他疑惑问道："银票怎么赌？"

"每张银票上面都有独一无二的编码。"桑桑低着头说道，她的语速比平日里稍快，似乎很担心对方会不同意这个提议，"总没有人会无聊到看这个。"

陈皮皮想了想，觉得这个提议着实不错。为了防止被假冒，各大钱庄都有自己独特的银票编码制度。银票上的编码不是单纯的数字，而且也没有什么固定的规律，极难记忆，用来做比试的对象最是合适不过。

陈皮皮说道："不错，就用这个。"

桑桑有些憨傻地笑了笑，说道："同时看，同时记，然后公子先背。"

陈皮皮挥了挥手，豪迈大气说道："我怎么能占你这种小姑娘便宜，你先背。"

"彤宝辰二八八九四胜己根耳利丰四五五。"

"意莫辛宝银塞九七五二四五六棋眼汤一。"

随着桑桑清稚的声音在后院里不停回荡，陈皮皮的脸色变得越来越难看。他再顾不得比试的规矩，伸手从桌上抓起银票，发现果然一个字都没有错。

陈皮皮心里很明白，这些银票上的编码如此古怪难记，换作自己顶多能准确记住十五六张银票，然而这时候，桑桑已经背到了第二十七张银票，而且看她的神情和语速，只怕再背上几十张也没有任何问题！

陈皮皮揉了揉自己震惊而麻木的脸，有些不敢相信自己的耳朵，他实在无法想象世间怎么可能有记忆力如此恐怖的人。他相信就算二师兄来背，不……哪怕是大师兄亲自出马，也不可能比眼前这个不起眼的小侍女更强。

"那天兴云逢四五五五七九……"

陈皮皮沮丧地伸手阻止桑桑继续向下背，垂头丧气看着桌上的银票，沉默很长时间后叹息着说道："不用背了，我承认你的记性比我更好。"

桑桑小脸上极罕见地露出甜美的笑容，把小手掌摊到他面前，说道："多谢。"

陈皮皮从怀里取出银票放到她的手掌上，连连摇头说道："真是匪夷所思，真是匪夷所思，想不到宁缺说的是真的，原来市井之间每多奇人。"

桑桑自不会理会他的感慨，把新挣的银票和原先那些银票重新叠好，放进匣子里，然后小心翼翼抱着匣子向里屋走去。

陈皮皮忽然想到一件事情，喊道："且慢！"

桑桑身形骤然一僵，然后加快脚步冲进里屋。

陈皮皮猛然醒悟，不可置信说道："你居然真背过这些银票上的字！"

房门紧闭，门后一片安静。

陈皮皮震惊无悟，良久后望着紧闭的房门痛心疾首说道："我就没听说过有谁会无聊到天天在家里看银票！还背银票上的字！宁缺这家伙平日里就像八辈子没见过银子，今儿才知道比你这贪财的丫头差得远了！你们主仆俩到底是什么人啊！"

桑桑紧紧抱着银票匣子，紧张地靠着木门，心想万一他强行冲进来怎么办？听着门外传来的破口大骂声和痛心疾首的教育，她又是害怕又是想笑。

是的，先前她说过没有人会无聊到看银票，但她没有想到陈皮皮居然就真的信了。要知道在她看来，在宁缺的书帖能换银票之前，银票实在是这个世上最好看的纸片，而半夜没事钻进被窝数银票，乃是这个世间最有意思的事情。

陈皮皮在门外喊道："出来。"

桑桑用背抵着门，低着头轻声说道："银票是我的。"

陈皮皮捂着额头，说道："我承认是你的。"

桑桑抬起头来，好奇说道："那我还出来干吗？"

陈皮皮怒道："银票给你，但前面这场你作了弊，总得再来一场吧！"

桑桑掀起床板，把银票匣子藏好，对着门外喊道："陈公子，天色不早了，您赶紧回书院吧。"

陈皮皮愣了愣，看了一眼天，大怒吼道："中饭时间都没到！晚什么晚！"

桑桑走到门后，谦卑说道："陈公子，我承认不及你聪明，也不如你记性好。"

陈皮皮越发生气，摇头叹道："啧啧，赢了一百两银子，什么都肯认？"

桑桑说道："少爷说过，名利都是浮云，不用去争。"

陈皮皮怒极无语，心想名利二字里你至少得把利字剔掉才对，上前重重捶了两下木门，喊道："既然不怕输给我，那你陪我再比试一场又如何？"

桑桑心想确实是这个道理，赢了对方一百两银子，总得让他把气给顺了，推开房门，看着陈皮皮认真说道："但不许再赌银子，赌博不好。"

为了不把银子输回去，竟能厚颜无耻到这种地步？陈皮皮越发无语，看着小侍女微黑的脸颊，心想宁缺平日里究竟教了你些什么东西。

他沉声说道："下棋。"

桑桑简洁应道："不会。"

陈皮皮根本不信，眼前这小姑娘平日里看过银票，但能把三十几张银票的编码记在脑中，可不是寻常人能有的本事，说道："必须的。"

桑桑这次的回答更加简洁，点了点头："噢。"

棋盘是从隔壁吴老板手里借的，看着古色古香，但既然吴老板开的是假古董店，自然也是假的，不过黑白棋子稀落在上面，看着倒确实有些感觉。

陈皮皮没有什么棋逢对手的感觉，也没有生出高处不胜寒的骄傲感，他痴痴愕愕指着棋盘上才落下的那枚黑子，看着对面的桑桑不解问道："怎么能下这里？"

桑桑睁着眼睛看着他，不解问道："为什么不能下这里？"

陈皮皮很仔细地给她讲解了如此下法的问题，然后非常不解地问道："你是一个很聪明的人，而且记忆力又如此恐怖，那么在了解规则之后，只需要稍微动一动脑筋，便能知道问题所在。那你为什么不肯多想一下呢？"

桑桑认真回答道："想事情很辛苦的，我一般都不怎么想。"

陈皮皮傻眼，粗圆手指间拈着那枚棋子硬是放不下去。

便在这时，老笔斋门口传来一道声音："在下棋啊。"

桑桑看着门口惊讶说道："这么早就回来了？"

老人迈过门槛走了进来，点了点头，从腰间摸出碎银子递了过去："没喝茶。"

桑桑起身让开座位，示意老人替自己，说道："我去看看腊肉，吴婶说刚开始熏的时候，新鲜肉肥容易滴油，得当心松枝燃起来，你来替我下，过会儿给你茶喝。"

老人嗯了一声，走到椅前坐下，抬头看着陈皮皮，说道："该谁走？"

陈皮皮看着眼前的这张苍老容颜，看着对方纯净的眼眸，看着眼眸里氤氲着的圣洁光辉，想着世间这些天让长安城惊惧不安的那件事情。他拈着白色棋子的手指微微颤抖，不知道应该是落到棋盘上，还是放回棋瓮里。

老人低头看着棋盘上的局势，继续问道："该谁走？"

陈皮皮老实说道："该我走。"

说完这句话，他站起身来便准备走出老笔斋。

老人抬起头来，看着他疑惑说道："我是说该谁走棋。"

陈皮皮看着他看了很长时间，然后缓缓重新坐回椅中。他手指间拈着的那枚白子轻轻落下。

老人把手伸进棋瓮，摸出一枚黑子，半晌没有落下，似乎在思索该如何应对。

92

　　桑桑不会下棋，开枰落子那叫一个糟糕，无论老人如何思索应对，终究是扳不回局面。随着棋子纷纷落下，白棋的局势明显大优，眼看着便要中盘获胜，然而陈皮皮的脸上却没有什么骄傲情绪，神情异常凝重认真，鬓角甚至不知因何汗如浆出，再顺着圆圆的脸腮不停向下淌落。

　　与之相反，老人的神情恬静而放松，一边喝着桑桑刚端过来的茶，一面随意无心地落着子，感慨说道："这十四年未曾摸过棋子，着实生疏了。"

　　听着十四年三字，陈皮皮擦了擦脸上的汗，神情虽然没有表现出什么异常，心里面却在呻吟狂叫："果然是他，果然是他！"

　　老人抬头看着他微笑说道："先前让你走棋，你为什么要走人？"

　　陈皮皮恭敬说道："因为您比我强，我下不赢您，所以干脆走人。"

　　老人看着他脸上淌下的汗水，笑着问道："你在怕什么？"

　　陈皮皮很老实地回答道："我怕您。"

　　老人摇了摇头，叹息说道："我侍奉昊天一生，可不是想让别人怕我。"

　　陈皮皮沉默片刻后说道："初衷和结果往往无法对应。"

　　老人看着他，忽然开口说道："你姓陈？"

　　陈皮皮回答道："是的，我叫陈皮皮。"

　　老人点了点头，说道："你也知道，我刚出来没多长时间。不过在里面的时候就听说你从观里跑了出来，现在拜在夫子门下？"

　　陈皮皮眼睛盯着棋盘上的棋子，说道："是。"

　　老人笑了笑说道："那你还怕我什么？事实上就算你不是夫子的亲传弟子，看着观里的分上，难道我还会难为你？桃山离观可不远。"

陈皮皮再次抬起手臂，抹了抹脸上淌下的汗水，强行压抑住心头的紧张，在棋盘上落下一枚白子，沉默不语。

老人低下头看着他落下的白子，轻轻摇头，说道："都说世事如棋，在我看来说的不是棋子而是棋路，无论看着多远的两道线，总有交会之时。"

陈皮皮苦涩笑道："我倒宁肯是棋子，黑白总不会相触。"

老人说道："说起来也真是很巧，昨天刚遇着一个来自寺里的僧人。"

陈皮皮微感诧异，问道："悬空寺居然也有人在长安，后来呢？"

老人说道："他瞎了，估计神志也要过些时日才能清醒。"

这句话的语气平静寻常，陈皮皮听着却是倒吸一口凉气，恼怒地挠着头，盯着老人颤声愤怒说道："瞧瞧！瞧瞧！寺里的人你说弄瞎便瞎了，我就算是从观里来的又怎样？我命夕遇着你你还偏要我不要怕，这不是调戏人吗？"

老人微笑说道："那僧人是讲经大士的私生子，你和他可不一样。"

陈皮皮听着这话，脸上的怒容渐渐敛没，恢复沉默不语的状态。

老人问道："观主近来可好？"

陈皮皮摇了摇头，说道："来书院多年，不知他现在如何，大概还是各处云游。"

老人点点头，说道："他一般都习惯在南边海上待着。"

这时桑桑抱着那个新瓮走了过来，后院的腊肉还在松枝上挂着，用重柴压了一道火，暂时不用她盯着，所以过来问老师的意见："这个瓮怎么样？"

老人抬头看一眼，好奇问道："用来做什么的？"

"炖鸡汤。"桑桑回答道。

老人不解，说道："家里不是有一个旧瓮？"

桑桑解释道："旧瓮太小，等少爷回来后，担心炖出来的鸡汤不够我们三人喝。"

老人知道那个少爷在桑桑心目中是怎样重要的人，这时候听着她的话，知道这丫头是预备着少爷回来后也要和自己一起生活。不知为何，曾在神座上阅尽世间沧桑百态的他竟觉得胸间温润一片，生出无以复加的幸福感受。

然后他想到一件事情，望向棋盘对面的陈皮皮，缓缓蹙起眉头说道："你认识我的徒弟还是……认识她的少爷？"

陈皮皮听到这句话，震惊得张口结舌，完全说不出话来——西陵神殿数百年来最了不起的光明大神官，居然收了宁缺这个黑脸小侍女当徒弟？

明白他在震惊什么，老人微笑说道："一切都是机缘罢了，说不清道不明。"

陈皮皮用手胡乱擦了把脸上的汗，然后把手掌上的汗水擦到大腿上，借着这两个动作化解掉纷乱的情绪，说道："她那个少爷是我师弟。"

于是轮到老人感到震惊。他望向桑桑，有些想不明白，冥冥中自己找到的传人，居然是夫子亲传弟子的侍女，命运究竟是在怎样安排这场戏剧？

陈皮皮死死盯着棋盘，忽然咬牙开口说道："我知道当年是他把你打落神座，把你关进幽阁。小时候他曾经对我说过，你才是桃山上真正了不起的那个人，所以我不是很明白，难得在这大千世界里撞见我，你却迟迟不肯动手。"

这时候桑桑才注意到棋盘两侧的异样，抱着新瓮惊讶地看着二人。

老人略一沉默，在棋盘上落下一枚黑子，平静说道："观主是观主，你是你，而且你无法控制观主与你的关系，所以这件事情本来就和你没有关系。"

他抬起头来，看着陈皮皮好奇问道："在你看来我是个很残忍好杀之人？"

陈皮皮微涩一笑，说道："光明神座质洁性静，号称世间在精神上最接近昊天的那个人，只是世间所有人都知道，您并不是普通的光明大神官。往回倒数二十年，神殿掌教加上裁决、天谕两位神座杀的人都不见得有你多。"

老人轻轻叹息一声，说道："这说的是十几年前那两件事情。"

陈皮皮缓缓抬头，勇敢平视老人那双仿佛能看透世间一切光明与黑暗的眼眸，诚实所以无畏说道："老师和大师兄不在，但既然我知道您来了长安城，必须要尝试把您留下来，不然我实在没有脸回书院见二师兄。"

老人摇摇头，看着他不赞同说道："我被囚之前印象中的夫子，从来不是世间最恶心的那类道德贩子，你何必如此自困？"

陈皮皮老实说道："如果我明明撞见了您，却一言不敢发，眼睁睁看着您离开长安城，二师兄知道这件事情后，一定会把我揍死。"

老人感慨说道："二先生现在年龄应该不小了，居然还是这等脾气？"

陈皮皮诚恳说道："要不然您让我去通知二师兄过来与您见面？"

老人笑着摇了摇头，心想这孩子的无耻倒颇有几分可爱，思忖片刻后，回身望向桑桑，不舍惋惜说道："我要离开了。"

桑桑抱着新瓮，在旁边听了很长时间，却什么也没有听懂，只是听懂了最后几段话，才知道教授自己神术的老师居然是西陵神殿的光明大神官，而且隐隐约约听明白似乎是整个世界都在找寻的老人。

新瓮没有从怀里跌落，在地面上砸成碎片，但她抱着瓮缘的两只小手却是格外用力，因为不如此不能压抑住心头的惊愕。

老人看着她，忽然非常认真凝重说道："黑夜的影子已经不在长安城里，如今书院又遇着了我，所以我要离开。你……愿意跟我走吗？"

桑桑低头看着像井口样的瓮口，闻着新砂的味道，沉默不语——老人对她很好，老人很孤单，老人似乎把生命最后的重量全部都安放在了她的肩上，老人很盼望她能跟着离开。这些她都知道，但她却有不能离开的理由。

她抬起头看着老人，说道："我要在家里等少爷回来。"

老人早就料到会听到这个答案，微微一笑，笑容里有些感伤。

便在这时，老笔斋门外响起一阵极恼火的骂声："就你家少爷那个憨货，谁知道什么时候能回来。不过我倒好奇了，这是谁居然敢来拐我家徒弟的侍女？"

吧嗒吧嗒，破烂的鞋底击打着地板，满是油垢的宽大道袍带着难闻的臭味随风而入。一个老道士仰着头走了进来，三角眼里闪烁着猥琐恼怒的意味。

当他看到棋盘旁那个穿着普通棉袄，佝偻着身子像个普通老头的人物之后，三角眼里的猥琐意味顿时烟消云散，化作高峰之上的流泉，宁静到了极点。

风暴的前一刻，总是无比地宁静。

逃离桃山的光明大神官卫光明，在长安城一条不起眼偏巷里一家不起眼书铺里平静生活了段时日，然后在一个极不起眼的冬日遇见了颜瑟大师。

老笔斋里长时间地沉默，仿佛死寂一般。

颜瑟大师看着老人。

老人看着颜瑟大师。

桑桑盯着他们两个人。

陈皮皮盯着面前的棋盘，冷汗如浆哗哗淌着。

颜瑟大师叹息了一声，感慨说道："我在长安城里找了你很多天。"

老人叹息了一声，感慨说道："我在长安城里躲了你很多天。"

颜瑟大师继续感慨说道："我可不想这么遇见你。"

老人如他一样感慨说道："我也不想遇见你。"

颜瑟大师渐渐敛了感慨唏嘘，看着多年不见的旧友平静说道："但既然相遇，除了叙旧，总有些事情是必须做的。"

老人站起身来，对多年不见的旧友行了一礼，平静说道："请。"

93

颜瑟大师走到桌畔，看着老人摇了摇头，叹了口气，转头看着低着脑袋像鹌鹑般老实的陈皮皮又摇了摇头，叹了口气，问道："观主近来可好？"

听到这个问题，陈皮皮抬起头来，疑惑回答道："您知道我这些年一直在书院，哪里知道他过得好不好？"

颜瑟轻捋稀疏的胡须，瞪着眼睛看着他，不耐烦说道："既然你不知道，也没办法叙旧，你早就从观里跑出来了，那我还用不用给你面子？"

陈皮皮越发摸不着头脑，摸着后脑勺说道："当然是不用的。"

颜瑟大师吼道："那你还不给我让座，像老二养的呆头鹅一样杵在这里做什么？"

陈皮皮急忙站起身来，把座椅让给对方，老老实实站在一旁。这时候他才明白原来这个老道居然是要和光明大神官下棋，不禁大感诧异无奈，心想谁知道你们这两个老不死在想什么，谁能想到光明神座那声请居然是请你入座。

颜瑟大师可不管他心里在想些什么，轻拂道袍，极潇洒地落座，看了一眼棋枰上的局势，发现白棋大优，不由很是满意，赞赏地看了陈皮皮一眼。

棋枰对面的老人微微一笑，平摊右手示意轮到颜瑟落子。

颜瑟大师放下一枚棋子，吧嗒了一下嘴巴，说道："最近挺好？"

老人拈着一枚黑子，轻声回答道："每年你回桃山的时候都会去幽阁看我，自然知道我在那里过得如何。如果要说最近，过得确实不错。"

颜瑟大师盯着棋盘上纵横交错的棋路，沉默片刻后，忽然开口说道："就算在桃山上过得不怎么如意，为什么一定要来长安城呢？"

老人微笑应道："那天你师弟也问过我这个问题。"

陈皮皮虽然已经是晋入知命境界的大修行者，身份背景足以傲视世间，但在这样两名老道身前，也只好乖巧扮演着后辈学生，老老实实端茶递水，不敢发言。

颜瑟大师喝了一口茶，用舌尖舔掉门牙上粘着的一片茶叶，皱了皱眉头，觉得这茶未免也太糟糕了些，然后抬起头来说道："当年观主一直认为你才是桃山上最强大的那个人，甚至比掌教还强，不知道现在是否一样？"

老人想起那个青衣道人，微微一笑说道："在观主身前，谁敢妄言强大二字。"

颜瑟大师拈着一枚白色棋子指向老笔斋门外的街巷，说道："可即便你比观主更强大那又如何？这里是长安城，这里是我的大阵，你不可能赢过我。"

老人点头承认，他这种层次的人物，当然很清楚长安城便是传说中的惊神大阵，颜瑟身为控阵之人，只要身在长安便处于不败之地。

"我还是持当日的观点。"

老人看着棋盘对面微笑说道："我不过一个苟延残喘的老道，似长安城这样的大阵，如果用在我身上，实在是天大的浪费，想必你也如此认为。"

颜瑟大师叹息了一声，说道："苟延残喘这四个字用得好，我们都已经老了，眼见着便要回归昊天的怀抱，能多贪一时人间悲欢总是好的。如果这次你不来，我至少还能多活个一年半载，相信你也能有更多的时间。"

老人看着他平静说道："你知道我的双眼有时候能够极幸运看到时间之前的某些画面，所以我很清楚这一次来到长安城，便很难再离开。"

颜瑟大师摇了摇头，说道："既然如此，何必非要来这里。"

老人说道："每个人最终都会回归到生命的源头、昊天的怀抱，这一点并不能令我生出忧惧之心。时间只是事件发生的顺序，对于利用时间的我们而言，我们需要利用时间完成应该完成的事件，如果无法完成，那么时间也就没有意义。"

颜瑟大师沉默，把指间拈着的白子轻轻搁到棋盘上，说道："所以你来长安城便是要回到时间原点，把当年那件事情继续做完？"

老人应了一着，却没有说话。

颜瑟大师也笑了起来，看着他说道："修行到了最后修的都是本心，到了我们这种将要腐朽地步的老家伙，哪里还能改变想法？也罢，反正我现在已经有了传人，对这世间也没有太多痴恋不舍。对了，那时节你还被关着，可能不知道。"

老人很清楚颜瑟在符道上的造诣，更清楚一位神符师想要寻找到有潜质的传人是何等样困难的事情，听说他居然找到了传人，不禁有些吃惊又有些替对方高兴。

颜瑟大师看他神情，骄傲嘚瑟说道："我那徒儿可不是一般人，淋了场雨便能悟透符道本义，日后境界层次肯定要远远超出我。别的事情我不与你这无趣的老头儿争执，但我能把这身本事传承下去，可是比你要妙上太多。"

老人微微一笑，看了眼一直沉默在旁的桑桑，轻声说道："我也有徒儿了，而且她也相当不错，我想将来总不至于比你的徒弟还差。"

淡然的话语却透着极强烈的信心以及难得一见的争执心。在老人看来，桑桑是昊天赐予自己的礼物，是自己生命里最大的机缘，颜瑟就算幸运地找到了神符师的传人，无论如何也无法与自己疼爱的徒弟相提并论。

颜瑟大师微微一愣，震惊于光明神座居然在临去之前寻找到了自己的传人，然而顺着老人的眼光望去，赫然发现那个所谓传人居然是桑桑，他脸上的神情瞬间变得极为怪异，震惊错愕里开始生出难以抑止的荒谬感受。

"你收的徒儿就是这个……黑脸小丫头？"

老人微异望向他，然后认真说道："正是，不过桑桑并不黑。"

"哈哈哈哈哈！"颜瑟大师一手指着桑桑，一手捂着笑痛了的肚子，望着老人说道，"你可知道，让你得意烧包成这副模样的徒儿……是我徒弟的侍女？"

老人怔了怔，皱眉问道："那个人不是夫子的亲传弟子吗？"

颜瑟大师得意说道："趁着夫子不在，我也抢了个老师的名分。"

老人感慨说道："原来如此，想不到那个年轻人居然有如此大的气运……不过就算桑桑是他的侍女，那又如何？将来桑桑领悟我授她的神术，即便不去西陵神殿继位，想必也是昊天道门年轻一代里最了不起的人物，岂是你徒儿所能比？"

颜瑟大师冷哼一声，轻蔑说道："且不说我那徒儿是未来的大唐国师，也不说在夫子教诲下还会有何造化，只说他二人的关系，就算这丫头将来成了光明神座，遇着我徒弟还不是得给他铺床叠被。"

老人叹息一声，说道："你很得意？"

颜瑟大师吐了一口痰，狠狠说道："至少有一项能稳稳压过你，凭什么不得意？"

桑桑这时候正从后院拿了扫帚清水来清理地上那口痰。她听不懂两个老人在说些什么，只觉得好像很厉害的样子，有些担心他们会吵出火气甚至打起来，

一直老老实实坐在棋盘边的陈皮皮却是把这些话听得清清楚楚，身处两名人间巅峰人物气息之间，感受着那道蕴而未发的战意，紧张惧怯到了极点，胖胖的身子不知道逼出了几斤汗水，身子都有些发软。

他再也没办法坐下去，他无法装作什么事情都没有，他站起身来，喘着粗气说道："我能不能先走？"

老人和颜瑟大师看着棋盘，齐声说道："不能。"

棋盘之畔，陈皮皮是个稳定阀也是一个见证，出身是稳定阀，书院身份则是见证。如果他此时离开，颜瑟大师无法控制老人离开，那么便会提前发动。

陈皮皮被两个老道异口同声的话吓了一跳，胖乎乎的身子一颤，便把桌上的棋盘撞翻。啪啪啪啪，黑白棋子跌落到地面，滚得到处都是。

颜瑟大师看着空无一子的棋盘，叹道："看来这局棋只能是下到这里了。"

老人沉默片刻后，点了点头。

桑桑抱着扫帚紧张站在一旁，她虽然听不懂两个老人在说些什么，但她隐约察觉到马上便会有不好的事情发生。一个是少爷的老师，一个是自己的老师，桑桑不想他们打架。打架总不如下棋好，哪怕下棋时继续斗嘴也好。

她把扫帚搁到一旁，蹲下小小的身子开始收拾散落在地上的黑白棋子。然后她捧着棋子来到桌畔，一粒一粒向棋盘上摆放。

不多时，棋盘上局面复原如初，没有一枚棋子的位置放错。

"幸亏刚才看了一眼，不然还真没办法了。"桑桑有些后怕地轻轻拍了拍胸口，然后望向桌旁两个老人说道，"继续下吧。"

两个老人不知道该说些什么。

陈皮皮盯着棋盘上那些黑白棋子，更不知道该说些什么。

桑桑背在身后的双手微微握紧，缓缓低下头看着自己裙边的旧鞋，轻声喃喃说道："已经弄好了，为什么不下呢？"

忽然她抬起头来，睁着明亮的柳叶眼，望向两个老人。

"是不是饿了？那我给你们煮面，煎蛋面怎么样？"

94

"不要葱。"

"不要放醋。"

"多下点儿面。"

最后一个提出要求的人明显是陈皮皮，然后他望向复原如初的棋盘，浓如蚕儿的眉毛挑了起来，脸上满是沮丧和羞愧的神情。他忘了此时自己正身处在一种极恐怖的环境之中，心想这小侍女只看了一眼便能记住所有棋子的位置，自己还有什么资格在她面前骄傲于自己的脑袋，还有什么脸说天才？

卫光明老人看着颜瑟大师微笑说道："我这徒弟很优秀的。"

颜瑟大师看着消失在后院的瘦小身影，感慨说道："确实很了不起。"

两位老人说的优秀和了不起与桑桑令陈皮皮震惊的头脑没有太多关系，而是说的只有他们这种境界的老人才能体悟到的某种气质，那种因为绝对透明所以看似憨拙实际上却能准确清晰反映世界的独特气质。

颜瑟大师收回目光，看着老人说道："我们都老了，就算不打生打死也是近了生死，终究这是我们最后一次见面，那就吃碗面吧。"

香喷喷的煎蛋面端上来了，一碗没醋一碗没葱一碗面条漫过碗沿。

吃完面后，二位老人沉默着下完残局，没有数目，所以也不知道胜负。

然后他们拒绝了桑桑再来一碗面后再下一盘棋的奖励，开始回忆往事。

桑桑重新沏了三碗茶，然后和陈皮皮各自端了个小板凳，像学生般坐着听往事。

当然绝大部分时间都是有些碎嘴的颜瑟大师在说，光明大神官只是平静微笑听着，偶尔在某些时刻为了避免让两个晚辈误会，才会插嘴分辩几句。比如当年天谕院院长的胡子是如今掌教大人烧的，而不是自己用神术烧的；再比如去知守观的路上自己不是因为紧张而腹泻，而是被颜瑟偷偷施了一道寒符。

当年那些调皮的小道童已然变成如今世间的大人物，曾经胡闹烧天谕院院长胡须的那人已经成了不怒自威的神殿掌教，某人成了颜瑟大师，某人成了光明神座，然而只要曾经有过那些时光，谁能忍得住不偶尔回忆片刻？

这些回忆很温馨，带着一股暮时独有的黄昏怀旧味道。

光明大神官望着老笔斋外的暖融暮光，这才发现不知不觉间，时间随着这些回忆流逝得竟如此之快，已经到了真正的黄昏。

黄昏的老笔斋外一片安静，临四十七巷里听不到任何声音。

"那时我们年纪小，调皮顽劣不堪，你却一直是最聪明又最老实的那一个。"颜瑟大师看着他说道，"先前经你提醒，才发现桑桑这小丫头确实和你当年很像，从里到外都是一片透明，看不到任何杂质。"

老人怜爱地看了小板凳上的桑桑一眼，说道："我不如她。"

颜瑟大师感慨说道："能坐上光明神座的人都必须如此透明，如此才能比我们更接近昊天的本质，可是透明代表什么呢，能反映世界原初的模样？如果世界是黑的，你们便也是黑的？所以才会有那么多的光明神座最终走入歧途？"

老人摇头微笑说道："透明便是无颜色，黑色却是无颜色还要无光辉。你我身处在这充满光辉的昊天世界中，透明便是光明，便是黑暗的敌人。"

听到黑暗的敌人这五个字，颜瑟大师陷入了长时间的沉默，过了很长时间后他缓缓抬起头来，神情严肃看着对方说道："你还记得莲生吗？"

老人微微一怔，皱眉说道："怎能不记得？"

颜瑟大师问道："他是光明还是黑暗？"

老人摇了摇头，说道："当年他在裁决神座之上，我在光明神座之上。我眼中看着那方墨玉神座渗出污血来，便开始疑他，只是在我揭穿他之前，他便窥破命数自先离了桃山，最终死于轲先生剑下。神殿之所以绝口不提此事，不提此人，只是顾忌昊天道门的清誉和名声，但在我看来，莲生三十二瓣，无论如何光彩夺目洁莹如玉，都不过是些污泥涸成的瓣上涂了些粉彩罢了。"

颜瑟大师盯着他的眼睛沉声说道："魔宗覆灭之后，神殿招安了不少魔宗强者，如果说光明不能给黑夜任何机会，你如何解释此事？如果说当年的那些血案是你为了毁掉黑夜影子不得已的手段，那么神殿现在的影子呢？"

老人说道："不一样，那抹黑夜的影子是冥君的子息。"

颜瑟大师极为恼火地重重一拍桌面，说道："你怎么就这么迂呢？冥界只是一个传说，从来没有出现过！当年你矫掌教之令在长安城里搞出满天腥风血雨，最终也没有找到什么冥王之子，怎么到了今天你还如此荒唐！"

老人说道："事实上当年无论观主还是掌教都已经相信我眼睛所看到的。"

颜瑟大师盯着他的眼睛，寒声说道："但结果却是你被关进了幽阁！"

老人平静回视他的目光，说道："我是世界的光，跟从我的，就不在黑暗里走，必要得着生命的光，质疑我的，将在黑暗里走，不得解脱。"

颜瑟大师见他油盐不进，愤怒地挥舞道袖，厉声呵斥道："那你告诉我你看到的黑夜影子究竟在哪里！冥王之子究竟在哪里！你来长安究竟想杀谁！"

老人轻声说道："我也不知道。"

听到这个答案，颜瑟大师怔住，面容上浮现出苦涩笑意，看着他声音微颤悲凉说道："就为了一个连你自己都不知道是谁，是不是真的存在的冥王之子，当年那个透明如琉璃，诚挚光辉如明灯的光明大神官，居然不惜变成一个双手染血的大魔头，甘愿被囚在幽阁十四年，令无数人感到痛心，你难道一点都不后悔吗？"

老人沉默了很长时间，苍老的脸颊上偶尔闪过一丝自省后的困惑，然后那些困惑极迅速地转化为平静的坚定："可问题在于我知道他存在啊。"

颜瑟大师皱着眉头看着他，说道："那他究竟是谁？"

老人看着渐渐掩住老笔斋的深沉夜色，平静说道："既然是冥王之子，自然隐藏得极深，甚至他有可能直至今日也不知道自己的真实身份。你问我他究竟是谁，我现在给不出你答案，但当年我既然能看到他在长安城里，他便一定存在，无论他从将军府里逃走，还是在燕境村庄的尸堆里侥幸活下来，他就是他。"

忽然老人的眉头皱了起来，望向桑桑问道："怎么了？"

桑桑微黑的小脸蛋这时候变得有些苍白，两只小手紧紧攥着衣角，但神情还算平静，听着问话后低声说道："不知怎的有些累。"

老人怜惜说道："那赶紧去睡。"

桑桑转头望向颜瑟大师，抿着嘴唇一言不发。

颜瑟大师叹息说道："如果我那徒弟知道我让你休息不好，肯定不会放过我，安心去睡吧，我们两个老家伙不会趁着你睡着了就如何，一定会喊醒你。"

老人望向陈皮皮说道："天色已晚，你等的人已经来了，走吧。"

陈皮皮抹掉今日额头上似乎永远不会停止的汗水，极恭谨地向二位老人长揖行礼，然后推门走出了老笔斋。

后院熏腊肉的松枝还在冒着烟，因为有段时间忘记过来看顾，所以烟变得有些大，大概是因为这个原因，桑桑的眼睛被熏得有些微微发红。

她安安静静洗了脸和脚，爬上北炕钻进冰冷被窝，睁着眼睛看着窗外的散漫星光，想着宁缺如果此时看着和自己一样的星光，或许又会开始说胡话了。

因为节俭的缘故，炕面有些温凉，今年的长安城比去年要寒冷些，她躺了半天还没有觉到暖意，忍不住伸出小手凑在唇边呵了两口热气。

星光照着掌心，上面全是指甲掐出来的血印。

刚才听着老师说到将军府和燕境村庄时，桑桑的心中生出了极大的恐惧，如果不是用痛楚强行平静心神，或许她的身体当时会忍不住颤抖起来。

她没有听宁缺讲过将军府的事情，但她知道，只是没有问。宁缺杀死御史张贻琦，杀死那名铁匠，她也知道，甚至还写过一首不怎么样的小诗，但她依然没有问。

宁缺不想说，所以她不问。但正如宁缺说的那样，她不蠢只是有些笨，而且在需要聪明的时候比谁都聪明，所以桑桑什么都知道。

"冥王之子……听起来好像是很可怕的东西。"

桑桑的小脸贴着冰冷的枕头轻轻蹭了蹭，看着落在窗前的冬日星光，喃喃自言自语说道："但已经和你一起活了这么多年，还是只能一起偷偷地活下去吧。"

95

当陈皮皮走出铺门，临四十七巷里燃烧的火色瞬间消失，只剩下一顶高高的古冠，于是他捂着脑袋走了过去，老老实实站在了对方的身后。

二师兄看着老笔斋紧闭的铺门，神情冷漠而平静，眼眸里却隐隐然雀跃着兴奋的火焰，就仿佛他头上那根在暮色里快燃烧起来的棒槌。

巷子里面空无一人，假古董店杂货店的门都关着，冬树下的灰白墙畔不知从何而来一个方凳。二师兄身形挺拔坐在凳上，如崖畔青松不颤一分，而那个清嫩可爱的小书童，则像青松下的白石般安安静静守在一旁。

二师兄看着紧闭的铺门,忽然开口问道:"还没打起来?"

陈皮皮低着头恭恭敬敬回答道:"先前一直在叙旧。"

二师兄严肃的面容上浮现出不悦的神情,说道:"到底都是些老人家,做起事情来总是这么拖泥带水不干脆,既然都坚持自己是对的,那最终还是要靠拳头讲道理,哪里用得着叙这么长时间的旧?如此黏糊,实在当不上君子二字。"

陈皮皮擦了擦额头上残着的冷汗,哪里敢有意见。

二师兄那双绝对笔直的眉头忽然蹙了起来,他轻轻掀起长衫前襟一振,然后扶了扶根本没有偏移一分的古冠,说道:"总是不打,难道还要我等上一夜?"

陈皮皮见他动作,心知二师兄有些不耐烦把时间耗在这些他以为没有意义的等待之上,准备进老笔斋,顿时悚然一惊,汗水顿时再次湿透衣背。

此时的老笔斋里,光明大神官和颜瑟大师如此恐怖的人物正处于对峙之中,如果二师兄再加入进去,谁知道会闹出多大的风波,这片街巷还能留下几片残瓦?

想到此节,他再也顾不得平日里对二师兄的敬畏,顾不得二师兄最厌憎别人乱了自己的风仪衣着,伸手一把死死抓住二师兄的广袖,颤着微嘶的声音,满脸诚恳乞求说道:"师兄,您可千万别再进去了。"

二师兄看了眼被抓皱的袖角,面无表情问道:"那二人能进,我为何不能进?"

你以为十二师弟我先前没有瞧见你故作严肃庄重神情时那眸子里却在燃烧着兴奋的火焰?你以为十二师弟我不清楚你是被夫子和大师兄压了太多年,这两年又要主持书院没法离开长安去天下游荡从而蕴积着满身的战斗欲望,今儿终于遇着位堪称对手的光明神座,你哪里肯放过?

心里怎样想的不重要,重要的在于陈皮皮知道如果这样去规劝二师兄,肯定自己只会被暴捶一顿,二师兄依然会飘然走进老笔斋。所以他颤着脸上可爱的肉肉,苦口婆心劝说道:"慢又不是错,大师兄也挺慢的,咱们还不是要等。"

二师兄不悦说道："师兄哪里能和别人等同观之。"

陈皮皮见搬出大师兄来还未奏效，把心一横，攥着他的衣袖低声说了两句话。

二师兄微微皱眉，挥手示意一直沉默在旁侍候的可爱小书童先行回书院，他则是扶了扶古冠，理了理衣裳，便在树下凳上闭眼沉默平静等待。

从暮时至午夜，临四十七巷外来了很多人。

一身肃然铁血意的怀化大将军代表帝国军方来了。一身铁骨铮铮意的御史大夫代表朝廷文臣来了。大唐帝国诸方势力的代表人物齐聚于此，只是为了一个目的，为了老笔斋里那个伛偻着身子的老人，为了那个老人当年在长安城和燕境里掀起的血雨腥风，为了已经被埋在黄纸堆深处的宣威将军叛逆一案。

十余年来，帝国一直没有深究那件事情，因为那件事情牵涉太深影响太过宽远，关系到亲王殿下和夏侯大将军，更关系到西陵神殿和更神秘的源头。

然而当年谋划此事的光明神座今日已经叛离神殿，亲自来到长安城，大唐帝国的君臣哪里会容得他再次安然离去？

像今天这种大场面，长安府衙和鱼龙帮之流，根本没有资格出现。

这些大人物带着各自下属，面无表情坐在巷口巷尾的大伞之下，因为不知道老笔斋里面局势如何，所以没有人走过去。

有人早已注意到老笔斋对门灰墙之下坐着一个戴高冠的怪人，站着一个极胖的年轻人，但在知晓了二人身份后，没有谁敢对此表示疑义。

时间缓缓流逝，满夜繁星，李青山从巷口缓缓走来，走到二人身旁揖手一礼，也没有多说什么，像二人一样沉默望向老笔斋紧闭的大门。

桑桑并不知道老笔斋外有如此多的世外强者和俗世大人物替自己守夜，她只是闭着眼睛睡觉或者想要睡觉，想着入睡后自己便不会这般难过，又想着如果少爷知道谋害他全家的元凶这时候就在前面铺子里，他应该也会很难过吧？

桑桑在半梦半醒间这样想着，然后她做了一个梦，梦见了自己的亲生父母。

桑桑不知道自己的父母是谁，她很好奇或者想念这种感觉，宁缺毕竟只比她大四岁，很难完全代替每个人都需要的存在。

直到她在长安城里遇到了一个棉袄襟前染着酸辣面片汤的老头，她觉得老头儿很亲近，那是一种天然的亲近，她从老头的眼光里看到了像宁缺一样毫无道理、全无条件的怜爱，所以她以为自己遇见了父母一样的存在，她开始喊他老师。

桑桑惊醒过来，颊畔微湿。

一夜沉默无语，如豆油灯渐熄，门外晨光渐盛。

"神殿没有来人，你知道帝国做事的风格。"颜瑟大师叹息说道，"身处长安城无法动用玄骑扑杀，若我们这种人动起手来，只会生灵涂炭，但朝廷也不可能放任你就此离开，所以现在是个僵局。"

老人沉默，他很清楚今日既然被唐国发现，那么对方肯定不会允许自己再次逃脱。虽然他是神境妙化的光明神座，但是当一个强大帝国倾全力而出时，如果没有这座长安城和里面居民的庇护，他依然会陷入绝境之中。

"当年听你说过，你在宋国那间破观里时也曾赌过。"

颜瑟大师看着他平静说道："再赌一次吧，赌胜负生死。你若赢了，你继续去寻找黑夜的影子；你若输了，便把命留在长安城，也算是给当年那桩旧事做了个结，让那逾千名因你而无辜惨死的冤魂有所安慰。"

老人依旧沉默。

颜瑟大师看着他的眼睛，忽然说道："为了你那徒儿，和我赌一把。"

老人若有所思，站起身来说道："有理，佩服，值得。"

颜瑟为了寻求一战之机，不惜放弃长安城这座惊神大阵作为背景——要知道身为控阵者，颜瑟只要身在长安城中，便天然立于不败之地，无论遇到何等样强大的对手，至少可以保证自己的安全。

而这次以胜负生死乃至人生为筹码的赌局，只要是为了桑桑，那便是很值得去做一做的。至于说有理，便是值得二字的旁注：老人是光明，他想把光明留在桑桑的世界里，那么便应该最后做出一次真正光明的选择。

说来说去，一切都是为了桑桑——这在很多人看来没有道理，但在老人看来很有道理，在很多人看来不值得，但在老人看来非常值得。

桑桑是一个黑黑的小侍女，她的发丝有些偏黄，不怎么好看，更谈不上美丽，看上去极不起眼，便是性子也不怎么可爱讨喜。

不识得她的人都会把她当成一根在寒风中摇摆，随时可能湮灭无闻的稗草，然而真正识得她的人都会把她当成宝。这世间真正识得她的人，到现在为止，只有她的少爷宁缺和她的老师光明大神官。

晨光来到长安城，来到临四十七巷的老笔斋。

颜瑟大师和光明大神官终于结束了叙旧以及隐藏在话语间的谈判，决定用一种比较简单的方式来化解当前的僵局，替十几年那段历史写下句号。

苍老的手掌缓缓推开铺门，老人回头望去，看到桑桑不知何时来到了身后。

一夜半梦半醒，当前铺传来些微动静时，她便醒来，并且赶了过来。

老人静静看着她，忽然开口说道："想去看看？"

桑桑用力地点了点头。

老人看了颜瑟大师一眼。

颜瑟大师笑了笑，说道："她倒确实是最好的见证人。"

老人看着桑桑的小脸，停顿片刻后微笑说道："把那个新瓮带着，还没有炖过鸡汤，没有油污，待会儿用来装灰应该合适。"

颜瑟大师听着这话，说道："如果有旧瓮也带着，说起来你这小丫头靠老道的鸡汤帖也挣了不少银子，我却还没喝过你炖的鸡汤。"

桑桑低着头轻声说道："如果你们不出去，我今天给你们炖鸡汤喝。"

老人怜爱看着她，摇了摇头，又望向颜瑟说道："旧瓮有油，灰容易粘在壁上。"

颜瑟大师轻拂道袖，大笑着向老笔斋外走去："我这辈子道袍上总是油污一片，从来没有嫌弃过，难道还会在意死后变成的几捧灰会不会被油污弄脏？"

96

晨光来临，长安城缓缓从睡梦中苏醒。老笔斋门被推开，临四十七巷里的那些大人物们顿时警醒。

今年较往年更寒冷，却已经好些天没有落过雪，树根下的残雪一日复一日地向灰色里去，然而就在铺门吱呀一声推开时，天空飘飘落下雪来。

二师兄抬头看了一眼天，然后望向对面刚刚开启的铺门。

巷口处一辆黑色的马车自风雪中缓缓驶来，全金属打造的沉重车身，碾轧得巷间青石板微微颤动，轮间发出类似雷鸣般的低轰。

颜瑟大师和光明大神官走出铺门，坐进马车。片刻后，一个瘦弱的身影也走出了老笔斋。

桑桑左臂抱着新瓮，右臂抱着旧瓮，显得有些沉重吃力，艰难地爬上了马车。黑色马车在风雪中向城门处驶去。

临四十七巷里依旧一片安静，巷头的大将军和巷尾的御史大夫都没有动作，神情凝重看着黑色马车离开。

二师兄从凳上站起，负手身后带着陈皮皮循着黑色马车的轨迹向城门处走去。直到此时，巷里其余的大人物才敢有所动作。

大将军命令隐藏在长安城各处的羽林军回营。

御史大夫直入皇宫复命。

国师李青山看着渐要消失在长安风雪间的那辆马车，缓缓低身行了一礼。

长安城北郊有一座不怎么出名的山，山不高亦无文人逸事可以助其名，满山满野的杂树也少了些优美意，所以平日里少有游人。今晨风雪陡至，道路覆雪难行，山上更是人踪俱灭，安静得仿佛不在尘世之内。

那辆黑色马车便停在这座无名山下，精铁打铸而成的车轮已经把轮下的青板轧裂，如果强行登山，只怕会把泥泞山道割出两道恐怖的伤口。

两个老人正行走在山道上，棉袄有些旧了但很干净，被山风吹着轻轻颤动；道袍倒还是新的却染着很多油垢，被山风吹着四处招摇。

无论从衣着还是微佝偻的苍老身躯看，山道上的两个老人都很寻常很普通，然而当他们行走在漫天风雪间，竟走出了飘然欲去的离世之感。

山道下方，瘦弱的桑桑抱着两个沉重的瓮，低着头抿着唇，盯着裙摆下仿佛永远没有尽头的石阶，艰难地小步快赶，追着前面那两个似要离世而去的老人。

颜瑟大师拨开脸上方一道雪枝，叹道："不知稍后是新瓮填满，还是旧瓮变重。"

光明大神官走在他身旁，微笑说道："全看昊天安排。"

颜瑟大师把雪水揩在道袍上，说道："其实都填满也不错。"

光明大神官点点头，说道："两瓮并排安放，也算是做个邻居。"

颜瑟大师转头看了他一眼，负袖于身后继续拾阶上行。

一株雪松下，两位老人稍作歇息，等着下方的桑桑赶上来。

颜瑟大师看着老人平静的容颜，忽然好奇问道："当年你究竟到过天启没有？"

光明大神官微微眯起苍老的眼，似乎在回思很多年前的事情，沉默很长时间后轻声说道："曾经到过，然后被打落尘埃，剥夺了与昊天亲近的机会。"

颜瑟大师怔怔看着他，感慨说道："能破五境那是何等样的大机缘，世间多少修行者穷尽一生都无法接触，你居然十几年前便走到了这一步，难怪观主当年看遍桃山还是认为你是道门中的第一人。"

光明大神官轻声叹息说道："曾经见过，结果再也无法复见，其实是一种痛苦。"

桑桑终于赶到了雪松之下，小脸通红，气喘吁吁。

二老也没给她任何休息的时间，继续迈步拾阶向山顶去。

颜瑟大师说道："曾破五境却被打落尘埃，这只能证明昊天认为你的所行所为是错的，所以决意要将这种恩赐收回来。你非要追寻什么黑夜的影子，冥王的儿子……其实和昊天的光辉有关系吗？其实最终你信的是自己而不是昊天。"

光明大神官叹息说道："其实过往数十年间，我一直在思考一个问题，为什么神殿历史上那些无比优秀的光明神座，最后往往会离开桃山，为什么被称作最接近昊天的人，最后往往会选择走一条昊天并不赞赏的路？千年之前开创魔宗的那位祖师如此，数百年前叛教的那位前辈如此，最终我也走上了这条道路。"

他转身望向颜瑟，沉默很长时间后说道："我思考这个问题思考了很长时间，便是先前登山时每一步都还在想，直至此时看着前方云海里升起的红日，看到那片温暖的红光，我才明白，原来那是因为坐在光明神座上的人……信的是光明。"

颜瑟大师沉默，他听懂了光明大神官这句话的意思。

信奉光明，昊天并不一定代表光明。

此时二位老人已经登临到了无名山顶，桑桑在身后一株直挺挺的白杨树下休息，身旁新旧两瓮和她微黑的小脸一道反射着红润的光泽，暖意十足。

山崖东面的云海尽头，初升的朝阳已经全部跃了出来，红艳圆融一轮。

山崖上却依然飘着细碎的雪，雪中观朝阳，真是很奇怪的画面。

走到崖畔，颜瑟大师伸手赶走飘到眼前的一片雪花，看着东方在两层云夹层里平静微笑的红色朝阳，问道："跨出那一步的感觉怎么样？"

向前跨出去一步，便要进入下层缭绕在山间的白云，或是走入温暖的光辉中。

光明大神官走到他身旁，并肩望向远处的朝阳，说道："当年在宋国海堤旁你与柳白一战后，我见红日渐落，心有所感，却也只跨出去了半步。"

"无论一步半步终究是跨出去了，我很羡慕你。"颜瑟大师感慨说道，"难怪当日柳白看着你的眼神那般奇怪，我终究还是一个后知后觉的家伙啊。"

光明大神官回忆着多年前那道破开云霄仿似自万里外而来赴约的惊天一剑，想着当时身旁这老道撼海静波的动地一符，不由微微笑了起来，说道："按道理讲柳白早就应该已经跨过去那半步，但不知为何这么多年都没有消息，或许是畏惧？"

颜瑟大师想着那位自己此生所遇到的最强者，微微蹙眉，却没有说什么。

光明大神官看着他似笑非笑说道："很多人都以为你以纯阳入道，便断了破五境的可能，但我却以为至绝处必有新生。柳白乃是世间第一强者，你却能和他正面对敌而不败，他如果能跨过去，你更没有道理跨不过去，所以……你呢？"

山风夹雪而至，吹拂得宽大道袍猎猎作响，颜瑟大师看着云层间的青湛天空和那轮红日，平静说道："去年得宁缺为徒，执念尽数化为宁静，心胸骤然一旷，那时我便明白隐约要跨出那一步，但不知为何我却不愿意跨出去。"

他望向光明大神官说道："便如你说柳白一般，因为畏惧。"

光明大神官一双老眉在晨光里蹙成山川，沉默片刻后问道："因何畏惧？"

"符道走到最终便是天地至理，最本质的规律。我此生修符，一生修符，便是在逐渐往那原初里走，然而最极致处乃是昊天才有资格触碰的区域。"

颜瑟大师面无表情说道："修符修到最终不免要触碰到那片禁区，讲究的是自我启谕，不需要天启，那么一朝破了五境会遇到什么样的事情？这便是畏惧。"

朝阳在云海遥远的那头平静注视着山崖的这边，光线是那般地红融温暖，照亮崖畔的石雪树瓮人，那是慈祥慷慨的昊天在赐予人间规则和生命。

光明大神官说道："虽然我似乎已经背叛了昊天，但我终究修的是神术。昊天的光辉会赐予我看透世间一切的双眼和无穷无尽的力量，白昼的战斗我有优势。"

颜瑟大师摇头说道："长安城是我的主场，我这双脚曾经踏遍城内的街巷，游遍城外的大好河山，这座山便是我的一道符，所以你并没有太大优势。"

光明大神官笑了笑，说道："无论如何，还是不要惊扰世人闲梦为好。"

颜瑟大师说道："既然劝你离开长安城，为的便是这般。"

话音落处，宽大的道袖轻轻舞起，随着一道清光闪过，道袖间那些油污和难闻的气息骤然间净化无踪，一股强大莫名的符意缓缓自山石裂缝里渗透出来。

"多年不见山字符。"光明大神官感慨说道。

他右手探出棉袖在风雪中轻轻一挥，来自东方的晨光瞬间把枯瘦的右手映成洁白如玉的存在，无数粒微弱的光点从他的指间散出，像萤火虫一般飞至空中。

山石间渗透出来的强大符意与这些蕴着圣洁气息的神辉光点一触，并没有产生恐怖的结果，而是亲近地依偎在一起，缓缓从山顶向着山崖下飘落，逐渐形成一道无形的屏障，七色流光在屏障上流转，如一道雪中的美丽彩虹。

两个老人看着身前这片将整座山笼罩起来的彩虹罩，感受着其间的融洽意味和强大，很满意地点了点头，然后同时望向身后那个沉默低着头的小姑娘。

97

数里外一处废弃离亭内，二师兄漠然看着那座山的方向，就在先前那一刻，那座山骤然消失，无论是肉眼望去还是感知中都已经不复存在。

陈皮皮站在二师兄身后，心痒难忍有些着急地挠了挠头。

光明大神官和颜瑟大师，这样两位知命境巅峰，甚至可能已经逾过五境半步的超级强者对战，不是随随便便能看到的。数十年来除了小师叔曾经执剑斩过的那些风风雨雨，便只有寥寥数场而已，他如何能不好奇？

明明那边除了风雪什么都没有，但二师兄还是神情漠然静静看着那处，仿佛把那里发生的一切看得清清楚楚。他的眼眸里没有射出晶莹的光辉，而是充斥着一股极严肃正道诸邪辟忌的气息，视线过处无论风雪落叶尽数惊惧避开。

陈皮皮知道二师兄能看到山上的动静，紧张搓着手问道："师兄现在是什么情况，打起来了没有，桑桑应该不会有事吧，不然我可没法向小师弟交代。"

二师兄微微蹙眉，不耐烦说道："闭嘴，好好看。"

陈皮皮马上闭嘴，幽怨想道，自己看不到怎么好好看？

颜瑟大师自怀中取出一样物事郑重递到桑桑手里，然后交代了几句话。

光明大神官怜爱地看着桑桑，把一块腰牌轻轻放在她的手中，然后摸了摸她的脑袋。

此时说的话都是遗言，交代的事情都是后事，只是不知道究竟谁说的是遗言，谁真的会留下很多后事，需要桑桑去处理。

颜瑟大师走到崖畔，闭目沉思。

光明大神官走到山崖另一侧，平静看着雪中的朝阳。

颜瑟大师睁开眼睛。

光明大神官收回目光。

颜瑟大师注视着老友那张平静的面容，忽然笑了起来，右手探出道袖轻轻一挥，有心无意之间便成一道大符，符意凛然强大难以言喻。受符力招引，数千数万块山石自地面悬浮而起，密集布于空中仿佛无数凝固的巨大雨珠。

细长的手指微微一颤，山字符动。

漫山遍野如凝固般的山石，呼啸着落了下来，仿似一场夏夜的磅礴暴雨，轰轰击打在山间，瞬间让坚硬的山崖间多出无数坑洞，溅出遮天蔽日的砾尘。

光明大神官平静站在漫天石雨之中，右手高举过顶，仿佛还带着酸辣面片汤和鸡汤味道的棉袄微微一震，神术大作。

那根洁白如玉的食指尖燃着一抹神辉，神辉没有散发什么威力，却是那般地精纯圣洁，在漫天石雨间无论如何飘摇，却终究没有熄灭。

伸向天空的那抹神辉不灭，天穹中落下的石雨便沾不到老人身上那件旧棉袄。

恐怖的漫天石雨还在纷纷落下，溅起的石砾又再次不断汇入石雨之中，似乎永远没有停歇之时，那些飘然落下的雪花早已惧得不知避去了何处。

他身前的石雨骤然一斜，无由避开。

缭绕在他伸向空中那根食指尖的昊天神辉骤然间明亮起来，把被石雨残雪压抑至晦的山崖间照耀得无比清晰，花草树木尽皆现出本质的模样。

朝阳已经移入了云层之后。

山崖间那根指向天穹的食指，却生出了一轮朝阳。

光明慈悲而冷漠，温柔而强大。

它普照世间，它无处不在。

跟随它的必在光明里走，背弃它的必在黑暗里行，并将毁灭。

山崖间的石，石间的草，瑟瑟的花，树以及树下的人，皆被光明俯瞰，故而畏怯。

漫天石雨不复再起。

于是雪花再次从天空飘落，落在山外那道无形彩虹屏障之上，化作七色。

颜瑟大师缓缓睁开双眼，感受着那股世间最纯正的光明意，面无表情看着崖外彩虹里镶着的万粒雪花，轻轻一拂道袖。

道袖在他身前横横划过，如同一道直线的横线，呼啸破风，拂尽所有障碍。

随着道袖横直一舞，山畔崖壁上那道隐约的横直石缝骤然变得清晰起来。

山间杂树里的两条泥泞山道，也骤然间变得硬了起来，被融雪软化的稀泥瞬间变成比岩石还要坚硬的存在，泥泞仿佛变成微缩的河山。

道袖一舞便是一横，崖壁石缝又是一横。

两条变作大好河山的泥泞山道是两竖。

两横两竖。

横竖皆二。

便是井。

这道以山崖衣袂而成的符，横亘在天地间，毫不掩饰地已经开始弥漫周遭的光明线条展示自己的轻蔑，不屑以及骄傲，因为它是最强大的井字符。

井乃封田之制，井有古礼之意，井有妙论之始。

但最简单也是最强大的井字符意，就是简单的线条切割，那种均匀地平衡地完美地对空间的切割，对天地的切割。

井字符降临山崖，切割线条无论巨细，皆往深处往细微处去。

山崖间滚动不安的岩石尽皆碎为齑粉。

山崖间瑟缩的草树尽皆碎为齑粉。

山崖上空飘舞的雪花尽皆碎为齑粉。

山崖间穿行的寒风尽皆碎为齑粉。

最后山崖碎了。

无所不在的光明，也因为空间的碎裂而变得黯淡，开始支离破碎。

这是颜瑟大师追求符道的极致境界。

山崖间这道井字符，才有真正的横亘不二意，不只世间万物，甚至连空间都能切割，比当初春风亭雨夜王景略曾经遇到的那道井字符，要强上数千数万倍。

光明总是需要空间来行走，当空间破碎时，它该如何灿烂？

光明大神官看着眼前无数根细至不可见的线条，在心底深处发出一声幽幽叹息，知道在这一刻颜瑟终于不再思考别的问题，向五境之外迈出了第一步。

有能力让昊天神辉黯淡甚至破碎消失的符道，已经超出了昊天允许的范畴。

他的棉袖已经被切碎，便是绽出的棉花也已经被符意切碎，手臂肌肤外有道晶莹的光辉，在强大的井字符意切割下已经变得越来越薄，但他裸露着的手臂指向东方的天空，食指尖燃烧着明亮的神辉，异常坚定而执着。

或许是对光明的信仰如此坚定执着，感动了苍穹之上的造物主……

光明大神官若有所悟，静静看着云层，深邃的眼眸里晶莹无比，苍老的脸颊上满是感动的泪水，喃喃颤声说道："感谢昊天赐予我力量。"

云层外的朝阳骤然大盛，一股磅礴的力量穿越雪云，无视距离与山崖间破碎的空间，直接灌注到他苍老的身躯里。

98

那股沛然莫御，甚至应该用灿烂辉煌来形容的庞大力量，就这样从苍穹之上落下，进入到人类的身躯里。如果没有任何经验或准备，相对渺小而脆弱的人类身躯或许会直接被这股力量崩成无数碎裂的光片，或者惘然变成一个白痴。

但这种境遇对光明大神官来说并不陌生。很多年前他便曾经迈出那一步，领悟到了昊天的启示，他明白只需要全方位地敞开自己的心灵以及肉身，便能得到昊天赐予人类最珍贵的礼物，从而能够利用这股不应该在人间出现的力量。

光明大神官晶莹深邃的眼眸平静注视着山崖间的一切，仿佛看到井字符每一根切割空间的线条，缭绕在他食指间的神辉已然变成一团宛若实质的白色光辉，美丽流转的圣洁乳白光絮间散发着难以想象的恐怖气息。

无数道圣洁乳白光絮从指间散播开来，有的像雨伞般垂下，护住了他的身体，更多的则是像阳光般瞬息刺出，刺进那些被割裂成无数碎片的空间中。

道道光絮刺入空间碎片后，那些碎片骤然间变得明亮起来，光明里蕴藏着的恐怖气息，生生撑住了边缘的线条，让空间不再继续破碎。

颜瑟大师用逾五境的强大符意把空间切割成了碎片。

光明大神官以天启之力强行维持空间的存在。

数万片明亮的破碎空间，就像是数万面极小的镜子，镜中出现山崖空气雪花草树的画面，虽然都是被切割后全无联系的碎画面，但依然存在。

数万面明亮光镜边缘，那些切割的线条正在微微颤抖。这些线条绷断，光明的力量便将冲破切割的禁锢，回到真实的完整的世界之中。这些线条继续向细微处切割，那么空间继续破碎，无论里面充斥着怎样的光明气息，最终也只能逐渐黯淡。

从天地气息间借来的横亘符意，和从昊天处借来的光明力量，谁更强大？

符道是人类从天地间自我领悟的道理，自行掌握的世界最深层的规律，光明则是昊天对这个世界的恩赏或者惩罚，究竟谁能够胜过谁？

山崖间一切甚至包括山崖本身都已经被切割开来，被昊天的光明气息冷漠支撑着，没有化为青烟，只有一株树没有粉碎，没有被封进光明的镜子里。

那是一株直挺挺的白杨树，树下蹲着个小姑娘。

小姑娘左手抱着一只旧瓮，右手抱着一只新瓮。

她在崖间的光明与符意间微微颤抖着，如同寒风里瑟瑟的小草。

不知从哪里逃过来的一片雪轻轻落在她的肩头。

她放下瓮，拾起那片雪，感受着雪在指间缓缓融化，看着场间的那双柳叶眼越发明亮，眼眸越发明亮，眼瞳却越发幽黑，黑色的瞳子仿佛能看到光明的实质。

她不知道发生了什么，她看不懂山崖间发生的一切事情，但她依然拼命睁大眼睛看着能看到的一切，静静地看着静静地等着，要看到一切能看到的，记住一切能记住的，因为她知道宁缺将来一定很想知道今天究竟发生了什么。

绝对的黑暗里忽然出现一个极小的光点，然后光点骤然喷发成无数束光粒，瞬息之间冲破整个空间，如同一个崭新世界的诞生，又如同夜穹里盛开了无数朵美丽的烟花。

桑桑看着那些美丽的烟花，有些懵懂地揉了揉眼睛，当她再次睁开眼睛时，发现曾经发生的那些都消失了，山崖重新回到眼前。

笼罩着无名山峰的彩虹禁锢消失无踪，雪花再次落下。

崖畔站着两个抬头望天的老人。

此时他们终于变成真正的老人，被山崖间穿行的寒风一吹便咳嗽起来。

颜瑟大师抬起手臂，用道袖擦拭掉鼻涕，看着天空咕哝说道："原来是这么回事。"

光明大神官身上的棉袄右袖已经化为虚无，他有些畏寒把右臂插进左边的袖筒，像个老农般蹲了下来，微微眯起眼睛看着天空里的某处。

颜瑟大师指向北方某处，对身旁的老人说道："我看到了一道前所未有的大符，那道大符只有简单的两笔，起于荒原北方，一笔落于西，一笔落于东。"

然后他回头望向自己默默守护多年的长安城，感慨说道："于此间相会。"

先前那刻，他超越修行五境，甚至走到了更远的地方，清晰地看到了那边的世界，真实的未来。所以他知道那道前所未有的大符是真实的，是人类真的能够写出来的，所以他喜悦赞叹感动无以复加。

光明大神官蹲在崖畔，顺着他的手指望向北方，却看到了不一样的东西。真正晋入天启境界的他，在先前那刻明悟了很多以前一直无法明悟的事情。

老人回头望向那株白杨树下的桑桑，苍老的脸颊上露出犹豫挣扎的神情，直至最后终于解脱释然然后明悟，微笑说道："原来这才是我的机缘。"

颜瑟大师低头看了他一眼，哈哈大笑起来，说道："到这时候难道还看不透？无论何等机缘，终究不再是你我的事情，而是他们的事情。"

老人站起身来，叹息一声后笑着说道："是的，以后是他们的世界了。"

一阵冬风吹过，崖畔并肩站立的两位老人瞬间成灰，如雪。

数百年来，西陵神殿最出色的光明大神官，就这样平静地离开了这个世界。他这一生惊才绝艳，无所不能，堪称桃山最强者，却因为所谓机缘被囚十四年。

他逃离桃山，来到长安城，却未能找到那抹黑夜的影子，仿佛此行只是为了遇见桑桑，然后收她为传人。

在临死前的那刻，他受到昊天启示，终于第一次清晰地看到了黑夜的影子是什么模样，看到自己的传人将继承自己在世间大放光明，所以他离去得很是安心。

数百年来，昊天道门最出色的神符师，也这样平静地离开了这个世界。他这一生嬉笑怒骂，游戏人间，无任何虚名，却是第一个凭符道逆天越五境的强者。

颜瑟大师这一生过得潇洒随意，只是苦觅一个传人。当他遇到那幅鸡汤帖后，终于得偿夙愿，仿佛这一生流连青楼只是为了收那个家伙为传人。

在临死前那刻，他看破了光明与黑暗的轮回，看到了那道大符，知道自己的传人宁缺将来一定能在世间写下一道他这一生从未写出来的大符，知道那个家伙一定能够完成无数代符师想要完成的事情，所以他离去得非常安心甚至愉快。

风起风转，雪起雪歇，山崖之上一片安静。孤零零的白杨树孤单地看着天，孤零零的桑桑抹了抹眼睛，吃力地抱着两个沉重的瓮，艰难地走到崖畔，然后双膝跪到两堆灰前。

崖上的山风一直在吹着，那两堆灰被卷得到处都是，有很多已经被卷进了空中，飞到了雪地上，甚至飞到了更远的地方。

桑桑跪在地上，伸出双手捧着灰往瓮里盛放。

"老师住新瓮，他喜欢干净。"

"少爷的老师住旧瓮，他不怕油。"

她轻声提醒自己，一捧一捧把两个老人的骨灰往瓮里装。

恼人的山风不时前来打扰，吹得那些灰到处都是，甚至吹到她的棉裙和小脸上。桑桑抬起手背擦了擦脸，然后低头继续往瓮里捧灰。

99

废弃的离亭内，二师兄静视着远处那座消失的山。他的脸上没有什么多余的情绪，只是平静沉默，古冠直立如峰，双手负后如云。

此后不久，那座消失山峰原本所在的空间里，忽然无数晦云汇聚而至，雪花狂舞而动，紧接着远处隐约间多出了一些透明无形的事物。那道无形屏障上流光溢彩，幻化美丽到了极点，然后隐约间能看到无数颗繁星在其间闪烁。

不知道过了多长时间，那些闪烁的繁星骤然消失，云集雪汇的空间变成漆黑一片，那处的秩序和规则似乎都变成了静止的死物或者说到了终结的那个时间点。

苍穹之上一道闪电劈了下来，这道闪电撕裂的空间距离极长，粗若大河，却偏生没有发出任何雷声，也没有任何颜色，只是洁净乳白到无以复加。

大地微微颤动，漆黑一片的空间骤然崩解，莫名消失的山峰重现人间，两股磅礴强大的气息并行其间。山峰外的云层被这两道气息撕成粉碎絮末儿，因循着不可知的轨迹缓慢加速，渐渐变成一个极大的云旋。

二师兄沉默看着那处，很久之后诚挚赞叹道："这才是真正的得道吧。"

站在他身后的陈皮皮看着山峰腰间的云旋，觉得身体每一寸肌肤都有些发麻，仔细体悟感知着那两道正在缓慢散去的强大气息，震惊喃喃说道："居然都破了五境？这实在是太不可思议了，他们是怎么做到的？"

"能迈出一步便能迈无数步，先前那刻，谁知道他们在五境之上究竟走了几步。"

二师兄微微皱眉，然后抬步向那座山峰走去。

山峰既然重现世间，便能攀登。山峰既然还在，那么山顶与山崖自然都还在，只是仿佛被某种力量进行了重组，变成了全新的存在。崖石碎成了白色的粉末，细细铺着如同南海畔的沙滩。唯独有一株白杨树完好无损，孤零零地站在那里。

桑桑跪在崖畔，正不停把地上残着的灰往身旁两只瓮里装，小手捧得很仔细，细细的指尖轻轻抠着地上的缝，掌缘轻轻刮弄然后并拢捧起，动作很小心。

她抿着嘴唇，没有哭泣，眼睛睁得极大，机械麻木地重复着拢灰捧灰的动作，便是明亮眼眸里的情绪也不悲伤，而是平静至极的麻木。

二师兄和陈皮皮走上山顶，第一眼看到便是这样的画面。这幕画面将长久地存在于他们的心里，让他们以后在某些方面全无理由地选择支持这幅画的主角。

走到崖畔，二师兄看着身前流云，伸出手轻轻感知那两道已经快要完全散尽的气息，看了一眼裙摆垂地的小侍女，说道："就让他们留在这里吧。"

"这是我老师。"桑桑摇了摇头，指着新瓮说道。

她指着旧瓮说道："这是少爷老师。"

然后她低头说道："少爷肯定想知道我老师长什么样子，肯定想再看一眼他的老师，所以我要把他们带回去给少爷看，不能让他们就这样被风吹走了。"

南门观深处道殿内，大唐国师李青山盯着深色桐木地板上的倒影发呆，他没有注意到自己的脸是那样地苍白憔悴，因为此时他眼中只有那张猥琐可笑的脸。

他知道自己以后再也看不到那张脸了，虽然过去这些年里，他有时候也会对那张脸感到无奈甚至有些厌烦，但这时候他依然陷入了极大的悲楚之中。

李青山看着地板上的倒影苦涩一笑，世人只知昊天南门观里有自己这个国师，却极少有人知道师兄，一应风光都让自己领了去。然而当年柳白那剑是师兄帮他挡的，如今光明大神官来到长安，最终站在自己身前的还是师兄。

"师父，喝药。"

何明池把药盘高举过顶，他知道师父这时候的心情非常低落难过，但身为弟子，他必须保证师父的身体，尤其是在这等心伤时刻。

"放下吧。"李青山强敛痛意，声音微哑说道，"稍后便喝。"

何明池放下药盘，沉默退出道殿，在门槛外拾起那把黄纸伞夹入腋下，没走几步便在落下微雪的园间被观里的道士们围住了。

颜瑟大师的故去或许在民间无法激起一朵浪花，因为本来就没有多少人知道他的大名。但这些南门观道人则不同，他们的脸上满是悲伤和愤怒的神情。

有道士颤着声音问道："那人为什么能在长安城里藏这么久？"

军部院外还飘着细雪，天空阴晦仿佛昊天在发怒，屋内的气氛压抑低沉得犹如阴晦的天，将军们的脸上毫不遮掩写着愤怒和羞愧的情绪。

"那人为什么能在长安城里藏这么久？"

沉声发问的是大唐镇国大将军许世。在收到陛下密令后，他以世人难以想象的速度回到了长安城，然而午时进城门后紧接着便听到了那个令人震惊的消息。

有资格有资历曾经与颜瑟大师合作的军方将领，现在整个天下便只剩下他这个帝国军方第一人，所以这个消息令他愤怒之余越发沉痛。

　　许世大将军的脸阴沉得仿佛要滴下水来，他看着众人寒声说道："就在今天清晨，我大唐帝国的柱石倒下了一根。我不管敌人是什么光明大神官，我只知道陛下给了你们几十天的时间，你们却没能把他找出来然后杀死。"

　　屋内的将军们低着头，有些人想要反驳这应该是天枢处的失职，然而面对着镇国大将军沉怒的脸，加上内心深处身为帝国军人强烈的荣誉感，让他们没有开口。

　　"不要试图推卸责任，除非你们忘记了自己的身份……你们是军人！你们脚下的土地是帝国的都城长安，所以你们有义务保证这里的安全！而不是让一个年纪足以做你们爷爷的人去冒险上阵！"

　　他望向怀化大将军，厉声说道："当时为什么不主动出击？"

　　怀化大将军站起身来，低头羞愧说道："陛下严令要保证长安居民安全，如果动用重甲玄骑太过惊人，而且对方实力太强，战阵冲锋也不见得留得下来他。"

　　许世微微眯眼，忽然暴怒斥道："西陵大神官很了不起吗？你们的胆子被吓破了，所以只能像老鼠一样躲着，像看客一样冷眼看着！我大唐军人何时如此怯懦过！当年疆场之上倒在兵矢之下的知命境修行者少了吗？"

　　说完这句话，他剧烈地咳嗽起来，咳得异常痛苦，直至佝身难起。花白的头发被震得轻轻飘舞，眉角皱纹显得极深，堂下诸将知道这是大将军的肺病开始发作，不由又是羞愧又是着急，急声唤医官进来诊治。

　　许世艰难地直起身躯，神情凛然看着诸将说道："今晨之事我不怪你们，毕竟是南门和书院先接的手。但我很想知道，卫光明他凭什么能在长安城里隐藏这么多天，为什么帝国没有任何人能找到他，这当中究竟发生了什么？

　　"仔细查下去，若是军方懈怠畏怯的问题，尽数斩之。若是天枢处或南门观的问题，报于我，我请旨斩之，替颜瑟大师陪葬！"

将军痛苦的咳嗽声和愤怒的厉喝声交织在一起，久久难歇。

桃山最接近天穹的最上层有四座壮观的道殿，在没有祭天大礼的时候，此间严禁闲杂人等靠近，便是神官也极少见，显得空旷清寂而漠然。

靠近崖畔通体黑肃的殿宇里响起一阵痛苦的咳嗽声。裁决大神官樊笼被光明大神官破除，受伤至今，此时听着那人离世的消息，心神激荡之下便咳了出来。

天谕神殿里没有任何声音，只有沉默。

最简朴的那座白色殿宇内更是完全的寂静，因为本应在殿内的光明大神官，已经有近十五年不曾坐在神座之上，而且他将永远不会再回来。

最高处那座洁白无垢的神殿内，响起一声幽然的叹息。然而如此轻幽一叹，声音却响彻桃山，仿佛像雷鸣一般声势惊人，然后骤然静默。

不知道过了多长时间，那道威严如神的声音再次响起。

"光明的传人岂能流落尘世，当接回道门。"

遥远南方一座无名岛上，一名青衣道人站在高高的礁石上，沉默看着眼前沸腾的海。他在此间看海已多日，却不知看出了怎样的玄意。

某日他心有所感，转身望向大陆，微微皱眉轻声说道："你究竟看到了什么，而你寻到的传人究竟能继承你几分光明，究竟有多大机缘？"

"这叫酒吗，这也配叫酒吗？"

固山郡某偏僻小县，临街一处不起眼的酒铺里响起一道极愤怒的声音。声嘶力竭、控诉不良酒家的是一位满脸通红的高大老人，他身上穿着一件紫色的羔羊皮袍，外面套着件黑色罩衣，材质看上去应该极为名贵，但不知是久经风霜尘土还是别的缘故，穿在老人身上总让人觉着有些陈旧。

酒铺老板是一个身材极壮实的中年男人，他盯着面前这个老人，往地上狠狠吐了口唾沫，不屑说道："这便是咱固山郡最出名的九江双蒸，咋嘀，有意见？"

老人恼火地把手中的酒袋提起来，唾沫星子乱飞喷道："你当老夫没有喝过好酒？九江双蒸能像你家酒水这般淡出个鸟来？"

酒铺老板把眼睛一瞪，一巴掌便推了过去，骂道："看着你有些年纪才给你脸！你可别不要啊！我家的双蒸就这么淡！你能咋嘀！"

老人气得浑身颤抖，卷起袖子便准备上前动手，大声喝道："鸡汤炖成白醋味道本夫子也就忍了！但酒这种事情怎么能怠慢！是可忍，孰不可忍也！"

片刻后。

老人被人从酒铺里打将出来，本来梳得一丝不苟的头发变得乱糟糟的，身上那件黑色罩衣被撕开了几道大口子，模样显得极为狼狈。

老人站在街上，冲着酒铺里破口大骂道："乡人饮者，本夫子都要等着老人出来我才敢出来，你们这些腌臜货色居然连敬老尊贤的道理都不懂！"

卖假酒的铺子哪里会懂这么深奥的道理，立马冲出来几个扛着棍棒的伙计。

老人大叫一声，抱头便蹿，跑得竟似比年轻人还要快。即便跑得惶急，但他手中还是死死攥着酒袋，似乎觉得再糟糕的酒水总比没有好。

这一跑便跑出了县城，来到一座破落的道观里。

一头老黄牛正在百无聊赖吃着草，大概是觉得草没有鱼或羊肉好吃的缘故，它的精神极为委顿，时不时恼火地踢动前蹄。

看着老人狼狈跑回道观，老黄牛抬起头来哞了一声，似乎是在嘲笑他。

老人气喘吁吁打开酒袋灌了两口，待喘息渐停后，忍不住摇头叹息人心不古，然后他走到破观石阶下，拾起一根木柴伸进渐熄的火堆灰中刨了两下。

两个土豆从灰里被扒拉出来，骨碌骨碌滚着。

老黄牛踱了过来，专注而深情地看着老人。

老人大怒，用木柴指着那两个已经被烧焦的土豆，喝道："让你看着火让你看着火，这都烧成灰了还能吃吗？这还能叫土豆吗！"

遥远北方，荒原深处的天弃山山脉里。

被遗忘多年的魔宗山门内。

宁缺醒了过来，却有些想不起来究竟发生了些什么。

他茫然望向幽暗的房间四周，发现那座由白骨干尸组成的小山已经垮塌成满地碎砾，原本老僧所在的位置现在只剩下了两条铁链，铁链前端是一堆灰。

然后他想起了所有的事情，身体骤然放松。

然而看着那堆灰，不知为何他心中生出一股莫名悲戚。

图书在版编目（CIP）数据

将夜 3：精修典藏版／猫腻著 . -- 北京：作家出版社
2022.2（2022.5重印）

（网络文学名作典藏丛书）

ISBN 978 – 7 – 5212 – 1744 – 5

Ⅰ . ①将… Ⅱ . ①猫… Ⅲ . ①长篇小说 – 中国 – 当代
Ⅳ . ①I247.5

中国版本图书馆 CIP 数据核字（2021）第 274580 号

将夜 3：精修典藏版

总　策　划：何　弘　张亚丽
主　　　编：肖惊鸿
作　　　者：猫　腻
责任编辑：王　烨　袁艺方
装帧设计：天行云翼・宋晓亮
出版发行：作家出版社有限公司
社　　　址：北京农展馆南里 10 号　　　　邮　　编：100125
电话传真：86 – 10 – 65067186（发行中心及邮购部）
　　　　　　86 – 10 – 65004079（总编室）
E – mail: zuojia@zuojia. net. cn
http: // www. zuojiachubanshe. com
印　　　刷：唐山嘉德印刷有限公司
成品尺寸：152 × 230
字　　　数：450 千
印　　　张：32.75
版　　　次：2022 年 2 月第 1 版
印　　　次：2022 年 5 月第 2 次印刷
ISBN 978 – 7 – 5212 – 1744 – 5
定　　　价：45.00 元